Zauber der Liebe

Nora Roberts
Die gefährliche Verlockung

Seite 5

Anna DePalo
Drei Hochzeiten und eine ewige Liebe

Seite 249

Lucy Ellis
Sag einfach nur Ti Amo!

Seite 415

MIRA® TASCHENBUCH

1. Auflage: Juli 2020
Neuausgabe im MIRA Taschenbuch
Copyright © 2020 für die deutsche Ausgabe by MIRA Taschenbuch
in der HarperCollins Germany GmbH, Hamburg

© 1992 by Nora Roberts
Originaltitel: »Captivated«
Erschienen bei: Silhouette Books, Toronto

© 2011 by Anna DePalo
Originaltitel: »One Night with Prince Charming«
Erschienen bei: Silhouette Books, Toronto

© 2013 by Lucy Ellis
Originaltitel: »A Dangerous Solace«
Erschienen bei: Mills & Boon, Richmond/Surrey
Übersetzung: Anike Pahl

Published by arrangement with
HARLEQUIN ENTERPRISES II B.V./SARL

Umschlaggestaltung: Nele Schütz Design
Umschlagabbildung: stockphoto mania, DE Visu / Shutterstock
Satz: GGP Media GmbH, Pößneck
Printed in Germany
Dieses Buch wurde auf FSC®-zertifiziertem Papier gedruckt.
ISBN 978-3-7457-0099-2

www.mira-taschenbuch.de

Werden Sie Fan von MIRA Taschenbuch auf Facebook!

Nora Roberts

Die gefährliche Verlockung

Roman

Aus dem amerikanischen Englisch von
Sonja Sajlo-Lucich

Prolog

In der Nacht, in der sie geboren wurde, fiel der Hexenbaum. Mit ihrem ersten Atemzug nahm sie den Geschmack in sich auf – den Geschmack von Macht. Und von Bitterkeit. Mit ihrer Geburt war ein weiteres Glied in die Kette eingefügt worden, die seit Jahrhunderten bestand. Eine Kette, oftmals verbrämt mit dem Glanz von Legenden und Mythen, doch kratzte man an der Oberfläche, entdeckte man darunter nichts als die Kraft der Wahrheit.

Es gab andere Orte, andere Welten, in denen der erste Schrei des Babys gefeiert wurde. Weit jenseits der überwältigenden Küste von Monterey, wo die kraftvollen Schreie durch das alte Steinhaus hallten, wurde die Ankunft des neuen Lebens freudig begrüßt. An geheimen Orten, an denen Magie und Zauberei gediehen und in Ehren gehalten wurden – in den dunkelgrünen Hügeln von Irland, in den tiefen Höhlen von Wales, an der felsigen Küste von Britannien.

Und der Baum, knorrig vom Alter und krumm vom Wind, war ein stilles Opfer.

Denn durch seinen Tod und durch die freiwillig ertragenen Schmerzen einer Mutter war eine neue Hexe geboren worden.

Auch wenn sie die Wahl hatte – ein Geschenk konnte schließlich auch abgelehnt werden –, so würden diese Kräfte doch stets zu dem Kind und zu der Frau, zu der es heranwachsen würde, gehören, so wie die Farbe der Augen oder des Haars.

Noch war sie nur ein Baby, die Augen trübe, die kleinen

Fäuste geballt, selbst als ihr Vater glücklich lachte und ihr den ersten Kuss auf die Stirn gab.

Ihre Mutter weinte, als sie das Baby an die Brust legte. Weinte vor Glück und aus Trauer. Denn sie wusste bereits, dass sie nur dieses eine Kind haben würde, dieses eine Zeichen der Liebe zwischen ihr und ihrem Mann.

Sie hatte gesucht, und sie hatte gefunden.

Und während sie ihr Kind leise wiegte, wusste sie, dass es viel zu lehren gab, viele Fehler, die gemacht würden. Sie wusste auch, dass eines Tages ihre Tochter ebenso wie sie suchen würde. Nach Liebe.

Sie hoffte, dass ihr Kind von all den Dingen, die sie ihm beibringen würde, die eine wesentliche Wahrheit verstehen würde.

Dass die wahre Magie im Herzen wohnt.

1. Kapitel

An der Stelle, wo der Hexenbaum einst seine Äste gen Himmel gereckt hatte, stand jetzt eine Gedenktafel. Die Leute von Monterey und Carmel ehrten die Natur. Touristen kamen oft vorbei und lasen die Worte auf der Tafel, oder sie betrachteten einfach die uralten Bäume und die zerklüftete Küste, an der die Seelöwen sich von der Sonne wärmen ließen.

Anwohner, die sich noch an den Baum erinnern konnten, erwähnten oft, dass er in der Nacht umstürzte, in der Morgana Donovan geboren wurde.

Manche waren überzeugt, es sei ein Zeichen gewesen, andere zuckten nur gleichgültig die Schultern und nannten es Zufall. Den meisten erschien es auf jeden Fall ungewöhnlich. Einig waren sich alle, dass die Geburt einer selbst ernannten Hexe – nur einen Steinwurf von dem berüchtigten Baum entfernt – dem Ort ein besonderes Flair verlieh.

Nash Kirkland amüsierte diese Tatsache, er fand sie interessant. Immerhin verbrachte er einen großen Teil seiner Zeit damit, übernatürliche Phänomene zu studieren. Es war höchst faszinierend, sich mit Vampiren, Werwölfen und anderen Kreaturen der Nacht seinen Lebensunterhalt zu verdienen.

Er würde es gar nicht anders wollen.

Allerdings bedeutete das nicht, dass er an Kobolde und Gnomen glaubte. An Hexen übrigens auch nicht. Männer verwandelten sich nicht in Werwölfe, nur weil Vollmond war, Tote wandelten nicht umher, und Frauen flogen auch nicht auf Besenstielen durch die Nacht. Außer natürlich im Märchen oder auf der Kinoleinwand.

Dort war einfach alles möglich, wie er nur allzu gerne anerkannte.

Er war ein vernünftiger Mann, der um den Wert von Illusionen und die Wichtigkeit fantasievoller Unterhaltung wusste. Und er war Träumer genug, um in Anlehnung an Märchen und Aberglauben Gestalten zu erschaffen, mit denen er das Publikum begeisterte.

Seit nunmehr sieben Jahren kannte jeder Horrorfilm-Fan seinen Namen, seit seinem ersten und auf Anhieb erfolgreichen Drehbuch für »Shape Shifter«.

Tatsache war, dass es Nash Kirkland einfach ungeheuren Spaß machte, wenn seine Fantasien auf der Leinwand lebendig wurden. Er genoss es, sich in das kleine Kino an der Ecke zu setzen, bewaffnet mit einer Riesentüte Popcorn und einem Pappbecher Cola, die unterdrückten Entsetzensschreie zu hören und das erschreckte Zusammenzucken seines Sitznachbarn mitzuerleben.

Und es befriedigte ihn ungemein, dass jeder Zuschauer, der für eine Eintrittskarte bezahlt hatte, auch etwas für sein Geld bekam.

Er recherchierte immer sehr sorgfältig. Für das Drehbuch von »Midnight Blood« war er eine Woche lang in Rumänien gewesen. Er hatte einen Mann interviewt, der von sich behauptete, der letzte lebende Abkömmling von Wlad, dem Pfähler, zu sein. Leider konnte der Nachfahre von Graf Dracula weder mit langen Eckzähnen auftrumpfen noch sich in eine Fledermaus verwandeln, dafür aber verfügte er über einen schier unerschöpflichen Schatz an Vampirlegenden.

Es waren diese Erzählungen aus dem Volk, die Nash inspirierten. Daraus spann er dann seine eigene Geschichte.

Er wusste, dass die meisten ihn für ziemlich seltsam hielten. Aber das machte ihm nichts aus. Als er jetzt in den Seventeen Mile Drive einbog, war er überzeugt, ein ganz normaler Mensch zu sein, der mit beiden Beinen fest auf dem Boden stand. Zumindest nach kalifornischem Standard. Es ließ sich ganz gut davon leben, Menschen zu unterhalten und ihnen Gänsehaut zu bereiten. Er hatte seinen Platz in der Gesellschaft gefunden. Er holte die Geister aus dem Keller und verlieh ihnen auf der Leinwand in Technicolor Gestalt, wobei er die ganze Sache meist mit einer Prise Sex und viel hintergründigem Humor würzte.

Nash Kirkland schaffte es, den schwarzen Mann zum Leben zu erwecken. Er war es, der aus dem sanften Dr. Jekyll den hinterlistigen Mr. Hyde machte, er ließ den Fluch der Pharaonen real werden. Und das alles, indem er Worte auf ein Blatt Papier schrieb. Vielleicht war er deshalb zum Zyniker geworden. Sicher, diese Geschichten machten ihm unendlichen Spaß, aber er wusste auch, dass sie nur genau das waren – Geschichten.

Er hatte noch Millionen davon in seinem Kopf herumschwirren. Das war sein Kapital. Um eine gute Geschichte war er nie verlegen.

Er hoffte, dass Morgana Donovan, Montereys Lieblingshexe, ihm dabei helfen würde, die nächste Geschichte Gestalt annehmen zu lassen. In den letzten Wochen, während er Kisten und Kartons in seinem neuen Heim ausgepackt, sich am Golfspiel versucht, als hoffnungslosen Fall wieder aufgegeben und einfach nur den Ausblick von seiner Terrasse genossen hatte, war in ihm das Gefühl gewachsen, dass seine nächste Geschichte von einer Hexe handeln müsse. Falls es so etwas wie Schicksal gab, dann war es diesmal sehr gnädig mit ihm gewesen. Es hatte ihn nur eine kurze Autofahrt von einer wahren Expertin entfernt neue Wurzeln schlagen lassen.

Er pfiff die Melodie aus dem Radio mit und überlegte, wie sie wohl aussehen mochte. Ob sie einen Turban trug und viel klimperndes Gold? Oder vielleicht ganz in wallende schwarze Tücher gekleidet war? Vielleicht war sie auch eine von diesen New-Age-Fanatikern und verstand sich als Medium für die Weisheiten versunkener Welten.

Wie auch immer, er hatte nichts gegen all das einzuwenden. Diese ganzen Verrückten gaben dem Leben ein bisschen Farbe.

Er hatte ganz bewusst vorab keine Informationen über die Hexe eingeholt. Er wollte sich seine eigene Meinung bilden, seiner Fantasie nicht von vornherein Fesseln auferlegen. Er wusste nur, dass Morgana Donovan vor achtundzwanzig Jahren hier in Monterey geboren wurde und einen gut gehenden Laden betrieb, der Menschen bediente, die sich für Kristalle und Kräuter interessierten.

Er bewunderte sie dafür, dass sie in ihrer Heimatstadt geblieben war. Selbst erst weniger als einen Monat in Monterey, fragte er sich, wie er überhaupt je irgendwo anders hatte leben können. Er grinste unwillkürlich. Der Himmel wusste, er hatte schon fast überall gelebt. Er konnte nur seinem Schicksal danken, dass es ihn mit einer Vorstellungsgabe gesegnet hatte, die es ihm ermöglichte, aus dem Großstadtdschungel Los Angeles an dieses wunderschöne Fleckchen Erde hier im Norden Kaliforniens umzusiedeln.

Es war gerade mal Anfang März, aber das Wetter war so angenehm, dass er seinen Jaguar bereits mit offenem Verdeck fahren konnte. Eine frische Brise zauste ihm durch das dunkelblonde Haar, und es roch nach frisch gemähtem Gras. Und nach Meer.

Der Himmel war wolkenlos und strahlend blau, der Wagen schnurrte wie eine kraftvolle, elegante Katze, er hatte sich gerade aus einer Beziehung gelöst, die immer schneller bergab gegangen war, und ein neues Projekt lag vor ihm. Was Nash anging, so war das Leben im Moment einfach perfekt.

Er erblickte den Laden, genau, wie man es ihm beschrieben hatte: an einer Straßenecke, flankiert von einer Boutique und einem Restaurant. Offensichtlich herrschte genügend Betrieb, denn er brauchte eine ganze Weile, bis er einen Parkplatz gefunden hatte, und das ein ziemliches Stück entfernt. Es machte ihm nichts aus, dass er laufen musste. Auf dem Weg kam ihm eine Gruppe Touristen entgegen, die darüber debattierten, wohin sie zum Lunch gehen sollten, eine bleistiftdünne Frau in lachsroter Seide, die zwei Afghanen an der Leine führte, und ein Geschäftsmann, der mit seinem Handy telefonierte.

Nash liebte Kalifornien.

Vor dem Laden blieb er stehen und las den Namenszug auf dem Schaufenster. »WICCA« stand dort, mehr nicht. Er lächelte in sich hinein. Das alte englische Wort für »Hexe«. Automatisch fielen ihm alte, buckelige Frauen ein, die durch Dörfer reisten, Beschwörungen murmelten und Warzen wegzauberten.

Szene außen, Tag, dachte er. Düsterer, wolkenverhangener Himmel, Wind mit Sturmböen. In einem kleinen, heruntergekommenen Dorf. Zerfallene Zäune und geschlossene Fensterläden. Eine kleine runzlige Frau huscht über einen Feldweg, einen offensichtlich schweren, großen Korb am Arm, mit einem Tuch abgedeckt. Ein riesiger schwarzer Rabe stößt einen Schrei aus, lässt sich flügelschlagend auf einem Zaunpfosten nieder. Vogel und Frau starren einander einen Moment lang an. Aus der Ferne ertönt ein lang gezogener, verzweifelter Schrei.

Das Bild verschwand, als jemand aus dem Laden kam und Nash leicht anrempelte. Eine leise Stimme murmelte eine Entschuldigung.

Nash nickte nur. Eigentlich ganz gut, dass dieser Jemand ihn unterbrochen hatte. Es war nie gut, ohne den Experten zu weit mit der Geschichte vorzupreschen. Im Moment hatte er nur vor, sich ihre Waren anzusehen.

Die Auslagen im Schaufenster waren beeindruckend und bewiesen einen Hang zu dramatischer Eleganz, wie er feststellte. Dunkelblauer Samt ergoss sich wie fließendes Wasser über verschieden hohe und breite Ständer mit Kristallen, die in der Sonne funkelten wie Edelsteine. Rosé und aquamarinblau, andere glasklar, wiederum andere purpurrot oder fast schwarz, angehäuft und geformt zu Zauberstäben, kleinen Burgen oder surrealistischen Städtchen.

Nash wippte auf den Absätzen und schürzte die Lippen. Er konnte sich gut vorstellen, dass die Auslage die Leute faszinierte – die Farben, die Formen, das Glitzern. Die Tatsache, dass tatsächlich jemand daran glaubte, einem Stück Stein würden geheimnisvolle Kräfte innewohnen, war nur ein weiterer Grund, um sich über das menschliche Wesen zu wundern. Aber hübsch war es auf jeden Fall.

Vielleicht bewahrte sie ja die Kessel im hinteren Teil des Ladens auf.

Er gluckste bei der Vorstellung, warf noch einen Blick auf das Schaufenster und öffnete die Ladentür. Vielleicht würde er ja etwas für sich selbst kaufen. Einen Briefbeschwerer vielleicht oder einen Sonnenfänger, einen Kristall, den man an die Decke vors Fenster hängte, damit er das Farbprisma auf die Zimmerwände warf. Ja, vielleicht würde er das tun – wenn sie keine Wolfszähne oder Drachenschuppen vorrätig hatte.

Der Laden war zum Bersten voll. Selbst schuld, dachte er bei sich. Das kam davon, wenn man am Samstagvormittag vorbeischaute. Aber immerhin würde ihm das erlauben, sich in Ruhe umzusehen und herauszufinden, wie eine Hexe im zwanzigsten Jahrhundert ein Geschäft führte.

Die Auslagen im Laden waren genauso aufwendig dekoriert wie im Schaufenster. Verschiedene Steine, manche aufgeschnitten und mit einem kristallenen Innenleben, schmückten die Regale, daneben ausgefallen geformte kleine Fläschchen mit farbigen Etiketten. Nash war regelrecht enttäuscht, als er sah, dass es sich dabei um Badeessenzen aus Kräutern handelte. Er hatte stark gehofft, wenigstens einen Liebestrank darunter zu finden.

Überall Kräuter- und Pflanzenpotpourris, verschiedene Teemischungen, Duftkerzen und Kristalle in allen Formen und Farben. Interessanter Schmuck war in einer Glasvitrine ausgestellt. Kunstwerke, Bilder, Statuen, Skulpturen, alles so geschickt präsentiert, dass dieser Laden eigentlich als Galerie bezeichnet werden müsste.

Da das Ungewöhnliche Nash schon immer gefesselt hatte, wandte er sich einer Tischlampe aus gehämmertem Zinn zu – ein Drache mit ausgebreiteten Flügeln und leuchtend roten Augen.

Und dann sah er sie. Ein Blick genügte, und er war sicher, dass so eine moderne Hexe aussehen musste. Die ernst aussehende Blondine war mit zwei Kunden beschäftigt, die sich wohl für die verschiedenen Kristalle auf dem Tisch interessierten. Ihre grazile Gestalt steckte in einem hautengen schwarzen Overall, lange Ohrringe baumelten ihr bis auf die Schultern, und an jedem ihrer Finger, die in tödlich wirkenden, rot lackierten Nägeln ausliefen, trug sie einen Ring.

»Interessant, nicht wahr?«

»Hm?« Bei der rauchigen Stimme drehte Nash sich um. Und vergaß die moderne Hexe drüben am anderen Ende des Ladens augenblicklich. Stattdessen ertrank er fast in einem Paar kobaltblauer Augen. »Wie bitte?«

»Der Drache.« Sie fuhr mit den Fingern über das Zinn. »Ich habe mich gerade gefragt, ob ich ihn mit nach Hause nehmen soll.« Sie lächelte, und Nash sah, dass ihre Lippen voll und weich und ohne Lippenstift waren. »Mögen Sie Drachen?«

»Ich bin verrückt nach ihnen«, entschied er schlagfertig. »Kaufen Sie hier oft etwas?«

»Ständig.« Sie schob sich das Haar zurück. Es war schwarz wie die Nacht und fiel ihr in sanften Wellen bis auf die Hüften. Nash versuchte sich Stück für Stück ein Bild von ihr zu machen. Die Haut, weiß schimmernd wie Elfenbein, passte hervorragend zu dem dunklen Haar. Die großen Augen blickten klar und waren von dichten Wimpern umrandet, die Nase gerade und zierlich. Sie war fast genauso groß wie er und dazu gertenschlank. Das schlichte blaue Kleid, das sie trug, zeugte von Stil und sicherem Geschmack und brachte die fraulichen Rundungen bestens zur Geltung.

Etwas an ihr war … verwirrend, gestand er sich ein, auch wenn er nicht hätte sagen können, was genau es war. Dazu war er viel zu sehr damit beschäftigt zu genießen, was er sah.

Wieder verzog sie die Lippen zu einem Lächeln. Ein wissendes wie auch amüsiertes Lächeln. »Waren Sie schon mal im ›Wicca‹?«

»Nein, aber ich muss sagen, es gibt tolle Sachen hier.«

»Interessieren Sie sich für Kristalle?«

»Ich könnte mich vielleicht dafür erwärmen.« Er nahm einen großen Amethyst zur Hand. »Leider bin ich in Geologie in der Schule durchgefallen.«

»Ich glaube nicht, dass man hier Noten verteilt.« Sie deutete auf den Stein, den er hielt. »Wenn Sie mit Ihrem inneren Selbst in Kontakt treten wollen, müssen Sie den Stein in die linke Hand nehmen.«

»So?« Er tat ihr den Gefallen, aber er sagte ihr nicht, dass er nichts fühlte – außer der Freude zu beobachten, wie der Saum ihres Kleides ihre Knie umspielte. »Also, wenn Sie sozusagen eine Stammkundin hier sind, könnten Sie mich ja vielleicht der Hexe vorstellen.«

Mit einer hochgezogenen Augenbraue folgte sie seinem Blick zu der zierlichen Blondine, die gerade etwas für ihre Kunden einpackte. »Sie suchen eine Hexe?«

»So könnte man es wohl sagen, ja.«

Ihre wunderbaren blauen Augen richteten sich wieder auf Nash. »Sie sehen nicht aus wie ein Mann, der einen Liebeszauber nötig hat.«

Er grinste. »Danke. Aber um genau zu sein ... ich benötige Informationen. Ich schreibe Filmdrehbücher, und ich habe vor, eine Geschichte über Hexen in unserer Zeit zu schreiben. Sie wissen schon, Geheimbünde, Sex, Opferdarbringungen ... solche Sachen.«

»Ah.« Als sie den Kopf neigte, blinkten durchsichtige Kristalltropfen an ihren Ohren auf. »Junge Frauen, die unter wolkenverhangenem Himmel nackt auf einer Lichtung tanzen und dann Liebestränke bei Vollmond brauen, um ihre ahnungslosen Opfer zu verführen.«

»Ja, so was in der Art.« Er lehnte sich ein wenig näher zu ihr und stellte fest, dass sie kühl und frisch roch wie ein Wald bei Mondlicht. »Ist diese Morgana wirklich davon überzeugt, dass sie eine Hexe ist?«

»Sie weiß, was sie ist, Mr. ...?«

»Kirkland. Nash Kirkland.«

Ihr Lachen klang tief und ehrlich erfreut. »Aber natürlich. Ich kenne und schätze Ihre Arbeit. Am besten hat mir ›Midnight Blood‹ gefallen. Sie haben Ihren Vampir mit einer Menge Esprit und Einfühlungsvermögen ausgestattet, ohne die Tradition zu verletzen.«

»Selbst für Untote gibt es mehr als Friedhofserde und Sargdeckel.«

»Ja, wahrscheinlich. Und eine Hexe rührt nicht nur Zaubertränke in ihrem Kessel.«

»Genau. Deshalb will ich ja auch ein Interview mit ihr. Sie muss eine äußerst intelligente Lady sein, um das Ganze durchzuziehen.«

»Durchziehen?«, wiederholte sie, während sie sich bückte, um eine große weiße Katze aufzuheben, die um ihre Beine strich.

»Ja, immerhin genießt sie einen ausgezeichneten Ruf. Ich habe in L. A. von ihr gehört. Die Leute erzählen seltsame Geschichten.«

»Das glaube ich gern.« Sie streichelte der Katze über den Kopf. Nash sah sich jetzt von zwei Augenpaaren gefangen – einem kobaltblauen und einem bernsteinfarbenen. »Aber Sie selbst glauben nicht an diese Kraft, oder?«

»Ich glaube, dass ich eine verdammt gute Story daraus machen kann.« Er legte all seinen Charme in sein Lächeln. »Also? Legen Sie ein gutes Wort bei der Hexe für mich ein?«

Sie musterte ihn genauer. Ein Zyniker, entschied sie. Noch dazu einer, der sich seiner selbst viel zu sicher war. Bisher schien das Leben Nash Kirkland auf Rosen gebettet zu haben. Nun, es wurde Zeit, dass er ein paar Dornen zu spüren bekam.

»Das wird nicht nötig sein.« Sie streckte ihm ihre Hand hin, eine schlanke Hand mit langen Fingern, nur ein einzelner silberner Ring als Schmuck. Er nahm die dargebotene Hand automatisch und stieß unwillkürlich die Luft aus, als ihm ein elektrischer Schlag durch den Arm zuckte. Sie lächelte nur.

»Sie haben Ihre Hexe bereits gefunden.«

Statische Elektrizität, sagte Nash sich einen Moment später, während Morgana die Frage eines Kunden beantwortete. Schließlich hielt sie die Katze und hatte die ganze Zeit das Fell gestreichelt – daher der Schlag.

Trotzdem spreizte er unauffällig die Finger und ballte sie wieder zur Faust.

Ihre Hexe, hatte sie gesagt. Er war sich nicht ganz sicher, ob ihm dieses Pronomen gefiel. Es machte die Dinge ein wenig zu … zu intim. Nicht, dass sie nicht umwerfend aussah. Aber wie sie ihn angelächelt hatte, als er zusammengezuckt war, machte ihn nervös. Jetzt wusste er auch, was an ihr so verwirrend war.

Macht. Oh nein, nicht diese Art von Macht, versicherte er sich selbst, während er zusah, wie sie getrocknete Kräuter bündelte. Es war die Macht, die manchen schönen Frauen einfach angeboren zu sein schien – eine ursprüngliche Sexualität und ein geradezu erschreckendes Selbstbewusstsein. Er hatte sich nie für den Typ Mann gehalten, der durch die Willenskraft einer Frau eingeschüchtert wurde, allerdings musste er sich eingestehen, dass anschmiegsame, nachgiebige Frauen wesentlich weniger anstrengend waren.

Nun, wie auch immer. Sein Interesse an ihr war beruflicher Natur. Nicht nur, wie er in Gedanken anfügte. Ein Mann müsste schon jahrelang im Grab liegen, um Morgana Donovan anzusehen und seine Gedanken auf einer rein professionellen Ebene halten zu können. Aber Nash war ziemlich sicher, dass er Job und Privates voneinander trennen konnte.

Er wartete, bis sie mit dem Kunden fertig war, setzte ein zerknirschtes Lächeln auf und ging zu ihr an die Kasse. »Ich frage mich, ob Sie wohl eine geeignete Beschwörung parat haben, die mich wieder aus dem Fettnäpfchen herausholt.«

»Ich denke, das schaffen Sie auch allein.« Normalerweise hätte sie ihn längst sich selbst überlassen, aber es musste einen Grund geben, weshalb sie ihn am anderen Ende des Ladens erspäht und sich von ihm angezogen gefühlt hatte. Morgana glaubte nicht an Zufälle. Außerdem, ein Mann mit so sanften braunen Augen konnte kein kompletter Idiot sein. »Ich fürchte, Sie kommen zu einer unpassenden Zeit, Nash. Wir haben heute hier sehr viel Betrieb.«

»Sie machen um sechs Uhr zu. Vielleicht könnte ich dann zurückkommen? Ich lade Sie zu einem Drink ein. Oder zum Dinner?«

Ihr erster Impuls war abzulehnen. Sie hätte es vorgezogen, erst zu meditieren oder ihre Kristallkugel zu befragen. Doch bevor sie etwas sagen konnte, sprang die weiße Katze leichtfüßig auf den Tresen. Nash streckte die Hand aus und kraulte das Tier hinter den Ohren. Und anstatt auszuweichen oder beleidigt zu fauchen, wie es sonst bei Fremden ihre Art war, begann die weiße Katze zu schnurren und schmiegte sich an Nashs Hand. Ihre bernsteinfarbenen Augen wurden zu schmalen Schlitzen, aus denen sie Morgana unverwandt anstarrte.

»Luna scheint mit Ihnen einverstanden zu sein«, murmelte Morgana. »Na schön, sechs Uhr also.« Die Katze schnurrte lauter. »Dann werde ich entscheiden, was ich mit Ihnen mache.«

»Bestens.« Nash strich Luna noch einmal über den Rücken und verließ den Laden.

Mit gerunzelter Stirn sah Morgana auf die Katze hinab. »Ich kann nur hoffen, dass du weißt, was du tust.«

Luna verlagerte ihr nicht unerhebliches Gewicht und begann sich seelenruhig zu putzen.

Morgana blieb danach keine Zeit, noch länger über Nash nachzudenken. Sicher, da sie mit ihrer impulsiven Seite eigentlich immer im Clinch lag, hätte sie eine ruhige Stunde vorgezogen, in der sie ihre Vorgehensweise genau hätte überlegen können. Tatsache jedoch war, dass die Ladentür kaum stillstand und die vielen Kunden ihre ganze Aufmerksamkeit beanspruchten. So beruhigte sie sich mit dem Gedanken, dass ihr ein vorwitziger Geschichtenerzähler mit treuen Hundeaugen wohl kaum Schwierigkeiten machen würde.

»Puh.« Mindy, die vollbusige Blondine, die Nash so bewundert hatte, ließ sich hinter der Theke auf einen Hocker fallen. »Seit Weihnachten waren nicht mehr so viele Leute auf einmal im Laden.« Sie zog einen Kaugummistreifen aus der Hosentasche und grinste. »Hast du vielleicht eine Geldformel gemurmelt?«

Morgana baute ein kleines Schloss aus Glassteinen zusammen, bevor sie antwortete. »Die Sterne stehen günstig fürs Geschäft. Außerdem ist die neue Schaufensterdekoration einfach umwerfend.« Sie lächelte. »Geh nach Hause, Mindy. Ich räum auf und schließ ab.«

»Das musst du mir nicht zweimal sagen.« Sie glitt vom Hocker und streckte sich ausgiebig. Dann hob sie die Augenbrauen. »Oh Mann, schau dir das an. Groß, gebräunt und unheimlich appetitlich anzusehen.«

Morgana folgte Mindys Blick und erkannte Nash draußen auf der Straße vor dem Schaufenster. Diesmal hatte er mehr Glück mit einem Parkplatz gehabt und stieg direkt vor dem Laden aus seinem Wagen.

»Immer mit der Ruhe, Mädchen.« Morgana lachte leise. »Männer wie der da brechen Herzen, ohne auch nur einen Gedanken daran zu verschwenden.«

»Ach, das ist okay. Mein Herz war schon seit Tagen nicht mehr gebrochen. Sehen wir uns das doch mal genauer an ...« Innerhalb von Sekundenbruchteilen hatte Mindy eine genaue Einschätzung parat. »Knapp eins neunzig, achtzig wunderbar muskulöse Kilo. Der lässige Typ, vielleicht ein bisschen zu intellektuell. Ist gerne im Freien, übertreibt es aber nicht. Ein paar sonnengebleichte Strähnchen, die Haut in genau dem richtigen Braunton. Gute Gesichtsknochen, wird also im Alter nicht einfallen. Augen wie ein junger Hund, und dann dieser Wahnsinnsmund …«

»Glücklicherweise weiß ich, dass du mehr von Männern hältst als von jungen Hunden.«

Kichernd frischte Mindy mit den Fingern ihre Frisur auf. »Oh ja, allerdings. Ich kenne den Unterschied.« Als die Tür aufging, stellte Mindy sich in Pose. »Hallo, Sie Hübscher. Sie wollen also ein bisschen Magie erleben?«

Immer bereit, einer freundlichen Frau entgegenzukommen, schenkte Nash ihr ein fröhliches Grinsen. »Was können Sie denn empfehlen?«

»Nun jaaa …« Das Wort hörte sich an wie Lunas Schnurren.

»Mindy, Mr. Kirkland ist kein Kunde.« Morganas Stimme klang sanft und amüsiert. Es gab nur wenig, das unterhaltender war als Mindys Flirts mit attraktiven Männern. »Wir haben einen Termin.«

»Vielleicht beim nächsten Mal«, sagte Nash zu Mindy.

»Wann immer Sie wollen«, hauchte Mindy, warf Nash einen letzten verführerischen Blick zu und verschwand zur Tür hinaus.

»Ich wette, sie jagt die Umsatzzahlen nach oben«, meinte Nash grinsend.

»Ja, genauso wie den Blutdruck aller männlichen Kunden. Wie ist es um Ihren bestellt?«

Das Grinsen wurde sofort breiter. »Haben Sie zufällig eine Sauerstoffmaske da?«

»Tut mir leid, der Sauerstoff ist gerade ausgegangen.« Sie legte ihre Hand auf seinen Arm. »Warum setzen Sie sich nicht ein paar Minuten? Ich muss noch … Mist!«

»Wie bitte?«

»Ich hätte das ›Geschlossen‹-Schild schneller anbringen sollen«, murmelte Morgana, dann lächelte sie, als die Tür geöffnet wurde. »Hallo, Mrs. Littleton.«

»Morgana.« Die Frau, die jetzt in den Laden strömte, stieß einen erleichterten Seufzer aus.

Nash schätzte sie auf irgendwo zwischen sechzig und siebzig, und »strömen« war die richtige Beschreibung. Die alte Dame war gebaut wie ein Kreuzfahrtschiff mit massivem Bug. Bunte Schals umflatterten sie wie wehende Fahnen. Ihr Haar war leuchtend rot gefärbt und krauste sich um ein rundes Gesicht, kräftiges Smaragdgrün umrandete die Augen, während der Mund in tiefem Korallenrot erstrahlte. Sie streckte beide Hände vor – zahlreiche Ringe schmückten die Finger – und griff nach Morgana.

»Ich habe es nicht früher geschafft. Ich musste erst noch einen jungen Polizisten schelten, der mir doch tatsächlich einen Strafzettel geben wollte. Man stelle sich vor, der Junge ist noch nicht einmal alt genug, dass ihm ein Bart wächst, aber er will mir etwas von Verkehrsregeln erzählen«, brummelte sie empört. »Ich hoffe, Sie haben noch eine Minute Zeit für mich?«

»Aber natürlich.« Morgana konnte nichts dagegen tun, sie mochte die alte Dame einfach.

»Ach, Sie sind ein Schatz. Sie ist doch ein Schatz, nicht wahr?«, wandte sich Mrs. Littleton an Nash.

»Dem kann ich nur zustimmen.«

Mrs. Littleton strahlte. Unter dem Klimpern von vielen Ketten und Armreifen wandte sie sich ihm jetzt ganz zu. »Sie sind Schütze, nicht wahr?«

»Äh ...« Rasch berichtigte Nash in Gedanken sein Geburtsdatum, um der alten Dame einen Gefallen zu tun. »Stimmt. Woher wussten Sie das?«

Sie atmete schwer aus, und ihr ausladender Busen hob und

senkte sich. »Mit aller Bescheidenheit darf ich von mir behaupten, eine ausgezeichnete Menschenkennerin zu sein. Ich werde Sie wirklich nur einen Moment von Ihrer Verabredung abhalten.«

»Es ist keine Verabredung«, berichtigte Morgana. »Also, Mrs. Littleton, was kann ich für Sie tun?«

»Ach, es handelt sich nur um einen winzigen Gefallen.« Mrs. Littletons Augen begannen zu funkeln, und Morgana unterdrückte gerade noch einen Seufzer. »Es geht um meine Großnichte. Bald ist doch der Abschlussball, und da ist dieser süße Junge in ihrem Geometriekurs …«

Dieses Mal würde sie hart bleiben, schwor Morgana sich. Hart wie Stein. Sie nahm Mrs. Littleton beim Arm und zog sie ein Stück von Nash weg. »Ich habe Ihnen bereits erklärt, dass ich das nicht mache.«

Mrs. Littleton klimperte mit den falschen Wimpern. »Ich weiß, dass Sie so etwas normalerweise«, sie zog das Wort lang, »nicht machen. Aber in diesem Fall ist es wirklich etwas ganz Besonderes.«

»Das ist es immer.« Sie warf Nash, der unauffällig näher gekommen war, einen argwöhnischen Blick zu und zog Mrs. Littleton noch weiter in den Laden hinein. »Ich bin sicher, Ihre Nichte ist ein ganz entzückendes Mädchen, aber eine Verabredung für ihren Abschlussball zu arrangieren wäre leichtfertig – solche Dinge haben immer Nachwirkungen. Nein«, fügte sie sofort an, als Mrs. Littleton protestieren wollte. »So etwas zu arrangieren bedeutet, etwas zu verändern, das nicht verändert werden sollte. Es könnte ihr ganzes Leben beeinflussen.«

»Es ist doch nur dieser eine Abend.«

»Wenn man das Schicksal für einen Moment verändert, ist es durchaus möglich, dass Jahrhunderte einen anderen Gang nehmen.« Bei Mrs. Littletons enttäuschtem Gesicht kam Morgana sich mies und schäbig wie ein Geizkragen vor, der einem hungernden Mann ein Stück Brot verweigerte. »Ich weiß, wie sehr Sie sich eine besondere Nacht für Ihre Nichte wünschen, aber man darf nicht mit dem Schicksal spielen.«

»Sie ist doch so schüchtern«, seufzte Mrs. Littleton. Ihr Gehör war noch scharf genug, der Hauch von Schwäche in Morganas Stimme war ihr nicht entgangen. »Und sie denkt, sie sei nicht hübsch genug. Aber sie ist hübsch. Sehen Sie nur.« Bevor Morgana etwas erwidern konnte, hatte Mrs. Littleton bereits ein Foto ihrer Nichte hervorgezogen.

Sie wollte sich das Foto nicht ansehen, und doch senkte sie die Augen auf das Konterfei des hübschen Teenagers. Dieser melancholische Blick gab ihr dann den Rest.

Drachenblut und Höllenfeuer! Morgana fluchte still. Warum nur musste sie bei den ersten zarten Gefühlen junger Menschen immer schwach werden! »Ich kann aber für nichts garantieren, nur vorschlagen.«

»Oh, das würde schon genügen.« Mrs. Littleton holte ein weiteres Bild hervor, offensichtlich aus dem Jahrbuch der Highschool herausgeschnitten. »Das ist Matthew. Ein hübscher Name, nicht wahr? Matthew Brody und Jessie Littleton. Sie fangen doch bald an, oder? Der Ball ist am ersten Samstag im Mai.«

»Wenn es so sein soll, wird es auch geschehen.« Morgana ließ die beiden Fotos in ihrer Tasche verschwinden.

»Ach, Sie sind einfach wunderbar.« Strahlend küsste Mrs. Littleton Morgana auf die Wange. »Jetzt will ich Sie aber nicht weiter aufhalten. Ich komme am Montag wieder vorbei.«

»Ein schönes Wochenende.« Verärgert über sich selbst, sah Morgana Mrs. Littleton nach.

»Hätte sie Ihnen nicht ein Silberstück dafür geben müssen?«

Beim Klang von Nashs Stimme wandte Morgana den Kopf.

Ihre Augen blitzten wütend. »Ich bereichere mich nicht durch die Macht.«

Er zuckte nur die Schultern und kam auf sie zu. »Ich sage es wirklich nicht gern, aber die alte Dame hat Sie nach allen Regeln der Kunst um den Finger gewickelt.«

Ein Hauch von Rot überzog ihre Wangen. Wenn sie etwas mehr hasste als schwach zu werden, dann war es schwach werden vor Zeugen. »Darüber bin ich mir im Klaren.«

Er hob die Hand und rieb mit dem Daumen den Lippenstift von ihrer Wange, den Mrs. Littletons Kuss dort hinterlassen hatte. »Ich dachte immer, Hexen seien knallhart. Aber da habe ich mich wohl getäuscht.«

»Ich habe nun mal eine Schwäche für Exzentriker und gute Seelen. Und Sie sind kein Schütze.«

Nur unwillig sah er ein, dass es keine Notwendigkeit mehr gab, ihre Wange zu berühren. Ihre Haut fühlte sich weich und kühl an wie Seide. »Bin ich nicht? Was denn dann?«

»Zwilling.«

Er zog eine Augenbraue hoch und steckte die Hände in die Hosentaschen. »Gut geraten.«

Dass er sich unwohl fühlte, versöhnte sie ein wenig. »Mit Raten hat das nicht viel zu tun. Aber da Sie nett genug waren, Mrs. Littletons Gefühle nicht zu verletzen, werde ich meinen Ärger nicht an Ihnen auslassen. Warum kommen Sie nicht mit nach hinten durch? Ich werde uns einen Tee brauen.« Als sie sein Gesicht sah, musste sie lachen. »Na schön, ich kann Ihnen auch ein Glas Wein anbieten, wenn Ihnen das lieber ist.«

»Ja, das ist besser.«

Er folgte ihr durch die Tür hinter dem Verkaufstresen in einen Raum, der als Lager, Büro und Küche diente. Obwohl nicht groß, schien der Raum doch nicht überladen. An zwei Wänden waren Regale angebracht, auf denen sich Kisten und

Bücher stapelten. Auf einem Schreibtisch aus Kirschholz stand eine Messinglampe in Form einer Meerjungfrau, ein Telefon, ein Stapel Unterlagen, beschwert mit einem Glasstein, in dem sich das Licht brach, wartete darauf, bearbeitet zu werden.

Dahinter stand ein kleiner Kühlschrank, ein Zwei-Platten-Kocher und ein kleiner Bistro-Tisch mit zwei Stühlen. Auf der Fensterbank des großen Fensters wuchsen in Tontöpfen verschiedene Kräuter. Nash roch … er war sich nicht sicher … Salbei vielleicht … und Oregano. Und Lavendel. Auf jeden Fall duftete es angenehm.

Morgana nahm zwei durchsichtige Kelche von dem Regal über der Spüle. »Setzen Sie sich. Ich kann Ihnen zwar nicht sehr viel Zeit widmen, aber zumindest können Sie es sich gemütlich machen.« Sie nahm eine Flasche mit einem langen Hals aus dem Kühlschrank und füllte die Gläser mit einer goldenen Flüssigkeit.

»Kein Etikett?«

»Es ist mein eigenes Rezept.« Lächelnd nippte sie an ihrem Kelch. »Keine Angst, es ist kein einziges Molchauge drin.«

Eigentlich hatte er lachen sollen, aber die Art, wie sie ihn über den Rand ihres Glases hinweg musterte, machte ihn irgendwie unruhig. Aber er hatte noch nie eine Herausforderung abgelehnt. Also trank er einen Schluck. Der Wein war kühl, nur leicht süß und ungemein samtig. »Schmeckt gut.«

»Danke.« Sie nahm auf dem anderen Stuhl Platz. »Ich habe noch nicht entschieden, ob ich Ihnen helfen werde oder nicht. Aber Ihr Handwerk interessiert mich, vor allem, da Sie doch jetzt vorhaben, meines als Thema zu bearbeiten.«

»Sie mögen also Filme, Morgana.« Das war immerhin ein erster Schritt.

»Unter anderem. Mir gefallen die verschiedenen Ausdrucksmöglichkeiten menschlicher Vorstellungskraft.«

»Dann ...«

»Aber«, unterbrach sie ihn, »ich bin mir nicht sicher, ob ich meine persönliche Geschichte in Hollywood sehen will.«

»Darüber können wir ja reden.« Er lächelte, und erneut überkam sie das Gefühl, dass er eine Energie ausstrahlte, die man nicht außer Acht lassen durfte. Während sie noch darüber nachdachte, sprang Luna auf den Tisch. Nash bemerkte, dass die Katze einen runden Kristall an einem Halsband trug. »Sehen Sie, Morgana, ich maße mir hier kein Urteil an. Ich will nicht die Welt verändern, ich will nur einen Film machen.«

»Warum ausgerechnet Horror und Okkultismus?«

»Warum?« Er zuckte die Schultern. Er fühlte sich nie wohl dabei, wenn die Leute ihn aufforderten, es zu analysieren. »Ich weiß es nicht. Vielleicht weil ich will, dass die Leute den lausigen Tag im Büro vergessen, sobald sie den ersten Schreckensschrei gehört haben.« Seine Augen funkelten humorvoll. »Oder vielleicht deshalb, weil ich zum ersten Mal bei einem Mädchen weitergekommen bin, als sie mir bei Carpenters ›Halloween‹ im Kino fast auf den Schoß kroch.«

Morgana nahm noch einen Schluck Wein und überlegte. Vielleicht, aber auch nur vielleicht, lag hinter dieser selbstzufriedenen Fassade doch eine empfindsame Seele. Talent war da ganz sicher, und auch ein gewisser Charme war nicht zu leugnen. Es störte sie, dass sie sich ... irgendwie gedrängt fühlte. Dazu gedrängt zuzustimmen.

Nun, sie würde genau das tun, was sie wollte. Und wenn sie Nein sagte, dann hieß das auch Nein. Aber erst würde sie das noch genauer ausloten.

»Erzählen Sie mir etwas von Ihrer Story.«

Nash witterte seine Chance und legte los. »Ich habe noch keine Story. Keine richtige zumindest. Und genau da kommen Sie ins Bild. Ich habe gern eine fundierte Basis. Natürlich kann ich viele Informationen aus Büchern bekomme«, er hob seine Hände, »und ich habe auch schon einiges gesammelt, schließlich überschneiden sich viele Gebiete des Okkulten. Aber ich will den persönlichen Blickwinkel. Ich will wissen, wie Sie zur Magie, zur Hexerei gekommen sind. Nehmen Sie an Zeremonien teil? Welche Insignien bevorzugen Sie?«

Morgana strich nachdenklich mit dem Finger über den Rand ihres Kelches »Ich fürchte, Sie beginnen mit einem falschen Eindruck. Bei Ihnen hört sich das so an, als wäre ich einem Verein beigetreten.«

»Bund, Club, Verein ... eine Gruppe Gleichgesinnter.«

»Ich gehöre keinem Bund an. Ich ziehe es vor, allein zu arbeiten.«

Interessiert beugte er sich vor. »Und wieso?«

»Es gibt Gruppen, die ernst zu nehmen sind, andere sind es nicht. Dann gibt es auch noch solche, die sich an Dingen versuchen, die besser unter Verschluss gehalten werden sollten.«

»Schwarze Magie.«

»Nennen Sie es, wie Sie wollen.«

»Und Sie sind eine gute, eine weiße Hexe.«

»Sie lieben es, alles zu etikettieren, nicht wahr?« Mit einer ungeduldigen Bewegung nahm sie ihr Weinglas auf. Es machte ihr nichts aus, über ihre Kräfte zu reden, aber sie erwartete, dass man ihr mit Respekt begegnete. »Wir alle werden mit bestimmten Kräften geboren, Nash. Ihr Talent ist es, unterhaltsame Geschichten zu erzählen. Und auf Frauen zu wirken.« Sie lächelte leicht. »Ich bin sicher, Sie wissen um diese Kräfte und benutzen sie. So wie ich meine einsetze.«

»Was sind Ihre Kräfte?«

Sie ließ sich Zeit. Setzte das Glas ab, blickte auf und sah ihm direkt in die Augen. Unter diesem Blick kam er sich vor wie ein Trottel, weil er überhaupt gefragt hatte. Da war sie, die

Macht – eine Macht, die einen Mann in die Knie zwingen konnte.

»Sie würden gern eine kleine Demonstration sehen, nicht wahr?« Ein leichter Anflug von Ungeduld lag in ihrer Stimme.

Er schaffte es irgendwie, Luft zu holen und das abzuschütteln, was ihn überkommen hatte. Eine Art Trance – wenn er denn an so etwas wie Trance glauben würde. »Mit Vergnügen.« Es konnte sein, dass er sich hier auf dünnes Eis begab, aber ihn ritt der Teufel.

Ärger trieb einen Hauch Rot in ihr Gesicht, dass ihre Wangen schimmerten wie ein Pfirsich. »Was hatten Sie sich denn vorgestellt? Blitze, die aus Fingern schießen? Soll ich den Wind beschwören oder den Mond vom Himmel fallen lassen?«

»Die Entscheidung überlasse ich ganz Ihnen.«

Der Mann hat wirklich Nerven!, dachte sie, als sie sich erhob. Die Kraft rauschte heiß durch ihre Adern. Es würde ihm nur recht geschehen, wenn sie …

»Morgana.«

Sie wirbelte herum, Zorn versprühend. Mit Mühe zwang sie sich dazu, sich zu entspannen.

»Ana.«

Nash hätte nicht sagen können, weshalb er das Gefühl hatte, gerade ganz knapp einer Katastrophe entkommen zu sein. Er wusste nur, dass er für einen Moment so von Morgana gefangen gewesen war, dass er noch nicht einmal ein Erdbeben bemerkt hätte. Sie hatte ihn in ihren Bann gezogen, und jetzt konnte er nur ein wenig benommen auf die schlanke blonde Frau starren, die in der Tür aufgetaucht war.

Sie war sehr hübsch und, obwohl einen Kopf kleiner als Morgana, strahlte sie eine seltsame, ruhige Kraft aus. Ihre Augen waren von einem sanften Grau, ihr Blick lag jetzt unverwandt auf Morgana. Sie trug einen Karton unter dem Arm, voll mit blühenden Kräuterpflanzen.

»Du hattest das Schild nicht aufgehängt, deshalb bin ich vorne reingekommen.«

»Lass mich dir den Karton abnehmen.« Die beiden Frauen tauschten Botschaften aus, Nash wusste es, auch ohne ein Wort zu hören. »Ana, das ist Nash Kirkland. Nash, meine Cousine Anastasia.«

»Entschuldigt, wenn ich euch störe.« Ihre Stimme war ebenso sanft und beruhigend wie ihr Blick.

»Nein, du störst nicht«, sagte Morgana, während Nash sich erhob. »Wir sind sowieso fertig.«

»Wir haben gerade angefangen«, verbesserte er. »Aber wir können später weitermachen. War nett, Sie kennenzulernen«, sagte er zu Anastasia. Dann lächelte er Morgana an und steckte ihr eine Haarsträhne hinters Ohr. »Bis zum nächsten Mal also.«

Morgana nahm einen der kleinen Töpfe aus dem Karton. »Ein Geschenk.« Sie versah ihn mit ihrem nettesten Lächeln und dem Topf. »Wicken. Sie symbolisieren den Aufbruch.«

Er konnte nicht widerstehen. Er beugte sich über den Karton hinweg zu Morgana und berührte flüchtig mit den Lippen ihren Mund. »Einfach nur so.« Damit ging er hinaus.

Und entgegen aller Vorsätze musste Morgana lächeln.

Anastasia ließ sich mit einem Seufzer auf einem Stuhl nieder. »Willst du darüber reden?«

»Da gibt es nichts zu reden. Er ist ein charmantes Ärgernis. Ein Autor, mit den stereotypen Ansichten über Hexen.«

»Ah, der Nash Kirkland also.« Anastasia griff nach Morganas Kelch und trank einen Schluck Wein. »Der, der diesen blutrünstigen Film gemacht hat, in den du und Sebastian mich geschleift haben. Diesen Film, nach dem ich tagelang nicht richtig schlaffen konnte.«

»Eigentlich war ja der Film doch ziemlich intelligent gemacht.«

»Hm.« Anastasia nahm noch einen Schluck. »Und blutrünstig. Aber du hattest ja schon immer eine Vorliebe für so was.«

»Das Studium des Bösen ist eine unterhaltsame Art, das Gute zu bestätigen.« Morgana runzelte die Stirn. »Leider muss ich zugeben, dass Nash Kirkland dabei ausgezeichnete Arbeit leistet.«

»Mag sein. Ich sehe mir trotzdem lieber die Marx Brothers an.« Anastasia stand auf und begutachtete die Kräuter auf der Fensterbank. »Die Spannung war nicht zu ignorieren. Du sahst aus, als wolltest du ihn jeden Moment in eine hässliche Kröte verwandeln.«

Die Vorstellung amüsierte Morgana. »Die Versuchung war groß. Seine Selbstgefälligkeit hat mich gereizt.«

»Du lässt dich viel zu leicht reizen. Hattest du nicht gesagt, du würdest an deiner Selbstbeherrschung arbeiten?«

Mit einer tiefen Falte auf der Stirn nahm Morgana Nashs Glas hoch. »Er ist doch heil und auf zwei Beinen hier herausgegangen, oder nicht?« Sie nippte an dem Glas und merkte sofort, dass es ein Fehler gewesen war. Er hatte zu viel von sich selbst in diesem Wein zurückgelassen.

Ein mächtiger Mann, dachte sie und stellte den Kelch wieder ab. Trotz des charmanten Lächelns und des lässigen Auftretens.

Sie wünschte, sie hätte die Blumen, die sie ihm gegeben hatte, mit einem Spruch belegt, aber dann verwarf sie den Gedanken sofort wieder. Vielleicht trieb sie irgendetwas zueinander, aber sie würde damit umgehen. Damit und mit Nash Kirkland, und zwar ohne Magie.

2. Kapitel

Schon immer hatte Morgana die ruhigen Sonntagnachmittage genossen. Das war ihr Tag, um sich zu verwöhnen. Vom ersten Atemzug an hatte sie den Wert des Verwöhnens geschätzt. Nicht, dass sie Arbeit mied. Sie hatte viel Zeit und Mühe in ihren Laden investiert, damit alles glatt und auch gewinnbringend lief – und zwar ohne ihre besonderen Fähigkeiten einzusetzen. Aber sie war der festen Überzeugung, dass man nach anstrengender Arbeit ein unverbrüchliches Recht auf Entspannung hatte.

Im Gegensatz zu den meisten Geschäftsinhabern zerbrach Morgana sich nicht den Kopf über Buchhaltung, Inventar und Umsatzzahlen. Sie tat einfach das, was sie für nötig hielt, und stellte sicher, dass sie es auch richtig und gut tat. Sobald die Ladentür hinter ihr zufiel, und sei es auch nur für eine kurze Lunchpause, vergaß sie jeden Gedanken an Arbeit. Es erstaunte sie immer wieder, dass es Menschen gab, die an einem wunderbaren sonnigen Tag in einem Zimmer saßen und über Zahlen brüteten. Dafür hatte sie einen Buchhalter.

Eine Haushälterin hatte sie nicht. Weil es ihr nicht behagte, wenn jemand in ihren persönlichen Sachen herumschnüffelte. Sie, und nur sie allein, kümmerte sich um diese Dinge. Ihr Garten war riesig, und wenn sie auch nicht den gleichen fantastischen grünen Daumen wie Cousine Anastasia hatte, so pflegte sie alle Pflanzen doch selbst. Sie fand den Zyklus von Pflanzen, Gießen, Unkrautjäten und Ernten erfüllend.

Sie kniete gerade in einem Beet, in dem Kräuter und Frühlingsblumen im hellen Sonnenlicht gediehen. Ein Hauch von Rosmarin und Anis, von Hyazinthen und Jasmin lag in der Luft. Musik drang durch die offenen Fenster des Hauses herüber, der helle Flötenklang eines traditionellen irischen Volksliedes, in den sich das Gurgeln und Rauschen eines kleinen Wasserfalls mischte, der über den Felsen knapp hundert Meter hinter ihr fiel.

Es war einer dieser wunderbaren perfekten Tage, mit einem hellblauen Himmel, einer strahlenden Sonne und einer leichten Frühlingsbrise, die den Duft des Wassers und die Aromen der Wildblumen mit sich trug. Hinter der niedrigen Mauer und der schützenden Baumreihe, die ihr Grundstück umgaben, konnte Morgana ab und zu ein vorbeifahrendes Auto hören.

Luna lag nicht weit entfernt in der Sonne, die Augen zu schmalen Schlitzen zusammengezogen. Ihre Schwanzspitze zuckte, wenn ein Vogel in Sichtweite kam. Wäre Morgana nicht hier, hätte sie sich vielleicht einen kleinen Imbiss ergattert. Trotz ihres Umfangs war sie schnell wie ein Blitz. Aber ihre Herrin hatte strenge Ansichten über derartige Angewohnheiten.

Als der Hund angelaufen kam und seinen Kopf in Morganas Schoß legte, gab Luna einen abfälligen Ton von sich und schloss die Augen ganz. Hunde hatten eben keinen Stolz.

Mit sich und der Welt zufrieden, kraulte Morgana dem Hund das Fell und betrachtete ihr Kräuterbeet. Vielleicht würde sie ein paar Halme und Stiele ernten. Ihr ging das Engelwurz-Balsam aus, und vom Ysop-Puder hatte sie auch nicht mehr viel vorrätig. Heute Nacht, beschloss sie. Wenn der Mond schien. Solche Dinge tat man am besten im Mondlicht.

Aber vorerst würde sie einfach nur die Sonne genießen, die Wärme auf der Haut fühlen. Wann immer sie hier saß, fühlte sie die Schönheit dieses Ortes. Ihres Geburtsortes. Sie war durch viele Länder gereist, hatte viele magische Plätze besucht, aber hier war es, wo sie hingehörte.

Denn hier würde sie Liebe finden und Kinder gebären. Dieses Wissen besaß sie schon seit Langem. Aber das würde noch warten können. Morgana schloss die Augen. Sie war zufrieden mit ihrem Leben, so wie es war. Und wenn der richtige Zeitpunkt gekommen war, um andere Wege einzuschlagen, dann würde sie die Zügel in der Hand behalten, dazu war sie fest entschlossen.

Als der Hund aufsprang und ein leises Knurren hören ließ, brauchte Morgana sich nicht umzudrehen. Sie hatte gewusst, dass er kommen würde. Dazu hatte sie keine Kristallkugel und keinen Zauberspiegel nötig. Sie musste auch kein Seher sein – das war mehr das Gebiet ihres Cousins Sebastian. Nein, es reichte völlig aus, Frau zu sein, um Gewissheit zu haben.

Sie saß lächelnd da, während der Hund drohend bellte. Sie würde abwarten, wie Nash Kirkland mit dieser Situation fertig wurde. Mal sehen, ob Nash so souverän und selbstgefällig tun würde wie bisher.

Wie reagierte ein Mann am besten, wenn die Frau, die er besuchen wollte, bewacht wurde von einem ... er war sicher, dass es sich nicht um einen Wolf handelte, aber dieses Tier sah wirklich aus wie einer. Außerdem war er überzeugt, dass dieses kräftige silberfarbene Vieh ihm auf den kleinsten Wink seiner Herrin an die Kehle springen würde.

Nash räusperte sich und zuckte erschreckt zusammen, als etwas um seine Beine strich. Luna. Nun, immerhin einer hatte beschlossen, ihn freundlich zu empfangen. »Schöner Hund, den Sie da haben«, setzte er vorsichtig an. »Ein schöner, großer Hund.«

Sie ließ sich dazu herab, ihn über die Schulter anzuschauen. »Eine kleine Sonntagsspazierfahrt?«

»So ungefähr.«

Der Hund hatte zu bellen aufgehört und ließ ein tiefes, gefährliches Knurren hören. Nash fühlte einen einzelnen Schweißtropfen über seinen Rücken rinnen, als das riesige Muskelpaket mit dem Furcht einflößenden, gebleckten Gebiss auf ihn zukam und an seinen Schuhen schnüffelte. »Ich ... äh ...«

Dann hob der Hund den Kopf, und Nash sah in ein Paar dunkelblauer Augen, die wie Edelsteine in dem silbernen Fell glänzten. »Gott, bist du eine Schönheit«, entfuhr es ihm unwillkürlich. Er hielt dem Tier die Hand hin und hoffte inständig, dass der Hund sie ihn behalten lassen würde. Sie wurde ausgiebig beschnüffelt und dann kurz geleckt.

Mit geschürzten Lippen hatte Morgana die Szene beobachtet. Pan würde keiner Fliege etwas zuleide tun, aber er war auch nicht gerade dafür bekannt, dass er sich so schnell mit jemandem anfreundete. »Sie können gut mit Tieren umgehen, wie ich sehe.«

Nash hatte sich bereits vorgebeugt, um dem großen Tier kräftig das Fell zu kraulen. Als Kind hatte er sich immer einen Hund gewünscht. Es überraschte ihn, dass diese Sehnsucht eines kleinen Jungen nie ganz versiegt war. »Tiere spüren eben sofort, dass ich im Grunde meines Herzens immer noch ein kleiner Junge bin. Was für eine Rasse ist das?«

»Pan?« Ihr Lächeln war geheimnisvoll. »Sagen wir einfach, er ist ein Donovan. Was kann ich für Sie tun, Nash?«

Er sah zu ihr hin. Sie saß im Sonnenlicht, das lange Haar unter einem breitkrempigen Strohhut versteckt. Ihre Jeans saßen eng, das T-Shirt war viel zu weit. Da sie bei der Gartenarbeit nie Handschuhe trug, waren ihre Hände mit schwarzer Erde verkrustet. Sie war barfuß. Himmel, er wäre nie auf den Gedanken gekommen, dass bloße Füße sexy sein könnten. Bis zu diesem Moment.

»Außer zuzulassen, dass Sie mich anstarren.« Sie sagte es leichthin, amüsiert, und er grinste entschuldigend.

»Sorry, ich habe meinen Gedanken einfach freien Lauf gelassen.«

Sie sah es nicht als Beleidigung an, wenn man sie begehrenswert fand. »Fangen Sie doch einfach damit an, wie Sie mich gefunden haben.«

»Das war nun wirklich nicht schwierig. Immerhin haben Sie einen gewissen Ruf.« Er kam zu ihr und setzte sich zu ihr ins Gras. »Ich bin zum Dinner in das Restaurant neben Ihrem Laden gegangen und habe ein Gespräch mit der Kellnerin angefangen.«

»Das glaube ich Ihnen sofort.«

Er griff nach dem Amulett, das sie trug, und besah es sich genauer. Ein interessantes Stück, ein Halbmond mit einer Inschrift auf … Griechisch? Arabisch? Er war kein Gelehrter. »Nun, auf jeden Fall war sie eine wahre Quelle an Informationen. Gleichzeitig fasziniert und eingeschüchtert. Wirken Sie eigentlich auf viele Leute so?«

»Auf fast alle.« Und mittlerweile fand sie es sehr vergnüglich. »Hat sie Ihnen erzählt, dass ich bei Vollmond auf meinem Besenstiel durch die Lüfte reite?«

»So ähnlich.« Er ließ das Amulett aus den Fingern gleiten. »Ich finde es immer wieder interessant, welche Faszination das Übernatürliche auf normal intelligente Leute ausübt.«

»Verdienen Sie sich nicht genau damit Ihren Lebensunterhalt, Nash?«

»Stimmt. Und da wir schon beim Thema sind … Ich glaube, Sie und ich haben auf dem falschen Fuß angefangen. Was halten Sie von einem sauberen Schnitt und einem Neuanfang?«

Es war schwer, einem attraktiven Mann an einem sonnigen Tag böse zu sein. »Nun, was schlagen Sie mir denn jetzt vor? Etwa eine Versöhnungsszene auf der grünen Wiese?«

Er hielt es für angebrachter, das Gespräch sozusagen durch

die Hintertür auf das Thema zu bringen, das ihn interessierte. »Sie kennen sich gut mit Blumen und Pflanzen aus, nicht wahr?«

»Etwas.« Sie setzte Zitronenmelisse aus einem Topf in die Erde.

»Vielleicht könnten Sie mir sagen, was bei mir alles wächst und was ich noch dazusetzen sollte.«

»Heuern Sie eine Gartenbaufirma an.« Sie entspannte sich und lächelte. »Ich kann es mir ja mal ansehen.«

»Das wäre nett.« Er wischte ihr einen Schmutzfleck vom Kinn. »Morgana, Sie könnten mir wirklich sehr bei meinem Drehbuch helfen. Sich Informationen aus Büchern zu holen ist kein Problem – das kann jeder. Aber ich suche nach einem anderen Ansatz, nach etwas Persönlicherem. Und ich …«

»Was ist?«

»Sie haben Sterne in den Augen«, murmelte er. »Kleine goldene Sterne … wie Sonnenschein auf einem nachtblauen Meer. Aber es ist unmöglich, Sonnenstrahlen um Mitternacht gleichzeitig zu sehen.«

»Man kann alles, wenn man weiß, wie es geht.« Diese unglaublichen, schönen Augen hielten seinen Blick gefangen. Er hätte ihn nicht abwenden können, und wenn es ihn seine Seele gekostet hätte. »Sagen Sie mir, was Sie wollen, Nash.«

»Ich will den Leuten ein paar vergnügliche Stunden bereiten. Wissen, dass sie alle Probleme, die Realität, den Alltag, einfach alles für zwei Stunden abschütteln können, wenn sie in meine Welt treten. Eine gute Story ist wie eine Tür, durch die man gehen kann, wann immer man das Bedürfnis hat. Und wenn sie einmal dir gehört hat, wird sie dir immer gehören.«

Er hielt inne, verlegen und verwirrt. Dieses Philosophieren war überhaupt nicht seine Art, es passte nicht zu dem Image des lässigen Drehbuchautors. Er hatte gewieften Interviewern gegenübergesessen, die ihn stundenlang mit Fragen bombardiert hatten, ohne dass er je eine so simple und ehrliche Antwort gegeben hätte.

»Und natürlich will ich so viel Geld wie möglich verdienen«, setzte er gelassen hinzu, aber das selbstzufriedene Grinsen wollte nicht so recht gelingen.

»Ich sehe nicht ein, warum das eine das andere ausschließen sollte. In meiner Familie hat es über viele Generationen immer sehr begabte Geschichtenerzähler gegeben, bis hin zu meiner Mutter. Wir wissen um den Wert von Geschichten.«

Vielleicht war das der Grund, weshalb sie ihn nicht von Anfang an abgelehnt hatte. Sie respektierte das, was er tat. Denn es lag auch ihr im Blut.

»Also gut.« Als sie sich vorbeugte, fühlte er es wie einen Schlag in den Magen, etwas, das weit über ihre Schönheit hinausging. »Falls ich mich dazu entschließe, Ihnen zu helfen, werde ich es Ihnen verbieten, den kleinsten gemeinsamen Nenner zu suchen. Es wird keine buckelige, zahnlose Alte geben, die kichernd ihren Hexentrank braut.«

Er lächelte. »Versuchen Sie es.«

»Seien Sie vorsichtig damit, wen und was Sie herausfordern, Nash«, murmelte sie. »Kommen Sie mit ins Haus«, sagte sie und erhob sich. »Ich habe Durst.«

Da er nicht mehr befürchtete, dass ihr Wachhund ihn zerfleischen würde, nahm er sich Zeit, um ihr Haus zu bewundern. Natürlich hatte er gewusst, dass die Häuser entlang der Monterey Halbinsel alle einzigartig waren. Schließlich hatte er selbst eines gekauft. Aber Morgana hatte ihrem Heim eine ganz besondere Note verliehen.

Ein dreigeschossiges Haus aus Stein, mit Türmchen und Zinnen, passend für eine Hexe, dachte er. Aber weder war es düster noch unheimlich. Hohe Fenster ließen das Sonnenlicht herein, an den Wänden rankten sich blühende Pflanzen empor bis zu den schmiedeeisernen Balkongittern. Elfen und Nixen waren in die Fassade gemeißelt, Fantasiefiguren dienten als Wasserspeier auf dem Dach.

Innen, Nacht. Im höchsten Turm des alten Hauses am Meer sitzt eine wunderschöne junge Hexe in einem Kreis aus Kerzen. Im Raum ist es dämmrig, das Licht der Kerzen wirft flackernde Schatten auf die Gesichter der Statuen. Überall silberne Kelche, eine klare Kristallkugel. Die Hexe trägt ein zartes weißes Gewand, offen bis zur Hüfte. Ein Amulett schwingt zwischen ihren Brüsten. Ein tiefes Summen erfüllt den Raum, während die Hexe zwei Fotografien hoch in die Luft hält.

Die Kerzen flackern auf, als ein Wind anhebt. Die Hexe murmelt vor sich hin, setzt zu einem Singsang an. Uralte Worte, tief in der Kehle gesprochen. Sie hält die Fotos an die Flamme …

Nein, streichen.

Sie … ja, sie benetzt die beiden Fotos mit einer leuchtenden Flüssigkeit aus einer blauen Schale. Rauch steigt zischend auf. Das Summen wird lauter, intensiver. Die Hexe wiegt sich im Takt, während sie die Fotos mit den Vorderseiten aufeinander in eine silberne Schale legt. Ein geheimnisvolles Lächeln umspielt ihre Lippen, als die beiden Fotos miteinander verschmelzen …

Ausblenden.

Ja, die Szene gefiel ihm. Aber sicher konnte sie noch einige Details hinzufügen, ein bisschen mehr Farbe hineinbringen.

Morgana war zufrieden, dass er schwieg. Sie führte ihn um das Haus herum und zu einer Terrasse, die wie ein Pentagramm angelegt war. Am höchsten Punkt der Terrasse stand die Bronzestatue einer Frau. In einem kleinen Springbrunnen zu ihren Füßen gurgelte Wasser.

»Wer ist sie?«, fragte Nash.

»Sie hat viele Namen.« Morgana nahm eine Schöpfkelle, trank von dem klaren Wasser und goss den Rest zu Füßen der Göttin auf die Erde. Ohne ein weiteres Wort überquerte sie die Terrasse und trat in eine helle, blitzsaubere Küche. Sie blieb in der Mitte des Raumes stehen und fragte unvermittelt: »Glauben Sie an einen Schöpfer?«

Die Frage überraschte ihn. »Ja, ich denke schon.« Er folgte ihr unruhig. »Diese ... Ihre Zauberkräfte ... ist das eine religiöse Angelegenheit?«

Lächelnd griff sie nach einer Karaffe mit Limonade. »Das Leben an sich ist eine religiöse Angelegenheit. Aber keine Sorge, Nash«, sie füllte zwei Gläser, »ich beabsichtige nicht, Sie zu missionieren.« Sie ließ Eiswürfel in die Gläser fallen. »Sie sollten sich bei dem Gedanken nicht so unwohl fühlen. Ihre Geschichten handeln alle von Gut und Böse. Und die Menschen treffen ihre Wahl.«

»Und Sie? Haben Sie Ihre Wahl getroffen?«

Sie reichte ihm eines der Gläser, drehte sich um und ging unter einem Bogen zur Küche hinaus. »Man könnte sagen, ich versuche meine weniger sympathischen Eigenschaften unter Kontrolle zu halten.« Sie warf ihm einen Blick über die Schulter zu. »Leider funktioniert es nicht immer.«

Während sie sprach, führte sie ihn einen breiten Korridor entlang. Die Wände waren mit ausgeblichenen Wandteppichen behangen, die Szenen aus Mythen und Sagen darstellten.

Sie entschied sich für den Raum, den ihre Großmutter immer das »Zeichenzimmer« genannt hatte. Die Wände waren in einem warmen Rosa gehalten, der antike Teppich, der auf dem Boden aus breiten Kastaniendielen lag, griff den Farbton auf. In dem großen offenen Kamin lagen säuberlich gestapelte Scheite, vorbereitet für ein warmes Feuer, wenn der Frühlingsabend kühler wurde.

Doch im Moment spielte eine laue Brise mit den langen Vorhängen der Verandatür und brachte die Düfte und Aromen des Gartens ins Haus.

Wie in ihrem Laden, so fanden sich auch hier überall Kristalle und Skulpturen. Zauberer aus Zinn, Elfen aus Bronze, Drachen aus Porzellan.

»Hübsch.« Er strich mit den Fingerspitzen über die Saiten einer goldenen Laute und entlockte ihr damit einen warmen, sanften Ton. »Spielen Sie?«

»Wenn mir danach ist.« Sie sah ihm belustigt zu, wie er den Raum unter die Lupe nahm. Seine ehrliche Neugier schmeichelte ihr. Er hob einen silbernen Kelch auf und roch daran. »Das riecht wie …«

»Höllenschwefel?«, schlug sie vor und warf ihm einen amüsierten Blick zu.

Er setzte den Kelch wieder ab und nahm einen dünnen Amethyststab mit eingearbeiteten Silberornamenten zur Hand. »Ein Zauberstab?«

»Natürlich, was sonst. Überlegen Sie gut, was Sie sich wünschen.« Sie nahm ihm den Stab vorsichtig aus den Händen.

Er zuckte nur die Schultern und drehte sich um, wodurch ihm entging, wie der Stab zu glühen begann, als Morgana ihn berührte und weglegte. »Ich habe selbst eine Menge solcher Sachen gesammelt. Vielleicht wollen Sie es sich ja mal ansehen.« Er beugte sich über eine Glaskugel und sah nur sein eigenes Spiegelbild. »Gerade letzte Woche habe ich auf einer Auktion eine Schamanenmaske erstanden und einen – wie nennt man es noch? – Zauberspiegel. Sieht ganz so aus, als hätten wir doch einige Dinge gemeinsam.«

»Den gleichen Geschmack bei Kunstgegenständen.«

»Und bei Literatur.« Er las die Buchrücken auf dem Regal. »Lovecraft, Bradbury, Stephen King, Hunter Brown … He, ist das etwa …?« Er zog ein Buch heraus und schlug es ehrfürchtig auf. »Die Erstausgabe von Bram Stokers ›Dracula‹.« Er sah zu ihr hinüber. »Wenn ich Ihnen meinen rechten Arm biete, würden Sie es mir überlassen?«

»Vielleicht komme ich auf Ihr Angebot zurück.«

»Ich habe mir immer gewünscht, dass er ›Midnight Blood‹ gutheißen würde.« Während er das Buch zurück ins Regal stellte, fiel sein Blick auf ein anderes. »›Die vier goldenen Bälle‹ und ›Der Elfenkönig‹.« Er fuhr mit dem Finger über den schmalen Buchrücken. »›Rufe den Wind‹. Sie haben die gesamte Werkausgabe.« Neid regte sich in ihm. »Und als Erstveröffentlichung.«

»Sie lesen Bryna?«

»Soll das ein Witz sein?« Ihm war, als würde er einen alten Freund wiedersehen. Er musste es berühren, studieren, ja, sogar riechen. »Ich habe alles von ihr gelesen, mindestens ein Dutzend Mal. Jeder, der behauptet, das seien Geschichten für Kinder, weiß nicht, wovon er redet. Da werden Poesie und Magie und moralische Wertvorstellungen auf einzigartige Weise miteinander verwoben. Und die Illustrationen sind einfach hinreißend. Ich würde alles dafür geben, um ein Original zu bekommen, aber sie verkauft nicht.«

Interessiert neigte Morgana den Kopf. »Haben Sie denn gefragt?«

»Gefragt? Ich habe ihren Agenten regelrecht angefleht, immer wieder. Leider ohne den geringsten Erfolg. Sie lebt irgendwo in Irland in einem alten Schloss. Wahrscheinlich beklebt sie das alte Gemäuer mit ihren Zeichnungen. Ich wünschte …« Er brach ab, als Morgana leise lachte.

»Um genau zu sein, sie bewahrt sie in einem dicken Ordner auf. Für die Enkelkinder, die sie sich wünscht.«

»Donovan.« Es dämmerte Nash. »Bryna Donovan. Sie ist Ihre Mutter.«

»Ja, und sie wird begeistert sein zu hören, wie sehr Ihnen ihre Arbeit gefällt.« Sie hob ihr Glas. »Von Geschichtenerzähler zu Geschichtenerzähler. Meine Eltern haben immer wieder hier in diesem Haus gelebt. Meine Mutter hat ihr erstes veröffentlichtes Buch hier geschrieben, während sie mit mir schwanger war. Sie behauptet steif und fest, ich hätte darauf bestanden, dass sie die Geschichte niederschreibt.«

»Glaubt Ihre Mutter, dass Sie eine Hexe sind?«

»Das sollten Sie sie selbst fragen, wenn Sie die Gelegenheit dazu haben.«

»Sie weichen mir schon wieder aus.« Er schlenderte zur Couch und ließ sich neben ihr nieder. Es war unmöglich, sich nicht wohlzufühlen in der Gesellschaft einer Frau, die die gleichen Dinge liebte wie er. »Drücken wir es mal anders aus. Hat Ihre Familie Probleme mit Ihren Interessen?«

Es gefiel ihr, dass er so entspannt war. Die langen Beine ausgestreckt, der Körper völlig gelöst, so als würde er sich hier ganz zu Hause fühlen. »Meine Familie hat immer die Notwendigkeit akzeptiert und verstanden, dass man seine Energie auf ein individuelles Ziel richten muss. Hatten Ihre Eltern Schwierigkeiten mit Ihren Interessen?«

»Ich habe sie nie gekannt. Meine Eltern.«

»Das tut mir leid.« Das spöttische Funkeln in ihren Augen verschwand und machte augenblicklich ehrlichem Mitgefühl Platz. Ihre Familie war immer der Mittelpunkt ihres Lebens gewesen. Sie konnte sich nicht vorstellen, ohne sie zu leben.

»War nicht weiter schlimm.« Aber er stand auf, unruhig geworden, auch durch die tröstende Hand, die sie ihm auf die Schulter gelegt hatte. Er hatte einen weiten Weg zurückgelegt, zu weit, als dass er Mitleid brauchen konnte. »Mich interessiert die Reaktion Ihrer Familie. Ich meine, wie fühlen sich Eltern, wenn sie herausfinden, dass ihr Kind Zaubersprüche murmelt? Haben Sie schon als Kind mit dem Zauberstab herumgefuchtelt?«

Das Mitgefühl löste sich schlagartig auf. »Herumgefuchtelt?«, wiederholte sie mit zusammengekniffenen Augen.

»Ich überlege, ob ich einen Prolog vorschieben soll. Wie die Hauptperson zur Zauberei gekommen ist. Ihre geheimnisvollen Wurzeln und Kräfte – so in dem Stil.«

Er marschierte im Raum auf und ab, ohne recht auf sie zu achten. Er lief immer auf und ab, wenn er nachdachte, nahm Eindrücke und Ansichten in sich auf. »Vielleicht wird sie ja ständig von dem Nachbarsjungen gehänselt, und dann verwandelt sie ihn in eine Kröte.« Er war so in seine Gedanken verstrickt, dass er nicht bemerkte, wie Morganas Miene hart wurde. »Oder vielleicht begegnet sie einer geheimnisvollen Frau, die ihr diese Kräfte verleiht. Ja, ich denke, das gefällt mir.« Er spielte mit Ideen, verschiedenen Fäden, die zu einem Ganzen verwoben werden konnten. »Ich bin mir nur noch nicht sicher, von welcher Warte aus ich es angehen will. Am besten ist es wohl, wenn Sie mir alles von Anfang an erzählen, wie Sie dazu gekommen sind, was Sie dazu bewogen hat. Vielleicht auch, dass Sie ein Buch gelesen haben – was auch immer. Und dann kann ich es so hindrehen, dass daraus eine Story wird.«

Sie würde sich wirklich zusammenreißen müssen. Als sie sprach, klang ihre Stimme sehr sanft. Etwas schwang darin mit, das ihn genau in der Mitte des Teppichs stehen bleiben ließ. »Ich wurde mit Elfenblut geboren. Ich bin eine Hexe aus altem Geschlecht, dessen Ursprung bis zu Finn, dem Kelten, zurückreicht. Meine Kräfte sind ein Geschenk, das von Generation zu Generation weitervererbt wird. Wenn ich einen würdigen Mann finde, werden wir Kinder haben, und diese Kinder werden die Kräfte von mir erben.«

Er nickte beeindruckt. »Das ist toll.« Na schön, sie wollte also nicht mit der Wahrheit herausrücken. Auch gut. Er würde mitmachen. Diese Idee mit dem Elfenblut hatte Potenzial. Großes Potenzial. »Und wann ist Ihnen zum ersten Mal klar geworden, dass Sie eine Hexe sind?«

Sein leicht spöttischer Ton versetzte ihrem eisern unter Kontrolle gehaltenen Temperament einen Hieb. Der Raum bebte, während sie sich zu zügeln versuchte. Nash riss sie vom Sofa hoch und zog sie unter den Türrahmen, so schnell, dass ihr keine Zeit blieb, sich zu wehren. Das Beben stoppte.

»Nur eine kleine Erschütterung«, sagte er, hielt sie aber noch immer fest in seinen Armen. »Während des letzten großen Erdbebens war ich in San Francisco.« Weil er sich wie ein Idiot vorkam, setzte er ein zerknirschtes Lächeln auf. »Seither kann ich bei keinem noch so kleinen Beben ruhig bleiben.«

So, er hielt das also für ein natürliches Erdbeben. Umso besser. Denn es gab absolut keinen Grund, die Beherrschung zu verlieren oder zu erwarten, dass er ihr glaubte. Und es war irgendwie süß, wie er losgestürzt war, um sie zu beschützen. »Sie könnten ja auch in den Mittleren Westen ziehen.«

»Da gibt's Tornados.« Da er nun schon mal hier war und sie in den Armen hielt, konnte er die Situation genauso gut genießen. Er strich mit der Hand über ihren Rücken, und es gefiel ihm, dass sie sich dieser Berührung entgegenwölbte. Wie eine Katze.

Morgana legte den Kopf zurück. Ärger und Wut waren Zeitverschwendung, wenn ihr Herz mit solcher Heftigkeit reagierte. Vielleicht war es unvernünftig, einander so in Versuchung zu führen. Aber Vernunft war eben nicht alles. »Die Ostküste?«

»Schneestürme.« Er zog sie enger an sich heran. Für einen

kurzen Augenblick nahm er wahr, wie perfekt ihre Körper zueinander passten.

»Und der Süden?« Sie legte die Arme um seinen Nacken und blickte ihn unverwandt unter dichten Wimpern hervor an.

»Hurrikans.« Er tippte ihren Sonnenhut an, sodass er ihr vom Kopf fiel und das lange Haar sich wie Seide über seine Finger ergoss. »Katastrophen gibt es überall. Da kann man auch gleich da bleiben, wo man ist, und es an Ort und Stelle mit ihnen aufnehmen.«

»Mit mir kannst du es nie aufnehmen, Nash.« Sie strich flüchtig mit ihren Lippen über seinen Mund. »Aber du darfst es gerne versuchen.«

Er küsste sie zuversichtlich und von sich selbst überzeugt. Schließlich betrachtete er schöne Frauen nicht als Katastrophe.

Vielleicht hätte er es besser tun sollen.

Es brachte ihn mehr ins Wanken als jedes Erdbeben, es war machtvoller als jeder Sturm. Die Erde bebte nicht, und kein Sturm heulte, aber als ihre Lippen sich willig für ihn öffneten, wusste er, dass er von einer unwiderstehlichen Kraft davongerissen wurde, für die es keinen Namen gab.

Sie schmiegte sich an ihn, weich und warm wie geschmolzenes Wachs. Würde er an solche Dinge glauben, hätte er behauptet, sie sei für ihn geschaffen worden. Er ließ seine Hände unter ihr weites T-Shirt gleiten, um die seidige Haut ihres Rückens zu streicheln, drückte sie fester an sich, einfach nur um sicher zu sein, dass sie echt war und er nicht träumte.

Er konnte die Realität schmecken, und doch lag in diesem Kuss etwas von einer träumerischen Fantasie. Ihr Mund war nachgiebig und weich wie Seide, und ihre Arme lagen wie samtene Bänder um seinen Hals.

Ein Ton schwang durch die Luft, sie murmelte etwas, etwas, das er nicht verstand. Doch er spürte die Überraschung in diesem Flüstern, vielleicht sogar ein wenig Angst, und dann endete es in einem Seufzer.

Sie war eine Frau, die den Geschmack und den Körper eines Mannes genoss. Man hatte ihr nicht beigebracht, sich zu schämen, wenn sie sich körperlichen Freuden hingab, mit dem richtigen Mann zur richtigen Zeit. Sie fürchtete sich nicht vor ihrer eigenen Sinnlichkeit, im Gegenteil, sie respektierte sie, zelebrierte sie, genoss sie.

Und doch, jetzt, zum ersten Mal verspürte sie so etwas wie Furcht vor einem Mann.

Ein Kuss war immer Ausdruck eines schlichten Bedürfnisses. Doch an diesem Kuss war nichts Schlichtes. Wie hätte er es sein können, wenn sie von Erregung und Beklommenheit zugleich erfüllt war?

Sie wollte glauben, diese Kraft ginge von ihr aus. Sie trüge die Verantwortung für den Strudel von Gefühlen, in dem sie beide versanken. So etwas konnte schnell und leicht heraufbeschworen werden, fast automatisch.

Aber die Angst ließ sich nicht ignorieren, und sie wusste, diese Angst war aus dem Wissen entstanden, dass hier Mächte im Spiel waren, die sie nicht kontrollieren konnte.

Um einen Bann zu brechen, musste man vorsichtig vorgehen. Und man musste etwas tun.

Bewusst langsam machte sie sich aus der Umarmung frei. Auf keinen Fall durfte Nash erkennen, welche Macht er über sie hatte. Sie legte die Hand um ihr Amulett und fühlte sich wieder sicherer.

Nash dagegen fühlte sich, als wäre er der einzige Überlebende eines Zugunglücks. Abrupt steckte er die Hände in die Tasche, um nicht wieder Morgana zu packen und an sich heranzuziehen. Ab und an spielte er eigentlich ganz gerne mit dem Feuer – aber dann wollte er auch sicher sein, dass er derjenige war, der das Streichholz anzündete. Er wusste ganz genau, wer bei diesem kleinen Experiment die Zügel in der Hand gehalten hatte – und das war nicht er gewesen.

»Hast du eigentlich auch mit Hypnose zu tun?«, fragte er sie.

Mir geht's gut, versicherte Morgana sich, alles in bester Ordnung. Sie setzte sich wieder auf das Sofa, aber es kostete sie Mühe, ein Lächeln auf ihre Lippen zu zaubern. »Habe ich dich etwa erstarren lassen, Nash?«

Aufgewühlt ging er zum Fenster. »Ich will nur sicher sein, dass dieser Kuss meine Idee war.«

Sie hob den Kopf und reckte die Schultern. Der Stolz war ihrem Wesen ebenso eigen wie die uralten Kräfte. »Du kannst so viele Ideen haben, wie du willst. Ich brauche keine Magie, damit ein Mann mich begehrt.« Sie fuhr mit den Fingerspitzen über ihre Lippen und spürte die Hitze, die er dort zurückgelassen hatte. »Und wenn ich beschließe, dass ich dich will, würdest du nur zu gern einwilligen, glaub mir.«

Er zweifelte nicht daran, und das wiederum kratzte an seinem Stolz. »Hätte ich die gleichen Worte zu dir gesagt, würdest du mich einen Chauvinisten und überheblichen Egoisten nennen.«

Geschmeidig griff sie nach ihrem Glas. »Die Wahrheit hat weder mit Sex noch mit Ego zu tun.« Die weiße Katze sprang lautlos auf die Lehne des Sofas, und Morgana streichelte Luna, ohne ihren Blick von Nash zu wenden. »Falls du nicht bereit bist, das Risiko einzugehen, sollten wir unsere ... kreative Partnerschaft vielleicht in diesem Moment abbrechen.«

»Du glaubst also, ich hätte Angst vor dir?« Das Absurde an dieser Vorstellung versetzte ihn in bessere Laune. »Keine Sorge, so leicht bin ich nicht zu beeindrucken.«

»Ich bin erleichtert, das zu hören. Ich möchte schließlich

nicht, dass du dir wie der Liebessklave einer durchtriebenen Frau vorkommst.«

Er biss die Zähne zusammen. »Wenn wir zusammenarbeiten wollen, sollten wir vorher allerdings ein paar Regeln aufstellen.«

Er musste verrückt sein. Vor fünf Minuten hatte er eine umwerfende, unglaublich sexy und schöne Frau in den Armen gehalten, und jetzt überlegte er sich, wie er sie davon abhalten konnte, ihn zu verführen.

»Nein.« Morgana dachte nach. »Mit Regeln bin ich noch nie sehr gut gewesen. Du wirst das Wagnis einfach eingehen müssen. Aber ich mache dir einen Vorschlag. Ich werde dich nicht in kompromittierende Situationen locken, wenn du versprichst, dir deine abfälligen kleinen Bemerkungen über die Hexerei zu verkneifen.« Sie fuhr sich durch das lange Haar. »Es irritiert mich. Und wenn ich irritiert bin, tue ich manchmal Dinge, die ich hinterher bereue.«

»Ich muss aber Fragen stellen.«

»Dann lerne es, die Antworten zu akzeptieren.« Ruhig und entschieden erhob sie sich. »Ich lüge nicht – zumindest höchst selten. Ich kann noch nicht sagen, warum ich beschlossen habe, dir von mir zu erzählen. Du hast irgendetwas an dir. Sicherlich hat es auch mit dem Geschichtenerzähler in dir zu tun. Du hast eine starke Aura, und du suchst nach etwas Wesentlichem, auch wenn du ein Zyniker bist. Zudem hast du großes Talent. Vielleicht liegt es daran, dass die, die mir am nächsten stehen, dich akzeptiert haben.«

»Als da wären?«

»Anastasia. Luna und Pan. Sie alle sind ausgezeichnete Menschenkenner.«

Tja, da hatte er also den Test bei einer Cousine, einer Katze und einem Hund bestanden. »Ist Anastasia auch eine Hexe?«

Morgana zuckte mit keiner Wimper. »Wir reden hier über mich und die Magie im Allgemeinen. Anas Geschichte geht nur sie etwas an.«

»Na schön. Wann fangen wir an?«

Wir haben doch schon angefangen, dachte sie und hätte fast geseufzt. »Ich arbeite nicht an Sonntagen. Komm morgen Abend vorbei, um neun.«

»Nicht um Mitternacht? Entschuldigung«, setzte er sofort hastig hinzu. »Macht der Gewohnheit. Ich würde gern ein Aufnahmegerät mitbringen. Geht das?«

»Sicher.«

»Sonst noch etwas?«

»Fledermauszungen und Eisenhut.« Sie lächelte. »Entschuldigung, Macht der Gewohnheit.«

Er lachte und hauchte einen züchtigen Kuss auf ihre Wange. »Ich mag deinen Stil, Morgana.«

»Wir werden sehen.«

Sie wartete bis Sonnenuntergang, dann zog sie eine dünne weiße Robe über. Es ist immer besser, wenn man vorgewarnt ist, sagte sie sich. Sie hatte lange mit sich gekämpft und schließlich kapituliert. Es gefiel ihr nicht, sich eingestehen zu müssen, dass Nash wichtig genug war, um sich Sorgen zu machen. Aber da es nun einmal so war, konnte sie genauso gut sehen, was sie erwartete.

Sie stieg zu dem Zimmer im Turm auf, errichtete den Schutzkreis, zündete die Kerzen an. Der Geruch von Sandelholz und Kräutern breitete sich aus. Sie kniete sich in die Mitte des Kreises und hob die Arme.

»Feuer, Wasser, Erde und Wind, Kräfte, die ewig und unsterblich sind. Ich bitte euch, lasst mich sehen, um den rechten Weg zu gehen.«

Die Macht floss in sie, kühl und klar. Sie hob die Kristallkugel mit beiden Händen. Die Flammen der Kerzen spiegelten sich in dem klaren Glas. Morgana schaute konzentriert auf die Kugel.

Rauch. Licht. Schatten.

Die Kugel begann sich zu trüben, und dann, als hätte ein unsichtbarer Wind den Nebel vertrieben, erschien ein Bild im Innern.

Die Zypressenlichtung. Die alten mystischen Bäume ließen nur einzelne Strahlen des Mondlichts auf den weichen Waldboden fallen. Sie roch den Wind, hörte ihn, und aus der Ferne erklang das Rauschen des Meeres.

Kerzenlicht. Im Raum. In der Kugel.

Sie selbst. Im Raum. In der Kugel.

Sie trug die weiße Zeremonienrobe, zusammengehalten von einem Gürtel aus Kristallen. Ihr Haar war offen, ihre Füße bloß. Das Feuer hatte sie entzündet, durch ihres Willens Kraft. Es brannte kühl und lautlos wie der Mondschein. Es war eine feierliche Nacht.

Eine Eule schrie. Sie drehte sich um und sah die weißen Flügel durch das Dunkel der Nacht gleiten. Sie folgte der Eule mit dem Blick, bis der Vogel in der Dunkelheit verschwunden war. Dann sah sie ihn.

Er trat langsam unter dem Stamm einer Zypresse hervor, auf die Lichtung. In seinem Blick konnte sie sich selbst erkennen.

Verlangen. Sehnsucht. Schicksal.

Im Kreis streckte Morgana die Arme nach ihm aus und zog Nash zu sich, in ihre Umarmung.

Ein Aufschrei hallte an den Wänden des Turms wider. Morgana warf eine Hand in die Höhe, die Kerzen erloschen. Sie hatte sich selbst betrogen.

Sie blieb, wo sie war, zornig auf sich selbst. Sie wäre besser dran gewesen, wenn sie es nicht gewusst hätte.

Wenige Meilen entfernt schreckte Nash aus dem Schlaf hoch. Er war auf der Couch vor dem Fernseher eingeschlafen, jetzt flimmerte nur noch Schnee über den Bildschirm. Er rieb sich mit beiden Händen über das Gesicht und setzte sich gerädert auf.

Was für ein Traum! So lebendig, so real, dass einige sehr empfindliche Teile seines Körpers wehtaten.

Selbst schuld, schalt er sich und nahm gähnend eine Hand voll Popcorn aus der Schüssel, die auf dem Couchtisch stand.

Er hatte sich nicht darum bemüht, Morgana aus seinem Kopf zu vertreiben. Und so saß er nun hier und fantasierte sich etwas über Hexerei und Zaubersprüche zusammen. Irgend so ein Hexentanz im Wald. Wenn er sich sah, wie er ihr eine weiße Seidenrobe auszog und sie auf einer Lichtung auf dem weichen Waldboden liebte, konnte er nur sich selbst die Schuld geben.

Er schüttelte sich leicht und nahm einen Schluck von dem abgestandenen Bier. Trotzdem war es seltsam ... Er hätte schwören mögen, den Duft von Kerzenwachs zu riechen.

# 3. Kapitel

Morgana war nicht gerade bester Laune, als sie am Montagabend die Auffahrt zu ihrem Haus hinauffuhr. Eine Lieferung war irgendwo auf der Strecke geblieben, es hatte sie eine volle Stunde gekostet, um sie überhaupt aufzuspüren. Sie war versucht gewesen, sich der Sache auf ihre Art anzunehmen – nichts ärgerte sie mehr als Unzuverlässigkeit –, aber sie wusste auch, dass solche Unternehmungen oft noch mehr Komplikationen einbrachten.

So aber hatte sie wertvolle Zeit verloren. Sie hatte sich auf einen ruhigen Spaziergang gefreut, um ihren Kopf wieder freizubekommen – und ja, verflucht, sie musste ihre Nerven beruhigen, damit sie Nash gegenübertreten konnte. Es hatte wohl nicht sollen sein.

Sie stellte den Motor ab und starrte düster auf das schwere chromblitzende Motorrad, das vor der Haustür geparkt war.

Sebastian. Der hatte ihr jetzt noch gefehlt. Wieso konnte sie jetzt nicht allein sein?

Luna sprang aus dem Wagen, lief auf das Motorrad zu und rieb sich an dem Reifen der schweren Harley.

»Natürlich.« Angewidert schlug Morgana die Wagentür zu. »Hauptsache, es ist ein Mann.«

Luna stieß einen Laut aus, der sehr unhöflich klang, und stolzierte zum Haus. Pan kam ihnen aus dem Haus entgegen, um sie zu begrüßen. Während Luna hineinging, ließ Morgana sich Zeit, um den Hund mit dem verständnisvollen Blick ausgiebig zu kraulen. Von drinnen erklang Musik von Beethoven.

Sie fand Sebastian genau so vor, wie sie es erwartet hatte –

bequem auf dem Sofa ausgestreckt, die Füße mit den Motorradstiefeln lässig auf den Couchtisch gelegt, die Augen halb geschlossen und ein Weinglas in der Hand. Bei seinem Lächeln wäre jede Frau dahingeschmolzen, es stellte etwas Unglaubliches mit diesem dunklen, wie gemeißelt schönen Gesicht an, mit den vollen sinnlichen Lippen, den graublauen Augen, die so wach und wissend dreinblickten.

Träge hob er die Hand mit den langen schlanken Fingern zu einem uralten Gruß. »Morgana, meine einzige wahre Liebe.«

Er hat schon immer viel zu gut ausgesehen, schon als Junge, dachte Morgana. »Cousin. Fühl dich ganz wie zu Hause.«

»Danke, mein Herz.« Er prostete ihr zu. »Der Wein ist köstlich. Deiner oder Anas?«

»Meiner.«

»Gratulation.« Er erhob sich, geschmeidig wie ein Tänzer. Es irritierte sie immer, dass sie zu ihm hochschauen musste. Er war gut einen Kopf größer als sie. »Hier.« Er hielt ihr das Glas hin. »Du siehst aus, als könntest du etwas Entspannung gebrauchen.«

»Es war ein schlechter Tag.«

Er grinste. »Ich weiß.«

Sie hätte gern einen Schluck getrunken, aber sie biss die Zähne zusammen. »Du weißt, wie sehr ich es hasse, wenn du in meinen Gedanken herumstocherst.«

»Das war gar nicht nötig.« Er hob die Hände und spreizte die Finger wie zu einem Friedensangebot. An seinem kleinen Finger blitzte ein goldener Filigranring mit einem Amethyst auf. »Du sendest Signale aus. Du weißt doch, wie laut du wirst, wenn du wütend bist.« Da sie nicht von dem Wein trank, nahm er das Glas zurück. »Mein Herz, wir haben uns seit Lichtmess nicht mehr gesehen.« Seine Augen lachten sie an. »Hast du mich wenigstens vermisst?«

Sie gab es nur äußerst ungern zu, aber ja, sie hatte ihn vermisst. Ganz gleich, wie sehr und wie oft Sebastian sie auch ärgerte – das hatte er schon getan, als sie noch in der Wiege gelegen hatte –, sie mochte ihn. Deshalb musste sie aber noch lange nicht zu schnell zu freundlich zu ihm sein.

»Ich war sehr beschäftigt.«

»Ja, das habe ich gehört.« Er stupste sie ans Kinn, weil er wusste, wie sehr sie das aufbrachte. »Erzähl mir von Nash Kirkland.«

Die Wut schoss wie Pfeile aus ihren Augen. »Verdammt, Sebastian. Nimm gefälligst deine telepathischen Griffel aus meinem Kopf!«

»He, ich habe nichts dergleichen getan.« Er schaffte es tatsächlich, ehrlich beleidigt auszusehen. »Ich bin Seher, kein Voyeur. Ana hat es mir gesagt.«

»Oh.« Sie schmollte einen Moment. »Entschuldige.« Sie wusste, dass Sebastian, seit er reifer geworden war und immer bessere Kontrolle über die Macht erlangt hatte, nur noch sehr selten in die privaten Gedanken anderer Menschen eindrang. Nur dann, wenn er es für absolut unerlässlich hielt. »Nun … da gibt es nichts zu erzählen. Er ist Autor.«

»Das weiß ich auch. Ich habe schließlich alle seine Filme gesehen. Und was will er von dir?«

»Informationen. Er will eine echte Hexengeschichte schreiben.«

»Aber er will doch hoffentlich nicht mit der Hexe Geschichte schreiben, oder?«

Sie unterdrückte das Kichern. »Sei nicht so ungehobelt, Sebastian.«

»Ich mache mir doch nur Gedanken um meine kleine Cousine.«

»Das brauchst du nicht.« Sie zog an einer Haarsträhne, die

sich über den Kragen seines Hemdes kringelte. »Ich kann auf mich selbst aufpassen. Außerdem wird er bald hier auftauchen, also ...«

»Gut. Dann bleibt dir genügend Zeit, mir etwas zu essen anzubieten.« Er legte freundschaftlich einen Arm um ihre Schultern. Sie würde ihn schon in Rauch aufgehen lassen müssen, bevor er sich die Gelegenheit entgehen ließ, den Schriftsteller kennenzulernen. »Ich habe übrigens am Wochenende mit meinen Eltern gesprochen.«

»Am Telefon?«

Er riss entsetzt die Augen auf. »Ehrlich, Morgana, weißt du eigentlich, was so ein Anruf auf den alten Kontinent kostet? Sie ziehen dir das letzte Hemd aus.«

Lachend ließ sie ihren Arm um seine Taille gleiten. »Na schön. Ich werde dir ein Dinner spendieren, und du kannst mich auf den neusten Stand bringen.«

Sie konnte ihm nicht lange böse sein. Hatte es nie gekonnt. Er gehörte schließlich zur Familie. Wenn man anders als andere war, war die Familie oft das Einzige, auf das man sich verlassen konnte.

Sie aßen zusammen in der Küche, während er ihr die letzten Neuigkeiten über ihre Eltern, ihre Tanten und Onkel berichtete. Nachdem eine Stunde vergangen war, war sie völlig entspannt.

»Es ist Jahre her, seit ich Irland im Mondschein gesehen habe«, murmelte Morgana.

»Fahr hin. Du weißt, wie sehr sich alle über deinen Besuch freuen würden.«

»Vielleicht werde ich das auch. Und dann natürlich zur Sommersonnenwende.«

»Wir sollten alle fahren. Du, Anastasia und ich.«

»Vielleicht.« Mit einem Seufzer schob sie ihren Teller beiseite. »Aber im Sommer ist Hochsaison, da läuft das Geschäft am besten.«

»Es war deine Wahl, dich selbstständig zu machen.« Sie hatte den größten Teil ihres Koteletts auf ihrem Teller übrig gelassen, Sebastian stach mit der Gabel hinein und nahm es sich.

»Mir gefällt es. Ich treffe viele Leute, auch wenn einige ziemlich seltsam sind.«

Er schenkte ihre Gläser nach. »Zum Beispiel?«

Sie stützte sich lächelnd auf ihre Ellbogen. »Da war dieser wirklich lästige Typ. Wochenlang kam er jeden Tag vorbei und behauptete, er würde mich aus einem früheren Leben kennen.«

»Wie plump.«

»Genau. Glücklicherweise habe ich ihn vorher nie getroffen, in keinem Leben. Eines Abends kam er hereingestürmt und machte einen sehr heftigen, sehr feuchten Annäherungsversuch.«

»Hm.« Natürlich wusste Sebastian, dass seine kleine Cousine auf sich selbst aufpassen konnte, trotzdem ärgerte er sich über diesen Pseudo-New-Ager. »Was hast du getan?«

»Ich habe ihn in den Magen geboxt und vors Schienbein getreten.« Sie zuckte die Schultern, als Sebastian hell auflachte.

»Dein Stil gefällt mir, Morgana. Doch, wirklich. Du hast ihn nicht in eine Kröte verwandelt?«

Würdevoll hob sie den Kopf. »Du weißt, dass ich so etwas nicht tue.«

»Und was war mit Jimmy Pakipsky?«

»Das war etwas anderes – ich war erst dreizehn.« Sie konnte sich das Grinsen nicht verkneifen. »Außerdem habe ich ihn sofort wieder in den grässlichen kleinen Jungen zurückverwandelt, der er war.«

»Aber auch nur, weil Ana sich für ihn eingesetzt hat.« Sebastian wedelte kauend mit einer Gabel. »Und du hast ihm die Warzen gelassen.«

»Das war das Mindeste, um mich an ihm zu rächen.« Sie lehnte sich vor und drückte Sebastians Finger. »Wirklich, Sebastian, ich habe dich vermisst. Du warst diesmal sehr lange fort.«

Er griff ihre Hand. »Ich habe dich auch vermisst. Und Anastasia.«

Sie spürte etwas. Das Band zwischen ihnen war zu alt und zu tief, als dass sie es nicht hätte spüren können. »Was ist los, mein Lieber?«

»Nichts, was wir ändern könnten.« Er küsste ihre Finger, dann gab er ihre Hand frei. Er hatte nicht vorgehabt, daran zu denken. Er war nicht achtsam genug gewesen, seine Cousine hatte es gefühlt. »Hast du irgendwas mit Sahne zum Nachtisch da?«

Sie schüttelte nur den Kopf. Sie hatte die Trauer deutlich gemerkt. Auch wenn er erfahren genug war, um es jetzt vor ihr abzublocken, sie würde es nicht einfach vorbeiziehen lassen. »Dieser Fall, an dem du arbeitest ... der kleine Junge, der entführt worden ist.«

Der Schmerz kam plötzlich und scharf wie ein Messer. Er verdrängte ihn. »Sie haben es nicht rechtzeitig geschafft. Die Polizei in San Francisco hat alles ihr Mögliche getan, aber die Entführer haben Panik bekommen. Der Junge war erst acht.«

»Das tut mir leid.« Trauer lag schwer in der Luft, seine und ihre. Sie stand auf und setzte sich auf seinen Schoß. »Oh, Sebastian, es tut mir so leid. Es muss für dich sehr schwer sein.«

»Belaste dich nicht damit.« Auf der Suche nach Trost rieb er seine Wange an ihrem Haar. Weil sie die Last mit ihm trug, wurde sie etwas leichter. »Es frisst dich innerlich auf, wenn du daran denkst. Verdammt, ich war so nah dran. Und dann passiert so etwas. Man fragt sich, wofür man diese Gabe bekommen hat, wenn man doch nichts ändern kann.«

»Du hast viel geändert.« Sie nahm sein Gesicht in ihre Hände, Tränen standen in ihren Augen. »Ich kann es nicht zählen, wie oft du etwas geändert hast. Dieses Mal hat es eben nicht sollen sein.«

»Es tut weh.«

»Ich weiß.« Sie strich ihm über das Haar. »Ich bin froh, dass du zu mir gekommen bist.«

Er drückte sie noch einmal fest, dann hielt er sie von sich ab. »Hör zu, ich bin hergekommen, um ein warmes Essen abzustauben und mit dir zu lachen, nicht, um schlechte Laune zu verbreiten. Tut mir leid.«

»Sei kein Idiot.«

Sie sagte es so scharf, dass er lachen musste. »Einverstanden. Wenn du mich unbedingt aufmuntern willst, wie wäre es dann mit Nachtisch?«

Sie pflanzte einen herzhaften Kuss auf seine Stirn. »Eis mit heißer Schokoladensoße?«

»Du bist eine Frau nach meinem Geschmack.«

Morgana erhob sich, und da sie Sebastians Appetit kannte, holte sie eine große Schüssel aus dem Schrank. Sie durfte nicht mehr über den Fall reden, das könnte ihm helfen. Er würde noch eine Zeit lang damit zu kämpfen haben, und dann musste er weitermachen. Weil es keine andere Möglichkeit gab.

Sie richtete ihre Gedanken auf das Radio im Wohnzimmer und stellte einen Rocksender ein.

»Besser.« Sebastian legte die Füße auf den freien Stuhl neben ihm. »Also? Willst du mir erzählen, warum du diesem Kirkland bei seinen Nachforschungen hilfst?«

»Ich finde es interessant.« Sie erhitzte die Schokoladensoße auf konventionelle Art. In der Mikrowelle.

»Du meinst, er interessiert dich.«

»Ein wenig, ja.« Sie gab einen Berg von Vanilleeis in die

Schüssel. »Er glaubt nicht an Übersinnliches, er macht lediglich Filme darüber. Ich habe kein Problem damit.« Nachdenklich leckte sie sich einen Klecks Eiscreme vom Daumen. »Mit den Filmen, meine ich. Sie sind gut. Was nun seine Einstellung und sein Gehabe betrifft ... vielleicht muss ich daran etwas ändern, wenn wir zusammenarbeiten sollen.«

»Du begibst dich bei vollem Bewusstsein auf gefährliches Gebiet, Cousinchen.«

»Sebastian, das Leben an sich ist gefährliches Gebiet.« Sie ließ die heiße Schokosoße über das Eis fließen. »Da sollte man sich wenigstens etwas Spaß gönnen.« Um den Nachtisch abzurunden, gab sie frisch geschlagene Sahne auf die Bergkuppe und setzte die Schüssel dann schwungvoll auf den Tisch.

»Keine Nüsse?«

Sie drückte ihm einen Löffel in die Hand. »Ich mag keine Nüsse, und wir teilen uns die Portion.« Sie setzte sich und kratzte Eiscreme auf ihren Löffel. »Dir wird er wahrscheinlich sogar gefallen. Nash, meine ich. Er besitzt diese lässige Arroganz, die Männer für so männlich halten.« Wobei sie nicht ganz Unrecht haben, gestand sie sich widerwillig ein. »Er hat eine unerschöpfliche Fantasie, kann mit Tieren umgehen – Luna und Pan haben sehr positiv auf ihn reagiert. Außerdem ist er ein Fan von Mutters Büchern, hat Humor und ist intelligent. Und er fährt einen schnittigen Wagen.«

»Hört sich an, als seist du hin und weg.«

Fast hätte sie sich verschluckt. »Du musst nicht gleich beleidigend werden. Nur weil ich ihn interessant finde, heißt das nicht, dass ich – wie du es so erbärmlich ausdrückst – hin und weg bin.«

Sie schmollt, stellte Sebastian zufrieden fest. Es war immer sehr viel einfacher, etwas von ihr zu erfahren, wenn sie wütend war. »Und? Hast du nachgesehen?«

»Natürlich habe ich nachgesehen«, fauchte sie. »Nur als Vorsichtsmaßnahme.«

»Du hast nachgesehen, weil du nervös bist.«

»Unsinn!« Trotzdem begannen ihre Finger wie von selbst auf der Tischplatte zu trommeln. »Er ist schließlich nur ein Mann.«

»Und du bist eine Frau, trotz deiner Gabe. Soll ich dir erklären, was passiert, wenn ein Mann und eine Frau zusammenkommen?«

Sie ballte eine Faust, um ihre Finger davon abzuhalten, etwas Drastischeres zu tun als nur zu trommeln. »Ich bin aufgeklärt worden, vielen Dank. Sollte ich ihn zum Liebhaber nehmen, so ist das allein meine Sache.«

Immerhin hatte er sie so weit gebracht, dass sie keinen Appetit mehr auf das Eis hatte. Gut, so blieb mehr für ihn. »Das Problem ist nur, dass dabei immer das Risiko besteht, sich auch in einen Liebhaber zu verlieben. Sei bitte vorsichtig, Morgana.«

»Ich kenne den Unterschied zwischen Lust und Liebe«, entgegnete sie pikiert.

Unter dem Tisch hob Pan den Kopf und bellte leise.

»Wenn man vom Teufel spricht …«

Morgana erhob sich und warf Sebastian einen warnenden Blick zu. »Benimm dich. Das meine ich ernst.«

»Keine Sorge. Geh schon und mach auf.« Einen Augenblick später klingelte es an der Tür. Vergnügt vor sich hin grinsend, sah er Morgana nach, die erhobenen Hauptes zur Haustür stolzierte.

Mist, dachte Morgana gleich darauf, als sie die Tür aufzog, Nash sieht aber auch zu süß aus. Sein Haar war vom Wind zerzaust, ein alter Lederrucksack hing über seiner Schulter, und seine ausgewaschene Jeans hatte einen großen Riss am Knie.

»Hi. Ich glaube, ich bin zu früh.«

»Ist schon in Ordnung. Komm rein und setz dich, ich muss mich erst noch um ... die Unordnung in der Küche kümmern.«

»Redet man so über seinen Cousin?« Sebastian kam den Gang entlanggeschlendert, die bereits erheblich geleerte Eisschüssel in der Hand. »Hallo.« Er nickte Nash freundlich zu. »Sie müssen Kirkland sein.«

Morgana kniff die Augen zusammen, aber ihre Stimme blieb höflich. »Nash, das ist mein Cousin Sebastian. Er wollte sich gerade verabschieden.«

»Oh, ich habe noch ein paar Minuten. Ihre Arbeit gefällt mir.«

»Danke. Kenne ich Sie nicht?« Nash musterte Sebastian durchdringend. »Der Telepath, nicht wahr?«

Sebastian zog einen Mundwinkel hoch. »Ertappt.«

»Ich habe ein paar Ihrer Fälle verfolgt. Selbst einige der hartgesottenen Cops mussten Ihnen zugestehen, dass der Yuppie-Mörder in Seattle nur mit Ihrer Hilfe gefasst werden konnte. Vielleicht würden Sie mir ja ...«

»Sebastian redet nicht gern übers Geschäft«, mischte Morgana sich ein. Sie sah mit stahlharten Augen zu ihm hin. »Nicht wahr, Cousin?«

»Um ehrlich zu sein ...« Ein Energiestoß durchzuckte ihn, als sie ihm die Eisschüssel aus der Hand nahm.

»Es war wirklich nett, dass du vorbeigeschaut hast. Meld dich mal wieder.«

Er gab nach. So blieb noch Zeit, um bei Anastasia vorbeizuschauen und mit ihr Morganas Lage ausführlicher zu bereden. »Pass auf dich auf, mein Herz.« Er küsste sie innig und drückte sie an sich, bis er merkte, wie Nashs Gedanken sich mehr und mehr verdüsterten. »Alles Gute. Bis bald, Morgana.«

Morgana schob ihn zur Tür hinaus und lauschte, bis das Motorgeräusch der Harley sich entfernte. Dann drehte sie sich schwungvoll zu Nash um. »Möchtest du vielleicht einen Tee?«

Er hatte die Stirn gerunzelt und die Hände fest in die Taschen gesteckt. »Ich hätte lieber Kaffee.« Er folgte ihr in die Küche. »Was für ein Cousin ist er?«

»Sebastian? Ein recht dreister.«

»Nein, ich meinte ...« Er brach ab, als er in der Küche die Überreste eines gemütlichen Dinners für zwei bemerkte. »Ist er ein Cousin ersten Grades oder ist er angeheiratet?«

Sie stellte einen altmodischen Kupferkessel auf den Herd und lud das Geschirr in eine hypermoderne Spülmaschine. »Unsere Väter sind Brüder.« Als sie Nashs erleichterten Blick erhaschte, hätte sie fast aufgelacht. »In diesem Leben«, konnte sie sich nicht verkneifen hinzuzufügen und beobachtete seine Reaktion.

»In diesem ... Ah ja, natürlich.« Er stellte den Rucksack ab. »Du glaubst also an Wiedergeburt?«

»Glauben?«, wiederholte sie in spöttischem Tonfall. »Nun, ja, der Ausdruck muss wohl reichen. Auf jeden Fall ... Sebastians Vater, meiner und Anas wurden in Irland geboren. Drillinge.«

»Ernsthaft?« Er lehnte sich mit der Hüfte an den Küchentisch, während sie eine kleine Dose öffnete und Tee abmaß.

»Sie heirateten drei Schwestern. Auch Drillinge«, fuhr sie fort. »Ein ungewöhnliches Arrangement, könnte man sagen, aber sie haben einander erkannt. Und ihr Schicksal.« Sie sah sich lächelnd zu ihm um, während sie die kleine Teekanne beiseitestellte. »Das Schicksal hatte ihnen bestimmt, jeweils nur ein einziges Kind zu haben, was eine gewisse Enttäuschung war. Zwischen den sechsen gibt es eine so große Menge an Liebe, sie hätten sie gern auf eine ganze Schar von Kindern verteilt. Aber es hat nicht sollen sein.«

Sie stellte eine Kanne mit Kaffee auf das silberne Tablett, neben die zierlichen Porzellantassen. Zuckertopf und Milchkännchen hatten die Form von breit grinsenden Totenschädeln.

»Ich nehme das.« Als er das Tablett anhob, sah er skeptisch auf Zucker und Milch. »Alte Familienerbstücke?«

»Gerade neu erstanden. Ich dachte mir, du würdest sie lustig finden.«

Sie ging voraus in das Zeichenzimmer, wo Luna sich bereits auf dem Sofa zusammengerollt hatte. Morgana setzte sich neben die Katze und bedeutete Nash, das Tablett auf den Tisch zu stellen.

Er sah zu, wie sie behutsam den heißen Tee in die Tassen einschenkte und die gruseligen Behälter nahm, um Milch und Zucker hinzuzugeben.

»Ich wette, an Halloween ist dein Einfallsreichtum unschlagbar, oder?«

Sie reichte ihm seine Tasse. »Die Kinder kommen von überall her, um von der Hexe etwas Süßes zu bekommen, oder um zu versuchen, ihr etwas Saures zu verpassen.« Und weil sie Kinder liebte, wartete sie mit ihrer eigenen Zeremonie am Abend vor Allerheiligen, bis auch wirklich jeder seinen Anteil an Süßigkeiten bekommen hatte. »Ich glaube, manche sind regelrecht enttäuscht, dass ich keinen spitzen Hut trage und mit dem Besen durch die Lüfte reite.«

»Die meisten Menschen haben zwei Bilder vor Augen, wenn sie sich eine Hexe vorstellen: die buckelige Alte mit der krummen Nase, die giftige Äpfel verteilt, oder die strahlende Schönheit im glitzernden Kleid und mit einem Zauberstab in Sternform, die dir sagt, dass es keinen schöneren Ort als Zuhause gibt.«

»Ich fürchte nur, ich passe wohl in keine dieser beiden Kategorien.«

»Und genau deshalb bist du das, was ich brauche.« Er stellte seine Tasse ab und kramte in seinem Rucksack. »Ist das okay?«, fragte er und stellte den Kassettenrecorder auf den Tisch.

»Ja, sicher.«

Er drückte den Aufnahmeknopf und kramte wieder. »Ich bin tagelang auf Bücherjagd gewesen, in Büchereien und Buchläden.« Er zog ein dünnes Taschenbuch hervor. »Was hältst du hiervon?«

Mit einer hochgezogenen Augenbraue las Morgana den Titel. »›Ruhm, Reichtum und Romantik, Kerzenrituale für jeden Zweck‹.« Sie warf das Buch zurück auf seinen Schoß. »Hoffentlich hast du nicht viel dafür ausgegeben.«

»Sieben Dollar. Kann ich steuerlich absetzen. Du machst so was also nicht?«

Geduld, ermahnte sie sich, streifte ihre Schuhe ab und zog die Beine unter. Der kurze rote Rock, den sie trug, rutschte an ihren Oberschenkeln hoch. »Flackernde Kerzen und gemurmelte Beschwörungen. Glaubst du wirklich, jeder Laie kann zaubern, indem er ein Buch liest?«

»Irgendwie muss man es ja lernen.«

Mit einem abfälligen Schnauben griff sie erneut nach dem Buch und schlug es auf. »Wie man Eifersucht erweckt«, las sie laut vor. »Wie man sich die Liebe eines anderen sichert. Wie man reich wird.« Sie klappte es zu. »Denk doch mal nach, Nash. Und sei dankbar, dass es nicht bei jedem funktioniert. Das Geld ist im Moment knapp, die Rechnungen stapeln sich. Du würdest ja wirklich gern dieses neue Auto haben, aber dein Kredit ist restlos ausgelastet. Also zündest du ein paar Kerzen an und wünschst dir was. Vielleicht tanzt du ja auch noch ein bisschen herum, nackt natürlich, das wirkt effektvoller. Abrakadabra.« Sie spreizte die Finger beider Hände. »Und dann liegt ein Scheck über zehntausend Dollar im Briefkasten. Das

Problem ist nur, deine Großmutter, die du abgöttisch geliebt hast, musste plötzlich sterben, damit sie dir dieses Geld hinterlassen konnte.«

»Ich verstehe. Man muss also vorsichtig sein, wie man sich ausdrückt.«

Sie warf den Kopf zurück. »Handlungen ziehen immer Konsequenzen nach sich. Du wünschst dir, dein Mann wäre ein bisschen romantischer? Bumm, plötzlich ist er zärtlich wie Don Juan – mit jeder einzelnen Frau in der Stadt.« Sie schnaubte. »Magie ist nichts für Laien, die weder vorbereitet noch verantwortungsbewusst sind. Und man kann Zaubern ganz bestimmt nicht aus einem armseligen Buch lernen.«

»Okay.« Ihre Argumentation beeindruckte ihn. »Du hast mich überzeugt. Aber was ich sagen wollte, ist, dass ich dieses Buch für sieben Dollar in einem normalen Buchladen kaufen konnte. Die Leute interessiert das.«

»Die Menschen waren immer an Magie interessiert. Es gab Zeiten, da führte das Interesse dazu, dass man Hexen ertränkte oder verbrannte.« Sie nippte an ihrem Tee. »Heute sind wir ein wenig zivilisierter.«

»Das ist es ja«, stimmte er zu. »Genau deshalb will ich eine Story von heute erzählen. Die modernen Zeiten mit Handy, Mikrowelle, Fax und Voice Mail. Trotzdem fasziniert die Magie die Menschen immer noch. Es gibt da verschiedene Richtungen, die ich einschlagen könnte. Da wären zum Beispiel die Verrückten, die in Vollmondnächten Tieropfer darbringen ...«

»Aber nicht mit mir.«

»Das dachte ich mir. Das wäre sowieso zu einfach ... äh, zu vulgär. Eigentlich dachte ich mehr an eine vergnügliche Version, vielleicht gewürzt mit ein bisschen Romantik.« Luna sprang auf seinen Schoß, und er streichelte sie automatisch. »Ich will mich auf diese Frau konzentrieren, diese umwerfend aussehende Frau, die eben etwas mehr kann. Wie geht sie mit Männern um, mit dem Job, mit … ich weiß nicht … wie erledigt sie ihre Einkäufe? Im Supermarkt? Sie wird andere Hexen kennen. Worüber reden sie miteinander? Worüber lachen sie? Wann hast du eigentlich beschlossen, dass du eine Hexe bist?«

»Wahrscheinlich, als ich über meiner Wiege schwebte.« Morgana beobachtete ihn genau und sah ein Lächeln in seinen Augen aufblitzen.

»Genau so etwas will ich.« Er lehnte sich zurück, und Luna streckte sich genüsslich auf seinen Knien aus. »Deine Mutter muss einen Schock bekommen haben, als sie es feststellte.«

»Sie war vorbereitet.« Als sie sich ein wenig umsetzte, streifte ihr Knie seinen Oberschenkel. Die Hitze, die ihn durchzuckte, hatte nichts mit Magie zu tun. Das war reine Chemie. »Ich sagte dir bereits, dass ich als Hexe geboren wurde.«

»Richtig.« Sein Tonfall ließ sie schwer durchatmen. »Und? Hat es dich gestört? Ich meine, weil du geglaubt hast, du seist anders.«

»Ich wusste, dass ich anders war«, berichtigte sie. »Natürlich. Als Kind ist es schwer, die Kräfte zu kontrollieren. Heftige Gefühle können oft dazu führen, dass ein Kind die Kontrolle verliert, so ähnlich wie bei einer erwachsenen Frau, die bei einem bestimmten Mann die Kontrolle über ihre Vernunft verliert.«

Er hätte zu gern ihr Haar berührt, aber er hielt sich zurück. »Passiert das häufiger? Das mit dem unerwarteten Kontrollverlust?«

Sie erinnerte sich an den Kuss, an seinen Mund auf ihrem. »Nicht mehr so oft wie früher. Ich bin reifer geworden. Ich habe schon immer ein Problem mit meiner Beherrschung gehabt, und manchmal tue ich Dinge, die ich hinterher bereue. Aber eines vergisst eine verantwortungsbewusste Hexe nie:

›Auf dass keiner zu Schaden komme‹«, zitierte sie. »Die Macht darf nicht dazu benutzt werden, um andere zu verletzen.«

»Du bist also eine ernst zu nehmende und verantwortungsvolle Hexe. Und du verhängst Liebeszauber für deine Kunden.«

Ihr Kinn schoss vor. »Mit Sicherheit nicht.«

»Du hast die Fotos genommen – die Nichte dieser alten Dame und der Schwarm aus dem Geometriekurs.«

Hat er das unbedingt mitbekommen müssen?, dachte Morgana missmutig. »Sie hat mir ja nicht wirklich die Wahl gelassen, oder?« Und weil sie peinlich berührt war, setzte sie die zierliche Tasse viel heftiger ab als nötig. »Außerdem, nur weil ich die Fotos an mich genommen habe, heißt das nicht, dass ich sie auch mit Mondstaub bestreuen werde.«

»Ah, so wird das also gemacht?«

»Ja, aber …« Sie brach ab und biss sich auf die Zunge. »Du machst dich lustig über mich. Warum stellst du Fragen, wenn du nicht bereit bist, die Antworten zu glauben?«

»Ich muss nicht alles glauben, um interessiert zu sein.« Und interessiert war er, sehr sogar. Er rückte näher an sie heran. »Also hast du nichts wegen des Abschlussballs unternommen?«

»Das habe ich nicht gesagt.« Sie schmollte sehr reizvoll, und er gab dem Drang nach und spielte mit ihrem Haar. »Ich habe nur einen kleinen Stolperstein entfernt. Alles andere wäre grobe Einmischung.«

»Welchen Stolperstein?« Er hatte keine Ahnung, was Mondstaub war, aber er stellte sich vor, er würde riechen wie ihr Haar.

»Das Mädchen ist schrecklich schüchtern. Also habe ich ihrem Selbstbewusstsein einen kleinen Schubs gegeben. Alles andere liegt jetzt bei ihr.«

Ihr Hals war wunderschön, schlank und lang und elegant. Er fragte sich, wie es wohl sein mochte, daran zu knabbern. Eine

Stunde vielleicht, oder auch zwei ... Denk ans Geschäft, ermahnte er sich.

»So arbeitest du also? Du verteilst Anreize?«

Sie wandte den Kopf und sah ihm direkt in die Augen. »Das hängt von der Situation ab.«

»Ich habe viel gelesen. Hexen wurden jahrhundertelang als weise Frauen angesehen. Sie brauten Tränke, konnten Ereignisse voraussehen, heilten Kranke.«

»Mein Gebiet ist weder das Heilen noch das Sehen.«

»Sondern?«

»Magie.« Ob es nun aus Stolz oder Ärger war, sie wusste es nicht. Aber sie sandte ein Donnergrollen über den Himmel.

Nash sah zum Fenster. »Hört sich an, als würde sich ein Gewitter zusammenbrauen.«

»Möglich. Warum beantworte ich nicht deine Fragen, damit du trocken nach Hause kommst?«

Sie wollte, dass er verschwand. Sie wusste, was sie in der Kristallkugel gesehen hatte. Mit Vorsicht und Fingerspitzengefühl konnten solche Dinge manchmal verhindert werden. Doch was immer auch geschehen mochte, sie wollte nicht, dass die Dinge sich so rasant entwickelten. Die Art, wie er sie berührte, seine schlanken Finger in ihrem Haar, ließen kleine Flammen der Angst in ihr züngeln.

Und das machte sie maßlos wütend.

»Ich habe keine Eile.« Er fragte sich, ob er wieder ein so überirdisches Gefühl erfahren würde, wenn er das Risiko einginge und sie nochmals küssen würde. »Ein bisschen Regen macht mir nichts aus.«

»Es wird ein Guss werden«, murmelte sie. Dafür würde sie schon sorgen. »Einige deiner Bücher können vielleicht hilfreich sein«, setzte sie an. »Geschichtliche Fakten, die aufgezeichnet wurden, eine Beschreibung der wesentlichen Rituale ...« Sie tippte mit dem Zeigefinger auf das dünne Taschenbuch. »Aber das da ganz bestimmt nicht. Es gibt bestimmte ... allgemeine Zutaten und Rahmenbedingungen.«

»Friedhofserde?«

Stöhnend schlug sie die Augen zur Decke auf. »Also bitte.«

»Komm schon, Morgana, du musst zugeben, es macht visuell wirklich was her.« Er legte seine Hand auf ihre, wollte, dass sie sah, was er sah. »Stell dir vor ... Außen, Nacht. Unsere schöne Heldin watet durch aufsteigenden Nebel, Schatten von Grabsteinen um sie herum. Eine Eule schreit. Aus der Ferne ertönt das lang gezogene Heulen eines Hundes. Nahaufnahme – ein schönes Gesicht, weiß wie Porzellan, umrahmt von einer weiten, dunklen Kapuze. Die Heldin bleibt vor einem frisch ausgehobenen Grab stehen, nimmt eine Handvoll Erde und gibt sie in einen magischen Beutel. Lautes Donnergrollen, Ausblenden ...«

Sie gab sich alle Mühe, nicht beleidigt zu sein. Man stelle sich vor – sie mitten in der Nacht auf einem Friedhof! »Nash, ich versuche wirklich, mir immer wieder klarzumachen, dass es dir um Unterhaltung geht und du dir daher auch eine gewisse künstlerische Freiheit nehmen kannst.«

Er küsste ihre Fingerspitzen. Musste es einfach tun. »Du verbringst also keine Zeit auf Friedhöfen?«

Sie unterdrückte ihren Ärger – und das Verlangen. »Ich werde akzeptieren, dass du mir nicht abnimmst, was ich bin. Aber ich werde es niemals tolerieren, dass du dich über mich lustig machst.«

»He, werd doch nicht gleich so heftig!« Er strich ihr das Haar von den Schultern und massierte leicht ihren Nacken. »Ich muss zugeben, dass ich sonst etwas feinfühliger vorgehe. Immerhin habe ich elf Stunden Interviewmaterial mit einem verrückten Rumänen aufgenommen, der schwor, ein Vampir zu sein. Ich musste die ganze Zeit ein Kreuz um den Hals tragen, ganz zu schweigen von dem Knoblauch.« Nash zog eine Grimasse. »Was ich damit sagen will, ist, dass ich überhaupt kein Problem damit hatte. Ich habe ihm einfach den Gefallen getan, es hingenommen und dafür eine unbezahlbare Flut an Anekdoten und Hinweisen bekommen. Aber bei dir …«

»Bei mir geht es nicht, ich verstehe.« Sie tat ihr Bestes, um zu ignorieren, dass er gedankenverloren mit einem Finger über ihren bloßen Arm strich.

»Dir kann ich es einfach nicht abnehmen, Morgana. Du bist eine intelligente, starke Frau. Du hast Stil, Geschmack … mal ganz davon abgesehen, dass du wunderbar riechst. Ich kann nicht so tun, als würde ich glauben, dass du selbst davon überzeugt bist.«

Sie merkte, wie ihr Blut zu kochen begann. Sie würde, konnte es nicht zulassen, dass er sie zur gleichen Zeit wütend machte und verführte. »Ist es das, was du willst? So tun?«

»Wenn eine neunzigjährige Frau mir vollkommen ernst erzählt, dass ihr Verlobter 1922 als Werwolf erschossen wurde, dann werde ich sie auf keinen Fall eine Lügnerin nennen. Ich denke mir dann, dass sie entweder eine verdammt gute Geschichtenerzählerin ist oder dass sie es selbst glaubt. Mit beiden Möglichkeiten kann ich leben. Damit habe ich nicht das geringste Problem.«

»Solange du Material für deine Filme bekommst.«

»Das ist mein Beruf. Illusionen. Und es tut niemandem weh.«

»Oh, ich bin sicher, dass es das nicht tut. Vor allem dir nicht. Du drehst dich um und gehst, trinkst ein Bier mit deinen Freunden und lachst über den Irren, den du gerade interviewt hast.« Ihre Augen blitzten. »Ich warne dich, Nash, wenn du es bei mir genauso machst, wirst du Warzen auf der Zunge bekommen.«

Da er sah, dass sie wirklich wütend war, verkniff er sich das Grinsen. »Ich will damit sagen, dass du über genügend Kenntnisse und Fantasie verfügst, und das ist genau das, wonach ich suche. Ich kann mir vorstellen, dass der Ruf als Hexe die Umsatzzahlen in deinem Laden um einen guten Prozentsatz anhebt, und es ist ja auch großartige Werbung. Aber bei mir brauchst du dieses Spiel nicht zu spielen.«

»Du glaubst also, ich gebe nur vor, eine Hexe zu sein, um die Verkaufszahlen zu steigern?« Sie stand auf und trat von ihm weg, weil sie fürchtete, ihm etwas anzutun, wenn sie zu nahe bei ihm blieb.

»Ich … He!« Er zuckte zusammen, als Luna ihre Krallen schmerzhaft in seine Schenkel schlug.

Morgana und ihre Katze tauschten einen zustimmenden Blick aus. »Du sitzt in meinem Haus, auf meinem Sofa und nennst mich tatsächlich einen Scharlatan, eine Lügnerin und eine Betrügerin. Was bildest du dir eigentlich ein, du gottverdammter Zyniker!«

»Aber nein.« Er löste Lunas Krallen aus seinem Bein und stand ebenfalls auf. »So meine ich das nicht. Ich wollte nur sagen, dass du mir gegenüber offen sein kannst.«

»Offen also.« Sie schritt unruhig im Raum auf und ab, bemühte sich um Beherrschung. Auf der einen Seite verführte er sie mühelos, ohne dass sie etwas dazu tat, auf der anderen Seite machte er abfällige Bemerkungen über sie. Dieser ungläubige Trottel konnte von Glück sagen, dass sie ihm nicht Eselsohren anhexte. Mit einem tückischen Lächeln drehte sie sich zu ihm um. »Du willst also, dass ich offen zu dir bin?«

Das Lächeln beruhigte ihn, aber nur wenig. Er hatte wirklich befürchtet, sie würde ihm etwas an den Kopf werfen. »Ich will nur, dass du weißt, du kannst dich bei mir entspannen. Du gibst mir die Fakten, ich kümmere mich um die Fiktion.«

»Entspannen.« Sie nickte. »Gute Idee. Wir beide sollten uns entspannen.« Ihre Augen funkelten, als sie auf ihn zutrat. »Sollen wir ein Feuer im Kamin anzünden? Nichts hilft besser zum Entspannen als ein gemütliches kleines Feuer.«

»Wunderbarer Vorschlag.« Und ein sehr verführerischer. »Ich werde mich direkt daranmachen.«

»Bemühe dich nicht.« Sie legte eine Hand auf seinen Arm und hielt ihn zurück. »Du erlaubst?«

Sie drehte sich zum Kamin und streckte beide Arme aus. Sie spürte das klare, reine Wissen durch ihr Blut fließen. Es war eine uralte Gabe, eine der ersten, die beherrscht wurden, und eine der letzten, die mit dem Alter schwanden. Ihre Augen und ihr Geist konzentrierten sich auf das Holz im Kamin. Im nächsten Moment schlugen Flammen hoch, Rauch quoll auf, Scheite knackten. Sie ließ die Arme sinken und drehte sich wieder zu ihm.

Es war das reine Entzücken. Nicht nur war er kreideweiß geworden, ihm stand auch der Mund offen.

»Besser so?«, fragte sie zuckersüß.

Er setzte sich – auf die Katze. Luna fauchte erbost auf und trippelte hochmütig davon, trotz der gemurmelten Entschuldigung. »Ich glaube …«

»Du siehst aus, als könntest du einen Drink gebrauchen.« Sie kam in Fahrt. Sie hob eine Hand, und die Karaffe schwebte vom Sideboard durch den Raum auf sie zu. »Brandy?«

»Nein … danke.« Er atmete tief durch.

»Ich genehmige mir einen.« Sie schnippte mit den Fingern, und ein Cognacschwenker kam herübergeschwebt, blieb mitten in der Luft vor ihr hängen, während sie einschenkte. Es war Angeberei, das wusste sie, aber es machte ihr diebischen Spaß. »Willst du wirklich nichts trinken?«

»Nein, wirklich nicht.«

Sie schickte die Karaffe durchs Zimmer zurück zum Sideboard. Das Glas klirrte ganz leise, als es auf das Holz auftraf. »Wo waren wir stehen geblieben?«

Halluzinationen, dachte er. Hypnose. Er öffnete den Mund, aber nur ein unverständliches Stottern kam heraus. Morgana lächelte immer noch, zufrieden wie eine Katze, die den Milchtopf ausgeschleckt hatte.

Spezialeffekte. Technische Tricks. Das war ihm plötzlich so klar, dass er über seine eigene Dummheit lachte.

»Da ist doch irgendwo ein Draht, oder?« Er stand auf und sah nach. »Toller Trick. Für einen Moment hattest du mich fast so weit.«

»Wirklich?«, murmelte sie zweideutig.

Er hob die Karaffe an, studierte die Kommode, suchte nach Haken und Ösen, fand jedoch nur Kristall und edles Holz. Mit einem Schulterzucken ging er zum Kamin und kniete sich hin. Er nahm an, dass da in der Feuerstelle irgendwo eine Gasdüse angebracht war, die mit einer Fernbedienung in Gang gesetzt werden konnte.

Die Inspiration kam so plötzlich und klar, dass er mit einem Satz aufsprang.

»Wie wär's damit? Also, da kommt dieser Mann in die Stadt. Er ist Wissenschaftler, und er fühlt sich sofort zu ihr hingezogen. Aber es macht ihn verrückt, weil sie Dinge tut, für die er unbedingt eine logische Erklärung sucht.« Sein Verstand machte einen großen Sprung vor. »Er schleicht ihr heimlich nach, zu einem ihrer Rituale. Warst du schon mal bei so was?«

Sie vertrieb ihren Ärger, und seltsamerweise blieb nichts anderes als Humor übrig. »Natürlich. Jede Hexe nimmt daran teil.«

»Großartig. Du kannst mir dann die ganzen Insider-Informationen geben. Er sieht also, wie sie zaubert. Sie lässt etwas durch die Luft schweben, vielleicht. Oder das mit dem Feuer, das war auch gut. Ja, ein Lagerfeuer, und sie zündet es ohne Streichhölzer an. Aber er weiß immer noch nicht, ob es echt ist oder nur ein Trick. Das Publikum weiß es auch nicht.«

Sie trank den Brandy und genoss die Wärme, die er durch ihre Adern schickte. Wutanfälle waren immer so anstrengend. »Und die Aussage dieser Geschichte?«

»Nun, neben ein paar spannenden und unheimlichen Szenen soll es vor allem darum gehen, wie dieser normale sachliche Mann mit der Tatsache umgeht, dass er sich in eine Hexe verliebt hat.«

Morgana starrte in ihr Glas. »Man kann auch fragen, ob die Hexe damit umgehen kann, dass sie sich in diesen normalen Mann verliebt hat.«

»Und dafür brauche ich dich. Nicht nur vom Blickwinkel der Hexe aus, sondern auch von dem der Frau.« Er fühlte sich wieder in bester Verfassung und strich über ihr Knie. »Jetzt lass uns über Zaubersprüche reden.«

Sie stellte das Glas beiseite und lachte. »Also schön. Betreiben wir ein bisschen Zauberei.«

4. Kapitel

Nash war nicht einsam. Wie hätte er das auch sein können, wenn er den ganzen Tag über Büchern gesessen und seinen Verstand und seine Welt mit Fakten und Fantasiebildern gefüllt hatte? Schon in der Kindheit hatte er gelernt, sich allein zu beschäftigen, und war zufrieden damit gewesen. Was als Notwendigkeit begonnen hatte, war zu einem Lebensstil geworden.

Die Zeit, die er bei seiner Großmutter oder seiner Tante oder bei verschiedenen Pflegeeltern verbracht hatte, hatte ihn gelehrt, dass er wesentlich besser dran war, wenn er sich seine Unterhaltung selbst ersann, als wenn er bei den Erwachsenen um Ablenkung gebeten hätte. Denn die erwachsene Art von Ablenkung für ihn hatte hauptsächlich aus der Erledigung von Pflichten, Strafpredigten, Hausarrest oder – im Falle seiner Großmutter – aus einer schlagkräftigen Rückhand bestanden.

Da er weder viele Spielzeuge noch viele Freunde zum Spielen gehabt hatte, hatte er seinen Geist zu einem besonders ausgefeilten Spielzeug gemacht, auf eine Weise, die ihm nun bei seiner Arbeit zugute kam.

Oft dachte er, dass er dadurch einen enormen Vorteil gegenüber den Kindern gehabt hatte, die mehr materielle Dinge vorweisen konnten als er. Denn kein Erwachsener hatte ihm das wegnehmen können. Und seine Fantasie musste auch nicht zurückbleiben, wenn es mal wieder Zeit gewesen war, in einem anderen Haus unterzukommen. Sie begleitet ihn immer und überall hin, wie ein guter Freund.

Heute konnte er sich alles kaufen, was er begehrte, und er gab auch bereitwillig zu, dass es da einige faszinierende Spielzeuge für Erwachsene gab. Aber noch immer gab es für ihn kaum eine schönere Beschäftigung, als seiner Fantasie freien Lauf zu lassen.

Er konnte sich stundenlang aus der realen Welt und von realen Leuten zurückziehen. Das hieß nicht, dass er allein war. Nicht mit all den Figuren und Ereignissen, die sich in seinem Kopf abspielten. Und wenn er von Zeit zu Zeit eine Phase hatte, wo er von Party zu Party zog, dann tat er das, um Kontakte zu pflegen, und als Ausgleich für die vielen Stunden, in denen er nur seine eigene Gesellschaft hatte.

Aber einsam? Nein, das war absurd.

Er hatte einen Freundeskreis, er allein hatte die absolute Kontrolle über sein Leben. Er allein traf die Wahl, ob er bleiben oder gehen wollte. Dass er dieses riesige Haus für sich allein hatte, begeisterte ihn. Er konnte essen, wann er wollte, schlief, wenn er müde war, konnte seine Sachen da liegen lassen, wo es ihm passte. Die meisten Leute, mit denen er zu tun hatte, waren entweder unglücklich verheiratet, hatten gerade eine hässliche Scheidung hinter sich oder verwendeten viel Zeit und Mühe darauf, über ihre jeweiligen Partner zu lamentieren.

Nicht so Nash Kirkland.

Er war ein freier Mann. Ein Junggeselle ohne Sorgen. Ein einsamer Wolf, aber glücklich und zufrieden. Unabhängig und weit weg von klebrigen Beziehungen.

Die Möglichkeit, mit dem Laptop auf der Terrasse zu arbeiten, den Sonnenschein und die frische Luft zu genießen, während das Wasser im Hintergrund rauschte, machte ihn glücklich. In Gedanken mit einer Story zu spielen, wann und wie lange es ihm beliebte, ohne an feste Arbeitszeiten oder Firmenpolitik oder eine Frau denken zu müssen, die darauf wartete, dass er endlich ihr seine Aufmerksamkeit schenkte anstatt seiner Fantasiewelt.

Hörte sich das etwa wie das Jammern eines einsamen Mannes an?

Er wusste, dass er weder für einen konventionellen Job noch für eine konventionelle Beziehung geschaffen war. Seine Großmutter hatte ihm oft genug gesagt, dass aus ihm nie etwas Anständiges werden würde. Sie hatte auch mehr als einmal wiederholt, dass keine anständige Frau mit einem Funken Verstand ihn würde haben wollen.

Nash bezweifelte, dass diese strenge und unnachgiebige Frau das Schreiben von okkulten Geschichten als etwas »Anständiges« akzeptiert hätte. Würde sie noch leben, hätte sie wahrscheinlich nur geschnaubt und dann moniert, dass er mit dreiunddreißig immer noch nicht verheiratet war.

Doch er hatte den anderen Weg zumindest versucht. Sein kurzes Gastspiel als Angestellter einer Versicherungsgesellschaft hatte ihm endgültig bewiesen, dass er nicht für den Achtstundentag im Büro geschaffen war. Und seine letzte Beziehung ... nun, da hatte sich gezeigt, dass er den Anforderungen einer Frau an eine dauerhafte Beziehung einfach nicht genügte.

DeeDee Driscol. Eine fröhliche, lebenslustige Frau mit einem wunderbar weiblichen Körper und einem herzlichen Lächeln. Wie hatte sie es noch beim endgültigen Bruch so verächtlich ausgedrückt? »Du bist nichts weiter als ein egoistischer, unreifer kleiner Junge und gefühlsmäßig völlig zurückgeblieben. In deiner grenzenlosen Fantasie bildest du dir ein, weil du gut im Bett bist, kannst du dir außerhalb des Betts jegliches Verantwortungsgefühl ersparen. Du spielst lieber mit deinen Monstern, als dass du dich mit einer erwachsenen Beziehung zwischen Mann und Frau auseinandersetzt.«

Sie hatte noch viel mehr gesagt, aber das war mehr oder weniger die Kernaussage gewesen. Er konnte es ihr noch nicht einmal verübeln, dass sie ihm seine Verantwortungslosigkeit an den Kopf geschleudert hatte. Oder den Marmoraschenbecher. Er hatte sie enttäuscht. Er war nicht, wie sie gehofft hatte, aus dem Holz geschnitzt, aus dem Ehemänner sind. So sehr sie sich während der sechs Monate auch bemüht hatte, ihn zurechtzubiegen, es hatte einfach nicht gereicht bei ihm.

Also heiratete DeeDee jetzt ihren Kieferchirurgen. Nash konnte sich das Grinsen nicht verkneifen, wenn er daran dachte, was ein entzündeter Weisheitszahn so alles nach sich ziehen konnte.

Besser du als ich, wünschte er dem unbekannten Zahnarzt Glück. Wenn er daran dachte, dass DeeDee jetzt bald in den Hafen der Ehe einlaufen würde, machte ihn das ganz bestimmt nicht einsam.

Er war frei, konnte gehen und kommen, wann er wollte, war ungebunden und damit rundum zufrieden.

Warum also strich er rastlos durch dieses große Haus, als wäre er der letzte Mensch auf Erden? Was noch viel bedenklicher war – warum griff er immer wieder zum Telefon, bestimmt schon ein Dutzend Mal, um Morgana anzurufen?

Dabei war heute nicht ihr gemeinsamer Arbeitsabend. Sie war sehr entschieden gewesen und hatte ihm nur zwei Abende die Woche gewährt. Nachdem sie die anfänglichen Stolpersteine aus dem Weg geräumt hatten, waren sie gut voran- und miteinander zurechtgekommen. Wenigstens solange er sich mit seinen sarkastischen Bemerkungen zurückhielt.

Sie hatte Sinn für Humor und ein ausgezeichnetes Verständnis für Dramatik – genau das, was er sich für seine Story vorstellte. Man konnte es auch weiß Gott kein Opfer nennen, wenn er ein paar Stunden in der Woche in ihrer Gesellschaft zubrachte. Zwar bestand sie immer noch darauf, eine Hexe zu sein, aber das machte die ganze Sache eigentlich nur interessanter. Er war sogar eher enttäuscht, dass sie ihn nicht noch einmal mit diesen Spezialeffekten überrascht hatte.

Er war stolz auf sich. Er hatte außergewöhnliche Selbstbeherrschung gezeigt und die Finger von ihr gelassen. Nun, dass er ab und zu ihre Hand berührte oder mit ihrem Haar spielte, zählte schließlich nicht. Nicht, wenn er diesem verführerischen vollen Mund widerstanden hatte, diesem langen schlanken Hals, diesen wunderbar festen Brüsten …

Nash unterbrach hastig diesen Gedankengang. Er wünschte sich, er könnte etwas anderes treten als nur die Seite seines Sofas.

Es war normal, eine Frau zu begehren. Es bereitete ihm sogar äußerstes Vergnügen, sich vorzustellen, wie es sein würde, wenn sie zusammen zwischen den zerknüllten Laken lagen. Aber wie seine Gedanken immer wieder, Tag und Nacht, nur noch um Morgana kreisten, ihm das Arbeiten unmöglich machten, das nahm Züge einer Besessenheit an.

Es war höchste Zeit, dass er das irgendwie in den Griff bekam.

Und doch wollte er jetzt nichts anderes tun, als sie anrufen, ihre Stimme hören, sie sehen, ein wenig Zeit mit ihr verbringen.

Verflucht, er war nicht einsam! Zumindest war er es nicht gewesen, bis zu dem Zeitpunkt, da er beschlossen hatte, den Computer auszuschalten und seinen müden Geist mit einem Spaziergang am Strand zu beleben. All diese Leute, die er gesehen hatte – die Familien, die Paare, all diese kleinen Grüppchen, die ihr Zusammengehörigkeitsgefühl für jedermann sichtbar zur Schau trugen. Und er war allein gewesen, hatte der Sonne zugesehen, wie sie am Horizont im Wasser versank, und sich nach etwas gesehnt, von dem er sicher war, dass er es eigentlich gar nicht wollte. Etwas, mit dem er gar nichts anzufangen wüsste, wenn er es denn hätte.

Manche Menschen waren eben nicht für ein Familienleben gemacht. Nash wusste das aus eigener Erfahrung. Er hatte schon vor langer Zeit beschlossen, diesen Fehler zu vermeiden und einem namen- und gesichtslosen Kind das Unglück zu ersparen, mit einem lausigen Vater belastet zu sein.

Aber so allein dazustehen und den Familien zuzusehen hatte ihn rastlos gemacht, hatte das Haus, zu dem er zurückgekommen war, zu groß und zu leer erscheinen lassen. Es hatte ihn dazu gebracht, sich zu wünschen, Morgana wäre bei ihm. Sie hätten zusammen den Strand entlangschlendern können, Hand in Hand, die Füße im Wasser. Oder sie hätten auf einem der alten ausgeblichenen Baumstämme sitzen können, Arm in Arm, und gemeinsam die ersten Sterne aufgehen sehen.

Mit einem gemurmelten Fluch gab er nach, riss den Hörer vom Telefon und wählte ihre Nummer. Er lächelte schon, als ihre Stimme erklang, aber gleich darauf wurde ihm klar, dass er nur den Anrufbeantworter hörte.

Er überlegte, ob er eine Nachricht hinterlassen sollte, legte dann aber auf. Was hätte er auch sagen sollen? »Ich wollte nur mit dir reden. Ich muss dich sehen. Ich denke immerzu an dich.«

Er schüttelte den Kopf über sich selbst und begann wieder im Raum auf und ab zu tigern. Wertvolle antike Masken starrten ihn von den Wänden an, in dekorativ aufgestellten Schatullen schimmerten edelsteinbesetzte Messer auf Samtunterlagen. Um ein Ventil für seine Frustration zu finden, hob er eine Voodoo-Puppe auf und stach mit einer Nadel direkt in das Herz.

»Mal sehen, wie dir das gefällt, Winzling!«

Er warf die Puppe achtlos beiseite, steckte die Hände in die Hosentaschen und beschloss, dass er besser etwas unternehmen sollte.

Ach, zum Teufel, er konnte doch genauso gut ins Kino gehen.

»Heute bist du an der Reihe mit den Tickets«, sagte Morgana zu Sebastian. »Ich sorge für das Popcorn, und Ana darf den Film aussuchen.«

Sebastian runzelte die Stirn, während sie die Straße entlanggingen. »Ich hab doch das letzte Mal die Tickets bezahlt.«

»Nein, hast du nicht.«

Anastasia schüttelte lächelnd den Kopf, als er sich um Zustimmung heischend zu ihr drehte. »Ich habe sie gekauft«, bestätigte sie. »Du versuchst dich nur wieder herauszuwinden.«

Beleidigt blieb er mitten auf der Straße stehen. »Winden? Was für ein hässliches Wort. Ich kann mich genau erinnern ...«

»Du erinnerst dich nur an Dinge, an die du dich erinnern willst«, unterbrach Anastasia ihn ungerührt und hakte sich bei ihm ein. »Gib's auf, Cousin, ich werde nicht auf meine Wahl verzichten.«

Er murmelte etwas in sich hinein und ging weiter, Ana an einem Arm, Morgana am anderen. Er wollte unbedingt diesen neuen Film mit Arnold Schwarzenegger sehen, aber er befürchtete, Ana würde sich für die seichte romantische Komödie in Kino zwei entscheiden. Eigentlich hatte er nichts gegen Komödien, aber er hatte gehört, dass Arnie sich diesmal selbst übertroffen hatte und die Erde vor bösen Außerirdischen, die dazu noch jede Gestalt annehmen konnten, retten musste.

»Sei nicht eingeschnappt«, warf Morgana leichthin ein. »Das nächste Mal darfst du wählen.«

Ihr gefiel das Abkommen, das sie getroffen hatten. Wann

immer sie Lust und Zeit hatten, gingen Cousin und Cousinen ins Kino. Jahre des Streits, hitziger Debatten und ruinierter Abende hatten zu dem jetzigen Arrangement geführt. Sicher, es hatte auch seine Schwächen, aber zumindest vermieden sie so eine Diskussion an der Kinokasse.

»Es ist nicht gerade fair, wenn du versuchst, mich zu beeinflussen«, tadelte Ana, als sie merkte, dass Sebastian sich in ihre Gedanken schleichen wollte.

»Ich möchte ja nur mein Geld nicht verschwenden.« Resigniert sah er auf die Schlange, die sich vor der Kinokasse bildete. Seine Laune hob sich erheblich, als er den Mann sah, der von der anderen Seite auf das Kino zuschlenderte. »Da schau her. So ein Zufall!«

Morgana hatte Nash längst erblickt und wusste nicht, ob sie verärgert oder erfreut sein sollte. Während ihrer Arbeitstreffen hatte sie es bisher immer geschafft, Ruhe zu bewahren und ausgeglichen und gelassen zu bleiben. Eine stolze Leistung, dachte sie jetzt, wenn man bedachte, dass es vor erotischer Spannung zwischen ihnen nur so knisterte.

Das schaffst du schon, beruhigte sie sich und begrüßte Nash mit einem freundlichen Lächeln. »Kleine Verschnaufpause?«

Seine düstere Stimmung verflog bei ihrem Anblick augenblicklich. Sie sah aus wie ein Engel der Finsternis, das lange dunkle Haar floss ihr über Schultern und Rücken, das kurze rote Kleid schmiegte sich wie eine zweite Haut um ihre verführerischen Kurven. »So ungefähr. Ich lenke mich gern mit dem Film eines anderen ab, wenn ich an meinem eigenen arbeite.« Auch wenn es ihm schwerfiel, den Blick von Morgana zu wenden, so sah er doch zu Ana und Sebastian. »Hi.«

»Nett, Sie wiederzusehen.« Ana trat einen Schritt vor. »Seltsam, das letzte Mal, als wir drei ins Kino gegangen sind, haben wir ›Play Dead‹ von Ihnen gesehen. Der Film war gut.«

»Sie muss es ja wissen«, warf Sebastian schmunzelnd ein. »Sie hat sich die ganze Zeit die Augen zugehalten.«

»Das ist das höchste Kompliment überhaupt.« Nash rückte mit ihnen in der Schlange auf. »Was werdet ihr euch heute ansehen?«

Anastasia warf Sebastian einen abschätzenden Blick zu, während er sein Portemonnaie hervorzog. »Den Film mit Schwarzenegger.«

»Wirklich?« Nash wusste zwar nicht, warum Sebastian so breit in sich hineingrinste, aber er lächelte Morgana an. »Den wollte ich mir auch ansehen.«

Nash glaubte ganz fest, dass ihm das Glück hold war, als Morgana sich neben ihn setzte. Es war unwichtig, dass er den Film schon gesehen hatte, er hätte ihn wahrscheinlich sowieso aus dem laufenden Angebot gewählt.

Als die Lichter im Kinosaal heruntergedreht wurden, lächelte Morgana ihn an. Nash wünschte sich, der Film hätte Überlänge.

Normalerweise trat Nash in dem Moment von der Realität in die Fantasiewelt, wenn das erste Bild auf der Leinwand erschien. Er liebte es, sich von der Action mitreißen zu lassen, wobei es nicht darauf ankam, ob er den Film zum ersten oder zum zwanzigsten Mal sah. In einem Film fühlte er sich immer zu Hause. Aber heute Abend konnte er dem Abenteuer auf der Leinwand nur mit großer Mühe folgen.

Er war sich der Frau neben ihm zu sehr bewusst, als dass er die Realität hätte ausschalten können.

Kinos hatten immer ihren eigenen Geruch. Es roch nach Popcorn und Kunststoff, nach verschütteter Cola und Limonade. Nash mochte diesen Geruch – doch heute nahm er nur Morganas Parfüm wahr.

Für ihn hatte es noch nie Sinn gemacht, dass die Klimaanlage im Kino immer bis zum Anschlag aufgedreht war, sodass es eigentlich viel zu kalt war, um zwei Stunden still zu sitzen. Heute jedoch spürte er nur die Hitze, die Morganas Haut neben ihm ausstrahlte.

Leider suchte sie nicht angsterfüllt an seiner Schulter Schutz, als der Kampf zwischen Held und Eroberern zu einem Gemetzel wurde – wie er sich erhofft hatte –, stattdessen haftete ihr Blick unverwandt auf der Leinwand, und ab und zu nahm sie eine Handvoll Popcorn aus der großen Papiertüte, die zwischen ihnen herumgereicht wurde.

Aber an einer Stelle zog sie scharf den Atem ein und stützte den Arm auf die Lehne zwischen ihnen. Galant legte Nash seine Hand auf ihre. Sie sah ihn nicht an, aber sie drehte ihre Hand und verschränkte ihre Finger mit den seinen.

Sie konnte nichts dagegen tun. Schließlich war sie nicht aus Stein, sondern eine Frau aus Fleisch und Blut, die den Mann neben sich ausgesprochen attraktiv fand. Und süß. Es hatte unleugbar etwas Charmantes, in einem dunklen Kino zu sitzen und Händchen zu halten.

Und was sollte es schon schaden?

Sie war auf der Hut, wenn sie allein waren, achtete darauf, dass die Dinge nicht aus dem Ruder liefen oder in eine Richtung, die sie nicht bestimmt hatte. Allerdings hatte sie ihn auch gar nicht abwehren müssen, erinnerte sie sich leicht verstimmt. Er hatte in letzter Zeit keinen weiteren Versuch gemacht, sie zu umarmen, zu küssen oder in irgendeiner Weise zu verführen.

Wenn man davon absah, dass er sie ständig berührte, auf diese harmlose, ja fast gedankenverlorene Art. Die Art, die sie sich stundenlang unruhig im Bett wälzen ließ, nachdem er längst gegangen war.

Das ist allein mein Problem, schalt sie sich und versuchte das sehnsüchtige Ziehen zu ignorieren, das sie durchfuhr, als Nash jetzt mit seinem Daumen über ihren Daumenballen streichelte.

Trotzdem machte ihr die Arbeit mit ihm Spaß. Nicht nur, weil er ein angenehmer, geistreicher Gesellschafter war, sondern auch, weil ihr so die Möglichkeit geboten wurde, mit ihren eigenen Worten zu erklären, was sie war.

Sie wusste, dass er ihr nicht eines davon glaubte.

Was aber unwichtig ist, sagte sie sich und verlor den Faden im Film vollends, als Nashs Arm den ihren berührte. Er musste ihr nicht glauben, um ihr Wissen in eine gute Story einzuarbeiten. Trotzdem war sie enttäuscht, irgendwo ganz tief in ihrem Inneren. Es wäre schön gewesen, wenn er ihr glauben und sie respektieren würde.

Nachdem die Erde gerettet war und die Lichter wieder aufflammten, zog sie ihre Hand zurück. Morgana war einfach nicht darauf aus, sich Sebastians frotzelnde Bemerkungen anhören zu müssen.

»Exzellente Wahl, Ana, das muss man dir lassen«, sagte Sebastian.

»Sag mir das, wenn mein Puls wieder normal ist.«

Er legte den Arm um ihre Schultern, während sie zum Ausgang strebten. »Angst gehabt?«

»Natürlich nicht.« Dieses Mal weigerte sie sich, es zuzugeben. »Diesen Wahnsinnskörper fast zwei Stunden lang entblößt zu sehen würde den Puls jeder Frau in die Höhe treiben.«

Sie traten in die helle Lobby. »Pizza«, schlug Sebastian vor und schaute zu Nash. »Haben Sie auch Lust?«

»Auf Pizza habe ich immer Lust.«

»Gut.« Sebastian hielt die Tür auf, und sie traten hinaus in die Nacht. »Sie übernehmen die Rechnung.«

Was für ein Trio, dachte Nash, als sie zu viert am Tisch saßen und Pizza-Stücke verschlangen. Sie stritten sich über alles, angefangen dabei, welche Pizza man bestellen sollte, bis hin zu der Frage, welches außerirdische Dahinscheiden am effektvollsten im Film gewesen war. Vor allem Morgana und Sebastian liebten es, sich gegenseitig zu widersprechen, während Ana immer wieder die Rolle des Schiedsrichters zufiel. Dabei war offensichtlich, wie tief das Band der Zuneigung zwischen den dreien ging, trotz des Frotzelns und Nörgelns.

Als Morgana einen von Sebastians Kommentaren mit »Sei kein Idiot, mein Lieber« bedachte, war Nash klar, dass »Idiot« und »mein Lieber« voller Wohlwollen gleich gemeint waren. Und während er zuhörte, musste er gegen den gleichen schmerzhaften Stich ankämpfen, den er schon am Nachmittag am Strand gespürt hatte.

Sie alle waren Einzelkinder gewesen, so wie er. Doch sie waren nicht – wie er – allein gewesen. Sie schienen wie durch ein unsichtbares Band miteinander verbunden.

Anastasia wandte sich ihm zu. Etwas flackerte in ihren Augen auf, etwas, das ihn so sehr an Mitgefühl denken ließ, dass er sich beschämt fühlte. Dann war der Ausdruck aus ihrem Blick wieder verschwunden, und sie war nichts weiter als eine hübsche Frau mit einem herzlichen Lächeln.

»Sie sind nicht absichtlich so unhöflich«, sagte sie leichthin. »Sie können einfach nicht anders.«

»Unhöflich?« Morgana hielt nun ihr Glas hoch und schwenkte den dunkelroten Wein. »Es hat nichts mit Unhöflichkeit zu tun, wenn man Sebastians Charakterschwächen aufzeigt. Immerhin sind sie so offensichtlich, dass jeder es sofort mitbekommt.« Sie schlug ihm auf die Finger, als er nach dem letzten Stück Pizza griff. »Seht ihr? Er war schon immer gierig.«

Er grinste. »Ich lasse nur manchmal gerne fünf gerade sein.«

»Du bist eingebildet und unbeherrscht.« Sie grinste zurück und kaute genüsslich an einem großen Stück Pizza.

»Alles gelogen.« Er gab sich mit seinem Wein zufrieden und lehnte sich in den Stuhl zurück. »Ich bin sogar ausgesprochen ausgeglichen. Du bist doch diejenige, die immer Schwierigkeiten damit hatte, ihr Temperament zu zügeln. Stimmt doch, Ana, oder?«

»Ehrlich gesagt, ihr beide ...«

»Aber sie ist dem nie entwachsen«, unterbrach Sebastian. »Wenn sie als Kind ihren Willen nicht hat durchsetzen können, hat sie einen Wutanfall bekommen und geschrien und getobt wie eine Wahnsinnige. Oder sie hat sich in eine Ecke zurückgezogen und geschmollt. Selbstbeherrschung war nie ihre starke Seite.«

»Ich sage es ja nur ungern«, setzte Ana an, »aber meist warst du es, der sie zum Schreien und Toben gebracht hat.«

Sebastian fühlte sich keineswegs schuldig. »Dazu brauchte es ja nicht viel.« Er blinzelte Morgana zu. »Es ist heute noch leicht.«

»Ich hätte dich damals nie von der Decke herunterlassen sollen.«

Nash wollte gerade sein Glas an den Mund führen, hielt jedoch inne. »Wie bitte?«

»Ein ausgesprochen gemeiner Streich«, erklärte Sebastian. Selbst heute noch ärgerte es ihn, dass seine Cousine ihm eins ausgewischt hatte.

»Du hattest es verdient.« Morgana sah in den dunklen Wein. »Ich kann eigentlich immer noch nicht sagen, dass ich dir das verziehen hätte.«

Ana stimmte ihr zu. »Das war wirklich schäbig von dir, Sebastian.«

Da er überstimmt war, zeigte Sebastian sich reumütig. Wenn er sich bemühte, konnte er in der Erinnerung sogar etwas Lustiges entdecken. »He, ich war elf. Kleinen Jungen ist es gestattet, schäbig zu sein. Das gehört dazu. Außerdem war es ja keine echte Schlange.«

Morgana schnaubte beleidigt. »Sie sah aber echt aus.«

Amüsiert beugte Sebastian sich vor, um Nash die Geschichte zu erzählen. »Wir waren damals alle zur Walpurgisnacht bei Tante Bryna und Onkel Matthew. Zugegeben, ich habe eigentlich immer nach einer Möglichkeit gesucht, um dieses Gör hier«, er blickte zu Morgana, »irgendwie zu ärgern. Und ich wusste, dass sie höllische Angst vor Schlangen hatte.«

»Das sieht dir ähnlich, eine kleine Schwäche schamlos auszunutzen«, murmelte Morgana.

»Ja, weil sie nämlich sonst überhaupt keine Angst kannte, eben nur bei Schlangen.« Sebastians Augen funkelten belustigt. »Und da Jungs nun mal eben Jungs sind, habe ich eine Gummischlange mitten auf ihr Bett fallen lassen – während Morgana darin lag, natürlich.«

Nash konnte sein Grinsen gerade noch zu einem gekünstelten Husten umändern, als er Morganas kritischen Blick auf sich gerichtet sah. »Das scheint mir doch gar nicht so schlimm zu sein. Eine Gummischlange …«

»Er hat sie aber zischeln und züngeln lassen.« Auch Ana biss sich auf die Zunge, um nicht zu lachen.

Sebastian seufzte theatralisch. »Es hat mich Wochen gekostet, bis ich den Zauberspruch richtig hingekriegt habe. Zauberei war nie meine Stärke, deshalb war es eigentlich auch ein ziemlich schwacher Versuch, aber«, er sah lachend zu Morgana hin, »es hat gereicht. Morgana war jedenfalls sehr beeindruckt.«

Nash hatte nichts dazu zu sagen. Bisher hatte er gedacht, er säße mit drei relativ vernünftigen Menschen an einem Tisch. Dem war scheinbar doch nicht so. Er war wohl der Einzige, der rational dachte.

»Na ja«, nahm Morgana die Erzählung auf, »nachdem ich

mit dem Schreien aufgehört hatte und mir klar geworden war, was für ein erbärmlicher Spruch es war, habe ich Sebastian an die Decke geschickt, kopfüber, und habe ihn dort hängen lassen.« Sie sah zu ihrem Cousin. »Wie lange, meinst du, war das wohl?«, flötete sie zuckersüß und sehr zufrieden mit sich.

»Zwei endlose Stunden.«

Sie lächelte. »Du würdest immer noch da oben baumeln, wenn meine Mutter nicht gekommen wäre.«

»Und den restlichen Sommer habt ihr beide versucht, euch gegenseitig auszustechen«, fügte Ana hinzu, »und habt ständig mit euren Eltern Ärger gehabt.«

Sebastian und Morgana lachten einander an. Dann warf Morgana einen Blick auf Nash. »Möchtest du noch ein Glas Wein?«

»Nein, ich muss fahren.« Sie nahmen ihn auf den Arm, das wurde ihm mit einem Schlag klar. Also lächelte er Morgana an. Es machte ihm nichts aus, im Gegenteil, kleine Anekdoten waren gut für seine Story. »Ihr habt euch also als Kinder oft gegenseitig solche ... Streiche gespielt?«

»Es ist schwer, sich mit normalen Spielen zufriedenzugeben, wenn man gewisse Kräfte hat.«

»Was immer wir auch gespielt haben, du hast gemogelt«, hielt Sebastian Morgana vor.

»Natürlich!« Ganz und gar nicht beleidigt, überließ sie ihm ihr Stück Pizza. »Ich gewinne eben gern. Aber es wird spät.« Sie erhob sich und küsste Cousin und Cousine auf die Wange. »Warum fährst du mich nicht nach Hause, Nash?«

»Gern.« Genau das hatte er sich erhofft.

»Vorsicht, Kirkland«, warnte Sebastian träge. »Sie liebt es, mit dem Feuer zu spielen.«

»Das habe ich auch schon bemerkt.« Nash nahm Morgana bei der Hand und ging mit ihr hinaus.

Anastasia stützte seufzend ihr Kinn in die Hand. »Bei den ganzen Funken, die hier herumgeflogen sind, wundert es mich, dass nicht längst das Restaurant abgebrannt ist.«

»Die Flammen werden schon noch früh genug lodern.« Sebastians Augen waren dunkel und starr geworden. »Ob sie es will oder nicht.«

Alarmiert legte Ana sofort ihre Hand auf seine. »Wird es ihr gut gehen?«

Er sah es nicht so deutlich, wie er es gern gehabt hätte. Bei der Familie war es immer schwieriger, und vor allem mit Morgana. »Sie wird ein paar blaue Flecken abbekommen.« Und es tat ihm ehrlich leid für sie. Dann wurde sein Blick klar, und das lässige Lächeln stand wieder auf seinem Gesicht. »Aber sie wird's überstehen. Wie sie selbst gesagt hat – sie gewinnt gerne.«

Morgana allerdings dachte im Moment überhaupt nicht an Schlachten oder Siege, sondern daran, wie kühl und samten der Abendwind über ihre Wangen strich. Den Kopf zurückgelegt, sah sie zum sternenübersäten Himmel auf, an dem ein sichelförmiger Mond hing.

Es war so schön und leicht zu genießen. Der schnittige Wagen mit dem offenen Verdeck, die Luft, die die Würze des Meeres in sich trug. Es war auch leicht, sich an der Gesellschaft des Mannes zu freuen, der den Wagen mit lässiger Sicherheit lenkte und nach den Geheimnissen der Nacht duftete.

Sie wandte leicht den Kopf und studierte sein Profil. Wie gern hätte sie mit den Fingern über das markante Gesicht gestrichen, hätte die Konturen des Kinns nachgezogen, die Weichheit der Lippen gefühlt. Oh ja, sie hätte es sehr gern getan.

Also, warum zögerte sie dann? Sie war nie leichtfertig mit sexuellen Beziehungen umgegangen und hatte auch ganz sicher nicht in jedem Mann einen potenziellen Liebhaber gesehen.

Und doch verspürte sie bei diesem Mann das tiefe Verlangen, sich ihm hinzugeben. Sie hatte gesehen, dass es über kurz oder lang passieren würde.

Darin lag die Antwort. Sie würde immer dagegen rebellieren, eine Marionette des Schicksals zu sein.

Aber wenn sie ihn selbst wählte, wenn sie die Zügel führte, dann war das doch etwas anderes, als wenn sie vom Schicksal gelenkt wurde, oder? Denn schließlich war sie ihre eigene Herrin.

»Warum bist du heute Abend in die Stadt gekommen?«, fragte sie.

»Ich war unruhig und konnte zu Hause nichts mit mir anfangen.«

Sie kannte das Gefühl. Es geschah ihr nicht oft, aber wenn, dann fand sie es unerträglich. »Kommst du gut mit dem Drehbuch voran?«

»Recht gut sogar. In ein paar Tagen müsste ich so weit sein, dass ich meinem Agenten den ersten Entwurf schicken kann.« Er sah zu ihr hinüber und wünschte im gleichen Augenblick, er hätte es nicht getan. Sie war so schön, so verführerisch, mit dem Wind in ihren Haaren und dem Mondschein auf ihrem Gesicht, dass er gar nicht wieder wegschauen wollte. Was nicht unbedingt klug war, wenn man am Steuer saß. »Du warst mir eine große Hilfe.«

»Heißt das, du brauchst mich nicht mehr?«

»Nein, Morgana. Ich …« Er bremste und fluchte leise, weil er an ihrer Auffahrt vorbeigefahren war. Er setzte zurück und bog ab, um dann mit laufendem Motor vor ihrer Haustür zu halten. Schweigend sah er zum Haus hinauf.

Sollte sie ihn hereinbitten, würde er mit ihr gehen. Musste mit ihr gehen. Irgendetwas geschah heute Abend. Seit dem Moment, als er sich umgedreht und ihr in die Augen geschaut hatte, hatte er das beunruhigende Gefühl, als wäre ihm eine Rolle in einer Geschichte zugedacht worden, die jemand anders geschrieben hatte und deren Ende noch offen war.

»Du bist wirklich sehr ruhelos«, murmelte sie. »Völlig untypisch für dich.« Sie beugte sich vor und drehte den Schlüssel, um den Motor abzustellen. Ohne das sanfte Schnurren des Motors dröhnte die plötzliche Stille in seinen Ohren. Ihre Körper streiften einander, eine kurze, unbeabsichtigte Berührung nur, aber sein Blut jagte wie brodelnde Lava durch seinen Körper. »Weißt du, was ich meistens mache, wenn ich unruhig bin?«

Sie hatte leise gesprochen, ihre Stimme floss wie Balsam über seine Haut. Er sah in ihre Augen, in denen sich der Mond spiegelte, und stellte fest, dass seine Hände sich wie von selbst nach ihr ausstreckten.

»Was?«

Sie zog sich zurück, entglitt seinen Händen wie ein Geist. Sie stieg aus und kam um den Wagen herum, beugte das Gesicht vor, bis ihre Lippen sich fast berührten. »Ich gehe spazieren.« Sie richtete sich wieder auf und bot ihm ihre Hand. »Komm mit mir. Ich zeige dir einen magischen Ort.«

Er hätte ablehnen können. Aber der Mann, der diese dargebotene Hand nicht genommen hätte, musste noch geboren werden.

Sie gingen über den Rasen, entfernten sich vom Haus und traten in die mystischen Schatten und die flüsternde Stille des Zypressenhains. Das Mondlicht zeichnete unheimliche Schattenrisse von Ästen und Zweigen auf den Waldboden. Eine leichte Brise spielte mit den Blättern und ließ ihn an die Laute in Morganas Zeichenzimmer denken.

Ihre Hand lag warm und fest in seiner, während sie ohne Eile, aber zielbewusst voranschritt. Nash ließ sich führen, er konnte nichts dagegen tun.

»Ich liebe die Nacht.« Sie atmete tief die würzige Luft ein. »Den Geruch und den Geschmack. Manchmal, wenn ich nachts aufwache, komme ich hierher.«

Er hörte das Rauschen von Wasser, das von einem Felsen fiel. Rhythmisch, stark, unablässig. Und aus unerklärlichen Gründen begann sein Herz schneller und kräftiger zu schlagen.

Irgendetwas passierte hier.

»Die Bäume.« Seine Stimme klang fremd in seinen Ohren. »Ich habe mich in sie verliebt.«

Sie hielt an und musterte ihn sehr aufmerksam. »Wirklich?«

»Letztes Jahr habe ich hier Urlaub gemacht. Ich brauchte eine Pause, wollte der Tretmühle entfliehen. Die Bäume haben es mir angetan.« Er legte eine Hand an die raue Rinde eines schiefen Stammes. »Eigentlich war ich nie der Naturtyp. Ich habe immer in Städten gelebt, oder in direkter Stadtnähe. Aber ich wusste, dass ich irgendwo leben musste, wo ich aus meinem Fenster schauen und diese Bäume sehen kann.«

»Manchmal kehren wir dahin zurück, wohin wir gehören.« Sie ging wieder weiter, der dichte Waldboden verschluckte ihre Schritte. »Es gibt uralte Gemeinschaften, die Bäume wie diese verehren.« Sie lächelte. »Ich meine, es genügt, wenn man sie liebt, sie für ihr Alter respektiert, ihre Schönheit, ihre Ausdauer ...« Sie hielt wieder an und drehte sich zu ihm. »Hier. Das ist das Zentrum, das Herz. Die reinste und schönste Magie kommt immer aus dem Herzen.«

Er hätte nicht sagen können, wieso er verstand. Oder warum er ihre Worte glaubte. Vielleicht lag es am Mond, oder am Moment. Alles, was er wusste, war, dass er etwas spürte. Ein Schauer rann über seine Haut, etwas klickte in seinem Kopf. Und irgendwo ganz tief in seiner Erinnerung wusste er, dass er bereits hier gewesen war. Mit ihr.

Er hob eine Hand und berührte ihr Gesicht, strich mit den

Fingerspitzen über ihre Wange. Sie bewegte sich nicht, weder vorwärts noch rückwärts, sah ihn nur an. Wartete.

»Ich weiß nicht, ob mir gefällt, was hier gerade mit mir geschieht.«

»Was meinst du?«

»Dich.« Unfähig zu widerstehen, legte er auch die andere Hand an ihr Gesicht und hielt es warm mit seinen Händen umfasst. »Ich träume von dir. Selbst mitten am Tag träume ich von dir. Ich kann es nicht abstellen, nichts dagegen tun, es passiert einfach.«

Sie legte ihre Finger um seine Handgelenke, fühlte den kräftigen Schlag seines Pulses. »Ist das so schlimm?«

»Ich weiß es nicht. Normalerweise bin ich wirklich gut, wenn es darum geht, Komplikationen zu vermeiden, Morgana. Und ich will nicht, dass sich das ändert.«

»Dann werden wir es unkompliziert halten.«

Er wusste nicht, ob er sich bewegt hatte oder sie. Aber plötzlich lag sie in seinen Armen, und sein Mund trank von ihrem. Kein Traum war so bewegend.

Ihre Zunge spielte mit seiner, feuerte ihn an, tiefer in die warme Höhle vorzudringen. Sie hieß ihn mit einem leisen Stöhnen willkommen, das sein Blut zum Sieden brachte.

Wie hatte sie nur denken können, ihr bliebe eine Wahl, sie hätte die Kontrolle behalten können? Was sie einander gaben, war so alt wie die Zeit, so frisch wie der junge Frühling.

Ach, wäre es doch nur reine Lust, dachte sie, während ihr Verstand mit den Empfindungen kämpfte. Doch auch wenn ihr Körper vor Lust bebte, so wusste sie doch, dass es sehr viel mehr war.

Nicht ein Mal, in all den Jahren als Frau, hatte sie ihr Herz verschenkt. Sie hatte nicht darauf achten müssen, denn die Gefahr hatte nie bestanden. Doch jetzt, hier, mit dem leuchtenden

Mond am Himmel und den stillen alten Bäumen als Zeugen, schenkte sie es ihm.

Ihre Arme schlangen sich fester um seinen Nacken, als es ihr schmerzhaft bewusst wurde. Sein Name kam über ihre Lippen, ein Hauch nur. In diesem Moment erkannte sie, warum sie ihn hierher hatte bringen müssen. Wo sonst hätte sie ihm besser ein solches Geschenk machen können als hier, an ihrem geheimsten und liebsten Platz?

Für einen Moment noch hielt sie ihn ganz fest, ließ ihren Körper aufnehmen, was er ihr geben konnte, und wünschte sich, sie könnte ihr Versprechen halten und ihre Beziehung unkompliziert lassen.

Aber ab jetzt würde nichts mehr einfach sein. Für keinen von ihnen beiden. Jetzt konnte sie nur noch die übrige Zeit dazu nutzen, um sie beide vorzubereiten auf das, was unabänderlich kommen würde.

Als sie sich zurückziehen wollte, hielt er sie fest, ergriff erneut Besitz von ihrem Mund, während in seinem Kopf alles durcheinanderwirbelte.

»Nash.« Sie rieb ihre Wange zärtlich an seiner. »Es kann jetzt noch nicht sein.«

Ihre leisen Worte hallten wie Donner in seinen Ohren. Er verspürte den Drang, sie auf den Boden zu zerren, sie jetzt und hier zu nehmen, ihr zu beweisen, dass sie unrecht hatte. Es musste jetzt sein. Es würde jetzt sein. Die Welle der Gewalt, die ihn durchfuhr, erschreckte ihn. Angewidert von sich selbst, lockerte er seinen Griff, als er erkannte, dass seine Finger sich in ihre Arme gegraben hatten.

»Entschuldige.« Er ließ seine Arme sinken. »Habe ich dir wehgetan?«

»Nein.« Gerührt nahm sie seine Hand und küsste seine Fingerspitzen. »Natürlich nicht. Mach dir keine Sorgen.«

Er hatte allen Grund, sich Sorgen zu machen. Er war nie anders als zärtlich zu einer Frau gewesen. Es gab bestimmt einige, die von ihm behaupten würden, dass er achtlos mit ihren Gefühlen umgegangen war, und sollte das stimmen, so tat es ihm leid. Aber nicht eine würde ihm vorwerfen können, dass er in körperlicher Hinsicht achtlos gewesen wäre. Und doch hätte er sie fast hier auf den Boden gezogen und sich genommen, was er so verzweifelt brauchte, ohne auch nur einen Augenblick daran zu denken, ob sie ihre Zustimmung gegeben hätte oder nicht.

Erschüttert steckte er die Hände in die Hosentaschen. »Ich hatte recht. Mir gefällt nicht, was hier passiert. Das ist das zweite Mal, dass ich dich küsse, und das zweite Mal, dass ich das Gefühl hatte, ich müsste es tun. So wie ich atmen oder essen oder schlafen muss.«

Sie würde sehr vorsichtig vorgehen müssen. »Zuneigung ist genauso lebenswichtig.«

Er bezweifelte das, vor allem, da er den größten Teil seines Lebens ohne ausgekommen war. Er musterte sie eingehend und schüttelte den Kopf. »Weißt du, Schätzchen, wenn ich dir glauben würde, dass du eine Hexe bist, würde ich jetzt behaupten, du hast mich verzaubert.«

Das Ausmaß des Schmerzes überraschte sie. Weniger seine Worte, sondern der Abstand, den diese Worte zwischen ihnen schufen. Sie konnte sich nicht daran erinnern, dass ein Mann sie je verletzt hätte. Vielleicht war es das, was Liebe ausmachte. Bis jetzt hatte sie es nicht nötig gehabt, ihr Herz zu schützen, aber von jetzt an würde sie auf der Hut sein.

»Dann ist es ja gut, dass du mir nicht glaubst. Es war nur ein Kuss, Nash.« Sie lächelte und hoffte, dass der Schatten der Bäume die Traurigkeit in ihren Augen verbergen würde. »Von einem Kuss ist nichts zu befürchten. Da kannst du ganz beruhigt sein.«

»Ich will dich.« Seine Stimme klang rau, und seine Hände in den Hosentaschen hatten sich verkrampft. In die Leidenschaft hatte sich Hilflosigkeit geschlichen. Vielleicht rührte diese plötzliche Gewaltbereitschaft daher. »Das könnte gefährlich werden.«

Sie zweifelte nicht daran. »Wenn die Zeit kommt, werden wir es herausfinden. Aber jetzt bin ich müde. Ich werde zum Haus zurückgehen.«

Als sie diesmal durch den Hain ging, bot sie ihm nicht ihre Hand.

5. Kapitel

Es war jetzt über fünf Jahre her, dass Morgana die Tür des »Wicca« zum ersten Mal aufgeschlossen hatte, bevor Nash Kirkland auf der Suche nach einer Hexe durch eben diese Tür gekommen war. Dass ihr Laden so gut ging, beruhte auf Morganas Auswahl von faszinierenden Waren, ihrer Bereitschaft, endlos viele Stunden Arbeit zu investieren und dem reinen Spaß, den sie dabei hatte, zu kaufen und zu verkaufen.

Da ihre Familie schon immer finanziellen Erfolg hatte verbuchen können, hätte sie sich die Zeit mit müßigem Nichtstun vertreiben und von den Einnahmen verschiedener Treuhandfonds leben können. Die Entscheidung, den Weg als Geschäftsfrau einzuschlagen, war ihr leichtgefallen. Sie war ehrgeizig, und ihr Stolz gebot ihr, ihren Lebensunterhalt selbst zu verdienen.

Morgana hatte einen Laden eröffnet, weil ihr das erlaubte, sich mit den Dingen zu umgeben, die sie liebte und an denen sie Spaß hatte. Außerdem hatte sie festgestellt, wie zufrieden es sie machte, diese Dinge auch an andere weiterzugeben.

Einen eigenen Laden zu haben hatte eindeutige Vorteile. Es gab einem das Gefühl, etwas erreicht zu haben, der schlichte Stolz, dass einem etwas gehörte. Und dann waren da noch all die verschiedenen Menschen, die man traf.

Aber es gab natürlich auch eine andere Seite der Medaille. Wenn man einen gewissen Sinn für Verantwortung besaß, konnte man nicht einfach die Tür abschließen und die Rollläden herunterlassen, nur weil man lieber allein sein wollte.

Unter all den Gaben, die Morgana mitbekommen hatte, war auch ein sehr ausgeprägtes Verantwortungsgefühl.

Im Moment wünschte sie sich, ihre Eltern hätten zugelassen, dass aus ihr eine leichtfertige, ichbezogene Person, die jeder Laune nachgab, geworden wäre. Wenn sie sie nicht so gut erzogen hätten, dann hätte sie jetzt die Tür verriegelt, wäre in ihren Wagen gesprungen und ziellos durch die Gegend gefahren, bis diese miserable Laune endlich verschwunden wäre.

Sie war nicht daran gewöhnt, sich so rastlos zu fühlen. Und erst recht gefiel ihr die Vorstellung nicht, diese düstere Stimmung könnte von einem Mann hervorgerufen worden sein. Solange sie sich erinnern konnte, war Morgana immer und mit jedem Vertreter des männlichen Geschlechts fertig geworden. Das war auch eine Gabe. Ganz gleich, ob mit ihrem Vater, mit ihren Onkeln und sogar mit Sebastian, obwohl es bei ihm etwas mehr Anstrengung gekostet hatte.

Als Teenager hatte sie schnell begriffen, wie man mit Jungen umgehen musste. Was zu tun war, wenn sie interessiert war, was, wenn sie kein Interesse hatte. Als die Jahre vergingen und sie zur Frau wurde, war es einfach gewesen, diese Regeln auf erwachsene Männer zu übertragen.

Ihre Sexualität war ihr immer eine Quelle der Freude gewesen. Sie wusste auch, dass dies eine andere Art von Macht war. Ihre Beziehungen zu Männern, ob nun freundschaftlich oder romantisch, waren immer reibungslos und gut verlaufen.

Bis jetzt. Bis Nash aufgetaucht war.

Wann hat das eingesetzt? Wann habe ich den Boden unter den Füßen verloren?, fragte sie sich, während sie eine Flasche mit Ginseng-Badezusatz für eine Kundin einpackte. Als sie ihrem Impuls nachgegeben hatte und durch den Laden zu ihm gegangen war? Als sie sich von ihrer Neugier hatte hinreißen lassen, ihn zu küssen?

Vielleicht war es auch erst gestern geschehen, weil sie es erlaubt hatte, sich ganz von ihren Gefühlen leiten zu lassen. Ihn zu der magischen Lichtung im Zypressenhain mitzunehmen.

Sie hatte noch nie einen Mann dorthin geführt. Und sie würde auch nie wieder einen anderen Mann dorthin führen.

Immerhin konnte sie es auf die Nacht und den Ort schieben, wenn sie jetzt glaubte, verliebt zu sein.

Sie wollte einfach nicht akzeptieren, dass ihr so etwas so schnell passieren konnte. Oder sie so hilflos zurückließ, dass sie keine Wahl hatte.

Also würde sie sich verweigern und der Sache ein Ende setzen.

Fast hörte sie das Lachen der Geister. Sie ahnte, dass das unmöglich sein würde. Mit einem stillen Seufzer ging sie zu einem anderen Kunden, um ihn zu beraten.

Den ganzen Morgen über war wenig, aber stetiger Betrieb. Morgana hätte nicht sagen können, was ihr lieber war – wenn einige Neugierige sich umsahen oder wenn sie mit Luna allein im Laden war.

»Und überhaupt, eigentlich bist du an der ganzen Sache schuld.« Morgana stützte die Ellbogen auf den Tresen und beugte sich herab, bis sie der Katze direkt in die Augen sehen konnte. »Wenn du nicht so freundlich zu ihm gewesen wärst, hätte ich mich nicht täuschen lassen und gedacht, dass er harmlos ist.«

Luna zuckte nur mit der Schwanzspitze und blickte weise drein.

»Dabei ist er alles andere als harmlos«, fuhr Morgana fort. »Und jetzt ist es zu spät. Ja, sicher«, sagte sie, als Luna blinzelte, »natürlich könnte ich ihm sagen, dass unsere Abmachung nicht mehr gilt. Ich könnte mir Ausreden einfallen lassen, warum ich mich nicht mehr mit ihm treffen kann. Wenn ich ein Feigling wäre.« Sie legte ihre Stirn an den Kopf der Katze. »Ich bin aber kein Feigling.« Luna hob die Tatze und berührte Morganas Wange. »Du brauchst dich gar nicht einzuschmeicheln. Wenn das noch schlimmer wird, trägst du die Verantwortung.«

Morgana sah auf, als die Türglocke anschlug, und lächelte erleichtert, als sie Mindy erblickte. »Hi, ist es schon zwei?«

»Ja, fast.« Mindy stellte ihre Handtasche hinter den Tresen und kraulte Luna kurz die Ohren. »Und? Wie läuft's, was macht der Umsatz?«

»So weit, so gut.«

»Ich sehe, du hast den großen Rosenquarzblock verkauft.«

»Ja, an ein junges Paar aus Boston. Er kommt in ein gutes Heim. Ich habe ihn nach hinten gebracht, um ihn für den Transport einzupacken.«

»Soll ich das machen?«

»Nein, im Moment kann ich eine Pause vom Verkauf gebrauchen. Kümmere du dich um den Laden, ich gehe nach hinten.«

»Klar. Du siehst heute irgendwie niedergeschlagen aus, Morgana.«

Sie hob eine Augenbraue. »Wirklich?«

»Und wie. Lass Madame Mindy mal sehen.« Sie griff Morganas Hand und unterzog die Handfläche einer genauen Musterung. »Aha. Kein Zweifel. Es gibt Probleme mit einem Mann.«

Trotz der erschreckenden Tatsache, dass Mindy den Nagel auf den Kopf getroffen hatte, musste Morgana grinsen. »Ich zweifle deine Expertise im Handlesen ja nur ungern an, Madame Mindy, aber bei dir geht es doch immer um einen Mann.«

»Ich nutze eben jede Chance. Du würdest dich wundern, wie viele Leute mir ihre Hand unter die Nase halten, nur weil ich für eine Hexe arbeite.«

Neugierig geworden, legte Morgana den Kopf schief. »Wirklich?«

»Die meisten sind zu nervös, um dich selbst anzusprechen, ich dagegen bin ungefährlich. Sie denken wahrscheinlich, dass ich etwas bei dir gelernt habe, aber es ist nicht genug, dass sie sich Sorgen machen müssten.«

Zum ersten Mal seit langen Stunden fühlte Morgana ein Lachen in sich aufsteigen. »Ich verstehe. Ich fürchte, sie wären alle fürchterlich enttäuscht, wenn sie erführen, dass ich nicht aus der Hand lese.«

»Also, ich werde es ihnen nicht verraten.« Mindy prüfte ihr Make-up in einem Handspiegel. »Aber dir kann ich sagen, dass man kein Seher sein muss, um einen großen blonden Mann mit einem knackigen Hintern und treuen Hundeaugen zu erkennen.« Sie zupfte eine Locke in die Stirn und sah dann zu Morgana. »Er beunruhigt dich?«

»Nein, nichts, mit dem ich nicht fertig werden würde.«

»Sie sind ja so einfach zu handhaben, nicht wahr?« Mindy legte den Spiegel ab. »Bis sie anfangen, einem etwas zu bedeuten.« Sie grinste Morgana an. »Nur ein Wort von dir, und ich räume dir dieses Problem aus dem Weg.«

Amüsiert tätschelte Morgana Mindys Wange. »Danke, aber ich werde mich selbst darum kümmern.«

Mit wesentlich besserer Laune ging Morgana ins Hinterzimmer. Warum machte sie sich überhaupt so viele Gedanken? Sie konnte damit fertig werden. Sie würde damit fertig werden! Schließlich kannte sie Nash nicht einmal gut genug, als dass er ihr etwas bedeuten würde.

Es gab genug, womit er sich beschäftigen konnte. Das sagte er sich immer wieder, während er auf dem Sofa lag, Stapel von Büchern um sich herum und eines aufgeschlagen auf dem Schoß.

Auf dem Fernseher flimmerte eine der vielen belanglosen Seifenopern über den Bildschirm, eine Dose Cola stand auf dem Tisch, für den Fall, dass er plötzlich durstig wurde. Der Computer im Arbeitszimmer beschwerte sich über die fehlende Aufmerksamkeit, Nash konnte ihn regelrecht jammern hören.

Es war nicht so, als würde er nicht arbeiten. Nash riss gedankenverloren ein Blatt vom Notizblock und begann es zu falten. Sicher, er hatte fast den ganzen Vormittag auf der Couch gelegen und Löcher in die Luft gestarrt. Aber er dachte nach. Vielleicht war er in der Story bei einem Punkt angelangt, wo er feststeckte, aber es war nicht so, als hätte er eine Schreibblockade. Nein, er brauchte nur Zeit, um das Ganze ein wenig wirken zu lassen.

Er knickte das Blatt ein letztes Mal, dann sandte er den Papierflieger durch den Raum und ahmte die typischen Geräusche eines Flugzeugs nach. Der Flieger schwankte und landete, die Nase voran, auf dem Stapel anderer Modelle, der sich bereits auf dem Fußboden angesammelt hatte.

»Sabotage«, stieß Nash hervor. »Da hat ein Spion seine Hand im Spiel.« Er riss ein weiteres Blatt ab und versuchte sich am nächsten Flieger, während seine Gedanken wanderten.

Innen, Tag. Der große Hangar ist leer. Durch die Oberlichter fällt trübes Tageslicht auf einen silbernen Kampfjet. Schritte sind zu hören, hallen wider. Sie kommen näher, klingen vertraut. Weibliche Schritte, Pfennigabsätze auf Betonboden. Eine Frau schlüpft durch das offene Tor, tritt aus dem Licht in den Schatten. Ein Hut verdeckt ihr Gesicht, aber man sieht den Körper, in rotem Leder. Lange schlanke Beine bewegen sich über den Hangarboden. In einer Hand hält sie einen schwarzen Lederkoffer.

Sie blickt sich um, geht dann auf den Jet zu. Der Lederrock

rutscht hoch, als sie in das Cockpit klettert, gibt den Blick auf einen Oberschenkel frei. Ihre Bewegungen drückten Entschlossenheit und Erfahrung aus, wie sie in den Pilotensitz steigt, wie sie den Koffer aufschnappen lässt.

Im Koffer kommt eine kleine, aber verheerende Bombe zum Vorschein, die sie unter der Konsole anbringt. Sie lacht, leise, lasziv. Die Kamera schwenkt auf ihr Gesicht.

Morgana.

Fluchend warf Nash das Papierflugzeug in die Luft. Es stürzte sofort ab. Was machte er hier eigentlich? Er träumte vor sich hin und erging sich in erbärmlich schlechtem Symbolismus.

Er hatte zu arbeiten, oder etwa nicht?

Fest entschlossen, genau das jetzt auch zu tun, richtete er sich auf und sandte ein paar Bücher zu Boden. Er griff nach der Fernbedienung, schaltete den Fernseher aus und drückte den Knopf des Kassettenrecorders, um das Band mit den Interviews ablaufen zu lassen.

Es dauerte keine fünf Sekunden, bis ihm klar wurde, dass das ein Fehler war. Er war nicht in der Verfassung, um Morganas Stimme zu hören.

Er erhob sich und warf einen Stapel Bücher um, stieg über sie. Er dachte nach, ja. Er dachte, dass er unbedingt aus diesem Haus herausmusste. Und er wusste ganz genau, wohin er gehen würde.

Schließlich war es seine Entscheidung, versicherte er sich, als er nach den Autoschlüsseln griff. Wenn es einen juckte, dann musste man sich eben kratzen.

Morganas Laune hatte sich so weit gebessert, dass sie sogar die Melodie im Radio mitsummen konnte. Genau das brauchte sie jetzt. Eine Tasse Kamillentee zur Beruhigung, eine Stunde Alleinsein und angenehme, konstruktive Arbeit. Nachdem sie den Rosenquarzblock sorgfältig verpackt hatte, hatte sie sich ihre Inventarliste vorgenommen. Und sie hätte auch den ganzen Nachmittag damit verbracht, wäre sie nicht gestört worden.

Hätte sie besser Acht gegeben, wäre sie vielleicht darauf vorbereitet gewesen, als Nash die Tür aufriss. Aber jetzt machte es auch keinen Unterschied mehr, denn er marschierte auf ihren Schreibtisch zu, riss sie an den Armen hoch und pflanzte einen langen, festen Kuss auf ihren überraschten Mund.

»Das«, sagte er befriedigt, als er endlich Luft holen musste, »war meine Idee.«

Ihre Nerven vibrierten, und Morgana schaffte es nur, ein kleines Nicken zustande zu bringen. »Ich verstehe.«

Er ließ seine Hände zu ihren Hüften gleiten und hielt sie fest. »Mir hat es gefallen.« Er ließ keinen Zweifel an seiner Entschlossenheit.

»Wie schön für dich.« Sie sah über ihre Schulter und erblickte Mindy, die mit einem wissenden Lächeln im Türrahmen stand. »Ich komme schon zurecht, Mindy.«

»Oh, da bin ich ganz sicher.« Sie blinzelte Morgana zu und schloss die Tür.

»Also?« Morgana bemühte sich um Fassung und legte die Hände an seine Brust, um ihn von sich zu schieben. Sie weigerte sich zu registrieren, dass ihr Puls hämmerte und ihre Knie weich waren. Auf diese Art konnte man nicht die Oberhand behalten. »Gibt es noch etwas?«

»Da gibt es sogar noch sehr viel.« Ohne ihren Blick freizugeben, drängte er sie gegen den Schreibtisch. »Wann sollen wir damit anfangen?«

Sie musste lächeln. »Ich denke, das kann man wirklich direkt und geradeheraus nennen.«

»Nenn es, wie du willst.« Da sie hohe Absätze trug, brauchte

Nash den Kopf nur vorzuschieben, um an ihrer vollen Unterlippe zu knabbern. »Ich will dich, Morgana. Ich weiß, ich werde nicht mehr klar denken können, solange ich nicht ein paar Nächte mit dir verbracht habe. Ausgiebige, lange Nächte.«

Das Vibrieren wurde stärker und breitete sich aus. Sie klammerte die Finger um die Kante der Schreibtischplatte, um das Gleichgewicht halten zu können, aber ihre Stimme klang tief und sicher. »Ich würde behaupten, dass du nie wieder klar denken wirst, nachdem du mit mir geschlafen hast. Überleg dir also ganz genau, worauf du dich da einlässt.«

Er griff an ihr Kinn und strich mit seinen Lippen über ihren Mund. »Das Risiko gehe ich ein.«

Ihr stockte für einen Moment der Atem, ehe sie sich wieder unter Kontrolle hatte. »Mag sein. Aber ich muss mir überlegen, ob ich es eingehen will.«

Seine Lippen an ihrem Mund verzogen sich zu einem Lächeln. »Leb doch einfach gefährlich.«

»Das tue ich.« Für einen kurzen Moment lang gestattete sie sich zu genießen, was er ihr bot. »Was würdest du sagen, wenn ich behauptete, es sei noch nicht die richtige Zeit? Und dass wir beide es dann wissen werden, wenn die Zeit reif dafür ist.«

»Ich würde sagen, du versuchst dich herauszureden.«

»Du würdest dich irren.« Sie presste die Wange an seine. »Glaube mir, es wäre ein Irrtum.«

»Zum Teufel mit dem Timing. Komm mit mir nach Hause, Morgana.«

Sie seufzte leise, als sie sich von ihm zurückzog. »Das werde ich.« Sie schüttelte den Kopf, als sie sah, wie seine Augen dunkler wurden. »Um dir zu helfen, um mit dir zu arbeiten. Aber nicht, um mit dir zu schlafen. Nicht heute.«

Er lächelte und zupfte zärtlich an ihrem Ohrläppchen. »Das gibt mir immerhin die Chance, deine Meinung zu ändern.«

Ihr Blick war ruhig, fast traurig, als sie von ihm wegtrat. »Vielleicht wirst du deine Meinung ändern, bevor unsere Abmachung erfüllt ist. Ich werde Mindy Bescheid sagen, dass sie für den Rest des Tages den Laden übernehmen soll.«

Sie bestand darauf, mit ihrem eigenen Wagen zu fahren. Luna lag auf dem Beifahrersitz zusammengerollt, während sie ihm folgte. Zwei Stunden, mehr nicht. Diese Zeit hatte sie ihm zugestanden. Und bevor sie ging, würde sie dafür sorgen, dass sein Verstand wieder klar arbeitete.

Sein Haus gefiel ihr, der verwilderte Garten, der förmlich nach einem Gärtner flehte, die Stuckverzierungen über den hohen Bogenfenstern, die roten Ziegel auf dem Dach. Es lag näher beim Meer als ihr Haus, deshalb war das Rauschen des Wassers viel intensiver zu hören, wie Musik. An der Seite standen zwei Zypressen, die sich zueinander beugten wie zwei Liebende, die zueinander strebten.

Es passt zu ihm, dachte sie, als sie aus ihrem Wagen stieg und über das Gras ging, das knöchelhoch stand. »Wie lange wohnst du schon hier?«, fragte sie Nash.

»Erst zwei Monate. Ich muss unbedingt einen Rasenmäher kaufen.«

»Ja, das solltest du wirklich.« Nicht mehr lange, und er würde eine Sense brauchen. »Du bist faul.« Sie fühlte mit den Narzissen, die sich bemühten, ihre Blüten aus dem Unkraut herauszurecken. Sie ging zur Haustür, Luna folgte ihr mit königlicher Haltung.

»Ich brauche eben den richtigen Anstoß«, sagte er, als er die Haustür für sie öffnete. »Bisher habe ich in Miets- und Eigentumswohnungen gelebt. Das hier ist mein erstes eigenes Haus.«

Sie sah sich in der hohen Halle mit den weißen Wänden um, bemerkte das warme dunkle Holz der Treppe, die sich ins

Obergeschoss wand, die offene Galerie, die um die Halle lief.
»Du hast gut gewählt. Wo arbeitest du?«

»Eigentlich überall.«

»Hm.« Sie steckte den Kopf durch den ersten Türbogen. Ein geräumiges Wohnzimmer, die Fenster ohne Vorhänge, der Boden kahl ohne Teppiche. Anzeichen, dass dieser Mann erst noch entscheiden muss, ob er sich wirklich hier niederlassen will, dachte sie.

Die Möbel passten nicht zusammen, und überall lagen Bücher, Notizen und Kleider herum, gebrauchtes Geschirr, längst vergessen. Die Regale an der Wand waren mit weiteren Büchern und Trödel vollgestopft. Sie musste sofort an ihre eigene Krimskrams-Sammlung denken, kleine Dinge, die ihr Freude bereiteten, sie beruhigten, ihr die Zeit vertrieben.

Ihr fielen die exquisiten antiken Masken auf, die an einer Wand hingen, daneben ein ausgezeichneter Druck mit Nymphen von Maxfield Parrish und ein Filmplakat von »Shape Shifter«. Ein kleiner silberner Sarg stand neben dem Oscar, den er gewonnen hatte. Beide hätten gründlich abgestaubt gehört. Mit geschürzten Lippen nahm sie die Voodoo-Puppe hoch, in deren Herz noch immer die Nadel steckte.

»Jemand, den ich kenne?«

Er grinste. Er war sehr zufrieden, sie hier zu haben, und zu gewöhnt an seine Unordnung, als dass es ihm peinlich gewesen wäre. »Meistens geht es um einen Produzenten, manchmal auch einen Politiker. Einmal war es auch dieser kleinkarierte Steuerbeamte. Übrigens, was ich dir sagen wollte ...«, sein Blick glitt über ihr kurzes, eng anliegendes Seidenkleid, »... du hast einen großartigen Geschmack.«

»Ich bin froh, dass es dir gefällt.« Amüsiert legte sie die unglückliche Puppe beiseite und nahm ein Deck Tarot-Karten zur Hand. »Legst du sie?«

»Nein. Jemand hat sie mir geschenkt. Angeblich sollen sie Houdini gehört haben.«

Sie ließ die Karten über den Daumen rennen, fühlte ein schwaches Vibrieren der alten Kraft. »Wenn du wissen willst, woher sie kommen, solltest du Sebastian fragen. Er kann es dir sagen. Komm.« Sie hielt ihm das Kartendeck entgegen. »Misch sie und heb ab.«

Nur allzu willig tat er, wie ihm geheißen. »Werden wir jetzt spielen?«

Sie lächelte nur und nahm die Karten zurück. »Da die Sitzgelegenheiten hier alle anderweitig benutzt werden, lassen wir uns am besten auf dem Boden nieder.« Sie kniete sich hin, warf das lange Haar zurück und bedeutete ihm, sich zu ihr zu gesellen. Dann legte sie ein Keltisches Kreuz. »Irgendetwas beschäftigt dich«, sagte sie. »Aber deine Kreativität ist weder versiegt noch blockiert. Veränderungen kündigen sich an.« Sie hob den Blick, ihre Augen waren von jenem verwirrenden irischen Blau, das jeden vernünftigen Mann dazu bringen konnte, alles bedingungslos zu glauben. »Womöglich die größten in deinem Leben, und es wird nicht leicht sein, sie zu akzeptieren.« Es waren nicht mehr die Karten, aus denen sie las, sondern das blasse Licht des Sehers, das so viel heller in Sebastian schien. »Du musst dir vergegenwärtigen, dass manche Dinge mit dem Blut weitergegeben werden, andere werden schwächer oder fallen ganz weg. Wir sind nicht immer so wie die Menschen, die uns gemacht haben.« Ihr Blick wurde sanft, als sie ihre Hand auf seine legte. »Und du bist nicht so allein, wie du denkst. Das warst du nie.«

Diesmal gelang es ihm nicht, einen Scherz darüber zu machen. Dafür war es zu nah an der Wahrheit. Um dem Thema auszuweichen, küsste er ihre Fingerspitzen. »Ich habe dich nicht hergebracht, damit du mir aus den Karten liest.«

»Ich weiß, warum du mich hergebeten hast, aber es wird nicht passieren. Noch nicht.« Traurig und enttäuscht zog sie ihre Hand zurück. »Ich wollte dir nicht die Zukunft weissagen, ich wollte dir ein Geschenk machen.« Sie sammelte die Karten ein. »Wenn ich kann, werde ich dir helfen. Erzähl mir, wo das Problem mit deiner Story liegt.«

»Außer der Tatsache, dass ich ständig an nichts anderes als an dich denke, wenn ich mich doch auf meine Arbeit konzentrieren sollte?«

»Ja.« Sie schlug die Beine lässig unter. »Außer dieser Tatsache.«

»Ich denke, es liegt am Motiv. An Cassandra. So habe ich sie genannt. Ist sie eine Hexe, weil es ihr um Macht geht, weil sie die Dinge ändern will? Sucht sie nach Rache oder nach Liebe? Oder einfach nur nach einem leichten Ausweg?«

»Wieso sollte es einer dieser Gründe sein? Warum kann es nicht darum gehen, ob sie die Gabe annimmt, die ihr mitgegeben wurde?«

»Das wäre zu einfach.«

Morgana schüttelte den Kopf. »Das ist es nie. Es ist viel einfacher, so zu sein wie die anderen. Als ich ein kleines Mädchen war, verboten viele Mütter ihren Kindern, mit mir zu spielen. Ich hätte einen schlechten Einfluss. Ich wäre zu seltsam. Anders. Es tat mir damals weh, nicht dazuzugehören.«

Er nickte verstehend. »Ich war immer ›der Neue‹, nie lange genug an einem Ort, um akzeptiert zu werden. Irgendjemand hatte immer das Bedürfnis, dem Neuen eine blutige Nase zu verpassen, frag mich nicht, warum das so ist. Wenn man ständig umherzieht, wird man eigen. Man versagt in der Schule und wünscht sich nur noch wegzukommen …« Verärgert über sich selbst, brach er ab. »Auf jeden Fall, Cassandra …«

»Wie bist du damit fertig geworden?« Sie hatte Anastasia

gehabt, Sebastian, ihre Familie – und die Gewissheit dazuzugehören.

Mit einem Schulterzucken nahm er ihr Amulett und betrachtete es. »Man rennt davon. Auf die sichere Art. Man zieht sich zurück in Bücher, in Filme oder einfach nur in die eigene Fantasie. Sobald ich alt genug war, suchte ich mir einen Job als Filmvorführer. So konnte ich alle Filme sehen und wurde sogar noch dafür bezahlt.« Als er die traurigen Erinnerungen beiseiteschob, klärte sich sein Blick. »Ich liebe Filme, ich kann einfach nicht anders.«

Sie lächelte. »Und jetzt wirst du dafür bezahlt, dass du sie dir ausdenkst.«

»Die ideale Art, einer Leidenschaft zu frönen. Falls ich denn diese eine Story je zu Ende bringen sollte.« Er griff eine Strähne ihres Haars und wickelte sie sich um das Handgelenk. »Was ich brauche, ist Inspiration«, murmelte er und zog sie zu sich heran, um sie zu küssen.

»Was du viel dringender brauchst«, berichtigte sie ihn, »ist Konzentration.«

»Aber ich bin doch konzentriert. Du willst doch nicht dafür verantwortlich sein, dass ein kreatives Genie eingeht, oder?«

»Nein, das nicht.« Es war an der Zeit, dass er erfuhr, auf was er sich einließ. Vielleicht würde das seinen Geist auch offener machen für seine Story. »Inspiration also«, sagte sie und schlang die Arme um seinen Nacken. »Kommt sofort.«

Als sie ihre Lippen auf seinen Mund presste, ließ sie sie beide zwanzig Zentimeter über dem Boden schweben. Er war viel zu vertieft in den Kuss, als dass er es bemerkt hätte. Und während sie sich an ihn schmiegte, verlor Morgana sich in der Hitze des Moments. Als der Kuss schließlich endete, hingen sie auf halber Höhe zur Decke.

»Ich denke, wir sollten besser aufhören.«

Er knabberte an ihrem Hals. »Warum denn?«

Sie sah betont nach unten. »Ich habe vergessen, dich zu fragen, ob du Höhenangst hast.«

Morgana wünschte, sie hätte sein Gesicht fotografieren können, als er ihrem Blick folgte. Die aufgerissenen Augen, der offen stehende Mund. Die Reihe rauer Flüche, die folgte, war eine andere Sache. Vorsichtig setzte sie sie beide wieder auf den Boden.

Nashs Knie gaben nach, bevor er das Gleichgewicht wiedergefunden hatte. Weiß wie ein Laken, griff er sie hart bei den Schultern. »Wie, zum Teufel, hast du das gemacht?«

»Ein Kindertrick. Nun, sagen wir, der Trick einer ganz bestimmten Art von Kind.« Sie streichelte ihm verständnisvoll die Wange. »Erinnerst du dich an die Geschichte mit dem Jungen, der ständig ›Wolf‹ schrie? Eines Tages war da wirklich ein Wolf. Du spielst seit Jahren mit dem ... sagen wir Paranormalen. Dieses Mal hast du dir aber eine echte Hexe eingehandelt.«

Sehr langsam und sehr überzeugt schüttelte er den Kopf, aber seine Finger auf ihrer Schulter zitterten. »Das ist absoluter Unsinn.«

Sie stieß einen herzhaften Seufzer aus. Morgana fand Gefallen daran, Nash ihre Kräfte zu demonstrieren. »Also gut. Lass mich nachdenken ... etwas Einfaches, aber Effektvolles ...« Sie schloss die Augen und hob die Arme.

Für einen Augenblick war sie einfach nur eine Frau. Eine schöne Frau, die mitten in seinem unordentlichen Wohnzimmer stand. Dann veränderte sie sich. Gott, er sah, wie sie sich veränderte. Ihre Schönheit wurde noch intensiver. Ein Trick mit dem Licht, sagte er sich. Die Art, wie sie lächelte, diese vollen, geschwungenen Lippen, die Wimpern, die Schatten auf ihre Wangen warfen, das lange Haar, das bis auf ihre Hüften herabfiel.

Und dann plötzlich begann ihr Haar sich zu bewegen. Sacht zuerst, wie durch eine leichte Brise. Dann wehte es um ihr Gesicht, stärker, und schließlich flatterte es hinter ihrem Kopf, wie von einem starken Sturm zurückgerissen. Ihm fiel sofort der Vergleich mit einer Nixe ein, die als Galionsfigur am Bug eines alten Segelschiffs stand.

Aber da war kein Wind. Und doch fühlte er ihn kühl an seiner Haut. Er hörte das Heulen, hier mitten im Raum. Und er hörte den seltsamen Laut, der sich seiner Kehle entrang.

Sie stand sehr gerade und sehr still. Ein schwaches goldenes Licht hüllte sie ein, als sie einen leisen Singsang anstimmte. Und während die Sonne durch die hohen Fenster fiel, begann es im Raum zu schneien. Weiche Schneeflocken fielen von der Decke, wirbelten um seinen Kopf, schmolzen auf seiner Haut, während er fassungslos nach Luft schnappte, vor Schock erstarrt.

»Schluss damit«, sagte er rau und ließ sich auf einen Sessel fallen. »Hör auf mit dem Zauber, ich weiß nicht, was ich denken soll.«

Morgana ließ die Arme sinken und öffnete die Augen. Der Miniatur-Schneesturm hörte auf, als hätte es ihn nie gegeben. Der Wind erstarb.

Wie sie erwartet hatte, sah Nash sie an, als wären ihr plötzlich drei Köpfe gewachsen. »Das war vielleicht ein bisschen übertrieben«, gestand sie ein.

»Ich ... du ...« Er versuchte Kontrolle über seine Zunge zu erlangen. »Was, zum Teufel, hast du getan?«

»Eine sehr einfache Beschwörung der Elemente.« Er war nicht mehr so blass, aber seine Augen waren immer noch viel zu groß in dem Gesicht. »Ich wollte dich nicht erschrecken.«

»Du erschreckst mich nicht, du verblüffst mich.« Er schüttelte sich wie ein nasser Hund und befahl seinem Verstand, wieder zu funktionieren. Wenn er wirklich gesehen hatte, was er glaubte gesehen zu haben, musste es dafür einen Grund geben. Es war völlig unmöglich, dass sie vorher in sein Haus eingedrungen war, um solche Tricks vorzubereiten.

Aber irgendwie musste sie es geschafft haben.

Er stieß sich aus dem Sessel ab und begann das Zimmer abzusuchen. Vielleicht waren seine Bewegungen ein bisschen kantig, vielleicht fehlte seinem Körper die übliche lässige Geschmeidigkeit, aber er bewegte sich. »Na schön, Schätzchen, wie hast du das gemacht? Es war wirklich gut. Beeindruckend. Besser als in jedem meiner Filme, ehrlich. Ich bin immer für einen Scherz zu haben, aber jetzt würde ich den Trick gerne erklärt bekommen.«

»Nash.« Ihre Stimme war ruhig und zwingend. »Sieh mich an.«

Er drehte sich zu ihr um. Er sah sie an. Und wusste es. Auch wenn es nicht möglich war, wenn es gegen jede Logik ging, er wusste es. Sehr langsam atmete er aus. »Mein Gott, es ist wahr, oder?«

»Ja. Möchtest du dich setzen?«

»Nein.« Aber er ließ sich auf dem Couchtisch nieder. »Alle Geschichten, die du mir erzählt hast. Nichts davon ist erfunden.«

»Stimmt. Ich wurde als Hexe geboren, wie meine Mutter, wie mein Vater, wie die Mutter meiner Mutter und ihre Mutter. Es geht Generationen zurück.« Sie lächelte. »Aber ich reite nicht auf Besenstielen, höchstens zum Spaß. Und ich belege keine schönen jungen Prinzessinnen mit einem Fluch oder reiche ihnen vergiftete Äpfel.«

Das war doch alles gar nicht möglich. Oder? »Zeig mir noch etwas anderes.«

Der Ausdruck von Ungeduld huschte über ihr Gesicht. »Ich bin kein Zirkuspferd.«

»Mach irgendwas«, drängte er erneut. »Kannst du verschwinden, oder ...«

»Nash, bitte.«

Er stand schon wieder. »Nein, ehrlich, ich versuche dir zu helfen. Vielleicht könntest du ja ...« Ein Buch flog aus dem Bücherregal und ihm an den Kopf. Mit einem leisen Aufschrei zuckte er zusammen. »Ist ja schon gut, vergiss es.« Seine Stimme klang resigniert.

»Nash, das hier ist keine Varieté-Show«, sagte sie verstimmt. »Ich habe es nur so deutlich demonstriert, weil du so begriffsstutzig bist. Du weigerst dich, es zu glauben, und da sich anscheinend eine Art Beziehung zwischen uns entwickelt, würde ich es vorziehen, dass du mir glaubst.« Sie strich ihr Kleid glatt. »Und nun, da du es tust, können wir uns Zeit nehmen und alles noch einmal genau überdenken, bevor wir weitermachen.«

»Weitermachen«, wiederholte er. »Vielleicht sollte der nächste Schritt sein, dass wir darüber reden.«

»Nicht jetzt.« Er hat sich bereits einen Schritt zurückgezogen, ohne dass er es weiß, dachte sie.

»Himmelherrgott noch mal, Morgana. Du kannst mir das nicht so einfach vor die Füße werfen und dann in aller Seelenruhe hier herausstolzieren. Du bist eine Hexe!«

»Genau.« Sie warf ihr Haar zurück. »Ich denke, das haben wir jetzt geklärt.«

Endlich begann sein Verstand wieder zu arbeiten. »Ich habe mindestens eine Million Fragen.«

Sie nahm ihre Handtasche. »Wovon du mir bereits mehrere gestellt hast. Hör dir die Bänder an. Alle Antworten, die ich dir gegeben habe, sind wahr.«

»Ich will mir keine Bänder anhören, ich will mit dir reden.«

»Im Moment ist nur wichtig, was ich will.« Sie holte einen Smaragdanhänger an einer silbernen Kette aus ihrer Tasche hervor. Sie hätte wissen müssen, dass es einen Grund gab, warum sie den Anhänger heute Morgen in ihre Tasche hatte gleiten lassen. »Hier.« Sie trat vor und legte ihm die Kette um den Hals.

»Danke, aber ich halte eigentlich nicht sehr viel von Schmuck.«

»Sieh es als einen Talisman an.« Sie küsste ihn auf beide Wangen.

Misstrauisch sah er darauf herab. »Als was für eine Art von Talisman?«

»Er klärt die Gedanken, fördert die Kreativität und ... siehst du den kleinen violetten Stein über dem Smaragd?«

»Ja.«

»Amethyst.« Ihre Lippen verzogen sich zu einem Lächeln, während sie ihn küsste. »Ein Schutz gegen Hexerei.« Die Katze folgte ihr, als sie zur Bogentür ging. »Schlaf ein wenig, Nash. Dein Geist ist müde. Wenn du aufwachst, wirst du arbeiten können. Und wenn die Zeit reif ist, wirst du mich finden.« Damit war sie zur Tür hinaus.

Mit gerunzelter Stirn studierte Nash den grünen Stein. Klares Denken. Das konnte er wirklich gut gebrauchen. Im Moment waren seine Gedanken so klar wie dichter Nebel.

Er rieb mit dem Daumen über den kleinen Amethysten. Schutz gegen Hexerei. Er war ziemlich sicher, dass auch das nichts schaden konnte.

6. Kapitel

Was er jetzt tun musste, war denken, nicht schlafen. Obwohl er sich fragte, wie ein Mensch überhaupt denken sollte, nach dem, was in der letzten Viertelstunde passiert war. Ausnahmslos jeder der Parapsychologen, mit denen er in den letzten Jahren zu tun gehabt hatte, würde sich darum reißen, auch nur einen Teil von dem zu sehen zu bekommen, was Morgana ihm gezeigt hatte.

Aber wäre nicht der erste vernünftige Schritt, zu widerlegen, was er gesehen hatte?

Er ging ins Wohnzimmer zurück und starrte an die Decke. Er konnte nicht leugnen, dass er es gesehen hatte, dass er etwas gefühlt hatte. Aber vielleicht konnte er ja eine logische Erklärung finden.

Als Erstes nahm er seine bevorzugte Denkstellung ein – er legte sich aufs Sofa. Hypnose. Der Gedanke, dass er so leicht in Hypnose zu versetzen sein könnte, gefiel ihm nicht, aber es war eine Möglichkeit. Eine Möglichkeit, die sehr viel einfacher zu akzeptieren war.

Falls er aber keine andere logische Begründung finden sollte, musste er die einzige Erklärung in Betracht ziehen, die übrig blieb: dass Morgana genau das war, was sie immer behauptet hatte.

Eine Hexe von Geburt an, in deren Adern Elfenblut floss.

Nash streifte sich die Schuhe von den Füßen und versuchte nachzudenken. Seine Gedanken drehten sich nur um Morgana – wie sie aussah, wie sie schmeckte, wie sie roch, wie sie dagestanden und die Arme emporgehoben hatte, das Licht in ihren Augen ...

Das gleiche Licht, wie er sich jetzt erinnerte, das auch in ihre Augen getreten war, als sie den Trick mit der Karaffe gemacht hatte. Trick, das war das wesentliche Wort. Es war vernünftiger anzunehmen, dass es sich um Tricks handelte. Er müsste nur einen Weg finden, um sie logisch zu erklären. Aber wie schaffte es eine Frau, einen achtzig Kilo schweren Mann in der Luft schweben zu lassen?

Telekinese? Nash war schon immer der Ansicht gewesen, dass das eine durchaus denkbare Möglichkeit war. Durch seine Nachforschungen für »The Dark Gift« war er zu der Meinung gelangt, dass es tatsächlich Menschen gab, die mithilfe ihres Willens Gegenstände bewegen konnten. Wissenschaftler hatten ausführliche Studien zu dem Thema betrieben, von Büchern oder Bildern, die durch den Raum flogen. Anscheinend hatten besonders junge Mädchen diese Gabe. Und aus Mädchen wurden Frauen. Morgana war mit Sicherheit eine Frau.

Vielleicht konnte er ja ... Er unterbrach seinen Gedankengang, als er feststellte, dass er genauso wie der fiktive Jonathan McGillis in seinem Drehbuch reagierte. War es das, was Morgana wollte?

Hör dir die Bänder an, hatte sie gesagt. Also schön, dann würde er das eben tun.

Morganas rauchige Stimme ertönte aus dem Lautsprecher des kleinen Aufnahmegeräts.

»Es ist nicht unbedingt nötig, einem Bund anzugehören, um eine Hexe zu sein, nicht mehr, als es nötig ist, Mitglied in einem Männerclub zu sein, um ein Mann zu sein. Manche finden die Zugehörigkeit zu einer Gruppe befriedigend, beruhigend, andere wünschen sich einfach den sozialen Aspekt.« Seide raschelte, als sie sich bewegte. »Was ist mit dir, Nash? Bist du ein Vereinsmensch?«

»Himmel bewahre. Vereine haben normalerweise Regeln, die irgendein anderer gemacht hat. Und sie lieben es, Aufgaben zu verteilen.«

Ihr Lachen klang durch den Raum. »Auch bei uns gibt es jene, die es vorziehen, allein und auf ihre eigene Weise zu arbeiten. Aber die Geschichte der Bünde reicht weit zurück. Meine Urgroßmutter zum Beispiel war die Hohe Priesterin ihres Bundes in Irland, und ihre Tochter nach ihr. Ein Sabbat-Kelch, ein Zeremonienzepter und noch einige andere Dinge wurden mir weitervererbt. Vielleicht ist dir der Zeremonienteller an der Wand in der Diele aufgefallen. Der stammt noch aus der Zeit vor den großen Verbrennungen.«

»Verbrennungen?«

»Ja, die Zeit der Hexenverfolgungen. Es begann im vierzehnten Jahrhundert und dauerte dreihundert Jahre. Die Geschichte zeigt, dass die Menschen eigentlich immer ein Feindbild brauchen. Wahrscheinlich war die Reihe damals an uns.«

Sie sprach, er stellte Fragen, aber Nash hatte Schwierigkeiten, sich auf die Worte zu konzentrieren. Ihre Stimme allein war zu verführerisch. Es war eine Stimme, gemacht für das Mondlicht, für Geheimnisse, für heiße Versprechen um Mitternacht. Wenn er die Augen schloss, konnte er fast glauben, sie säße neben ihm auf der Couch, die Beine untergeschlagen, ihr Atem warm an seiner Wange.

Und mit einem Lächeln auf den Lippen schlief er ein.

Als er wieder erwachte, waren fast zwei Stunden vergangen. Erschlagen rieb er sich über das Gesicht und die müden Augen. Und fluchte leise, weil sein Hals steif war, als er sich aufsetzte.

Kein Wunder, dass er so fest geschlafen hatte. Seit Tagen hatte er immer wieder nur ein wenig gedöst. Automatisch griff er nach der Flasche mit warmem Mineralwasser, um einen Schluck zu trinken.

Vielleicht war alles ja nur ein Traum gewesen. Aber ... Seine Finger schlossen sich um den Anhänger auf seiner Brust. Das hatte sie ihm gegeben, und der schwache Duft ihres Parfüms hing immer noch im Raum.

Alles klar, beschloss er. Er würde damit aufhören, ständig an seinem eigenen Verstand zu zweifeln. Sie hatte getan, was sie getan hatte. Und er hatte gesehen, was er gesehen hatte.

Vielleicht war es ja gar nicht so kompliziert. Man musste nur seine Gedanken neu ordnen und das Neue akzeptieren. Vor nicht allzu langer Zeit hatten die Menschen auch geglaubt, dass Weltraumflüge reine Fantasie seien. Andererseits hatte man vor ein paar Jahrhunderten die Hexerei ohne Fragen akzeptiert.

Vielleicht hatte Realität immer etwas mit dem Jahrhundert zu tun, in dem man lebte. Diese Überlegung gab seinem Verstand einen Ruck.

Er nahm noch einen Schluck Wasser und verzog das Gesicht. Er hatte eigentlich gar keinen Durst. Sondern Hunger. Er kam um vor Hunger.

Wichtiger als sein Magen war jedoch sein Geist. Die gesamte Geschichte schien sich auf einmal zu entwickeln. Er konnte alles sehen, klar und deutlich, zum ersten Mal. Eine Welle der Aufregung überkam ihn, wie jedes Mal, wenn eine Story plötzlich vor ihm lag. Er sprang auf und lief in die Küche.

Er würde sich ein Riesensandwich zubereiten, sich den stärksten Kaffee der Welt aufbrühen, und dann würde er sich an die Arbeit machen.

Morgana saß auf Anastasias Terrasse, bewunderte den blühenden Garten ihrer Cousine und trank ein Glas eisgekühlten Julep-Tee. Von dieser Stelle am Pescadaro Point hatte man eine wunderbare Aussicht auf die tiefblaue Carmel Bay und die Boote, die sanft in der leichten Frühlingsbrise auf dem Wasser schaukelten.

Weitab von der üblichen Touristenroute, geschützt durch Bäume und Büsche, war hier nicht ein einziges Auto zu hören, nur die Laute der Vögel und Insekten, das Rauschen des Wassers und des Winds.

Sie konnte gut verstehen, warum Anastasia hier lebte. Hier gab es die Stille und Abgeschiedenheit, nach der ihre Cousine sich so sehnte. Oh, da war schon eine gewisse Dramatik, dort, wo Land und Wasser aufeinandertrafen, die alten knorrigen Bäume, die hohen Schreie der Möwen. Aber es lag auch Frieden in den alten Mauern, die das Anwesen umgaben. Efeu rankte sich um das Haus, exotische Blüten und duftende Kräuter wuchsen üppig in den Rabatten, um die Ana sich so liebevoll kümmerte.

Wann immer Morgana hierherkam, fühlte sie sich wohl. Und sie kam immer hierher, wenn ihr Herz Kummer hatte. Dieser Ort, so dachte sie jetzt, ist wie Anastasia, lieblich, sanft, ohne Arg und Tücke.

»Frisch aus dem Ofen«, verkündete Ana, als sie mit einem Tablett durch die Flügeltüren trat.

»Oh, Ana, Schokoladenbaisers! Meine Lieblingsplätzchen, köstlich!«

Lachend setzte Ana das Tablett ab. »Heute Morgen verspürte ich irgendwie den Drang zu backen. Jetzt weiß ich, warum.«

Genüsslich biss Morgana in ein Baiser. »Ana, du bist ein Schatz.«

Ana setzte sich so, dass sie ihren Garten und die Bucht überblicken konnte. »Ich bin überrascht, dich um diese Zeit hier zu sehen.«

»Ich gönne mir eine ausgiebige Lunchpause. Mindy hat alles unter Kontrolle.«

»Und wie steht es mit dir?«

»Habe ich denn nicht immer alles unter Kontrolle?«

Ana legte eine Hand auf Morganas. Bevor Morgana ihre Trauer abblocken konnte, hatte Ana die kleinen Wellen schon gespürt. »Ich fühle doch, wie aufgewühlt du bist. Dafür stehen wir uns zu nah.«

»Natürlich fühlst du es. Genauso wie ich nicht anders konnte, als herzukommen, obwohl mir bewusst war, dass ich dich mit meinen Problemen belasten würde.«

»Ich möchte helfen.«

»Nun, du bist doch Kräuterspezialistin«, sagte Morgana leichthin. »Wie wär's mit ein wenig Helleborus niger?«

Ana lächelte. Helleborus, besser bekannt als Christrose, stand in dem Ruf, Wahnsinn zu heilen. »Fürchtest du um deinen Verstand, Liebes?«

»Das ist das Wenigste.« Achselzuckend griff sie nach einem weiteren Keks. »Ich könnte natürlich auch den bequemsten Weg gehen und einen Trank aus Rosen- und Engelwurzessenzen mixen, mit einer Prise Ginseng, und das Ganze großzügig mit Mondstaub bestreuen.«

»Ein Liebestrank?« Ana nahm sich ebenfalls ein Gebäckstück. »Für jemanden, den ich kenne?«

»Für Nash natürlich.«

»Natürlich. Das heißt also, es läuft nicht so gut?«

Eine dünne Falte erschien zwischen Morganas Augenbrauen. »Ich habe keine Ahnung, wie es läuft. Ich weiß, dass ich mir wünsche, ich wäre nicht so übertrieben ehrlich. Dabei ist es doch eine wirklich simple Angelegenheit, einen Mann an sich zu binden.«

»Aber nicht sehr befriedigend.«

»Richtig«, gab Morgana zu. »Also muss ich wohl den gewöhnlichen Weg gehen.« Während sie an ihrem Tee nippte, betrachtete sie die Boote, deren Segel sich im Wind blähten. Frei wie der Wind – so hatte sie sich immer gefühlt. Und jetzt, obwohl sie sich für nichts verpflichtet hatte, fühlte sie sich wie gefesselt.

»Um ehrlich zu sein, Ana, ich habe mir nie viel Gedanken darum gemacht, wie es wohl wäre, wenn ein Mann sich in mich verlieben würde. Das Problem ist nur, dass diesmal mein Herz beteiligt ist.«

Bei dieser Art von Schmerz konnte auch Ana nicht viel tun, um ihrer Cousine Trost und Hilfe zu spenden. »Hast du es ihm gesagt?«

Der Stich in ihrem Herzen kam schnell und überraschend. Morgana schloss die Augen. »Ich kann ihm nichts sagen, solange ich selbst nicht weiß, wie es um mich steht. Also warte ich ab.«

»Liebe ist wie Luft. Man kann ohne sie nicht leben.«

»Aber reicht das auch?« Das war die Frage, die sie in den Tagen, seit sie von Nash weggegangen war, am meisten beschäftigt hatte. »Woher wissen wir, dass das genug ist?«

»Wenn wir glücklich sind.«

Ana hatte wahrscheinlich recht, aber war das überhaupt zu verwirklichen? »Glaubst du, wir sind zu verwöhnt, Ana?«

»Verwöhnt? Wie meinst du das?«

»Nun ... in Bezug auf unsere Erwartungen.« Morgana hob hilflos die Hände. »Unsere Eltern, deine, meine, Sebastians. Da ist so viel Liebe, Unterstützung, Verständnis, Respekt. Die Freude zu lieben, und die Großzügigkeit. So ist es nicht für jeden Menschen.«

»Ich glaube nicht, dass das Wissen, wie tief und allumfassend Liebe sein kann, etwas mit Verwöhntheit zu tun hat.«

»Aber würde es nicht ausreichen, sich mit dem Vergänglichen zu begnügen? Mit Zuneigung und Leidenschaft?« Sie runzelte die Stirn und beobachtete versonnen eine Biene, die eine Akeleiblüte umwarb. »Ich glaube, es könnte genügen.«

»Für manche mag das so sein. Du musst dir darüber klar werden, ob es dir reicht.«

Morgana erhob sich gereizt. »Es ist so aufreibend und anstrengend. Ich verabscheue es, wenn ich nicht die Zügel in der Hand halte.«

Ein Lächeln spielte um Anas Lippen. »Das glaube ich dir gern. Seit ich mich erinnern kann, hast du immer alles bestimmt, allein durch die Kraft deiner Persönlichkeit.«

Morgana warf ihr einen scharfen Seitenblick zu. »Aha, du meinst also, ich sei schon immer ein rücksichtsloser Rüpel gewesen.«

»Aber nein. Sebastian war der Rüpel.« Ana gab sich alle Mühe, die richtigen Worte zu finden. »Sagen wir ... du hattest einen starken Willen.«

Weit davon entfernt, besänftigt zu sein, beugte sich Morgana über eine Pfingstrose, um an ihr zu riechen. »Das sollte ich wohl als Kompliment ansehen. Aber ein starker Wille hilft mir im Moment nicht.« Zusammen gingen sie über den schmalen Steinpfad, der durch Blumenbeete und Rankengewächse führte. »Ich habe ihn seit über einer Woche nicht mehr gesehen, Ana.« Sie unterbrach sich. »Himmel, ich höre mich an wie ein weinerliches Gör.«

Ana musste lachen und drückte Morganas Arm. »Nein, du hörst dich an wie eine ungeduldige Frau.«

»Nun ... ich bin ungeduldig«, gab sie zu. »Dabei war ich darauf vorbereitet, ihm aus dem Weg zu gehen, falls es nötig werden sollte. Aber es war nicht nötig.« Sie lächelte Ana zerknirscht an. »Das setzt meinem Stolz zu.«

»Hast du ihn angerufen?«

»Nein.« Morgana verzog schmollend die Lippen. »Zuerst rief ich nicht an, weil ich es für das Beste hielt, uns beiden ein wenig Zeit zu geben. Und dann …« Sie hatte immer über sich selbst lachen können, und das tat sie jetzt auch. »Dann habe ich nicht angerufen, weil ich so wütend war, dass er nicht einen Versuch gemacht hat, meine Tür einzurennen. Sicher, er hat ein paarmal angerufen, hat Fragen abgefeuert, etwas Unverständliches gemurmelt und dann mit einem Brummen wieder aufgelegt.« Sie steckte die Hände in die Taschen ihres Rocks. »Ich kann richtig sehen, wie die Rädchen sich in seinem Kopf drehen.«

»Also arbeitet er. Ich kann mir vorstellen, dass ein Autor ziemlich tief in seine Geschichte versinkt, wenn er schreibt. So ist das eben.«

»Ana«, hielt Morgana ihr geduldig vor, »du solltest dem Verlauf des Programms folgen. Tröste und bemitleide mich gefälligst, anstatt dir Ausreden für ihn einfallen zu lassen.«

Pflichtschuldig unterdrückte Ana das Grinsen und sah betreten drein. »Entschuldige, ich weiß nicht, was über mich gekommen ist.«

»Dein weiches Herz. Mal wieder.« Morgana küsste sie auf die Wangen. »Aber ich vergebe dir.«

Ein zitronengelber Schmetterling flatterte vorbei. Ana streckte abwesend die Hand aus, und der Falter setzte sich vorsichtig auf ihre Handfläche. Sie blieb stehen und streichelte die zerbrechlichen Flügel. »Warum erzählst du mir nicht, was du vorhast, nachdem dieser so von sich selbst in Anspruch genommene Autor dich so unendlich wütend macht?«

Mit einem Achselzucken strich Morgana über die herabhängenden Blüten einer Glyzinie. »Ich glaube, ich werde für ein paar Wochen nach Irland fahren.«

Ana entließ den Schmetterling mit den besten Wünschen, dann drehte sie sich zu ihrer Cousine. »Gute Reise. Aber ich möchte dich daran erinnern, dass Weglaufen keine Probleme löst, sondern sie nur aufschiebt.«

»Genau deshalb habe ich ja auch noch nicht gepackt.« Morgana seufzte. »Ana, als ich weggegangen bin, da glaubte er mir endlich, dass ich bin, was ich bin. Ich wollte ihm Zeit lassen, um sich damit anzufreunden.«

Das ist also der Knackpunkt, dachte Ana. Sie legte ihren Arm um Morganas Taille. »Es dauert vielleicht länger als ein paar Tage, bis er das verdaut hat«, sagte sie vorsichtig. »Vielleicht wird er es nie akzeptieren können.«

»Ich weiß.« Morgana sah über das Meer zum Horizont. Niemand konnte wissen, was dahinter lag. »Ana, noch vor dem Morgen werden wir uns lieben. Dieses eine weiß ich. Was ich nicht weiß, ist, ob die heutige Nacht mir Glück oder Unglück beschert.«

Nash war in Hochstimmung. Nie zuvor hatte er eine Story so schnell, so reibungslos und so klar zu Papier gebracht. Die kurze Abhandlung, die er in einer einzigen Nacht geschrieben hatte, lag bereits bei seinem Agenten auf dem Schreibtisch. Über den Verkauf des Drehbuchs machte er sich überhaupt keine Sorgen – denn sein Agent hatte ihm bereits äußerst zufrieden am Telefon mitgeteilt, dass das mit Sicherheit kein Problem werden würde. Tatsache war, dass Nash zum ersten Mal in seiner Karriere weder an Verkauf, Produktion noch Dreharbeiten dachte.

Er war zu sehr von der Story ausgefüllt.

Er schrieb unablässig. Um drei Uhr morgens sprang er aus dem Bett, um sich an den Computer zu setzen, schlürfte Kaffee, während die Geschichte in seinem Kopf summte wie ein Schwarm wild gewordener Hummeln. Er aß, was ihm gerade in die Finger kam, schlief, wenn seine Augen partout nicht länger offen bleiben wollten, und lebte in seiner eigenen Vorstellungswelt.

Wenn er träumte, dann in surrealistischen Szenen, die ihm erotische Bilder von Morgana und ihm zeigten, wie sie zusammen in die fiktive Welt eintauchten, die er erschaffen hatte.

Beim Aufwachen sehnte er sich so nach ihr, dass es manchmal fast unerträglich war. Dann fühlte er sich wieder gedrängt, die Aufgabe zu beenden, durch die sie überhaupt erst zueinander gefunden hatten.

Manchmal glaubte er ihre Stimme zu hören.

Die Zeit ist noch nicht reif.

Aber er spürte, dass die Zeit bald kommen würde.

Klingelte das Telefon, ignorierte er es, und nur wenige der Anrufe, die vom Anrufbeantworter gespeichert wurden, erwiderte er. Wenn er das Bedürfnis nach frischer Luft hatte, setzte er sich mit dem Laptop auf die Terrasse. Wäre es möglich gewesen, den Laptop mit unter die Dusche zu nehmen, so hätte er auch das getan.

Und schließlich zog er Blatt für Blatt das vollendete Werk aus seinem Drucker. Ein paar Änderungen hier, ein paar Umformulierungen da, dachte er, als er mit dem Bleistift Anmerkungen an den Rand schrieb. Aber während er las, war er sich sicher. Sicher, dass er nie bessere Arbeit geleistet hatte.

Und nie hatte er ein Projekt in so kurzer Zeit vollendet. Seit er sich hingesetzt und angefangen hatte, waren nur zehn Tage vergangen. Er mochte dreißig oder vierzig Stunden in diesen zehn Tagen geschlafen haben, aber er war kein bisschen erschöpft.

Im Gegenteil, er fühlte sich in Bestform.

Er sammelte die Papiere ein und suchte nach einem Umschlag. Bücher, Notizblätter, gebrauchtes Geschirr fielen scheppernd durcheinander.

Jetzt beherrschte ihn nur noch ein Gedanke: Er musste das Drehbuch zu Morgana bringen. Sie hatte ihn inspiriert, und sie würde die Erste sein, die es zu lesen bekam.

Er förderte einen zerknitterten braunen Umschlag zutage, über und über bedeckt mit Kritzeleien und Stichwörtern. Er ließ den Ausdruck hineingleiten und verließ sein Arbeitszimmer.

Glücklicherweise erhaschte er rechtzeitig sein Spiegelbild in der Eingangshalle.

Das Haar stand ihm in alle Richtungen ab, und in seinem Gesicht prangte ein recht ansehnlicher Bart. Was ihn zu der Überlegung veranlasste, während er sich mit einer Hand nachdenklich über den Wildwuchs rieb, ob er sich nicht einen richtigen Vollbart stehen lassen sollte. So stand er also da, einen großen Umschlag in der Hand – und trug nichts anderes als Morganas Talisman und rote Boxershorts.

Wahrscheinlich war es besser, wenn er sich die Zeit nahm und sich wusch und anzog.

Knapp dreißig Minuten später rannte er wieder die Treppe hinunter, diesmal züchtig in Jeans und dunkelblauem Sweatshirt. Selbst er musste zugeben, dass der Anblick seines Heims ihm einen Schock versetzt hatte. Es sah aus, als hätte eine Kompanie besonders wilder Soldaten hier gehaust, bevor sie überstürzt abgezogen waren.

Er konnte von Glück sagen, dass er überhaupt etwas zum Anziehen gefunden hatte, das nicht getragen, zerknittert oder achtlos unters Bett geschoben worden war. Nicht ein sauberes Handtuch war mehr aufzutreiben gewesen, also hatte er sich mit mehreren Waschlappen abtrocknen müssen. Immerhin hatte er Rasierer, Kamm und ein passendes Paar Schuhe finden können, also war doch alles gar nicht so schlimm.

Allerdings dauerte es noch fünfzehn frustrierende Minuten,

bis er schließlich seinen Autoschlüssel gefunden hatte. Der Himmel allein wusste, wie er auf das zweite Regal im Kühlschrank neben einen verfaulten Pfirsich gekommen war, aber da lag er. Als er nach dem Schlüssel griff, fiel Nash auf, dass der Kühlschrank abgesehen von dem traurigen Pfirsich und einer schlecht riechenden, offenen Milchtüte leer war.

Nun, darum würde er sich später kümmern können.

Erst als der Wagen ansprang und mit dem Motor auch die Armaturenbeleuchtung, bemerkte Nash, dass es schon fast Mitternacht war. Er zögerte, überlegte sich, ob er sie nicht vielleicht erst anrufen und mit seinem Besuch bis zum Morgen warten sollte.

Ach, zum Teufel, sagte er sich und schoss pfeilschnell aus der Ausfahrt.

Er wollte sie jetzt.

Nur wenige Meilen entfernt zog Morgana zur gleichen Zeit die Tür hinter sich ins Schloss. Sie trat hinaus in die Nacht, silbrig erleuchtet vom Mondschein. Die weiße Zeremonienrobe, an der Hüfte von einem Kristallgürtel zusammengehalten, flatterte hinter ihr her, als sie sich vom Haus entfernte. An ihrem Arm hing ein Korb, in dem alle Zutaten waren, die sie brauchen würde, um die Frühjahrs-Tagundnachtgleiche zu beobachten.

Es war eine Nacht, um zu feiern, eine Nacht der Freude und des Dankes. Der Frühling brachte Erneuerung. Aber Morganas Augen waren dunkel und blickten besorgt. In dieser Nacht, in der Tag und Nacht sich glichen, würde sich ihr Leben ändern.

Sie wusste es, auch wenn sie die Kugel nicht noch einmal befragt hatte. Warum auch, wenn ihr Herz es ihr bereits gesagt hatte?

Es war so schwer, es zu akzeptieren, dass sie beinah im Haus geblieben wäre. Es wäre eine Herausforderung für das Schicksal. Oder das Verhalten eines Feiglings. Also würde sie mit dem Ritual fortfahren, so wie sie und andere es schon seit ewigen Zeiten taten.

Er würde kommen, wenn es an der Zeit für ihn war. Und sie würde es akzeptieren.

Schatten huschten über den Rasen, als sie den kleinen Hain ansteuerte. Der Frühling lag in der Luft. Die Nachtblumen, die Meeresbrise, der Geruch von Erde, die sie in den Beeten umgegraben hatte.

Der Wind rauschte sanft durch die Bäume, streichelte die Blätter, liebkoste die Äste. Leise Musik erklang, die nur bestimmte Ohren hören konnten. Das Lied der Elfen, das Lied, das älter war als die Menschheit.

Sie war nicht allein hier in dem schattigen Hain, über dem die Sterne funkelten.

Als sie dem magischen Ort näher kam, hob sich ihre Stimmung, und die Wolken, die ihre Augen verhangen hatten, klärten sich. Mit geschlossenen Lidern, die Hände vor sich haltend, blieb sie einen Moment lang stehen, um die Düfte und die Schönheit der Nacht vollkommen in sich aufzunehmen.

Auch mit geschlossenen Augen konnte sie den weißen Mond sehen, das silbrige Licht, das er so großzügig über die Bäume ergoss, und durch die Bäume auf sie. Die Kraft, die in ihr zu erblühen begann, war so klar und so lieblich wie das Mondlicht.

Sie öffnete den Korb und entnahm ihm ein weißes Tuch mit einer silbernen Borte, das schon seit Generationen ihrer Familie gehörte. Einige behaupteten, es sei ein Geschenk an Merlin, von dem jungen König, den er so geliebt hatte. Sie breitete es auf dem Boden aus und kniete sich darauf.

Ein rundes Brot, eine kleine Flasche mit Wein, Kerzen, das Hexenmesser mit dem gewundenen Griff, Zeremonienkelch und -teller, ein Kranz, gewebt aus Gardenienblüten. Andere Blüten – Akelei, Kapuzinerkresse, Zweige von Rosmarin und Thymian. Zusammen mit Rosenblättern streute sie diese auf das Tuch.

Sie erhob sich und beschrieb den Kreis. Sie spürte die Macht in ihren Fingerspitzen pochen, wärmer und drängender jetzt. Als der Kreis sich geschlossen hatte, stellte sie um den Rand Kerzen auf, schneeweiß. Vierzehn im Ganzen, um die Tage des ab- und zunehmenden Mondes zu symbolisieren. Langsam schritt sie die Reihe ab, mit ausgestreckter Hand, und eine nach der anderen flammten die Kerzen auf. Morgana stand in der Mitte des Lichtkreises, löste den Verschluss des Gürtels. Er fiel zu Boden wie ein Flammenseil. Dann zog sie die Arme aus der zarten Robe, die an ihr herabglitt wie schmelzender Schnee.

Das Kerzenlicht warf goldene Schatten auf ihre Haut, als sie mit dem uralten Tanz begann.

Um fünf vor zwölf fuhr Nash vor Morganas Haus vor. Als er bemerkte, dass alles dunkel und still war, fluchte er leise.

Also würde er sie wecken müssen. Wie viel Schlaf brauchte eine Hexe überhaupt? Er grinste in sich hinein. Er würde sie fragen.

Denn sie war auch eine Frau. Und Frauen, das wusste er, hatten die Tendenz, äußerst unangenehm zu reagieren, wenn man mitten in der Nacht vor ihrer Haustür auftauchte und ihren Schlaf störte. Es würde nichts schaden, wenn er etwas hätte, das diese Tür leichter öffnen würde.

Bester Laune klemmte er sich den Umschlag unter den Arm und begann ihr Blumenbeet zu räubern. Er bezweifelte, dass es ihr überhaupt auffallen würde, dass er ein paar Blumen stibitzt hatte. Schließlich wuchsen hier Hunderte. Durch den Duft der

Blüten beflügelt, ließ er sich mitreißen, bis sein Arm überquoll von Tulpen, Wicken, Narzissen und Goldlack.

Überaus zufrieden mit sich selbst, schlenderte er zu ihrer Haustür. Pan bellte zweimal, noch bevor Nash klopfen konnte. Aber kein Licht ging an, weder bei der gebellten Begrüßung noch bei Nashs anschließendem lautstarkem Hämmern.

Er sah auf die Auffahrt, vergewisserte sich, dass ihr Auto dastand, und hämmerte erneut an die Tür. Wahrscheinlich schläft sie wie ein Stein, sagte er sich und spürte die ersten Anzeichen von Frustration. Irgendetwas ging in ihm vor, da war ein Drängen in ihm, das sich nicht aufschieben ließ. Er musste sie sehen, und zwar heute Nacht.

So leicht ließ er sich aber nicht entmutigen. Er legte den Umschlag auf den Treppenabsatz und fasste an den Türknauf. Pan bellte wieder, aber für Nash hörte sich das eher amüsiert denn verärgert an. Da die Tür verschlossen war, ging Nash zielstrebig um das Haus herum. Er würde schon einen Weg ins Haus finden. Und zu ihr, bevor die Nacht vorüber war.

Mit schnellen Schritten marschierte er voran, doch irgendwo zwischen Vordertür und hinterer Terrasse fühlte er sich veranlasst, zu dem Hain zu blicken.

Dahin musste er gehen. Er wusste es mit Gewissheit.

Obwohl sein Verstand ihm sagte, dass es absolut unsinnig war, im Dunkeln durch den Wald zu stapfen, folgte er seinem Herzen.

Vielleicht waren es die Schatten oder auch das leise Wimmern des Windes, was ihn dazu veranlasste, sich leise voranzubewegen. Irgendwie schien es ihm plötzlich fast wie Blasphemie, unnötig Lärm zu machen. Irgendetwas lag heute Nacht in der Luft, und es war unerträglich betörend.

Mit jedem seiner Schritte rauschte das Blut lauter in seinen Ohren.

Dann sah er in einiger Entfernung einen weißen Schimmer. Er wollte rufen, doch ein Rascheln über seinem Kopf ließ ihn aufblicken. Dort oben, auf einem Ast der Zypressen, saß eine weiße Eule. Während Nash noch hinaufschaute, stieß der Vogel geräuschlos in die Lüfte und flog tiefer in die Mitte des Hains hinein.

Nashs Puls raste, sein Herz trommelte hart gegen seine Rippen. Er wusste, dass, selbst wenn er sich umdrehte und wegging, er unweigerlich zu dieser Mitte hingezogen werden würde.

Also ging er weiter.

Da war sie. Sie kniete auf einem weißen Tuch. Das Mondlicht ergoss sich über sie wie silberner Wein. Er wollte ihren Namen rufen, doch ihr Anblick inmitten des Kerzenkreises, mit Blumen in ihrem Haar, glitzernden Steinen um ihre Taille, lähmte seine Zunge.

Verborgen im Schatten, sah er zu, wie sie über den Flammen der schneeweißen Kerzen kleine goldene Funken erzeugte. Und dann stand sie in wunderbarer Nacktheit in der Mitte der Flammen. Als sie zu tanzen begann, stockte ihm der Atem.

Er erinnerte sich an seinen Traum, so lebhaft wurden die Bilder, dass Fantasie und Realität zu einem machtvollen Bild verschmolzen, Morgana tanzend in der Mitte. Der Duft der Blumen war so betäubend, dass ihm fast schwindlig wurde. Für einen Moment verschwamm das Bild, er schüttelte den Kopf und versuchte, ganz genau hinzusehen.

Die Szenerie hatte sich verändert. Morgana kniete jetzt und trank aus einem silbernen Kelch, während die Flammen der Kerzen hoch aufflackerten. Er sah den goldenen Schimmer auf ihrer Haut, hörte ihre Stimme, die leise rezitierte, und es schien, als einten sich hundert andere in diesem Gesang.

Einen Augenblick lang war der Hain von einem sanften

Strahlen erhellt. Anders als Licht, anders als Schatten. Es pulsierte und funkelte wie das Blitzen einer blanken Schwertscheide in der Sonne. Er konnte die Wärme auf seinem Gesicht fühlen.

Dann wurden die Flammen wieder klein, der Gesang verebbte, bis es ganz still wurde.

Sie stand langsam auf, zog sich nun die weiße Robe über, band den Gürtel um.

Die Eule, der große weiße Vogel, den er über seiner Faszination für die Frau vergessen hatte, stieß zwei Schreie aus und verschwand hoch oben am Himmel hinter einer Wolke.

Morgana drehte sich um, hielt den Atem an. Nash trat aus dem Schatten auf die Lichtung, sein Herz hämmerte in seiner Brust. Er war so überwältigt von dem, was er gesehen hatte, dass er Angst hatte, sich zu verlieren.

Einen Moment lang zögerte sie. Von irgendwoher flüsterte es eine Warnung. Die heutige Nacht würde ihr Freuden bringen. Mehr, als sie je geahnt hätte. Und der Preis dafür würde Schmerz sein. Mehr, als sie sich gewünscht hätte.

Dann lächelte sie und trat aus dem Kreis.

7. Kapitel

Wie eine Lawine überfielen Nash Tausende von Gedanken. Tausende von Gefühlen überschwemmten sein Herz. Als Morgana auf ihn zukam, die weiße Robe schimmernd wie Mondstaub, verschmolzen all diese Gedanken und Gefühle zu einem Einzigen. Zu ihr.

Er wollte etwas sagen, irgendetwas, das ihr erklären würde, wie er sich im Moment fühlte. Aber seine Kehle war wie zugeschnürt. Er wusste, dies hier war mehr als das bloße Verlangen eines Mannes nach einer Frau. Was immer ihn da durchfuhr, lag so weit außerhalb seiner Erfahrung, dass er es nicht mit Worten fassen konnte.

Er wusste nur, dass es hier, an diesem magischen Platz, in diesem verzauberten Moment, nur diese eine Frau gab. Und eine leise Stimme, die aus seinem Herzen kam, flüsterte ihm zu, dass es immer nur diese eine Frau gegeben und er sein ganzes Leben auf sie gewartet hatte.

Morgana blieb stehen, eine Hand graziös in die Luft gestreckt. Es würde nur einen Schritt brauchen, und sie läge in seinen Armen. Er würde nicht vor ihr zurückweichen. Und sie fürchtete, dass sie längst jenen Punkt hinter sich gelassen hatte, an dem sie noch hätte umkehren können.

Ihr Blick hielt den seinen fest. Er sieht wie betäubt aus, dachte sie, und sie konnte es ihm nicht verübeln. Wenn er auch nur einen Bruchteil des Verlangens und der Ängste spürte, die sie fühlte, hatte er jedes Recht dazu.

Es würde nicht einfach für sie beide werden, das wusste sie.

Nach der heutigen Nacht wäre das Band zwischen ihnen unweigerlich gewoben. Und was immer sie auch entscheiden mochten, dieses Band würde bestehen bleiben.

Sie strich mit den Fingern über den Blumenstrauß, den er immer noch im Arm hielt, und fragte sich, ob ihm klar war, dass er ihr mit seiner Wahl der Blumen Liebe, Leidenschaft, Treue und Hoffnung bot.

»Blumen, die im Mondlicht gepflückt werden, tragen den Zauber und die Geheimnisse der Nacht.«

Er hatte den Strauß völlig vergessen. Als würde er aus einem Traum aufwachen, sah er auf die Blumen herab. »Ich habe sie aus deinem Garten stibitzt.«

Morganas Lippen verzogen sich zu einem wunderschönen Lächeln. Natürlich kannte er die Sprache der Blumen nicht, aber seine Hand war geführt worden. »Das macht ihren Duft nicht weniger lieblich und das Geschenk nicht weniger liebenswert.« Sie berührte seine Wange. »Du wusstest, wo du mich finden konntest.«

»Ich … ja.« Er dachte daran, wie zielsicher er auf den Hain zugestrebt war. »Ja, ich wusste es.«

»Warum bist du gekommen?«

»Ich wollte …« Er erinnerte sich an die Hektik, in der er aus dem Haus gestürmt war, seine Ungeduld, sie zu sehen. Aber es war sehr viel einfacher als das. »Ich brauchte dich.«

Zum ersten Mal senkte sie den Blick. Sie konnte seine Bedürftigkeit spüren, die Wärme, die er ausstrahlte, verlockte sie. Wenn sie der Versuchung nachgab, würde sie so fest an ihn gebunden, dass kein Zauberspruch sie je wieder befreien könnte.

Ihre Macht war keine absolute Macht. Ihre Wünsche wurden nicht immer erhört. Wenn sie ihn heute Nacht in ihre Arme nahm, hieß das, alles zu riskieren. Sogar ihre Kraft, auf eigenen Füßen zu stehen.

Bis heute Nacht war die Freiheit immer ihr höchstes Gut gewesen.

Sie blickte auf und verzichtete auf dieses Gut.

»Was ich dir heute Nacht gebe, gebe ich dir aus freien Stücken. Was ich von dir nehmen werde, nehme ich ohne Bedauern.« Ihre Augen glänzten vor Visionen, die er nicht sehen konnte. »Denke daran. Komm mit mir.« Sie nahm ihn bei der Hand und zog ihn in den Lichtkreis.

In dem Augenblick, in dem er durch die Flammen trat, fühlte er die Veränderung. Die Luft hier war reiner, der Duft intensiver, sogar die Sterne schienen näher zu sein. Er konnte die silbernen Streifen des Mondlichts durch die Bäume fallen sehen.

Aber sie war dieselbe, ihre Hand lag fest und warm in seiner.

»Was für ein Ort ist das hier?« Instinktiv flüsterte er, nicht aus Angst, sondern aus Ehrfurcht. Seine Worte hallten leise nach, vermischten sich mit dem Klang der Harfe, der die Luft erfüllte.

»Er braucht keinen Namen.« Sie ließ seine Hand los. »Magie hat viele Formen«, sagte sie und löste den Gürtel. »Wir werden hier unsere eigene erschaffen.« Sie lächelte. »Auf dass keiner zu Schaden komme.«

Sie ließ den Kristallgürtel auf die weiße Robe gleiten und empfing Nash bereitwillig in ihren Armen.

Ihre Lippen waren warm und weich. Er schmeckte den Wein, von dem sie getrunken hatte, und ihren eigenen, viel intensiveren Duft. Er fragte sich, wie ein Mann ohne diesen wunderbaren, trunken machenden Geschmack überleben konnte. Alles in seinem Kopf begann sich zu drehen, als sie ihn anspornte, den Kuss zu vertiefen, von ihren Lippen zu trinken.

Mit einem Aufstöhnen, das aus seinem tiefsten Innern zu kommen schien, presste er sie an sich, zerdrückte die Blumen, die ihren betörenden Duft ausströmten.

Hinter ihren geschlossenen Lidern konnte Morgana die Kerzen flackern sehen, sah den Schatten, den sie und Nash auf den Waldboden warfen. Sie hörte das Rauschen des Windes in den Bäumen, die Nachtmusik, die ihre eigene Magie besaß.

Das, was sie fühlte, war so viel realer. Dieser tiefe Brunnen von Emotionen war gefüllt mit Gefühlen für ihn, wie er nie zuvor gefüllt gewesen war. Und als sie Nash ihr Herz zum zweiten Mal schenkte, quoll dieser Brunnen über, wurde zu einem ruhigen, stetigen Strom. So hatte sie noch nie für einen Mann empfunden.

Einen Moment lang fürchtete sie, sie würde darin ertrinken, die Angst jagte ihr einen Schauer durch den Körper. Murmelnd zog Nash sie fester an sich. Ob es Leidenschaft oder das Verlangen nach Trost war, wusste Morgana nicht, aber sie beruhigte sich wieder. Und akzeptierte.

Er kämpfte gegen das Tier in sich an, das forderte, sie schnell zu nehmen, die unerträgliche Begierde zu befriedigen. Nie, niemals zuvor, hatte er ein solches Verlangen verspürt, für nichts, für niemanden, so wie jetzt für Morgana hier in diesem Lichtkreis. Sein Instinkt sagte ihm, dass sie sein Drängen willkommen heißen würde, auf seine verzehrende Leidenschaft reagieren würde. Aber das wäre nicht richtig. Nicht hier. Nicht jetzt.

Ebenso groß wie seine Begierde war der Wunsch, Morgana Lust zu bereiten.

Er strich mit einer Fingerspitze über ihre Wange, ihre vollen Lippen, ihr Kinn, die schlanke Linie ihres Halses hinunter.

Hexe oder Normalsterbliche, sie war sein, um sie zu lieben und zu ehren. Es war vorausbestimmt, dass es hier geschehen würde, umgeben von den alten Bäumen, von dem matten, flackernden Licht. Von Magie.

Ihr Blick veränderte sich, wie der einer Frau, die von Leidenschaft erfüllt war. Er beobachtete es, während sein Finger träge zu ihrer Schulter weiterglitt, über ihren Arm, dann wieder zurück. Ihr Atem kam unregelmäßig durch halb geöffnete Lippen.

Genauso zart und leicht strich er über ihre Brüste. Ihr Atem wurde zu einem Stöhnen, doch noch immer machte er keine Anstalten, sie zu besitzen, liebkoste nur weiter die sanften Rundungen, die harten Knospen.

Sie konnte sich nicht bewegen. Wenn die Höllenhunde aus dem Wald hervorgestürzt wären, mit geifernden Mäulern, sie wäre genauso stehen geblieben, wie sie jetzt stand, mit vor Verlangen zitterndem Körper, den Blick hilflos auf sein Gesicht gerichtet. Wusste er es? Wusste er, mit welchem Bann seine exquisite Zärtlichkeit sie belegte?

Es gab nur noch ihn für sie. Sie sah nur noch sein Gesicht, fühlte nur noch seine Hände. Mit jedem Atemzug wurde sie von ihm erfüllt.

Mit den Fingern folgte er der Linie ihres Körpers, an den Seiten hinab zu ihrer Taille, über ihren Rücken, und sie erschauerte. Er wunderte sich, warum er es für nötig gehalten hatte, ihr etwas zu erklären, wenn seine Berührungen doch so viel mehr ausdrückten als jedes Wort.

Ihr Körper war ein Festbankett aus schlanken Kurven, seidiger Haut, festen Muskeln. Aber er verspürte nicht mehr den Drang, einfach nur zu nehmen. Wie viel besser war es doch, zu kosten, zu erfahren, zu verführen. Was brauchte ein Mann mehr, als dass die Haut einer Frau unter seiner Berührung zu glühen begann?

Nash streichelte Morganas Oberschenkel, verharrte kurz bei ihrem Zentrum der Lust und fand sie bereit für ihn.

Als ihre Knie nachgaben, hielt er sie fest und legte sie vorsichtig auf das Tuch, damit seine Lippen den gleichen Weg gehen konnten wie seine Hände.

Süße, völlige Hingabe. Lang andauerndes, ahnungsvolles Entzücken. Nur der Mond sah zu, während sie einander das schönste und wertvollste aller Geschenke machten. Der exotische Duft der Blumen, achtlos zu Boden gefallen, mischte sich in den betörenden Geruch der Nacht.

Selbst als die Leidenschaft beider drängender wurde, sie ineinander verschlungen auf dem seidigen Blumenbett rollten, war da keine Eile. Von irgendwo ertönte wieder der Schrei der Eule, und die Flammen schossen wie Lanzen in die Höhe. Schlossen die Liebenden ein, schlossen die restliche Welt aus.

Ihr Körper wurde von Schauern gepackt, doch diese hatten nichts mehr mit Angst oder Nervosität zu tun. Morgana schlang die Arme um Nash, als er in sie eindrang. Er sah, wie ihre Lider flatterten, sah die Sterne in ihren Augen, die heller strahlten als die Sterne am Himmel. Er senkte seinen Mund auf ihren herab, als sie sich gemeinsam in dem Tanz bewegten, der älter und mächtiger war als jeder andere.

Sie fühlte die Schönheit, die Magie, die stärker war als alles, was sie je hätte heraufbeschwören können. Sie hörte, wie Nash ihren Namen rief, und bog sich ihm entgegen, ließ ihren Körper davonfliegen in dem letzten erlösenden Aufbäumen.

Als Nash erschöpft sein Gesicht in ihrem Haar barg, sah sie über sich eine Sternschnuppe aufblitzen, hell wie ein Flammenschweif am samtenen Firmament.

Sie kann nicht genug von mir bekommen, dachte Nash verträumt. Sie waren ins Haus zurückgegangen und in Morganas Bett. Während der Nacht hatten sie sich immer wieder geliebt, waren eingeschlafen, hatten sich wieder geliebt, bis der Mond verblasst war. Jetzt stand die Sonne am Himmel, ein helles Licht hinter geschlossenen Lidern, und Morgana knabberte an Nashs Ohr.

Er lächelte vor sich hin, während er langsam aus diesem angenehmen Dämmerzustand auftauchte. Ihr Kopf lag warm auf seiner Brust, und die Art, wie sie an seinem Hals und Ohr knabberte, verriet ihm, dass sie nicht abgeneigt war, das Liebesspiel der Nacht noch einmal zu wiederholen. Nur zu gern wollte er ihr zu Gefallen sein. Er hob seine Hand, um ihr über das Haar zu streichen, hielt dann aber mitten in der Luft an.

Wie war es möglich, dass er ihre Zunge an seinem Ohr spürte, während ihr Kopf auf seiner Brust lag? Aus anatomischer Sicht war das nicht machbar. Allerdings … er hatte sie Dinge tun sehen, die mit den einfachen Gesetzen der realen Welt auch nicht viel gemein hatten. Obwohl noch im Halbschlaf, begann seine lebhafte Vorstellungskraft Blüten zu treiben.

Wenn er jetzt die Augen öffnete, würde er dann etwas sehen, das ihn schreiend hinaus in die Nacht rennen ließ?

Tag, erinnerte er sich selbst, es ist Tag. Aber darum ging es hier eigentlich nicht.

Langsam, ganz langsam ließ er seine Hand sinken, bis er ihr Haar an seinen Fingern fühlte. Weich, seiden … aber, Himmel, die Kopfform hatte sich verändert. Sie … sie hatte sich in etwas anderes verwandelt, in eine …

Er stieß einen unterdrückten Schrei aus, sein Herz schlug einen rasenden Trommelwirbel. Er riss die Augen auf.

Die Katze lag auf seiner Brust und starrte ihn aus bernsteinfarbenen Augen selbstgefällig an. Pan stand mit den Vorderläufen auf dem Bett, und bevor Nash noch etwas sagen konnte, leckte er ihn noch einmal am Ohr.

»Ach du meine Güte!« Nash wartete darauf, dass sein Verstand sich klärte und sein Puls sich beruhigte. Luna erhob sich, streckte sich genüsslich und blickte ihm direkt in die Augen. Ihr Schnurren hörte sich fast an wie ein vergnügtes Kichern.

»Na schön, es ist euch gelungen.« Er kraulte beiden Tieren den Kopf.

Pan betrachtete das offensichtlich als Aufforderung und sprang mit einem Satz aufs Bett – leider direkt auf Nashs empfindlichstes Körperteil. Mit einem »Uff« schnellte er hoch und warf dabei die Katze von seiner Brust auf Pan.

Für einen Moment war die Situation mehr als gespannt, mit Gefauche und Geknurre, aber Nash kümmerte es im Moment nicht, ob gleich Fellfetzen fliegen würden, er rang nach Atem.

»Na, spielst du mit den Tieren?«

Morgana stand in der Tür, mit einem dampfenden Becher in der Hand. Sobald sie sie sahen, beruhigten sich die Tiere. Luna ließ sich auf dem Kissen nieder und begann sich zu putzen, Pan setzte sich mit wedelndem Schwanz auf Nashs Beine.

»Meine Hausgenossen scheinen dich zu mögen.«

»Oh ja, wir sind eine große, glückliche Familie.«

Mit dem Kaffeebecher in der Hand kam Morgana zum Bett. Sie war bereits angezogen, trug ein rotes Kleid mit Perlenstickerei am Ausschnitt. Zusammengehalten wurde dieses knappe sexy Ding durch Häkchen, die über die gesamte Vorderseite vom Ausschnitt bis zum Saum verliefen. Nash fragte sich, wie lange es wohl dauern mochte, bis er jeden einzelnen Haken geöffnet hatte, oder ob er es mit einem einzigen Ruck versuchen sollte.

»Ist das etwa Kaffee?«

Morgana setzte sich auf den Bettrand und schnüffelte an der Tasse. »Riecht ganz danach.«

Grinsend spielte er mit einer Strähne ihres Haars. »Das ist wirklich unglaublich lieb von dir.«

Sie riss erstaunt die Augen auf. »Was meinst du? Oh, du bildest dir ein, dass ich aufgestanden bin und frischen Kaffee gekocht habe und ihn dir auch noch ans Bett bringe, weil du so unwiderstehlich bist?«

Zurechtgestutzt warf er einen sehnsüchtigen Blick auf die Tasse. »Nun, ich ...«

»In diesem Fall«, unterbrach sie ihn, »hast du sogar recht.«

»Danke.« Er nahm den Becher entgegen und sah sie an, während er trank. Was Kaffee betraf, so war er wahrlich kein Feinschmecker, konnte es sich gar nicht erlauben, wählerisch zu sein, bei der schwarzen Brühe, die er sich selbst zubereitete, aber dieser Kaffee hier musste der beste der Welt sein. »Morgana, sag mal ... wie unwiderstehlich bin ich denn nun eigentlich?«

Sie lachte und schob seine Hand mit der Tasse ein wenig beiseite, damit sie ihn küssen konnte. »Es wird genügen, Nash.« Viel mehr als das, dachte sie und küsste ihn noch mal, dann zog sie sich widerstrebend zurück. »Ich muss zur Arbeit.«

»Heute?« Er legte eine Hand an ihren Nacken und zog sie wieder näher zu sich heran. »Heute ist ein Feiertag, wusstest du das nicht?«

»Heute?«

»Sicher.« Sie duftet wie die Nacht, dachte er. Wie Blumen, die nur im Mondlicht erblühen. »Heute ist der nationale ›Love-In‹-Tag. Ein Tribut an die Sechzigerjahre. Dieser Tag wird gefeiert, indem man ...«

»Ich kann's mir vorstellen. Sehr einfallsreich.« Sie biss ihn leicht in die Unterlippe. »Aber ich habe einen Laden zu führen.«

»Wie unpatriotisch, Morgana. Ich bin entsetzt, dass du an diesem wichtigen Tag arbeiten willst.«

»Trink deinen Kaffee.« Sie stand auf, bevor er sie dazu brachte, ihre Meinung zu ändern. »In der Küche ist etwas zu essen, falls du Lust auf Frühstück hast.«

»Du hättest mich aufwecken sollen.« Er hielt ihre Hand fest.

»Ich dachte mir, du könntest Schlaf gebrauchen, und außerdem wollte ich dir keine Gelegenheit geben, mich noch mehr abzulenken.«

Er knabberte an ihren Fingerspitzen, ohne sie aus den Augen zu lassen. »Ich würde aber gern sehr viel Zeit darauf verwenden, dich abzulenken.«

Ihre Knie wurden weich. »Ich werde dir später Gelegenheit dazu geben.«

»Wir könnten zusammen essen.«

»Könnten wir, ja.« Ihr Blut begann schneller zu pulsieren, doch sie brachte es nicht über sich, die Hand zurückzuziehen.

»Warum hole ich uns nicht etwas und komme heute Abend vorbei?« Er küsste die Innenfläche ihrer Hand. »Halb acht?«

»Ja, in Ordnung. Lässt du Pan bitte raus, wenn du gehst?«

»Sicher.« Jetzt biss er sie zärtlich ins Handgelenk und trieb ihren Herzschlag damit in schwindelnde Höhen. »Ach, Morgana ... eines noch.«

Ihr Körper verlangte so sehr nach ihm. »Nash, ich kann wirklich nicht ...«

»Keine Sorge, ich werde deine Frisur nicht durcheinanderbringen.« Doch er bemerkte ihre Unruhe, und es gefiel ihm ungemein. »Es wird mir in den nächsten Stunden viel mehr Spaß machen, mir auszumalen, was ich später alles tun werde. Letzte Nacht habe ich etwas auf deiner Türschwelle liegen lassen. Ich hatte gehofft, du wirst die Zeit finden, es zu lesen.«

»Etwa dein Drehbuch? Du bist fertig?«

»Ja, so weit schon ... denke ich. Nur noch ein paar Feinarbeiten. Ich würde gern deine Meinung hören. Die Meinung einer Expertin.«

»Dann werde ich zusehen, dass ich eine parat habe.« Sie beugte sich zu ihm und küsste ihn noch einmal. »Bye.«

»Bis heute Abend.« Den Kaffeebecher in der Hand, lehnte er sich zurück. Plötzlich fluchte er. »Mein Wagen parkt direkt hinter deinem. Lass mich eben eine Hose überziehen, dann ...«

Sie stand schon an der Tür und lachte. »Nash, also wirklich.« Und damit war sie verschwunden.

»Ja, wirklich«, sagte Nash zu dem dösenden Pan. »Ich nehme an, sie wird selbst damit fertig.«

So hatte er also Zeit und Muße, seinen Kaffee zu schlürfen und sich im Zimmer umzusehen. Erst jetzt hatte er Gelegenheit zu studieren, mit welchen Dingen Morgana sich in dem privatesten ihrer Räume umgab.

Ein dramatischer Raum, so wie seine Besitzerin. Hier zeigte es sich in den leuchtenden Farben, die sie gewählt hatte. Türkis für die Wände, Smaragdgrün für die Bettdecke, die irgendwann in der Nacht zu Boden geglitten war. Darauf abgestimmt waren die langen Vorhänge an den Fenstern, die beide Farben widerspiegelten. Eine Chaiselongue unter dem Fenster in leuchtendem Saphirblau, mit Kissen in Granatrot, Amethystviolett und Bernsteingelb, darüber eine Messinglampe, geformt wie die Blüte einer Prunkwinde. Das Bett selbst war ein Traum, ein See aus zerwühlten Laken, eingefasst von geschnitztem Kopf- und Fußteil.

Fasziniert versuchte Nash aufzustehen. Pan lag noch immer auf seinen Beinen, aber nach ein paar freundlichen Stupsern rollte der Hund sich gehorsam zur Seite, um dann in der Mitte des Bettes selig weiterzuschlafen. Nackt, in einer Hand den Kaffee, begann Nash im Zimmer umherzugehen.

Da gab es auch eine zierliche Spiegelkommode mit einem gepolsterten Hocker davor, etwas, das Nash immer als ausgesprochen weiblich empfunden hatte. Er konnte sich lebhaft vorstellen, wie Morgana hier saß und die silberne Bürste durch ihr Haar zog. Oder Creme und Lotion aus einem der vielen

Flakons und Tiegel, die im Sonnenlicht schimmerten, auf Gesicht und Haut auftrug.

Unfähig, seiner Neugier zu widerstehen, nahm er einen Kristallflakon auf, zog den Stöpsel heraus und schnupperte vorsichtig daran. Im gleichen Moment schien es ihm, als sei Morgana im Raum. Das also war die Magie und der Zauber einer Frau.

Zögernd verschloss er das Fläschchen wieder und stellte es ab. Verdammt, er wollte nicht den ganzen Tag auf sie warten müssen. Er wollte nicht einmal eine Stunde warten.

Langsam, Kirkland, ermahnte er sich. Sie war nicht einmal fünf Minuten weg. Er benahm sich ja wie ein Mann, der von einer Frau besessen war. Oder verzaubert.

Dieser Gedanke ließ einen nagenden Zweifel aufkeimen. Er runzelte die Stirn, dann schob er den Gedanken beiseite. Nein, er stand unter keinem Bann. Er wusste ganz genau, was er tat, und hatte volle Verantwortung für jeden seiner Schritte. Es war nur, weil der Raum so viel von ihren persönlichen Dingen enthielt, deshalb spürte er das Verlangen.

Er rührte mit einem Finger in einer Schale mit kleinen bunten Kristallen. Wenn er sich wie ein Besessener vorkam, dann deshalb, weil sie nicht war wie andere Frauen. Und da er sich mit dem Übernatürlichen beschäftigte, war es nur normal, dass er mehr an sie dachte als je an eine andere zuvor. Morgana war der lebende Beweis, dass das Außergewöhnliche inmitten einer gewöhnlichen Welt existierte.

Sie war eine unglaubliche Liebhaberin. Großzügig, offen, ungemein empfindsam. Sie hatte Witz und Humor und Verstand und einen wunderbaren Körper. Diese Kombination allein würde einen Mann in die Knie zwingen. Wenn man noch ihre besondere Gabe hinzuzählte, war sie einfach unwiderstehlich.

Und sie hatte ihm bei seiner Story geholfen. Je länger Nash darüber nachdachte, desto sicherer war er sich, dass es die beste Arbeit war, die er je abgeliefert hatte.

Aber was, wenn es ihr nicht gefiel? Wenn sie es hasste? Der Gedanke hüpfte durch seinen Kopf wie eine hässliche Kröte und ließ ihn nachdenklich vor sich hin starren. Nur weil sie das Bett miteinander geteilt hatten und noch etwas anderes, für das ihm keine Bezeichnung einfiel, hieß das noch lange nicht, dass Morgana seine Arbeit verstand und zu würdigen wusste.

Wie, zum Teufel, war er bloß darauf verfallen, ihr sein Drehbuch zum Lesen zu geben, bevor er daran gefeilt hatte?

Na bravo, dachte er angewidert von sich selbst und riss seine Jeans vom Stuhl. Jetzt konnte er sich die nächsten Stunden Sorgen darüber machen. Und während er ins Bad ging, um zu duschen, fragte er sich, wie er sich so tief mit einer Frau hatte einlassen können, die ihn in so vielen Dingen zum Wahnsinn trieb.

8. Kapitel

Erst vier Stunden später hatte Morgana Zeit für eine Tasse Tee und ein paar Minuten für sich allein. Kunden, Anrufe und neue Lieferungen hatten sie in Atem gehalten, sodass sie bisher nur einen Blick auf die ersten beiden Seiten von Nashs Drehbuch hatte werfen können.

Allerdings – was sie bisher gelesen hatte, ließ sie auf jede neue Störung ziemlich unwirsch reagieren. Jetzt jedoch setzte sie den Kessel auf und knabberte an grünen Trauben. Mindy war im Laden und bediente zwei junge Studenten. Da es sich um männliche Studenten handelte, war Morgana zuversichtlich, dass Mindy allein zurechtkam.

Mit einem leisen Seufzer kochte sie sich eine Tasse Tee, nahm das Drehbuch zur Hand und ließ sich auf einem Stuhl nieder.

Eine Stunde später war der Tee kalt geworden, sie hatte ihn völlig vergessen. Begeistert blätterte sie zu Seite eins zurück und begann noch einmal von vorn zu lesen. Brillant, dachte sie voller Stolz auf den Mann, den sie liebte. Er hatte etwas unglaublich Tiefes, Komplexes, Mitreißendes geschaffen.

Talent. Sie hatte gewusst, dass er talentiert war. Seine Filme hatten sie immer fasziniert, aber sie hatte nie zuvor ein Drehbuch gelesen. Sie hatte eigentlich erwartet, dass es nur eine Art Gerüst sein würde, das der Regisseur, die Schauspieler, die Techniker dann mit Leben füllten. Aber das hier war so lebendig, fast konnte man vergessen, dass es sich um Worte auf dem Papier handelte. Sie konnte es sehen, es hören und fühlen.

Es würde der Film des Jahrzehnts werden.

Es verwunderte sie, dass der Mann, dessen jungenhaften Charme sie kennengelernt hatte, der manchmal recht flegelhaft auftrat und übertrieben von sich eingenommen war, so etwas in sich trug. Aber hatte sie nicht gestern Nacht auch erstaunt die nie versiegende Quelle der Zärtlichkeit in ihm erkannt?

Sie legte das Drehbuch ab und lehnte sich in den Stuhl zurück. Und da hatte sie sich immer für so clever gehalten. Welche Überraschungen hielt Nash Kirkland noch für sie bereit?

Die Inspiration war über Nash gekommen, und er hatte noch nie eine gute Idee so einfach ungenutzt vorüberziehen lassen.

Das schlechte Gewissen hatte sich gemeldet, als er am Morgen die Hintertür von Morganas Haus nicht verschlossen hatte, aber er beruhigte sich damit, dass mit ihrem Ruf und dem großen Wolfshund, der auf dem Anwesen patrouillierte, es niemand wagen würde einzubrechen. Außerdem hatte sie wahrscheinlich sowieso irgendeinen schützenden Bann über das Haus verhängt.

Es wird perfekt werden, sagte er sich, als er einen großen Strauß Blumen – diesmal gekauft – in die Vase stellte. Irgendwie schienen diese Blumen ein Eigenleben zu haben, sie wollten sich einfach nicht hübsch arrangieren lassen. Das Bouquet wirkte, als hätte ein Zehnjähriger es achtlos in ein zu kleines Glas gestopft. Also holte er drei Vasen und teilte den Strauß auf. Als er endlich fertig war, war er sehr froh, sich nie für eine Karriere als Bühnendekorateur entschieden zu haben.

Auf jeden Fall rochen die Blumen gut.

Ein Blick auf seine Uhr sagte ihm, dass die Zeit knapp wurde. Er kniete sich vor den Kamin und entfachte ein Feuer. Natürlich brauchte er ein wenig mehr Zeit dazu als Morgana, und obwohl die Temperaturen keine zusätzliche Wärme nötig machten, so ging es ihm doch vor allem um den Effekt.

Als die Flammen fröhlich an den Scheiten leckten, richtete er sich zufrieden auf und überblickte die kleine Szenerie, die er mit viel Sorgfalt geschaffen hatte. Der Tisch war für zwei gedeckt, mit einem weißen Tischtuch, das er in der Kommode in Morganas Esszimmer gefunden hatte. Obwohl das Esszimmer mit der hohen Decke und dem riesigen Kamin Potenzial hatte, hatte er sich für das Zeichenzimmer entschieden. Die Atmosphäre war hier intimer.

Das Geschirr war natürlich auch von Morgana, ebenso wie das Silberbesteck und die kristallenen Champagnerflöten. Er hatte sogar die lachsfarbenen Damastservietten zu akkuraten Dreiecken gefaltet.

Perfekt, entschied er. Und fluchte gleich darauf.

Musik. Wie hatte er nur die Musik vergessen können! Und Kerzen! Er spurtete zur Stereoanlage und sah hektisch die CD-Sammlung durch. Im Moment war ihm eigentlich mehr nach den Rolling Stones, er entschied sich aber für Chopin. Das war sicherlich passender. Schnell die CD eingelegt, dann machte er sich auf die Suche nach Kerzen.

Zehn Minuten später flackerten über ein Dutzend im Raum, dufteten nach Vanille, Jasmin und Sandelholz.

Nash hatte gerade noch Zeit, sich still für seine Anstrengungen zu gratulieren, als er Morganas Wagen vorfahren hörte. Er kam sogar noch vor Pan an der Haustür an.

Draußen zog Morgana erstaunt eine Augenbraue in die Höhe, als sie Nashs Auto erblickte. Dass er über eine halbe Stunde zu früh war, störte sie nicht. Nicht im Geringsten. Sie lächelte, als sie auf die Haustür zuging, das Drehbuch unter einem Arm, eine Flasche Champagner unter dem anderen.

Er riss die Tür auf und zog sie in seine Arme zu einem langen, genießerischen Kuss. Pan wollte ebenfalls gebührend begrüßt werden und versuchte, sich zwischen die beiden zu drängen.

»Hi«, sagte Nash schließlich, als er Morganas Mund freigab.

»Hallo.« Sie reichte Nash Umschlag und Flasche, damit sie sich ausgiebig Pan widmen konnte, bevor sie die Tür schloss. »Du bist zu früh hier.«

»Ich weiß.« Er las das Etikett der Flasche. »Feiern wir?«

»Ich denke, das sollten wir. Eigentlich ist es ein kleines Geschenk für dich, um dir zu gratulieren. Aber ich hatte gehofft, du würdest es mit mir teilen.«

»Aber gern. Wofür wird mir denn gratuliert?«

Sie deutete mit dem Kopf auf den Umschlag in seiner Hand. »Dafür. Deine Story.«

Der Knoten, den er den ganzen Tag über im Magen verspürt hatte, löste sich endlich auf. »Es hat dir also gefallen.«

»Nein. Ich liebe es. Wenn ich erst meine Schuhe ausgezogen und mich gesetzt habe, werde ich dir auch erklären, warum.«

»Komm mit hier hinein.« Er klemmte Flasche und Umschlag unter einen Arm und legte den anderen um ihre Schulter. »Wie war dein Tag?«

»So weit ganz gut. Ich denke darüber nach, wie ich Mindy dazu bringen kann, an zwei Tagen länger zu arbeiten. Wir sind nämlich …« Ihre Stimme erstarb, als sie in das Zeichenzimmer trat.

Das Kerzenlicht schimmerte mystisch und romantisch, brach sich in Silber und Kristall, warf alle Farben des Spektrums zurück. Der Raum war erfüllt vom Duft der Kerzen und der Blumen und den klagenden Tönen einer Violine. Das Feuer warf warme Schatten.

Es geschah nicht oft, dass Morgana aus der Fassung geriet. Jetzt brannten Tränen in ihren Augen, Tränen, die von einem Gefühl herrührten, so klar und rein, dass sie es kaum ertragen konnte. In ihrem ganzen Leben hatte sie noch nie so tief empfunden.

Sie sah ihn an, und das flackernde Licht warf tausend Sterne auf ihre Augen. »Das hast du für mich getan?«

Nun selbst ein wenig verlegen, strich Nash ihr mit den Fingerknöcheln leicht über die Wange. »Das müssen wohl Wichtel gewesen sein.«

Mit einem Lächeln auf den Lippen hauchte sie einen Kuss auf seinen Mund. »Ich mag Wichtel sehr, sehr gerne.«

Er drehte sich zu ihr und zog sie an sich. »Und was hältst du von Drehbuchautoren?«

Sie schlang die Arme um seine Hüften. »Ich beginne sie zu mögen.«

»Das ist gut.« Ihm fiel auf, dass er die Hände zu voll hatte, um ihr einen richtigen Kuss geben zu können. »Warum lege ich dieses Zeug nicht erst einmal ab und öffne den Champagner?«

»Eine großartige Idee. Lass uns anstoßen.« Mit einem Seufzer streifte sie die Schuhe von den Füßen, während Nash rasch zum Eiskübel ging und die Flasche, die dort schon bereitstand, herauszog. Er drehte beide Flaschen zu Morgana, um ihr zu zeigen, dass sie tatsächlich die gleiche Marke gewählt hatten.

»Telepathie?«

Lächelnd kam sie auf ihn zu. »Alles ist möglich.«

Er warf den Umschlag beiseite, zog die eisgekühlte Flasche heraus und steckte die andere hinein, um dann den Champagner zu entkorken und zwei Gläser zu füllen. Ein helles Klingen ertönte, als er mit ihr anstieß. »Auf die Magie.«

»Immer«, stimmte sie zu und nippte. Sie nahm ihn bei der Hand und führte ihn zur Couch, wo sie sich aneinanderkuscheln und das Feuer betrachten konnten. »Also, was hast du denn den ganzen Tag gemacht? Außer Wichtel bestellen.«

»Ich wollte dir meine galante Seite zeigen.«

Lachend küsste sie ihn leicht. »Ich mag alle Seiten an dir.«

Mit sich und der Welt zufrieden, legte Nash die Füße auf den Couchtisch. »Also, zuerst habe ich sehr viel Zeit darauf verwandt, diese Blumen so hinzukriegen, dass sie wie in den Filmen aussehen.«

Sie sah zu den Vasen. »Es sei dir zugestanden, dass deine Talente sich nicht unbedingt auf das Arrangieren von Blumen beziehen. Ich liebe sie.«

Er spielte mit ihrem Ohrring. »Außerdem habe ich noch ein paar Kleinigkeiten am Drehbuch geändert. Dann habe ich an dich gedacht. Ach ja, mein sehr aufgeregter Agent hat angerufen. Und dann habe ich wieder an dich gedacht.«

Sie lachte und lehnte ihren Kopf an seine Schulter. »Hört sich an, als hättest du einen äußerst produktiven Tag hinter dir. Weshalb war dein Agent so aufgeregt?«

»Sieht aus, als hätte er bereits einen sehr interessierten Produzenten an der Hand.«

Begeisterung schimmerte in Morganas Augen, als sie sich wieder aufsetzte. Sie war sehr glücklich über Nashs Erfolg. »Dein Drehbuch.«

»Genau.« Es war schon komisch … nein, es war wunderbar, dass jemand anders sich für ihn und mit ihm freute. »Ich hatte ihm nur die Abhandlung geschickt, aber ich scheine wohl eine Glückssträhne zu haben. Sieht aus, als sei der Deal bereits perfekt. Ich werde das Drehbuch noch überarbeiten und es ihm dann zuschicken.«

»Das ist keine Glückssträhne.« Sie prostete ihm zu. »Das ist Magie. Sie ist hier.« Sie legte einen Finger an seine Schläfe. »Und da.« Jetzt lag ihre Hand auf seinem Herzen. »Oder woher auch immer Fantasie kommen mag.«

Zum ersten Mal in seinem Erwachsenenleben hatte Nash das Gefühl, gleich rot zu werden. Also küsste er sie lieber. »Danke. Ohne dich hätte ich das nie geschafft.«

»Ich widerspreche dir ungern, daher werde ich es auch nicht tun.«

Er spielte mit ihrem Zopf. Es war ein wunderbares Gefühl, am Ende eines Tages einfach mit jemandem, der einem etwas bedeutete, zusammenzusitzen und zu reden. »Warum gönnst du meinem Ego nicht ein paar Streicheleinheiten und sagst mir, was dir besonders gut an der Story gefallen hat?«

»Dein Ego ist auch so schon groß genug, aber ich werde es dir trotzdem erzählen ... Alle deine Filme haben eine klare Struktur. Selbst wenn das Blut spritzt und etwas Unheimliches am Fenster kratzt, dann ist da trotzdem eine Qualität, die weit über das Gruselige, den Schrecken hinausgeht. Und hier – obwohl sicher einige Herzrasen bekommen werden bei der Friedhofsszene und dieser Szene auf dem Speicher – gehst du noch einen Schritt weiter.« Sie sah ihn direkt an. »Es ist nicht nur einfach eine Geschichte über Hexen und Hexerei, über Gut und Böse, sondern über das Menschsein an sich. Darüber, dass man den Glauben an Wunder behält und seinem Herzen folgen muss. Es ist irgendwie ... ein Fest, ein Zelebrieren des Andersseins, selbst wenn es schwer ist. Und am Schluss, auch wenn es Schrecken und Schmerzen und Herzeleid gibt, so bleibt da immer die Liebe. Und das ist es doch, was wir alle wollen.«

»Es macht dir nichts aus, dass ich Cassandra Friedhofserde für ihre Zaubersprüche benutzen lasse? Oder dass sie murmelnd in ihrem Kessel rührt?«

»Künstlerische Freiheit«, erwiderte sie mit einer hochgezogenen Augenbraue. »Ich habe beschlossen, mich nicht an deiner Kreativität aufzureiben. Selbst als sie ihre Seele an den Teufel verkauft, um Jonathan zu retten.«

Mit einem Achselzucken trank er den letzten Rest aus seinem Glas. »Wenn Cassandra die gute Macht verkörpert, wäre es schlecht für die Geschichte, wenn sie nicht wenigstens ein anständiges Match mit den Kräften des Bösen hätte. Es gibt auch in Horrorfilmen einige grundlegende Regeln, an die man sich halten sollte.«

»Der Kampf des ultimativen Guten gegen das ultimative Böse?«

»Das ist eine Regel. Der Unschuldige muss leiden«, fügte er hinzu. »Dann kommt der Übergang, der Unschuldige muss Blut vergießen.«

»Das muss etwas mit der Männlichkeit als solcher zu tun haben«, kommentierte sie trocken und sah ihn mit einem spöttischen Blick an.

»Oder mit der Weiblichkeit. Ich bin kein Chauvinist. Und zu guter Letzt muss das Gute, wenn auch nach vielen Opfern, triumphieren. Ach ja, und noch etwas. Meine Lieblingsregel, übrigens.« Er strich mit einem Finger über ihren Hals. »Das Publikum muss sich am Schluss fragen, ob das Böse nun wirklich besiegt ist oder nicht.«

Sie schürzte die Lippen. »Wir wissen doch alle, dass das Böse immer einen Weg findet.«

»Genau.« Er grinste. »So wie wir uns auch alle hin und wieder fragen, ob sich da nicht vielleicht doch etwas nachts im Schrank versteckt, das darauf aus ist, uns anzufallen. Wenn das Licht gelöscht ist, in der Dunkelheit.« Er knabberte an ihren Ohrläppchen. »Oder was wirklich da draußen vor dem Kellerfenster die Sträucher bewegt, ob es vielleicht nur darauf wartet, uns nachzuschleichen, uns anzuspringen, sobald wir …«

Als die Türklingel anschlug, zuckte Morgana zusammen. Nash lachte auf, und sie fluchte.

»Ich gehe und mache auf«, bot er an.

»Ja, tu das.«

Sie schüttelte sich leicht und sah ihm nach. Er war gut, wirklich gut. Er hatte sie doch glatt gehabt, sie, die es eigentlich besser wissen müsste. Sie wusste immer noch nicht, ob sie ihm vergeben sollte oder nicht, als er mit einem großen, dünnen Mann zurück ins Zimmer kam. Der Mann trug ein weißes Jackett, auf dessen Brusttasche in roten Buchstaben »Chez Maurice« aufgestickt war.

»Stellen Sie alles hier auf den Tisch, Maurice.«

»Der Name ist George, Sir«, berichtigte der Mann mit abgeklärter Stimme.

»Auch gut.« Nash blinzelte Morgana zu. »Tragen Sie es einfach auf.«

»Ich fürchte, es wird einige Minuten dauern.«

»Wir haben keine Eile.«

»Die Mousse sollte kühl gestellt werden, Sir«, merkte George an. Nash fiel auf, dass der Mann sprach, als hätte er eine permanente Entschuldigung auf den Lippen.

»Ich bringe sie in die Küche.« Morgana nahm die Kühlbox und verschwand in der Küche. Unterwegs hörte sie noch, wie George sich befangen dafür entschuldigte, dass der Radicchio ausgegangen sei und man deshalb mit Endivien habe vorlieb nehmen müssen.

»Er lebt für das gute Essen«, erklärte Nash, als Morgana wenig später zurückkam. »Es treibt ihm die Tränen in die Augen, wenn er sieht, wie achtlos manche der jungen Lieferanten mit den gefüllten Champignons umgehen. Sie drücken ihnen die Köpfe ein.«

»Du meine Güte, wie entsetzlich!«

»Genau das habe ich ihm auch gesagt. Woraufhin seine Laune sich erheblich gebessert hat. Aber vielleicht lag es ja auch am Trinkgeld.«

»Also, was hat George uns denn aufgetischt?« Sie ging zum Tisch. »Endiviensalat.«

»Der Radicchio …«

»Ich weiß, war aus. Hm, Hummerschwänze.«

»À la Maurice.«

»Selbstverständlich.« Sie lächelte Nash über die Schulter zu. »Gibt es überhaupt einen Maurice?«

»George teilte mir mit höchstem Bedauern mit, dass der arme Maurice vor drei Jahren verschied. Aber sein Geist lebt weiter.«

Sie lachte, setzte sich und begann das Essen zu genießen. »Das ist eine sehr eigenwillige Art, einen Imbiss zu besorgen.«

»Ich hatte zuerst an gegrillte Hähnchen gedacht, aber hiermit standen die Chancen besser, dich bleibend zu beeindrucken.«

»Allerdings.« Sie tunkte ein Stück Hummer in die zerlassene Butter und genoss den Bissen. »Du hast eine wunderbare Kulisse geschaffen«, sagte sie. »Danke, Nash, für diesen schönen Abend.«

»Jederzeit.« Um genau zu sein, er hoffte, dass es noch viele solcher Gelegenheiten geben würde, viele solcher Kulissen. Und nur sie beide als Protagonisten …

Er schob den Gedanken schnell beiseite und schalt sich dafür, dass er mit solch ernsthaften Dingen spielte, solch dauerhaften Dingen. Um die Stimmung aufzuheitern, goss er Champagner nach.

»Morgana?«

»Ja?«

»Ich wollte dich etwas fragen.« Er führte ihre Hand an seine Lippen und fand ihre Haut sehr viel verlockender als das Essen. »Wird Mrs. Littletons Nichte auf den Abschlussball gehen?«

Erst blinzelte sie verdutzt, dann lachte sie hell auf. »Nash, du bist ja ein Romantiker!«

»Nur neugierig.« Ihr zweifelnder Blick ließ ihn grinsen. »Okay, ich geb's zu, auch ich liebe Happy Ends, wie jeder andere. Also, hat sie ihren Schwarm bekommen?«

Morgana biss ein Stück vom Hummer ab. »Zumindest sieht es so aus, als hätte sie genügend Mut gefunden, um Matthew zu fragen, ob er mit ihr hingehen will.«

»Sehr gut. Und?«

»Ich habe das nur von Mrs. Littleton aus zweiter Hand, es muss also nicht unbedingt alles stimmen. Laut Aussage von Mrs. Littleton ist er rot geworden, hat rumgestottert, sich die Nickelbrille höher auf die Nase geschoben und ›warum nicht‹ geantwortet.«

Ernst hob Nash sein Glas. »Auf Jessie und Matthew.«

Morgana stieß mit ihm an. »Auf die erste Liebe. Sie ist immer die schönste.«

Er war da nicht sicher, hatte er diese Erfahrung doch bisher erfolgreich vermieden. »Was ist eigentlich aus deiner Highschool-Liebe geworden?«

»Wieso nimmst du an, ich hätte eine gehabt?«

»Hat das nicht jeder?«

Sie hob nur fragend eine Augenbraue. »Um ehrlich zu sein, ja, da war dieser Junge. Er hieß Joe und war in der Basketballmannschaft.«

»Ah, ein Athlet also.«

»Ich fürchte, Joe war nur Ersatzspieler. Aber er war groß, und das war damals sehr wichtig für mich, weil ich alle Jungs aus meiner Klasse überragte. Wir sind im letzten Jahr zusammen gewesen.« Sie nippte an ihrem Champagner. »Und haben fürchterlich oft in seinem Auto geknutscht.«

»Solche Sachen stelle ich mir gern bildlich vor.« Er grinste. »Erzähl ruhig weiter, ich sehe es vor mir. Außen. Nacht. Der Wagen steht mit abgestelltem Motor auf einer einsamen Straße.

Die beiden Teenager umarmen und küssen sich leidenschaftlich. Aus dem Radio erklingt ...«

»Ich glaube, es war ›Hotel California‹«, erinnerte sie sich.

»Sehr schön. Also. Die letzten Gitarrenriffs verklingen, und ... Was dann?«

»Ich fürchte, das war es dann auch. Er fing im Herbst in Berkeley an, und ich ging nach Radcliffe. Körpergröße und ein hübscher Mund waren leider nicht genug, um mein Herz über eine Distanz von dreitausend Meilen bei der Stange zu halten.«

Nash stieß einen tiefen Seufzer für alle Männer dieser Welt aus. »Flatterhaft, wie eben nur Frauen sein können ...«

»Ich denke, Joe hat sich erstaunlich gut erholt. Er hat eine Diplomandin in Wirtschaft geheiratet und ist nach St. Louis gezogen. Soviel ich gehört habe, sollen sie mittlerweile drei Fünftel eines eigenen Basketballteams produziert haben.«

»Der gute alte Joe.«

Diesmal war es Morgana, die die Gläser nachfüllte. »Und bei dir?«

»Ich habe nie Basketball gespielt.«

»Ich meinte die Teenagerliebe.«

»Ach so.« Er lehnte sich entspannt zurück und genoss den Moment. Das Feuer knisterte in seinem Rücken, die Frau lächelte ihn durch das Kerzenlicht an, der Champagner war ihm angenehm zu Kopf gestiegen. »Sie hieß Vicki – mit i – und war Cheerleader.«

»Und weiter?«

»Ich habe sie zwei Monate lang angehimmelt, bevor ich meinen ganzen Mut zusammengenommen und sie eingeladen habe, mit mir auszugehen. Ich war nämlich sehr schüchtern.«

»Erzähl mir etwas, das ich auch glauben kann.«

»Nein, wirklich. Ich bin mitten im Jahr auf eine andere Schule gekommen. Die Gruppen und Cliquen bestanden längst, und es gab kaum eine Möglichkeit, da aufgenommen zu werden. Und da du der Außenseiter bist, hast du Zeit, zu beobachten und dir Dinge auszumalen.«

Sie spürte Mitleid in sich aufkeimen, aber sie war nicht sicher, ob er es wollte. »Also hast du deine Zeit damit angefüllt, Vicki mit i zu beobachten.«

»Oh ja, und ich hatte sehr viel Zeit. Als ich sie zum ersten Mal diesen Luftsprung machen sah, war es um mich geschehen. Ich war verliebt.« Er musterte Morgana fragend. »Du warst nicht zufällig Cheerleader?«

»Nein, tut mir leid.«

»Schade aber auch. Ich kriege nämlich heute noch weiche Knie, wenn ich einen Luftsprung sehe. Nun, auf jeden Fall … irgendwann habe ich mich überwunden und sie ins Kino eingeladen. ›Freitag, der 13.‹. Der Film, nicht der Tag. Und während sich auf der Leinwand das Gemetzel abspielte, habe ich die ersten vorsichtigen Annäherungsversuche bei ihr gemacht. Vicki war keineswegs abgeneigt. Danach traten wir für den Rest des Schuljahrs als Pärchen auf. Allerdings hat sie mich dann für diesen Motorradkerl mit einer schweren Maschine und einem Tattoo sitzen lassen.«

»Gemeines Luder.«

Mit einem Achselzucken steckte er sich ein Stück Hummer in den Mund. »Sie ist mit ihm durchgebrannt. Ich habe gehört, sie sollen damals in einem Wohnwagen in der Nähe von El Paso gelebt haben. Geschieht ihr recht. So, wie sie mir mein Herz gebrochen hat.«

Morgana neigte den Kopf zur Seite und musterte ihn aus halb geschlossenen Augen. »Ich habe den Eindruck, es ist längst wieder geheilt.«

»Nur teilweise.« Er sprach nicht gern über seine Vergangenheit, mit niemandem. Um abzulenken, stand er auf und legte andere Musik auf. Etwas Langsames. Gershwin. Er kam an den Tisch zurück und zog sie bei der Hand hoch. »Ich möchte dich halten«, sagte er einfach.

Morgana schmiegte sich in seine Arme und ließ sich von ihm führen. Zuerst standen sie nur da und wiegten sich langsam zur Musik, seine Arme um ihre Hüfte, ihre Arme um seinen Nacken, ihre Blicke miteinander verschmolzen. Dann schob er sie sanft vor, und ihre Körper bewegten sich wie eine Einheit im Takt der Musik.

Er fragte sich, ob er immer so an sie denken würde – im Kerzenlicht. Die helle irische Haut schimmerte durchsichtig wie das feine Porzellan, die Haare, schwarz wie die Nacht vor den Fenstern, schienen wie übersät mit Tausenden von Sternen. Auch in Morganas Augen standen Sterne, wie leuchtende Punkte in dem dunklen Blau.

Der erste Kuss war sanft, ein stilles Treffen der Lippen, mit dem Versprechen, dass mehr kommen würde. Ein Versprechen, das alles verhieß, was man sich wünschen konnte. Nash fühlte den leichten Rausch des Champagners, als er den Kopf senkte und von Morganas Lippen trank wie von den Blütenblättern einer Rose.

Ihre Finger streichelten seinen Nacken, reizten, neckten, liebkosten. Ein Stöhnen entrang sich ihrer Kehle, sie schmiegte sich an ihn, als er den Kuss vertiefte. Sie hielt die Augen offen, um jede kleinste Bewegung sehen zu können.

Er strich ihr über den Rücken, erfreut und erregt über ihre sofortige Reaktion. Er öffnete ihr Haar, kämmte mit den Fingern den geflochtenen Zopf auseinander, um die prachtvolle Mähne fühlen zu können. Er hörte, wie sie nach Luft schnappte, als er ihren Kopf zurückbeugte und hungrig ihren Mund suchte.

Sie schmeckte die Gefahr, die freudige Ekstase und die verzweifelte Sehnsucht. Die Kombination raubte ihr den Verstand, machte sie trunken wie schwerer Wein. Sie fühlte seine Muskeln unter ihren Fingern, hart vor Anspannung, und erschauerte aus Angst und Vorfreude bei dem Gedanken, was passieren mochte, wenn diese gezügelte Kraft freigelassen würde.

Verlangen zeigte sich in vielen Formen. Heute Nacht, das wusste sie, würde die Leidenschaft nichts von der geduldigen, ehrfürchtigen Anbetung haben wie beim letzten Mal. Heute Nacht würden Flammen auflodern und alles verzehren.

Irgendetwas brach. Er konnte das Reißen der Ketten hören, die seine Beherrschung bisher zusammengehalten hatten. Sein Körper schmerzte vor Verlangen und Begierde. Noch während er Morgana küsste, hob er sie hoch.

Sie hätte nie geglaubt, dass sie sich so mitreißen lassen würde. Bisher hatte sie noch in keiner Situation die Beherrschung verloren. Doch diesmal hatte sie sich geirrt. Als Nash mit ihr auf dem Arm den Raum verließ und die Treppe hinaufstieg, folgte sie ihm willig mit Geist und Körper. Fiebrig glitt sie mit ihren Lippen über sein Gesicht, seinen Hals und wieder zurück zu dem festen Mund.

Nash hielt keinen Moment inne, bemerkte nicht einmal, dass Morgana die Kerzen und die Musik mit nach oben gebracht hatte. Das Bett strahlte verlockend, und er ließ sich mit ihr darauf fallen.

Ungeduldige Hände, hungrige Münder, Worte, geflüstert in fiebriger Sehnsucht. Nash konnte nicht genug bekommen. Nichts konnte dieses drängende Verlangen schnell genug befriedigen. Er wusste, Morgana folgte ihm, aber er wollte sie weiter treiben, schneller und höher, bis es nichts mehr gab außer sengender Hitze und wütendem Sturm.

Sie konnte nicht mehr atmen. Die Luft war zu dick und zu heiß. So heiß, dass sie sich wunderte, warum sie nicht längst in Flammen aufgegangen war. Sie griff nach ihm, wollte ihn bitten, einen Moment innezuhalten, damit sie wieder zu Verstand kommen konnte. Doch da lag sein Mund wieder auf ihrem, und der Wunsch nach Vernunft schwand.

Mit irrsinniger Gier riss Nash die Verschlüsse ihres Kleides auf. Die Haken sprangen durch die Luft, der Stoff fiel zur Seite und gab feine schwarze Spitze frei. Mit einem Stoßseufzer riss er auch das zarte Gewebe fort, die letzte Barriere für seine Hände, bevor er Morganas Brüste umschließen konnte.

Sie schrie auf, nicht aus Angst oder Schmerz, sondern vor Entzücken, als sein gieriger Mund über ihre Haut fuhr.

Er war hemmungslos, skrupellos und zügellos. Wie ein Messer schnitt die Begierde in seinen Körper und durchtrennte jegliche Fesseln der Zivilisation. Und Morgana ergab sich nicht, sondern forderte, ebenso hemmungslos wie er. Sie nahm und drängte, sie lockte und reizte.

Sie wälzten sich auf dem Bett, versunken in ihr leidenschaftliches Ringen. Zitternde Hände rissen an Stoff, suchten nach heißem, schweißfeuchtem Fleisch. Namen, geflüstert wie andächtige Gebete, die in lustvolles Stöhnen übergingen.

Nash presste sie in die Matratze, verschränkte seine Finger mit den ihren. Er wusste, er würde sterben, wenn er sie jetzt nicht nahm, morgen nahm, an Tausenden von Morgen nahm. Schwer atmend hielt er sie fest, lange genug, dass ihre Blicke sich begegneten. War das eine Herausforderung, die er in ihren Augen sah? Oder Triumph?

Dann drang er in sie ein, und ihr Körper bog sich ihm entgegen, um ihn zu empfangen.

Tempo. Kraft. Grandiosität. Gemeinsam rasten sie schwindelnden Höhen entgegen, mit einer Energie, die aus dem Begehren gespeist wurde. Er presste den Mund fordernd auf ihre Lippen, sie schlang die Arme um ihn, kratzte mit den Nägeln über seinen Rücken.

Er fühlte, wie ihr Körper sich unter ihm aufbäumte, hörte ihren Lustschrei, und dann sah und hörte er nichts mehr, als er ihr auf den Gipfel folgte.

Es dauerte lange, bis Nash den Weg zurück in die Wirklichkeit fand. Er rollte auf die Seite, damit Morgana besser atmen konnte. Sie lag auf dem Bauch, wie hingegossen auf dem Bett. Immer noch nach Atem ringend, starrte er in die Dunkelheit und ging in Gedanken das durch, was gerade zwischen ihnen passiert war. Er wusste nicht, ob er abgestoßen oder überglücklich sein sollte.

Er hatte ... nun, er hatte sie überfallen, das war wohl der passende Ausdruck. Auf jeden Fall hatte er sich nicht einen Deut um Behutsamkeit gekümmert. Wie viel Spaß auch immer es ihm bisher gemacht hatte, mit einer Frau zu schlafen, noch nie war er derart rasend vor Leidenschaft gewesen. Es hatte seine Reize. Aber er hatte keine Ahnung, wie Morgana darüber dachte, die Kleider vom Leib gerissen zu bekommen.

Nash legte vorsichtig eine Hand auf ihre Schulter. Sie zuckte zusammen. Erschrocken zog er sofort die Hand zurück. »Morgana, ist alles in Ordnung mit dir?«

Sie gab einen Laut von sich, ein Ton irgendwo zwischen einem Wimmern und einem Stöhnen. Angst durchfuhr ihn, sie könnte weinen. Wirklich gut gemacht, Kirkland, dachte er wütend auf sich selbst. Dann versuchte er es noch einmal. »Liebling, Morgana, es tut mir leid ...«

Er brach ab, wusste nicht, was er sagen sollte. Langsam drehte sie den Kopf, hob kraftlos eine Hand, um sich das Haar aus dem Gesicht zu streichen.

»Sagtest du etwas?«

»Ich wollte nur ... Bist du in Ordnung?«

Sie seufzte, ein lang gezogenes Brummen, das ihn nur noch

unsicherer machte. »In Ordnung?« Sie sprach die Worte aus, als müsse sie sie neu überdenken. »Nein, ich glaube nicht. Frage mich noch mal, wenn ich wieder genügend Energie habe, um mich zu bewegen.« Sie ließ die Hand über die zerwühlten Laken gleiten, bis sie bei seiner ankam. »Du denn?«

»Was?«

»Bist du in Ordnung?«

»Ich war schließlich nicht derjenige von uns, der überfallen wurde.«

Ein träges Lächeln erschien langsam auf ihrem Gesicht. »So? Ich dachte, ich hätte eigentlich ziemlich gute Arbeit geleistet.« Sie streckte sich und stellte erfreut fest, dass ihr Körper schon fast wieder funktionierte. »Gib mir ein Weilchen, dann versuch ich's noch mal.«

Langsam setzte die Erleichterung ein. »Du bist also nicht böse?«

»Sehe ich etwa aus, als sei ich böse?«

Er dachte ernsthaft darüber nach. Sie sah aus wie eine Katze, die ein ganzes Fass Sahne leer geschleckt hatte. Er merkte nicht einmal, dass er zu grinsen begonnen hatte. »Nein, eigentlich nicht.«

»Du bist wohl sehr stolz auf dich, was?«

»Vielleicht.« Er griff nach ihr, um sie näher zu sich heranzuziehen, aber seine Finger verfingen sich in dem, was von ihrem BH noch übrig war. »Und du? Bist du stolz auf dich?«

Sie wunderte sich, wieso dieses breite Grinsen sein Gesicht nicht längst zerrissen hatte. Er betrachtete sie, und man sah ihm an, dass er am liebsten eine fröhliche Melodie gepfiffen hätte, während er die zerfetzte Spitze um seinen Finger kreisen ließ. Morgana setzte sich auf ihre Knie.

»Weißt du was, Nash?«

»Nein. Was?«

»Ich werde dir dieses dumme Grinsen aus dem Gesicht wischen.«

»Tatsächlich? Wie denn?«

Sie warf ihr Haar zurück und setzte sich rittlings auf ihn. »Sieh mich an.«

9. Kapitel

Was Nash anging, so war das Leben eigentlich ziemlich angenehm. Tagsüber verbrachte er seine Zeit mit einer Arbeit, die er liebte, und er wurde auch noch sehr gut dafür bezahlt. Er war gesund, hatte ein neues Haus, alles lief gut. Am besten jedoch war diese unglaubliche Affäre mit dieser faszinierenden Frau. Eine Frau, zu der er – wie er in den letzten Wochen festgestellt hatte – sich nicht nur stark hingezogen fühlte, sondern die er auch als echte Freundin betrachtete.

Nash hatte erfahren müssen, dass eine Geliebte, mit der man außerhalb des Betts keinen Spaß haben konnte, nicht sehr erfüllend war, weil der Geist sich immer noch nach etwas sehnte. In Morgana hatte er eine Frau gefunden, mit der man lachen, reden, streiten und vor allem schlafen konnte, und das alles mit einem Gefühl der Vertrautheit, das er so noch nie erfahren hatte.

Eine Vertrautheit, von der er gar nicht gewusst hatte, wie sehr er sie sich wünschte. Manchmal vergaß er sogar, dass Morgana mehr als eine einfache Frau war.

Nachdem er jetzt sein morgendliches Pensum an Liegestützen erledigt hatte, dachte er über die letzten Tage nach, die sie gemeinsam verbracht hatten.

Sie waren nach Big Sur hinausgefahren, um von einem Aussichtspunkt die überwältigende Szenerie von Hügel, Meer und rauen Klippen zu betrachten. Der Wind hatte an ihren Haaren gezerrt, und wie Touristen hatten sie Fotos mit ihrer Kamera gemacht und mit seiner Videokamera gefilmt.

Obwohl Nash sich ziemlich dumm vorgekommen war, hatte

er – als sie nicht hinsah – ein paar Kiesel aufgehoben und sie in seiner Tasche verschwinden lassen. Als Andenken an diesen Tag.

Er war hinter ihr her gestiefelt, als sie sämtliche Geschäfte in Carmel durchwühlt hatte, und hatte mit gutmütiger Resignation die Pakete geschleppt, die sie ihm in den Arm drückte.

Lunch auf der Terrasse eines hübschen Bistros, umgeben von Blumen. Picknicks bei Sonnenuntergang, einen Arm um sie gelegt, ihren Kopf an seiner Schulter, während der große rote Feuerball in den blauen Fluten versank. Sanfte Küsse in der Abenddämmerung. Unbeschwertes Gelächter. Viel sagende Blicke an überfüllten Plätzen.

Es war fast so, als würde er um sie werben.

Mit einem Stöhnen rollte Nash sich auf den Rücken und lockerte seine verspannten Arme. Werben? Nein, damit hatte das überhaupt nichts zu tun. Ganz bestimmt nicht. Es war einfach nur so, dass sie gerne zusammen waren. Sehr gerne. Aber das war keine Werbung. Werbung hatte den unguten Beigeschmack, dass es zu einer Hochzeit führen würde.

Und die Ehe, so hatte Nash schon vor Langem entschieden, war eine Erfahrung, auf die er gänzlich verzichten wollte.

Ein leiser Zweifel beschlich ihn, als er aufstand. Hatte er sich vielleicht so verhalten, dass er Morgana Grund zu der Annahme gegeben hatte, das, was sie zusammen hatten, könnte eventuell zu etwas ... nun, Endgültigem führen? Bei DeeDee hatte er von Anfang an gesagt, was Sache war, und trotzdem hatte sie sich eingebildet, sie könne seine Meinung ändern.

Aber bei Morgana hatte er überhaupt nichts gesagt. Er war zu beschäftigt damit gewesen, sich nach ihr zu sehnen, als dass er noch vernünftig gedacht hätte.

Er wollte sie nicht verletzen. Sie war ihm zu wichtig, sie bedeutete ihm zu viel. Sie ...

Immer schön langsam, Kirkland, warnte er sich alarmiert.

Sicher, sie war ihm wichtig, er mochte sie sehr. Aber das hieß nicht, dass er jetzt anfangen würde, über Liebe zu fantasieren. Auch Liebe stand in dem unerfreulichen Ruf, zu einer Hochzeit zu führen.

Mit gerunzelter Stirn stand er regungslos in dem Raum, den er mit Hanteln und Geräten zu einem Trainingsraum eingerichtet hatte. Ohne es zu merken, rann ihm ein Schweißtropfen die Schläfe herab. Na schön, er machte sich was aus ihr. Wahrscheinlich mehr, als er sich je aus einem Menschen gemacht hatte. Aber bis zu einer Hochzeitskutsche und Flitterwochen war es noch ein langer Weg.

Er rieb sich mit der Hand über die linke Brustseite, da, wo sein Herz saß. Warum musste er so oft an sie denken? Bisher hatte es keine Frau gegeben, die sich wie Morgana in seinen Alltag geschlichen hatte. Manchmal, wenn er etwas tat, hielt er mitten in der Bewegung inne und überlegte, was sie jetzt gerade wohl tun mochte. Es war mittlerweile so schlimm geworden, dass er nicht richtig schlafen konnte, wenn sie nicht neben ihm lag. Und wenn er dann morgens erwachte, begann er den Tag mit einem nagenden Gefühl von Enttäuschung.

Ein schlechtes Zeichen, dachte er und griff nach dem Handtuch, um sich das Gesicht abzutrocknen. Das Zeichen dafür, dass er längst einen Schlussstrich hätte ziehen müssen. Warum waren keine Alarmsirenen losgegangen? Keine kleine Stimme in seinem Hinterkopf, die warnende Worte gemurmelt hatte?

Anstatt sich vorsichtig zurückzuziehen, war er mit voller Wucht vorgeprescht.

Aber noch war er glücklicherweise nicht über die Klippe gestürzt. Nein, nicht Nash Kirkland. Er holte tief Luft und warf das Handtuch beiseite. Es war einfach nur das Neue, das ihn reizte. Sicher würden die Gefühle, die Morgana in ihm erweckte, bald vergehen.

Als er sich unter die Dusche stellte, versicherte er sich – wie jeder Abhängige –, dass er alles unter Kontrolle hatte. Er konnte jederzeit aufhören.

Trotzdem konnte sein Verstand es nicht lassen, weiter über dieses Problem nachzudenken. Vielleicht hatte er alles unter Kontrolle, aber was war mit Morgana? Steckte sie schon zu tief drin? Wenn sie ebensolche Gefühle hatte wie er, könnte sie vielleicht ja schon an ... ja, an was denken? Ein Heim am Stadtrand? Handtücher mit Monogramm? Einen Traktorrasenmäher?

Während das kühle Wasser auf sein Gesicht prasselte, musste er grinsen. Und da behauptete er von sich, kein Chauvinist zu sein. Er sorgte sich, weil Morgana vielleicht Hoffnungen auf Ehe und Familie hegte, nur weil sie eine Frau war. Lächerlich. Sie war genauso wenig daran interessiert wie er, den tödlichen Sprung von der Klippe zu machen.

Seine Fantasie begann zu arbeiten.

Innen. Tag. Überall im Zimmer ist Spielzeug verteilt, der Wäschekorb quillt über, schmutzige Kleidung liegt verstreut herum. In einem Laufstall schreit ein kleines Kind. Der Held tritt auf, eine dicke Aktentasche in seiner Hand. Er trägt einen dunklen Anzug und eine überkorrekte Krawatte, sorgenvolle Linien auf seinem Gesicht. Ein Mann, der sich den ganzen Tag mit den Problemen anderer hat beschäftigen müssen und jetzt nach Hause kommt.

»Schatz«, ruft er, »ich bin zu Hause.«

Das Baby schreit weiter und rüttelt an den Gitterstäben. Resigniert stellt der Held die Tasche ab und nimmt das Kind auf den Arm. Die Windel ist so nass und schwer, dass sie durchhängt.

»Schon wieder zu spät.« Die Ehefrau schlurft herein. Ihr Haar steht wirr um ihr Gesicht, das ärgerlich verzogen ist, die

Lippen sind nur ein schmaler Strich. Sie trägt einen Bademantel, der bessere Tage gesehen hat, an den Füßen abgetragene Hausschuhe. Während der Held das Baby mit der nassen Windel auf dem Arm hält, beginnt die Ehefrau mit ihrer Litanei über sein Versagen, die defekte Waschmaschine, das verstopfte Waschbecken und endet schließlich mit dem Paukenschlag, dass sie schwanger ist. Schon wieder.

Gerade als die Szene, die er sich da vorstellte, sein schlechtes Gewissen zu beruhigen begann, drängte sich ein anderes Bild auf.

Nach Hause kommen. Geruch nach Blumen und Meer liegt in der Luft. Der Held lächelt, weil er fast da ist, wo er sein will. An dem Platz, nach dem er sich sehnt. Einen Strauß Tulpen in der Hand, geht er auf die Haustür zu. Sie wird geöffnet, bevor er sie erreicht.

Da steht sie. Das Haar zu einem langen Pferdeschwanz gebunden, lächelt sie ihn an. Ein hübsches dunkelhaariges Baby sitzt auf ihrem Arm, lacht glücklich und streckt die pummeligen Ärmchen aus. Er nimmt das Kind, reibt die Nase an der weichen Wange, nimmt den Duft von Babypuder und das dezente Parfüm seiner Frau wahr.

»Du hast uns gefehlt«, sagt sie und hebt ihr Gesicht, damit er sie küssen kann.

Nash blinzelte. Viel energischer als nötig, drehte er das Wasser ab.

Es stand wirklich schlimm um ihn. Aber da er wusste, dass diese zweite Szene mehr dem Reich der Fantasie entstammte als alles andere, was er je zu Papier gebracht hatte, hatte er immer noch alles unter Kontrolle.

Als er aus der Dusche stieg, fragte er sich, wie lange es wohl noch dauern würde, bis Morgana endlich hier war.

Morgana drückte das Gaspedal herunter und legte sich in die Kurve. Es war ein gutes Gefühl – nein, ein großartiges Gefühl, so auf der von Bäumen beschatteten Allee dahinzubrausen und die Meeresbrise in den Haaren zu spüren. Das Großartige daran war, dass sie auf dem Weg zu jemandem war, der ihr Leben verändert hatte.

Sie war auch ohne Nash zufrieden gewesen. Und sie wäre es auch weiterhin gewesen, wenn sie ihn nicht getroffen hätte. Aber sie hatte ihn getroffen, und nichts würde mehr so sein wie zuvor.

Sie fragte sich, ob er wusste, was es ihr bedeutete, dass er sie so akzeptierte, wie sie war. Sie bezweifelte das. Sie selbst hatte es ja nicht gewusst, bis es geschehen war. Nash hatte die Angewohnheit, die Dinge von einem ziemlich verschrobenen Winkel her zu betrachten und das Amüsante darin zu sehen. Wahrscheinlich betrachtete er auch ihre Gabe als eine Art Streich, der der Wissenschaft gespielt wurde. Vielleicht war es ja sogar so.

Wichtig war nur, dass er es wusste und es akzeptierte. Er sah sie ja auch nicht so an, als würde er erwarten, dass ihr jederzeit ein zweiter Kopf auf der Schulter wachsen würde. Im Gegenteil, er sah sie an, wie ein Mann eine Frau ansah.

Es war so einfach, in ihn verliebt zu sein. Obwohl sie sich nie als Romantikerin betrachtet hatte, hatte sie die Bücher, die Lieder, die Liebesgedichte plötzlich zu schätzen gelernt. Es war wahr, was man sagte: Die Luft roch frischer, die Blumen süßer, wenn man verliebt war.

Sie strich über die Rose, die neben ihr auf dem Beifahrersitz lag, und roch an den samtenen Blütenblättern. So sah auch ihre Welt aus – eine Knospe, die dabei war, sich zu voller Schönheit zu entfalten.

Sie fühlte sich wie berauscht, wenn sie darüber nachdachte.

Aber ihre Gedanken gehörten ihr, ihr allein. Bis sie entschied, sie mit jemandem zu teilen. Früher oder später würde sie sie mit Nash teilen müssen.

Sie wusste nicht, wie lange es dauerte, bis es kompliziert wurde. Aber im Moment wollte sie einfach nichts anderes tun, als ihr Glück jeden einzelnen Moment voll auszukosten.

Sie lächelte, als sie vor seinem Haus vorfuhr. Sie hatte ein paar Überraschungen für Nash, nicht zuletzt ihr Plan, was sie an diesem lauen Samstagabend zusammen machen würden. Sie griff nach der Tasche auf dem Rücksitz, und Pan legte ihr seinen Kopf auf die Schulter.

»Ihr beide benehmt euch, verstanden?«, sagte sie zu Pan und Luna. »Wenn nicht, bringe ich euch wieder nach Hause, dann könnt ihr bis Montag allein bleiben.«

Als sie ausstieg, fühlte Morgana ein seltsames Flattern, wie ein Vorhang, der sich über ihren Geist legte. Sie stand da, eine Hand an der Tür, horchte auf den Wind. Die Luft wurde schwerer, düsterer. Ihr war, als wäre sie aus dem Sonnenlicht in den Schatten getreten. Schatten, in denen Geheimnisse auf sie warteten, die gelöst werden mussten. Sie strengte sich an, um durch diesen Nebel sehen zu können, doch der Dunst war zu trüb, ließ nur hier und da eine Andeutung aufblitzen.

Obwohl sie weder Sebastians Gabe des Sehens besaß noch Anastasias Gabe des Empfindens, verstand sie.

Veränderungen kündigten sich an. Schon bald. Und Morgana verstand auch, dass das nicht die Veränderungen waren, die sie sich wünschte.

Sie schüttelte die düstere Stimmung ab und ging weiter. Das Morgen kann immer geändert werden, erinnerte sie sich. Vor allem, wenn man sich auf das Jetzt konzentrierte. Und »Jetzt« bedeutete erst einmal Nash, daher war sie bereit, dafür zu kämpfen.

Er öffnete die Tür, bevor sie angekommen war, und strahlte sie an. »Hi, Baby.«

»Hi.« Da sie die Tasche in der einen Hand trug, schlang sie nur einen Arm um seinen Nacken und schmiegte sich an ihn, um ihn zu küssen. »Weißt du eigentlich, wie ich mich fühle?«

»Klar.« Er ließ seine Hände über ihren Rücken gleiten. »Du fühlst dich großartig.«

Sie lachte und schob alle Zweifel beiseite. »Da hast du völlig recht.« Spontan gab sie ihm die Rose.

»Für mich?« Er war nicht sicher, wie ein Mann zu reagieren hatte, wenn eine Frau ihm eine Rose überreichte.

»Nur für dich.« Sie küsste ihn noch einmal, während Luna besitzergreifend ins Haus stolzierte. »Hättest du vielleicht Lust darauf«, ihr Mund wanderte verführerisch zu seinem Ohr, ihre Finger lagen auf seiner Brust, »einen richtig dekadenten Abend zu verbringen?«

Sein Blut pumpte schneller durch seine Adern, und in seinen Ohren begann es zu rauschen. »Wann fangen wir an?«

»Nun«, sie rieb sich aufreizend an ihm, »warum unnütz Zeit verschwenden?«

»Himmel, ich liebe provozierende Frauen.«

»Das ist gut. Ich habe nämlich große Pläne mit dir ... Baby.« Sie knabberte an seiner Unterlippe. »Es wird sicher Stunden dauern.«

Er bezweifelte ernsthaft, je wieder Luft holen zu können. »Sollen wir hier anfangen und uns langsam nach drinnen vorarbeiten?«

»Mhm.« Sie griff an seinen Hosenbund und zog ihn mit sich ins Haus. Pan trottete hinter ihnen her, wohl wissend, dass er von keinem der beiden Aufmerksamkeit erwarten konnte. Also machte er sich auf, das Haus zu erkunden. »Was ich mit dir vorhabe, können wir nicht hier draußen tun. Komm mit.« Morgana warf Nash einen verführerischen Blick über die Schulter zu und begann die Treppe hinaufzusteigen.

»Das musst du mir nicht zweimal sagen.«

Oben angekommen, versuchte er sie zu fangen. Sie zierte sich ein bisschen, aber nur ein ganz kleines bisschen, und ließ sich von ihm in die Arme ziehen. Glitt mit einem wohligen Seufzer in den Kuss hinein, wie man in eine warme Badewanne sank. Heiß und prickelnd. Doch als er sich an ihrem Reißverschluss zu schaffen machte, zog sie sich zurück.

»Morgana …«

Sie schüttelte nur den Kopf und schlenderte zum Schlafzimmer.

»Ich habe etwas für dich mitgebracht, Nash.« Sie ging zu ihrer Tasche und zog einen schwarzen Spitzenhauch hervor. Achtlos warf sie das Negligee aufs Bett. Nash sah darauf, sah zu ihr, wieder auf diesen Traum von Spitze. Er konnte sich genau vorstellen, wie sie darin aussehen würde.

Er konnte sich außerdem ganz genau vorstellen, wie er es ihr ausziehen würde.

Seine Fingerspitzen begannen zu kribbeln.

»Ich habe auf dem Weg hierher angehalten und ein paar … Dinge abgeholt.«

Ohne den Blick von ihr zu wenden, legte er die Rose auf die Kommode. »Bis jetzt gefällt es mir.«

»Oh, es wird noch besser.« Sie zog etwas aus der Tasche und reichte es Nash.

Mit gerunzelter Stirn blickte er auf die Videokassette. »Filme für Erwachsene?«

»Lies den Titel.«

Amüsiert drehte er die Box um. Und stieß einen Freudenschrei aus. »Wow! ›The Crawling Eye‹!« Ein breites Grinsen erschien auf seinem Gesicht.

»Einverstanden?«

»Mehr als das – das ist großartig. Ein Klassiker. Den habe ich schon seit Jahren nicht mehr gesehen.«

»Da ist noch mehr.« Sie nahm die Tasche und kippte sie aus. Neben Wäsche und Kosmetiktasche fielen drei weitere Videobänder aufs Bett. Nash schnappte sie sich aufgeregt wie ein Kind unter dem Weihnachtsbaum.

»›Ein Werwolf in London‹, ›Nightmare on Elm Street‹, ›Dracula‹. Wunderbar.« Lachend hob er sie hoch. »Was für eine Frau! Das heißt also, du willst den ganzen Abend Horrorfilme anschauen?«

»Nun, mit längeren Pausen dazwischen.«

Diesmal ließ er sich nicht mehr davon abhalten, ihren Reißverschluss mit einem Ruck blitzschnell herunterzuziehen. »Ich sag dir was ... warum fangen wir nicht mit einer Eröffnungsszene an?«

Sie lachte, als sie sich zusammen auf das Bett fallen ließen. »Ich liebe gute Einführungen.«

Nash konnte sich kein perfekteres Wochenende vorstellen. Bis in den frühen Morgen sahen sie sich die Filme an – unter anderem. Sie schliefen bis zum Mittag und gönnten sich Frühstück im Bett.

Er konnte sich auch keine perfektere Frau vorstellen. Morgana war nicht nur schön, intelligent und sexy, sie wusste auch die Feinheiten eines Filmes wie »The Crawling Eye« zu würdigen.

Es machte ihm gar nichts aus, dass sie ihn Sonntagnachmittag zur Arbeit antrieb. Sie werkelten zusammen im Garten, und Rasenmähen, Unkrautrupfen und Pflanzen bekam plötzlich eine völlig neue Bedeutung für ihn, als er sie da im Gras sitzen sah, mit einem seiner T-Shirts und einer alten Jeans, die sie –

weil sie ihr viel zu weit war – mit einer einfachen Kordel festgezurrt hatte.

Was ihn unwillkürlich auf den Gedanken brachte, wie es wohl sein mochte, wenn sie immer hier wäre. In seiner Reichweite.

Das Unkrautjäten, das ihm aufgetragen worden war, vergaß er darüber völlig. Er kraulte Pans Kopf und betrachtete Morgana gedankenversunken.

Sie summte. Er kannte die Melodie nicht, sie hörte sich fremdartig an. Wahrscheinlich irgendein altes Hexenlied, von Generation zu Generation weitergegeben. Morgana war wirklich zauberhaft. Auch ohne ihre Gabe wäre sie sicher zauberhaft gewesen.

Ihr Haar steckte unter einer zerschlissenen Baseballkappe. Sie war ungeschminkt. Seine Jeans waren so weit, dass sie an den Hüften ausbeulten. Und doch sah Morgana verführerisch und erotisch aus. Ob in schwarzer Spitze oder in ausgewaschenen Jeans, sie strahlte Sinnlichkeit aus wie die Sonne das Licht.

Und was wichtiger war – ihr Gesicht zeugte von einer Reinheit, einem Selbstbewusstsein, das er absolut unwiderstehlich fand.

Er konnte sich sie gut vorstellen, wie sie dort kniete, auf diesem Platz, in einem Jahr, in zehn Jahren. Und immer noch sein Blut in Wallung brachte.

Du lieber Himmel! Seine Hand glitt schlaff vom Kopf des Hundes herab. Er hatte sich in sie verliebt. So richtig. Mit voller Wucht. Er war völlig gefangen von dem erschreckenden, unheimlichen Wort mit L.

Was, zum Teufel, sollte er jetzt tun?

Alles unter Kontrolle, ja?, dachte er verächtlich. Er konnte sich jederzeit zurückziehen, ja? So ein Quatsch!

Er erhob sich mit wackeligen Beinen. Das Stahlband, das seinen Magen zusammenschnürte, war reine Angst. Um sie beide.

Morgana sah zu ihm herüber, zog den Schirm der Kappe herunter, damit die Sonne sie nicht blendete. »Ist etwas?«

»Nein. Nein, ich ... ich gehe nur schnell rein und hole uns etwas Kaltes zu trinken.«

Fast rannte er ins rettende Haus und ließ Morgana verwundert zurück.

Feigling. Trottel. Schwächling. Auf dem Weg in die Küche verfluchte er sich selbst. Er füllte ein Glas mit Wasser und stürzte es hinunter. Vielleicht lag es nur an der Sonne. Oder an zu wenig Schlaf. Oder einer überaktiven Libido.

Langsam setzte er das Glas ab. Ja, sicher, klar doch. Es war Liebe.

Hereinspaziert, Herrschaften, treten Sie näher. Kommen Sie heran, sehen Sie zu, wie ein normaler, vernünftiger Mann sich durch die Liebe zu einer Frau in ein zitterndes, wimmerndes Nervenbündel verwandelt.

Er beugte sich über das Waschbecken und spritzte sich Wasser ins Gesicht. Er hatte keine Ahnung, wie es passiert war, aber er würde damit fertig werden müssen. So wie er das sah, gab es keinen Fluchtweg. Aber schließlich war er ein erwachsener Mann. Also würde er Reife zeigen und sich dem stellen.

Vielleicht sollte er es ihr einfach sagen. Geradeheraus.

Morgana, ich bin verrückt nach dir.

Er stieß den Atem aus und spritzte mehr Wasser. Zu schwach, zu nichtssagend.

Morgana, mir ist bewusst geworden, dass das, was ich für dich fühle, mehr ist als nur Anziehungskraft. Ja, mehr als Zuneigung.

Noch mehr Wasser. Viel zu pompös. Hörte sich einfach blöd an.

Morgana, ich liebe dich.

Simpel. Direkt. Und so verdammt Angst einflößend.

Nun, er war doch auf Angsteinflößen spezialisiert, oder? Er müsste eigentlich in der Lage sein, das durchzuziehen. Er reckte die Schultern, wappnete sich und schickte sich an, die Küche zu verlassen, als das Telefon klingelte.

Das Schrillen ließ ihn fast aus der Haut fahren.

»Ganz ruhig«, murmelte er.

»Nash?« Morgana stand im Eingang, ihre Augen drückten Neugier und Sorge aus. »Bist du in Ordnung?«

»Wer? Ich? Ja, sicher, alles bestens.« Er fuhr sich nervös durchs Haar. »Und du? Alles in Ordnung mit dir?«

»Ja, natürlich«, sagte sie gedehnt. »Willst du nicht ans Telefon gehen?«

»Telefon?« Mit leerem Blick starrte er auf den Apparat an der Wand, während seine Gedanken in tausend verschiedene Richtungen gingen. »Ja ... klar.«

»Ich kümmere mich in der Zwischenzeit um die Limonade, während du telefonierst.« Mit gerunzelter Stirn ging sie zum Kühlschrank.

Nash hatte gar nicht gemerkt, wie feucht seine Handflächen geworden waren, bis er den Hörer abnahm. Mit einem entschuldigenden Lächeln wischte er sich die freie Hand an der Jeans ab.

»Hallo.«

Das Lächeln verschwand von einem Moment auf den anderen. Mit der Limonadenflasche in der Hand blieb Morgana erstaunt beim Kühlschrank stehen.

So hatte sie ihn noch nie gesehen. Kalt. Eiskalt. Seine Augen wirkten starr, gefrorener Raureif auf Samt. Selbst als er sich jetzt gegen den Tresen lehnte, war jeder einzelne seiner Muskeln gespannt.

Morgana fühlte, wie ihr ein Schauer über den Rücken rann. Sie hatte gewusst, dass er gefährlich sein konnte, und der Mann da vor ihr zeigte nicht mehr nur die Andeutung von jungenhaftem Charme und gutmütigem Humor. Wie eine von Nashs Fantasiefiguren, war dieser Mann hier hart und skrupellos.

Wer immer da am anderen Ende des Telefons war, musste dankbar sein für die räumliche Entfernung.

»Leeanne.« Er sprach den Namen frostig und völlig tonlos aus. Die Stimme, die da so unbeschwert an sein Ohr drang, ließ ihn mit den Zähnen knirschen. Alte Erinnerungen, alte Verletzungen kamen an die Oberfläche. Er ließ die Frau reden, bis er sicher war, sich unter Kontrolle zu haben. »Hör mit dem Geschwätz auf, Leeanne. Wie viel?«

Er hörte sich das Schmeicheln, das Klagen, sogar die Vorwürfe an. Er trug schließlich die Verantwortung für alles, so wurde er erinnert. Seine Verpflichtungen. Seine Familie.

»Nein, es kümmert mich überhaupt nicht. Es ist nicht meine Schuld, dass du dich wieder an einen Versager gehängt hast.« Seine Lippen verzogen sich zu einem sarkastischen Lächeln. »Ja, sicher, war eben Pech. Also, wie viel?«, wiederholte er seine Frage. Als er die Summe vernahm, zuckte er mit keiner Wimper. »Wohin soll ich es schicken?« Er zog eine Schublade auf und kramte nach Papier und Bleistift. »Ja, habe ich. Morgen.« Er schob Block und Stift angewidert fort. »Ich sagte doch, dass ich es mache. Also hör endlich auf. Ich habe schließlich einige Dinge zu erledigen. Ja, sicher.«

Er hängte ein und wollte gerade die endlose Reihe Flüche loswerden, die er auf der Zunge liegen hatte, als er Morgana erblickte. Er hatte sie völlig vergessen. Als sie etwas sagen wollte, schüttelte er den Kopf.

»Ich gehe spazieren«, knurrte er und schlug die Tür hinter sich zu.

Vorsichtig setzte Morgana endlich die Flasche ab. Wer immer da angerufen hatte, hatte mehr getan, als ihn nur zu verärgern. Da war mehr in seinen Augen gewesen als Wut. Sie hatte die Traurigkeit gesehen, den Schmerz. Deshalb widerstand sie ihrem ersten Impuls, ihm nachzugehen. Es war besser, ihn ein paar Minuten allein zu lassen.

Mit langen Schritten marschierte Nash über das frisch gemähte Gras, ohne die Blumen zu bemerken, die, befreit vom Unkraut, ihre Blüten der Sonne entgegenreckten. Automatisch ging er auf die Felsen zu, die sein Grundstück von der Bucht abgrenzten.

Das war ein weiterer Grund gewesen, warum er dieses Fleckchen ausgesucht hatte. Die Kombination von Wildheit und Ruhe.

Es passte zu ihm. Gedankenversunken stopfte er die Hände in die Hosentaschen. Oberflächlich betrachtet machte er den Eindruck eines ungezwungenen, lockeren Mannes. Diese Eigenschaften hatte er durchaus auch. Aber manchmal, vielleicht sogar oft, flammte eine gewisse Härte und Skrupellosigkeit in ihm auf.

Er ließ sich auf einem Felsblock nieder und starrte hinaus aufs Wasser. Er würde die Möwen, die Wellen und die Boote beobachten. Und er würde warten, bis er sich genug beruhigt hatte, um wieder der ungezwungene Mann zu sein.

Dem Himmel sei Dank, dachte er, als er tief die Luft einzog. Dass er Morgana nichts von seinen Gefühlen gesagt hatte. Nur ein Anruf aus seiner Vergangenheit war nötig gewesen, um ihn daran zu erinnern, dass in seinem Leben kein Platz für Liebe war.

Er hätte es ihr wirklich gesagt. Er hätte sich von seinem Impuls hinreißen lassen und ihr gesagt, dass er sie liebte. Vielleicht – sehr wahrscheinlich sogar – hätte er von gemeinsamen Plänen zu sprechen begonnen.

Und dann hätte er es ruiniert. Unweigerlich. Beziehungen kaputtzumachen war ihm vererbt worden.

Leeanne. Er lachte bitter auf. Nun, er würde ihr das Geld schicken, und sie würde wieder aus seinem Leben verschwinden. Bis zum nächsten Mal. Bis das Geld wieder knapp wurde.

So würde es immer wieder sein. Für den Rest seines Lebens.

»Es ist wunderschön hier«, sagte Morgana leise hinter ihm.

Er zuckte nicht zusammen, er seufzte nur. Er hätte damit rechnen müssen, dass sie ihm folgen würde. Wahrscheinlich erwartete sie auch eine Erklärung.

Wie kreativ sollte er sein? Sollte er ihr sagen, Leeanne sei eine alte Flamme, jemand, der sich aber nicht so einfach beiseiteschieben ließ? Vielleicht könnte er ja auch eine amüsante Geschichte von der Ehefrau eines Mafia-Bosses erfinden, mit der er angeblich eine kurze, hitzige Affäre gehabt hätte. Das war doch ganz spannend.

Oder er könnte die Geschichte einer Witwe erfinden, die Frau seines besten Freundes, die ihn ab und zu um eine Finanzspritze bat.

Zum Teufel, er konnte ihr alles Mögliche erzählen. Nur nicht die bittere Wahrheit.

Sie setzte sich neben ihn auf den Felsen. Und verlangte nichts. Sagte nichts. Fragte nichts. Sie sah nur über die Bucht hinaus, so wie er. Wartete.

Er hatte das schier unerträgliche Bedürfnis, seinen Kopf an ihre Brust zu betten. Sie einfach zu halten, bis seine hilflose Wut sich aufgelöst hatte.

Er wusste auch, dass sie, wie viel Einfallsreichtum er auch beweisen mochte, ihm nichts anderes glauben würde als die Wahrheit.

»Es gefällt mir hier«, sagte er, als das Schweigen sich endlos dehnte. »In L. A. sah ich von meiner Eigentumswohnung aus auf eine andere Eigentumswohnung. Mir war gar nicht klar, wie eingezwängt ich war, bis ich hierherzog.«

»Jeder fühlt sich manchmal eingezwängt.« Sie legte eine Hand auf seinen Oberschenkel. »Wenn ich dieses Gefühl habe, gehe ich nach Irland. Laufe über einsame Strände. Dabei denke ich an all die Menschen, die vor mir schon dort gelaufen sind und die nach mir dort laufen werden. Dann wird mir wieder bewusst, dass nichts ewig währt. Ganz gleich, wie schlimm oder wie gut es ist, alles geht vorbei und erreicht eine andere Ebene.«

»Alles ändert sich, aber nichts vergeht«, murmelte er.

Sie lächelte leise. »Ja, das fasst es perfekt zusammen.« Sie nahm sein Gesicht in beide Hände, ihre Augen waren sanft und klar, und in ihrer Stimme lag Trost. »Rede mit mir, Nash. Vielleicht kann ich nicht helfen, aber ich kann zuhören.«

»Es gibt nichts zu sagen.«

Etwas flackerte in ihren Augen auf, Nash verfluchte sich augenblicklich, als er erkannte, dass es Verletztheit war. »Im Bett bin ich dir also willkommen, aber nicht in deinen Gedanken.«

»Verdammt, das eine hat mit dem anderen überhaupt nichts zu tun.« Er ließ sich von niemandem drängen, über seine Vergangenheit zu reden, eine Vergangenheit, die er so tief wie möglich begraben hatte.

»Ich verstehe.« Morgana ließ die Hände sinken. Für einen Moment war sie versucht, ihm mit einem einfachen Zauberspruch zu helfen, der ihm Ruhe und Frieden bringen würde. Aber das wäre nicht richtig. Magie zu benutzen, um Gefühle zu ändern, würde nur sie beide verletzen. »Also gut. Ich werde die restlichen Stiefmütterchen einpflanzen.«

Sie stand auf. Kein Vorwurf, keine hitzigen Worte. Er hätte das dieser kühlen Akzeptanz vorgezogen. Als sie den ersten Schritt machte, griff er nach ihrer Hand. Sie sah den Kampf, den er mit sich focht, auf seinem Gesicht, aber sie schwieg.

»Leeanne ist meine Mutter.«

10. Kapitel

Seine Mutter. Da Morgana den Schmerz in Nashs Augen sah, verbarg sie ihr Erschrecken vor ihm. Sie dachte daran, wie kalt seine Stimme geworden war, als er mit Leeanne gesprochen hatte, wie hart seine Miene gewesen war. Und doch war die Frau am anderen Ende seine Mutter gewesen.

Wie konnte nur ein Mann solche Abneigung und Feindseligkeit gegenüber der Frau empfinden, die ihm das Leben geschenkt hatte?

Aber der Mann war Nash. Morgana dachte an die tiefe Liebe, die sie für ihre Familie empfand, während sie ihn musterte.

Verletzt. Ja, in seinem Gesicht und seiner Stimme war nicht nur Wut gewesen, sondern auch Verletztheit. War jetzt immer noch da, nachdem all die Schichten von Selbstbewusstsein und Lässigkeit verschwunden waren. Ihr Herz tat ihr weh, aber sie wusste, das würde Nashs Schmerz nicht lindern. Sie wünschte, sie hätte Anastasias Gabe und könnte etwas von diesem Schmerz für ihn ertragen.

Nein, sie war keine Empathin, aber sie konnte ihm Unterstützung bieten. Und Liebe. »Erzähl mir.«

Wo sollte er beginnen? Wie sollte er ihr erklären, was er sich selbst nicht erklären konnte? Er sah auf Morganas und seine Hand, ihre ineinander verschränkten Finger. Morgana bot ihm Hilfe und Verständnis, wo er doch immer geglaubt hatte, er würde es nie brauchen.

All die Gefühle, die er nie hatte äußern wollen, strömten aus ihm heraus.

»Wahrscheinlich muss man bei meiner Großmutter anfangen. Sie war ...«, er suchte nach einer taktvollen Beschreibung, »... nun, sie wich nie vom Pfad ab. Und erwartete von jedem anderen Menschen, ebenso zu sein wie sie und auf diesem engen Pfad zu bleiben. Müsste ich ein Adjektiv finden, so würde ich ›intolerant‹ wählen. Ihr Mann starb, da war Leeanne ungefähr zehn. Mein Großvater hatte eine eigene Versicherungsgesellschaft, also stand meine Großmutter finanziell recht gut da. Trotzdem kratzte sie jeden Penny zusammen. Sie gehörte zu den Menschen, die es einfach nicht in sich tragen, das Leben zu genießen.«

Er verfiel in Schweigen, sah den Möwen nach, die über das Wasser glitten. Morgana blieb still und wartete.

»Vielleicht klingt das nach einer traurigen Geschichte. Die Witwe, die plötzlich mit zwei kleinen Mädchen allein ist. Bis man erfährt, dass meine Großmutter es genoss, das Kommando zu haben. Als Witwe Kirkland hatte sie bei niemandem mehr Rechenschaft abzulegen. Ich kann mir bestens vorstellen, wie streng sie mit den Mädchen war. Sie hat Frömmigkeit und Sex über ihren Häuptern geschwungen wie ein Schwert. Bei Leeanne hat es nichts genutzt. Sie wurde schwanger, mit siebzehn, und hatte nicht die leiseste Ahnung, wer der Vater sein könnte.«

Er sagte es unbeteiligt, mit einem Achselzucken, aber Morgana sah hinter die Fassade. »Hältst du ihr das vor?«

»Nein. Ich mache ihr keinen Vorwurf, nicht für das. Die alte Dame muss ihr neun Monate lang das Leben zur Hölle gemacht haben. Je nachdem, von wem man die Geschichte hört, ist es entweder das arme junge Mädchen, das für einen einzigen Fehltritt endlos bestraft wird, oder es ist die Heilige, die ihre sündige Tochter aufnimmt und dafür endlos leiden muss. Ich habe da meine eigene Meinung. Wir haben hier zwei egoistische Frauen, die sich einen Dreck um andere kümmerten.«

»Sie war gerade mal siebzehn, Nash«, warf Morgana leise ein.

Wut zeichnete harte, unnachgiebige Linien um seinen Mund. »Ach, deshalb ist es in Ordnung? Es ist also okay, dass sie mit siebzehn durch so viele Betten gehüpft ist, dass sie nicht einmal weiß, wer als Vater infrage kommt? Weil sie siebzehn ist, ist es in Ordnung, dass sie zwei Tage nach der Niederkunft verschwindet, mich bei dieser verbitterten alten Frau zurücklässt und sich geschlagene sechsundzwanzig Jahre nicht meldet? Dass sie sich nie um mich gekümmert hat, nie für mich interessiert hat?«

Die Qual, die in seiner Stimme mitschwang, zerriss ihr das Herz. Sie wollte ihn an sich ziehen, ihn halten, bis das Schlimmste vorbei wäre. Doch als sie die Arme nach ihm ausstreckte, wich er zurück.

»Ich muss mich bewegen.«

Sie traf ihre Entscheidung schnell. Entweder konnte sie ihn allein gehen und versuchen lassen, den Schmerz zu verarbeiten. Oder sie konnte die Pein mit ihm teilen. Bevor er noch drei Schritte gemacht hatte, war sie an seiner Seite und nahm seine Hand.

»Es tut mir so leid, Nash.«

Er schüttelte heftig den Kopf. Die Luft war süß und mild, aber sie brannte in seiner Kehle wie Schwefel. »Nein, mir tut es leid. Es gibt keinen Grund, die Vergangenheit an dir auszulassen.«

Sie berührte seine Wange. »Ich kann schon damit umgehen.«

Aber er wusste nicht, ob er es konnte. Er hatte noch nie mit jemandem darüber gesprochen. Nie. Es laut auszusprechen hinterließ einen bitteren, ekeligen Geschmack in seinem Mund. Er fürchtete, er würde ihn nie wieder loswerden.

Er atmete tief durch und setzte erneut an. »Ich blieb bei meiner Großmutter, bis ich fünf war. Meine Tante Carolyn hatte geheiratet. Er war in der Armee, Berufssoldat. Während der nächsten Jahre zog ich mit ihnen herum, von Stützpunkt zu Stützpunkt. Er war ein sturer Mistkerl, einer, der mich nur tolerierte, weil Carolyn weinte und hysterische Szenen machte, wenn er, mal wieder betrunken, drohte, mich wegzuschicken.«

Morgana konnte es sich nur zu gut vorstellen: der kleine Junge, von jedem beherrscht, aber von niemandem gewollt. »Du hast es gehasst.«

»Ja. Ich glaube, das trifft es ziemlich genau. Damals wusste ich zwar nicht, warum, aber ich hasste es. Wenn ich heute darüber nachdenke, ist mir klar, dass Carolyn auf ihre Art genauso labil war wie Leeanne. In der einen Minute benahm sie sich wie eine Glucke, in der anderen ignorierte sie mich völlig. Bei ihr klappte es mit dem Schwangerwerden nicht. Dann, als ich ungefähr acht oder neun war, erwartete sie endlich ein Kind. Also wurde ich zu meiner Großmutter zurückgeschickt. Carolyn brauchte ja kein Ersatzkind mehr, sie hatte jetzt ihr eigenes.«

Morgana spürte, wie ihr die Tränen der Wut in die Augen traten, als sie sich das unschuldige, hilflose Kind vorstellte, hin- und hergeschoben zwischen Menschen, die nichts von der Liebe wussten.

»Sie hat mich nie als Mensch, als Person angesehen. Ich war nur ein Fehler. Das war das Schlimmste daran«, sagte er mehr zu sich selbst. »Sie hat es immer wieder betont, damit es auch ganz bestimmt hängen bleibt. Jeder Atemzug, den ich tat, jeder einzelne Herzschlag war nur deshalb möglich, weil ein ehrloses, unmoralisches, dummes Mädchen einen Fehler gemacht hatte.«

»Nein«, sagte Morgana entsetzt. »Sie hatte unrecht.«

»Ja, vielleicht. Aber solche Sachen bleiben einem für den Rest des Lebens. Ich musste mir viel über den Sündenfall anhören, über die heimtückischen Gelüste des schwachen Fleisches. Ich war faul, widerspenstig und böse – ihr bevorzugter Ausdruck.« Er lächelte Morgana grimmig an. »Aber mehr erwartete sie auch nicht, so, wie ich empfangen wurde.«

»Sie war eine schreckliche Frau«, sagte Morgana mit Inbrunst. Namenlose Wut stieg in ihr auf, fast verlor sie die Beherrschung. »Sie hatte dich nicht verdient.«

»Oh, bei Letzterem würde sie auf jeden Fall mit dir übereinstimmen. Sie hat mir sehr deutlich gemacht, dass ich dankbar sein müsse, weil sie mir Essen und ein Dach über dem Kopf bot. Aber Dankbarkeit war das Letzte, was ich verspürte. Ich rannte weg. Oft. Mit zwölf holte mich dann das System ein. Ich kam zu Pflegeeltern.«

Er bewegte unruhig die Schultern, ein Zeichen für den inneren Tumult, der in ihm tobte. Er lief hin und her, seine Schritte wurden ausholender, je mehr ihn die Erinnerung plagte.

»Manche waren ganz okay. Die, die dich wirklich wollten. Andere warteten nur auf den Scheck, den du ihnen jeden Monat einbrachtest. Aber manchmal konnte man Glück haben und in einem richtigen Zuhause landen. Ein Weihnachten habe ich bei einer richtigen Familie verbracht, den Hendersons.« Seine Stimme veränderte sich, wurde weicher, voller Staunen. »Sie waren großartig, behandelten mich genauso wie ihre eigenen Kinder. Immer lag der Duft von gebackenen Keksen in der Luft. Sie hatten einen Weihnachtsbaum, mit Geschenken darunter, schön verpackt mit Schleifen und allem. Am Kamin hingen die Socken für den Weihnachtsmann. Es hat mich umgehauen, als ich einen entdeckte, auf dem mein Name stand. Sie haben mir ein Fahrrad geschenkt«, sagte er leise. »Mr. Henderson hatte es gebraucht gekauft und im Keller repariert. Er hat es rot angestrichen, knallrot, wie ein Feuerwehrauto, und hat die Chromteile poliert, bis sie wieder blitzten und blinkten. Er hat viel Zeit darauf verwendet, dieses Fahrrad zu etwas Besonderem zu machen. Und er hat mir gezeigt, wie man Baseballkarten in die Speichen klemmt.«

Er sah Morgana zerknirscht an, sodass sie den Kopf zur Seite neigte. »Ja, und?«

»Nun, es war ein wirklich tolles Fahrrad, aber ... ich konnte nicht fahren. Ich hatte nie ein Rad besessen. Da stand ich nun, zwölf Jahre alt, und dieses Fahrrad hätte genauso gut ein Wildschwein sein können.«

Morgana kam sofort zu seiner Verteidigung. »Aber deshalb muss man sich doch nicht schämen.«

Nash warf ihr einen vernichtenden Blick zu. »Du warst auch nie ein zwölf Jahre alter Junge. Es ist ziemlich schwierig, den Übergang vom Kind zum Manne zu schaffen, wenn du nicht einmal ein Zweirad lenken kannst. Also habe ich es nur angehimmelt und erfand Ausreden, um mich nicht draufsetzen zu müssen. Da waren Hausaufgaben, die ich zu machen hatte. Ich hatte mir den Knöchel verstaucht. Oder es sah nach Regen aus. Ich bildete mir ein, ziemlich clever zu sein, aber Mrs. Henderson durchschaute mich. Eines Morgens stand sie in aller Herrgottsfrühe auf, bevor die anderen wach waren, und ging mit mir nach draußen. Sie hat es mir beigebracht. Hat den Rücksitz mit einer Hand gehalten, rannte nebenher. Brachte mich zum Lachen, wenn ich auf die Nase fiel. Und als ich die erste wackelige Fahrt allein über den Bürgersteig machte, hat sie gejubelt und ist auf und ab gehüpft vor Freude.«

Tränen brannten in ihrer Kehle. »Es müssen wunderbare Menschen gewesen sein.«

»Ja, das waren sie. Ich hatte sechs Monate bei ihnen. Wahrscheinlich die besten sechs Monate meines Lebens.« Er schüttelte die Erinnerungen ab und erzählte weiter. »Aber jedes Mal, wenn ich mich zu wohl fühlte, ruckte meine Großmutter mit der Kette und holte mich zurück. Ich begann die Tage bis zu meinem achtzehnten Geburtstag zu zählen, wenn niemand mir mehr würde sagen können, wo und wie ich zu leben hatte. Wenn ich erst einmal frei war, würde ich es auch für immer bleiben. Keinen Tag länger wollte ich wie ein Gefangener leben.«

»Was hast du dann getan?«

»Nun, ich musste was zu essen haben, also habe ich es mit einem festen Job versucht.« Er sah sie an, und diesmal stand eine Andeutung von Humor in seinen Augen. »Eine Weile habe ich Versicherungen verkauft.«

Zum ersten Mal, seit Nash mit seiner Geschichte begonnen hatte, lächelte Morgana. »Das kann ich mir beim besten Willen nicht vorstellen.«

»Ich auch nicht, daher dauerte es nicht lange. Wahrscheinlich muss ich der alten Dame sogar dankbar sein, sie hat mich auf die Karriere als Schriftsteller gebracht. Sie hat mich jedes Mal den Kochlöffel spüren lassen, wenn sie mich beim Schreiben erwischt hat.«

»Wie bitte?« Morgana war nicht sicher, ob sie richtig verstanden hatte. »Sie hat dich geschlagen, weil du geschrieben hast?«

»Nun, sie hatte anscheinend Schwierigkeiten damit, die moralische Gesinnung in Vampirjägern zu erkennen«, sagte er trocken. »Da es also offensichtlich das war, was sie am meisten ärgerte, machte ich natürlich weiter. Ich zog nach L. A., ergatterte einen Hilfsjob bei einer Firma für Spezialeffekte. Ich traf die richtigen Leute, und schließlich gelang es mir, ›Shape Shifter‹ zu verkaufen. Meine Großmutter starb, während der Film in Produktion ging. Ich war nicht auf ihrer Beerdigung.«

»Wenn du von mir einen Vorwurf erwartest, muss ich dich leider enttäuschen.«

»Ich weiß nicht, was ich erwarte.« Nash blieb unter einer Zypresse stehen und drehte sich zu Morgana. »Ich war sechsundzwanzig, als der Film veröffentlicht wurde. Es war ... nun, wir sind mit der Einstellung rangegangen: Wenn es ein Flop wird, dann ist eben ein weiterer Flop produziert worden. Aber es war ein Riesenerfolg. Plötzlich war ich ganz oben. Mein nächstes Drehbuch wurde mir fast aus den Händen gerissen, ich wurde für den Golden Globe nominiert. Und dann kamen die Anrufe. Erst meine Tante. Sie musste ein paar Rechnungen bezahlen. Ihr Mann hatte es nie weiter als bis zum Sergeant gebracht. Und dann waren da ja ihre drei Kinder, die aufs College sollten. Dann kam Leeanne.«

»Sie rief dich also an.«

Er rieb sich mit beiden Händen übers Gesicht, wünschte sich, er könnte damit auch die Qual, die Feindseligkeit wegwischen. »Nein. Sie tauchte eines Tages auf meiner Türschwelle auf. Wenn es nicht so krank gewesen wäre, hätte ich fast darüber lachen können. Diese Fremde, aufgetakelt wie eine Barbiepuppe, stand also vor meiner Tür und erzählte mir, sie sei meine Mutter. Das Schlimmste daran war, dass ich mich in ihr wiedererkannte. Sie rasselte die traurige Geschichte ihres Lebens herunter, und am liebsten hätte ich ihr die Tür vor der Nase zugeschlagen. Verriegelt. Ich musste mir anhören, ich sei ihr etwas schuldig, weil ich ihr Leben ruiniert hätte. Sie war zum zweiten Mal geschieden und völlig mittellos. Also stellte ich ihr einen Scheck aus.«

Erschöpft ließ er sich an dem Stamm der Zypresse herabgleiten, bis er auf dem weichen Grasboden saß. Die Sonne ging langsam unter, die Schatten wurden länger. Morgana kniete sich neben ihn.

»Warum hast du ihr Geld gegeben, Nash?«

»Das war es doch, was sie wollte. Ich hatte auch nichts anderes für sie. Die erste Summe reichte immerhin fast ein Jahr. Dazwischen bekam ich Anrufe von meiner Tante, meinen Cousins.« Er schlug sich mit der geballten Faust auf den Oberschenkel. »Monate vergehen, du bildest dir ein, du hast eigentlich ein ganz bequemes Leben. Aber sie lassen dich nicht vergessen, woher du kommst. Wenn der Preis dafür ab und zu ein paar tausend Dollar beträgt, ist das doch gar kein so schlechter Deal.«

Morganas Augen blitzten. »Sie haben kein Recht, nicht das geringste, Stücke aus dir herauszureißen. Sie haben keinen Skrupel, dich für ihre Zwecke zu benutzen.«

»Ich hab doch genug Geld.«

»Ich rede nicht von Geld, ich rede von dir.«

Sein Blick wurde starr. »Sie erinnern mich daran, wer und was ich bin.«

»Sie kennen dich nicht einmal«, erwiderte sie wütend.

»Das stimmt, und ich kenne sie nicht. Aber das bedeutet nichts. Du weißt doch, wie das mit Vermächtnissen ist, Morgana. Was mit dem Blut weitervererbt wird. Dein Erbe ist die Magie, meines die Selbstsucht.«

Sie schüttelte den Kopf. »Was immer wir auch vererbt bekommen, wir haben die Wahl, ob wir es benutzen oder nicht. Du bist nicht wie die Leute, von denen du zufällig abstammst.«

Er griff sie hart bei den Schultern. »Du ahnst ja nicht, wie sehr ich wie sie bin. Ich habe meine Wahl getroffen. Ich habe mit dem Wegrennen aufgehört, weil mir bewusst wurde, dass man damit nicht weit kommt. Aber ich weiß, wer ich bin. Und dieser Mensch kommt am besten allein zurecht. In meiner Zukunft gibt es keine Familie wie die Hendersons, Morgana. Weil ich sie nicht will. Ab und zu stelle ich einen Scheck aus, damit habe ich dann wieder Ruhe, ich selbst und allein zu sein. So will ich es haben. Keine Verpflichtungen, keine Bindungen, keine festen Zusagen.«

Sie würde ihm nicht widersprechen, nicht jetzt, wenn die Qual so deutlich zu spüren war. Später würde sie ihm beweisen, wie sehr er sich irrte. Der Mann, der sie da hielt, war zärtlich, großzügig, gütig – Erfahrungen, die ihm nie zuteil geworden waren. Eigenschaften, die er in sich selbst gefunden hatte.

Aber sie konnte ihm etwas geben. Wenn auch nur für kurze Zeit. »Du brauchst mir nicht zu sagen, wer du bist, Nash.« Sanft strich sie ihm das Haar aus dem Gesicht. »Ich weiß es bereits. Ich werde um nichts bitten, was du mir nicht geben kannst. Und es gibt nichts, was du geben willst und ich nicht annehmen würde.« Sie nahm ihr Amulett, schloss seine Hand darum und legte ihre darüber. Ihre Augen blickten tief in die seinen. »Das ist ein Schwur.«

Er fühlte das Metall in seiner Hand warm werden. Verdutzt starrte er darauf herab, sah das Licht, das zu pulsieren begann. »Ich …«

»Ein Schwur«, wiederholte sie. »Einer, den ich nicht brechen kann. Es gibt etwas, von dem ich unbedingt möchte, dass du es annimmst, etwas, das ich dir geben kann. Wirst du mir vertrauen?«

Etwas kam über ihn. Wie eine Wolke, die sich über die sengende Sonne schob und die grelle Hitze linderte. Seine Muskeln entspannten sich, seine Augen wurden angenehm schwer. Wie aus weiter Ferne hörte er sich ihren Namen murmeln, dann versank er in tiefen Schlaf.

Als er erwachte, schien die Sonne warm und hell. Vögel sangen, er hörte Wasser über Steine murmeln. Verwirrt setzte er sich auf.

Er lag auf einer großen Wiese, inmitten von wilden Blumen

und tanzenden Schmetterlingen. Nur wenige Meter entfernt hielt ein Reh auf seinem Gang durch die Wiese an und betrachtete ihn mit großen braunen Augen. Bienen summten, und der Wind raschelte durch das hohe Gras.

Mit einem erstaunten Lachen rieb er über sein Kinn, erwartete, dort einen Bart zu finden wie den von Rip van Winkle. Aber es gab keinen Bart, und er fühlte sich auch nicht wie ein alter Mann. Im Gegenteil, er fühlte sich unglaublich gut. Er stand auf und schaute sich sprachlos um. Endlose Weite, Blumen überall und Gras, das sich im Wind wiegte. Über ihm hing ein tiefblauer Himmel, wolkenlos.

Irgendetwas rührte sich in ihm, so sanft, wie der Wind das Gras bewegte. Stille Heiterkeit. Er hatte Frieden mit sich und der Welt geschlossen.

Er hörte die Musik. Die herzzerreißend schönen Klänge einer Harfe. Ein Lächeln spielte um seine Lippen, als er durch das hohe Gras watete und der Musik langsam folgte.

Er fand Morgana am Ufer des Baches. Die Sonne spiegelte sich im Wasser, das über glatte bunte Kiesel, wie Edelsteine, dahinfloss. Ihr weißes Kleid lag ausgebreitet um ihre Knie im Gras, ihr Gesicht wurde von einem Sonnenhut beschattet, der keck auf eine Seite gezogen war. Auf ihrem Schoß hielt sie eine kleine goldene Laute. Ihre Finger glitten über die Saiten, entlockten ihnen die wunderbaren Klänge, die durch die Luft schwebten. Er fühlt sich von der Schönheit des Moments magisch angezogen. Morgana drehte den Kopf, um Nash anzulächeln, und spielte weiter.

»Was machst du?«, fragte er sie.

»Ich warte auf dich. Hast du gut geruht?«

Er ging neben ihr in die Hocke, dann legte er zögernd eine Hand auf ihre Schulter. Sie war real, er konnte die Wärme ihrer Haut durch die Seide spüren. »Morgana?«

Sie lachte ihn mit den Augen an. »Nash?«

»Wo sind wir?«

Sie strich die Laute, Musik brandete auf, breitete die Schwingen aus wie ein Vogel und flog davon. »In Träumen«, sagte sie. »In deinen und meinen Träumen.« Sie legte das Instrument beiseite und nahm Nashs Hand. »Wenn du hier sein möchtest, können wir noch eine Weile bleiben. Wenn du woanders sein möchtest, dann gehen wir dorthin.«

Bei ihr hörte sich das so einfach an. »Warum?«

»Weil du es brauchst.« Sie führte seine Hand an ihre Lippen. »Und weil ich dich liebe.«

Er spürte keine Panik aufkommen. Ihre Worte fanden ganz leicht den Weg in sein Herz, ließen ihn lächeln. »Ist das hier real?«

Sie rieb seine Hand an ihrer Wange, dann küsste sie seine Fingerspitzen. »Wenn du es möchtest.« Ihre Zähne knabberten behutsam an seiner Haut, weckten das Verlangen. »Wenn du mich möchtest.«

Er nahm ihr den Hut ab, warf ihn zu Boden, und ihr Haar ergoss sich über ihre Schultern und ihren Rücken. »Bin ich verhext, Morgana?«

»Nicht mehr als ich.« Sie nahm sein Gesicht in ihre Hände, zog seinen Kopf zu sich heran. »Ich will nur dich«, murmelte sie an seinen Lippen. »Liebe mich hier, Nash, als wäre es das erste Mal, das letzte Mal, das einzige Mal.«

Wie hätte er widerstehen können? Wenn es ein Traum war ... so sei es. Wichtig war nur, dass ihre Arme ihn willkommen hießen, ihre Lippen ihn lockten.

Sie war alles, was ein Mann sich wünschen konnte. Süß und seidig schmiegte sie sich an ihn. Ihr Körper war weich und nachgiebig, als er sie sanft ins Gras drückte.

Hier gab es keine Zeit, und er hatte Muße, die kleinen Dinge zu genießen. Wie samten ihr Haar sich in seinen Händen anfühlte. Wie süß ihre Lippen schmeckten. Der Duft ihrer Haut. Sie bog sich ihm entgegen, eine Fantasie aus Seide und Düften und Verlockung. Ihr stiller Seufzer versüßte die Luft.

Er kann nicht wissen, wie einfach es gewesen ist, dachte Morgana, als seine Lippen von den ihren tranken. So verschieden sie auch waren, ihre Träume waren die gleichen. Für diese eine Stunde, oder auch zwei, waren sie nur füreinander da, konnten den Frieden teilen, in den sie sie beide eingehüllt hatte.

Als er den Kopf hob, lächelte sie zu ihm auf. Seine Augen wurden dunkel, und er zog mit einem Finger die Konturen ihres Antlitzes nach. »Ich will, dass es real ist«, sagte er.

»Das kann es sein. Wenn du es wirklich willst. Was immer du von hier mitnimmst, was immer du dir für uns wünschst, ist möglich.«

Wieder küsste er sie. Und dieser Kuss war echt, so wie auch das Gefühl, das ihn durchflutete, als sich ihre Lippen willig für ihn öffneten.

Als er eine Hand auf ihr Herz legte, spürte er den festen, schnellen Schlag.

Langsam, weil er den Moment verlängern wollte, knöpfte er die kleinen runden Knöpfe auf, die das Oberteil ihres Kleides zusammenhielten. Darunter war nur warme, weiche Haut. Fasziniert erkundete er sie, und Morganas Atem beschleunigte sich.

Satin und Seide. Die Farbe von Sahne.

Nashs Blick glitt zu ihrem Gesicht, während seine Finger weiter forschten. Leicht strich er mit den Lippen über die sanften Rundungen ihrer Brüste.

Honig und Rosenblätter.

Mit trägen Küssen liebkoste und reizte er sie, führte sie bis an den Punkt, wo Schmerz und Entzücken sich treffen. Er zog sie mit sich, trieb sie beide still und geduldig bis an den Rand des Wahnsinns. Ihre Finger verkrallten sich in seinem Haar. Und dann fühlte er, wie ihr Körper sich anspannte und aufbäumte, um danach zu erschlaffen. Als er den Kopf hob, sah sie ihn mit verklärten Augen an, schockiert und glücklich zugleich.

»Wie …?« Sie erschauerte erneut, bewegt von diesem heftigen, unerwarteten Gipfelsturm.

»Magie.« Er bedeckte ihren Körper mit heißen Küssen. »Komm, ich zeige es dir.«

Nash führte Morgana an Orte, wo sie noch nie gewesen war. Ihrer beider Seufzer vermischten sich, ihre Körper verschmolzen miteinander. Jedes Mal, wenn ihre Münder sich fanden, wurde das Band zwischen ihnen stärker. Besitzergreifend, fordernd glitt feuchte Haut über feuchte Haut, Hände, die suchten und fanden, Lippen, die erforschten und neckten. Als Nash in Morgana eindrang, empfing sie ihn freudig, kam ihm entgegen. Mit verschränkten Fingern ließen sie sich von dem Taumel jenseits der Grenzen der Vernunft mitreißen.

Als sie den Schauer in seinem Körper fühlte, als seine Muskeln schlaff wurden, legte er den Kopf auf ihre Brust. Er lauschte ihrem Herzschlag und schloss die Augen. Die Welt jenseits von Morgana begann wieder in sein Bewusstsein zu dringen. Die warme Sonne auf seinem Rücken, der Gesang der Vögel, der Duft der wilden Blumen am Ufer des murmelnden Baches.

Unter ihm seufzte sie und strich mit einer Hand über sein Haar. Sie hatte ihm Frieden gegeben und Freude empfunden. Aber sie hatte ihre eigene Regel gebrochen, weil sie seine Gefühle beeinflusst hatte, weil sie auf seine Innenwelt eingewirkt hatte. Vielleicht war das wirklich ein Fehler gewesen, aber sie bereute es keine einzige Sekunde.

»Morgana …«

Das raue Flüstern brachte ein Lächeln auf ihre Lippen. »Schlaf jetzt«, sagte sie nur.

Im Dunkeln griff Nash nach Morgana, doch der Platz an seiner Seite war leer. Schlaftrunken öffnete er die Augen. Er lag im Bett, seinem eigenen Bett, und die Morgendämmerung kroch langsam ins Haus.

»Morgana?« Er wusste nicht, warum er ihren Namen aussprach, wenn sie ja doch nicht hier war.

Ein Traum? Er schob die Bettdecke beiseite und schwang die Beine aus dem Bett. Hatte er geträumt? Wenn es wirklich nur ein Traum gewesen war, so gab es nichts auf der Welt, das realer, lebendiger, wichtiger war.

Um einen klaren Kopf zu bekommen, ging er zum Fenster und atmete die kühle Luft ein.

Sie hatten sich geliebt – unglaublich geliebt –, auf einer Wiese neben einem Bach.

Nein, das war unmöglich. Er lehnte sich auf die Fensterbank und sog die Luft ein. Das Letzte, an das er eine klare Erinnerung hatte, war, wie sie im Gras unter der Zypresse gesessen und geredet hatten. Über …

Er zuckte zurück. Er hatte ihr alles gesagt. Die ganze abstoßende Geschichte seiner Familie war aus ihm herausgesprudelt. Warum, zum Teufel, hatte er das getan? Nervös begann er im Zimmer auf und ab zu laufen.

Dieser verfluchte Anruf. Aber dann erinnerte er sich auch wieder, dass gerade dieser Anruf ihn davon abgehalten hatte, einen noch größeren Fehler zu begehen und ihr seine Liebe zu gestehen. Im letzten Moment hatte er diesen fatalen Gefühlsausbruch noch verhindern können.

Es wäre schlimmer gewesen, hätte er Morgana gesagt, dass er sie liebte – viel schlimmer, als die Vergangenheit vor ihr aufzudecken. So würde sie sich zumindest keinen falschen Hoffnungen hingeben, was ihre Beziehung zueinander betraf.

Nun, wie auch immer, es war geschehen und konnte nicht mehr rückgängig gemacht werden. Er würde mit der Tatsache leben müssen, auch wenn es ihm unsäglich peinlich war.

Aber danach ... nachdem sie im Garten gesessen hatten. War er eingeschlafen?

Der Traum. War es denn wirklich ein Traum gewesen? Die Bilder waren so klar. Fast konnte er den Duft der Blumen riechen. Und ganz bestimmt konnte er sich daran erinnern, dass ihr Körper wie Wachs unter seinen Händen geschmolzen war. Ebenso wie der Gedanke ganz klar war, dass alles, was er bisher in seinem Leben getan hatte, unweigerlich zu diesem Moment geführt hatte. Der Moment, in dem er mit der Frau, die er liebte, im Gras lag und Frieden in sich fühlte, weil er zu einem anderen Menschen gehörte.

Einbildung. Alles nur Einbildung, versicherte er sich, als Panik einzusetzen begann. Er war einfach unter dem Baum eingeschlafen. Das war alles. Aber wie, zum Teufel, war er in sein Bett gekommen? Mitten in der Nacht, allein?

Morgana hatte es getan. Da seine Knie unsicher wurden, setzte er sich auf das Bett. Alles hatte sie getan. Und dann war sie gegangen.

Das würde er ihr nicht so einfach durchgehen lassen. Er wollte sich erheben, ließ sich wieder fallen.

Er erinnerte sich an das Gefühl des Friedens, der Ruhe, das ihn erfüllt hatte. Daran, wie die Sonne ihm ins Gesicht geschienen hatte. Wie er durchs hohe Gras gegangen war und sie erblickt hatte, lächelnd die Laute spielend.

Und als er sie nach dem Warum gefragt hatte, hatte sie geantwortet, weil ...

Weil sie ihn liebte.

Alles in seinem Kopf begann sich zu drehen, Nash stützte ihn mit beiden Händen. Vielleicht hatte er sich das wirklich nur alles eingebildet. Alles. Einschließlich Morgana. Vielleicht war er ja auch in L.A., in seiner Wohnung, und war gerade vom Traum des Jahrhunderts aufgewacht.

Schließlich glaubte er nicht an Hexen und Zauberei. Mit zitternden Fingern griff er sich an die Brust. Da war er, der Anhänger, den sie ihm gegeben hatte.

Morgana war echt, und sie liebte ihn. Das Schlimmste daran war, dass er sie genauso liebte.

Aber das wollte er nicht. Es war verrückt. Aber er liebte sie. So sehr, dass nicht eine Stunde verging, in der er nicht an sie dachte. In der er sich nicht nach ihr sehnte. In der er nicht hoffte, dass es vielleicht, nur vielleicht, doch funktionieren könnte.

Und das war der unvernünftigste Gedanke in dieser ganzen unvernünftigen Angelegenheit. Langsam, aber sicher wuchs ihm die Sache über den Kopf.

Er musste alles noch einmal ganz genau überdenken, Schritt für Schritt. Müde und ausgelaugt legte er sich zurück und starrte in die Dunkelheit.

Vernarrt. Das war es, was er war. Und von Vernarrtheit bis zu Liebe war noch ein weiter Weg. Ein weiter, sicherer Weg. Sie war schließlich eine sehr beeindruckende Frau. Ein Mann konnte sein ganzes Leben sehr glücklich mit einer beeindruckenden Frau verbringen. Er würde jeden Morgen mit einem Lächeln auf den Lippen aufwachen, in dem Bewusstsein, dass sie ihm gehörte.

Nash begann seine Fantasie weiterzuspinnen. Und unterbrach sich sofort wieder.

Was, zum Teufel, machte er sich da für Gedanken?

Vielleicht wäre es das Beste, wenn er sich einen kleinen Urlaub gönnte. Einen Kurztrip, um Abstand von Morgana zu gewinnen.

Wenn er das überhaupt konnte.

Er verspürte nagenden Zweifel.

Wieso wusste er, bevor er überhaupt noch den Versuch unternommen hatte, dass es ihm nicht gelingen würde? Warum fühlte er sich plötzlich gebunden?

Weil es nichts mit Vernarrtheit zu tun hatte, gestand er sich ein. Das kam noch nicht einmal in die Nähe von dem, was er fühlte. Es war das große Wort mit »L« am Anfang. Und »Lust« war es nicht. Er war von der Klippe gesprungen. Er hatte sich verliebt.

Morgana hatte ihn dazu gebracht, dass er sich in sie verliebt hatte.

Bei diesem Gedanken schoss er hoch. Sie hatte ihn dazu gebracht. Sie war eine Hexe. Warum war ihm das nicht schon vorher aufgefallen? Sie brauchte nur mit den Fingern zu schnippen, irgendeinen Spruch zu murmeln, und schon würde er den Boden zu ihren Füßen küssen.

Ein Teil von ihm verurteilte diese Vorstellung als völlig absurd. Aber ein anderer Teil, der Teil, der aus Angst und Selbstzweifeln erwachsen war, hielt an dieser Idee fest. Und je länger er überlegte, desto düsterer wurden seine Gedanken.

Am Morgen, so sagte er sich, würde er einiges mit der Hexe klarstellen. Und danach würde er hier zusammenpacken. Nash Kirkland würde haargenau das tun, was er wollte: die Kontrolle bewahren.

11. Kapitel

Es war schon ein etwas seltsames Gefühl, am Montagmorgen den Laden nicht aufzuschließen. Aber nicht nur Morganas erschöpfter Körper brauchte Erholung, sondern auch ihr Geist. Ein Anruf bei Mindy verscheuchte ihr schlechtes Gewissen. Mindy würde einspringen und den Laden am Mittag aufmachen.

Der freie Tag an sich war nicht das Schlimme, aber Morgana hätte sich lieber etwas Zeit genommen, wenn sie sich besser fühlte. Jetzt ging sie nach unten, in einen Bademantel eingewickelt. Ihr war schwindlig und auch ein wenig übel. Die Nacht ohne Schlaf machte ihr zu schaffen.

Die Würfel waren gefallen. Die Dinge waren ihr aus der Hand genommen worden.

Mit einem schweren Seufzer ging Morgana in die Küche, um sich einen Tee zuzubereiten. Eigentlich hatten sie nie wirklich in ihrer Hand gelegen. Wenn man die Macht besaß und so gewöhnt daran war, mit ihr umzugehen, vergaß man leicht, dass es Dinge gab, die einen viel größeren, viel mächtigeren Einfluss besaßen.

Eine Hand auf ihren Magen gepresst, ging sie zum Fenster. Lag da wirklich ein Gewitter in der Luft, oder waren es nur ihre eigenen, unausgegorenen Gedanken? Luna tappte herein und rieb sich an Morganas Beinen. Doch als sie die seltsame Stimmung ihrer Herrin spürte, stolzierte sie wieder davon.

Morgana hatte sich nicht verlieben wollen. Und ganz bestimmt hatte sie nicht gewollt, dass diese Gefühlslawine auf sie herabstürzte und sie mitriss. Sie hatte nicht gewollt, dass sich ihr Leben so veränderte. Aber es war passiert.

Selbstverständlich gab es immer eine Wahl. Sie aber hatte ihre getroffen.

Es würde nicht einfach werden. Die wichtigen Dinge im Leben waren nie einfach.

Mit schweren Gliedern ging sie zum Herd zurück, auf dem das Wasser im Kessel kochte. Sie hatte kaum eine Tasse voll gegossen, als sie die Haustür gehen hörte.

»Morgana!«

Resigniert schüttete sie zwei weitere Tassen auf, als Cousin und Cousine auch schon in die Küche kamen.

»Da, siehst du, ich habe es dir doch gesagt.« Anastasia warf Sebastian einen Blick zu und eilte zu Morgana. »Sie fühlt sich nicht wohl.«

Morgana begrüßte sie mit einem Kuss auf die Wange. »Ich bin in Ordnung.«

»Da hörst du's. Ich habe gesagt, dass sie in Ordnung ist.« Sebastian fischte sich einen Keks aus der Dose. »Nur äußerst schlecht gelaunt. Deine Signale sind so laut und deutlich, dass sie mich sogar unsanft aus dem Bett geworfen haben.«

»Tut mir leid.« Sie reichte ihm die Tasse. »Wahrscheinlich wollte ich einfach nicht allein sein.«

»Dir geht es nicht gut«, wiederholte Ana entschlossen, aber bevor sie weiter nachforschen konnte, trat Morgana von ihr zurück.

»Ich hatte eine schlaflose Nacht, und jetzt zahle ich eben den Preis dafür.«

Sebastian nippte an seinem Tee. Morganas bleiche Wangen und die trüben Augen waren ihm nicht entgangen. Außerdem hatte er etwas wahrgenommen, ein kurzes Flackern von etwas, das Morgana unbedingt verheimlichen wollte. Geduldig und immer bereit, es mit Morgana auf ein Messen der Willenskraft ankommen zu lassen, lehnte er sich in den Stuhl zurück. »Es gibt also Ärger im Paradies, was?«

Seine Bemerkung war Anstoß genug, dass ihre Augen aufblitzten. »Ich kann mich selbst um meine Probleme kümmern, vielen Dank.«

»Reize sie nicht noch, Sebastian.« Ana legte eine Hand auf seine Schulter. »Hast du dich mit Nash gestritten, Morgana?«

»Nein.« Sie setzte sich, einfach, weil sie nicht mehr die Kraft hatte zu stehen. »Das nicht. Aber es ist Nash, der mir Sorgen macht. Ich habe gestern ein paar Dinge über ihn erfahren. Über seine Familie.«

Und da sie ihnen so sehr vertraute, wie sie sie liebte, berichtete Morgana ihnen alles, angefangen von Leeannes Anruf bis zu dem Moment unter dem Baum. Was danach passiert war, behielt sie für sich. Das ging nur sie und Nash etwas an.

»Der arme Junge«, murmelte Anastasia. »Es muss schrecklich sein, sich ungewollt und ungeliebt zu fühlen.«

»Und unfähig zu lieben«, fügte Morgana an. »Wer könnte es ihm verübeln, dass er Angst hat, seinen Gefühlen zu vertrauen?«

»Du tust das.«

Ihr Blick schoss hoch, in Richtung Sebastian. Es hatte keinen Sinn, ihn dafür zu verfluchen, dass er hellsichtig war. »Nein, nicht wirklich verübeln. Es tut weh, und es macht mich traurig, aber ich nehme es ihm nicht übel. Ich weiß nur nicht, wie man einen Menschen lieben soll, der nicht zurücklieben kann oder will.«

»Er braucht Zeit«, sagte Ana.

»Ich weiß. Ich versuche herauszufinden, wie viel Zeit er braucht. Ich habe einen Schwur geleistet – nicht mehr zu verlangen, als er bereit ist zu geben.« Ihre Stimme klang belegt. »Ich werde diesen Schwur nicht brechen.«

Sie ließ ihr Schutzschild ein wenig sinken. Schnell wie der Blitz packte Sebastian ihre Hand. Er sah, und was er sah, ließ seine Finger schlaff werden. »Mein Gott, Morgana, du bist schwanger.«

Wütend über seine Einmischung und darüber, dass sie es zugelassen hatte, sprang sie auf. Doch noch bevor sie mit ihrer Tirade loslegen konnte, sah sie die Sorge und das Mitgefühl in seinen Augen. »Verdammt, Sebastian. Frauen legen Wert darauf, diese Ankündigung selbst zu machen.«

»Setz dich«, ordnete er an. Wenn Ana nicht abgewinkt hätte, hätte er Morgana zum Stuhl getragen.

»Seit wann?«, wollte Ana wissen.

»Seit der Tagundnachtgleiche.« Morgana seufzte. »Aber ich weiß es erst seit ein paar Tagen. Ich bin selbst noch ganz verwirrt von all dem Neuen.«

»Wie fühlst du dich?« Bevor Morgana antworten konnte, hatte Ana eine Hand auf ihren Bauch gelegt. »Darf ich?« Den Blick fest auf Morganas Augen gerichtet, spürte Ana das Leben im Leib ihrer Cousine. »Dir geht es prächtig. Euch beiden.«

»Einfach nur ein bisschen schlapp heute Morgen.« Morgana legte ihre Hand auf Anas. »Ich möchte nicht, dass du dir Sorgen machst.«

»Ich finde trotzdem, du solltest dich setzen. Oder besser hinlegen, bis du wieder Farbe im Gesicht hast.« Sebastian sah beide mit vorwurfsvoll gerunzelter Stirn an. Die Vorstellung, dass seine Lieblingscousine, sein bevorzugter Sparringspartner, so schwach und dazu schwanger war, beunruhigte ihn.

Mit einem kleinen Lachen beugte Morgana sich zu ihm und küsste ihn auf die Wange. »Willst du jetzt wie eine Glucke über mich wachen, Cousin?« Sie küsste ihn noch einmal. »Das hoffe ich doch.«

»Natürlich. Wenn der Rest der Familie in Irland ist, bleiben ja nur Ana und ich, um auf dich aufzupassen. Außerdem bin ich der Älteste von uns. Deshalb will ich wissen, wie es um Kirklands Absichten bestellt ist.«

Ana grinste ihn über den Rand ihrer Tasse an. »Himmel, Sebastian, was für eine vorsintflutliche Einstellung! Hast du vor, ihn einem Verhör zu unterziehen? Was willst du ihm denn sagen?«

»Ich finde diese Situation keineswegs so erheiternd wie du. Also, lasst uns ein paar Dinge klarstellen, ja? Morgana, willst du schwanger sein?«

»Ich bin schwanger.«

Mit sanftem Druck nahm er ihre Hand, bis sie ihn anblickte. »Du weißt, was ich meine.«

Natürlich wusste sie das. »Ich hatte ja selbst erst ein paar Tage, um darüber nachzudenken. Aber mir ist bewusst geworden, dass ich nicht ändern kann, was geschehen ist. Ich habe Vorkehrungen gegen eine Schwangerschaft getroffen, aber das Schicksal hat diese Tatsache ignoriert. Ich habe in mein Herz hineingehört, und ich glaube, dass es mir vorbestimmt war, das Kind zu empfangen. Dieses Kind, mit diesem Mann und zu diesem Zeitpunkt. Ganz gleich, was ich auch fühle, wie nervös und besorgt ich auch bin, an diesem Glauben lässt sich nicht rütteln. Also, ja. Ja, ich will diese Schwangerschaft.«

Sebastian nickte befriedigt. »Und Nash? Wie denkt er darüber?« Er wartete gar nicht ab, bis sie antwortete. Er brauchte nur einen Sekundenbruchteil, und er hatte es gesehen. »Was, in Finns Namen, soll das heißen?«, donnerte er los. »Du hast es ihm noch gar nicht gesagt?«

Mit ihrem Blick hätte sie zehn Männer in die Knie zwingen können. »Bleib aus meinem Kopf raus, Cousin, oder ich verwandle dich in eine schleimige Schnecke.«

Sebastian zeigte sich wenig beeindruckt. »Beantworte einfach meine Frage.«

»Ich bin doch selbst gerade erst zu einer Entscheidung gekommen.« Morgana warf ihr Haar zurück und stand auf. »Und nach gestern konnte ich ihn nicht mit dieser Nachricht überrumpeln.«

»Er hat ein Recht darauf, es zu erfahren«, mischte Ana sich leise ein.

»Also gut.« Morganas Temperament wollte mit ihr durchgehen, sie ballte die Fäuste, um es zu zügeln. »Ich werde es Nash sagen. Aber dann, wenn ich es für richtig halte. Glaubt ihr etwa, ich will ihn auf diese Weise an mich binden?« Entsetzt stellte sie fest, dass ihr eine Träne über die Wange lief. Unwirsch wischte sie sie fort.

»Das ist eine Entscheidung, die er allein treffen muss.« Allerdings hatte Sebastian bereits beschlossen, dass, sollte Nash die falsche Wahl treffen, es ihm unglaubliches Vergnügen bereiten würde, dem Mann sämtliche Knochen im Leib zu brechen – auf die konventionelle Art.

»Sebastian hat recht, Morgana.« Mitfühlend, aber entschlossen, nahm Ana Morgana in die Arme. »Diese Entscheidung steht ihm zu, so wie es dir zustand, deine zu treffen. Aber er kann sie nicht fällen, wenn er nicht einmal weiß, dass er eine Wahl zu treffen hat.«

»Ich weiß.« Trost suchend legte Morgana den Kopf an Anas Schulter. »Ich werde noch heute zu ihm gehen und es ihm sagen.«

Sebastian stellte sich dazu und streichelte Morgana übers Haar. »Wir werden in der Nähe sein.«

Immerhin raffte sie genügend Energie zusammen zu lächeln. »Aber bitte nicht zu nah.«

Nash wälzte sich im Bett und stöhnte ins Kissen. Träume. So viele Bilder. Sie blitzten in seinem Kopf auf wie bunte Filmszenen.

Morgana. Immer wieder Morgana. Lächelnd, verlockend, wie sie ihm das Unglaubliche versprach, das Wundervolle. Wie sie ihn sich stark und eins mit sich und voller Hoffnung fühlen ließ.

Seine Großmutter, die Augen blitzend vor Wut, wie sie ihm eins mit dem Kochlöffel überzog. Wie sie ihm immer wieder sagte, wie nutzlos und minderwertig er war und dass sie ihn nicht wollte.

Er auf einem leuchtend roten Fahrrad, wie er durch den Vorort fuhr, den Wind in den Haaren. Das Geräusch, das die Baseballkarten in den Speichen machten, wenn die Räder sich drehten.

Leeanne, die vor ihm stand, mit ausgestreckter Hand, und ihn daran erinnerte, dass er ihr etwas schuldig war. Schuldig war, schuldig war …

Morgana, wild kichernd, während sie auf einem Besenstiel über die dunklen Wasser der Bucht flog.

Er selbst, in einem Kessel, seine Großmutter, die mit ihrem verdammten Kochlöffel wild rührte. Und Morganas Stimme – oder war es die Stimme seiner Mutter? –, das irrsinnige Kichern …

Er setzte sich mit einem Ruck auf. Sein Atem ging unruhig. Er blinzelte gegen das einfallende Sonnenlicht und rieb sich mit zitternden Händen über das Gesicht.

Na bravo. Das war wirklich gut. Jetzt verlor er auch noch seinen Verstand, zusätzlich zu all dem, was er schon verloren hatte.

Hatte Morgana das mit ihm gemacht? Hatte sie sich irgendwie in seinen Kopf geschlichen, damit er dachte, was sie wollte? Nun, sie würde herausfinden, dass sie damit nicht durchkam.

Nash rappelte sich auf und stolperte in Richtung Bad. Er würde jetzt erst einmal duschen, und sobald er sich wieder zusammengerissen hatte, würde er mit dieser umwerfend attraktiven Hexe ein ernstes Wörtchen reden.

Während Nash unter der Dusche stand, fuhr Morgana vor seinem Haus vor. Sie hatte Luna zu Hause gelassen, was die Katze mit einem beleidigten Schwanzzucken und einem verächtlichen Miauen bedacht hatte. Mit einem Seufzer nahm Morgana sich vor, nachher zum Fisherman's Wharf zu fahren und ein kleines Mahl aus Meeresfrüchten zu besorgen, um sich wieder in Lunas Herz einzuschmeicheln.

Im Moment jedoch musste sie sich vor allem um ihr eigenes Herz kümmern.

Sie bog den Rückspiegel zu sich und betrachtete forschend ihr Gesicht. Mit einem angewiderten Laut lehnte sie sich zurück. Wie hatte sie sich nur einbilden können, Sorgenfalten ließen sich mit simplen Kosmetika ausradieren wie Bleistiftstriche?

Sie presste die Lippen zusammen und sah zu Nashs Haus auf. So sollte er sie nicht sehen. Sie würde ihm diese Neuigkeit nicht mitteilen, wenn sie so verletzlich und demütig aussah.

Er hatte schon genug Leute, die an ihm zerrten.

Sie erinnerte sich daran, wie sie anfangs geglaubt hatte, er sei ein Mann, der keine Sorgen kannte. Vielleicht war er das auch während gewisser Phasen. Zumindest schien er sich selbst davon überzeugt zu haben. Aber wenn Nash ein Anrecht auf seine Maske hatte, dann stand ihr dieses Recht ebenso zu wie ihm.

Sie atmete tief durch, um sich zu beruhigen. Dann begann sie einen leisen Singsang. Die Schatten unter ihren Augen verschwanden, Farbe trat wieder in ihre Wangen. Als sie aus dem

Wagen ausstieg, waren alle Anzeichen der schlaflosen Nacht verschwunden. Falls ihr Herz zu schnell schlagen sollte, würde sie damit umgehen, wenn es so weit war. Aber sie würde Nash nicht sehen lassen, dass sie unglücklich verliebt und voller Angst war.

Als sie an seine Tür klopfte, lag ein unbeschwertes Lächeln auf ihren Lippen. Trotzdem spürte sie den Knoten im Magen.

Fluchend und auf einem Bein balancierend, zog Nash seine Jeans an. »Moment, ich komme ja schon.« Barfuß und mit bloßem Oberkörper stapfte er die Treppe hinunter. Dass es ein Besucher wagte, ihn vor der ersten Tasse Kaffee zu stören, hellte seine Laune nicht gerade auf. Dieser Tag verlief definitiv nicht nach seinem Geschmack. »Was ist?«, verlangte er unfreundlich zu wissen, als er die Tür aufriss. Im gleichen Augenblick erstarrte er.

Morgana sah frisch und schön aus wie der Morgen. Sexy und verführerisch wie die Nacht. Nash wunderte sich, dass seine vom Duschen noch feuchte Haut nicht anfing zu dampfen.

»Hi.« Sie beugte sich vor und streifte seine Lippen mit ihren. »Habe ich dich aus der Dusche geholt?«

»Ja, so ungefähr. Wieso bist du nicht im Laden? Was machst du hier?«

»Ich nehme mir heute einen Tag frei.« Sie schlenderte ins Haus, zwang sich dazu, ihre Stimme natürlich und ihre Muskeln locker zu halten. »Hast du gut geschlafen?«

»Das solltest du doch am besten wissen.« Weil sie ihn so überrascht ansah, wurde er noch ärgerlicher. »Was hast du mit mir gemacht, Morgana?«

»Mit dir gemacht? Ich habe überhaupt nichts mit dir gemacht.« Sie bemühte sich, das Lächeln aufrechtzuerhalten. »Du siehst aus, als könntest du dringend Kaffee gebrauchen. Ich werde dir einen aufbrühen.«

Er griff sie beim Arm, bevor sie in die Küche gehen konnte. »Das mache ich selbst.«

Sie sah die Wut in seinen Augen und nickte langsam. »Wie du möchtest. Soll ich vielleicht in einer Stunde noch mal wiederkommen?«

»Nein. Wir werden das jetzt klären.« Als er vor ihr durch den Korridor schritt, sah sie mit der ungutenVorahnung einer herannahenden Katastrophe auf seinen Rücken. Klären. Warum hörte sich das so nach »beenden« an?

Sie wollte ihm in die Küche folgen, doch ihr Mut verließ sie. Sie bog ins Wohnzimmer ein und setzte sich auf den Rand eines Stuhls. Nash brauchte seinen Kaffee, und sie brauchte einen ruhigen Moment, um sich zu sammeln.

Sie hatte nicht damit gerechnet, ihn so kühl und distanziert anzutreffen. So wütend. So hatte er gestern ausgesehen, bei seinem Gespräch mit Leeanne. Auch hatte sie nicht geahnt, dass es so wehtun würde.

Sie erhob sich und wanderte unruhig durch den Raum, eine Hand auf ihren Leib gelegt, wo ein neues Leben zu wachsen begonnen hatte. Sie würde dieses Leben beschützen. Unter allen Umständen.

Als Nash ins Wohnzimmer zurückkam, eine dampfende Tasse in der Hand, stand Morgana am Fenster. Sie schaute gedankenverloren und … ja, traurig hinaus. Wenn er es nicht besser wüsste, würde er sagen, sie sah verletzt aus, sogar verletzlich.

Aber er wusste es ja besser. Eine Hexe konnte man wohl kaum verletzen.

»Deine Pflanzen brauchen Wasser«, sagte sie zu ihm. »Es reicht nicht, sie nur in die Erde zu setzen.« Wieder die Hand auf ihrem Bauch. »Sie brauchen Liebe und Pflege.«

Er trank vom Kaffee und verbrannte sich die Zunge. Der

Schmerz verdrängte das plötzliche Bedürfnis, zu ihr zu gehen und sie in die Arme zu nehmen, um die Trauer aus ihrer Stimme zu verscheuchen. »Ich bin nicht in der Stimmung, um über Pflanzen zu reden.«

»Nein.« Sie wandte sich um, und die Zeichen von Trauer waren verschwunden. »Das sehe ich. Und worüber möchtest du reden, Nash?«

»Ich will die Wahrheit hören. Alles.«

Sie bedachte ihn mit einem kleinen amüsierten Lächeln. »Wo soll ich anfangen?«

»Spiel keine Spielchen mit mir, Morgana. Ich habe die Nase voll davon.« Angespannt marschierte er im Raum auf und ab. Sein Kopf schoss hoch. Wäre Morgana weniger mutig gewesen, hätte sein Blick gereicht, um sie den Rückzug antreten zu lassen. »Diese ganze Angelegenheit war ein Riesenspaß für dich, nicht wahr? Von dem Moment an, als ich deinen Laden betreten habe, hast du dir gedacht, dass ich genau der richtige Kandidat bin.« Gott, es tat weh. Wenn er daran dachte, was er gefühlt hatte, was er sich gewünscht hatte … »Meine Einstellung gegenüber deinen … Talenten hat dich irritiert. Deshalb hast du beschlossen, es mir heimzuzahlen.«

Ihr Herz schlug schneller, aber ihre Stimme blieb fest. »Warum sagst du mir nicht, was genau du eigentlich meinst? Wenn du behaupten willst, dass ich dir gezeigt habe, was ich bin, so kann ich das nicht abstreiten. Aber ich werde mich deswegen nicht schuldig fühlen.«

Er stellte den Becher so hart auf den Tisch, dass der Kaffee über den Rand schwappte. Das Gefühl, betrogen worden zu sein, war so übermächtig, dass es alles andere erstickte. Verflucht, er liebte sie. Sie hatte ihn dazu gebracht. Und jetzt, da er von ihr eine Erklärung verlangte, stand sie einfach da, schön und anmutig.

»Ich will wissen, was du mir angetan hast. Und dann will ich, dass du es wieder zurücknimmst.«

»Ich sagte dir doch schon, ich habe nichts …«

»Sieh mir in die Augen, Morgana.« Fast wie in Panik griff er sie bei den Armen. »Sieh mir in die Augen und sage mir, dass du nicht irgendeinen Spruch oder einen Bann über mich gelegt hast, um so zu fühlen.«

»Was heißt ›so‹?«

»Verdammt, ich habe mich in dich verliebt. Nicht eine Stunde vergeht, in der ich dich nicht will. Ich kann kein Jahr mehr vorausplanen, zehn Jahre, ohne dich nicht an meiner Seite zu sehen.«

Ihr Herz floss über. »Nash …«

Er wich zurück, als sie die Hand hob, um sie an seine Wange zu legen. Perplex ließ sie sie wieder sinken. »Wie hast du es gemacht?«, verlangte er zu wissen. »Wie hast du dich in meinen Kopf geschlichen, um mir solche Gedanken einzuflößen? Gedanken an Heirat und Familie. Was soll das? Macht es dir Spaß, mit einem Normalsterblichen herumzuspielen, bis du seiner müde wirst?«

»Auch ich bin sterblich, genau wie du«, erwiderte sie fest. »Ich esse und schlafe, ich blute, wenn ich mich schneide. Ich werde älter. Und ich fühle.«

»Du bist nicht wie ich.« Er spie die Worte aus.

Morgana merkte, wie ihr Zauberspruch sich langsam auflöste und ihre Wangen alle Farbe verloren. »Du hast recht, ich bin anders, und es gibt keinen Weg, das zu ändern. Wenn das für dich zu schwierig zu akzeptieren ist, dann sollte ich besser gehen.«

»Du wirst nicht so einfach zu diesem Haus hinausspazieren und mich hier zurücklassen. Bring das in Ordnung.« Er schüttelte sie unsanft. »Löse den Bann.«

Jetzt lagen auch wieder die Schatten unter ihren Augen. »Welchen Bann?«

»Den, mit dem du mich belegt hast. Du hast mich dazu gebracht, dir Dinge zu erzählen, die ich noch niemandem erzählt habe. Du hast mich völlig bloßgestellt. Kannst du dir nicht denken, dass ich dir nie von meiner Familie erzählt hätte, wenn ich bei klarem Verstand gewesen wäre?« Er ließ sie los und wandte sich ab, bevor er etwas Drastischeres tun würde. »Du hast das ganz bestimmt mit irgendeinem Trick aus mir herausgelockt, so wie du für alles andere Tricks benutzt hast. Du hast meine Gefühle schamlos ausgenutzt.«

»Ich habe deine Gefühle nie benutzt«, setzte sie wütend an, dann brach sie ab und wurde noch blasser.

Seine Lippen wurden dünn, als er ihre Miene sah. »Ach, tatsächlich?«

»Zugegeben, gestern habe ich sie benutzt. Nach dem Anruf deiner Mutter, nachdem du mir alles erzählt hattest, wollte ich dir ein wenig Seelenfrieden geben.«

»Also war es ein Zauberspruch.«

Obwohl Morgana herausfordernd ihr Kinn hob, schwankte Nash. Sie sah so verdammt zerbrechlich aus. Wie Glas, das bei der kleinsten Berührung zersplittern würde.

»Ich habe meinen Verstand von meinen Gefühlen leiten lassen. Falls das falsch gewesen sein sollte, und so sieht es ja wohl aus, möchte ich mich dafür entschuldigen. Ich wollte dich nicht manipulieren.«

»Oh ja, sicher. ›Sorry, Nash, dass ich dich auf den Arm genommen habe.‹« Er steckte die Hände in die Taschen. »Und was ist mit dem Rest?«

Morgana fuhr mit zitternden Fingern durch ihr Haar. »Welcher Rest?«

»Willst du mir allen Ernstes erzählen, du hättest da nichts

gedreht? Nicht meine Gefühle manipuliert? Dass ich mir einbilde, in dich verliebt zu sein? Dass ich den Rest meines Lebens mit dir teilen will? Sogar an Kinder denke?« Weil er es sich nach wie vor wünschte, wurde er noch wütender. »Ich weiß ganz genau, dass diese Ideen nicht von mir stammen. Niemals!«

Der Schmerz ging tief. Aber er befreite auch etwas. Nashs Wut war nichts im Vergleich zu dem, was in Morgana zu brodeln begann. Doch sie beherrschte sich, während sie Nash von oben bis unten musterte.

»Willst du damit andeuten, ich hätte dich mit Magie an mich gebunden? Ich hätte meine Gabe dazu benutzt, um dich in mich verliebt zu machen?«

»Genau das behaupte ich.«

Morgana ließ die Beherrschung fahren. Farbe schoss ihr in die Wangen, ihre Augen funkelten wie helle Flammen. Die Macht und die Kraft, die sie mit sich brachte, erfüllten sie. »Du hirnloser Esel.«

Beleidigt wollte er zurückschnauzen. Doch nur ein hektisches »Iah« ertönte. Mit aufgerissenen Augen versuchte er es noch einmal, während Morgana durch den Raum wirbelte.

»Du glaubst also, du stündest unter einem Bann, ja?« Ihre Wut ließ Bücher durch den Raum fliegen wie kleine Geschosse. Nash duckte sich und versuchte auszuweichen, aber es gelang ihm nicht bei allen. Als ein Buch ihn genau auf den Nasenrücken traf, fluchte er laut. Ihm war schwindlig, aber immerhin hatte er seine eigene Stimme zurück.

»Hör zu, Baby ...«

»Nein, du hörst mir zu, Baby«, benutzte sie verächtlich dasselbe Wort. Sie war in Fahrt gekommen und stapelte sämtliche Möbel auf einen großen Haufen. »Bildest du dir wirklich ein, ich würde meine Gabe dafür verschwenden, einen arroganten, eingebildeten Idioten wie dich zu becircen? Nenne mir auch nur einen Grund, warum ich dich nicht sofort in die miese Schlange verwandeln sollte, die du bist!«

Mit zusammengekniffenen Augen kam Nash auf sie zu. »Das reicht! Da mache ich nicht mit.«

»Dann pass mal auf!« Mit einer einzigen Drehung ihrer Hand warf sie ihn hoch in die Luft und durch den Raum und ließ ihn hart auf einen Stuhl fallen. Er wollte aufstehen, überlegte sich dann aber, dass es wohl besser wäre, erst einmal wieder Luft zu bekommen.

Um noch mehr Dampf abzulassen, sandte sie das Geschirr in der Küche aus den Regalen auf den Boden. Ergeben lauschte Nash auf das Klirren, als Teller und Tassen zersprangen. »Du solltest besser achtgeben, ehe du eine Hexe verärgerst, Nash.« Die Scheite im Kamin begannen zu knistern und zu knacken, hohe Flammen züngelten auf. »Du kannst schließlich nie wissen, was eine so unehrenhafte, kalkulierende und skrupellose Person, wie ich es offensichtlich deiner Meinung nach bin, tun wird, wenn sie wütend ist, oder?«

»Also gut, Morgana.« Er versuchte wieder aufzustehen, aber sie schickte ihn mit einem Wink zurück auf den Stuhl, so hart, dass seine Zähne klapperten.

»Komm mir nicht nahe. Nicht jetzt. Nie wieder.« Morganas Atem ging schwer, obwohl sie versuchte, sich zu beruhigen. »Ich schwöre, ich verwandle dich in etwas, das auf vier Beinen läuft und nachts den Mond anheult, schneller, als du es dir vorstellen kannst.«

Nash stieß hart die Luft aus den Lungen. Er glaubte nicht, dass Morgana das wirklich tun würde. Und es war immer besser, sich dem Kampf zu stellen, als den Schwanz einzuziehen. Sein Wohnzimmer lag in Trümmern. Zur Hölle, sein ganzes Leben lag in Trümmern. Sie würden sich damit auseinandersetzen müssen.

»Hör endlich auf, Morgana.« Seine Stimme klang erstaunlich ruhig und fest. »Das bringt doch nichts.«

Die Wut floss aus ihr heraus, ließ sie leer und ausgebrannt und elend zurück. »Du hast recht, das tut es nicht. Mein Temperament, wie auch meine Gefühle, trüben manchmal eben meine Vernunft. Nein.« Sie winkte mit der Hand. »Bleib, wo du bist. Ich kann mir noch nicht trauen.«

Als sie sich abwandte, ging das Feuer aus, der Wind legte sich. Heimlich stieß Nash einen Seufzer aus. Das Gewitter, so schien es, war vorüber.

Er irrte sich gewaltig.

»Du willst also nicht in mich verliebt sein.«

Etwas schwang in ihrer Stimme mit, das ihn die Stirn runzeln ließ. Er hätte gern ihr Gesicht gesehen, aber sie stand am Fenster, den steifen Rücken ihm zugewandt. »Ich will in niemanden verliebt sein«, sagte er langsam und zwang sich dazu, es zu glauben. »Nimm es bitte nicht persönlich.«

»Nicht persönlich«, wiederholte sie.

»Sieh mal, Morgana, ich bin nicht der Typ für so was. Mir gefiel mein Leben so, wie es war.«

»Wie es war, bevor du mich kennenlerntest.«

So, wie sie es sagte, hatte er das Gefühl, als würde etwas Schleimiges sich durch hohes Gras schlängeln. Er sah an sich herab, um sicherzugehen, dass nicht er es war. »Es hat nichts mit dir zu tun, es liegt allein an mir. Und ich ... Verdammt, ich werde nicht hier sitzen und mich entschuldigen, weil es mir nicht gefällt, verzaubert worden zu sein!« Er stand mit unsicheren Beinen auf. »Du bist eine sehr schöne Frau, und ...«

»Oh, bitte. Du brauchst dich nicht anzustrengen, um mir den Abschied leichter zu machen.« Die Worte brannten in ihrer Kehle.

Nash fühlte sich, als hätte sie ihm eine Lanze ins Herz getrieben. Sie weinte. Tränen strömten aus ihren Augen und rannen ihr über die bleichen Wangen. Und es gab nichts, absolut nichts, was er im Moment lieber getan hätte, als sie in seine Arme zu ziehen und ihr diese Tränen wegzuküssen.

»Morgana, bitte nicht. Ich wollte doch nie ...« Was er noch hatte sagen wollen, blieb ihm in der Kehle stecken, als er vor eine Wand lief. Er konnte sie nicht sehen, aber sie war da, stand zwischen ihnen, hart wie Beton. »Hör auf damit!« Panik und Selbstverachtung ließ seine Stimme laut werden, als er mit der Faust gegen die Mauer schlug. »Das ist keine Antwort.«

Morgana blutete das Herz. »Im Moment muss es reichen, bis mir eine bessere einfällt.« Sie wollte ihn hassen, weil er sie dazu gebracht hatte, sich so zu erniedrigen. Während die Tränen weiter liefen, faltete sie beide Hände auf ihren Leib. Sie hatte mehr zu beschützen als nur sich selbst.

Nash legte seine Hände, denen keine solche Macht innewohnte, an die unsichtbare Mauer. Seltsam, plötzlich erschien es ihm, als sei er derjenige, der ausgeschlossen worden war, nicht Morgana. »Ich kann nicht mit ansehen, wie du weinst.«

»Du wirst es müssen. Für einen Moment noch. Keine Angst, die Tränen einer Hexe sind genau wie die jeder Frau. Ein Zeichen von Schwäche und absolut nutzlos.« Morgana versuchte sich zu beruhigen und blinzelte, bis sie wieder klar sehen konnte. »Du willst also deine Freiheit, Nash?«

Hätte er gekonnt, er hätte sich einen Weg zu ihr getreten und geboxt. »Verdammt, merkst du denn nicht, dass ich nicht weiß, was ich will?«

»Was immer es auch ist, es liegt nicht an mir. Oder an dem, was wir zusammen geschaffen haben. Ich habe dir versprochen, dass ich nie um mehr bitten würde, als du mir zu geben bereit bist. Ich breche nie mein Wort.«

Er verspürte eine neue Art von Angst. Panik, weil das, was er wollte, ihm durch die Finger glitt. »Lass mich zu dir.«

»Würdest du an mich wie an eine Frau denken, würde ich dich durchlassen.« Sie drehte sich um und legte ihrerseits eine Hand an die Mauer. »Denkst du, nur weil ich bin, was ich bin, wünsche ich mir nicht, geliebt zu werden, wie jede Frau sich wünscht, von einem Mann geliebt zu werden?«

Nash schob und drückte auf der anderen Seite der Wand. »Bau endlich dieses verdammte Ding ab.«

Es war alles, was sie hatte – eine bedauernswerte Verteidigung. »Es war ein Missverständnis, Nash. Niemand trägt die Schuld daran, dass ich dich so sehr liebe.«

»Morgana, bitte ...«

Sie schüttelte den Kopf und sah ihn an, nahm sein Gesicht in sich auf, in ihr Herz, wo sie es bewahren wollte. »Vielleicht weil ich dich so liebe, habe ich dich irgendwie mitgerissen. Ich weiß es nicht. Woher auch, ich war nie zuvor verliebt. Aber ich schwöre dir, es geschah nicht absichtlich, es sollte niemandem Schaden zufügen.«

Wütend auf sich selbst, weil die Tränen wieder zu fließen begannen, trat Morgana zurück. Stand für einen Moment stolz und mächtig.

»Ich werde dir dieses schenken, und du kannst mir vertrauen.« Sie schloss die Augen und hob die Arme. »Welche Macht ich auch über dich habe, in diesem Moment sei sie gebrochen. Welche Gefühle auch immer ich in dir durch meine Macht heraufbeschworen habe, beschwöre ich jetzt, dich zu verlassen. Du bist frei von mir, und von allem, was wir geschaffen haben. So sei es.«

Sie schlug die Lider auf, die Augen voll mit neuen Tränen. »Du bist mehr, als du denkst«, sagte sie leise. »Weniger, als du sein könntest.«

Das Herz schlug ihm bis zum Hals. »Morgana, bitte, geh nicht so.«

Sie lächelte. »Oh, ich denke, ich habe das Recht auf einen dramatischen Abgang, meinst du nicht auch?« Obwohl sie einige Meter von ihm entfernt stand, meinte er, ihre Lippen auf seinem Mund zu spüren. »Leb wohl, Nash.«

Und damit war sie verschwunden.

12. Kapitel

Nash war sicher, dass er verrückt wurde. Tag für Tag strich er unruhig durchs Haus. Nacht für Nacht wälzte er sich schlaflos im Bett. Morgana hatte doch gesagt, dass er frei von ihr sei, oder? Also, warum war er es dann nicht?

Warum konnte er nicht aufhören, an sie zu denken, sich nach ihr zu sehnen? Warum stand ihm ständig das Bild vor Augen, wie sie ausgesehen hatte, verletzt, mit Tränen auf den Wangen?

Er versuchte sich einzureden, dass sie den Bann nicht aufgehoben hatte. Aber er wusste, dass das nicht stimmte.

Nach einer Woche gab er auf und fuhr zu ihrem Haus. Es war leer. Er ging zum Laden und wurde von einer sehr kühlen, sehr unfreundlichen Mindy empfangen. Morgana sei fort, war alles, was sie ihm sagte. Wohin sie gegangen war oder wann sie zurückkommen würde, sagte sie nicht.

Er sollte erleichtert sein. Das sagte er sich immer wieder. Verbissen schob er die Gedanken an Morgana beiseite und nahm sein altes Leben wieder auf.

Doch als er einen Spaziergang am Strand machte, stellte er sich plötzlich vor, wie es sein würde – mit ihr an seiner Seite, ein Kind, das fröhlich vor ihnen herlief.

Diese Vorstellung bewirkte, dass er für ein paar Tage nach L. A. fuhr.

Er wollte glauben, dass es ihm hier besser ging, dass das Tempo, der Lärm, die vielen Menschen ihn ablenken würden. Er ging mit seinem Agenten zum Lunch und besprach die Besetzung für den Film. Er besuchte Bars und Clubs und lauschte der Musik und dem Gelächter. Die Frage stellte sich ihm, ob er nicht vielleicht einen Fehler gemacht hatte, in den Norden zu ziehen. Vielleicht war er ja ein Stadtmensch, der es brauchte, von Ablenkungen umgeben zu sein.

Aber schon nach drei Tagen sehnte er sich nach seinem Heim, nach dem Rascheln des Windes und dem Rauschen des Meeres. Und nach Morgana.

Er fuhr zum Laden zurück und unterzog Mindy einem Verhör, so grob, dass die anwesenden Kunden zurückwichen, tuschelten. Mindy gab keinen Millimeter nach.

Mit den Nerven völlig am Ende, parkte er seinen Wagen vor Morganas Haus. Es war jetzt fast einen Monat her, und er beruhigte sich mit dem Gedanken, dass sie ja irgendwann zurückkommen musste. Schließlich war hier ihr Zuhause, hier hatte sie ihr Geschäft.

Verflucht, er war hier, er wartete auf sie.

Als die Sonne unterging, legte Nash erschöpft den Kopf auf das Lenkrad. Das war genau das, was er tat, gestand er sich endlich ein. Er wartete auf sie. Und nicht, um ein vernünftiges Gespräch mit ihr zu führen, wie er sich all die Wochen eingeredet hatte.

Er wartete darauf, dass er sie anflehen konnte, sie anbetteln durfte, versprechen durfte, kämpfen konnte. Egal. Alles, was nötig war, um die Sache endlich wieder in Ordnung zu bringen. Um Morgana wieder in die Mitte seines Lebens zurückzuholen.

Er schloss die Finger um den Stein, den er immer noch trug, und fragte sich, ob er sie wohl einfach mit seinem Willen zurückbringen konnte. Einen Versuch war es wert. Immerhin besser, als eine Anzeige in den einschlägigen Rubriken aufzugeben, dachte er grimmig. Er schloss die Augen und konzentrierte sich auf sie.

»Verdammt, ich weiß, dass du mich hören kannst, wenn du es willst. Ich werde nicht zulassen, dass du mich so abblockst. Nein, du wirst das nicht tun. Nur weil ich mich wie ein Idiot benommen habe, ist das kein Grund ...«

Er spürte eine Präsenz, öffnete vorsichtig die Augen, drehte den Kopf und – sah direkt in Sebastians grinsendes Gesicht.

»Na, halten wir etwa eine kleine Amateur-Séance?«

Ohne nachzudenken, stieß Nash die Autotür auf und packte Sebastian beim Hemd. »Wo ist sie?«, brüllte er. »Du weißt es, und du wirst es mir sagen.«

Sebastians Augen wurden gefährlich dunkel. »Vorsicht, Freund. Ich warte schon seit Wochen darauf, es mit dir von Mann zu Mann zu klären.«

Die Idee einer anständigen Prügelei übte einen immensen Reiz auf Nash aus. »Na, dann sollten wir doch am besten ...«

»Benehmt euch«, erklang da gebieterisch Anastasias Stimme. »Beide.« Mit ihren schlanken Händen schob sie die beiden Männer auseinander. »Ich bin sicher, euch würde es enormen Spaß machen, euch gegenseitig die Nase blutig zu schlagen, aber nicht, solange ich dabei bin, da könnt ihr sicher sein.«

Nash ließ die Arme sinken und ballte die Fäuste. »Ich will wissen, wo sie ist.«

Mit einem gleichgültigen Schulterzucken lehnte Sebastian sich an die Motorhaube. »Was du willst, hat hier nicht unbedingt viel Gewicht.« Er legte einen Fuß über den anderen. »Du siehst ziemlich mitgenommen aus, Nash.« Was ihn sehr befriedigte. »Was ist, nagt das schlechte Gewissen an dir?«

»Sebastian.« Tadel und Verständnis lagen in Anas Stimme. »Sei nicht so gemein. Siehst du nicht, dass er unglücklich ist?« Sie legte ihre Hand auf seinen Arm. »Und dass er sie liebt?«

Sebastian lachte trocken und hart auf. »Lass dich nicht von diesem treuen Hundeblick einlullen, Ana.«

Ana warf Sebastian einen ungeduldigen Blick zu. »Dann sieh doch selbst.«

Zögernd tat er es. Er umklammerte Nashs Schulter, seine Augen wurden dunkel, und dann lachte er auf, bevor Nash die Hand ärgerlich abschütteln konnte. »Bei allem, was heilig ist, ihn hat's tatsächlich erwischt.« Er schüttelte den Kopf. »Warum, um alles in der Welt, hast du dann ein solches Durcheinander angestellt? Wozu der ganze Wirbel, willst du einen Film über dich selbst drehen?«

»Ich muss mich hier nicht erklären«, murmelte Nash. Er rieb sich die Schulter, weil sie sich anfühlte, als hätte er dort einen Sonnenbrand. »Was ich zu sagen habe, werde ich Morgana sagen.«

Sebastian wurde nachgiebiger, aber er sah keinen Grund, es Nash zu leicht zu machen. »Sie ist der Meinung, dass du deine Chance bereits gehabt hast, um zu sagen, was du zu sagen hast. Und ich glaube nicht, dass sie in der Verfassung ist, um sich deine ungeheuerlichen Anschuldigungen noch einmal anzuhören.«

»Verfassung?« Nashs Herz wurde kalt wie Eis. »Ist sie etwa krank?« Wieder ging er Sebastian an den Kragen, aber er hatte keine Kraft mehr in den Händen. »Was stimmt nicht mit ihr?«

Cousin und Cousine tauschten einen Blick, so kurz, so schnell, dass Nash es nicht bemerkte.

»Sie ist nicht krank«, hob Ana an und bemühte sich, nicht wütend auf Morgana zu sein, weil diese Nash nichts von dem Baby gesagt hatte. »Eigentlich geht es ihr sogar sehr gut. Sebastian bezog sich darauf, was beim letzten Mal zwischen euch passiert ist.«

Nash ließ los. Als er endlich wieder atmen konnte, nickte er. »Okay, ihr wollt also, dass ich bettle. Dann werde ich betteln. Ich muss sie sehen. Wenn sie mich immer noch aus ihrem Leben streichen will, nachdem ich vor ihr gekrochen bin, dann werde ich eben damit leben müssen.«

»Sie ist in Irland«, teilte Ana ihm mit. »Bei unserer Familie in Europa.« Ihr Lächeln war wunderschön. »Hast du einen gültigen Pass?«

Morgana war froh, dass sie gekommen war. Die irische Luft beruhigte sie, die samtene Brise über den Hügeln genauso wie der wütende Wind, der über den Kanal peitschte.

Auch wenn sie wusste, dass sie bald wieder zurückkehren und ihr Leben aufnehmen musste, war sie doch sehr dankbar für diese Wochen.

Und für ihre Familie.

Sie saß am Fenster im Zimmer ihrer Mutter und fühlte sich beschützt und geborgen. Sie spürte die Sonne auf ihrem Gesicht, diese helle, sanfte Sonne, die Irland so eigen war. Wenn sie durch das Rautenglasfenster blickte, konnte sie die zerklüfteten Klippen sehen, die steil auf den Strand fielen. Und der Strand, schmal und felsig, streckte sich den Wellen entgegen. Wenn Morgana sich ein wenig drehte, blickte sie auf den terrassenförmig angelegten saftig grünen Rasen, der mit leuchtenden Blumen gesprenkelt war.

Ihre Mutter saß am anderen Ende des Raumes und zeichnete. Dieses Ritual half ihr, Bildern und Gedanken freien Lauf zu lassen. Es war ein schöner, behaglicher Moment, der Morgana an ihre Kindheit erinnerte. Ihre Mutter hatte sich in all den Jahren kaum verändert.

Ihr Haar war immer noch dicht und dunkel wie das ihrer Tochter, obwohl es sich nur schulterlang um ihr Gesicht schmiegte. Ihre Haut war weich und glatt. Die kobaltblauen Augen blickten oft verträumt, aber sie sahen genauso klar wie die ihrer Tochter.

Als Morgana sie betrachtete, wurde sie von einer Welle der Liebe überflutet. »Du bist so schön, Mutter.«

Bryna sah auf und lächelte. »Ich werde nicht widersprechen. Weil es so gut tut, es von der erwachsenen Tochter zu hören. Weißt du eigentlich, wie schön es ist, dich hier bei uns zu haben, Liebes?«

Morgana zog ein Knie an und schlang die Arme darum. »Ich weiß, wie gut es mir tut. Und wie dankbar ich euch bin, dass ihr mir nicht all die Fragen gestellt habt, von denen ich weiß, dass ihr sie stellen wollt.«

»Das solltest du auch. Ich hätte deinem Vater fast die Stimme stehlen müssen, damit er dich nicht ins Verhör nimmt.« Ihr Blick wurde sanft. »Er vergöttert dich.«

»Ich weiß.« Morgana fühlte schon wieder Tränen aufsteigen und versuchte, sie fortzublinzeln. »Tut mir leid. Meine Launen.« Mit einem Kopfschütteln erhob sie sich. »Ich scheine einfach nicht in der Lage zu sein, sie unter Kontrolle zu halten.«

»Liebes.« Bryna streckte ihrer Tochter die Hände entgegen, wartete, bis Morgana den Raum durchquert hatte. »Du weißt doch, du kannst mir alles erzählen, was dich bedrückt. Alles. Wenn du möchtest.«

»Mutter.« Auf der Suche nach Trost ließ Morgana sich zu ihren Knien nieder und legte den Kopf in den Schoß ihrer Mutter. Sie lächelte schwach, als sie die Hand spürte, die ihr über das Haar streichelte. »Mir ist klar geworden, wie glücklich ich mich schätzen darf, dass ich dich habe, euch beide. Dass ihr mich liebt, mich wollt, euch um mein Wohlergehen sorgt. Ich habe dir nie gesagt, wie dankbar ich dafür bin.«

Verwirrt legte Bryna die Arme um ihre Tochter und wiegte sie leicht. »Aber dafür sind Familien doch da.«

»Aber nicht alle Familien sind so.« Morgana hob den Kopf und schaute ihre Mutter an.

»Dann wissen sie nicht, dass ihnen etwas Wunderbares entgeht. Was bedrückt dich, Morgana?«

Sie nahm die Hand ihrer Mutter. »Ich habe darüber nachgedacht, wie es sein muss, wenn man nicht geliebt oder gewollt ist. Wenn man von Kindheit an gesagt bekommt, dass man nur ein Fehler ist, eine Last, nur geduldet, weil das Pflichtgefühl es vorschreibt. Kann irgendetwas überhaupt kälter sein?«

»Nein. Nichts ist kälter als ein Leben ohne Liebe.« Brynas Ton wurde sanft. »Bist du verliebt?«

Morgana musste nicht antworten. »Er ist so verletzt worden. Er hat nie das erfahren, was du, was ihr alle mir gegeben habt. Doch trotz allem hat er einen wunderbaren Mann aus sich gemacht. Du würdest ihn mögen.« Sie schmiegte ihre Wange in die Hand ihrer Mutter. »Er ist lustig und süß. Er hat so viel Fantasie, ist immer bereit, neue Ideen auszuprobieren. Aber da ist ein Teil in ihm, den er verschlossen hält. Das hat er nicht selbst getan, das wurde ihm angetan. Selbst mit meinen Kräften gelingt es mir nicht, dieses Schloss zu öffnen.« Sie setzte sich auf die Fersen. »Er will mich nicht lieben, und ich … will und kann nicht nehmen, was er nicht bereit ist zu geben.«

»Nein.« Brynas Herz schmerzte, als sie ihre Tochter anblickte. »Dafür bist du zu stark, zu stolz und zu weise. Aber Menschen ändern sich, Morgana. Mit der Zeit …«

»Mir bleibt keine Zeit. Zu Weihnachten werde ich sein Kind gebären.«

All die tröstenden Worte, die Bryna hatte sagen wollen, lösten sich auf. Nur noch der Gedanke, dass ihr Baby ein Baby haben würde, beherrschte sie. »Geht es dir gut?«, brachte sie heraus.

Morgana lächelte, erfreut, dass dies die erste Frage gewesen war. »Ja.«

»Bist du sicher?«

»Absolut sicher.«

»Ach, Liebes.« Bryna stand auf und umarmte ihre Tochter. »Mein kleines Mädchen.«

»Schon lange bin ich kein kleines Mädchen mehr.«

Sie lachten zusammen, dann trat Bryna zurück.

»Ich bin glücklich für dich. Und traurig zugleich.«

»Ich weiß. Ich will dieses Kind. Glaube mir, kein Kind ist je so sehr gewollt worden. Nicht nur, weil das alles sein könnte, was mir von dem Vater bleibt, sondern auch um seiner selbst willen.«

»Und wie fühlst du dich?«

»Seltsam«, gab Morgana bereitwillig zu. »Stark im einen Moment, und im nächsten voller Angst und schwach. Keine Übelkeit, nur manchmal etwas schwindlig.«

Bryna nickte. »Du sagst, der Vater sei ein guter Mann?«

»Ja, das ist er.«

»Dann war er einfach nur überrascht, unvorbereitet, als du es ihm gesagt hast.« Ihr fiel auf, dass Morgana den Blick abwandte. »Morgana, schon als Kind hast du es vermieden, mich anzuschauen, wenn du etwas verheimlichen wolltest.«

Bei dem tadelnden Ton krümmte Morgana sich ein wenig. »Er weiß nichts von dem Kind. Bitte, nicht«, flehte sie, bevor Bryna ansetzen konnte. »Ich wollte es ihm ja sagen, aber dazu ist es nie gekommen. Ich weiß, es ist falsch, es ihn nicht wissen zu lassen. Aber es wäre genauso falsch gewesen, ihn dadurch an mich zu binden. Ich habe eine Wahl getroffen.«

»Die falsche.«

Morgana hob das Kinn. »Es ist meine Wahl, ganz gleich, ob falsch oder nicht. Ich bitte dich nicht um deine Zustimmung, aber ich bitte dich um Respekt. Und ich möchte dich bitten, es noch niemandem zu sagen, auch nicht Vater.«

»Was soll Vater nicht gesagt werden?«, wollte Matthew wissen, als er ins Zimmer kam, gefolgt von dem Wolfshund, der Pans Vater war.

»Ach, wir Mädels haben nur miteinander geschwatzt«, lenkte Morgana elegant ab und küsste ihn auf die Wange. »Hallo, Hübscher.«

Er gab ihr einen leichten Nasenstüber. »Ich weiß doch genau, wenn meine Frauen mir etwas verschweigen.«

»Aber es wird nicht nachgesehen«, sagte Morgana sofort, weil sie wusste, dass Matthew fast so gut im Gedankenlesen war wie ihr Cousin Sebastian. »Also, wo sind die anderen?«

Er war nicht zufrieden. Aber geduldig. Wenn sie es ihm nicht sagen wollte, würde er eben später nachsehen. Schließlich war er ihr Vater.

»Douglas und Maureen sind in der Küche und streiten sich darüber, was zum Lunch zubereitet werden soll, und Camilla seift Padrick gerade beim Rommee ein. Er ist keineswegs guter Laune.« Matthew grinste hinterhältig. »Er beschuldigt sie, die Karten verhext zu haben.«

Bryna schaffte es zu lächeln. »Und? Hat sie?«

»Natürlich.« Matthew streichelte dem Wolfshund über das silberne Fell. »Deine Schwester schummelt doch immer wieder beim Kartenspiel.«

Bryna lächelte mild. »Dein Bruder ist einfach ein schlechter Verlierer.«

Morgana hakte sich lachend bei beiden ein. »Es ist mir ein Rätsel, dass ihr sechs hier in diesem Haus zusammenlebt und bisher der Blitz noch nicht eingeschlagen hat. Lasst uns nach unten gehen und noch ein bisschen mehr Ärger machen.«

Es gab nichts Vergleichbares, was die Stimmung so heben konnte wie ein Familienessen mit den Donovans. Das war genau das, was Morgana jetzt brauchte. Dem liebevollen Necken und Frotzeln zwischen Geschwistern und Ehepartnern zuzusehen war besser als ein Besuch im besten Zirkus.

Morgana wusste, dass die sechs nicht immer gut miteinander auskamen. Aber sie wusste auch, dass, ganz gleich, welche Reibereien es gegeben hatte, sie alle wie Sonne und Licht zusammengehörten, wenn eine Familienkrise sich abzeichnete.

Sie hatte nicht vor, der Auslöser für eine Krise zu sein. Sie wollte nur eine gewisse Zeit mit ihnen verbringen.

Sie mochten jeweils Drillinge sein, aber es gab kaum Ähnlichkeiten zwischen den Geschwistern. Ihr Vater war hochgewachsen und schlank, mit einer wallenden grauen Mähne, stahlblauen Augen und einer würdevollen Haltung. Padrick, Anastasias Vater, war nicht größer als Morgana, mit dem massiven Körperbau eines Berufsboxers und dem Herzen eines Clowns. Douglas war fast zwei Meter groß, hatte bereits die meisten seiner Haare verloren und trug die tiefen Geheimratsecken mit Eleganz. Sein Hobby war es, sich exzentrisch zu geben. Im Moment trug er eine Lupe um den Hals, um alles und jeden dadurch anzusehen, wann immer es ihm gefiel. Den Hut mit dem Hirschgeweih hatte er nur abgesetzt, weil seine Frau Camilla sich standhaft geweigert hatte, so mit ihm an einem Tisch zu sitzen.

Camilla, allgemein als das Nesthäkchen betrachtet, war rund und mollig und hübsch, aber sie hatte einen eisernen Willen. Was das Exzentrische betraf, so stand sie ihrem Mann in nichts nach. Gerade heute Morgen hatte sie sich die Haare orange gefärbt, und eine Adlerfeder baumelte lang von ihrem Ohrläppchen.

Maureen, das begabteste Medium, das Morgana jemals kennengelernt hatte, war groß und solide gebaut und hatte ein volles, herrlich ansteckendes Lachen, das die Grundmauern bis in ihre Festen erschüttern konnte.

Wenn man noch Morganas sanfte Mutter und ihren würdevollen Vater hinzuzählte, ergaben die sechs einen bunt gemischten Haufen. Alle Hexen und Zauberer. Und während Morgana dem Geplänkel zuhörte, schwappte eine Welle der Liebe über sie.

»Deine Katze ist wieder an meinen Vorhängen hochgeklettert«, teilte Camilla Maureen mit und wedelte vorwurfsvoll mit der Gabel.

»Na und?« Maureen zuckte unbeteiligt die Schultern. »Sie jagt Mäuse. Das tun Katzen.«

Camillas Locken flogen. »Du weißt genau, dass nicht eine Maus mehr im Haus ist. Douglas hat sie verbannt.«

»Und hat wieder mal nur halbe Arbeit geleistet«, murmelte Matthew.

»Das Einzige, was hier halb ist, ist der Apfelkuchen. Der ist nur halb durchgebacken.« Sofort verteidigte Camilla ihren Mann.

»Aye, den hat Douglas ja auch gemacht«, mischte Padrick sich grinsend ein, milderte aber sofort ab: »Ich mag meine Äpfel gern knackig.«

»Das ist ein neues Rezept.« Douglas starrte mit einem riesigen Auge durch die Lupe. »Das ist gesund.«

»Die Katze«, betonte Camilla, weil sie wusste, dass ihr sonst die Kontrolle über das Gespräch entgleiten würde.

»Aber die Katze ist doch gesund, nicht wahr?« Padrick blinzelte Maureen belustigt zu, und sie kicherte voller Zustimmung.

»Es kümmert mich keinen Deut, ob die Katze gesund ist oder nicht«, setzte Camilla an, kam aber nicht weit.

»Nanana.« Douglas tätschelte ihre mollige Hand. »Wir wollen doch keine kranke Katze im Haus, oder? Dann wird Maureen eben einen schönen Trank brauen, der die Katze sofort gesund macht.«

»Die Katze ist nicht krank.« Man hörte Camilla an, wie sehr sie sich beherrschte. »Um Himmels willen, Douglas, hör doch zu.«

Jetzt war er beleidigt. »Also, wenn die Katze gar nicht krank ist, dann sehe ich nicht, wo das Problem liegt. Morgana, Mädchen, du isst ja deinen Kuchen gar nicht. Magst du mein Rezept etwa nicht?«

Ja, weil sie ständig grinsen musste. »Er ist köstlich, Onkel Douglas, wirklich. Ich hebe ihn mir für später auf.« Sie sprang auf und ging um den Tisch herum, um jedem Einzelnen von ihnen einen herzhaften Kuss zu geben. »Ich liebe euch alle.«

»Morgana, wohin gehst du?«, rief Bryna ihr nach, als sie den Raum verließ.

»Ich mache einen Spaziergang am Strand. Einen sehr langen Spaziergang.«

Douglas schaute nachdenklich in sein Glas. »Das Mädchen benimmt sich seltsam.« Und da das Essen fast vorüber war, setzte er den Hirschgeweihhut wieder auf. »Meint ihr nicht auch?«

Nash fühlte sich irgendwie komisch. Vielleicht lag es daran, dass er seit zwei Tagen nicht mehr geschlafen hatte. Seit zwanzig Stunden war er ununterbrochen unterwegs, in Flugzeugen, Zügen, Taxis und Bussen. Deshalb wahrscheinlich dieser tranceartige Zustand. Er war von der West- zur Ostküste geflogen, war in New York in eine andere Maschine umgestiegen und über den Atlantik geflogen. Dann hatte er den Zug von Dublin genommen und schließlich mit viel Hektik einen Wagen gesucht, mit dem er jetzt die letzten Meilen von Waterford zum Schloss Donovan zurücklegte.

Er wusste, dass es wichtig war, auf der richtigen Seite der Straße zu bleiben. Oder besser gesagt, auf der falschen. Allerdings fragte er sich, was das für einen Unterschied machen würde. Denn dieser schmale Feldweg voller Schlaglöcher, den er jetzt entlangrumpelte und auf dem sowieso kein Platz für zwei Autos war, konnte kaum als Straße bezeichnet werden.

Das Auto, das er für volle zwölfhundert Dollar erstanden hatte – niemand sollte behaupten, die Iren hätten keinen Geschäftssinn! –, drohte mit jedem weiteren Schlagloch auseinanderzubrechen. Das Provisorium von einem Auspuff lag bereits irgendwo weiter hinten auf der Straße, dementsprechend laut röhrte der Wagen. Laut genug, um Tote aufzuwecken.

Es war ja nicht so, als besäße dieses Land keine Schönheit, mit den hohen Klippen und den saftigen grünen Wiesen. Es ging nur darum, dass er Angst hatte, diesen letzten steilen Anstieg zu Fuß machen zu müssen, nur mit dem Lenkrad in der Hand.

Das hier waren die Knockmealdown Mountains. Er wusste das nur, weil der schlitzohrige Autohändler, der ihm dieses Wrack verkauft hatte, sich auch die Wegbeschreibung sehr gut hatte bezahlen lassen: »Die Berge im Westen, der St.-George-Kanal im Osten, und Sie tauchen rechtzeitig zur Teestunde bei den Donovans auf.«

Nash glaubte mittlerweile eher daran, dass er vor der Teestunde noch im Matsch versinken und nie wieder herausfinden würde.

»Sollte ich das hier überleben«, murmelte er verbissen vor sich hin, »sollte ich das überleben und sie finden, drehe ich ihr den Hals um. Ganz langsam«, fügte er düster hinzu, »damit sie auch merkt, wie ernst es mir ist.« Danach würde er sie an ein abgeschiedenes Plätzchen tragen und sie eine Woche lang lieben. Dann würde er eine Woche lang schlafen und von vorn beginnen.

Falls er das hier überlebte.

Der Wagen stotterte und bockte und rüttelte ihn durch. Er

fragte sich ernsthaft, ob noch alle inneren Organe an ihrem Platz saßen. Mit zusammengebissenen Zähnen fluchte er herzhaft und drohte dem Wagen, ihn zu zerlegen, wenn er die Anhöhe nicht schaffte.

Und dann stand ihm der Mund offen, und er trat mit aller Kraft auf die Bremse. Immerhin verlangsamte das die Schussfahrt. Er nahm den Gestank von schmorendem Gummi nicht wahr, sah auch nicht den Rauch, der seitlich aus der Motorhaube quoll, er hatte nur Augen für das Schloss.

Er hatte kein richtiges Schloss erwartet, doch das hier war eines. Hoch auf den Klippen, direkt über dem Meer. Grauer Stein schimmerte in der Sonne, Türme reckten sich in den perlmuttfarbenen Himmel. Auf dem höchsten wehte eine weiße Flagge. Verdutzt bemerkte Nash, dass es sich um ein Pentagramm handelte.

Er blinzelte, doch das Bild blieb, ein Bild wie aus einem seiner Filme. Wäre ein Ritter in Rüstung auf einem Pferd über die Zugbrücke gepresst – bei Gott, da war wirklich eine Zugbrücke –, hätte er nicht einmal mit der Wimper gezuckt.

Er begann zu lachen, vor Entzücken, Ehrfurcht und Verblüffung. Schwungvoll trat er das Gaspedal durch – und landete im Graben, weil die Lenkung versagte.

Er benutzte jedes Schimpfwort, das er je gehört hatte, als er aus dem ausstieg, was von dem Wagen noch übrig war. Dann trat er wütend gegen den Kotflügel und sah zu, wie die verrostete Stoßstange mit lautem Klirren abfiel.

Er beschattete die Augen mit der Hand und schaute zum Schloss hoch. So wie es aussah, hatte er gute drei Meilen Fußmarsch vor sich. Resigniert holte er seinen Seesack vom Rücksitz und begann zu laufen.

Als er den Reiter auf dem weißen Pferd über die Zugbrücke traben sah, musste er sich entscheiden, ob er nun halluzinierte oder ob das echt war. Zwar trug der Reiter keine Rüstung, aber es überraschte Nash auch nicht, dass ein Falke auf dem lederbespannten Unterarm des Reiters saß.

Matthew warf einen Blick auf den fremden Mann, der sich da Schritt für Schritt die Straße hinaufquälte, und schüttelte launisch den Kopf. »Aye, Ulysses, zu schade. Der gibt nicht einmal ein anständiges Mahl für dich ab.« Der Falke blinzelte zustimmend.

Auf den ersten Blick sah Matthew nur einen heruntergekommenen, unrasierten Mann mit tiefen Ringen unter den Augen, auf dessen Stirn sich eine Beule bildete und von dessen Schläfe ein Blutrinnsal tropfte. Da er gesehen hatte, wie der arme Simpel in den Graben gefahren war, fühlte er sich verpflichtet zu helfen.

Er zog die Zügel an und blieb vor Nash stehen. Hochmütig sah er vom Pferd auf ihn herab. »Sie haben sich verirrt, guter Mann?«

»Nein, ich weiß genau, wohin ich will.« Nash streckte den Arm aus und deutete auf das Schloss.

Matthew hob eine Augenbraue. »Nach Schloss Donovan? Wissen Sie denn nicht, dass es da von Hexen und Zauberern nur so wimmelt?«

»Doch. Ich muss trotzdem dorthin.«

Matthew setzte sich bequemer in den Sattel, um den Mann einer genaueren Musterung zu unterziehen. Vielleicht sah er ein wenig verwahrlost aus, aber er war kein Stadtstreicher. Da lagen Schatten unter seinen Augen, aber der Blick verriet eiserne Entschlossenheit. »Entschuldigen Sie meine Offenheit«, fuhr Matthew fort, »aber Sie scheinen mir im Moment in keiner Verfassung zu sein, um sich mit Hexen anzulegen.«

»Nur mit einer«, presste Nash zwischen den Zähnen hervor.

»Aha. Wissen Sie eigentlich, dass Sie bluten?«

»Wo?« Nash hob eine Hand und schaute angewidert auf seine blutverschmierten Finger. »Das passt. Wahrscheinlich hatte sie das Auto verflucht.«

»Und über wen genau sprechen Sie?«

»Morgana. Morgana Donovan.« Nash wischte sich das Blut an der Jeans ab. »Ich habe einen langen Weg hinter mir, um sie endlich in die Finger zu bekommen.«

»Achten Sie darauf, was Sie sagen«, warf Matthew ruhig ein. »Sie reden immerhin von meiner Tochter.«

Müde, ausgelaugt und völlig am Ende, starrte Nash in die schiefergrauen Augen. Vielleicht würde er sich gleich als Käfer wiederfinden, aber das war ihm jetzt egal. »Mein Name ist Kirkland, Mr. Donovan. Ich bin hier, um Ihre Tochter zu holen. So einfach ist das.«

»So?« Amüsiert legte Matthew den Kopf zur Seite. »Nun dann … Kommen Sie, steigen Sie auf. Dann werden wir ja sehen, was passiert.« Er schickte den Falken mit einem Ruck in die Lüfte und streckte Nash die behandschuhte Hand entgegen. »Freut mich, Sie kennenzulernen, Mr. Kirkland.«

Nash schwang sich auf das Pferd. »Ganz meinerseits.«

Zu Pferde dauerte das letzte Stück der Reise gar nicht so lange – vor allem, da Matthew in vollem Galopp voranpreschte. Im selben Moment, als sie auf den Innenhof einritten, kam ihnen eine große dunkelhaarige Frau aus dem Haus entgegengerannt.

Mit zusammengebissenen Zähnen sprang Nash vom Pferd und eilte auf sie zu. »Du wirst mir eine Menge Fragen beantworten müssen, Schätzchen. Du hast dein Haar abgeschnitten. Was, zum Teufel, willst du eigentlich …« Er verstummte abrupt, als er näher gekommen war und erkannte, dass die Frau ihn mit amüsierten Augen musterte. »Ich dachte, Sie wären … Entschuldigen Sie, das ist mir sehr unangenehm.«

»Aber nein, ich fühle mich geschmeichelt.« Lachend sah Bryna zu ihrem Mann. »Matthew, was hast du uns denn da mitgebracht?«

»Einen jungen Mann, der in den Graben gefahren ist und behauptet, Morgana haben zu wollen.«

Brynas Blick wurde scharf und durchdringend, als sie einen Schritt auf Nash zutat. »Und? Stimmt das? Sie wollen meine Tochter haben?«

»Ich ... Ja, Ma'am.«

Ein Lächeln huschte über ihre Lippen. »Sie hat Sie unglücklich gemacht?«

»Ja ... Nein.« Er seufzte schwer. »Das habe ich selbst übernommen. Bitte, ist sie da?«

»Kommen Sie herein.« Bryna nahm ihn beim Arm. »Ich werde mich um Ihren Kopf kümmern, dann können Sie zu ihr.«

»Wenn Sie vielleicht ...« Wieder brach er ab, als ein riesiges Auge an der Türschwelle erschien. Douglas ließ seine Lupe los und trat aus dem Schatten.

»Wer, zum Teufel, ist das?«

»Ein Freund von Morgana«, klärte Bryna ihn auf und schob Nash ins Haus.

»Ah. Lassen Sie es sich von mir sagen, junger Mann.« Er schlug Nash herzhaft auf die Schultern. »Das Mädchen benimmt sich seltsam.«

Der kalte Wind fegte Morgana über das Gesicht und fand einen Weg durch die dichten Maschen des schweren Wollpullovers. Er war reinigend, und er heilte. In wenigen Tagen würde sie so weit sein, dass sie wieder zurückfahren und sich der Realität stellen konnte.

Mit einem Seufzer ließ sie sich auf einem Felsen nieder. Hier, in der Abgeschiedenheit, mit sich allein, konnte sie es zugeben: Sie würde nie geheilt werden. Sie würde nie wieder ein Ganzes sein. Aber das Leben ging weiter, sie würde ein gutes Leben für sich und das Kind aufbauen, weil sie stark war und ihren Stolz hatte. Aber etwas würde ihr immer fehlen.

Sie hatte sich ausgeweint, und sie hatte das Selbstmitleid überwunden. Irland hatte ihr dabei geholfen. Sie hatte herkommen müssen, auf diesem Strand spazieren gehen und sich daran erinnern müssen, dass nichts ewig währte, ganz gleich, wie schmerzlich es auch sein mochte.

Außer der Liebe.

Sie schlug den Rückweg ein. Sie würde sich einen Tee aufbrühen, vielleicht würde sie auch Camillas Tarotkarten legen oder sich eine von Padricks lebendigen Geschichten anhören. Dann würde sie tun, was sie schon lange hätte tun sollen: ihnen von dem Baby erzählen.

Sie wusste, dass ihre Familie hinter ihr stehen und sie immer unterstützen würde.

Ihr tat es unendlich leid, dass Nash eine solche Einheit nie erfahren würde.

Sie spürte ihn, bevor sie ihn sah. Aber sie glaubte, ihr Verstand würde ihr einen Streich spielen. Sehr, sehr langsam, mit rasendem Puls, drehte sie sich um.

Er kam den Strand herunter, mit großen, eiligen Schritten. Die Gischt benetzte sein Haar, die feinen Wassertropfen funkelten. Auf seinem Gesicht stand ein Zweitagebart, und an seiner Schläfe klebte ein weißer Verband. Der Ausdruck in seinen Augen allerdings ließ sie einen Schritt zurückweichen.

Es war diese Bewegung, die ihn erstarren ließ.

Sie sah so ... Wie sie ihn ansah. Ihre Augen waren trocken, keine Tränen, die ihn in Stücke zerrissen. Aber dieses Glitzern ... Als hätte sie Angst vor ihm. Wie viel einfacher wäre es doch gewesen, wenn sie sich auf ihn gestürzt und ihn mit Zähnen und Klauen bearbeitet hätte.

»Morgana.«

Ihr war schwindlig, sie presste eine Hand auf das wohl behütete Geheimnis in ihrem Leib. »Was ist mit dir passiert? Bist du verletzt?«

»Das?« Er fuhr automatisch mit den Fingern über den Verband. »Das ist nichts. Wirklich. Mein Wagen ist unter mir auseinandergefallen. Deine Mutter hat das gemacht. Den Verband, meine ich.«

»Meine Mutter?« Ihr Blick glitt unstet zum Schloss hinüber. »Du hast meine Mutter getroffen?«

»Und den Rest der Familie auch.« Er lächelte kurz. »Sie sind wirklich ... außergewöhnlich. Um genau zu sein, ich bin im Graben gelandet, einige Meilen vom Schloss entfernt. So habe ich deinen Vater kennengelernt.« Er wusste, dass er plapperte, aber er konnte nicht aufhören. »Und dann saß ich auch schon in der Küche und musste Tee trinken und ... Verdammt, Morgana, ich wusste doch nicht, wo du warst. Eigentlich hätte ich es wissen können. Du hast mir gesagt, dass du nach Irland kommst, um am Strand spazieren zu gehen. Ich hätte es wissen müssen. Ich hätte viele Dinge wissen müssen.«

Sie musste sich an dem Felsen festhalten. Sie hatte schreckliche Angst, noch eine neue Erfahrung durchmachen zu müssen – in Ohnmacht fallen. »Du hast eine weite Reise unternommen«, sagte sie belegt.

»Ich wäre früher hier gewesen, aber ... He!« Er sprang vor, als sie schwankte. Erschrocken stellte er fest, wie zerbrechlich sie sich in seinen Armen anfühlte.

Aber sie hatte noch genug Kraft, um ihn wegzustoßen. »Nein, lass mich.«

Nash ignorierte ihren Protest und zog sie eng an sich, barg

sein Gesicht in ihrem Haar. Er sog ihren Duft ein wie die Luft zum Atmen. »Himmel, Morgana, gewähre mir nur eine Minute. Lass mich dich halten. Bitte, nur diesen winzigen, kleinen Moment.«

Sie schüttelte den Kopf, doch ihre Arme, ihre verräterischen Arme, hatten sich bereits um seinen Nacken geschlungen. Morganas Stöhnen war kein Laut des Protests, sondern der Sehnsucht, als Nash seinen Mund fest auf ihren presste. Er versank in ihr wie ein völlig ausgedörrter Mensch in einem kühlen Teich.

»Sag jetzt nichts«, murmelte er und überschüttete ihr Gesicht mit tausend kleinen Küssen. »Sag nichts, bis ich dir nicht erklärt habe ...«

Sie erinnerte sich an seine letzten Worte und versuchte, sich frei zu machen. »Nash, das kann ich nicht noch einmal durchmachen. Ich werde es nicht erlauben, dass du mir so etwas noch einmal antust.«

»Nein.« Er griff ihre Handgelenke, sein Blick schien sie zu durchbohren. »Diesmal gibt es keine Mauern, Morgana. Von beiden Seiten nicht. Versprich es.«

Sie öffnete den Mund, um zu protestieren, aber etwas in Nashs Blick ließ sie machtlos werden. »Na schön«, sagte sie knapp. »Ich will mich setzen.«

»Gut.« Er ließ sie los, weil er es für besser hielt, sie nicht zu berühren, während er versuchen wollte, einen Weg aus dem Chaos, das er veranstaltet hatte, herauszufinden. Als sie da auf dem Felsen saß, fiel ihm ein, dass er ernsthaft Gelüste verspürt hatte, sie umzubringen.

»Ganz gleich, wie schlimm die Dinge auch standen – du hättest nicht weglaufen dürfen.«

Sie riss die Augen auf und funkelte ihn an. »Ich?«

»Ja, du«, knurrte er. »Vielleicht habe ich mich wie ein Idiot benommen, aber das ist kein Grund, mich so leiden zu lassen. Als ich wieder zur Vernunft kam, warst du einfach nicht mehr da.«

»Aha, es ist also alles meine Schuld, was?«

»Dass ich in den letzten Wochen fast verrückt geworden bin? Ja!« Er stieß zischend den Atem aus. »Alles andere, der Rest ist auf meinem Mist gewachsen.« Er wagte sein Glück und legte seine Hand an ihre Wange. »Es tut mir leid.«

Sie wandte den Kopf ab, sonst hätte sie geweint. »Ich kann deine Entschuldigung nicht akzeptieren, solange ich nicht weiß, für was sie gilt.«

»Ich wusste doch, dass du mich vor dir kriechen sehen willst«, sagte er angewidert. »Also gut. Ich entschuldige mich für all die idiotischen Dinge, die ich gesagt habe.«

Ein ganz schwaches Lächeln erschien auf ihren Lippen. »Für alle?«

Mit seiner Geduld am Ende, riss er sie an den Armen hoch. »Verdammt, sieh mich an«, fluchte er. »Ich will, dass du mich ansiehst, wenn ich dir sage, dass ich dich liebe. Dass mir klar ist, dass es überhaupt nichts mit Zaubersprüchen und Beschwörungen zu tun hat. Nie damit zu tun hatte. Hier geht es allein um dich – und um mich.«

Als sie stumm die Augen schloss, stieg Panik in ihm auf. »Morgana, sperr mich nicht aus. Ich weiß, was ich dir angetan habe, ich weiß, wie dumm ich war. Ich hatte Angst. Höllische Angst. Bitte.« Er nahm ihr Gesicht in seine Hände. »Öffne die Augen und sieh mich an.« Als sie es tat, seufzte er erleichtert. Er konnte erkennen, dass es noch nicht zu spät war. »Für mich ist es das erste Mal«, sagte er leise. »Ich muss dich um Verzeihung bitten, für die Dinge, die ich gesagt habe. Ich habe es nicht so gemeint, ich habe das nur getan, um dich abzuschrecken. Aber darum geht es nicht. Ich habe sie gesagt.«

»Ich verstehe, was es heißt, Angst zu haben.« Sie fasste seine Handgelenke. »Wenn du um Verzeihung bittest, so sei sie dir gewährt. Sie muss dir nicht verwehrt bleiben.«

»Einfach so?« Er küsste sie auf die Braue, auf die Wange. »Du willst mich nicht für ein paar Jahre in eine Flunder oder so was verwandeln?«

»Nein, nicht beim ersten Fehler.« Sie zog sich von ihm zurück, wünschte, es gäbe eine freundliche, sonnige Wiese, über die sie gehen könnten. »Du hast eine lange Reise hinter dir, du musst müde sein. Warum gehen wir nicht hinein? Es ist fast Teezeit.«

»Morgana.« Er hielt sie fest. »Ich sagte, ich liebe dich. Das habe ich noch zu keinem Menschen gesagt. Das erste Mal war es schwer, aber ich denke, es wird mit jedem Mal einfacher werden.«

Sie wandte den Kopf ab. Ihre Mutter hätte es als das erkannt, was es war – ein Ausweichen. Nash sah darin die Ablehnung.

»Du hast gesagt, du liebst mich, Morgana.« Seine Stimme klang gepresst.

»Ja, das sagte ich, ich weiß.« Sie blickte ihn an. »Ich tue es noch immer.«

Er zog sie an sich und legte seine Stirn an ihre. »Ich hatte keine Ahnung, was für ein gutes Gefühl es ist, jemanden zu lieben und zurückgeliebt zu werden. Das ist ein guter Ansatzpunkt, Morgana. Ich weiß, ich bin nicht gerade der Traummann, und sicherlich werde ich auch einiges falsch machen. Ich bin nicht daran gewöhnt, dass jemand zu mir gehört. Oder für jemanden da zu sein. Aber ich werde mein Bestes geben. Das ist ein Versprechen.«

Sie stand ganz ruhig. »Was meinst du damit?«

Er trat zurück, war wieder schrecklich nervös und steckte die Hände in die Taschen. »Ich frage dich, ob du mich heiraten willst. Glaube ich zumindest.«

»Du glaubst es?«

Er fluchte. »Hör zu, ich will, dass wir heiraten. Vielleicht ist das nicht die richtige Art, einen Antrag zu machen. Wenn du also lieber warten willst, bis ich die Bühne vorbereitet habe und mit einem Ring in einem Samtkästchen vor dir knie – einverstanden. Es ist nur ... ich liebe dich so sehr, und deshalb wollte ich es dir sagen.«

»Ich brauche keine Bühne, Nash. Ich wünschte, es wäre so einfach.«

Er ballte die Fäuste. »Du willst mich nicht heiraten.«

»Ich will mein Leben mit dir teilen. Oh ja, das will ich. Aber du würdest nicht nur mich bekommen.«

Für einen Moment war er verwirrt. »Du meinst deine Familie und das ... nun, Donovan-Erbe. Baby, du bist alles, was ich will, und noch viel mehr. Die Tatsache, dass die Frau, die ich liebe, eine Hexe ist, macht es nur noch ein bisschen interessanter.«

Gerührt legte sie die Hand an seine Wange. »Nash, du bist perfekt, absolut perfekt für mich. Aber nicht nur damit würdest du leben müssen.« Sie blickte ihm gerade in die Augen. »Ich trage dein Kind unter meinem Herzen.«

Alle Farbe wich aus seinem Gesicht. »Wie bitte?«

Sie brauchte es nicht zu wiederholen. Sie sah ihn zurücktaumeln und auf den Felsen fallen, wo sie vorhin gesessen hatte.

Er musste nach Luft schnappen, bevor er sprechen konnte. »Ein Baby? Du bist schwanger? Du bekommst ein Kind?«

Nur äußerlich ruhig, nickte sie. »Das fasst es wohl zusammen, ja.« Sie ließ ihm Zeit, um etwas zu sagen, doch als er schwieg, fuhr sie fort: »Du hast deutlich zum Ausdruck gebracht, dass du keine Familie wolltest, und da die Sachlage sich geändert hatte, wollte ich ...«

»Du wusstest es.« Er schluckte. »An dem Tag, dem letzten Tag, da wusstest du es. Du warst gekommen, um es mir zu sagen.«

»Ja.«

Mit weichen Knien erhob er sich, um zum Wasser zu gehen. Er sah sie wieder vor sich, wie verletzlich sie damals ausgesehen hatte, hörte die Worte, die er ihr entgegengeschleudert hatte. War es da ein Wunder, dass sie verschwunden war und ihr Geheimnis für sich behalten hatte?

»Du denkst, ich will das Kind nicht?«

Morgana befeuchtete ihre Lippen. »Ich erkenne, dass du Zweifel hast. Das war nicht geplant, von keinem von uns beiden.« Sie unterbrach sich entsetzt. »Ich habe es nicht geplant.«

Er schwang sie zu sich herum, seine Augen glühten. »Ich mache nur sehr selten zweimal den gleichen Fehler. Und mit dir ganz bestimmt nicht. Wann?«

Sie legte eine Hand auf ihren Leib. »Vor Weihnachten. Das Kind ist in jener ersten Nacht empfangen worden, während der Tagundnachtgleiche.«

»Weihnachten also«, wiederholte er. Und dachte an ein rotes Fahrrad, an frisch gebackene Kekse, Lachen und eine Familie, die fast seine geworden wäre. Jetzt bot sie ihm das – eine eigene Familie. Etwas, das er nie gehabt hatte, wonach er sich immer gesehnt hatte.

»Du sagtest, ich sei frei«, meinte er vorsichtig. »Frei von dir und dem, was wir geschaffen haben. Damit meintest du das Baby.«

Ihre Augen wurden dunkel, und ihre Stimme klang fest. »Dieses Kind wird geliebt, es ist gewollt. Ein Kind ist nie ein Fehler, sondern immer ein Geschenk. Ich will es lieber für mich allein haben, bevor es auch nur einen Moment in seinem Leben daran zweifeln muss, dass es geliebt wird.«

Er wusste nicht, ob er ein Wort über die Lippen bringen konnte, aber als er es tat, kamen diese Worte direkt aus seinem Herzen. »Ich will das Baby. Und dich. Und alles, was wir zusammen erschaffen. Ich will das, wie ich noch nie in meinem Leben etwas gewollt habe.«

Durch einen Tränenschleier blickte sie ihn an. »Alles, was du tun musst, ist fragen.«

Er kam zu ihr, legte seine Hand auf ihre, die auf ihrem Leib ruhte. »Gib mir eine Chance«, war alles, was er sagte.

Sie lächelte, als sein Mund ihrem entgegenstrebte. »Wir haben lange auf dich gewartet.«

»Ich werde Vater.« Er sprach es langsam aus, wie einen Test. Dann jubelte er laut auf und schwang Morgana lachend auf seine Arme. »Wir haben zusammen ein Baby gemacht.«

Sie schlang die Arme um seinen Nacken und fiel in sein Lachen ein. »Ja.«

»Wir sind eine Familie.«

»Ja.«

Er küsste sie lange und ausgiebig, bevor er zu laufen begann. »Wenn es uns mit dem ersten gut gelingt, dann können wir es doch noch öfter probieren, oder? Was meinst du, Morgana?«

»Auf jeden Fall. Wohin gehen wir eigentlich?«

»Ich bringe dich zurück und zu Bett. Zusammen mit mir.«

»Hört sich wunderbar an. Aber du brauchst mich nicht den ganzen Weg zu tragen.«

»Und ob. Von jetzt an werde ich dich jeden Tag auf Händen tragen. Du bekommst ein Kind von mir. Mein Baby. Ich kann es genau vor mir sehen ... Innen. Ein sonniger Raum mit hellblauen Wänden ...«

»Gelb.«

»Na schön, hellgelben Wänden also. Unter dem Fenster eine antike Wiege, ein lustiges Mobile schwebt darüber. Man hört ein Glucksen aus der Wiege, und eine kleine pummelige Hand greift nach dem ...« Er brach ab und blieb stehen. »Oh Mann.«

»Was ist denn?«

»Mir ist gerade klar geworden ... Wie stehen die Chancen? Ich meine, wie wahrscheinlich ist es, dass das Baby ... du weißt schon ... deine Talente erbt?«

Lächelnd wickelte sie sich eine Haarsträhne von ihm um den Finger. »Du meinst, dass das Baby eine Hexe wird? Die Chance ist groß, würde ich sagen. Die Gene der Donovans sind ziemlich stark.« Lachend knabberte sie an seinem Hals. »Aber sie wird bestimmt deine Augen haben.«

»Ja.« Er schritt wieder aus und stellte fest, dass er glücklich vor sich hin grinste. »Ich wette, sie hat meine Augen.«

– ENDE –

Anna DePalo

Drei Hochzeiten
und eine ewige Liebe

Roman

Aus dem amerikanischen Englisch von
Gabriele Ramm

1. Kapitel

Pia war gerade Zeugin einer Katastrophe geworden.

Okay, es hatte keine Verletzten gegeben, aber die Auswirkungen waren verheerend.

Versunken in die Gedanken an das eben Erlebte, sah Pia sich auf dem Hochzeitsempfang um. Wer hätte auch ahnen können, dass sich in einem Kirchengang, in dem meterweise elfenbeinfarbener Satin ausgebreitet war und in dem der Duft von Lilien und Rosen die Sommerluft versüßte, eine Katastrophe anbahnte? Als Hochzeitsplanerin hatte Pia schon so einiges erlebt. Der eine oder andere Bräutigam, der kalte Füße bekommen hatte. Bräute, denen die Hochzeitskleider zu eng geworden waren. Einmal hatte sogar ein kleiner Junge einen der Eheringe verschluckt, die er zum Altar hätte tragen sollen. Aber Pias absolut zuverlässige und praktisch veranlagte Freundin Belinda würde keine derartigen Probleme auf ihrer Hochzeit haben. Jedenfalls hatte Pia das bis vor zwei Stunden noch geglaubt.

Umso fassungsloser war sie – so wie auch alle anderen Gäste – gewesen, als der Marquis von Easterbridge entschlossenen Schrittes zum Altar gegangen war, um zu verkünden, dass es tatsächlich einen triftigen Grund gab, warum Belinda Wentworth und Tod Dillingham nicht heiraten konnten. Weil nämlich Belindas überstürzte und heimlich geschlossene Ehe mit Colin Granville, dem jetzigen Marquis von Easterbridge, bisher weder annulliert noch geschieden worden war.

Ein Raunen war durch die Kirche gegangen, in der sich die

Crème de la Crème der New Yorker Gesellschaft versammelt hatte. Glücklicherweise war niemand in Ohnmacht gefallen.

Zumindest dafür war Pia dankbar. Selbst eine Hochzeitsplanerin konnte nicht mehr viel ausrichten, wenn der Hund den Kuchen fraß, ein Taxi das Kleid der Braut mit Schmutz bespritzte oder, wie in diesem Fall, sich *der rechtmäßige Ehemann* entschied, zur Trauung zu erscheinen!

Wie erstarrt hatte Pia dagesessen. Schutzengel, hatte sie noch benommen gedacht, scheinen heutzutage selten im Einsatz zu sein.

Im nächsten Moment hatte sie dann leise geflucht. *Verdammt, Belinda, warum, zum Teufel, hast du mir nichts von deiner Hochzeit in Las Vegas erzählt? Noch dazu, wenn du ausgerechnet den erbitterten Feind deiner Familie heiratest!*

Doch instinktiv hatte Pia gewusst, warum. Es war etwas, das ihre Freundin zutiefst bedauerte. Mitleidig überlegte Pia, was Belinda im Augenblick auszustehen hatte. Sie und Tamara Kincaid, eine der Brautjungfern, waren Belindas beste Freundinnen in New York.

Gleichwohl musste Pia sich aber auch eingestehen, dass sie eine gewisse Mitschuld traf. Warum hatte sie Colin nicht entdeckt und aufgehalten, wie es sich für eine gute Hochzeitsplanerin gehört hätte?

Die Leute würden sich wundern, warum sie als Beraterin und Freundin der Braut nicht über genügend Informationen verfügt hatte, um den Marquis von Easterbridge fernzuhalten oder ihn davon abzuhalten, solch einen öffentlichen Skandal zu verursachen. Damit hatte er nicht nur die Hochzeit ihrer Freundin ruiniert, sondern auch ihren Ruf als Hochzeitsplanerin.

Pia war zum Heulen zumute, als sie daran dachte, wie sehr ihr noch junges Unternehmen, das sie »Pia Lumleys Hochzeitsträume« genannt hatte, darunter leiden würde. Die Wentworth-Dillingham-Hochzeit – oder, genauer gesagt, die Beinahe-Hochzeit – war ihr bisher größter Auftrag gewesen. Erst vor gut zwei Jahren hatte sie sich selbstständig gemacht, nachdem sie einige Jahre als Assistentin in einer großen Eventagentur gearbeitet hatte.

Oh, das war alles grauenvoll. Ein Albtraum – für Belinda und für sie.

Als sie fünf Jahre zuvor direkt nach dem College aus einer Kleinstadt in Pennsylvania nach New York gekommen war, hatte sie davon geträumt, es hier zu etwas zu bringen. Auf diese Weise zu scheitern war äußerst deprimierend.

Wie zur Bestätigung ihrer schlimmsten Befürchtungen war, gleich nachdem die Braut mit ihrem Bräutigam und ihrem Noch-Ehemann verschwunden war, eine der furchterregendsten Matronen der High Society von New York auf sie zugestürmt.

Mrs Knox hatte sich zu ihr gebeugt und theatralisch geflüstert: »Pia, meine Liebe, haben Sie denn nicht gesehen, wie der Marquis in die Kirche gekommen ist?«

Pia hatte gequält gelächelt. Sie hätte gern gesagt, dass sie keinen blassen Schimmer gehabt hatte, dass der Marquis und Belinda verheiratet waren. Dass es auch nicht viel genutzt hätte, ihn aufzuhalten, denn an der Tatsache, dass er und Belinda ein Ehepaar waren, hätte es ja nichts geändert. Aber aus Loyalität zu ihrer Freundin hatte sie geschwiegen.

Mrs Knox' Augen hatten gefunkelt. »Sie hätten diesen öffentlichen Skandal verhindern müssen.«

Stimmt, dachte Pia. Aber selbst wenn ich es versucht hätte, hätte es nichts genutzt. Der Marquis war wild entschlossen gewesen.

Nach dem Vorfall hatte Pia versucht, die Situation zu retten, indem sie sich mit ausgewählten Mitgliedern der Familie Wentworth besprochen und dann alle Gäste dazu ermuntert hatte, zum Empfang ins Plaza Hotel zu fahren, frei nach dem Motto »The show must go on«.

Als Pia sich jetzt im Saal umschaute, entspannte sie sich ein wenig, obwohl es ihr immer noch im Kopf schwirrte.

Sie konzentrierte sich auf ihre Atmung, eine Entspannungstechnik, die sie schon vor langer Zeit erlernt hatte, um den Anforderungen von gestressten Bräuten und noch stressigeren Hochzeitstagen gelassen entgegensehen zu können.

Belinda und Colin würden die Sache sicherlich klären können. Irgendwie. Man könnte eine kurze Erklärung an die Presse herausgeben, um die Wogen zu glätten. Vielleicht so etwas wie: *Infolge eines unglücklichen Missverständnisses...*

Ja, genau so. Alles würde sich wieder einrenken.

Mit der Entspannung war es schlagartig vorbei, als Pia einen großen blonden Mann am anderen Ende des Saals entdeckte.

Obwohl er ihr den Rücken zuwandte, bekam sie eine Gänsehaut, denn er kam ihr seltsam vertraut vor. Oh nein, dachte sie. Als er sich umdrehte, um mit einem Mann zu sprechen, der zu ihm getreten war, sah sie sein Gesicht und schnappte nach Luft.

Das war jetzt eine echte Katastrophe, dagegen war das Drama in der Kirche harmlos gewesen.

Konnte dieser Tag noch schlimmer werden?

Da stand doch tatsächlich James Fielding... alias »Mr Right«, der sich leider als falsch, falsch und noch mal falsch erwiesen hatte.

Was hatte James hier zu suchen?

Drei lange Jahre war es her, seit sie ihn zuletzt gesehen hatte, damals, als er so unverhofft in ihr Leben getreten war, um genauso schnell wieder zu verschwinden. Aber es bestand kein Zweifel: Bei diesem verführerischen blonden Adonis handelte es sich eindeutig um James.

Er war fast zehn Jahre älter als sie, also sechsunddreißig. Aber man sieht es ihm nicht an, musste sie insgeheim zugeben. Das blonde Haar war jetzt kürzer geschnitten, aber mit seinen breiten Schultern, der muskulösen Statur und der stattlichen Größe von fast einem Meter neunzig war er noch genauso beeindruckend, wie sie ihn in Erinnerung hatte.

Früher war er ein unbekümmerter und scheinbar sorgenfreier Mann gewesen, doch heute wirkte seine Miene ernster. Trotzdem, eine Frau vergaß ihren ersten Liebhaber nie – schon gar nicht, wenn er am Morgen danach wortlos verschwunden war.

Unbewusst begann Pia auf James zuzugehen. Sie wusste nicht, was sie sagen würde, aber ihre Füße trugen sie vorwärts, während die Wut in ihr wieder aufflammte. Instinktiv ballte sie die Hände zu Fäusten.

Im Näherkommen bemerkte sie, dass James mit Oliver Smithson, einem bekannten Wall-Street-Hedgefonds-Manager, redete.

»… Eure Gnaden«, sagte der ältere Mann gerade.

Pia stutzte. *Eure Gnaden?*

Wieso wurde James mit diesem Titel angeredet? Auf dem Empfang waren eine Reihe von britischen Aristokraten, aber selbst ein Marquis wurde allenfalls mit »Mylord« angeredet. Soweit sie wusste, wurde »Euer Gnaden« nur für einen … Herzog benutzt.

Es sei denn, Oliver Smithson scherzte? Aber das war eher unwahrscheinlich.

Ehe sie den Gedanken weiterverfolgen konnte, war sie bei ihnen, und James entdeckte sie. Zufrieden registrierte Pia, dass er überrascht blinzelte, als er sie wiedererkannte.

In seinem Smoking sah er lässig-elegant aus. Er hatte ebenmäßige Gesichtszüge, auch wenn seine Nase nicht ganz gerade war und das Kinn ein wenig kantig wirkte. Die Augenbrauen über den bernsteinfarbenen Augen, deren Schimmer sie während der einen Nacht, die sie zusammen verbracht hatten, so fasziniert hatte, waren nur eine Spur dunkler als sein Haar.

Wenn sie nicht so wütend gewesen wäre, hätte so viel maskuline Attraktivität sie vielleicht atemlos gemacht. Allerdings spürte sie, dass sie gegen seine Reize nicht ganz immun war.

Kein Wunder, dass ich vor drei Jahren auf ihn hereingefallen bin, rechtfertigte sie sich, der Mann ist ein wandelndes Sexsymbol.

Obwohl sein verwegener Charme, mit dem er sie bei ihrer ersten Begegnung so überrumpelt hatte, ein wenig gezähmt schien, spürte sie, dass ihm wahrscheinlich noch immer keine Frau widerstehen konnte. Ihr war es ja auch nicht gelungen.

»Ah, unsere bezaubernde Hochzeitsplanerin«, begrüßte Oliver Smithson sie, der offensichtlich nichts von der Spannung, die in der Luft lag, mitbekam. Er lachte herzhaft. »Das war wahrlich nicht vorherzusehen, oder?«

Pia wusste, dass er das Drama in der Kirche meinte, doch leider traf es auch auf die momentane Situation zu. Nie im Leben hätte sie erwartet, James hier zu treffen.

Als wüsste er genau, was sie dachte, hob James eine Augenbraue.

Bevor einer von ihnen jedoch etwas sagen konnte, fuhr Smithson an Pia gewandt fort: »Haben Sie Seine Gnaden, den Duke of Hawkshire schon kennengelernt?«

Den Duke ...? Pia riss die Augen auf und starrte James in stummer Wut an. Er war also wirklich ein Herzog? Hieß er überhaupt James?

Okay – die Antwort auf diese Frage kannte sie, denn selbstverständlich hatte sie die Gästeliste vor der Hochzeit angeschaut. Allerdings hatte sie keine Ahnung gehabt, dass ihr One-Night-Stand und James Carsdale, der neunte Duke of Hawkshire, ein und dieselbe Person waren. Plötzlich wurde ihr schwindelig.

James sah Oliver Smithson an. »Vielen Dank, aber Miss Lumley und ich kennen uns bereits«, erklärte er, bevor er sich wieder zu ihr umdrehte. »Und bitte nennen Sie mich Hawk, das tun die meisten.«

Ja, wir kennen uns besser, als man vermuten würde, dachte Pia verbittert. Und wie konnte James oder Hawk – *was war das überhaupt für ein Name? Habicht, wie albern!* – es wagen, so überheblich und gelassen dazustehen?

Ihr Blick begegnete dem des Mannes, der ein Fremder für sie war und den sie doch auf so intime Weise kennengelernt hatte. Das Kinn vorreckend, meinte sie: »J… ja, i… ich hatte bereits das Vergnügen.«

Ihre Wangen röteten sich. Sie hatte eine geistreiche, doppeldeutige Bemerkung machen wollen, das Ganze jedoch versaut, indem sie unsicher und naiv geklungen hatte.

Verdammt, warum musste sie ausgerechnet jetzt wieder anfangen zu stottern? Das bewies nur, wie aufgeregt sie war. Dabei hatte sie so lange mit einem Therapeuten gearbeitet, um diesen Sprachfehler zu beheben.

Hawk kniff die Augen zusammen. Offenbar hatte er ihren Seitenhieb verstanden, und der gefiel ihm ganz und gar nicht. Aber dann hellte sich seine Miene plötzlich auf, bevor er sie überraschend zärtlich ansah.

Ihr verräterischer Körper reagierte sofort darauf: ein Kribbeln im Bauch, ein köstliches Ziehen im Unterleib … Sie musste sich täuschen, James flirtete doch nicht etwa mit ihr, oder?

Hatte er Mitleid mit ihr? Schaute er auf sie herab, auf die naive Jungfrau, die er nach nur einer Nacht verlassen hatte? Bei dem Gedanken bekam sie ein flaues Gefühl in der Magengegend.

»Pia.«

Als er ihren Namen aussprach, überkamen sie Erinnerungen an eine unglaublich erotische Nacht zwischen ihren bestickten weißen Laken.

Der Teufel soll dich holen, dachte sie und versuchte, ihre Gefühle unter Kontrolle zu bringen.

»Was für ein unerwartetes ... Vergnügen«, bemerkte Hawk und verzog die Lippen zu einem spöttischen Lächeln, als wollte er demonstrieren, dass er dieses Spielchen mit der Doppeldeutigkeit genauso gut beherrschte.

Bevor sie darauf antworten konnte, blieb ein Kellner neben ihnen stehen und präsentierte ein Tablett mit kleinen Häppchen.

Als Pia einen Blick auf das Tablett warf, erinnerte sie sich sofort daran, dass sie und Belinda einen ganzen Nachmittag damit zugebracht hatten, die Kanapees auszuwählen.

Kurz entschlossen beschloss sie, alles auf eine Karte zu setzen.

»Danke.« Sie nickte dem Kellner zu und bediente sich.

Mit einem Lächeln auf den Lippen drehte sie sich wieder zu James herum. »Das Vergnügen ist ganz auf meiner Seite. Bon Appetit.«

Ohne zu zögern, warf sie ihm die Hors d'œuvres mit dem Auberginenpüree ins Gesicht, machte auf dem Absatz kehrt und steuerte auf die Hotelküche zu.

Vage nahm sie noch die erstaunten Blicke des Hedgefonds-Managers und einiger anderer Gäste wahr, ehe sie die Schwingtüren zur Küche aufstieß. Wenn ihr guter Ruf bis zu diesem Zeitpunkt noch nicht ruiniert gewesen war, dann war er es spätestens jetzt. Aber das war es wert gewesen.

Hawk nahm die Serviette, die ein Kellner ihm eilig reichte.

»Danke«, sagte er mit angemessen aristokratischer Selbstbeherrschung und wischte sich das Gesicht ab.

Leicht irritiert musterte Oliver Smithson ihn. »Also …«

Hawk fuhr sich mit der Zunge über die Lippen und erklärte: »Köstlich, allerdings ein wenig scharf«, wobei er sowohl das Häppchen als auch die kleine Sexbombe meinte, die es ihm ins Gesicht geworfen hatte.

Der Hedgefonds-Manager lachte unsicher und schaute sich um. »Wenn ich gewusst hätte, dass diese Hochzeitsfeier so aufregend wird, hätte ich Aktien dafür auf den Markt gebracht.«

»Ehrlich?«, erwiderte Hawk gedehnt. »Aber Sie haben wohl recht. Solche Aktien verlieren nicht an Wert. Genau genommen sind es heutzutage doch Skandale, die zu Ruhm und Reichtum führen, oder nicht?«

Hawk war klar, dass er alles daransetzen musste, um diesen Flächenbrand einzudämmen. Trotz des Affronts, den er hatte erdulden müssen, dachte er vor allem an die niedliche Hochzeitsplanerin, die gerade eben davongestürmt war.

Hawk bemerkte, dass Smithson ihn neugierig musterte und sich wohl gerade überlegte, ob er in diesem peinlichen Moment etwas sagen sollte.

»Sie entschuldigen mich sicherlich?«, meinte Hawk daher und verschwand, ohne eine Antwort abzuwarten, in die Richtung, in die Pia gegangen war.

Vermutlich sollte man einen wichtigen Geschäftspartner nicht einfach so stehen lassen, aber jetzt gab es Dringenderes zu erledigen.

Als er in die Küche schlenderte, fuhr Pia zu ihm herum.

Sie war – genau wie beim ersten und letzten Mal, als sie sich getroffen hatten – sexy, ohne sich dessen bewusst zu sein. Ihr kurviger Körper steckte in einem Kleid, das sie wie eine zweite

Haut umschmeichelte. Ihr glattes dunkelblondes Haar war zu einem praktischen, aber eleganten Knoten hochgesteckt. Und dann waren da noch ihre Haut – so weich wie ein Pfirsich –, die vollen Lippen und die Augen, die ihn an klaren Bernstein erinnerten.

Diese Augen funkelten jetzt wütend, während Hawk versuchte, sich gegen Pias Sex-Appeal zu wappnen.

»B… bist du auf der Suche nach mir?«, wollte Pia wissen. »Wenn ja, bist du drei Jahre zu spät!«

Hawk konnte nicht umhin, ihre resolute Art zu bewundern, auch wenn es in diesem Fall zu seinen Lasten ging. »Ich wollte mich erkundigen, wie es dir geht. Ich versichere dir, wenn ich gewusst hätte, dass du hier bist …«

Wütend kniff sie die Augen zusammen. »Dann hättest du was getan? Wärst in die andere Richtung gerannt? Hättest die Einladung zur Hochzeit abgelehnt?«

»Dieses Treffen ist für mich genauso überraschend wie für dich.«

Das Auftauchen des Noch-Ehemannes der Braut in der Kirche war schon erstaunlich gewesen, aber nicht zu vergleichen mit dem Schock, den Hawk erlitten hatte, als er Pia wiedergesehen … und ihre Fassungslosigkeit und den Schmerz auf ihrem Gesicht bemerkt hatte.

»Eine unangenehme Überraschung, *Euer Gnaden*«, konterte Pia. »Ich erinnere mich nicht, dass du deinen Titel erwähnt hast, als wir uns das letzte Mal getroffen haben.«

»Damals hatte ich den Titel noch nicht«, versuchte er, sich zu rechtfertigen.

»Aber du warst auch nicht einfach nur James Fielding, oder?«

Dem konnte er nicht widersprechen, also schwieg er.

»Dachte ich's mir doch!«

»Ich heiße James Fielding Carsdale, und jetzt bin ich der neunte Duke of Hawkshire. Früher hatte ich das Anrecht, als Lord James Fielding Carsdale oder einfach ...«, seine Lippen verzogen sich zu einem selbstironischen Lächeln, »... mit Mylord angeredet zu werden, obwohl ich meist auf den Titel und all die Formalitäten, die damit einhergehen, verzichtet habe.«

Die Wahrheit war, dass er früher, als er noch ein Playboy gewesen war, lieber inkognito als Mr James Fielding unterwegs gewesen war, um lästigen Frauen, die nur auf sein Geld aus waren, aus dem Weg zu gehen – bis jemand, nämlich Pia, durch ebendiese Charade und sein heimliches Verschwinden verletzt worden war.

Dabei hatte er eigentlich gar keinen Anspruch auf den Titel des Dukes gehabt, sondern das Anrecht darauf erst erhalten, nachdem sein älterer Bruder William bei einem tragischen Unfall ums Leben gekommen war. Ein Verlust, der Hawk noch immer einen Stich versetzte. Früher war er Lord James Carsdale, der sorglose jüngere Sohn, gewesen, der sich nicht mit der Verantwortung, die der Titel mit sich brachte, belasten musste.

Es hatte drei Jahre gedauert – so lange trug er diese Verantwortung jetzt schon –, um ihm klarzumachen, wie gedankenlos und leichtsinnig er gewesen war und wie viel Schaden er damit angerichtet hatte. Vor allem Pia gegenüber. Aber sie irrte sich, wenn sie glaubte, er wolle ihr aus dem Weg gehen. Er war froh, sie wiederzusehen – froh, vielleicht etwas wiedergutmachen zu können.

Pia runzelte die Stirn. »Willst du damit sagen, dass dein Verhalten irgendwie entschuldigt werden kann, weil der Name, den du mir genannt hast, nicht völlig falsch war?«

»Nein, aber ich versuche, wenn auch verspätet, reinen Tisch zu machen.« Hawk seufzte still.

»Vergiss es. Ich hatte schon gar nicht mehr an dich gedacht, bis sich eben die Möglichkeit eröffnet hat, dich mit deinem Verschwinden zu konfrontieren.«

»Pia, können wir woanders darüber reden?« Vielsagend schaute Hawk sich um. Das Küchenpersonal und die Kellner warfen ihnen bereits neugierige Blicke zu. »Wir sind Teil des heutigen Spektakels, und ich glaube, das grenzt schon bald ans Melodramatische.«

»Glaub mir«, konterte sie, »ich bin schon auf genügend Hochzeiten gewesen, um zu wissen, dass wir noch lange nicht im melodramatischen Bereich sind. Zum Melodrama wird es erst, wenn die Braut vor dem Altar in Ohnmacht kippt oder der Bräutigam allein in die Flitterwochen fliegt, nicht, wenn die Hochzeitsplanerin ihren lausigen One-Night-Stand zur Rede stellt.«

Hawk schwieg. Vermutlich hatte sie recht. Was machte eine Szene mehr oder weniger schon aus, nachdem bereits so viel passiert war? Außerdem war es offensichtlich, dass Pia sehr betroffen war. Die Unterbrechung während der Trauung machte ihr wohl mehr Sorgen, als sie zugeben wollte, ganz zu schweigen von seiner Gegenwart.

Ungeduldig verschränkte Pia die Arme vor der Brust. »Läufst du bei jeder Frau am Morgen danach weg?«

Nein, nur bei der einzigen Frau, die sich als Jungfrau entpuppt hatte – bei ihr. Ihr herzförmiges Gesicht hatte ihn genauso fasziniert wie ihr wohlproportionierter Körper, und am nächsten Morgen war ihm klar geworden, dass es ihn heftig erwischt hatte.

Hawk war keineswegs stolz auf sein Verhalten. Aber sein ehemaliges Ich schien Lichtjahre entfernt von dem Mann, der er jetzt war.

Obwohl es ihn auch jetzt drängte, sie an sich zu ziehen, sie zu berühren …

Schnell verdrängte er den Gedanken und rief sich in Erinnerung, was in seinem Leben als Duke jetzt wichtig war. Es ging nicht an, dass er Pias Leben noch einmal durcheinanderbrachte. Dieses Mal wollte er wiedergutmachen, was er ihr angetan hatte.

Selbst in seiner Sturm- und Drangzeit, als er noch viel weniger verantwortungsbewusst gewesen war, hatte er niemals der erste Liebhaber für eine Frau sein wollen. Die Vorstellung, als »der Erste« in Erinnerung zu bleiben, gefiel ihm nicht. Und auch er wollte sich nicht mit so etwas belasten. Das passte nicht in sein sorgenfreies Leben.

Jetzt behauptete Pia, sie hätte ihn vergessen. Tat sie es aus Stolz, oder war es die Wahrheit? Ihm war es nämlich nicht gelungen, sie sich gänzlich aus dem Kopf zu schlagen – sosehr er es auch versucht hatte.

Da er ihre Frage noch immer nicht beantwortet hatte, starrte Pia ihn zornig an, bevor sie erneut auf dem Absatz kehrtmachte. »D... dieses Mal bin ich diejenige, die geht. Lebt wohl, Euer Gnaden.«

Sie marschierte weiter in die Küche hinein und ließ Hawk stehen. Was für ein grässlicher Abschluss eines ohnehin schrecklichen Tages – vor allem für Pia! Belindas verhinderte Trauung würde sich sicherlich nicht gerade positiv auf den Ruf von Pias Firma auswirken. Und die Tatsache, dass Pia so wütend über Hawks Täuschungsmanöver war, dass sie ihn mit Häppchen beworfen hatte, machte die Sache nicht gerade besser.

Pia brauchte ganz offensichtlich Hilfe.

Und je länger Hawk darüber nachdachte, desto ausgezeichneter erschien ihm die Idee, die ihm schon die ganze Zeit durch den Kopf ging.

2. Kapitel

Als Pia nach dem Empfang nach Hause kam, versuchte sie nicht, Hawk mit Gewalt aus ihren Gedanken zu verbannen.

Stattdessen hob sie Mr Darcy von ihrem Schreibtischstuhl, schaltete ihren Computer ein und gab Hawks Namen und Titel bei Google ein. Dabei redete sie sich ein, dass sie nur nach einem Foto Ausschau hielt, damit sie einen Steckbrief in alter Westernmanier anfertigen konnte: GESUCHT: ATTRAKTIVER DUKE, DER SICH ALS MR RIGHT AUSGIBT. In Wahrheit war sie natürlich scharf auf mehr Informationen.

James Fielding Carsdale, neunter Duke of Hawkshire.

Das Internet enttäuschte sie nicht. Innerhalb weniger Sekunden erschienen die ersten von zahlreichen Einträgen.

Hawk hatte drei Jahre zuvor Sunhill Investments, eine Hedgefondsfirma, gegründet, kurz nachdem er ihr, Pia, die Unschuld geraubt und sich davongemacht hatte. Die Firma war erfolgreich, so sehr, dass Hawk und seine Partner inzwischen zu Multimillionären geworden waren.

Mist. Es war schwer zu akzeptieren, dass ihm das Glück hold gewesen war, nachdem er sie hatte sitzen lassen. Es gibt eben keine Gerechtigkeit auf dieser Welt, dachte sie.

Der Firmensitz von Sunhill Investments war in London, doch vor Kurzem war ein Büro in New York eröffnet worden, sodass Hawks Anwesenheit auf dieser Seite des Atlantiks wohl nicht nur mit der Hochzeit zusammenhing, zu der es nicht gekommen war.

Während Pia die Einträge las, streichelte sie geistesabwesend

Mr Darcys Ohren, als er ihr um die Beine strich. Sie hatte den Kater aus dem Tierheim geholt, nachdem sie zwei Jahre zuvor in diese Wohnung eingezogen war. Gelegentlich nutzte sie sie auch, um potenzielle Kundinnen zu empfangen, und hatte sie entsprechend eingerichtet. Meist besuchte sie die zukünftigen Bräute jedoch in ihren stilvollen, luxuriösen Häusern.

Der nächste Klick mit der Computermaus öffnete einen älteren Artikel aus einer der New Yorker Klatschzeitungen. Das Bild dazu zeigte Hawk zwischen zwei blonden Models, einen Drink in der Hand und ein teuflisches Funkeln in den Augen. Aus dem Artikel ging eindeutig hervor, dass Hawk regelmäßig auf den angesagten Partys in London und manchmal auch in New York gesichtet wurde.

Pia presste die Lippen aufeinander. Na ja, der Artikel belegte immerhin, dass sie vom Äußerlichen her sein Typ war – er schien eine Vorliebe für Blondinen zu haben. Allerdings war sie ein ganzes Stück kleiner als ein Model – ganz davon abgesehen, dass sie auch ein wenig fülliger war als die langbeinigen, dürren Mannequins, mit denen er fotografiert worden war.

Das einzig Gute an der ganzen Situation war die Tatsache, dass sie aufgrund von Hawks abscheulichem Verhalten den Mut aufgebracht hatte, sich selbstständig zu machen. Ihr war klar geworden, dass sie aufhören musste, auf ihren Märchenprinzen zu warten, und stattdessen ihr Leben selbst in die Hand nehmen musste. Wie erbärmlich wäre es auch gewesen, wenn sie ihm in ihrer winzigen Wohnung, in der sie drei Jahre zuvor noch gewohnt hatte, hinterhergetrauert hätte, während er sich eine so grandiose Karriere in der Finanzwelt aufbaute.

Sie hatte sich, genau wie er, weiterentwickelt und war auf der Erfolgsleiter nach oben geklettert. Und Hawk – der Duke oder Seine Gnaden oder wie auch immer er gern angeredet werden wollte – konnte ihr gestohlen bleiben.

Trotzdem suchte sie im Internet nach weiteren Einträgen und sah sich schließlich in ihrer Einschätzung über ihn bestätigt. Er war mit Models, Schauspielerinnen und sogar mit der einen oder anderen Sängerin liiert gewesen. Er war schon Teil der Schickeria gewesen, bevor er Millionen im Finanzwesen verdient hatte.

Wie dumm von ihr, zu erwarten, dass er mehr als eine Nacht mit ihr verbringen würde. Dumm und unglaublich vertrauensselig.

Und doch war es nicht nur Naivität gewesen. Sie war von einem erfahrenen Playboy ausgetrickst und benutzt worden.

Abrupt stand sie auf, schaltete den Computer aus und marschierte ins Schlafzimmer, um sich bettfertig zu machen. Als sie kurz darauf ihre Haare vor dem Spiegel bürstete, betrachtete sie sich eingehend.

Sie gehörte nicht zu den Frauen, die unglaublich schön waren, aber – wenn man den Komplimenten Glauben schenken konnte, die sie seit der Highschool immer wieder erhalten hatte – offensichtlich war sie ganz hübsch und niedlich. Jetzt allerdings zwang sie sich, ein wenig kritischer hinzuschauen.

Hatte sie etwas an sich, was geradezu schrie: *Nutz mich aus?* Sah ihr Gesicht so aus, als würde sie auf alles und jeden hereinfallen? Anscheinend.

Seufzend stand sie auf, schaltete das Licht aus und schlüpfte unter die Bettdecke. Mr Darcy sprang aufs Bett, und sie spürte, wie er sich an ihr Bein schmiegte.

Es war ein langer, viel zu aufregender Tag gewesen, und sie war hundemüde. Trotzdem konnte sie nicht einschlafen.

Die Tränen, die ihr plötzlich über die Wangen liefen, überraschten sie. Es war lange her, seit sie wegen Hawk geweint hatte.

Zur Hölle mit ihm.

Wenn sie Glück hatte, sah sie ihn nie wieder. Ich bin über ihn hinweg, redete sie sich ein, und dies ist ganz bestimmt das letzte Mal, dass ich seinetwegen Tränen vergieße.

Das ist ja wie ein Déjà-vu-Erlebnis, dachte Hawk und sah sich auf Meltons malerischem Anwesen in Gloucestershire um. Es ähnelte seinem eigenen Familienbesitz in Oxford, und die ausgedehnten Gärten und Felder, die das jahrhundertealte, imposante Kalksteingebäude umgaben, leuchteten in der Augustsonne.

Es war die perfekte Kulisse für eine Hochzeit, und genau das war der Anlass, zu dem sein Freund Sawyer Langsford, der Earl of Melton, eingeladen hatte. Er würde heute Tamara Kincaid heiraten, eine Frau, die auf der geplatzten Wentworth-Dillingham-Hochzeit zwei Monate zuvor kaum dazu hatte überredet werden können, mit ihm zu tanzen.

Bei dem Gedanken an Hochzeiten musste Hawk sich eingestehen, dass er an einem Punkt in seinem Leben angekommen war, an dem auch er eine gewisse Verantwortung verspürte, für einen Erben zu sorgen. Er war jetzt sechsunddreißig, beruflich erfolgreich – da gab es keine Ausreden mehr.

Früher, während seiner sorglosen Tage, war er mit vielen Frauen ausgegangen. Die Rolle als jüngerer, wenig verantwortungsbewusster Sohn war ihm wie auf den Leib geschnitten gewesen – obwohl er durchaus seinem Beruf in der Finanzwelt nachgegangen war. William dagegen war der verantwortungsbewusste ältere Bruder und Erbe gewesen.

Und jetzt heiratete einer seiner engsten Freunde. Hawk war auf Sawyers Bitte hin zu dieser im engsten Familien- und Freundeskreis stattfindenden Trauung gekommen. Easterbridge würde ebenfalls teilnehmen, ebenso wie seine noch Angetraute Belinda Wentworth, die allerdings ohne ihren »Beinahe-Ehemann« Tod Dillingham gekommen war.

Was Hawk jedoch am meisten interessierte, war die Tatsache, dass niemand anderes als Pia Lumley die heutige Hochzeit vorbereitet hatte. Denn, wie der Zufall es wollte, Tamara Kincaid war eine weitere gute Freundin von Pia.

Als hätte er sie mit seinen Gedanken herbeigezaubert, kam Pia aus der Terrassentür hinunter auf den Rasen, auf dem er stand.

Sie sah jung, frisch und unschuldig aus, und Hawk verspürte einen kleinen Stich. Genau das war sie vor drei Jahren gewesen, als er sie zum ersten Mal getroffen – und gleich wieder verlassen hatte.

Noch war sie schlicht mit einer weißen Bluse und einer grünen Hose bekleidet, zu der sie flache Ballerinas trug. Trotzdem kamen ihre fraulichen Kurven gut zur Geltung, und die Bluse eröffnete einen dezenten Blick in ihr Dekolleté. Mit den zu einem Pferdeschwanz zusammengebundenen blonden Haaren und den natürlich rosigen Lippen sah sie unschuldig und doch unglaublich sexy aus.

Hawk spürte, wie sehr ihr Anblick ihn erregte.

Obwohl sie ihn bei ihrer letzten Begegnung mit Auberginenpüree beworfen hatte, fühlte er sich zu ihr hingezogen. Sie hatte Sex-Appeal, ohne sich dessen bewusst zu sein und ohne dass sie daraus Kapital schlug – ganz anders als so manches weibliche Wesen aus seinem Bekanntenkreis.

Sie verkörperte alles, was er sich von einer Frau wünschte, und alles, was er nicht haben konnte. Es würde ihn von dem Ziel abbringen, das er sich gesetzt hatte, wenn er sich wieder mit ihr einließ. Er hatte seine Zeit als Playboy hinter sich gelassen.

Und man erwartete von ihm, dass er eine Frau aus seinen Kreisen heiratete – zumindest seine Mutter erwartete das.

Während des vergangenen Jahres hatte seine Mutter ihn immer wieder mit potenziellen Kandidatinnen zusammengebracht, unter anderem auch mit Michelene Ward-Fombley – einer Frau, die sein Bruder William schon mehr oder weniger als zukünftiger Duchess auserkoren hatte, bevor er unerwartet verstorben war.

Hawk verdrängte den Gedanken an das letzte Telefonat mit seiner Mutter und die unausgesprochenen Erwartungen.

Stattdessen konzentrierte er sich lieber auf Pia, die ihn an eine verführerische Waldfee erinnerte.

Jetzt hatte sie ihn entdeckt und zögerte kurz.

Eine Sekunde später schritt sie jedoch, wenn auch widerstrebend, auf ihn zu. Vermutlich war sie auf dem Weg zum Pavillon weiter hinten im Garten, und er stand leider genau im Weg.

Um das Eis zu brechen, meinte er: »Ich weiß, was du denkst.«

Sie bedachte ihn mit einem überheblichen, ungläubigen Blick.

»Wir sehen uns drei Jahre lang nicht«, fuhr er fort, »und jetzt treffen wir uns schon zum zweiten Mal innerhalb von zwei Monaten.«

»Glaub mir, das ist für mich genauso wenig erfreulich wie für dich.«

Er neigte den Kopf zur Seite und musterte eingehend ihr Gesicht. Eine blonde Strähne hatte sich aus ihrem Pferdeschwanz gelöst und streichelte jetzt ihre Wange. Gerade noch rechtzeitig unterdrückte Hawk den Wunsch, die Hand auszustrecken und ihre weiche Haut zu berühren.

Leider konnte er nichts dagegen ausrichten, den leichten Duft nach Lavendel einzuatmen, ein Duft, den er mit Pia in Verbindung brachte, seit er sie das erste Mal getroffen hatte. Er fühlte sich von ihr angezogen wie die Bienen vom Nektar – doch er durfte dieser Anziehungskraft nicht nachgeben.

»W… was tust du da?«

»Prüfen, ob du wieder irgendwelche Häppchen versteckst. Damit ich auf ein mögliches Geschoss vorbereitet bin.«

Sein Scherz wurde mit einem eisigen Blick quittiert.

Pia hob das Kinn. »Ich bin hier, um sicherzustellen, dass die Trauung reibungslos über die Bühne geht.«

»Du willst wohl deinen Ruf wieder aufpolieren, was?«

Er hatte sie ein wenig necken wollen, doch ihre angespannte Miene verriet ihm, dass er ganz richtiggelegen hatte.

Pia machte sich Sorgen um ihre Firma. Belinda Wentworths geplatzte Hochzeit hatte Pias Ruf als Hochzeitsplanerin sicherlich geschadet.

Sie fing sich jedoch schnell wieder und funkelte ihn wütend an. »Meine einzige Sorge ist, dass du und deine beiden Kumpel, Easterbridge und Melton, anwesend seid. Ich habe keine Ahnung, warum noch eine von meinen Freundinnen sich mit einem Freund von dir eingelassen hat. Sieh dir doch an, was Easterbridge Belinda angetan hat!«

»Was Colin Belinda angetan hat?«, wiederholte Hawk spöttisch. »Du meinst, weil er als ihr Ehemann Einspruch eingelegt hat?«

Pia kniff die Augen zusammen und schwieg.

Eigentlich hatte Hawk Pia beruhigen wollen, doch es war einfach zu verlockend, sie ein wenig aufzuziehen. »Ich beuge mich deiner größeren Erfahrung, was Hochzeiten betrifft. Dürfen Ehemänner überhaupt reden?«

»Der Marquis hätte das nicht unbedingt während der Trauung machen müssen. Eine nette private Kommunikation von Anwalt zu Anwalt wäre genauso effektiv, aber weit weniger spektakulär gewesen.«

»Vielleicht hat Easterbridge erst kurz vorher von Belindas anstehender Hochzeit mit Dillingham erfahren und nur das getan, was getan werden musste, um eine Straftat zu verhindern.«

Spöttisch zog Hawk eine Augenbraue in die Höhe. »Bigamie ist vielerorts ein Verbrechen, unter anderem in New York, wie du sicherlich weißt.«

»Natürlich weiß ich das!«

»Da bin ich aber erleichtert.«

Pia warf ihm einen bösen Blick zu, bevor sie ihn misstrauisch beäugte. »Wusstest du über Easterbridges Absichten Bescheid?«

»Ich wusste nicht mal, dass Easterbridge mit Belinda verheiratet ist.«

Hawk war froh, dass er Pias Verdacht in dieser Hinsicht ausräumen konnte.

»Und ich habe keine Ahnung, was Belinda vor zwei Jahren veranlasst hat, einen deiner Freunde zu heiraten, noch dazu in Las Vegas.«

»Vielleicht sind meine Freunde und ich unwiderstehlich.«

»Oh, mir ist sehr wohl bewusst, wie du auf Frauen wirkst.«

Hawk überlegte, ob Pia damit auf ihre eigene Empfänglichkeit ihm gegenüber anspielte. Hatte sie ihn nicht nur attraktiv, sondern sogar unwiderstehlich gefunden? War sie mit ihm ins Bett gegangen, weil sie sich von der Leidenschaft, die er in ihr entfacht hatte, hatte mitreißen lassen?

»Nachdem ich deinen wahren Namen erfahren hatte, hat eine kleine Internetrecherche eine Reihe von Informationen enthüllt«, erklärte Pia vielsagend.

Hawk wusste sehr wohl, was das Web über ihn preisgab. Innerlich zuckte er zusammen, wenn er an die Artikel dachte, die über seine wilden Jahre kursierten.

»Ich hätte vielleicht schon vor drei Jahren misstrauisch werden sollen, als die Eingabe von James Fielding bei Google nichts Besonderes offenbarte, aber ... andererseits ist Fielding ja auch ein so gewöhnlicher Name ...«

Er lächelte ein wenig. »Meine Vorfahren drehen sich wahrscheinlich im Grab um, wenn sie hören, dass sie als gewöhnlich bezeichnet werden.«

»Oh ja, entschuldigen Sie, Euer Gnaden«, meinte Pia bissig. »Ich werde deinen Titel nicht wieder vergessen.«

Lass doch das verdammte Protokoll, hätte er am liebsten geantwortet. Das war einer der Gründe gewesen, warum er sich als James Fielding ausgegeben hatte. Leider konnte er sich diesen Luxus mittlerweile nicht mehr leisten. Sein Titel brachte eine gewisse Verantwortung mit sich.

Die Ironie an der ganzen Sache war ihm durchaus bewusst. Er hatte einen Titel und Reichtum – und viele Verpflichtungen – geerbt, etwas, wonach viele strebten, aber er hatte die meisten Dinge, die ihm wichtig waren, verloren: Anonymität, eine gewisse Freiheit und das Wissen, um seiner selbst willen gemocht und anerkannt zu werden.

»Erzähl mir etwas über das Geschäft mit den Hochzeiten«, meinte er abrupt. »Vor drei Jahren hast du, wenn ich mich recht entsinne, für eine große Eventagentur gearbeitet und nur davon geträumt, dich selbstständig zu machen.«

Misstrauisch schaute Pia ihn an. »Wie du siehst, habe ich mir inzwischen eine eigene Firma aufgebaut. Kurz nachdem du verschwunden warst.«

»Willst du sagen, dass du es mir zu verdanken hast?«, hakte Hawk spöttisch nach.

Pia ballte ihre Hand zur Faust. »Das Wort ›Dank‹ ist in diesem Zusammenhang definitiv unpassend. Aber ich glaube, dein abrupter Abgang hat den Anstoß gegeben, auf eigenen Beinen zu stehen. Schließlich gibt einem eine momentane Enttäuschung den Impuls, wenigstens in einem anderen Lebensbereich erfolgreich sein zu wollen.«

Hawk lächelte schwach. Er bedauerte sein Verhalten, aber er

fragte sich auch, was sie sagen würde, wenn sie vom Ausmaß seiner Verpflichtungen wüsste.

»Die Dekoration, die du für Belindas Hochzeit gewählt hast, war sehr kreativ«, meinte er und ignorierte damit ihren Seitenhieb. »Gold und Lindgrün sind eine ungewöhnliche Farbkombination.«

Als Pia ihn überrascht ansah, fuhr er fort: »Du brauchst gar nicht so erstaunt zu sein, dass ich solche Details registriert habe. Nachdem ich unfreiwillig von den Häppchen gekostet hatte, fand ich es ganz abwechslungsreich, mir meine Umgebung anzuschauen.«

Er hatte es auch getan, weil er mehr über Pia herausfinden wollte – ganz davon abgesehen, dass er auch den neugierigen Blicken und Fragen der anderen Gäste hatte ausweichen wollen.

»Freut mich, dass meine Treffsicherheit zumindest einen nützlichen Nebenaspekt hatte.«

»Oh, das heißt wohl, dass sich das Ganze auf deine Firma nicht gerade positiv ausgewirkt hat?«, bohrte er nach.

Bitterböse sah Pia ihn an. Also hatte er ins Schwarze getroffen.

»Was für eine Hochzeit würdest du für dich selbst ausrichten, Pia?«, fragte Hawk einschmeichelnd. »Das hast du dir doch bestimmt schon oft ausgemalt.«

Er wusste, er spielte mit dem Feuer, doch es war ihm egal.

»Ich arbeite in der Hochzeitsbranche«, erwiderte Pia eisig. »Nicht in der Romantikabteilung.«

Sie schauten einander in die Augen ... wurden jedoch jäh aufgeschreckt, als jemand Pias Namen rief.

Gleichzeitig drehten sie sich zum Haus um und sahen Tamara herauseilen.

»Pia«, rief Tamara erneut und kam zu ihnen. »Ich suche dich schon überall.«

»Ich war gerade auf dem Weg zum Pavillon«, meinte Pia. »Ich wollte schauen, was sich daraus machen lässt.«

Hawk bemerkte den neugierigen Blick, den Tamara von Pia zu ihm wandern ließ.

»Na, ich bin jedenfalls froh, dass ich dich gefunden habe«, erklärte Tamara und hakte sich bei Pia ein.

Tamara nickte Hawk kurz zu. »Du hast doch nichts dagegen, wenn ich Pia entführe, oder, Hawk ... ich meine, Euer Gnaden?« Ohne seine Antwort abzuwarten, zog sie Pia Richtung Pavillon. »Bis später.«

Hawk unterdrückte ein Grinsen. Tamara scherte sich nicht um die Etikette. Obwohl sie die Tochter eines britischen Viscounts war, war sie in den Staaten aufgewachsen und vertrat entschieden demokratische Ansichten. Außerdem lebte sie in Künstlerkreisen, denn sie war Schmuckdesignerin.

Eben war sie allerdings in die Rolle einer Glucke geschlüpft, um Pia zu retten.

»Nicht im Geringsten«, rief Hawk den beiden hinterher.

Als Pia sich noch einmal kurz umdrehte, erwiderte Hawk ihren Blick mit ernster Miene.

Diese Unterhaltung hatte ihn mit einer Reihe von Informationen versorgt. Wie er vermutet hatte, brauchte Pias Firma nach dem Debakel von Belindas nicht zustande gekommener Trauung Unterstützung. Die Tatsache, dass Pias Firma bereits seit zwei Jahren existierte, sagte allerdings viel über Pias Talent aus, und offensichtlich hatte sie seit ihrer gemeinsamen Nacht hart für ihren Traum gearbeitet.

Diesen Gedanken im Hinterkopf, ging Hawk langsam in Richtung Haus. Er würde wohl mal ein Gespräch mit seiner Schwester führen müssen – schließlich wollte die bald heiraten.

»Ich hoffe, ich habe euch nicht unterbrochen«, sagte Tamara zu Pia. Als die nur mit den Schultern zuckte, fuhr sie fort: »Andererseits ... vielleicht war es ganz gut, dass ich es getan habe.«

Bevor sie weiterreden konnte, wurde Tamara von einem Mitglied des Personals angesprochen, und Pia versank in Erinnerungen an die Nacht, als sie und Hawk sich zum ersten Mal getroffen hatten: Das Dröhnen der Musik war sogar in den Barhockern zu spüren gewesen. Es war laut und voll in der Bar gewesen, die Menschen hatten dicht gedrängt gestanden.

Normalerweise kam Pia nicht hierher, doch eine Kollegin aus der Eventagentur hatte sie überredet, weil man hier auf erfolgreiche junge Frauen und ihre ebenso gut betuchten Verehrer traf.

Leute, die gern Party machten – und dafür Eventmanager brauchten –, gingen meist selbst gern auf Partys. Und es gehörte definitiv zum Job dazu, nach der Arbeit solche Veranstaltungen zu besuchen, um auf Kundenfang zu gehen.

Pia interessierte sich jedoch nicht so sehr für Geburtstagsfeiern oder Jubiläen.

Stattdessen war sie fasziniert von Hochzeiten.

Irgendwann, versprach sie sich, würde ihr Traum, selbstständige Hochzeitsplanerin zu werden, wahr werden.

In der Zwischenzeit drängte sie sich an den anderen Gästen vorbei, um zur Bar zu gelangen. Allerdings hatte sie wegen ihrer Größe Probleme, weil sie kaum über diejenigen hinwegschauen konnte, die auf den Barhockern saßen, und somit dem Barkeeper auch kein Zeichen geben konnte.

Der Mann neben ihr bestellte sich gerade einen Martini.

Sie schaute zu ihm hoch und schnappte nach Luft, als er sie anlächelte und fragend eine Augenbraue hob.

»Wollen Sie einen Drink?« Interessiert musterte er sie.

Pia verschlug es fast die Sprache. Er war einer der attraktivsten Männer, die sie je gesehen hatte. Groß, mindestens eins fünfundachtzig, das blonde Haar leicht zerzaust und mit braunen Augen, in denen kleine goldene und grüne Flecken leuchteten. Nur seine Nase war nicht perfekt – war sie mal gebrochen worden? –, aber das trug eher zu seiner Anziehungskraft bei. Und beim Lächeln erschien ein kleines Grübchen neben seinem Mund.

Noch viel interessanter war jedoch, dass er *sie* mit deutlichem Interesse betrachtete.

Er kam ihrer Vorstellung von einem Traummann extrem nahe – nicht, dass sie je zugeben würde, mit vierundzwanzig bisher nur von Männern geträumt zu haben, ohne je mit einem zusammen gewesen zu sein.

Pia öffnete die Lippen und flehte stumm: Bitte, bitte, lass mich lässig klingen. »Einen Cosmopolitan, bitte.«

Er nickte kurz, bevor er den Barkeeper heranwinkte und ihren Drink bestellte. Innerhalb von Sekunden hatte er mühelos das geschafft, was für sie mit einer Reihe von Hindernissen verbunden gewesen wäre.

Als er sich zu ihr umwandte, lächelte er wieder.

»Sie sind allein hier?«, fragte er einschmeichelnd. Sein Akzent war nicht einfach einzuordnen, er schien von hier und dort und überall zu kommen, doch Pia meinte, einen leichten britischen Tonfall herauszuhören.

»Ich bin mit einer Kollegin hier, aber irgendwie habe ich Cornelia in der Menge verloren.«

Einen kurzen Moment lang wirkte er entschlossen und verführerisch hinter seiner nonchalanten Fassade. »Wunderbar, dann kann ich ja meinen Charme spielen lassen. Fangen wir mit dem Namen an. Eine Frau, die so bezaubernd und hübsch ist, heißt bestimmt …?«

Er hob eine Augenbraue.

Sie konnte gar nicht anders, sie musste lächeln. »Pia Lumley.«

»Pia«, wiederholte er.

Der Klang ihres Namens aus seinem Mund sandte einen wohligen Schauer durch ihren Körper. Er hatte sie *hübsch* und *bezaubernd* genannt. Ihr Traummann besaß eine Stimme, und die war traumhaft sinnlich.

»James Fielding«, stellte er sich vor.

Der Barkeeper schob ihnen die Drinks zu, und James hob sein Glas.

»Auf einen interessanten Abend«, meinte er augenzwinkernd und stieß mit ihr an.

Pia nippte an ihrem Cosmopolitan. Er war stärker als das, was sie sonst auf Partys trank, aber schließlich hatte sie ja auch kosmopolitisch wirken wollen.

Sie vermutete, dass James an elegante, mondäne Frauen gewöhnt war. Und sie versuchte, diesem Bild zu entsprechen, wenn sie darauf aus war, neue Aufträge an Land zu ziehen. Potenzielle Kunden erwarteten das. Die wollten nicht, dass unerfahrene Mädchen vom Land ihre Partys organisierten, für die sie sechsstellige Summen ausgaben.

Nachdem er einen Schluck getrunken hatte, nickte James zu einem Pärchen hinüber, das gerade einen Tisch in der Ecke verließ. »Wollen wir uns setzen?«

»Ja, gern«, erwiderte Pia und glitt auf die gepolsterte Bank in der Nische.

Als James sich neben sie setzte, begann ihr Herz schneller zu klopfen. Er wollte sich tatsächlich weiter mit ihr unterhalten und sie näher kennenlernen? Wie hatte sie es nur geschafft, sein Interesse zu wecken?

Es kam selten vor, dass Männer sich für sie interessierten. Auch wenn sie nicht fand, dass sie schlecht aussah, war sie klein und eher zurückhaltend, sodass man sie leicht übersah. Sie war eher zu niedlich, als dass sie Lust und überwältigende Leidenschaft in einem Mann wachrief.

Lächelnd sah James sie an. »Sind Sie neu in New York?«

»Kommt drauf an, was Sie mit ›neu‹ meinen«, erwiderte sie freundlich. »Ich lebe seit ein paar Jahren hier.«

»Und wurden aus welchem Märchen hierhergezaubert?«

Sie lachte. »Cinderella natürlich. Ich bin blond.«

»Natürlich.« Er stimmte in ihr Lachen ein und legte einen Arm auf die Rückenlehne der Bank. »Und was für ein hübsches Blond«, murmelte er, während er mit einer der blonden Locken spielte, die sich an Pias Hals kräuselten. »Wie gesponnenes Gold, verwoben mit Sonnenschein.«

Pia sog die Luft ein und spürte, dass sich ihr Puls beschleunigte.

Gebannt schaute sie ihm in die Augen. Ich könnte, überlegte sie, stundenlang die unterschiedlichen Schattierungen darin studieren.

James neigte den Kopf, und um seine Augen herum bildeten sich kleine Lachfalten. »Okay, Pia«, fuhr er mit seiner dunklen, einschmeichelnden Stimme fort, »Broadway, Wall Street, Mode, Werbung oder *Der Teufel trägt Prada*?«

»Leider daneben.«

Erneut zog er erstaunt eine Augenbraue hoch. »Bisher habe ich noch nie falschgelegen.«

»Nie?«, fragte sie und tat überrascht. »Tut mir leid, dass ich Ihre Erfolgsserie durchbreche.«

»Kein Problem. Ich vertraue auf Ihre Diskretion.«

Sie flirteten – besser gesagt, er flirtete mit ihr –, und sie konnte erstaunlicherweise mithalten.

Es war berauschend. Noch nie hatte ein Mann so mit ihr geschäkert, schon gar nicht ein Mann von James' Kaliber.

Und das, obwohl sie weder Schauspielerin, Bankerin noch Model war und auch nicht in der Werbung oder im Verlagswesen arbeitete. »Ich bin Eventmanagerin und organisiere Partys.«

»Ah.« Seine Augen funkelten. »Ein Partygirl. Großartig.«

»Was ist mit Ihnen? Was machen Sie hier in New York?«

Er richtete sich auf und zog seinen Arm weg. »Ich bin nur ein ganz gewöhnlicher Typ mit einem langweiligen Job in der Finanzbranche.«

»An Ihnen ist nichts gewöhnlich«, platzte sie heraus, bevor sie erschrocken den Mund schloss.

Wieder wurde das Grübchen sichtbar, als er lächelte. »Ich fühle mich geehrt.«

Pia nippte an ihrem Drink, weil er und dieses Lächeln – und natürlich das Grübchen – merkwürdige Dinge in ihrem Inneren anrichteten.

Der muskulöse Oberschenkel in der beigefarbenen Hose und die breiten Schultern in dem hellblauen Hemd machten die Sache auch nicht besser.

Er nickte und ließ seinen Blick zu ihrem Ausschnitt wandern. »Das ist eine interessante Kette, die Sie da tragen.«

Unwillkürlich blickte Pia an sich hinab, obwohl sie genau wusste, was er sah. Sie trug eine Silberkette mit einem fliegenden Fisch als Anhänger. Die passte nämlich gut zu dem sommerlichen, ärmellosen engen Kleid in Türkistönen, für das sie sich an diesem Morgen entschieden hatte.

Sie griff nach dem Anhänger. »Die Kette ist ein Geschenk von meiner Freundin Tamara, die eine begnadete Schmuckdesignerin ist. Weil ich so gern angeln gehe.«

»Ehrlich? Dann sind Sie eine Frau ganz nach meinem Geschmack.«

Pia versuchte, ihre Überraschung nicht allzu deutlich zu

zeigen. Natürlich hatte er auch Interesse am Angeln. Er war schließlich ihr Traummann.

»Angeln Sie gern?«, fragte sie unnötigerweise.

»Seit ich drei oder vier bin. Was fangen Sie am liebsten?«

Sie lachte ein wenig unsicher. »Oh, alles. Barsch, Forellen ... Es gibt in Pennsylvania, wo ich groß geworden bin, reichlich Seen. Mein Vater und Großvater haben mir beigebracht, wie man einen Köder auswirft ... wie man reitet und ... wie man eine Kuh m... melkt.«

Wieso hatte sie ihm erzählt, dass sie Kühe melken konnte? Das klang so schrecklich nach Unschuld vom Lande. Dabei wollte sie doch weltmännisch rüberkommen.

James sah dennoch fasziniert aus. »Reiten ... das wird ja immer besser. Ich reite, seit ich laufen kann.« In seinen Augen blitzte Humor auf. »Mit dem Melken kann ich allerdings nicht mithalten.«

Sie errötete.

»Aber ich habe während eines Aufenthaltes in Australien ein paar Schafe geschoren.«

»Okay, damit haben Sie mich übertrumpft. Ich gebe mich geschlagen.«

»Wusste ich's doch, dass ich mit den Schafen Punkte machen kann.«

»Dafür habe ich es schon mit Fliegenfischen versucht«, konterte sie.

Er lächelte. »Der Punkt geht wieder an Sie. Es gibt nicht viele Frauen, die bereit sind, den ganzen Tag im Sumpf zu stehen, noch dazu in Gummistiefeln, während sie darauf warten, dass einer anbeißt.« Sein Lächeln verwandelte sich in ein freches Grinsen. »So klein, wie Sie sind, können Sie ja auch nicht weit hineinwaten.«

Sie sah gespielt empört aus. »Ich habe immer was gefangen, weil ich so still stehen konnte.«

»In dem Fall wäre ich sicherlich in Versuchung geraten, Ihnen einen Frosch in Ihre Stiefel zu stecken«, neckte er sie.

»Das glaube ich gern! Sie haben bestimmt Schwestern, die Sie immer ärgern konnten.«

»Leider nein«, gab er bekümmert zurück. »Ich habe nur eine Schwester, und die ist ein paar Jahre jünger als ich. Meine Mutter hätte es nicht lustig gefunden, wenn ich ihr Streiche gespielt hätte.«

»Wohl nicht«, stimmte Pia zu. »Und wenn Sie versucht hätten, mir einen Frosch unterzujubeln, dann hätte ich ...«

»Ja?«

Er genießt das, stellte Pia erstaunt fest.

»Ich hätte Sie ins Wasser geworfen!«

»Müssen Märchenheldinnen nicht ein paar Frösche kennenlernen?«

»Ich glaube, es heißt, einen Frosch küssen«, erwiderte sie. »Und, nein, ich glaube, diese Anforderungen wurden für das einundzwanzigste Jahrhundert ein wenig abgeändert. Aber ich würde es auch wissen, wenn ich einen Frosch küsse.«

»Mmm ... Möchten Sie es mal testen?«

»I... ich ...«

Musste sie ausgerechnet jetzt wieder anfangen zu stottern?

Ohne auf eine richtige Antwort zu warten, beugte James sich vor und presste sanft seine Lippen auf ihren Mund. Es kam Pia vor, als hätte sie einen kleinen Stromschlag bekommen, und instinktiv öffnete sie die Lippen, um nach Luft zu schnappen. Und dann bewegte sich sein Mund auf ihrem, schmeckte, kostete, gab und nahm.

Seine Lippen waren sanft, und er schmeckte nach dem Martini, den er getrunken hatte. Pia verlor jedes Gefühl für Zeit und Raum, als sie sich auf das Spiel ihrer Zungen konzentrierte.

Gerade als der Kuss immer leidenschaftlicher wurde, zog James sich zurück und sah sie nachdenklich und leicht amüsiert an. »Na, wie war das?«

Verwirrt schaute sie ihm in die Augen. »D... du bist jedenfalls nicht mit Kermit dem Frosch verwandt.«

Er lachte. »Wie ist meine Angeltechnik? Gelingt es mir, dich einzuwickeln?«

»Hänge ich an der Leine oder du?«

»James«, unterbrach sie plötzlich ein Mann, der entschlossen auf sie zukam.

Pia richtete sich auf und rutschte ein wenig von James weg.

»Der Geschäftsführer von MetaSky Investments ist hier, James«, verkündete der Mann und bedachte Pia mit einem neugierigen Blick. »Ich stelle dich vor.«

Pia vermutete, dass der Mann ein Freund oder Kollege von James war.

Gleichzeitig spürte sie, dass James neben ihr zögerte. Sie ahnte, dass dieser Geschäftsführer, wer auch immer er war, ziemlich wichtig für ihn sein könnte.

James wandte sich an sie. »Entschuld...«

»Da bist du ja, Pia! Ich habe dich schon überall gesucht.«

Cornelia tauchte aus der Menge auf.

Schnell setzte Pia ein fröhliches Lächeln auf und sah James an. »Wie du siehst, brauchst du dir keine Sorgen zu machen, weil du mich allein lässt.«

James nickte. »Entschuldigst du mich?«

»Natürlich.«

Pia unterdrückte ihre Enttäuschung, als James aufstand. Er hatte nichts davon gesagt, dass er zurückkehren würde. Das war wohl auch zu viel verlangt. Solch ein Flirt in einer Bar war immer nur eine flüchtige Angelegenheit. Nicht, dass sie große Erfahrungen diesbezüglich hatte.

Andererseits ... die Romantikerin in ihr glaubte an Schicksal. Und James war definitiv der fantastischste Mann, den sie je getroffen hatte.

Nun blieb ihr wohl nur, ihn als einen gut aussehenden, charmanten Traummann in Erinnerung zu behalten – als einen Märchenprinzen, der einem ansonsten enttäuschenden Abend Glanz verliehen hatte.

Insgeheim hatte sie natürlich gehofft, er würde zu ihr zurückkommen, doch zwei Stunden später musste sie sich eingestehen, dass er nicht wieder auftauchen würde. Wenn sie wenigstens neue Kunden hätte gewinnen können ...

Pia seufzte, als sie vom Barhocker glitt. Cornelia war schon zwanzig Minuten zuvor gegangen, während sie selbst noch in einem Gespräch mit einer potenziellen Kundin gesteckt hatte. Diesen Teil ihrer Arbeit empfand Pia als den schwierigsten. Da sie aus Pennsylvania stammte, hatte sie nicht so viele Kontakte hier in der Stadt. Und es war so entmutigend, ständig eine Abfuhr von irgendwelchen Fremden zu bekommen.

Es bestand kein Zweifel daran, was – besser gesagt, wer – ihr Höhepunkt des Abends gewesen war. James hatte echtes Interesse an ihr gezeigt – wenn auch nur kurz.

Der Gedanke versetzte Pia einen Stich. Ja, es war Zeit zu gehen.

Sie würde nach Hause fahren, sich eine DVD mit einem ihrer Lieblingsfilme einlegen und einfach nicht darüber nachdenken, was hätte sein können.

Als sie jedoch aus der Bar kam, stellte sie fest, dass es heftig regnete.

Frustriert blieb sie im Eingang stehen und schaute an sich hinab. Zwar hatte sie am Morgen einen kleinen Schirm eingesteckt, aber nicht wirklich damit gerechnet, dass es regnen würde. Sie wäre innerhalb weniger Minuten völlig durchnässt.

Also musste sie versuchen, ein Taxi zu finden, was bei solchem Wetter jedoch mehr als schwierig war. Ganz davon abgesehen, dass sie sich bei ihrem Gehalt solch einen Luxus eigentlich nicht leisten konnte. Die Alternative wäre, die U-Bahn zu nehmen und dann den langen Weg von der U-Bahn-Station bis nach Hause zu Fuß zu gehen.

Während sie noch dastand und ihre Möglichkeiten abwägte, öffnete sich die Tür hinter ihr.

»Brauchst du ein Taxi?«

Überrascht drehte sie sich um. *James.*

»Ich dachte, du wärst schon längst weg«, platzte sie heraus.

Ein Lächeln breitete sich auf seinem Gesicht aus. »War ich auch, aber ich bin wieder reingegangen. Ich habe mich draußen mit dem Geschäftsführer von MetaSky unterhalten, weil es drinnen zu laut war.« Er schaute sich um. »Aber da hat es noch nicht geregnet.«

Sie blinzelte. »Oh.«

»Brauchst du ein Taxi?«, fragte er erneut.

»Nicht nötig. Ich war nur gerade am Überlegen, ob ich gehen, rudern oder nach Hause schwimmen soll.«

»Wie wäre es stattdessen mit einem Auto?«, erwiderte er lachend.

Erstaunt hob sie die Augenbrauen. »Wie sollen wir bei diesem Wetter ein Taxi ergattern?«

Sie wusste, dass New Yorker Taxis bei Regen spurlos verschwanden.

»Überlass das mir.«

Es dauerte knapp fünfzehn Minuten, dann gelang es James tatsächlich, ein leeres Taxi anzuhalten. Während der Regen auf ihn niederprasselte, öffnete er die Tür und bedeutete Pia einzusteigen. »Wo wohnst du?«, rief er, als sie auf ihn zueilte. »Ich sag dem Fahrer Bescheid.«

Sie rief ihm die Adresse zu und fragte, als sie bei ihm ankam: »Wolltest du auch gehen? Sollen wir uns das Taxi teilen? Tut mir leid, du bist ja völlig durchnässt. Ich hätte dir meinen Schirm anbieten sollen, aber du bist so plötzlich losgerannt.«

Oh nein, sie redete dummes Zeug. Sie wusste doch gar nicht, wo er wohnte, fand es aber unhöflich, es nicht zumindest anzubieten, wenn er sich schon solche Mühe machte, ihr ein Taxi zu rufen.

James schaute sie an, und seine Lippen zuckten. Auch wenn seine Haare durch den Regen klatschnass waren, sah er noch immer unglaublich gut aus.

»Danke für das Angebot.«

Lehnte er ab, oder nahm er das Angebot an? Pia wusste es nicht, rutschte aber vorsichtshalber auf der Rückbank durch, sodass er sich zu ihr setzen konnte.

Einen Augenblick später glitt er neben sie in den Wagen und beantwortete damit ihre Frage.

Pia verspürte Erleichterung und ein aufgeregtes Flattern in der Magengegend. Allerdings auch Nervosität. Noch nie zuvor hatte sie zusammen mit einem Mann eine Bar verlassen. Okay, bisher hatte auch noch kein Mann versucht, sie in einer Bar aufzulesen.

»Ich hoffe, meine Wohnung liegt auch auf deinem Weg?«

»Kein Problem«, erwiderte er. »Ich bringe dich erst nach Haus.«

Sie bemerkte sehr wohl, dass er nicht näher darauf einging, wo er wohnte.

Während sie durch Manhattans nasse Straßen fuhren, unterhielten sie sich ein wenig. Pia erfuhr, dass James dreiunddreißig war – nicht steinalt, aber doch älter als sie mit ihren vierundzwanzig, und vor allem erfahrener als all die Jungs, mit denen sie auf der Highschool und auf dem College in Pennsylvania befreundet gewesen war.

Um nicht ganz so unerfahren und jung zu wirken, erzählte sie ihm von ihrem Traum, sich als Hochzeitsplanerin selbstständig zu machen.

Enthusiastisch bestärkte er sie in ihrem Plan und riet ihr, den Traum wahr zu machen.

Währenddessen schossen Pia alle möglichen Gedanken durch den Kopf, und sie fragte sich, ob er diese sexuelle Spannung zwischen ihnen auch spürte. Ob sie ihn wohl wiedersehen würde?

Viel zu schnell hatten sie ihre Wohnung erreicht.

James drehte sich zu ihr herum und schaute ihr in die Augen, während das Schweigen zwischen ihnen andauerte. »Wir sind da.«

»M… möchtest du noch mit raufkommen?«, fragte sie und war selbst überrascht über ihre plötzliche Kühnheit. Aber sie hatte das Gefühl, um einen Teil gemeinsamer Zeit betrogen worden zu sein, als er seine geschäftliche Unterredung geführt hatte.

Bedeutungsvoll schaute James sie an, bevor er antwortete: »Sicher, gern.«

Er bezahlte den Taxifahrer, und gemeinsam liefen sie dann zum Eingang, während sie unter dem kleinen Schirm Schutz suchten.

Pias Wohnung lag direkt unter dem Dach, aber zumindest wohnte sie allein dort. In solch einer Situation wie dieser war es sehr angenehm, sich keine Gedanken darüber machen zu müssen, ob gleich vielleicht noch die eine oder andere Mitbewohnerin auftauchen würde. Sie hatte versucht, das Beste aus der kleinen Einzimmerwohnung zu machen, indem sie einen Paravent aufgestellt hatte, um einen abgetrennten Schlafbereich zu gewinnen.

Nachdem sie die Treppen hinaufgestiegen waren, schloss Pia auf und ließ James in ihr kleines Reich eintreten. Jetzt war sie ziemlich nervös. Sie ließ ihre Handtasche auf einen Stuhl fallen und sah, dass James ihre Wohnung ausgiebig musterte.

Er dominierte den kleinen Raum noch mehr, als sie angenommen hatte – ein Fremder, unglaublich attraktiv und sexy –, und die knisternde Spannung zwischen ihnen war fast greifbar.

James nickte anerkennend. »Hübsch.«

Sie hatte sich bemüht, der Wohnung eine heitere Note zu verleihen. Neben der Tür hatte sie einen kleinen Tisch mit zwei Stühlen platziert. Darauf stand eine Vase mit rosa Pfingstrosen. An der einen Wand befand sich eine Küchenzeile, und gegenüber davon stand das Sofa. Und hinter dem Paravent war ihr Bett …

Nervös befeuchtete sie sich die Lippen. Immer wieder ließ sie den Blick zu James' nassem Hemd wandern, unter dem sich die muskulösen Arme und Schultern abzeichneten.

Sie hatte so etwas noch nie gemacht.

»Pia.«

Abrupt wurde Pia aus ihren Erinnerungen gerissen, als Tamara sich wieder zu ihr gesellte, während das Mitglied des Personals in Richtung Haus verschwand.

Hawk war nirgends zu sehen. Wahrscheinlich war er auch wieder hineingegangen.

»Tut mir leid, dass ich dich habe warten lassen.«

»Kein Problem«, meinte Pia lächelnd. »Das ist das Vorrecht der Braut.«

Und ihr Recht war es, sich während der Hochzeitsfeier möglichst weit von James fernzuhalten.

3. Kapitel

Pia ging die East 79th Street in Manhattan entlang und suchte nach der richtigen Hausnummer. Am Vortag hatte sie einen Anruf von Lucy Montgomery erhalten, die sie als Hochzeitsplanerin engagieren wollte. Froh darüber, eine neue Kundin zu gewinnen, da die Geschäfte im Moment nicht so gut liefen, hatte sie nicht weiter nach Einzelheiten gefragt.

Sie dachte nicht gern darüber nach, dass ihr Telefon so selten klingelte, weil die Wentworth-Dillingham-Hochzeit … na ja, nicht ganz den Erwartungen entsprochen hatte. Auch wenn sie für den ersten Teil des Debakels nicht wirklich etwas konnte, vermutete sie, dass sie inzwischen mehr Anrufe von heiratswilligen Bräuten bekommen hätte, wenn die Hochzeitsfeier ein rauschender Erfolg geworden wäre.

Sicher, sie hatte Tamara geholfen, im letzten Monat die Hochzeit auszurichten, doch das war nur eine kleine Feier im engsten Familien- und Freundeskreis gewesen, noch dazu in England. Eine Feier, die für die New Yorker Gesellschaft nicht wirklich von Bedeutung gewesen war.

Insofern war sie glücklich, dass sie an diesem kühlen Tag Ende September auf dem Weg zu einer neuen Kundin war.

Als sie die Hausnummer gefunden hatte, blieb sie stehen und sah an dem imposanten vierstöckigen Gebäude empor. Es bestand kein Zweifel, dass Lucy Montgomery aus gutem Hause stammte.

Pia stieg die Stufen hinauf und betätigte den altmodischen Türklopfer.

Schon kurz darauf wurde ihr von einem älteren Herrn geöffnet. Nachdem Pia sich vorgestellt hatte, nahm der Butler ihr den Mantel ab und führte sie in den Salon.

Beeindruckt musterte Pia das Zimmer mit den hohen stuckverzierten Decken und dem Kaminsims aus Marmor. Gold- und rosafarbene Töne bildeten den Hintergrund für die antiken Möbel.

Sie setzte sich auf eines der Sofas und holte mehrmals tief Luft, um ihre Nerven zu beruhigen. Sie brauchte diese Kundin wirklich dringend und hoffte, dass sie Lucy Montgomery genügend beeindrucken konnte.

Da sie wusste, wie wichtig der erste Eindruck war, hatte sie sich mit sehr viel Sorgfalt gekleidet und sich für ein schickes, aber zeitloses pfirsichfarbenes Kleid entschieden. Ganz bewusst hatte sie trotz des bedeckten Wetters Hochzeitsfarben gewählt, ganz einfach weil sie fröhlich wirkten und für solch einen Termin genau richtig waren.

In diesem Moment wurde die Tür geöffnet, und Lucy Montgomery kam lächelnd ins Zimmer.

Ihre Gastgeberin war eine schlanke, attraktive Blondine mit braunen Augen, und Pia vermutete, dass Lucy ungefähr in ihrem Alter, vielleicht sogar noch ein wenig jünger war.

Sie stand auf und schüttelte ihrer Gastgeberin die Hand.

»Danke, dass Sie so kurzfristig Zeit hatten«, sagte Lucy. Offenbar hatte sie britische Wurzeln.

»Kein Problem, Miss Montgomery«, erwiderte Pia lächelnd. »In meinem Beruf ist der Kunde noch immer König.«

»Sagen Sie doch bitte Lucy zu mir.«

»Gern, ich bin Pia.«

»Sehr schön.« Lucy schaute zur Uhr. »Wenn es für Sie okay ist, lasse ich uns Tee bringen.« Sie lächelte. »Wir Briten halten uns sklavisch an unsere Teatime.«

»Ja, gern.«

Nachdem Lucy zur Tür gegangen war und leise mit einem Hausmädchen gesprochen hatte, kehrte sie zurück und setzte sich neben Pia aufs Sofa.

»So«, meinte sie, »ehrlich gesagt, brauche ich ganz dringend Hilfe.«

Pia neigte den Kopf und lächelte. »Viele Bräute kommen irgendwann während ihrer Verlobungszeit zu diesem Schluss. Darf ich Ihnen übrigens noch herzlich gratulieren?«

Lucys Augen leuchteten auf. »Danke, ja. Mein Verlobter ist Amerikaner. Ich habe ihn getroffen, als ich in einem Off-Broadway-Stück mitgespielt habe.«

»Sie sind Schauspielerin?«

»Mit klassischer Schauspielausbildung, ja«, erwiderte Lucy, ohne jedoch angeberisch zu klingen. Sie beugte sich vor und zwinkerte. »Er war einer der Produzenten.«

Geld heiratet Geld, dachte Pia, und sei es nur, weil man in denselben Kreisen verkehrte. Sie hatte das schon häufig beobachtet. Und doch bewiesen Lucys funkelnde Augen, dass sie in ihren Verlobten verliebt war.

»Eigentlich wollten Derek und ich im nächsten Sommer heiraten, aber ich habe gerade eine neue Rolle angeboten bekommen, und daher müssen wir die Hochzeit vorverlegen. Plötzlich bricht alles über uns herein. Und da ich im Moment noch in einer anderen Produktion mitwirke …« Lucy machte eine hilflose Handbewegung. »… habe ich keine Zeit, mich um alles zu kümmern.«

»Wann soll denn die Trauung sein?«

Lucy lächelte entschuldigend. »Silvester.«

Mit stoischer Miene reagierte Pia auf den kurzfristigen Termin. »Drei Monate, perfekt.«

»Vielleicht sollte ich sagen, dass die Kirche bereits gebucht ist und dass wir erstaunlicherweise auch noch einen Saal im Puck-Gebäude für den Empfang bekommen haben.«

Pia entspannte sich etwas. Die wichtigsten Details waren geklärt. Das nahm ihr viel Arbeit ab.

Sie und Lucy besprachen weitere Einzelheiten, bis der Tee gebracht wurde.

Pia hatte das Gefühl, dass sie Lucy mögen würde. Ihre Gastgeberin war ein fröhlicher Mensch, und vieles deutete daraufhin, dass man gut mit ihr arbeiten konnte.

»Wie möchten Sie Ihren Tee?«, fragte Lucy. »Ich lebe zwar schon eine ganze Weile in New York, aber die Teatime ist mir immer noch wichtig«, erklärte sie lachend.

Ehe Pia darauf antworten konnte, schaute Lucy wieder zur Tür. »Hawk, wie schön, dass du uns Gesellschaft leisten kommst.«

Pia erstarrte. *Hawk.*

Das war doch nicht möglich.

Was machte er hier?

Pia war froh, dass sie saß, sonst hätten die Beine unter ihr nachgegeben.

Hawk dagegen wirkte völlig entspannt. Er trug ein grünes T-Shirt zu einer Stoffhose. So leger hatte sie ihn noch nie gesehen. Genau genommen sah er so aus, als hätte er gerade vor dem Fernseher gesessen oder in einem anderen Teil des Hauses etwas gegessen.

Verwundert sah Pia zu Lucy hinüber.

»Haben Sie meinen Bruder, James Carsdale, schon kennengelernt?«, fragte Lucy und schien nicht zu merken, dass irgendetwas nicht in Ordnung war.

Lucy warf ihrem Bruder ein verschmitztes Lächeln zu. »Muss ich all deine Titel aufzählen, oder reicht es, wenn ich Pia darüber aufkläre, dass du der Duke of Hawkshire bist?«

»Carsdale?«, wiederholte Pia und zwang sich, sich auf Lucy zu konzentrieren. »Ich dachte, Ihr Nachname wäre Montgomery?«

»Pia kennt meine Titel«, erklärte Hawk gleichzeitig.

Jetzt sah Lucy überrascht aus. Sie schaute zwischen ihrem Bruder und Pia hin und her. »Es kommt mir vor, als wäre ich mitten im zweiten Akt hereingekommen. Gibt es da etwas, was ich wissen sollte?«

»Ihr Bruder und ich …«, Pia warf Hawk einen bösen Blick zu, »… kennen uns.«

»Gut«, ergänzte Hawk.

»Interessant. Du hast mir gar nicht erzählt, dass du schon Pias Bekanntschaft gemacht hast. Du hast nur erwähnt, dass du aus zuverlässiger Quelle weißt, dass sie eine ausgezeichnete Hochzeitsplanerin ist, die du mir empfehlen kannst.«

»Das war die reine Wahrheit«, erwiderte Hawk.

Lucy hob eine Augenbraue. »Ich vermute, dass du selbst diese zuverlässige Quelle bist?«

Hawk nickte kurz und schwieg. Gleichzeitig bedachte er Pia mit einem leicht spöttischen Blick.

»Ja«, bemerkte Pia bissig, »in der Kunst des Auslassens ist Ihr Bruder äußerst bewandert.«

Neugierig sah Lucy von einem zum anderen. »Auf der Bühne würde man solch einen Moment als dramatisch bezeichnen. Dabei dachte ich, ich wäre bei uns in der Familie diejenige mit dem schauspielerischen Talent, Hawk.«

Pia stand auf und griff nach ihrer Handtasche. »Vielen Dank für den Tee, Lucy, aber ich kann leider nicht bleiben.«

Als Pia an Hawk vorbei zur Tür gehen wollte, hielt er sie auf, indem er ihren Ellenbogen umschloss. Sofort erstarrte sie.

Es war das erste Mal, dass er sie seit ihrer gemeinsamen Nacht wieder anfasste. Gegen ihren Willen spürte sie seine Berührung bis hinunter in ihre Zehenspitzen. Ihre Haut kribbelte, weil er ihr so nahe war.

Warum nur reagierte sie noch immer so auf ihn?

Pia zwang sich, ihn anzuschauen. Es waren Augenblicke wie diese, in denen sie ihre mangelnde Größe bedauerte. Und Hawk überragte sie nicht nur körperlich, sondern auch, was sein Auftreten und seine gesellschaftliche Stellung anging.

»Wie ich sehe, kannst Gedanken lesen«, meinte er lässig. »Eine sehr nützliche Eigenschaft für eine Hochzeitsplanerin. Zufälligerweise wollte ich dich gerade um ein kurzes Gespräch unter vier Augen bitten.«

Seine Worte riefen zum Glück ihren Kampfgeist hervor, doch sie bezähmte ihre Wut, bis sie mit Hawk vor der Tür stand. Schließlich wollte sie sowieso in diese Richtung, und es musste ja nicht sein, dass sie vor seiner Schwester eine Szene machte.

Im Flur riss sie sich jedoch von Hawk los. »Wenn du jetzt bitte deinen Butler rufen würdest, damit er meinen Mantel bringt, dann kann ich verschwinden und diese Charade beenden.«

»Nein«, erwiderte Hawk.

»Nein?« *Dieser unverschämte Kerl ...*

Hawk lächelte grimmig. »Warum willst du die Gelegenheit versäumen, mir noch einmal die Meinung zu sagen? Oder noch besser, mich mit Fingerfood zu bewerfen?« Mit einer Kopfbewegung wies er zum Salon hinüber. »Ich glaube, es lagen ein paar leckere Muffins auf dem Tablett.«

»Die darf Lucy genießen.«

»Da bin ich aber erleichtert.«

Sie sahen sich in die Augen, und wenn Blicke töten könnten, würde er auf der Stelle umfallen.

»Mir scheint, wir haben ein Problem«, fuhr Hawk fort. »Ich weigere mich, dich gehen zu lassen, bevor wir uns ausgesprochen haben, und du ...«, er schaute durch ein Fenster nach draußen, wo es inzwischen zu regnen begonnen hatte, »... völlig nass wirst.«

»Ich habe einen Regenschirm in der Handtasche«, konterte sie.

Hawk seufzte. »Sei vernünftig. Wir können uns hier unterhalten, wo Lucy uns hören kann, oder wir suchen uns einen Ort, wo wir ein wenig mehr Privatsphäre haben.«

»Du lässt mir ja wohl kaum eine Wahl«, entgegnete Pia böse.

Ohne noch länger zu warten, zog Hawk sie in ein Zimmer auf der anderen Seite der Eingangshalle.

Als Hawk die Tür hinter ihnen schloss, erkannte Pia, dass es sich um eine Bibliothek oder ein Arbeitszimmer handelte. Eingebaute Bücherregale, ein offener Kamin und ein großer Schreibtisch vor dem Fenster ließen daran keinen Zweifel. Die dunklen Ledermöbel wiesen außerdem darauf hin, dass es sich wohl um Hawks Reich handelte.

Entnervt drehte Pia sich zu ihm um. »Ich wusste nicht, dass Lucy mit dir verwandt ist. Sie hat sich mir als Lucy Montgomery vorgestellt. Sonst ...«

»... wärst du nicht gekommen?«, beendete er süffisant den Satz für sie.

»Natürlich nicht.«

»Montgomery ist Lucys Künstlername, der jedoch auch in unserem Stammbaum auftaucht.«

»Schlagen sich alle Carsdales unter falschem Namen durchs Leben?«

»Wenn es uns gelegen kommt, ja.«

»Und ich nehme an, es kommt dir gelegen, wenn du Frauen in einer Bar verführst?«

Es sollte ein bissiger Kommentar sein, doch Hawk besaß die Frechheit, mit einem sinnlichen Lächeln darauf zu reagieren.

»War es das – eine Verführung?«, murmelte er. »Der du zum Opfer gefallen bist?«

»Unter Vorspiegelung falscher Tatsachen.«

»Aber trotzdem hast du dich von dem Mann und nicht dem Titel verführen lassen.«

Pia merkte, dass Hawk es ernst meinte, ließ sich davon aber nicht einschüchtern. Durch nichts wollte sie sich von ihrer Wut ablenken lassen.

»Du hast das alles arrangiert«, warf sie ihm vor. »Du hast dafür gesorgt, dass ich völlig ahnungslos hierherkomme, ohne zu v... vermuten ...« Sie verstummte.

»Du tust mir unrecht. Meine Schwester musste wirklich ihre Hochzeit vorverlegen, und du bist doch Hochzeitsplanerin, oder nicht?«

»Du weißt, was ich meine!«

»Na und? Wenn du den Auftrag gebrauchen kannst ...«

Pia riss die Augen auf. »Ich weiß nicht, was du damit sagen willst. Wie auch immer, so verzweifelt bin ich nicht.«

»Nein? Ich dachte, ich hätte Andeutungen von dir gehört, dass es in letzter Zeit beruflich nicht so gut lief.«

Grimmig sah Pia ihn an.

»Du solltest niemals Poker spielen.«

»Soll das eine Art Wiedergutmachung sein?«

»Vielleicht.«

Pia stemmte die Hände in die Hüften und dachte über seine vage Antwort nach. Es konnte nicht sein, dass er wegen seines Verhaltens ihr gegenüber ein schlechtes Gewissen hatte. Er war ein Playboy, der sie schnell vergessen hatte. So viel war klar.

Also gab es nur eine andere Erklärung dafür, dass er ihr Lucy als Kundin zuschanzen wollte.

»Ich nehme an, dass du dich verantwortlich fühlst, weil es

dein Freund war, der meinen Ruf auf Belindas Hochzeit in Mitleidenschaft gezogen hat?«

Hawk zögerte. »Verantwortung ist ein Wort, das die Sache ganz gut trifft.«

Pia musterte ihn. Er warf ihr eine Rettungsleine für ihre Firma zu, und es fiel ihr schwer, nicht danach zu greifen. Wenn sie die Hochzeit seiner Schwester organisierte, konnte sie der Gesellschaft zeigen, dass zwischen ihr und dem Mann, den sie mit Aubergine-Häppchen beworfen hatte, alles in Ordnung war.

Sie war verrückt, auch nur daran zu denken!

»Lucy gehört noch nicht zur New Yorker Gesellschaft, aber die Familie ihres zukünftigen Mannes«, lockte Hawk sie, als würde er ihr Zögern spüren. »Diese Hochzeit könnte deine Firma am Markt etablieren. Und Lucy hat viele Verbindungen zur Theaterwelt. Ich wette, dass du noch nie eine Hochzeit für eine Schauspielerin geplant hast, oder?«

Pia schüttelte den Kopf.

»Das heißt, Lucys Hochzeit eröffnet dir einen ganz neuen Kundenkreis.«

»W... wer würde mich engagieren?«

»Ich«, erwiderte Hawk, tat dabei jedoch so, als wäre das eine ganz harmlose Angelegenheit. »Schließlich bin ich das Oberhaupt der Familie, und Lucy ist noch ziemlich jung – erst vierundzwanzig«, fuhr er lächelnd fort. »Von daher erscheint es mir nur fair, dass ich sie dabei unterstütze, sich dem strengen Familienregiment zu entziehen. Lucy ist das Nesthäkchen der Familie.«

Pia bemerkte, dass Hawk eine Geste, die man als liebevoll und großzügig auslegen könnte, in eine Äußerung voller Selbstironie verwandelte.

Sie geriet ins Schwanken. Hawks Schwester gefiel ihr, auch

wenn sie sie gerade erst kennengelernt hatte. Hinzu kam, dass Lucy genauso alt war wie Pia, als sie Hawk zum ersten Mal getroffen hatte.

Wenn sie selbst schon kein Happy End mit Hawk erleben konnte, dann sollte wenigstens eine Carsdale ...

Nein, in diese Richtung sollte sie lieber gar nicht weiterdenken.

»Natürlich wirst du dich hauptsächlich mit Lucy abplagen müssen«, ergänzte Hawk. »Ich werde mich möglichst unsichtbar machen.«

»W... wie?«, hakte Pia nach. »Hast du vor, dich nach England auf deinen Landsitz abzusetzen?«

»Nein«, erwiderte Hawk amüsiert, »solche drastischen Maßnahmen wollte ich nicht ergreifen. Aber ich kann dir versichern, dass Hochzeiten mich nicht interessieren.«

»Das zeigt dein Verhalten in der Vergangenheit ja ganz offensichtlich.«

»Autsch. Diesen Kommentar habe ich wohl verdient.«

Pia hob nur schweigend die Augenbrauen.

»Das Stadthaus gehört mir«, fuhr Hawk fort, »aber Lucy lebt hier schon eine ganze Weile, während ich erst seit Kurzem öfter hier bin. Allerdings bin ich selten zu Hause, da ich beruflich viel unterwegs bin.«

Pia wusste inzwischen natürlich alles über Hawks Firma. Sie hatte sich im Internet über ihn informiert. Sein Erfolg während der letzten drei Jahre hatte ihn zu einem sehr angesehenen Finanzier gemacht.

Verflixt. Gut aussehend und beruflich erfolgreich ... Die Frauen warfen sich ihm wahrscheinlich scharenweise an den Hals.

Nicht, dass sie interessiert war ...

Neugierig schaute Hawk sie an. »Also ...?«

Schweigend erwiderte Pia seinen Blick.

»Ich mache dich nervös, stimmt's?«

»S... sicher. Wer hat keine Angst vor Schlangen?«

Er grinste unverfroren. »Dein niedliches Stottern verrät mir, wie sehr ich dich aus dem Konzept bringe«, erklärte er in einem äußerst verführerischen Tonfall.

Pia merkte, dass sie diesem Charme kaum Widerstand entgegenzusetzen hatte.

»Natürlich«, fuhr er ernst fort und tat so unschuldig wie ein Pfadfinder, »wollen wir darüber nicht mehr reden. Von nun an werde ich mich von meiner besten Seite zeigen.«

»Versprochen?«

Ehe Hawk darauf antworten konnte, steckte Lucy den Kopf zur Tür herein. »Ah, hier seid ihr«, sagte sie. »Ich dachte schon, Sie wären davongelaufen, Pia.«

»Nein«, erwiderte Hawk. »Pia und ich haben nur die Bedingungen für ihren Auftrag diskutiert.«

Lucy wirkte eine Sekunde lang erstaunt, bevor sie erfreut ausrief: »Sie haben eingewilligt? Wunderbar!«

»Ich ...«

»Der Tee ist inzwischen kalt, aber ich bestelle eine neue Kanne«, sagte Lucy. »Wollen wir in den Salon zurückgehen?«

»Ja«, meinte Hawk, und Pia sah, dass seine Mundwinkel zuckten.

Als Pia Lucy aus dem Zimmer folgte, fragte sie sich, ob alle Carsdales über die Gabe verfügten, einen höflich, aber gnadenlos zu überrollen.

Denn trotz aller Vorbehalte hatte sie jetzt wohl tatsächlich zugestimmt, Lucys Hochzeit zu organisieren.

Als Hawk aus dem Fahrstuhl trat, entdeckte er Pia, die vor ihrer Haustür stand und auf ihn wartete.

Sie wirkte so natürlich frisch wie ein Gänseblümchen in ihrem gelben Kleid, das ihren wohlproportionierten Körper perfekt zur Geltung brachte. Der V-Ausschnitt war gerade tief genug, um einen Mann auf dumme Gedanken zu bringen.

Hawk fragte sich, ob er wohl immer diese sexuelle Anziehungskraft verspüren würde, wenn er sie sah.

»Wie hast du mich gefunden?«, fragte Pia unverblümt.

Er zuckte mit den Schultern. »Ein kurzer Blick auf deine Firmen-Homepage. Das war nicht schwierig.«

Pia, so hatte er festgestellt, lebte jetzt in einem weitaus mondäneren Viertel als noch drei Jahre zuvor.

»Hätte ich mir denken können«, erwiderte Pia sarkastisch, »dass du auch ein bisschen recherchierst. Mit einer eigenen Firma ist man leicht zu finden, ob man will oder nicht.«

Trotzdem trat sie zur Seite und ließ ihn in ihre Wohnung.

»In gewisser Weise bin ich ganz froh, dass du hier bist«, sagte sie, als er sich zu ihr umdrehte. »Es macht die Sache leichter.«

»Nur in gewisser Weise?«, hakte er amüsiert nach. »Vermutlich soll ich auch noch glücklich sein, dass du dich wenigstens ein bisschen freust.«

»Ich habe es mir anders überlegt.«

»Das habe ich mir schon fast gedacht«, meinte er lächelnd. »Und deshalb bin *ich* froh, dass ich hier bin.«

»Ich fürchte, es wäre nicht klug von mir, den Job als Lucys Hochzeitsplanerin anzunehmen.«

»Das würde sie schrecklich enttäuschen.«

»Ich kümmere mich um einen passenden Ersatz.«

»Eine Konkurrentin? Bist du sicher, dass du das willst?«

»Ich habe Kontakte – Freunde.«

»Und zu denen gehöre ich nicht.«

Hawk sah sich um. Die Wohnung war nicht groß, aber doch geräumiger, als er vermutet hatte.

Das Wohnzimmer war in Farben gehalten, die man definitiv als Hochzeitsfarben bezeichnen konnte – angefangen bei der pfirsichfarbenen Couch bis hin zum Sessel mit dem Rosenmuster. Und im Bücherregal fand man alles, was über Hochzeiten geschrieben worden war.

Er schaute hinunter, als eine Katze aus dem angrenzenden Zimmer kam.

Das Tier blieb stehen, erwiderte seinen Blick und blinzelte dann.

»Mr Darcy«, erklärte Pia.

Natürlich, dachte Hawk. Eine Hochzeitplanerin mit einem Kater, den sie nach Jane Austens bekanntestem Romanhelden benannt hatte.

Hawk verkniff sich ein Lächeln. Pia hatte ihren Mr Darcy gefunden, also war alles in Ordnung. Leider war Mr Darcy nur ein verdammter Kater, und Hawk vermutete, dass ihm jetzt nur noch die Rolle des Bösewichts blieb.

Trotzdem bückte er sich und kraulte den Kater hinter den Ohren.

Als er sich wieder aufrichtete, sah Pia ihn erstaunt an.

»Was ist? Wieso überrascht es dich, wenn ich mich mit deinem Kater anfreunde?«

»Ich hätte dich eher für einen Hundefreund gehalten. Sind nicht alle britischen Aristokraten Hundeliebhaber? Fuchsjagd und so?«

Hawk lächelte. »Hast du Angst, dass ich dein Kätzchen an die Hunde verfüttere?«

»Darüber möchte ich lieber nicht nachdenken. Aber du hast ja schon gezeigt, dass du ein Wolf im Schafspelz bist.«

Er schenkte ihr ein gefährliches Lächeln und ließ dann, nur um sie zu ärgern, seinen Blick über sie gleiten. »Und du bist Rotkäppchen? Ist das zurzeit dein bevorzugtes Märchen?«

»Ich mag überhaupt keine Märchen«, konterte sie. »N... nicht mehr.«

Hawks Lächeln schwand. Sie glaubte nicht mehr an Märchen, und er fühlte sich einmal mehr verantwortlich dafür, dass er ihr die Unschuld – in vielerlei Hinsicht – geraubt hatte.

Umso wichtiger war es, dass er sie umstimmte, damit sie seine Hilfe in Anspruch nahm. Er hatte vor, Abbitte zu leisten.

Schnell zog er ein paar Papiere aus seiner Jackettinnentasche. »Ich habe schon befürchtet, dass du deine Meinung änderst, wenn du ein bisschen Zeit hast, um darüber nachzudenken, auf was du dich mit Lucy einlässt.«

»Du warst derjenige, der Zeit brauchte, um den Vertrag erst noch durchsehen zu können!«, warf sie ihm vor. »Es ist mein gutes Recht, meine Meinung zu ändern, und wenn du keinen Ersatz findest, hast du es dir selbst zuzuschreiben.«

Es stimmte, dass er am Montag, als Pia Lucy den Vertrag ausgehändigt hatte, darum gebeten hatte, ihn noch einmal ansehen zu können. Aber nur, weil er sich damit eine Gelegenheit schaffen wollte, Pia wiederzusehen.

»Ich habe ihn mir durchgelesen«, erklärte er und faltete den Vertrag auseinander.

»Es wäre vielleicht gut, wenn du dieselbe Gründlichkeit und ein wenig mehr Sorgfalt bei der Auswahl deiner Freundinnen walten lassen würdest.«

Hawk unterdrückte ein Lächeln. »Du hast dich über mich erkundigt, nehme ich an.«

Pia nickte. »Das Internet ist eine wunderbare Sache. Schon erstaunlich, welchen Erfindungsreichtum manche Leute an den Tag legen, um passende Bezeichnungen für dich zu finden. Da ist der Bezug zu deinem Namen und der Habichtsnase noch der harmloseste.«

Hawk rieb sich über die Nase. »Was soll ich sagen. Sie wurde mindestens einmal gebrochen.«

»Wie nett.«

»Und bist du bei deiner Suche auch darauf gestoßen, wie ich zu dem Titel des Duke of Hawkshire gekommen bin?«

Pia schüttelte den Kopf. »Ich glaube, die Medien waren einfach zu sehr mit deinen Eskapaden beschäftigt.«

»Mag sein. Sehr zu meinem Bedauern wurden meine wilden Tage jedoch jäh unterbrochen, als mein älterer Bruder an den Verletzungen durch ein Schiffsunglück starb.«

Er sah, dass Pia zögerte.

»Ich erinnere mich noch gut, dass der Anruf am frühen Morgen mich aus einem sehr angenehmen Schlaf riss«, fuhr er fort und schaute sie direkt an. »Genauso gut kann ich mich an den Ausblick aus deinem Schlafzimmerfenster erinnern, als ich die Nachricht bekam.«

Einen Moment lang sah Pia regelrecht geschockt aus.

»Deshalb bist du verschwunden, ohne dich zu verabschieden?«

Er nickte. »Ich habe den ersten Flug zurück nach London genommen.«

Die Unglücksbotschaft hatte sein Leben völlig verändert. Leise hatte er Pias Wohnung verlassen, während sie noch geschlafen hatte. Dann war er so schnell wie möglich nach London gereist, um am Bett seines Bruders zu wachen, bis der einige Tage später seinen Verletzungen erlegen war.

Diese Tragödie hatte Hawks Leben so auf den Kopf gestellt, dass er jeden Gedanken an Pia verdrängt hatte. Nach einiger Zeit hatte er sich angesichts der neuen Verpflichtungen als Erbe eines Titels eingeredet, dass es besser wäre, den Kontakt zu ihr nicht wieder aufzunehmen.

Das war eine bequeme Ausrede gewesen, musste er jetzt

zugeben. Denn in Wahrheit hatte er, nachdem er mit Pia geschlafen und festgestellt hatte, dass sie noch Jungfrau gewesen war, das Gefühl bekommen, sich Hals über Kopf in sie verliebt zu haben. Das war eine völlig neue Erfahrung für ihn gewesen. Früher war er nur auf heiße Affären aus gewesen, bei Pia hätte das anders werden können. Doch durch den Tod seines Bruders war er davor bewahrt geblieben, sich mit seinen Gefühlen auseinandersetzen zu müssen.

»Auch wenn es ein wenig spät kommt, es tut mir aufrichtig leid«, sagte Pia ehrlich.

»Ich habe es dir nicht erzählt, um Mitleid zu erheischen.«

Er verdiente ihr Mitleid auch gar nicht. Obwohl sie so tat, als wäre sie zur Zynikerin geworden, besaß sie noch immer ein weiches Herz und war sehr verletzlich.

Es war ein schwacher Trost, dass er sie immerhin doch nicht so sehr verändert hatte. Allerdings wurde sie dadurch umso gefährlicher. Für ihn.

Doch er war nur hier, um ihr zu helfen. Er würde seine Verfehlungen wiedergutmachen, und das war's.

»Mein Vater ist dann einige Monate später auch noch gestorben«, berichtete er weiter und zwang sich, beim Thema zu bleiben. »Einige vermuten, an einem gebrochenen Herzen, doch sein Gesundheitszustand war auch vorher schon labil. Also wurde ich durch zwei Schicksalsschläge innerhalb eines Jahres zum Duke.«

»Und nebenbei hast du noch Sunhill Investments gegründet«, ergänzte Pia. »Du hast ereignisreiche und geschäftige Jahre hinter dir.«

»Kann man wohl sagen. Die harte Arbeit war jedoch nötig, um unseren Grundbesitz instand zu halten.«

Als sein Vater gestorben war, hatte auf einmal die ganze Bürde, die der Titel mit sich brachte, auf seinen Schultern gelastet. Und Hawk war nichts anderes übrig geblieben, als sich der Verantwortung für die Familie zu stellen.

Er hatte bereits begonnen gehabt, einen Hedgefonds aufzulegen, doch die Kosten, die mit dem Titel einhergingen, hatten die Notwendigkeit, für ein stetes Einkommen zu sorgen, noch dringlicher gemacht.

Und während all des Stresses und der langen Arbeitstage in den vergangenen drei Jahren war es leicht gewesen, Pia aus seinen Gedanken zu verdrängen. Meist war er viel zu beschäftigt gewesen, um an ihre gemeinsame Nacht zu denken. Nur gelegentlich war ihr Bild vor seinem inneren Auge aufgetaucht, und dann hatte er sich schuldig gefühlt, denn selbst in seinen schlimmsten Tagen als Playboy war er nie ohne ein Wort gegangen, sondern hatte immer sichergestellt, dass man sich im Guten trennte.

»Du hast dich nie wieder bei mir gemeldet«, stellte Pia fest, ohne dabei anklagend zu klingen.

Er schaute ihr in die Augen – deren warmer Bernsteinton ihn schon bei ihrem ersten Treffen fasziniert hatte. Wenn er es richtig deutete, schwand ihr Widerstand langsam dahin, so wie er es bezweckt hatte. Dennoch war das, was er jetzt sagte, die Wahrheit. »Keine dieser Erklärungen war als Entschuldigung gemeint.«

»Warum bemühst du dich dann so, mir den Auftrag als Lucys Hochzeitsplanerin zukommen zu lassen? Um etwas wiedergutzumachen?«

Hawk lächelte, weil sie den Nagel auf den Kopf getroffen hatte. Pia mochte zwar immer noch niedlich und naiv sein, auch wenn sie das Gegenteil behauptete, doch sie war sehr intelligent. Auch deshalb hatte er sich schon am ersten Abend derart zu ihr hingezogen gefühlt.

»Wenn ich Ja sage, akzeptierst du dann meine Hilfe?«

»Die Erfahrung sagt mir, dass es gefährlich ist, dich überhaupt etwas machen zu lassen.«

Leise lachend erwiderte er: »Sogar wenn es sich um einen Gefallen handelt?«

»Wenn keine Bedingungen daran geknüpft sind.«

Weil er spürte, dass sie schwach wurde, zog er einen Stift aus der Tasche und benutzte die Wand, um seine Unterschrift unter den Vertrag zu setzen.

»Hier, jetzt ist er unterschrieben«, sagte er und reichte ihr die Papiere.

Zögernd nahm sie ihm den Vertrag ab.

Hawk sah zu Mr Darcy. »Unser einziger Zeuge möchte, dass du unterschreibst.« Er hielt ihr den Stift hin.

Und tatsächlich sah der Kater bewegungslos zu ihnen auf, und Hawk hatte das ungute Gefühl, dass Mr Darcy viel zu viel für einen Kater verstand.

»Ich bin nicht darauf spezialisiert, Playboys zu braven Männern zu machen«, sagte Pia, als sie nach dem Stift griff.

Ihre Finger berührten sich, und ein kleiner Stromschlag schoss durch seinen Körper.

Hawk bemühte sich um eine ausdruckslose Miene. »Doch, natürlich bist du das«, widersprach er. »Du hast Mr Darcy doch bestimmt aus dem Tierheim, oder?«

»Dadurch habe ich eine Seele gerettet, aber keinen Playboy gezähmt.«

»Besteht da ein Unterschied?«, konterte er. »Und überhaupt, wer weiß schon, was Mr Darcy alles angestellt hat, bevor du ihn getroffen hast?«

»Lieber das Übel, das man nicht kennt«, erwiderte sie und drehte ein bekanntes Sprichwort um.

Hawk legte eine Hand auf sein Herz. »Und doch kann man behaupten, dass wir einander unter ähnlichen Umständen kennengelernt haben wie du und Mr Darcy. Also, wenn du ihm ein Zuhause geben kannst, dann wirst du doch …«

»Ich nehme dich nicht w… wie einen streunenden Hund auf«, wies sie ihn zurecht.

»Sehr zu meinem Bedauern«, murmelte er.

Pia bedachte ihn mit einem strafenden Blick, bevor sie sich zur Wand drehte und den Vertrag ebenfalls unterschrieb.

»Wunderbar«, meinte er grinsend. »Ich würde den Deal ja mit einem Kuss besiegeln, aber ich fürchte, dass du es unter den gegebenen Umständen als nicht angemessen ansehen würdest.«

»Da hast du ganz recht!«

»Also ein Handschlag?«

Argwöhnisch musterte Pia ihn, bevor sie langsam die Hand ausstreckte.

Hawk ergriff sie und spürte einmal mehr das Knistern, das bei jeder Berührung zwischen ihnen entstand. Es war noch genauso stark wie drei Jahre zuvor.

Ihre Hand war klein und zart. Die Fingernägel waren sorgfältig gefeilt, doch sie trug keinen Nagellack. Das war typisch für sie, zart, aber auch praktisch.

Als sie versuchte, ihre Hand wegzuziehen, umschloss Hawk sie fester, weil er aus Gründen, die er lieber nicht weiter hinterfragte, den Kontakt noch nicht abbrechen lassen wollte.

Fragend sah sie ihn an, und das Glitzern in ihren Augen verriet ihm, dass auch sie die sexuelle Spannung zwischen ihnen spürte.

Mit einer galanten Geste beugte er sich über ihre Hand und gab ihr einen Handkuss.

Er hörte, wie Pia nach Luft schnappte, und als er sich wieder aufrichtete, ließ er sie los.

»Warum hast du das getan?«, frage sie ein wenig atemlos.

»Ich bin ein Duke«, meinte er. »Da macht man so was.«

»Ach ja, natürlich. Ich weiß eine Menge über deine Welt, auch wenn ich nicht dazugehöre.«

»Du hast gerade zugestimmt, ein Teil davon zu werden«, erwiderte er. »Geh morgen mit mir ins Theater.«

»W… was? W… warum?«

Er lächelte. »Es ist Lucys Stück. Wenn du meine Schwester auf der Bühne siehst, bekommst du bestimmt ein paar hilfreiche Einblicke in ihre Persönlichkeit.«

Pia entspannte sich ein wenig.

Vermutlich fragte sie sich, ob er sein Versprechen brechen würde, noch ehe die Tinte auf dem Vertrag trocken war. Hatte er vor, sie wieder in sein Bett zu locken?

Ja – nein. Nein. Sofort korrigierte er sich. Zum Glück hatte er nicht laut gesprochen.

»Ich glaube nicht, dass wir …«

»… noch Karten bekommen?«, beendete er ihren Satz. »Keine Sorge. Ich habe zwei Plätze reserviert.« Er zwinkerte ihr zu. »Ich habe meine Beziehungen spielen lassen.«

»Du weißt, was ich meine!«

»Ehrlich gesagt, nein. Und das passiert mir immer wieder.«

Pia sah aus, als wollte sie noch weiter protestieren.

»Wir treffen uns dann morgen Abend. Ich hole dich um sieben ab.« Er schaute auf den Kater. »Ich hoffe, Mr Darcy hat nichts dagegen, den Abend allein zu verbringen.«

»Warum?«, konterte sie. »Ist er eine unwillkommene Erinnerung daran, dass für dich dann nur noch die Rolle des Bösewichts übrig bleibt?«

Er lächelte. »Woher weißt du das?«

Pia bedachte ihn mit einem vielsagenden Blick.

»Ach, allzu große Sorgen mache ich mir deswegen nicht.«

»Ach nein?«

Er schaute noch einmal zu Mr Darcy. »Ich bin mir ziemlich sicher, dass nur einer von uns Walzer tanzen kann.«

»Oh«, stieß Pia überrascht aus und sah einen Moment lang verträumt aus, so als hätte der Gedanke an einen Walzer die Romantikerin in ihr angesprochen.

»Da ich die Möglichkeiten, was annehmbare Verabschiedungen betrifft, inzwischen ausgeschöpft habe, bleibt mir nur ein langweiliges ›Auf Wiedersehen‹.«

»Wie beruhigend.«

Als Antwort auf ihre kleine Frechheit berührte er ihre kecke Nasenspitze und ließ den Finger dann weiter hinunterwandern, bis er ihre rosafarbenen und verführerischen Lippen berührte.

Gleichzeitig erstarrten sie beide.

»Bis morgen«, flüsterte er.

Bevor er in Versuchung geriet, diesen sinnlichen Mund zu küssen, öffnete Hawk hastig die Tür und ging.

Noch während er die Tür hinter sich schloss, versuchte er den Gedanken, warum es ihm so schwerfiel, Pia zu verlassen, zu verdrängen.

Wenn er nicht aufpasste, würden seine guten Vorsätze in Gefahr geraten.

4. Kapitel

Pia bemerkte, dass sie ihre Wohnungstür anstarrte, nachdem Hawk gegangen war. Sie war völlig aufgewühlt.

Langsam berührte sie ihre Lippen, so wie Hawk es gerade getan hatte. Sie hätte schwören können, dass er sie gern geküsst hätte. Das letzte Mal hatten sie sich in jener Nacht geküsst, als sie sich das erste Mal begegnet waren …

Pia hatte sich umgewandt und die Fernbedienung ihrer HiFi-Anlage in die Hand genommen, weil Musik sie immer entspannte. Kurz darauf waren die sanften Töne eines klassischen Stückes aus den Lautsprechern erklungen.

»M… möchtest du etwas trinken?«, fragte sie.

James lachte. »Was für eine Frage angesichts der Tatsache, dass wir gerade aus einer Bar kommen.«

Genau genommen fühlte sie sich auch schon beschwipst. Das lag bestimmt an dem letzten Cocktail, den sie an der Bar getrunken hatte, als sie versucht hatte, die Maklerin als neue Kundin zu gewinnen.

»Pia«, sagte James leise und legte ihr die Hände auf die Schultern.

Eine harmlose Berührung, und doch merkte sie, dass ihre Brustwarzen sich aufrichteten.

»Entspann dich«, flüsterte er ihr ins Ohr.

Oh.

Er zog seine Hände fort, aber Sekunden später spürte sie, dass er mit den Fingerspitzen eine Spur an ihren Armen entlangzog, während er das Gesicht in ihrer Halsbeuge vergrub.

Sie erzitterte. »I... ich ...«

Er knabberte an ihrem Ohrläppchen.

»F... findest du nicht, dass wir uns erst besser kennenlernen sollten?«, murmelte sie.

»Definitiv ... noch viel besser«, erwiderte er heiser.

Er drängte sich an sie, was sie erschauern ließ.

Langsam drehte er sie zu sich herum. »Das wollte ich schon tun, seit wir die Bar verlassen haben«, erklärte er und küsste sie.

»Oh«, stieß Pia kurz darauf atemlos hervor.

Das war wie ein Traum. Und James war ihr Traummann.

»Wir tun nichts, was du nicht willst«, versprach er ihr.

»D... das ist das, wovor ich Angst habe.«

»Ach, Pia. Du bist wirklich etwas Besonderes.« Seine Miene wurde weicher und noch liebevoller. »Lass es mich dir zeigen.«

Sanft legte er eine Hand auf ihre Wange und presste seine Lippen auf ihre.

Pia seufzte und klammerte sich an sein Hemd, während kleine Wellen puren Glücks durch ihren Körper strömten.

Gleichzeitig spürte sie ganz deutlich, wie seine Erregung stieg, während er mit der Zunge in ihren Mund drang und den Kuss vertiefte. Eng umschlungen standen sie da und überließen sich dem Verlangen, das in der Bar entfacht und auf der Taxifahrt weiter geschürt worden war.

James umschloss ihr Gesicht mit beiden Händen und küsste sie sinnlich.

Langsam löste Pia die Hand von seinem Hemd und legte sie stattdessen auf seine Brust, wo sie James' steten Herzschlag spürte.

Wie sehr wünschte sie sich, der Kuss würde nie enden. Eine

Leidenschaft, wie James sie in ihr entfachte, hatte sie noch nie erlebt.

»Mein Bett ist nicht besonders groß.« Die Worte platzten aus ihr heraus, und sie errötete.

James schaute sie zärtlich an, und eins seiner Grübchen erschien, als er mit einer Kopfbewegung auf den Sessel neben ihnen wies. »Hattest du noch nie Sex auf einem Sessel?«

Sie hatte noch nie Sex gehabt, weder auf einem Sessel noch sonst wo. Aber Pia hatte Angst, dass er sofort die Flucht ergreifen würde, wenn sie es ihm erzählte. Er war bestimmt an erfahrene Frauen gewöhnt.

Also zuckte sie mit den Schultern. »Warum sollen wir uns damit zufriedengeben, wenn ein Bett in der Nähe ist?«

»Mmm«, murmelte er und ließ seine Zungenspitze über ihr Ohr gleiten.

Oh. Um nicht das Gleichgewicht zu verlieren, klammerte Pia sich an seine Oberarme, denn das, was er tat, richtete merkwürdige berauschende Dinge mit ihr an.

Auf einmal spürte sie seine Hand an ihrem Reißverschluss.

»Ist es okay, wenn ich den aufmache?«, flüsterte er.

»Ja«, hauchte sie.

Sie hörte das Geräusch des sich öffnenden Reißverschlusses, und schon rutschte das Kleid nach unten.

James' Augen glänzten, als er sah, dass sie keinen BH trug. Er trat einen Schritt zurück und schaute sie bewundernd an. »Ach, Pia, du bist ein Traum.« Langsam streckte er die Hand aus und streichelte ihre Brust. »Du bist genauso schön, wie ich es mir vorgestellt habe, als ich meiner Fantasie vorhin in der Bar freien Lauf gelassen habe.«

»Küss mich«, bat sie ihn mit bebender Stimme.

Er setzte sich auf die Lehne des Sessels und zog Pia an sich. Mit den Lippen erkundete er das Tal zwischen ihren Brüsten.

Pia war verloren. Ihr Herz klopfte wie verrückt, und verzweifelt suchte sie Halt, indem sie die Finger in James' Haar schob.

Ohne die Lippen von ihr zu lösen, zog er ihr das Kleid weiter herunter und streifte ihr gleichzeitig den Slip ab.

Pia stöhnte auf, als er begann, ihre Brüste mit Küssen zu bedecken. Doch dann hielt er plötzlich inne.

»Und wäre es okay, wenn ich dich hier küsse?«, fragte er heiser und deutete auf eine ihrer Brustwarzen.

Pia war noch nie so nahe daran gewesen, zu betteln und zu flehen. Doch statt zu antworten, zog sie seinen Kopf an ihre Brust und schloss wohlig stöhnend die Augen, als er die Lippen um die harte Spitze schloss. Und was er dann mit seiner Zunge und den Lippen tat, brachte Pia dazu, sich lustvoll zu winden.

Ehe sie sich's versah, saß sie auf seinem Schoß im Sessel, während sie sich leidenschaftlich küssten. James' Erregung war deutlich spürbar, und auch Pia bemerkte, wie sie feucht wurde, als er an ihrem Oberschenkel entlangstrich.

Keuchend beendete er schließlich den Kuss. »Hab doch Mitleid mit mir, Pia.«

Sie schmiegte sich noch enger an ihn und knöpfte ihm das Hemd auf.

»Pia«, hörte sie ihn mit rauer Stimme sagen, »bitte sag mir, dass du nicht aufhören willst.«

»Wer hat etwas von Aufhören gesagt?« Dies hier war ihr Traum, und sie wollte ihn zu Ende träumen. Der letzte Drink in der Bar hatte ihr geholfen, sich zu entspannen, und James' Verführungskünste hatten auch die letzten Hemmungen hinweggespült.

»Ach, Pia.« Endlich lag seine Hand zwischen ihren Oberschenkeln, und was er nun tat, ließ Pia ganz schwindelig werden. »Ich bin übrigens gesund.«

»Ich auch. Ich hatte noch nie ungeschützten Sex.«

Das war die Wahrheit, auch wenn es eine andere Tatsache verschleierte, nämlich die, dass sie noch nie Sex gehabt hatte.

Er knabberte an ihrem Ohrläppchen. »Nimmst du die Pille? Wenn nicht, habe ich ein Kondom dabei. Nicht, dass ich mit der Absicht hergekommen bin, dich zu verführen, aber ich gestehe, dass ich vom ersten Augenblick, als ich dich gesehen hatte, fasziniert von dir war. Als ich dann bemerkt habe, dass du Hilfe brauchst, sah ich meine Chance, mich als Retter in der Not zu beweisen. Vielleicht war die niedliche kleine Cinderella ja auf der Suche nach ihrem Märchenprinzen.«

Pias Herz setzte einen Schlag lang aus. Es war, als würde James sie schon lange kennen. Ahnte er, dass sie eine Romantikerin war? Wusste er, dass sie Liebesgeschichten herrlich fand, auch wenn sie wusste, dass es naiv war, daran zu glauben?

Sie zog seinen Kopf zu sich, und wieder küssten sie sich stürmisch, so als könnten sie nicht genug voneinander bekommen.

»Sessel oder Bett?«, flüsterte James ihr ins Ohr.

»Bett.«

»Ganz meine Meinung«, sagte er und trug sie zum Bett. »Siehst du, wir haben viel gemeinsam.«

»Außer Reiten und Angeln?«

Er wollte sie gerade aufs Bett legen, da hielt er inne. »Oh, Darling«, meinte er heiser. Seine Augen funkelten verwegen, »geht es heute Nacht nicht genau darum – Angeln und Reiten?«

Pia spürte, wie sie errötete. Als James sie auf die Matratze legte, stützte sie sich auf einen Ellenbogen, schluckte und wusste nicht, was sie sagen sollte.

Tief sah James ihr in die Augen, während er sich langsam auszog, sich das Hemd aufknöpfte, den Stoff aus der Hose zog und die Sachen achtlos fallen ließ. Pia sog den Anblick seines nackten Oberkörpers förmlich in sich auf. Unter der glatten leicht gebräunten Haut spannten sich seine Muskeln.

Sie hatte sich nicht getäuscht, er war tatsächlich muskulös und äußerst gut in Form.

Als zum Schluss die Boxershorts zu Boden fielen, hob sich seine Erektion imposant von seinem gebräunten Körper ab.

Pia rang nach Atem. »Du siehst fantastisch aus.«

James lachte. »Müsste ich das nicht sagen?«

Ihr fiel ein, dass sie zwar schon Fotos von nackten Männern gesehen hatte, dass es aber das erste Mal war, dass sie tatsächlich einen live und in Farbe vor sich hatte. Und James übertraf all ihre Erwartungen. Er war beeindruckend – sowohl was die Größe als auch was seine Figur betraf. Und er war ganz offensichtlich scharf auf sie.

Voll sinnlicher Erwartungen begann sie am ganzen Körper zu zittern.

James musterte sie verlangend, bevor er sie an sich zog und begann, Küsse auf ihrem gesamten Körper zu verteilen. Pia schloss die Augen, ließ die Finger durch seine Haare gleiten und hatte das Gefühl, gleich vor Wonne zu zerfließen.

Seine Liebkosungen waren einfach köstlich. Er küsste sie auf den Bauch, den Hüftknochen und strich dann mit den Lippen die Innenseite ihres Oberschenkels entlang bis zu der empfindlichen Stelle ihrer Kniekehle. Während er genauso eine Spur aus Küssen über ihr anderes Bein zog, streichelte er sie sanft zwischen den Oberschenkeln.

Sie stöhnte auf und hob sich ihm entgegen.

Er gab ihr noch einen langen Kuss, bevor er sich bückte und ein Päckchen aus der Hosentasche zog. Schnell streifte er es sich über und legte sich zu Pia aufs Bett. Während er ihr zärtliche Worte ins Ohr flüsterte, streichelte und verwöhnte er sie sanft. Pia hatte das Gefühl, von ihren Empfindungen überwältigt zu werden.

Als er sich auf sie legte, ihr die Beine spreizte und sich zwischen sie schob, fragte sie sich, ob sie ihn überhaupt würde aufnehmen können. Aber schon Sekunden später vergaß sie ihre Sorgen, und die Leidenschaft riss sie mit.

»Berühr mich, Pia«, flüsterte er heiser.

Er küsste sie, biss sie spielerisch und streichelte sie, bis sie wieder und wieder lustvoll aufstöhnte. Pia erwiderte seine Liebkosungen, indem sie mit den Fingerspitzen über die ausgeprägten Muskeln seines Rückens strich.

Als sie spürte, dass er kurz davor war, in sie einzudringen, wurde sie erneut nervös, bemühte sich jedoch, sich zu entspannen.

Er hob den Kopf und murmelte: »Schling deine Beine um mich.«

Oh, gütiger Himmel. Noch nie war sie einem erregten Mann – und ihrem eigenen Verlangen – so hilflos ausgeliefert gewesen. Sie konzentrierte sich auf das, was sie sich unzählige Male ausgemalt hatte, wobei ihr Partner jedoch immer gesichtslos geblieben war. Doch ihr Traummann hatte immer eine Aura gehabt, die der von James sehr ähnelte. Und ohne zu zögern folgte sie schließlich seiner Bitte.

James umfasste ihre Hüften, ehe er Pia in die Augen schaute und ihr noch einen Kuss gab. »Lass mich dich lieben, Pia«, sagte er rau. »Lass mich dir Freude bereiten.«

Als sie lächelte, drang er mit einer geschmeidigen Bewegung in sie ein.

Pia schnappte nach Luft und biss sich auf die Lippe.

James war wie erstarrt.

Sekunden vergingen, während sie beide ganz stillhielten. Schwer atmend sah sie ihn an und spürte seinen Herzschlag an ihrem Brustkorb.

Langsam hob er schließlich den Kopf und sah sie nicht nur verwirrt, sondern auch geschockt und zweifelnd an. »Du bist noch Jungfrau«, stellte er ungläubig fest.

»W… war. Ich glaube, jetzt ist die Vergangenheitsform angebracht.«

Sie fühlte sich erfüllt, es war kaum auszuhalten, aber die Grenze zwischen Wonne und Schmerz verwischte. Es war ein merkwürdiges Gefühl, und sie versuchte, sich daran zu gewöhnen.

»Warum?«

Sie schluckte und flüsterte: »Ich wollte dich. Ist das so schlimm?«

Während er die Augen schloss, sah sie ihm die Anspannung an. Im nächsten Moment presste er die Stirn an ihre. Leise fluchend meinte er: »Du bist so unglaublich eng und heiß. So süß, wie ich es noch nie erlebt habe … Pia, ich kann nicht mehr …«

Aus Angst, dass er sich von ihr lösen könnte, umschlang sie ihn noch fester mit den Beinen. »N… nicht.«

Nach einer Weile entspannte er sich ein wenig – so als gebe er sich widerstrebend geschlagen. »Ich verspreche dir, dass es von jetzt an schön für dich wird«, murmelte er.

Langsam begann er, die Hüften zu bewegen, und fuhr fort, Pia zärtlich zu streicheln.

Sie konzentrierte sich darauf, loszulassen und die Bewegungen zu genießen. Langsam, ganz langsam spürte sie die Leidenschaft in sich erwachen und kurz darauf ein angenehmes Ziehen. Ihr Körper begann zusehends auf die Berührungen zu reagieren. Warm erschauerte sie und seufzte lustvoll.

Je mehr sie sich seinen Zärtlichkeiten hingab, desto größer wurde die köstliche Spannung in ihr, und ihr wurde bewusst, dass sie sich nach einer Erlösung sehnte, die sie noch nie gemeinsam mit einem Mann gefunden hatte.

Behutsam schob James die Hand zwischen ihre Körper und tastete nach Pias sensibelstem Punkt.

Innerhalb von Sekunden schrie sie auf und erreichte, ehe sie sich's versah, den Höhepunkt, davongetragen auf einer Welle lustvoller Empfindungen. Ohne dass sie etwas dagegen tun konnte – oder wollte –, zuckte ihr Körper hemmungslos.

In diesem Moment stöhnte James laut auf: »Oh, Gott, Pia.«

Doch es war bereits zu spät. Heiser stöhnend umklammerte er ihre Hüften, drang noch einmal kraftvoll in sie ein und kam ebenfalls.

Erst als er sie erschöpft an sich zog, merkte Pia, dass ihr Tränen in den Augen standen. Gemeinsam mit James hatte sie die letzte Barriere überwunden. Er hatte sie zur Frau gemacht. Ihr erstes Mal hätte nicht wunderbarer verlaufen können.

Glücklich schloss Pia die Augen, und gegen ihren Willen schlief sie beinah sofort ein.

Als sie das nächste Mal die Augen aufschlug, war James fort.

Pia zuckte zusammen und kam wieder zurück in die Gegenwart. Sie merkte, dass sie an die Wand starrte.

Irgendwie konnte sie Hawks Gegenwart noch immer spüren, und ihr Körper kribbelte, so als hätten sie sich gerade eben und nicht drei Jahre zuvor geliebt.

Entschlossen schüttelte Pia den Kopf.

Sie hatte ihn wieder in ihre Wohnung – in ihr Reich – gelassen, aber sie hatte nicht vor, sich noch einmal mit ihm einzulassen.

Am Abend nachdem Hawk den Vertrag in ihrer Wohnung unterschrieben hatte, stellte Pia fest, dass sie auf den besten Plätzen im Theater saßen – zweifellos dank Hawks guter Beziehungen.

Pünktlich um sieben hatte er vor ihrer Tür gestanden und war dann mit ihr ins Theater gefahren, wo Lucy in einer Musicalproduktion von *Oklahoma* mitspielte.

Pia tat so, als würde sie das Programm studieren, während sie darauf warteten, dass sich der Vorhang hob. An diesem Abend, erinnerte sie sich, ging es nur ums Geschäft. Deshalb hatte sie sich für ein kurzärmliges apricotfarbenes Kleid entschieden, das sie auch schon zu anderen geschäftlichen Anlässen getragen hatte, und sie hoffte inständig, dass sie damit die richtige Botschaft aussandte. Ganz bewusst hatte sie die Stücke, die sie nur in ihrer Freizeit trug, im Kleiderschrank hängen lassen.

Verstohlen warf sie einen Blick auf Hawk, der zur Bühne schaute. Obwohl er verhältnismäßig leger gekleidet war – schwarze Hose und hellblaues Oberhemd –, strahlte er aristokratische Würde aus.

Wenn sie sich doch seines verführerischen Körpers nur nicht so bewusst wäre!

Sie rutschte ein Stück von ihm weg und zupfte gleichzeitig am Saum ihres Kleides. Sofort ließ Hawk seinen Blick zu ihren Beinen wandern.

Als er ihre nackten Oberschenkel betrachtete und seine Miene einen aufmerksamen und leicht amüsierten Ausdruck annahm, bereute Pia ihre unbewusste Geste.

Hawk sah auf. »Ich möchte dir ein Angebot machen.«

»D… das überrascht mich nicht«, erwiderte sie und ärgerte sich wieder einmal über ihr Stottern. »Das scheint deine Spezialität zu sein.«

Frech, wie er war, grinste er. »Du bringst eben die besten …«, er wartete einen Wimpernschlag, als sie die Augen aufriss, »Bedürfnisse in mir zum Vorschein.«

Sie hasste es, dass er sie so leicht ködern konnte. »Da zollst du mir zu viel Anerkennung. Soweit ich das beurteilen kann, brauchen deine … Bedürfnisse nicht hervorgelockt zu werden. Die kommen von ganz allein.«

Hawk lachte leise. »Bist du gar nicht neugierig, was ich dir anzubieten habe?«

Sie runzelte die Stirn, zwang sich aber, zuckersüß zu erwidern: »Du vergisst, dass ich das bereits weiß. Falls es kein geschäftliches Angebot ist, bin ich nicht interessiert.«

War sein Vorrat an sexuellen Anspielungen eigentlich grenzenlos?

Er rutschte zu ihr herüber, sodass sein Bein gegen ihres stieß. Pia musste sich sehr beherrschen, um sich das Zittern, das ihren Körper erfasst hatte, nicht anmerken zu lassen.

Der Blick, den Hawk ihr zuwarf, ließ indes vermuten, dass er genau wusste, wie sie sich fühlte. »Zufälligerweise ist es das. Ein geschäftliches Angebot.«

Diesmal versuchte Pia nicht, ihre Reaktion zu verbergen. »Ehrlich?«

Hawk nickte. »Eine Freundin von mir, Victoria, braucht Hilfe bei ihrer Hochzeit.«

»Eine Freundin? Das heißt, sie war klug genug, dich aufzugeben und sich jemand anderes zu suchen?«

Wie es schien, konnte sie nicht aufhören, gegen ihn zu sticheln.

Doch Hawk grinste nur. »Wir sind nie zusammen ausgegangen. Ihr Verlobter ist ein alter Schulkamerad von mir. Ich habe die beiden einander im letzten Jahr auf einer Party vorgestellt.«

»Du scheinst eine Menge Leute zu kennen, die im Moment heiraten wollen.« Sie hob die Augenbrauen. »Immer nur der Heiratsvermittler, aber niemals selber der Bräutigam.«

»Noch nicht.«

Schweigend nahm Pia diese kryptische Bemerkung auf.

Es hatte einmal eine Zeit gegeben, da hatte *er* in ihren Hochzeitsträumen die Hauptrolle gespielt, aber über diesen Punkt war sie ja wohl längst hinaus, oder?

»Wann ist die Hochzeit?«, fragte sie.

»Nächste Woche. Samstag.«

»Nächste Woche?« Sie glaubte, sich verhört zu haben.

Hawk nickte. »Die Hochzeitsplanerin befindet sich im Ausland – in Quarantäne.«

»Was?«

Hawk verzog den Mund. »Das ist kein Witz. Sie war mit ihrem Freund auf Safari und hat sich etwas eingefangen. Sie darf erst nach der Trauung wieder nach New York.«

Pia schüttelte amüsiert den Kopf. »Ich vermute, ich sollte dir danken …«

»Wenn du möchtest«, neckte er sie. »Unter den gegebenen Umständen wäre es vielleicht angebracht.«

Pia biss sich auf die Lippe, während Hawk in die Tasche griff und einen Zettel herauszog.

»Hier sind Victorias Telefonnummern. Machst du es? Rufst du sie an?«

Pia nahm den Zettel und berührte dabei seine Finger, doch für sie beide war diese Berührung alles andere als zufällig.

Sie konnte gerade noch den Namen und die Telefonnummer lesen, ehe das Licht im Theater erlosch.

»Ich rufe Victoria an«, sagte sie leise.

»Braves Mädchen«, meinte Hawk und tätschelte ihr das Knie, wobei seine Hand allerdings sehr viel länger als nötig dort verweilte. »Ich bin übrigens auch zur Hochzeit eingeladen.«

»Na, das hatten wir doch schon mal.«

Erneut lachte er. »Ich habe eine Vorliebe für Aubergine-Häppchen entwickelt.«

Sie warf ihm einen bösen Blick zu, bevor sie seine Hand nahm und von ihrem Bein entfernte. Äußerlich mochte sie vielleicht kühl wirken, doch in ihrem Inneren hatte Hawk wieder einmal einen Tumult heraufbeschworen.

Sie wandte sich zur Bühne und stellte fest, dass ihre Firma dank Hawk einen Aufschwung erlebte. Sie musste aufpassen, dass sie nicht anfing, zu viel Dankbarkeit – oder womöglich noch etwas anderes – für ihn zu empfinden.

Hawk stieg vor dem Botanischen Garten aus seinem Aston Martin und schaute nach oben in den blauen Himmel. Es wehte eine warme Brise an diesem Samstagnachmittag – der perfekte Tag für Victorias Hochzeit.

Gerade als ein Bediensteter zu ihm kam, um den Wagenschlüssel in Empfang zu nehmen, hörte Hawk sein Handy klingeln und lächelte, weil es sich um den Song »Unforgettable« von Nat King Cole handelte. Diesen Klingelton hatte er Pias Handynummer zugeordnet.

»Hallo, Pia«, begrüßte er sie.

»Hawk, wo bist du?«, fragte Pia ohne Umschweife.

»Ich bin gerade angekommen«, antwortete er. »Sollte ich irgendwo anders sein?«

»Ich bin sofort bei dir! Die Braut hat ihren Schleier auf dem Rücksitz einer Limousine liegen gelassen, die vor ein paar Minuten wieder weggefahren ist. Ich brauche deine Hilfe.«

»Was ...?«

»Du hast mich doch gehört!« Pias Stimme klang leicht panisch. »Verdammt, ich will nicht schon wieder in ein Hochzeitsdesaster verwickelt werden!«

»Wirst du nicht.« *Nicht wenn ich es verhindern kann.* »Welcher Limousinen-Service war das?«

Pia nannte ihm den Namen, während Hawk dem Bediensteten bedeutete, dass er nicht gebraucht wurde, und wieder in den Wagen stieg.

»Ruf den Limousinen-Service an«, riet er Pia, »und sag ihnen, dass sie Kontakt mit dem Fahrer aufnehmen sollen.«

»Das hab ich schon. Sie versuchen, ihn zu erreichen. Er darf nicht zu weit fahren, sonst bekommen wir den Schleier nicht mehr rechtzeitig vor der Trauung wieder.«

»Keine Sorge, ich kümmere mich darum.« Er begann, den Wagen wieder von der Einfahrt zu lenken. »Meinst du, er ist auf dem Weg zurück nach Manhattan?«

»Ich glaube, er fährt Richtung Süden, und ich komme mit dir.«

»Du wirst doch hier gebraucht.«

»Schau nach links. Ich bin fast bei dir. Halt an, damit ich einsteigen kann.«

Hawk sah aus dem Seitenfenster, und tatsächlich, da kam Pia über den Rasen auf ihn zugerannt, das Handy ans Ohr gepresst.

»Du meine Güte, Pia.« Er beendete das Gespräch und hielt den Wagen an.

Sekunden später riss Pia die Beifahrertür auf und glitt ins Auto.

Als er wieder aufs Gas trat, meinte Hawk amüsiert: »Ich glaube, so erpicht war noch keine Frau darauf, zu mir ins Auto zu steigen.«

»Es ist ein Aston Martin«, meinte sie außer Atem. »Du kannst ordentlich Gas geben, ich bin verzweifelt.«

»Das ist wohl auch das erste Mal, dass ich wegen meiner Schnelligkeit gelobt werde.«

»F… fahr einfach!« Sie atmete noch immer schwer, tippte jedoch schon wieder eine Nummer in ihr Handy ein.

Hawk nahm an, dass sie erneut den Limousinen-Service anrufen wollte.

Aus dem Augenwinkel heraus musterte er sie. Sie trug ein kurzärmliges karamellfarbenes Seidenkleid mit leicht ausgestelltem Rock und farblich dazu passende High Heels. Sie sah zum Anbeißen aus.

Als sie das Telefonat beendet hatte, sackte Pia erleichtert zusammen.

»Sie haben den Fahrer erreicht«, berichtete sie. »Er fährt vom Highway runter und wartet an einer Tankstelle drei Ausfahrten weiter.«

»Sehr schön.« *Kommen wir zu angenehmeren Dingen.* Er deutete auf ihr Kleid. »Du siehst hübsch aus.«

Als hätte sie nicht mit einem Kompliment gerechnet, schaute sie ihn überrascht an. »Danke.«

Lächelnd fragte er: »Wählst du deine Hochzeitskleidung nach praktischen Gesichtspunkten aus, damit du notfalls einen Sprint hinlegen kannst? Das war ja eine Rekordzeit eben, noch dazu in den Schuhen.«

»Auf Hochzeiten muss man immer mit allem rechnen«, erwiderte sie. »Das solltest du doch inzwischen auch wissen.«

»Stimmt. Aber wieso hast du mich angerufen, damit ich dir zu Hilfe eile? Bin ich dein Held, der dich in seinem schwarzen Sportwagen rettet?«

»Wohl kaum«, meinte sie knapp. »Ich kenne nur sehr wenige Leute auf dieser Hochzeit, und du hast mich schließlich in die Sache reingezogen ...«

Er lachte.

»... es war also das Mindeste, was du tun konntest, zumal du gerade im rechten Moment angekommen bist.«

»Ach so, natürlich.«

Er beließ es dabei, obwohl er sie gern noch ein wenig mehr geneckt hätte.

Kurz darauf trafen sie den Fahrer der Limousine. Pia bedankte sich bei ihm und stieg schnell wieder zu Hawk ins Auto.

»Der Tag ist gerettet«, bemerkte Hawk, als er den Motor erneut startete.

»Noch nicht«, entgegnete Pia. »Glaub mir, ich war schon auf

zu vielen Hochzeiten. Ich entspanne mich erst, wenn die Trauung vollzogen und alles vorbei ist.«

»Trotzdem ... wäre dies nicht der geeignete Augenblick, um dich bei deinem Helden mit einem Kuss zu bedanken?«

Sie riss den Kopf herum und schaute ihn mit großen Augen an.

Ohne ihr die Chance zu geben, darüber nachzudenken, beugte Hawk sich vor und küsste sie.

Wow, dachte er, ihre Lippen sind genauso weich, wie sie aussehen.

Obwohl er wusste, dass es besser wäre aufzuhören, vertiefte er den Kuss und presste seinen Mund noch fester auf ihren.

Pia entspannte sich und seufzte leise auf, als sie sich an ihn schmiegte. Hawk musste sich sehr beherrschen, um sie nicht in die Arme zu schließen und das Verlangen zwischen ihnen weiter zu schüren.

Doch schließlich löste er sich von ihr und schaute sie an. »So ... Mit der Belohnung bin ich mehr als zufrieden.«

»I... ich ...« Pia räusperte sich und runzelte die Stirn. »Du bist wirklich ein Experte, wenn es darum geht, Küsse zu stehlen, was?«

Mit gespielt ernster Miene legte er sich eine Hand aufs Herz. »Es kommt selten vor, dass sich mir die Gelegenheit bietet, mich so galant zu verhalten.«

Sie zögerte und bedachte ihn mit einem missbilligenden Blick. »Wir müssen zurück.«

In Rekordzeit waren sie wieder im Botanischen Garten, wo Pia davonstürmte, um sich um die Braut zu kümmern, während Hawk sich zu den Gästen gesellte.

Dank Pias guter Organisation saßen schon zwanzig Minuten später alle auf ihren Plätzen. Die Braut sah wunderhübsch aus, und der Bräutigam strahlte, doch Hawk hatte nur Augen für

Pia, die diskret an der Seite stand, nicht weit von Hawks Platz in einer der hinteren Reihen.

Als sie zu ihm hinübersah, bedeutete er ihr, sich auf den freien Stuhl neben ihm zu setzen.

Sie zögerte kurz, gesellte sich dann aber zu ihm.

Hawk lächelte und schaute zum Brautpaar.

Schon vor Längerem hatte er beschlossen, allein zu dieser Hochzeit zu gehen. Victoria und Timothy waren alte Freunde von ihm, und Hawk hatte ausnahmsweise einmal frei von Erwartungen sein wollen. Inzwischen war er in einem Alter, in dem jede Frau, die er zu einem Date einlud, zur künftigen Duchess erklärt wurde.

Hawk überlegte, dass Victoria und Timothy ein Gelöbnis zelebrierten, das schon bald auch von ihm erwartet wurde. Victoria, Tochter eines Barons, hatte genau den Hintergrund, den man von der Braut eines Dukes erwarten würde. Seine Mutter würde solch eine Verbindung sehr begrüßen.

Einen Moment lang dachte Hawk an die Verkupplungsversuche seiner Mutter mit Michelene Ward-Fombley, doch den Gedanken schob er schnell beiseite.

Stattdessen warf er Pia einen verstohlenen Blick zu. Ihr Beruf hatte sie gelehrt, sich in den besten Kreisen bewegen zu können, doch das änderte nichts an ihrer Herkunft und an den Verbindungen, die sie nicht besaß. Für die Leute hier würde sie stets die Hochzeitsplanerin sein, niemals die Braut.

Jetzt sah er, wie sie schluckte, als sie nach vorn schaute.

Pia weint auf Hochzeiten.

Der Gedanke schoss ihm durch den Kopf, zusammen mit der Erkenntnis, dass sie ihren Beruf wirklich liebte. Hochzeiten bedeuteten für sie viel mehr als nur den reinen Broterwerb.

Er hatte vorgehabt, etwas wiedergutzumachen, indem er sie für Lucys Hochzeit engagierte. Gleichzeitig hatte er auch die

Grenzen ihrer Beziehung ausgelotet, einfach weil es ihm Spaß machte, sie ein wenig zu necken.

Es war so verlockend, sich mit ihr zu kabbeln und zuzusehen, wie ihre Augen dann funkelten. Denn zugegebenermaßen war eine Reaktion von Pia, welcher Art auch immer, besser, als wenn sie ihn mit Gleichgültigkeit strafte. Und der Kuss ... ihre Reaktion darauf hätte nicht besser sein können.

Doch das Letzte, was er wollte, war, Pia wieder wehzutun. Eine feste Beziehung zwischen ihnen war nicht möglich, und er sollte weder sie noch sich mit Küssen in Versuchung führen, wenn das zu nichts führen konnte. Sie verdiente es, mit ihrem Leben weiterzumachen – und er auch.

Das Bellen eines Hundes riss ihn aus seinen Gedanken.

Neben ihm richtete Pia sich alarmiert auf.

Und tatsächlich bot das, was innerhalb von Sekunden geschah, genügend Anlass zur Sorge.

Der Hund von Victoria, ein Spaniel, schnappte sich den Brautstrauß, der auf einem kleinen Podest gelegen hatte, rannte den Gang entlang, und nur durch das beherzte Eingreifen von Hawk, der sich dem kleinen Biest entgegenstellte und ihn am Halsband packte, wurde Schlimmeres verhindert.

Ein paar Gäste applaudierten, und einer rief: »Gut gemacht!«

Hawk hielt den zappelnden Hund fest, bis Victoria angelaufen kam. »Oh, Finola.«

Schnell schnappte sich Pia den leicht lädierten Brautstrauß und verzog gequält das Gesicht.

Hawk flüsterte ihr zu: »Aller guten Dinge sind drei.«

»Bitte, sag mir, dass dies schon der dritte Vorfall ist«, flehte sie leise.

Bevor er sie besänftigen konnte, griff Victoria nach Finola und fing dann an zu lachen.

Die Gäste stimmten ein, und Hawk beobachtete, wie auch

Pia sich langsam wieder entspannte und zu lächeln begann. Er konnte geradezu ihre Gedanken lesen. *Wenn die Braut und alle anderen die lustige Seite dieser Situation sehen können, dann ist alles okay.*

»Was bist du doch für ein kleiner ungezogener Hund«, schalt Victoria Finola lachend.

»Vielen Dank, Hawk. Du hast unseren Tag gerettet«, meinte Victoria dann.

»Gern geschehen. Ich freue mich, dass ich helfen konnte«, erwiderte Hawk lächelnd und sah, dass Pia die Augenbrauen hochzog.

Victoria ging wieder nach vorn, damit die Trauung fortgesetzt werden konnte, und Pia legte den Brautstrauß zurück auf den kleinen Sockel, während ein anderer Gast Finola festhielt.

Danach lief alles wie am Schnürchen. Zu Hawks Bedauern kehrte Pia jedoch nicht auf den Platz neben ihm zurück, sondern blieb weiter vorn stehen. In Anbetracht der jüngsten Ereignisse konnte er es ihr nicht einmal verdenken.

Als die Zeremonie vorbei war und alle sich zum Empfang versammelt hatten, entdeckte er sie in der Nähe der Bar.

»Sie wollen einen Drink?«, fragte er.

Erstaunt drehte Pia sich um und musste gegen ihren Willen lachen. »Aus irgendeinem Grund kommt mir der Satz bekannt vor.«

Hawk grinste. »Das dachte ich mir.« Er streichelte ihr die Wange. »Du hast dich großartig geschlagen heute.«

»Mit deiner Hilfe. Victoria hält dich für einen Helden«, entgegnete sie und lächelte.

Hawk fühlte sich einen Moment lang wie geblendet von Pias Lächeln. Sie könnte ein ganzes Zimmer damit erhellen, dachte er. Wenn man ihr jetzt noch einen Zauberstab geben würde, könnte sie wahrscheinlich auch Feenstaub versprühen.

Er verdrängte diesen verrückten Gedanken und wechselte das Thema.

Sie unterhielten sich über die Hochzeit, und Hawk machte ein paar Bemerkungen über die Gäste, die er kannte.

»Für mich ist das hier Arbeit«, sagte Pia schließlich, als wollte sie nicht nur sich, sondern auch ihn daran erinnern.

»Ich nehme an, du musst bis zum Ende bleiben?«

Sie nickte. »Ja, das gehört zu meinem Job.«

»Wie kommst du nach Haus?«, fragte er. Da sie vorhin seine Hilfe in Anspruch genommen hatte, vermutete er, dass sie nicht mit ihrem eigenen Wagen gekommen war.

Sie zuckte mit den Schultern. »Ich rufe mir ein Taxi.«

Eindringlich sah er ihr in die Augen. »Ich warte auf dich.«

»D… das ist n… nicht nötig.«

»Ich weiß«, erwiderte er lächelnd. »Trotzdem stehe ich dir zur Verfügung.«

Es dauerte noch einige Stunden, bevor Hawk sein Angebot in die Tat umsetzen konnte. Er bemerkte, dass Pia noch immer zum Anbeißen aussah, auch wenn man ihr jetzt am Ende des Abends anmerkte, dass sie erschöpft war.

Mehr oder weniger schweigend fuhren sie zurück nach Manhattan, zufrieden, die Stille und die Dunkelheit genießen zu können.

Als Hawk schließlich hielt, um Pia abzusetzen, stellte er fest, dass sie eingeschlafen war.

Ihr Kopf lehnte an der Kopfstütze, und ihre Lippen waren leicht geöffnet.

Er schaltete den Motor aus und nahm sich die Zeit, ihr Gesicht einen Moment lang zu betrachten.

Langsam ließ er den Blick zu ihrem Mund wandern. Noch immer konnte man den rosafarbenen, glänzenden Lippenstift erkennen, doch wenn es nach ihm ging, brauchte sie keine Schminke.

Einen Augenblick lang rang er noch mit sich, doch auch diesmal erlag er der Versuchung. Er beugte sich zu ihr hinüber, drehte ihr Kinn sanft zu sich und presste seine Lippen sanft auf ihren Mund. Mmh … köstlich.

Das Dessert hat längst nicht so gut geschmeckt wie sie, dachte er.

Langsam öffnete Pia die Augen.

Hawk richtete sich wieder auf und lächelte ein wenig schuldbewusst.

»W… was?«

»Ich habe Dornröschen mit einem Kuss geweckt«, meinte er leise. »Das ist doch die Märchenheldin, die du heute bist, oder?«

Sie blinzelte und wurde langsam wieder wach. »Wenn, dann nur unbeabsichtigt. Das ist keine gute Idee.«

»Sollte ich nicht vor deiner Wohnung anhalten?«, fragte er mit Unschuldsmiene. »Hätte ich gleich weiter zu mir fahren sollen?«

»Natürlich nicht«, erwiderte sie, wenn auch ein wenig halbherzig.

Er lächelte, bevor er die Tür öffnete und um den Wagen herumging, um Pia beim Aussteigen zu helfen, auch wenn sie eine Sekunde lang zögerte, bevor sie die Hand in seine legte.

Inzwischen war er schon an das angenehme Prickeln gewöhnt, das ihn jedes Mal erfasste, wenn sie sich berührten.

»Gute Nacht, Euer Gnaden«, sagte sie.

»Gute Nacht, Pia«, erwiderte er lächelnd.

Er wartete, bis sie im Gebäude verschwunden war, und stieg erst dann ins Auto.

Als er sich wieder in den Verkehr einreihte, musste Hawk zugeben, dass er immer wieder die Grenzen bei Pia austestete. Aber, so redete er sich ein, ich weiß genau, wie weit ich gehen kann.

Zumindest hoffte er das.

5. Kapitel

»*Herzoglicher Handlanger.* Der Duke of Hawkshire, Multimillionär und Finanzgenie, betätigt sich als Assistent der Hochzeitsplanerin ...«

Verärgert stieß Pia einen undamenhaften Fluch aus, als sie die Klatschkolumne von Mrs Jane Hollings im »New York Intelligencer« las.

»Was ist denn los?«, wollte Belinda wissen.

Pia hatte sich gerade an den Tisch im Contadini gesetzt, wo sie, Belinda Wentworth und Tamara Langsford – verheiratete Kincaid – sich zum Sonntagsbrunch verabredet hatten.

»Mrs Hollings schreibt in ihrer Kolumne über mich und Hawk«, antwortete Pia, während sie den Artikel auf ihrem Smartphone weiter nach unten scrollte. »Anscheinend hat jemand ihr berichtet, dass Hawk mir gestern bei der Hochzeit aus der Klemme geholfen hat.«

»Das ging ja schnell«, meinte Belinda.

Fragend sah Belinda zu Tamara hinüber. »Gehört die Zeitung nicht deinem Mann? Kannst du nicht mal irgendwas gegen diese grässliche Frau unternehmen?«

Tamara schüttelte den Kopf und räusperte sich. »Ich muss euch was sagen.«

»Hast du doch schon«, warf Belinda ein. »Wir wissen doch, dass du schwanger bist und dass Sawyer der Vater ist.«

»Stimmt. Aber was ihr noch nicht wisst, ist, dass Sawyer und ich beschlossen haben zusammenzubleiben.«

»Wegen des Babys?«, hakte Belinda nach. »Ehrlich, Tamara ...«

»Nein, weil wir uns lieben.«

Belinda starrte Tamara einen Moment lang fassungslos an. Dann winkte sie einen Kellner heran. »Noch eine Bloody Mary, bitte.«

Pia wusste, dass dies ein wunder Punkt für Belinda war, da ihre Freundin immer noch daran arbeitete, ihre Ehe mit dem Marquis von Easterbridge annullieren zu lassen.

Belinda drehte sich wieder zu Tamara herum. »Ich kann es nicht fassen. Du ziehst mit Sawyer zusammen, gehst eine Vernunftehe ein. Und plötzlich …«, sie schnippte mit den Fingern, »… bist du schwanger und erklärst uns, du wärst in ihn verliebt.«

Tamara lächelte und zuckte mit den Schultern. »Es ist wirklich das Aufregendste, was mir je passiert ist«, gab sie zu. »Ich hatte nicht vor, mich zu verlieben, und wenn du mich vor ein paar Monaten gefragt hättest, hätte ich dir gesagt, dass Sawyer der letzte Mann ist …«

Tamara bekam einen träumerischen Blick. »Mir ist klar geworden, dass Sawyer derjenige war, den ich die ganze Zeit gewollt habe. Und das Beste daran ist, dass es ihm genauso geht.«

Belinda nahm den Drink, den der Kellner brachte, und trank einen großen Schluck. »Na, ich freue mich jedenfalls für dich, Tam. Wenigstens eine von uns verdient es, glücklich zu sein.«

Tamara lächelte gerührt. »Danke. Ich weiß, du und Pia, ihr mögt Sawyers Freunde nicht …«

»Du meinst meinen Ehemann?«, fragte Belinda stirnrunzelnd.

»Du meinst Hawk?«, sagte Pia im selben Moment.

»… aber Sawyer und ich hoffen, dass ihr trotzdem alle am nächsten Samstag zu einer kleinen nachträglichen Hochzeitsfeier zu uns kommt.«

»Du meinst, zu einer ›Wir-bleiben-verheiratet-Party‹?«, wollte Belinda wissen.

»So ungefähr«, erwiderte Tamara und sah zu Pia. »Bitte. Du liebst doch alles, was mit Hochzeiten zu tun hat.«

Pia seufzte. Das stimmte. Und sie wollte Tamara nicht enttäuschen, obwohl es nicht sehr klug war, zu viel Zeit in Hawks Gegenwart zu verbringen.

»Wie kommst du jetzt eigentlich mit Hawk zurecht, Pia?«, fragte Tamara plötzlich, so als könnte sie ihre Gedanken lesen. »Ich weiß, dass du die Hochzeit seiner Schwester planst. Und du hast gerade erwähnt, dass Mrs Hollings darüber tratscht, dass er dir gestern geholfen hat.«

Pia zögerte. Wie viel sollte sie ihren Freundinnen anvertrauen? Jedenfalls würde sie nichts über die Küsse verraten – und die Tatsache, dass sie sie genossen hatte.

Hawk hatte gesagt, er wolle etwas wiedergutmachen. Und bisher hatte sie das zugelassen. Na ja, wenn sie ehrlich war, sogar mehr als das.

Wieder musste sie an die Küsse denken. An die Nervosität, die sie verspürt hatte, an ihre Erregung – so wie beim ersten Mal ... und so wie in ihren Träumen. Es war, als hätten sich zwei verwandte Seelen gefunden.

Pia schüttelte leicht den Kopf, um den Gedanken zu vertreiben. Sie spielte mit dem Feuer, und es wäre dumm, sich wieder auf Hawk einzulassen.

Und doch ...

Sie hatte Mitleid mit Hawk empfunden, als sie den Grund für sein abruptes Verschwinden nach ihrer gemeinsamen Nacht erfahren hatte. Ihre Eltern waren wohlauf und lebten zufrieden in Pennsylvania, und auch wenn sie selbst keine Geschwister hatte, konnte sie sich vorstellen, wie niederschmetternd es für Hawk gewesen sein musste, so plötzlich seinen Bruder zu verlieren.

Natürlich stellte sich trotzdem die Frage, warum er sich danach nie wieder bei ihr gemeldet hatte. War es ihm auf diese Weise leichter gefallen, sie zu vergessen? Der Gedanke tat weh. Aber was sollte es sonst für eine Erklärung geben? Sie hatte ihm wohl einfach nicht genug bedeutet.

Zumindest würde sie, selbst wenn sie wieder schwach werden sollte, kein naives Mädchen vom Land mehr sein. Sie konnte Hawk beweisen, dass sie sich inzwischen auch in gehobenen Kreisen zu bewegen wusste.

Er flirtete mit ihr, und sie sollte sich einfach daran erfreuen. Warum konnte sie nicht eine von den Frauen sein, die eine flüchtige Affäre einfach genossen? Sie hatte doch schon einen One-Night-Stand erlebt. Mit ihm.

Die Gedanken wirbelten durch ihren Kopf.

Schließlich merkte Pia jedoch, dass Belinda und Tamara sie anstarrten.

Sie räusperte sich. »Hawk hat mir … geholfen«, meinte sie ausweichend. »I… ich bin ein wenig zwiegespalten.«

»Zwiegespalten?«, wiederholte Belinda und verdrehte die Augen. »Ist man da nicht heutzutage kurz davor, sich zu verlieben? Pia, bitte sag mir, dass du nicht schon wieder auf diesen Typen reinfällst.«

»Natürlich nicht!«

»Du hast so ein weiches Herz, und ich möchte wirklich nicht …«

»K… keine Angst, gebranntes Kind scheut das Feuer.« Pia zuckte mit den Schultern. »Aber ich organisiere schließlich die Hochzeit seiner Schwester, da muss ich mich gut mit ihm stellen.«

»Sehr schön«, meinte Tamara. »Ich bin froh, dass du keine Probleme damit hast, wenn Hawk am nächsten Wochenende auch kommt.«

Belinda runzelte die Stirn. »Um Hawk mache *ich* mir keine Gedanken.«

Pia weigerte sich, zuzugeben, das Hawk derjenige war, um den *sie* sich Gedanken machte.

Hawk trank einen Schluck Wein, als plötzlich all seine Sinne erwachten.

Pia.

Er entdeckte sie sofort, als sie in den Salon des luxuriösen Stadthauses des Earl und der Countess von Melton trat. Aber es war, als hätte er ihre Gegenwart schon gespürt, ehe er sie überhaupt gesehen hatte.

Sie sah umwerfend aus. Das enge Kleid mit dem schwarzen Oberteil und dem weißen Rock betonte ihre herrlichen Kurven und ließ sie nicht nur größer erscheinen, als sie war, sondern brachte auch ihre tollen Beine besonders gut zur Geltung.

Sie bot wirklich einen hinreißenden Anblick. Es kam ihm fast so vor, als hätte man sie extra geschickt, um ihn in Versuchung zu führen und um seine guten Vorsätze ins Wanken zu bringen.

Er wollte gerade zu ihr gehen, als jemand eine Hand auf seinen Arm legte.

Es war Colin, der Marquis von Easterbridge, der ihn aufhielt.

Colin grinste ihn an. »Obacht. Deine Ladykiller-Instinkte sind allzu offensichtlich.«

Hawk lachte. »Wahrscheinlich ist es eher umgekehrt. Sie sieht zwar harmlos aus, aber …«

»Das tun sie alle«, bemerkte Colin lachend.

Hawk bezweifelte nicht, dass Colin von Belinda Wentworth sprach, mit der er offiziell ja noch immer verheiratet war. Hawk war neugierig, wie der Stand der Dinge war, aber er wollte nicht nachbohren. Selbst für seine Freunde war Colin oftmals ein Rätsel.

»Ich habe alles unter Kontrolle«, erwiderte Hawk. »Ich bin nur zu einem Aufklärungseinsatz unterwegs.«

Noch einmal lachte Colin. »Darauf würde ich wetten.«

Hawk zuckte mit den Schultern, ließ Colin einfach stehen und ging zu Pia.

Was war schon dabei, wenn er Pia bewundernde Blicke zuwarf?

»Ich frage ausnahmsweise mal nicht, ob du einen Drink möchtest«, meinte er lächelnd, als er zu ihr trat. »Du siehst übrigens fantastisch aus.«

Pia errötete. »D... danke. Ich hätte aber gar nichts gegen ein Glas Wein.«

Da gerade ein Kellner vorbeikam, nahm Hawk ein Weinglas vom Tablett und reichte es ihr.

»Auf dein Wohl«, sagte er und stieß mit ihr an. »Wie steht es mit der Hochzeitsplanung? Meine Schwester hat erzählt, dass sie diese Woche zweimal bei dir war.«

Pia nippte an dem Wein. »Ja, wir haben über die Einladungen und die Dekoration gesprochen. Zum Glück hat sie sich schon ihr Kleid ausgesucht.« Sie lächelte. »Bisher läuft mit dieser Hochzeit alles wie am Schnürchen.«

»Ich war erst einmal bei dir in der Wohnung und werde geradezu neidisch.«

»Tatsächlich? Nun, wenn du deine Karten richtig ausspielst, bekommst du vielleicht noch mal eine Einladung.«

Hawk zögerte. Flirtete sie mit ihm? Er hatte sich inzwischen ja an das Geplänkel zwischen ihnen gewöhnt, aber meist war Pia nicht ganz so ... empfänglich für seine Komplimente und Anspielungen.

»Wie geht es Mr Darcy?«, fuhr er neckend fort. »Braucht er vielleicht ein männliches Vorbild?«

»Wenn ja, bietest du dich etwa dafür an?«

»Ich bin mehr als willig, es zu versuchen.«

Pia seufzte theatralisch. »Meinst du eigentlich jemals etwas ernst?«

»Würdest du mir glauben, wenn ich Ja sage?«, stellte er schmunzelnd die Gegenfrage.

Das Flirten fiel ihm leicht – schließlich hatte er jahrelange Übung. Allerdings spürte er sehr wohl die Verantwortung, die jetzt auf ihm lastete, und normalerweise verhielt er sich, wie man es von ihm erwartete – nämlich wie ein Duke.

Prüfend schaute Pia ihn an. »Diese Bemerkung war unfair von mir«, sagte sie. »Ich habe ja gesehen, wie ernst du deine Verpflichtungen als Oberhaupt der Familie vor allem Lucy gegenüber wahrnimmst. U… und mir hast du ja auch schon geholfen.«

»Hat Lucy etwa geplaudert?«, hakte er nach.

Sie nickte.

»Ah, sie hat mein Image aufpoliert. Braves Mädchen …«

Über Pias Schultern hinweg sah Hawk, wie Colin auf Belinda zuging, die jedoch auf dem Absatz kehrtmachte und zur Tür marschierte. Colin folgte ihr gemächlich.

Als Pia merkte, dass Hawk abgelenkt war, drehte sie sich um und folgte seinem Blick. »Oje«, meinte sie leise. »Habe ich gerade etwas verpasst?«

Hawk schüttelte den Kopf. »Es war knapp. Belinda ist umgekehrt, ehe Colin zu ihr gehen konnte.«

»Im Gegensatz zu dir und mir.«

Er warf ihr einen überraschten Blick zu und lächelte dann amüsiert. »Einige von uns haben eben Glück.«

Pia seufzte. »Easterbridge sollte Belinda die Annullierung

zugestehen, damit sie ihr Leben fortsetzen kann. Stattdessen scheint es ihm Spaß zu machen, sie zu ärgern.«

»Meine Freunde sind nicht so schrecklich, wie du denkst.«

»Es ist schwer zu glauben, dass ihr befreundet seid. Easterbridge kann nicht aus seiner Ehe heraus, während du ...«

Interessiert sah Hawk sie an. »Ja?«

»... nie geheiratet hast«, beendete sie den Satz.

Bestimmt hatte sie ihn als bindungsscheu bezeichnen wollen. Dass sie es sich verkniffen hatte, war immerhin schon etwas.

Hatte Lucy ihn so gelobt, dass Pia jetzt einen positiveren Eindruck von ihm hatte? Es gab nur eine Möglichkeit, das herauszufinden.

Hawk trank einen Schluck Wein und fragte dann beiläufig: »Lass uns noch mal auf das Thema zurückkommen, das mein Ego streichelt. Was hat Lucy über mich erzählt?«

»Sie hat erwähnt, dass du während der letzten drei Jahre nonstop gearbeitet hast. Nicht nur, dass du dich in deine neue Rolle als Duke einfinden musstest, gleichzeitig hast du auch noch Sunhill Investments aufgebaut.«

»Überrascht dich das?«

Pia zögerte und schüttelte dann den Kopf. »Nein. Du hast dich ... anders verhalten als vor drei Jahren.« Sie hielt kurz inne. »Es muss sehr hart für dich gewesen sein, nachdem dein Vater und dein Bruder gestorben waren.«

Er dachte inzwischen nicht mehr jeden Tag an seinen Vater oder seinen Bruder, aber sein Leben hatte nach diesen Schicksalsschlägen eine ganz neue Wendung genommen. »William und ich waren nur zwei Jahre auseinander. Wir waren nicht nur Brüder, sondern auch Freunde, obwohl ich es als jüngerer Sohn immer leichter hatte. William wurde schon früh auf seine Aufgaben als Duke vorbereitet.«

So viele persönliche Informationen gab er normalerweise nicht preis.

»Und dann warst eines Tages du derjenige, auf dem die Verantwortung lastete.«

Er nickte.

»Du hattest den Ruf eines Spielers«, stellte sie fest. »Die Geschichten ...«

»Alte Kamellen, aber im Internet bleibt ja immer alles für die Ewigkeit erhalten.« Er verzog das Gesicht. »Ich habe zwei Jobs, die mich meist mehr Zeit kosten, als ich eigentlich habe. Allein das verlangt eine gewisse Ernsthaftigkeit.«

»Davon habe ich bisher kaum etwas mitbekommen«, konterte sie.

»Vielleicht bringst du einfach meine teuflische Seite zum Vorschein.« Er neigte den Kopf. »Bei dir kann ich mich entspannen und dich auch mal necken.«

Sie errötete. »Ich bin ja auch ein leichtes Opfer.«

»Du hältst dich wacker«, stellte er fest, insgeheim fasziniert, weil sie errötete.

Sie befeuchtete sich die Lippen, und Hawk sah ihr sehnsüchtig dabei zu.

»Möchtest du noch eine andere Seite an mir kennenlernen?«, fragte er, als ihm auf einmal eine Idee durch den Kopf schoss. »Ich gehe morgen in einer Halle in Brooklyn klettern. Auf diese Weise halte ich mich fit für die echten Hürden, die es zu überwinden gilt.«

Pias Augen funkelten. »Wow, ein Duke, der Klettern geht, wo gibt es denn so was?«

Gespielt hochnäsig erklärte er: »Ich bin ein sehr moderner Duke. Das Klettern ist ein Ventil für all die Eroberer-Gene, die mir meine Vorfahren vererbt haben.«

Lachend erwiderte sie: »Okay, okay, überzeugt.«

Überrascht nahm er ihre Zustimmung zur Kenntnis und verspürte auf einmal den unerhörten Drang, Pia zu erobern und zu besitzen.

Hawk hatte seine Hände überall.
Jedenfalls kam es Pia so vor.
Während er ihr beigebracht hatte, wie man die Ausrüstung gebrauchte und wie man die Füße auf der Kletterwand aufsetzen musste, hatte es sich angefühlt, als hätte Hawk sie an diesem Morgen in der Kletterhalle ausgiebiger berührt, als er es vielleicht im Bett getan hätte.

Sie trank einen Schluck Wasser, während ihr Herz heftig schlug. Völlig durchgeschwitzt beobachtete sie Hawk und versuchte, nicht daran zu denken, dass sie sich ihm am liebsten an den Hals geworfen hätte.

Er wirkte so männlich, wie er da mitten in der großen Halle in seinem Sportzeug stand und seinen schlanken, muskulösen Körper ihren neugierigen Blicken darbot. Daran, dass *er* nur ein wenig geschwitzt hatte, konnte man erkennen, wie fit er war.

Trotzdem konnte sie den Schweiß riechen – und ja, sie hätte schwören können, dass sie auch die männlichen Hormone wahrnehmen konnte –, denn ihr Körper reagierte instinktiv darauf. Pia hoffte, dass ihre Brustwarzen sich nicht zu deutlich unter ihrem Shirt abzeichneten.

Nachdem Hawk etwas getrunken hatte, betrachtete er Pia. »Du bist die erste Frau, die mir bei meinem Hobby Gesellschaft geleistet hat, und du hast dich tapfer geschlagen«, meinte er anerkennend. »Du bist bis nach oben und auch wieder heruntergekommen.« Er lächelte. »Sogar mehr als einmal. Herzlichen Glückwunsch.«

»Danke.«

Sie wusste nicht, warum es ihr so wichtig war, dass sie bei einem von Hawks Hobbys eine gute Figur gemacht hatte – abgesehen vom Angeln und Reiten –, aber es war nun einmal so.

Er schaute an sich hinunter und dann zu ihr, musterte sie mit unverhohlenem Interesse. »Wollen wir gehen?«

Sie nickte.

»Hast du heute Nachmittag nicht eine Verabredung mit Lucy bei uns im Haus?«

»Ja, das stimmt.«

»Warum kommst du dann nicht einfach mit mir nach Haus?«, bot er an. »Du kannst auch dort duschen, das ist bestimmt komfortabler als hier. Wir können uns etwas zu essen machen und die Zeit bis zu deinem Treffen mit Lucy totschlagen.«

Pia zögerte. Sie sollte bei ihm duschen und sich umziehen? *Nein, nein, nein.* Hier in der Sporthalle wäre sie sicher und nicht in Gesellschaft eines verführerischen Dukes, der von Eroberern abstammte.

Hawk lächelte. »Ich verspreche, ich beiße nicht. Es gibt ein paar Gästezimmer mit angrenzendem Bad, wo du dich wie zu Hause fühlen kannst. Also, was meinst du?«

Pia errötete, weil es schien, als hätte Hawk ihre Gedanken gelesen.

Andererseits, was konnte es schon schaden, wenn sie seinen Vorschlag annahm? Lucy war wahrscheinlich auch zu Hause oder würde zumindest bald kommen, und außerdem war bestimmt Personal anwesend.

Doch als sie in Hawks Haus ankamen, stellte Pia fest, dass Lucy nicht da war und auch erst kurz vor ihrer Verabredung am Nachmittag erwartet wurde. Das Personal, diskret, wie es sich gehörte, machte sich unsichtbar.

Nachdem Pia in einem der hübsch eingerichteten Gästezimmer samt luxuriösem Bad geduscht und sich umgezogen hatte, machte sie sich auf die Suche nach Hawk.

Vor seinem Zimmer zögerte sie kurz, bevor sie klopfte.

Als Hawk die Tür öffnete, musste sie schlucken.

Er trug ein strahlend weißes Hemd und eine schwarze Hose und sah wieder einmal so lässig und doch so ungeheuer maskulin und attraktiv aus, dass Pia weiche Knie bekam.

Als er dann auch noch seinen Blick ganz langsam über ihr eng anliegendes Top, den kurzen, schwingenden Rock bis hinunter zu den Ballerinas gleiten ließ und ein bewunderndes Lächeln auf seinen Lippen erschien, begann Pias Herz, schneller zu schlagen.

»Eine bezaubernde Frau klopft an meine Tür. Unter anderen Umständen würde ich dich sofort hereinlocken …«, er zwinkerte ihr zu, »… um meine ausschweifenden Fantasien in die Tat umzusetzen.«

Ihr wurde ganz heiß. »I… ich wollte nicht allein durch dein Haus spazieren, und ich wusste nicht, wo wir essen wollen.« Sie versuchte, die angespannte Situation durch einen Scherz aufzulockern. »Womöglich entdeckt mich noch jemand und hält mich für eine Spionin, die herumschnüffelt.«

Er lachte. »Gibt es in irgendeinem Märchen eine Heldin, die in den Häusern anderer Leute herumschnüffelt? Ich kann mich nicht erinnern.«

»Nein«, meinte sie. »U… und ich … ich glaube nicht an Märchen.«

Er nahm ihre Hand. »Nicht? Na, macht nichts, wir können ja unsere eigene Geschichte schreiben.«

Er trat zur Seite und zog sie ins Zimmer.

Als Pia sich umsah, machte Hawk eine ausladende Handbewegung.

»Das ist mein Schlafzimmer«, erklärte er und lächelte süffisant. »Falls du dich gefragt hast, wie es wohl aussieht. In unserer Geschichte will die Heldin natürlich unbedingt wissen, wie es aussieht, oder?«

Und sie will, dass er sie will.

Der Gedanke schoss Pia durch den Kopf, und sie konnte es nicht einmal leugnen.

Langsam ließ sie den Blick durchs Zimmer schweifen. »S... sehr hübsch.«

Dunkle, schwere Möbel mit gestreiften Bezügen in verschiedenen Creme- und Grüntönen bildeten den Hintergrund zu dem großen Himmelbett, das den Raum beherrschte.

Unbewusst öffnete Pia die Lippen und ließ die Zunge darübergleiten.

Als sie zu Hawk sah, stellte sie fest, dass er jede ihrer Reaktionen genau mitbekommen hatte.

Sie wollte etwas sagen, hielt jedoch inne.

»Ich hasse mein Stottern«, platzte sie stattdessen heraus.

»Ich liebe deinen kleinen Sprachfehler«, erwiderte er lächelnd. Dann beugte er sich vor, und seine Augen blitzten auf. »Er verrät mir, wie sehr ich dich ... verunsichere.«

Sie errötete, weil er genau das jetzt tat. »D... du hast versprochen, nicht zu beißen.«

»Rotkäppchen und der böse Wolf?« Er kam noch näher. »Okay, da kenne ich meinen Text.«

Gegen ihren Willen musste Pia lachen. »Du bist unverbesserlich.«

Er streichelte ihren Arm. »Ich habe versprochen, nicht zu beißen, aber das lässt noch viel Spielraum für andere Dinge.«

»Ich bin nicht Rotkäppchen.«

»Nein«, flüsterte er, bevor er den Kopf senkte und mit den Lippen ihren Mund liebkoste.

Sofort zog er sich wieder zurück, doch Sekunden später – so als könne er nicht anders – küsste er sie wieder. Und dieses Mal beließ er es nicht bei einer flüchtigen Berührung.

Er schlang die Arme um sie, und Pia verschränkte instinktiv die Hände in seinem Nacken, während sie sich an Hawk schmiegte. Und obwohl sie so unterschiedlich groß waren, schien es, als würden sie perfekt zusammenpassen.

Hawk schmeckte nach Pfefferminz, und als er mit der Zunge tief in ihren Mund drang, entschlüpfte Pia ein lustvolles Stöhnen. Es war ein unglaublich intensiver, erregender Kuss, und sie erwiderte ihn voller Leidenschaft.

Atemlos raunte Hawk schließlich: »Oh, Pia. Es ist viel zu lange her. Wie sollte ich das je vergessen?«

Sie wollte nicht, dass er es vergaß. Sie wollte, dass er sie genauso deutlich in Erinnerung behielt, wie sie die Erinnerung an ihn – ihren ersten Liebhaber – immer in sich getragen hatte.

Plötzlich bückte er sich, schob einen Arm unter ihre Knie und trug sie ohne Umschweife zum Bett. Nachdem er sich neben sie gelegt hatte, zog er sie sofort wieder in die Arme.

»Pia.« Zärtlich strich er ihr das Haar aus dem Gesicht. »Du erinnert mich an eine Nymphe oder eine Fee.«

»Vielleicht sollte ich nicht so oft Ballerinas anziehen.«

Er lachte kurz. »Selbst wenn du keine flachen Schuhe trägst, bist du winzig.« Bewundernd fügte er hinzu: »Aber ich habe noch nie eine Waldnymphe eine Wand emporklettern sehen.«

Pia runzelte die Stirn, während sie es genoss, ihn so intensiv zu spüren. »Ich kann mir vorstellen, wie ich von unten ausgesehen habe.«

»Ich musste mich sehr beherrschen, um das hier nicht zu tun«, sagte er und streichelte ihr Bein.

»Oh.«

Hawk schob sich über sie, bevor er sie erneut küsste. Zärtlich zeichnete er mit der Zunge die Konturen ihrer Lippen nach.

»L… Lucy kommt bald nach Hause«, flüsterte Pia.

»Das dauert noch.«

Pia spürte Hawks Erregung, und ihr Körper reagierte fast augenblicklich darauf. Ihre Brustwarzen wurden hart, und zwischen ihren Oberschenkeln verspürte sie glutvolles Begehren. Lustvoll bewegte sie sich unter ihm. »Warum habe ich mir überhaupt die Mühe gemacht, mich anzuziehen?«

Ihre Bemerkung brachte Hawk zum Lachen. Er küsste die empfindliche Stelle hinter ihrem Ohr. »Keine Angst. Das können wir schnell wieder ändern.«

Sofort ließ er seinen Worten Taten folgen und zog ihr Schuhe und Leggins aus, ehe er den Kopf senkte und Pia seinen warmen Atem auf dem Oberschenkel spürte und das leichte Kratzen seiner Bartstoppeln auf ihrer empfindlichen Haut. Langsam glitt er mit den Lippen erst an dem einen Bein hinab und dann am anderen wieder hinauf.

Pia erzitterte wohlig.

Im nächsten Moment stöhnte sie auf, als er sie spielerisch in die Innenseite des Oberschenkels biss. Sie konnte gar nicht anders, aber offenbar fand er es erregend, zu hören, welche Gefühle er in ihr auslöste.

Sie schob die Hände in sein dichtes Haar. Zaghaft zog sie daran, um ihn noch einmal leidenschaftlich küssen zu können. Dabei richtete sie sich auf und kam ihm auf halbem Weg entgegen.

Sie war verrückt, zu glauben, dass sie für einen solch erfahrenen Mann unvergesslich sein könnte. Es war absurd, zu denken, dass sie ihm ebenbürtig sein konnte, wenn es um das Thema Verführung ging.

Doch er überraschte sie mit einem tiefen Stöhnen und den Worten: »Ach, Pia ... du weißt ja gar nicht, was du in mir anrichtest.«

Sie streichelte seine Erektion. »Oh doch, ich kann es fühlen.«

Erstaunt schnappte er nach Luft. »Du bist nicht mehr so schüchtern wie damals.«

Das wollte sie aber auch hoffen.

Seit er sie verlassen hatte, hatte sie sich zum Ziel gesetzt, sich in Sachen Erotik ein wenig weiterzubilden. Daher hatte sie sich Liebesfilme angeschaut, das eine oder andere Buch gelesen und auch ein paar Videos ausgeliehen – alles in dem Bemühen, ihre Naivität und Unerfahrenheit zu kompensieren. Sie hatte sich überlegt, dass sie wohl nie auf Hawks Verführungskünste hereingefallen wäre, wenn sie erfahrener gewesen wäre. Und gleichzeitig hatte sie sich dummerweise eingeredet, dass Hawk sie nicht verlassen hätte, wenn sie selbst verführerischer gewesen wäre.

Allerdings war jetzt wohl nicht der richtige Zeitpunkt, um ihm zu erzählen, dass sie sich schlaugemacht hatte. Stattdessen senkte sie den Kopf und fragte unschuldig: »Willst du nicht, dass ich ein bisschen ... hemmungslos bin?«

»Welchem Mann würde das nicht gefallen?«

»Okay.«

Lächelnd richtete sie sich auf, glitt vom Bett und drehte sich dann zu Hawk um. »Wie wäre es mit einem Striptease?«

Einen Moment lang war Hawk offenbar fassungslos. Im nächsten Moment lächelte er zufrieden, und der Anblick der Grübchen, die das Lächeln auf sein Gesicht zauberte, richteten merkwürdige Dinge mit Pias Gefühlswelt an.

Aufreizend langsam zog sie sich das Top hoch, entblößte erst den Bauch, dann die Brüste, bevor sie es über den Kopf zog und zur Seite warf.

Als sie Hawks feurigen Blick auffing, neckte sie ihn, indem sie die Fingerspitzen über den Rand des fast durchsichtigen rosafarbenen BHs gleiten ließ.

Hawk zog scharf die Luft ein und starrte sie verlangend an.

Pia befeuchtete sich die Lippen und senkte in einer lasziven Geste die Lider.

»Das wird der kürzeste Striptease der Geschichte«, murmelte Hawk. »Brauchst du zufällig Hilfe?«

»Eigentlich nicht«, meinte Pia, die sich durchaus bewusst war, dass ihre Brustspitzen sich deutlich unter dem dünnen BH abzeichneten, was definitiv nicht nur an der Kühle im Zimmer lag. Wahrscheinlich stellte Hawk gerade fest, dass sie eine ziemlich vollbusige Fee war. Trotzdem hatte sie seit der Highschool kein Mann so lustvoll angeschaut, wie Hawk es gerade tat.

Sie zitterte leicht, und Hawk bedeutete ihr, zu ihm zu kommen.

Konnte ein Magen Purzelbäume schlagen? Auf jeden Fall fühlte es sich gerade so an.

Langsam schlenderte sie auf Hawk zu, und als er ihre Hand ergriff, um Pia zu sich zu ziehen, fiel sie lachend auf ihn. Nachdem sie ihm einen Kuss gegeben hatte, setzte sie sich rittlings auf seine Oberschenkel und genoss das Wissen, ihn zu erregen.

Als sie sich vorbeugte, fanden ihre Lippen sich erneut zu einem leidenschaftlichen Kuss. Außer Atem löste Hawk sich nach einer Weile von ihrem Mund und begann, kleine Küsse auf ihrem Hals und ihren Brüsten zu verteilen. Pia warf den Kopf zurück und gab sich genussvoll den Gefühlen hin, die er in ihr auslöste.

Mit fahrigen Handbewegungen öffnete er den BH-Verschluss und entfernte die störende Barriere. Lustvoll sog er an eine ihrer Brustwarzen, während er die Brüste streichelte und sie leicht an seinen Mund hob.

Ihr Körper schien nun vollends in Flammen zu stehen, und sie wand sich hemmungslos auf ihm.

Er hob den Kopf. »Wenn wir so weitermachen«, murmelte er heiser, »dann ist das hier in zwei Minuten vorbei.«

»D… drei Jahre sind eine lange Zeit.«

»Viel zu lange.«

Pia schaute ihm in die Augen und öffnete den obersten Knopf seines Hemdes, dann noch einen und noch einen. Die ganze Zeit über war sie sich seines schweren Atems bewusst, und auch ihr Puls beschleunigte sich, je näher sie ihrem Ziel kam.

Schließlich schlüpfte er aus dem Hemd, und als Pia sich beschwerte, dass er immer noch viel zu viel anhatte, stand er schnell auf.

Aber bevor er nach dem Reißverschluss greifen konnte, hielt Pia ihn zurück. »Lass mich das machen«, flüsterte sie.

Sie setzte sich auf und ging langsam, aber ganz bewusst vor, öffnete erst seinen Gürtel und anschließend den Reißverschluss. Wie zufällig strich sie dabei immer wieder über seine Erektion.

Hawk stöhnte laut auf, löste sich von ihr und hatte sich in Sekundenschnelle ausgezogen.

Fasziniert betrachtete Pia ihn und streckte die Hand aus, um ihn zu liebkosen. Einen Moment später kniete sie sich vor ihn hin.

»Pia, Pia … oh, Darling.«

Hingebungsvoll widmete sie sich der Aufgabe, ihn zu verwöhnen, wie sie es nie zuvor getan hatte. Sie spürte die Spannung in Hawks Muskeln, die glühende Hitze seiner Haut. Und als sie ihm den intimsten Kuss gab, den sie sich vorstellen konnte, stöhnte er erneut auf und umklammerte ihre Schultern.

»Pia«, stieß er atemlos aus. »Du hast dich definitiv ... verändert.«

Während der vergangenen drei Jahre hatte sie viel Zeit gehabt, die Nacht, in der sie ihre Unschuld an Hawk verloren hatte, noch einmal zu durchleben. Zeit, sich andere Szenarien vorzustellen. Zeit, sich als die Verführerin und nicht als die Verführte zu sehen.

Und jetzt bot sich ihr die Chance, diese Fantasien in die Tat umzusetzen. Mit Hawk. Denn er war immer der Liebhaber gewesen, dessen Gesicht sie in ihren Träumen vor Augen gehabt hatte.

Sie konzentrierte sich darauf, ihm Freude zu bereiten, und registrierte beglückt, dass er offensichtlich genoss, was sie tat. Sie wollte, dass er losließ und die Beherrschung verlor. Immer mutiger wurden ihre Zärtlichkeiten, bis Hawk schließlich einen leisen Fluch ausstieß und sie stöhnend hochzog, um sie stürmisch zu küssen.

»Ich frage jetzt nicht, wo du das gelernt hast«, meinte er heiser.

Wenn du wüsstest, dachte Pia.

Es erregte sie, dass es ihr gelungen war, ihm so sinnliche Wonnen zu bereiten. Und der Anflug von Eifersucht, den sie aus seinen Worten herauslas, war Balsam für ihr Ego.

»N... nimm mich«, flehte sie. »H... Hawk, bitte.«

Wieder hob er sie hoch und legte sie aufs Bett, wo er kurzen Prozess mit dem Rest ihrer Kleidung machte. Als er sich über sie beugte und sie streichelte, murmelte er bewundernd: »Du bist so unglaublich schön, dass es fast schon wehtut.«

Seine Worte raubten Pia den Atem.

»Verhütest du?«, wollte er wissen.

»Nein.«

Schnell zog er die Schublade des Nachtschranks auf und

holte ein Päckchen heraus. »Wenn ich in deiner Nähe bin, dann ist es immer ratsam, vorbereitet zu sein«, meinte er selbstironisch.

Pia lachte leise.

»Du hast gut lachen. Aber in deiner Gegenwart verliere ich den Verstand, ob es mir gefällt oder nicht«, erklärte er und streifte sich ein Kondom über.

Sie wollte nichts sehnlicher, als dass er die Kontrolle verlor. Das Bedürfnis, eins mit ihm zu werden, war inzwischen überwältigend. Endlich wollte sie noch einmal dieses unglaubliche Glücksgefühl verspüren, diesen erotischen Höhenflug ... so wie drei Jahre zuvor.

Hawk kam zu ihr. »Ah, Pia, lass mich ...«

Vorsichtig drang er in sie ein, und sie schlossen die Augen, um diesen Augenblick voll auskosten zu können.

Doch die Lust, die sie beide empfanden, trieb sie dazu, sich ungestüm zu bewegen, sich aneinander zu reiben und schnell dem Gipfel entgegenzustreben. Leidenschaftlich küsste er sie, während sie mit den Händen über seinen Rücken glitt und sich ihm entgegendrängte.

Unvermittelt erzitterte sie und keuchte auf.

»Gut so«, murmelte Hawk heiser. »Komm für mich, Pia. Komm noch mal.«

Pia spürte das Zittern, das ihren Körper ergriff. Keuchend griff sie ins Laken.

Hawk beschleunigte den Rhythmus, drang wieder und wieder in sie ein, bis er schließlich zusammen mit ihr einen unglaublichen Höhepunkt erlebte und laut aufstöhnte.

Es dauerte eine ganze Weile, bis sich ihr rasender Herzschlag beruhigt hatte und sie in die Wirklichkeit zurückkehrten.

Das, dachte Pia, ist der Stoff, aus dem Träume gemacht werden.

6. Kapitel

Normalerweise wäre eine Verabredung zum Lunch mit Colin, dem Marquis von Easterbridge, und Sawyer Langsford, dem Earl of Melton, im historischen Sherry-Netherland-Hotel eine entspannte Angelegenheit.

Doch Hawk schwante Böses, denn in letzter Zeit war es bereits häufiger geschehen, dass einer von ihnen traurige Berühmtheit erlangt hatte, und das verursachte Stress.

Colin schaute von seinem BlackBerry auf. »Soso, Melton, wie es aussieht, hat deine Mrs Hollings mal wieder zugeschlagen.«

Sawyer nickte einem Kellner zu, der daraufhin prompt sein Weinglas füllte, bevor er sich an Colin wandte. »Erzähl schon, wen hat sie diesmal im Visier?«

»Uns natürlich«, erwiderte Colin. »Besser gesagt, Hawkshire.«

»Wie nett von dir, Melton«, kommentierte Hawk trocken, »uns in der Klatschspalte deiner Zeitung zu verewigen.«

Sawyers Lippen zuckten. »Was hat sie denn heute zu sagen?«

»Offenbar hat Hawkshire sich jetzt ein zweites berufliches Standbein als Azubi einer Hochzeitsplanerin geschaffen.«

Empört hob Sawyer die Augenbrauen und sah Hawk an. »Und diese wichtige Information hast du uns vorenthalten? Wie konntest du nur.«

Verdammt. Hawk wusste, jetzt würden die beiden ihn ewig damit aufziehen. Trotzdem versuchte er, sich zu verteidigen. »Meine Schwester heiratet demnächst.«

»Wir haben gehört«, antwortete Colin und zitierte aus seinem BlackBerry, »Dass ein gewisser, sehr reicher Duke in letzter Zeit auffällig oft in Gesellschaft einer hübschen Hochzeitsplanerin gesehen wurde. Kann es sein, dass bald auch die Hochzeitsglocken für ihn läuten?«

»Charmant, unsere Mrs Hollings«, meinte Sawyer.

»Wie immer eine Quelle nützlicher Informationen.«

Hawk schwieg beharrlich, um den beiden nicht noch mehr Munition zu liefern.

Sawyer runzelte die Stirn. »Wie geht es deiner Mutter, Hawk? Als ich das letzte Mal das Vergnügen hatte, sprach sie davon, dir eine Braut zu suchen. Wenn ich mich recht erinnere, fiel ein Name besonders häufig …«

»Michelene Ward-Fombley«, erwiderte Hawk knapp.

Sawyer nickte. »Ach ja, das klingt …«, er hielt kurz inne, um Hawk einen prüfenden Blick zuzuwerfen, »… genau richtig … nach einer passenden Wahl.«

Natürlich kannten Sawyer und Colin Michelene. Sie kam aus denselben Kreisen wie sie. Ihr Großvater war ein Viscount, nicht irgendjemand aus einem Kaff in Pennsylvania …

Hawk war ein paarmal mit Michelene ausgegangen, zu der Zeit, als er noch dabei gewesen war, sich in seine Rolle als Duke hineinzufinden. Er hatte versucht, in Williams Fußstapfen zu treten, und Michelene galt nun einmal als geeignetste Kandidatin für den Titel einer Duchess. Doch dann hatte seine Arbeit mit Sunhill Investments ihn so in Anspruch genommen, dass er aufgehört hatte, Michelene anzurufen. Es war ihm nicht schwergefallen, da sie keine starken Gefühle in ihm ausgelöst hatte. Im letzten Jahr war der Gedanke, sie zur Duchess zu machen, durch das ständige Drängen seiner Mutter jedoch wieder aufgetaucht.

»Was treibst du für ein Spiel, Hawk?«, fragte Sawyer ganz direkt.

Hawk bemühte sich um eine ausdruckslose Miene. Seit Sawyers Vernunftehe mit Tamara sich zu einer Liebesheirat entwickelt hatte, war der auf einmal in eine Beschützerrolle geschlüpft, wenn es um Tamara und ihre Freundinnen Pia und Belinda ging.

Pia.

Nein, er würde seine Beziehung zu Pia nicht mit Melton oder Easterbridge diskutieren.

Das gemeinsame Liebesspiel vom Vortag war die leidenschaftlichste Erfahrung seines Lebens gewesen. Er spürte eine unerklärliche Verbindung zu Pia, was vielleicht erklärte, warum er sie nicht hatte vergessen können.

Damals war sie noch unschuldig gewesen, aber nach dem zu urteilen, was am vergangenen Nachmittag passiert war, hatte sie in den letzten drei Jahren eine Menge dazugelernt.

Er begehrte sie … und zwar schon lange. Im Grunde war es – trotz all seiner guten Vorsätze – unausweichlich gewesen, dass sie wieder zusammen im Bett gelandet waren. Die Anziehungskraft zwischen ihnen war einfach zu groß.

Und während der letzten vierundzwanzig Stunden hatte er an nichts anderes denken können, als wieder mit Pia zu schlafen. Nachdem sie jetzt den ersten Schritt getan hatte, wollte er nicht mehr zurück. Er wollte, dass sie seine Geliebte blieb. Nicht so wie vor drei Jahren – selbst wenn das seine neu erworbenen Prinzipien über den Haufen warf.

Gleichwohl konnte er es sich nicht leisten, sich ernsthaft mit ihr einzulassen – die Verantwortung, die mit seinem Titel einherging, ließ das nicht zu.

Hawk bemerkte, dass Sawyer und Colin auf eine Antwort von ihm warteten.

»Ich treibe kein Spiel«, wählte er seine Worte mit Bedacht.

Das Verrückte war ja, dass selbst er nicht wusste, was er von seiner Beziehung zu Pia halten sollte. Irgendwie war ihm das Ganze aus der Hand geglitten.

Zweifelnd schaute Sawyer ihn an. »Dann bist du also nicht schon so gut wie verlobt ...«

»Nein«, unterbrach Hawk ihn.

Nachdenklich meinte Sawyer: »Hauptsache, du stellst sicher, dass Pia nicht verletzt wird.«

Natürlich. Aber genau genommen war er derjenige, der in Gefahr war.

Pias Puls beschleunigte sich, als der Portier anrief und verkündete, dass Hawk unten am Empfang sei.

»Sagen Sie ihm, er soll raufkommen«, wies sie den Portier an und verspürte ein nervöses Flattern im Magen.

Mr Darcy sah sie an wie ein Freund, der resigniert hatte. Offenbar glaubte ihr Kater, sie würde den gleichen Fehler gerade noch einmal begehen. Seine Missbilligung war fast spürbar – sie hatte beinahe das Gefühl, sie könnte seine Gedanken lesen.

Der schon wieder. Haben wir denn gar nichts gelernt?

»Oh, schau mich nicht so an«, sagte Pia. »Er ist kein Bösewicht, und ich bin sicher, dass er gute Gründe hat herzukommen.«

Sicher. Und eine Katze hat neun Leben. Schön wär's.

»Du bist viel zu zynisch für einen Kater. Warum habe ich dich überhaupt aus dem Tierheim geholt?«

Das weißt du genau. Ich bin der Gegenpol zu deiner vertrauensseligen, romantischen Ader.

Ich bin nicht mehr so naiv, wie ich mal war, dachte Pia.

Mr Darcy drehte sich um und stolzierte davon.

Pia stand da und errötete, als sie wieder einmal an den idyllischen – besser gesagt, erotischen – Nachmittag mit Hawk dachte.

Es war schockierend, wie leicht sie alle Hemmungen verlor, wenn sie mit ihm zusammen war. In seiner Nähe vergaß sie alle Vorbehalte. Doch Hawk schien es genauso zu gehen.

Jedenfalls hoffte sie das.

Sie konnte es immer noch nicht fassen, dass sie so mutig gewesen war – oder war es dumm? –, zu versuchen, in der gleichen Liga wie Hawk zu spielen, wenn es um das Thema Verführung ging. Hatte sie das getan, um zu beweisen, dass sie sehr wohl in der Lage war, ihn an sich zu binden?

Sei vorsichtig, ermahnte sie sich. Sie wollte ihr Herz nicht aufs Spiel setzen. Schließlich war sie nicht länger die Unschuld vom Lande, die an Märchenprinzen glaubte. Stattdessen würde sie sich das nehmen, was sie wollte, und irgendwann würde sie Lebewohl zu Hawk sagen, ohne dass es ihr das Herz brach.

Sie schaute auf die Uhr. Es war kurz nach fünf. Er war ganz offensichtlich direkt nach Börsenschluss aus dem Büro zu ihr gefahren. Erwartungsvoll schaute sie seinem Besuch entgegen.

Hawk trat aus dem Fahrstuhl und entdeckte Pia in der Haustür stehen.

»H… Hawk«, begrüßte sie ihn und klang dabei ein wenig atemlos.

Mit offenen Haaren und in dem blauen Sommerkleid sah sie einfach zum Anbeißen aus.

Ohne zu zögern, ging er zu ihr, schloss sie in die Arme und gab ihr einen leidenschaftlichen Kuss.

Als er schließlich den Kopf hob, schaute er ihr in die Augen. »Verdammt, es erregt mich jedes Mal so unglaublich, wenn ich dich stottern höre.«

Sie errötete. »D… das war wohl eins der ungewöhnlichsten Komplimente, das eine Frau je bekommen hat.«

Er küsste sie auf die Nasenspitze. »Weißt du, dass es im Bett unheimlich erotisch ist, wenn dein süßer kleiner Sprachfehler zutage tritt?«

»Wohl eher peinlich.«

»Überhaupt nicht.«

Sie gingen in die Wohnung, und als sie die Tür hinter sich geschlossen hatten, zog Hawk Pia erneut an sich. »Weißt du auch, dass ich schon fast verzweifelt bin, weil ich dich seit Sonntag nicht gesehen habe?«

Er hatte extra früh Feierabend gemacht, in der Hoffnung, dass Pia sich über seinen Besuch freuen würde. Ihrer Reaktion nach zu urteilen, hatte er sich nicht getäuscht.

Pia schlang ihm die Arme um den Hals. »Ach ja?«

»Es war eine schreckliche Woche, und als ich gestern Abend aus Chicago zurückgeflogen bin, wusste ich, dass ich mich nicht mehr mit Anrufen zufriedengeben konnte.«

»Mmm – tatsächlich?«

Er verteilte kleine Küsse auf ihrem Hals. »Ich musste dich unbedingt sehen.«

»Wissen Sie, Euer Gnaden«, erwiderte sie neckend, »das ist ziemlich ungehörig. Jeden Moment könnte ein Kunde vorbeikommen, oder das Telefon könnte klingeln. Schließlich ist noch Arbeitszeit.«

Er hob den Kopf. »Erwartest du etwa noch jemanden? Um diese Uhrzeit?«

»Nein«, gab sie zu.

»Na also, wo ist das Problem?«

»Dies hier kommt mir alles so vor wie in einem Groschenroman«, meinte sie lachend, »wo der Gutsherr das hilflose Zimmermädchen in die Ecke drängt.«

»Weil du von mir bezahlt wirst?«, murmelte er und streifte mit den Lippen ihre Schläfen.

Sie nickte. »Genau. W... wir haben in deinem Zimmer miteinander geschlafen, kurz bevor ich mit deiner Schwester einen geschäftlichen Termin hatte.«

Fast hätte er angesichts ihres gespielt züchtigen Tons gelacht, doch seine Gedanken waren eher auf das gerichtet, was Pia in seinem Inneren anrichtete. Er fand dieses Geplänkel mit ihr unglaublich erotisch und erregend.

»Vielleicht sollte ich ganz direkt fragen«, meinte er. »Willst du mir einen Gefallen tun?«

Pia tat so, als müsse sie überlegen. »Mmm …«

Ohne eine weitere Antwort abzuwarten, streichelte Hawk ihr Bein und schob die Hand unter ihr Kleid. Als er ihren Slip ein wenig zur Seite zog und sie auf intime Weise berührte, stöhnte Pia leise auf.

»Ich möchte jeden Zentimeter von dir erkunden«, murmelte er. »Ich möchte dich schmecken und deinen Duft in mich aufnehmen.«

Pia senkte den Blick und umklammerte seine Oberarme.

»Pia?«, hakte er heiser nach, als sie immer noch nichts sagte.

Sie befeuchtete sich die Lippen. »Oh, j… ja. Ich w… werde dir einen Gefallen tun.«

Sie waren beide so erregt, dass sie kaum noch sprechen konnten.

Ich muss sie haben. Sofort. Stürmisch küsste er sie, zog die Hand wieder unter ihrem Kleid hervor und trug Pia ohne Umschweife ins Schlafzimmer. Nachdem er sie aufs Bett gelegt hatte, richtete er sich wieder auf und nahm sich die Zeit, sie genau zu betrachten.

Voller Verlangen schaute sie zu ihm auf. Ihr blondes Haar war auf der Tagesdecke ausgebreitet, und ihre Lippen waren rosig und feucht von seinen Küssen. Sie war bezaubernd.

»Oh, H… Hawk.«

Er schloss die Augen und atmete tief durch. Als er sie wieder öffnete, meinte er leise stöhnend: »Sag kein Wort mehr, sonst gehe ich in Flammen auf.«

Er streifte ihr die Schuhe ab, schob das Kleid nach oben und zog ihr auch den Slip aus. Langsam beugte er sich zu ihr, ließ die Hände unter ihren Po gleiten und zog sie an sich. Und sie bot sich ihm dar, als er den Kopf senkte und erst den einen Oberschenkel küsste, dann den anderen.

Pia zitterte und versteifte sich instinktiv, als er den Mund schließlich zwischen ihre Oberschenkel presste. Hawk ließ sich Zeit, küsste sie, ließ die Zunge spielerisch hin und her schnellen. Es war eine köstliche Folter, die Pia dazu brachte, laut aufzustöhnen.

»H... Hawk ... o... oh!«

Stöhnend hob sie die Hüfte und kam für ihn.

Hawk hob den Kopf. Sie reagierte so unglaublich sensibel auf seine Zärtlichkeiten, dass es auch ihm schwerfiel, sich zurückzuhalten.

Während er ihr in die Augen schaute, knöpfte er sich das Hemd auf und zog sich den Reißverschluss herunter, machte sich dann aber nur noch die Mühe, die Schuhe auszuziehen. Hastig nahm er ein Kondom aus der Hosentasche und streifte es über, bevor er sich wieder zu Pia beugte.

Mehr Leidenschaft geht nicht, dachte er. Sie waren beide so heiß, dass sie sich nicht einmal die Zeit nahmen, einander vollständig auszuziehen. Er konnte sich nicht erinnern, jemals so erregt gewesen zu sein.

Auch Pia, das war offensichtlich, konnte es kaum noch erwarten. Sie streckte die Arme nach ihm aus und drängte sich ihm entgegen.

Erleichtert seufzten sie beide auf, als er in sie hineinglitt.

Hawk kämpfte darum, noch einen letzten Rest Selbstbeherrschung aufzubieten, doch es war ein aussichtsloser Kampf. Pia war noch immer so eng wie damals, als er ihr die Unschuld geraubt hatte. Und das war so verdammt erregend. Ich könnte mich wieder und wieder in ihr verlieren, dachte er.

Und genau das tat er im nächsten Moment. Immer schneller bewegte er sich auf ihr und trieb sie damit beide in ungeahnte Höhen. Er spürte, dass Pia nach Atem rang, sich versteifte und den ersten Höhepunkt erlebte.

»So ist es gut«, drängte er sie heiser.

»Hawk, oh, b... bitte ...«

Sie brauchte ihn nicht zu bitten. Kaum hatte sie die Worte geäußert, wurde er von einem gewaltigen Orgasmus mitgerissen. Und vage, aber zufrieden registrierte er, dass auch Pia noch einmal kam.

Heiser aufstöhnend drang er ein letztes Mal kraftvoll in sie ein, bevor er ermattet neben sie sank.

Anschließend lagen sie erschöpft und entspannt im Bett. Pia hatte sich an seine Seite geschmiegt, und er streichelte ihren Arm.

»Komm mit mir zum Angeln und Reiten«, forderte er sie spontan auf.

»Was meinst du damit?«

»Komm mit mir nach Silderly Park in Oxford«, erklärte er und benannte damit den Landsitz seiner Vorfahren in England.

Pia hob den Kopf, um ihn anschauen zu können.

Hawk wusste, was er verlangte. Dies hier hatte nichts mehr mit Lucys Hochzeit zu tun. Wenn sie Silderly Park besuchten, würde Pia in das Herz dessen vordringen, was ihn als Duke ausmachte. Gespannt wartete er auf ihre Antwort.

»Ja, gern«, flüsterte sie und schmiegte den Kopf wieder an seine Schulter.

Erleichtert lächelte er. »Sehr schön.«

Pia gehörte zu ihm, und das sollte auch so bleiben.

7. Kapitel

»Die Einladungen gehen nächste Woche raus«, erklärte Pia.

Es war Montagnachmittag, und sie und Lucy saßen im Salon von Hawks Stadthaus. Sie hatten sich zum Tee verabredet, um weitere Details für die Hochzeit zu besprechen.

»Sehr schön«, erwiderte Lucy. »Da wird sich aber Derek freuen, dass das geklärt ist.«

Es ist eine wahre Freude, mit Hawks Schwester zu arbeiten, überlegte Pia und versuchte, nicht darüber nachzudenken, ob und wann Hawk wohl nach Hause kam.

Bisher war mit den Vorbereitungen alles reibungslos verlaufen. Das Paar hatte sich problemlos auf einen Fotografen, eine Band und eine Floristin einigen können. Und an diesem Tag hatte Pia mit Lucy bereits über die Musik während der Trauung gesprochen sowie andere logistische Details geklärt.

»Die Floristin hat eine Homepage, die du dir unbedingt anschauen solltest. Außerdem habe ich dir ein Album mitgebracht, in dem sind Fotos von den Hochzeiten, die ich geplant habe. Auf diese Weise bekommst du Anregungen für den Brautstrauß und die Dekoration.«

Lucy nickte und nahm das Buch. »Das ist sehr hilfreich.« Sie schaute auf. »Du bist so fantastisch durchorganisiert, Pia.«

»Danke.«

Pia lächelte, denn es kam selten vor, dass man als Hochzeitsplanerin gelobt wurde. Die meisten Bräute waren so mit sich und den Vorbereitungen beschäftigt, dass sie vor der Hochzeit an nichts anderes denken konnten.

»Der nächste Punkt, den wir besprechen sollten, ist die Musik, die du auf dem Empfang gespielt haben möchtest«, fuhr Pia fort.

»Auf jeden Fall Broadway-Musik«, meinte Lucy lachend. »Kann ich zum Titelsong vom Phantom der Oper hereinkommen?«

»Du kannst es so machen, wie du es gern möchtest«, erwiderte Pia, bevor ihr noch ein Gedanke durch den Kopf schoss. Vorsichtig hakte sie nach: »Hat deine Mutter dazu etwas geäußert?«

Ihrer Erfahrung nach gab es bei den Hochzeitsvorbereitungen immer Probleme, weil die Mutter der Braut ein Wörtchen mitreden wollte. Pia hatte schon mehr als einmal schlichten müssen.

Lucy seufzte und lehnte sich zurück. »Dazu nicht, nein, aber zu anderen Sachen. Sie meint es ja gut, aber manchmal ist sie ziemlich anstrengend.«

Interessiert hob Pia eine Augenbraue.

»Aber Hawk nimmt sie immer wieder an die Kandare.« Lucy grinste. »Außerdem ist es sehr hilfreich, dass wir in New York, Tausende Meilen entfernt von Silderly Park und Mutters Garten, heiraten.«

In der Vergangenheit hatte Pia es stets vermieden, mehr Informationen aus Lucy über ihren Bruder herauszulocken. Aber Lucy hatte sie gerade daran erinnert, wer Pias Arbeitgeber war, und als Duke und Familienoberhaupt hatte Hawk zweifellos geholfen, seine Mutter davon abzuhalten, Lucy allzu sehr in ihre Hochzeitswünsche hineinzureden.

Auf jeden Fall enthüllte Lucys Bemerkung so einiges über die Carsdales.

»Na, dann war es ja ziemlich clever, die Hochzeit hier zu feiern.«

»Ja, es war Dereks Idee. Genau wie der Vorschlag, Silvester zu heiraten.«

»Ein eher ungewöhnliches Datum.«

»Ich weiß.« Lucy lachte. »Bestimmt ist meine Mutter fuchsteufelswild gewesen. Ich kann sie mir richtig vorstellen, wie sie zornig im Garten Unkraut gejätet hat, nachdem sie das erfahren hat. Das macht sie immer, um sich abzureagieren.«

»Du hast eine Vorliebe für dramatische Vorstellungen, Lucy«, neckte sie. »Du solltest auf der Bühne stehen.«

Lucy lachte erneut. »Das war mein erster Akt der Rebellion.«

»Deine Familie hatte etwas dagegen?«, hakte Pia neugierig nach.

»Natürlich! Meine Mutter ist sehr konservativ, und die einzigen Schauspielerinnen, mit denen Familienmitglieder zu tun hatten, waren … na ja, nicht wirklich standesgemäß.«

Pia war versucht zu fragen, ob einer der Vorfahren der Carsdales auch schon mal eine Hochzeitsplanerin als Geliebte gehabt hatte, doch sie verkniff es sich. Gleichzeitig fragte sie sich, wie viel Lucy wohl über ihre Beziehung zu Hawk wusste oder zumindest ahnte.

»Hawk hat mich aber immer unterstützt«, fuhr Lucy fort, ohne Pias Zurückhaltung zu bemerken.

Pia lächelte. Lucy hielt offensichtlich sehr viel von ihrem Bruder.

»Da wir gerade von Hawk sprechen«, meinte Lucy, »er hat erwähnt, dass du mit ihm nach Oxford fährst, um Silderly Park zu besuchen.«

Pia zögerte. Was hatte Hawk erzählt? Sie selbst hatte mit Lucy möglichst wenig über Hawk gesprochen. Anfangs, weil sie Angst gehabt hatte, ihre schlechte Meinung über ihn zu äußern. Und später, na ja, da war es irgendwie problematisch geworden, etwas über Hawk zu sagen …

Und jetzt konnte sie Lucy natürlich nicht erzählen, wie sie und Hawk sich die Zeit vertrieben.

Sie biss sich auf die Lippe. »Ja, ich ... will ein paar Tage in Silderly Park verbringen.«

»Oh, dann wäre es schön, wenn du bis zum ersten Dezember bleiben könntest«, bat Lucy, »damit du an der kleinen Verlobungsparty teilnehmen kannst, die meine Mutter unbedingt auf Silderly Park ausrichten will.«

»Ich ...«

Noch nie war Pia von einer Kundin zu einer Feier eingeladen worden.

»Es wäre wirklich toll, wenn du dabei wärst.«

Pia musterte Lucy genau, doch die sah sie herzlich an und schien es völlig ernst zu meinen.

»Ich ...« Pia räusperte sich und lächelte ein wenig hilflos. »Okay. Vielen Dank für die Einladung.«

Lucy, sichtlich erfreut über die Zusage, lachte. »Sei nicht albern. Ich sollte dir danken, weil du bereit bist, dich mit meiner Mutter und meinem Bruder abzuplagen.«

Hawk. Wenn Lucy wüsste, dachte Pia.

Lucy neigte den Kopf und schaute sie prüfend an. »Ich hoffe, du nimmst es mir nicht übel, wenn ich das sage, aber natürlich ist mir aufgefallen, dass du bei unserem ersten Treffen nicht gut auf Hawk zu sprechen warst.«

Pia war überrascht – Hawks Schwester hatte das Gespräch bisher nie erwähnt.

»Stimmt«, gab sie zu. »Ich ... hatte nach unserer ersten Begegnung vor ein paar Jahren keine sonderlich gute Meinung von ihm.«

Das war eine glatte Lüge. Sie hatte sich so Hals über Kopf in ihn verliebt, dass sie sofort mit ihm ins Bett gegangen war. Erst nachdem die romantische Nacht ein so abruptes Ende gefunden hatte, hatte sie ihre Meinung über ihn geändert.

»Das kann ich sogar nachvollziehen. Ich weiß, dass mein Bruder früher ein ziemlicher Playboy gewesen ist, obwohl er nie mit mir darüber gesprochen hat, da ich ja um einiges jünger bin als er.« Sie hielt kurz inne und sah Pia an. »Aber diese Phase seines Lebens ist seit drei Jahren vorbei.«

»Hawk hat es mir erzählt«, sagte Pia mitfühlend.

Gleichzeitig überlegte sie, ob Lucy wohl mehr meinte, als sie sagte. Wollte sie Pia davon überzeugen, dass Hawk nicht mehr so schrecklich war? Und wenn ja, warum? Weil es ihr wichtig war, was ihre Hochzeitsplanerin von ihrem Bruder hielt?

Oder vermutete Lucy, dass zwischen ihr, Pia, und Hawk etwas war?

Lucy seufzte. »Ich nehme an, es gibt kein Zurück, nicht wahr?«, fragte sie rein rhetorisch. »Wie auch immer, Hawk nimmt die Rolle als Familienoberhaupt ziemlich ernst. Und mit Sunhill Investments ist es ihm gelungen, die Finanzen des Anwesens innerhalb weniger Jahre auf solide Beine zu stellen – eine beachtliche Leistung.«

Pia lächelte etwas gezwungen. Sie war verrückt, zu glauben, dass sie selbst in irgendeiner Form bemerkenswert sein könnte – schon gar nicht für einen Mann wie ihn. Er war ein Duke und obendrein Multimillionär. Sie war bloß eine Hochzeitsplanerin aus Pennsylvania.

Der Gedanke zerriss ihr fast das Herz, doch sie versuchte, sich davon zu überzeugen, darauf vorbereitet zu sein, dass ihre Affäre irgendwann enden würde.

Besänftigend legte Lucy ihr eine Hand auf den Arm. »Alles, was ich sagen will, Pia, ist, dass Hawk nicht mehr der Mensch ist, der er vor drei Jahren war. Du solltest ihm eine Chance geben.«

Pia fragte sich, was Lucy wohl damit meinte.

»Das ist alles vergessen und vergeben«, antwortete sie

schließlich. »Du brauchst dir keine Gedanken zu machen, dass Hawk und ich uns nicht mögen.«

In letzter Zeit waren sie so gut miteinander ausgekommen, dass sie zusammen im Bett gelandet waren.

»Sehr schön.« Lucy lächelte. »Denn ich weiß, dass er große Stücke auf dich hält. Er hat mir wirklich von dir vorgeschwärmt, als er vorgeschlagen hat, dass ich dich als Hochzeitsplanerin engagiere.«

Jetzt lächelte auch Pia.

Sie war sich nicht sicher, wie Lucy darauf kam, dass ihr Bruder sie mochte, aber der Gedanke machte sie schlichtweg glücklich.

Es war ein schönes Gefühl, bot aber auch Anlass zur Sorge …

Zusammen mit Hawk spazierte Pia durch seinen wirklich beeindruckend gestalteten Garten.

Seit sie zwei Tage zuvor auf dem Anwesen seiner Familie in der Nähe von Oxford angekommen waren, hatten Hawk und sie die Zeit genutzt, um angeln und reiten zu gehen – so wie er es versprochen hatte. Außerdem hatte sie zwischendurch immer wieder am Laptop gesessen und gearbeitet und sich natürlich die vielen, vielen Zimmer von Silderly Park angesehen.

Das mittelalterliche Haus war wirklich imponierend. Auf einer früheren Englandreise hatte sie ähnliche Häuser besichtigt und konnte daher einschätzen, dass Silderly Park sich durchaus mit den besten Herrenhäusern in England messen konnte.

An den mittelalterlichen Kern, der im Laufe der Jahrhunderte immer wieder umgestaltet und renoviert worden war, hatte man zwei Flügel angebaut. Im Inneren fand man wunderschöne Wände und Decken, zwei Räume mit großartiger Eichenvertäfelung und einen großen Saal, in dem mühelos zwei- bis dreihundert Gäste Platz fanden. In einigen der Zimmer wurden beeindruckende Kollektionen bedeutender Künstler ausgestellt.

Obwohl Hawk die Eintrittsgelder nicht mehr zwingend brauchte, waren große Teile von Silderly Park weiterhin für die Öffentlichkeit zugänglich.

Trotzdem wurde Pia das Gefühl nicht los, nicht hierherzugehören. Anders als Belinda und Tamara kam sie nicht aus solch elitären Kreisen. Sonst hätte sie vielleicht, als sie Hawk kennengelernt hatte, sofort erkannt, dass er nicht nur einfach James Fielding war.

»Die Gärten wurden im späten achtzehnten Jahrhundert angelegt«, erklärte Hawk und riss sie damit aus ihren Gedanken. »Dies ist der Rosengarten. Ich weiß gar nicht, wie viele verschiedene Sorten es hier gibt.«

Begeistert sah Pia sich um. »Ein Paradies für Bräute. Jede Frau sucht nach etwas Besonderem und Einzigartigem.«

»Wenn du Interesse hast, der Gärtner kann dir bestimmt mehr erzählen«, erwiderte Hawk und warf ihr einen Seitenblick zu. »Oder du kommst im Frühsommer wieder.«

Pia lief ein leichter Schauer über den Rücken. Glaubte Hawk, dass ihre Beziehung bis zum Frühsommer hielt – lange über Lucys Hochzeit hinaus?

»Vielleicht«, meinte sie betont lässig, vermied es aber, ihn anzuschauen. »Allerdings ist der Frühsommer meine Hauptgeschäftszeit, wie du dir sicher denken kannst.«

»Natürlich, also nur, wenn du es in deinen Terminplan einbauen kannst«, neckte Hawk sie.

Sie blickte zu ihm hinüber. Mit seiner Tweedjacke wirkte er genau so, wie man sich einen englischen Landedelmann vorstellte.

»Dank dir bin ich in letzter Zeit ziemlich beschäftigt, das weißt du doch. Kurz bevor wir New York verlassen haben, habe ich noch einen Anruf von einer weiteren Freundin von dir bekommen, die eine Hochzeitsplanerin sucht.«

Hawk lächelte. »Ich dränge sie alle nur dir zuliebe zum Altar.«

Pia lachte, wohl wissend, dass sie Hawk für seine Hilfe dankbar sein konnte.

Mit Ausnahme von Tamaras Hochzeit waren alle anderen Aufträge, die sie in diesem Sommer ausgeführt hatte, eingegangen, bevor der Marquis von Easterbridge Belindas Trauung ruiniert hatte. Seitdem war es merklich ruhiger geworden.

Es gab eine Menge, wofür sie Hawk dankbar sein konnte, nicht zuletzt das Flugticket erster Klasse nach London – obwohl dies keine Geschäftsreise war und nichts mit Lucys Hochzeit zu tun hatte.

Als Hawk plötzlich stehen blieb und sich zu ihr umdrehte, wurde sie aus ihren Gedanken aufgeschreckt.

Lächelnd streckte er die Hand aus und zeichnete die Linie ihres Kinns nach.

Mit jeder Faser ihres Körpers reagierte Pia auf diese Berührung, all ihre Sinne erwachten zum Leben. Es schien, als würde die Zeit stehen bleiben und sich alles auf diesen Augenblick, auf diese Berührung konzentrieren.

»S… sag mir nicht«, meinte Pia leicht atemlos, »dass romantische Rendezvous hier im Garten in Mode sind.«

»Wenn es nur nicht November wäre«, murmelte Hawk und zwinkerte ihr zu. »Zum Glück ist das Bett ja nicht weit weg.«

Pia wurde ganz heiß, als Hawk den Kopf senkte und ihr einen Kuss gab.

Sie wusste, welches Bett er meinte. Es war das Himmelbett in Hawks Suite, und sie hatte in der letzten Nacht darin geschlafen.

Auf Pia wirkte nicht nur die ganze Umgebung märchenhaft, sondern auch der Besitzer. Er erschien ihr wie ein Traumprinz.

Aber es war ja auch einfach, sich bezaubern zu lassen, noch dazu, wenn man wie sie solch eine Romantikerin war ... Doch Pia ermahnte sich erneut, mit beiden Beinen auf dem Boden zu bleiben.

Hawk ergriff ihre Hand, und gemeinsam machten sie sich auf den Rückweg zum Haus.

Sie konnte es kaum erwarten, und auch Hawk schien es eilig zu haben. Trotzdem blieb er immer wieder stehen, um sie zu küssen.

Doch in seinem Schlafzimmer ließ Hawk sich Zeit. Er schaute Pia tief in die Augen, als er sie langsam auszog, und dann liebte er sie voller Zärtlichkeit. So als hätten sie keinerlei Sorgen, aber alle Zeit der Welt.

Anschließend lag Pia in Hawks Armen und seufzte zufrieden auf.

»Wir müssen damit aufhören«, meinte sie.

»Was?« Empört sah Hawk sie an. »Du meinst, wir sollen uns nachmittags nicht mehr lieben?«

»Genau. Das ist dekadent.«

»Es ist das einzige Vergnügen, das ich mir im Moment gönne«, protestierte Hawk.

Pia hob den Kopf und lächelte ihn an. »Ich bin an so etwas nicht gewöhnt.«

Er hob eine Augenbraue. »Das geht über deinen Erfahrungshorizont hinaus?«

»Oh, Hawk, hast du das denn noch nicht gemerkt?«, fragte sie vorsichtig.

Verwirrt sah er sie an.

»Du bist mein erster und einziger Liebhaber.« Sie zögerte, bevor sie fortfuhr: »E... es hat während der vergangenen drei Jahre keinen anderen gegeben.«

»Du bist eine begehrenswerte Frau ...«, meinte Hawk sichtlich perplex.

Pia lachte ein wenig hilflos. »E... es lag nicht an mangelnden Gelegenheiten. Ich wollte es so.«

Hawk sah ihr in die Augen. »Ich verstehe dich nicht. Du hast doch diesmal die Initiative ergriffen ... nicht so wie beim ersten Mal.«

»Bücher und Videos«, antwortete sie leise. »Ich habe mich fortgebildet.«

Damit ich dich nie wieder aufgrund mangelnder Erfahrung verliere.

Einen Augenblick lang sagte Hawk gar nichts, und Pia wurde unsicher.

Schließlich wurden seine Züge ganz weich. »Ach Pia.« Zärtlich küsste er sie. »Ich fühle mich geehrt.«

Sie schmiegte sich an ihn und reagierte damit intuitiv auf seine Liebkosungen.

»Deshalb hast du nicht verhütet, als wir uns nach dem Klettern das erste Mal wieder geliebt haben«, murmelte er.

Pia nickte.

»An dem Tag, als du gesagt hast, drei Jahre wären eine lange Zeit«, überlegte Hawk, »da dachte ich, du meintest die Zeit, in der wir nicht zusammen waren. Aber du meintest auch, dass es lange her war, seit du Sex gehabt hattest, oder?«

Wieder nickte Pia und lächelte dann verschmitzt. »Wie wäre es, wenn wir diesmal nicht so viel Zeit dazwischen verstreichen lassen?«

Hawk stöhnte und lachte gleichzeitig. »Ach, Pia. Es ist echt schwierig, mit dir mitzuhalten.«

Sie gab ihm einen schnellen Kuss und lächelte verführerisch. »Bisher habe ich keinen Grund zur Klage. Ich dachte ...«

Mit einem Kuss brachte er sie zum Schweigen.

Und danach dauerte es eine ganze Weile, bevor einer von ihnen das Bett verließ.

Hawk wusste, dass es ihn schlimm erwischt hatte.

Es war unglaublich. Erst stellte sich heraus, dass er Pias erster Liebhaber gewesen war, und jetzt hatte er obendrein auch noch erfahren, dass er auch der einzige war.

Er verspürte einen ungeheuren Besitzerinstinkt ihr gegenüber. Der Gedanke, dass Pia mit anderen Männern zusammen gewesen sein könnte – Dinge gelernt haben könnte … Dinge, die er ihr hätte beibringen können –, hatte ihm gar nicht gefallen.

Verdammt.

»Was meinst du, Hawk?«

Hawk begegnete dem Blick dreier erwartungsvoller Augenpaare. Seine Mutter, seine Schwester und Pia saßen zusammen im Grünen Salon und diskutierten verschiedene Aspekte der Hochzeit. Er selbst hielt sich in sicherem Abstand und lehnte am Kaminsims.

»Sollen wir Baron Woling beim Essen neben Prinzessin Adelaide setzen?«, wiederholte seine Mutter ihre Frage.

Hawk war klar, dass es da irgendwelche Schwierigkeiten geben musste, von denen er wissen sollte, sonst hätte seine Mutter nicht gefragt. Aber er hatte nicht die geringste Ahnung, was das sein könnte.

Glaubte Prinzessin Adelaide, der Baron wäre unter ihrer Würde? Oder hatte sich vielleicht einer der armen Vorfahren des Barons mit einem Mitglied der königlichen Familie, aus der Prinzessin Adelaide stammte, duelliert?

Hawk zuckte mit den Schultern. »Ich bin sicher, was auch immer du entscheidest, ist richtig.«

Verblüfft sah seine Mutter ihn an.

»Wie wäre es, wenn wir den Kronprinzen von Belagia auf Prinzessin Adelaides linke Seite setzen?«, schlug Pia vor.

Die Miene seiner Mutter hellte sich auf. »Sehr gute Idee.«

Hawk warf Pia einen dankbaren Blick zu.

Sie sah bezaubernd aus in ihrem blau getupften Kleid und den Schuhen mit den hohen Absätzen. Das Kleid betonte ihre Brüste, ohne zu gewagt zu sein, sodass sie zurückhaltend und doch professionell aussah.

Ob bewusst oder unbewusst, auf jeden Fall hatte Pia ein Outfit gewählt, das bei seiner Mutter Anerkennung finden würde.

Während die Frauen weiter über die Hochzeitsvorbereitungen sprachen, überlegte Hawk sich Mittel und Wege, wie er es anstellen könnte, Pia wieder für sich allein zu haben.

Sollte er einen Anruf vortäuschen, der es erforderte, dass sie dringend das Zimmer verlassen musste? Oder vielleicht konnte er so tun, als müsste sie ihn dringend dabei beraten, was er zur Hochzeit anziehen sollte? Er unterdrückte ein Grinsen.

Am Vortag war er mit ihr ausgeritten und hatte ihr die verschiedenen Besonderheiten auf seinem Anwesen gezeigt. Er konnte sich nicht erinnern, wann er es jemals so genossen hatte, den Touristenführer zu spielen, obwohl er durchaus stolz auf seinen jahrhundertealten Besitz war.

Seine Mutter schaute zu ihm hinüber, doch Hawk setzte eine unbeteiligte Miene auf.

Er fragte sich, ob seine Mutter wohl ahnte, dass zwischen ihm und Lucys Hochzeitsplanerin mehr bestand als eine Geschäftsbeziehung, entschied jedoch, sie weiter im Unklaren darüber zu lassen. Er und Pia hatten getrennte Schlafzimmer und waren bei ihren nächtlichen Rendezvous sehr diskret vorgegangen. Allerdings war Silderly Park auch so groß, dass es ohnehin unwahrscheinlich war, dass jemand sie dabei ertappte, wie sie von einem ins andere Zimmer schlichen.

Die Wahrheit war, dass er noch immer dabei war, seine Gefühle für Pia auszuloten und sich den nächsten Schritt zu überlegen. Wie sollte er sie jemand anderem beschreiben, wenn er sie selbst nicht verstand?

Es hatte damit begonnen, dass er etwas hatte wiedergutmachen wollen, doch inzwischen war es viel komplizierter geworden. Er war selbst verantwortlich für die Lage, in die er sich hineinmanövriert hatte – hauptsächlich deshalb, weil er sich, was Pia anging, nicht beherrschen konnte.

Er war Pias erster und einziger Liebhaber.

Es war erstaunlich und einfach wundervoll.

Allerdings versetzte es ihn auch in Panik, weil er nicht wusste, wie er damit umgehen sollte.

Seit Jahren lebte er nach der Devise, sich nicht auf feste Beziehungen mit Frauen einzulassen. Das war auch ein Grund, warum er niemals der Erste für eine Frau hatte sein wollen – bis er Pia begegnet war.

Und auch wenn er sich über vieles noch im Unklaren war, eines wusste er mit Sicherheit: Er wollte Pia nicht noch einmal wehtun.

Der Butler trat ins Zimmer, gefolgt von einer hübschen Brünetten.

Hawk sah, wie seine Mutter zu strahlen begann, und als ihm dämmerte, um wen es sich handelte, verspürte er eine böse Vorahnung, noch ehe der Butler verkündete: »Miss Michelene Ward-Fombley ist eingetroffen.«

Pia schaute auf, als die attraktive Frau ins Zimmer kam, und sofort spürte sie auf unerklärliche Weise, dass etwas nicht in Ordnung war.

Hawks Mutter stand jedoch anmutig auf und lächelte erfreut. »Michelene, Darling, wie schön, dass du da bist.«

Michelene kam zu ihr, und die beiden Frauen tauschten Küsschen aus.

Nervös schaute Pia sich um und stellte fest, dass Lucy besorgt aussah, während Hawk mit steinerner Miene am Kamin stehen blieb.

Lucys Beispiel folgend, erhob sich Pia, als sie der Besucherin vorgestellt wurde.

»… und das ist Miss Pia Lumley, die uns als Lucys Hochzeitsplanerin so überaus hilfreich zur Seite steht«, erklärte die alte Duchess lächelnd.

Pia schüttelte Michelene die Hand. Obwohl die andere Frau bisher erst einige Worte geäußert hatte, konnte Pia den distinguierten Ton der britischen Oberschicht heraushören.

Michelene sah hinüber zum Kamin. »Hawk«, begrüßte sie ihn leise und sinnlich.

Hawk? *Nicht Euer Gnaden?* Pia runzelte die Stirn. In welcher Beziehung standen Michelene und Hawk?

Pia wusste, dass sie niemals Michelenes rauchige Stimme nachahmen könnte. Sie stotterte ja sogar beim Sex – was ihr immer ein wenig unangenehm war, auch wenn Hawk behauptete, es zu mögen.

»Michelene«, antwortete Hawk, ohne sich von der Stelle zu rühren. »Wie nett, dich zu sehen. Ich wusste gar nicht, dass du heute kommst.«

Pia sah, wie Hawk seiner Mutter einen bedeutungsvollen Blick zuwarf, den die Witwe allerdings mit einer Miene erwiderte, die Pia nur als selbstzufrieden bezeichnen konnte.

»Hatte ich gar nicht erwähnt, dass Michelene schon einen Tag vor Lucys Verlobungsparty eintrifft?«, fragte sie. »Oje.«

Michelene lachte. »Ich hoffe, es macht keine Umstände.«

»Natürlich nicht. Du bist herzlich willkommen«, erwiderte Hawk freundlich, während er den Blick von seiner Mutter zu

Michelene wandern ließ. »Silderly Park ist groß genug, um unerwartete Gäste zu beherbergen.«

Wer auch immer Michelene ist, dachte Pia, sie steht den Carsdale auf jeden Fall nahe.

War sie vielleicht eine ehemalige Geliebte von Hawk? Pia versuchte, gegen die aufkeimende Eifersucht anzukämpfen.

»Wir sind gerade dabei, noch einige Details der Hochzeit zu besprechen«, erklärte Hawks Mutter, als sie sich wieder setzte. »Willst du uns nicht Gesellschaft leisten, Michelene?«

Auch Pia und Lucy nahmen wieder Platz.

»Danke«, antwortete Michelene. »Es ist für mich sicher sehr informativ, wenn ich zuhören kann.« Sie lächelte zu Hawk hinüber. »Ich habe ja auch mal mit dem Gedanken gespielt, Hochzeitsplanerin zu werden, bin dann aber doch in der Modeindustrie geblieben.«

Pia rutschte unruhig hin und her. Ob Hawk und Michelene nicht nur ein Paar gewesen waren, sondern auch fast geheiratet hätten? Oder vielleicht hatte Michelene auf einen Heiratsantrag gehofft, der jedoch nie erfolgt war, und Hawk hatte stattdessen die Beziehung beendet?

Pia ermahnte sich, ihrer Fantasie nicht allzu freien Lauf zu lassen. Sie hatte keinen Beweis dafür, dass Hawk und Michelene auch nur miteinander ausgegangen waren, geschweige denn kurz davor gewesen waren, zum Traualtar zu schreiten.

»W… welche Art von Mode?«, platzte Pia heraus.

Eine Sekunde später schloss sie hastig wieder den Mund. Es war ihr peinlich, dass sie gerade jetzt gestottert hatte. Sie schien doch weit aufgelöster zu sein, als sie gedacht hatte.

Michelene schaute sie an. »Ich bin Einkäuferin bei Harvey Nichols.«

Pia kannte dieses Luxusgeschäft und wünschte, sich etwas von diesen sündteuren Sachen leisten zu können.

»Es muss doch sehr spannend sein, Hochzeiten zu planen«, fuhr Michelene fort und spielte den Ball damit wieder Pia zu. »Sie haben bestimmt schon interessante und lustige Sachen dabei erlebt.«

In diesem Jahr mehr als sonst, dachte Pia.

»Mir gefällt meine Arbeit sehr«, antwortete sie ehrlich. »Es macht mir Spaß, an einem der wichtigsten Tage im Leben eines Paares dabei zu sein.«

Pia sah, dass Hawk sie nachdenklich anschaute.

»Pia ist wirklich eine große Hilfe«, ergänzte Lucy dankbar.

»Ja?«, sagte Michelene. »Dann brauche ich unbedingt Ihre Visitenkarte, Miss Lumley …«

»Pia, bitte.«

»… falls ich jemanden kenne, der eine Hochzeitsplanerin braucht.«

Wieder hatte Pia das Gefühl, als würde hinter dieser Unterhaltung mehr stecken und als sei sie als Einzige nicht eingeweiht.

Bevor sie jedoch etwas darauf erwidern konnte, erschien der Butler, um Lucys Schneiderin anzukündigen.

Während die Frau hereingebeten wurde, warf Pia Hawk einen neugierigen Blick zu, doch er trug noch immer eine gleichgültige Miene zur Schau.

Sie fragte sich, ob sie früher oder später noch erfahren würde, was hier eben los gewesen war.

Pia musterte die elegant gekleideten Gäste, die an zwei langen Tafeln im großen Saal saßen.

Sie selbst hatte sich für ein lavendelfarbenes Abendkleid entschieden, das nur von einem Träger gehalten wurde und dessen kunstvoll drapierter Stoff ihre Brüste betonte und sie insgesamt größer erscheinen ließ.

Als sie jetzt – während einer kleinen Gesprächspause mit den Gästen, die zu ihrer rechten und linken Seite saßen – den Rest ihres Filet Mignons zerschnitt, schaute sie heimlich zu Hawk, der in der Mitte des Tisches saß.

Wie immer sah er fantastisch und lässig-elegant aus, während er mit dem grau melierten Herrn zu seiner Linken sprach – einem Prinzen, wenn sie sich richtig erinnerte, der auch noch entfernt mit Derek, Lucys Verlobtem, verwandt war.

Sie selbst saß ziemlich weit entfernt von Hawk am Ende des Tisches, so wie es sich für einen nicht so bedeutenden Gast – eine Angestellte, genauer gesagt – gehörte.

Natürlich hatte sie bemerkt, dass Michelene schräg gegenüber von Hawk saß – sie konnten sich sogar miteinander unterhalten.

Sie wünschte, sie hätte Hawk nach der anderen Frau gefragt, doch ehrlich gesagt hatte sie Angst vor den Antworten gehabt. Sie wollte ihre Befürchtungen, dass Michelene und Hawk mehr als nur Freunde gewesen waren, nicht bestätigt wissen. Und Hawk hatte von sich aus keine Informationen preisgegeben.

Pia tupfte sich den Mund mit der Serviette ab und trank einen Schluck Wein.

Als die Kellner begannen, die Teller abzuräumen, erhob sich Hawk, und die Gespräche verstummten.

Hawk bedankte sich bei den Gästen, dass sie gekommen waren, um gemeinsam mit ihnen zu feiern, und unterhielt sie mit ein paar amüsanten Anekdoten über seine Schwester und seinen zukünftigen Schwager. Dann sprach er einen Toast auf das glückliche Paar aus, und die Gäste stimmten ein.

Als er sich wieder setzte, erhob sich seine Mutter und lächelte dem Verlobungspaar zu. »Ich freue mich sehr für Lucy und Derek.«

Die Witwe räusperte sich. »Und wie viele von euch wissen,

ist Lucy nicht immer meinem Rat gefolgt ...«, einige der Gäste lachten, »... aber in diesem Fall hat sie meine ungeteilte Zustimmung.« Sie hob ihr Glas. »Gut gemacht, Lucy, und mit großer Freude heiße ich dich, Derek, in unserer Familie willkommen.«

»Hört, hört«, riefen die Gäste.

Die Duchess hob ihr Glas noch höher. »Ich hoffe, ich kann in nicht allzu ferner Zukunft bei einer genauso freudigen Gelegenheit ebenfalls einen Toast aussprechen.« Sie ließ ihren Blick kurz zu Hawk hinüberwandern, bevor sie noch einmal ihre Tochter und den zukünftigen Schwiegersohn anschaute. »Auf Lucy und Derek.«

Während alle ihre Gläser hoben und dann an ihrem Champagner nippten, bemerkte Pia den Blick, den Hawks Mutter Michelene zuwarf. Die wiederum hatte nur Augen für Hawk, der mit undurchdringlicher Miene zu seiner Mutter sah.

Pia bekam ein flaues Gefühl im Magen.

Automatisch stellte sie ihr Glas wieder auf den Tisch, ohne getrunken zu haben.

Ihr war plötzlich ganz schlecht, und sie wollte nur noch weg.

Eine Entschuldigung murmelnd, stand sie auf und eilte, in der Hoffnung, möglichst wenig Aufmerksamkeit zu erregen, aus dem Saal, so schnell es die Schicklichkeit zuließ.

Völlig aufgewühlt und den Tränen nahe, lief sie Treppe hinauf.

Wie konnte sie nur so naiv sein, zu glauben, sie und Hawk hätten eine gemeinsame Zukunft. Dabei hatte sie sich doch fest vorgenommen, dass ihr das nicht noch einmal passierte. Wie hatte sie die Situation nur so falsch einschätzen können?

Zwischen Michelene und Hawk bestand ganz offensichtlich eine Verbindung, und es wurde erwartet, dass sie heirateten.

Das war Pia aus der Rede seiner Mutter und den bedeutungsvollen Blicken, die ausgetauscht worden waren, klar geworden.

Endlich hatte sie das Puzzle vom gestrigen Nachmittag zusammengesetzt, aber das Bild, das sich ihr jetzt präsentierte, war kaum auszuhalten.

Am Treppenabsatz wandte sie sich nach links. Ihr Zimmer lag am Ende des Flures.

»Pia, warte.«

Hawks Stimme ertönte hinter ihr, mehr ein Befehl als eine Bitte. Es klang so, als würde er immer zwei Stufen auf einmal nehmen.

Pia ging schneller, in der Hoffnung, die Sicherheit ihres Zimmers zu erreichen und die Tür zu verschließen, ehe Hawk sie eingeholt hatte. Sie wollte nicht, dass er mit ansah, wie sie zusammenbrach.

Sie hörte Hawks eilige Schritte hinter sich. Leider war sie in dem langen Kleid nicht so schnell wie er, obwohl sie den Saum hochgehoben hatte.

Im nächsten Augenblick war es jedoch schon zu spät.

Hawk war bei ihr, umschloss ihren Arm und drehte sie zu sich herum.

»W... was ist?«, fragte sie, und ihre Stimme klang belegt. »Ist es noch nicht Mitternacht? Darf Aschenputtel noch nicht verschwinden?«

»Hast du schon einen gläsernen Schuh verloren?«, konterte er und ließ sie wieder los.

Sie lachte unsicher. »Nein, und du bist auch kein Märchenprinz.«

Seine Lippen verzogen sich zu einer dünnen Linie. »Lass uns irgendwo hingehen, um das in Ruhe zu besprechen.«

Zumindest verstand er, warum sie so aufgebracht war, und tat nicht so, als wüsste er von nichts.

Trotzdem. »Ich gehe nirgendwo mit dir hin!«

Hawk seufzte. »Lass es mich doch wenigstens erklären.«

»Z… zum Teufel mit dir, Hawk«, fuhr sie ihn an. »Ich … ich war gerade dabei, dir wieder zu vertrauen! Und jetzt erfahre ich, dass du praktisch verlobt bist.«

Pia biss die Zähne zusammen. Wusste er eigentlich, wie zerbrechlich Vertrauen war? Wie sollte sie ihm je wieder Glauben schenken?

Er schaute ihr in die Augen. »Das ist das, was meine Mutter gern glauben würde.«

»Ach ja? Und du tust ihr diesen Gefallen, oder wie?«

Er schwieg.

Offenbar weigert er sich, sich selbst zu belasten, dachte Pia wütend. Er wusste wohl, dass alles, was er sagte, gegen ihn verwendet werden konnte und würde.

»Es scheint so, als hätte deine Mutter mehr als nur eine gewisse Erwartung.«

Genau wie Michelene auch. Auf einmal erinnerte Pia sich auch an Lucys besorgten Gesichtsausdruck, als Michelene tags zuvor unerwartet aufgetaucht war. Hatte Hawks Schwester vorausgesehen, dass es zu Problemen kommen würde?

Hawk murmelte etwas vor sich hin.

»Du und Michelene, ihr habt euch gestern ziemlich vertraut verhalten!«

»Du interpretierst absichtlich etwas Falsches in die Situation hinein«, erwiderte er knapp. »Ich erinnere mich, dass ich am Kamin stehen geblieben bin, als Michelene gekommen ist.«

»Du weißt, was ich meine«, entgegnete Pia böse und hätte am liebsten mit dem Fuß aufgestampft – auch wenn das absolut kindisch gewesen wäre. »Und warum sollte ich dir irgendetwas von dem, was du mir erzählst, glauben? Du hast mir ja nicht mal etwas von Michelenes Existenz erzählt.«

»Ich bin nach dem Tod meines Bruders ab und zu mit Michelene ausgegangen. William hatte sie als künftige Frau in Betracht gezogen.« Hawk zuckte mit den Schultern. »Ich bin in die Fußstapfen meines Bruders getreten, und Michelene war Teil des Paketes.«

Und du nicht. Sie konnte die Worte so klar hören, als wären sie laut ausgesprochen worden.

Bis zu einem gewissen Grad konnte Pia die Situation, in der er sich befunden hatte, sogar verstehen.

Und dennoch. »Deine Mutter tut so, als stünde die Verlobung unmittelbar bevor. Wenn ich nicht auf Lucys Drängen hin bis zur Party heute geblieben wäre, hätte ich dann auf diese Weise von Michelenes Existenz erfahren? Durch eine Verlobungsanzeige in der Zeitung?«

Hawks Verlobung mit einer anderen Frau. Sie fühlte sich nicht nur verletzt, sondern auch verraten. Auch wenn sie sich immer eingeredet hatte, darauf vorbereitet zu sein, dass ihre Affäre irgendwann enden würde, hatte sie mit so etwas nicht gerechnet.

»Ich kann dir versichern, dass ich nicht verlobt bin«, schoss Hawk frustriert zurück. »Ich habe weder einen Antrag geplant noch einen Ring gekauft.«

»Na, dann bist du aber ein bisschen spät dran«, meinte Pia bissig. »Michelene wartet schon.«

Sie schaute den Flur entlang. Jeden Moment könnte jemand kommen. Außerdem musste Hawk zurück zur Party. Seine Abwesenheit würde bestimmt bald bemerkt werden.

»Pia, du bist wirklich verdammt stur …«

»Stimmt, das bin ich«, entgegnete sie. »Dummerweise habe ich ziemliches Pech, was Männer angeht. So viel zum Thema Märchen.«

»Wenn du mir wenigstens eine Chance geben würdest …«

»Das ist das Problem«, fuhr Pia ihn an. »Das habe ich bereits getan.«

Sie drehte sich um und ging weiter den Flur entlang. »Ich fasse es nicht. Wieso habe ich mich wieder von dir rumkriegen lassen? Wie konnte ich nur so dumm sein!«

Hawk kam hinter ihr her, hielt sie wieder am Arm fest und zwang sie so, ihn anzuschauen.

Mit unversöhnlicher, steinerner Miene musterte er sie, und Pia bekam einen kleinen Geschmack von der Persönlichkeit, der es gelungen war, innerhalb einer so kurzen Zeitspanne ein Vermögen zu machen.

»Ich habe es ernst gemeint.«

Eine Sekunde später presste er seine Lippen auf ihre. Der Kuss war genauso leidenschaftlich wie all die vorangegangenen, wenn nicht sogar mehr.

Pia schmeckte den Champagner auf Hawks Lippen und nahm seinen maskulinen Duft wahr. Es war eine Kombination, die sie schwach werden ließ – trotz ihrer Wut.

Dennoch nahm sie den letzten Rest ihrer Willenskraft zusammen und entzog sich ihm.

»Du hast es ernst mit mir gemeint?«, wiederholte sie seine Worte, als er den Kopf hob. »Das glaube ich dir nicht. Für dich war ich doch nur ein willkommener Zeitvertreib.«

Mit funkelnden Augen schaute Hawk sie an.

Sein Schweigen sagte mehr als Worte.

»Ich glaube nicht, dass du wieder auf mich zugegangen bist, um mir einen Heiratsantrag zu machen«, spottete sie, während sie weiterhin gegen die Tränen ankämpfte.

»Du weißt, warum ich wieder auf dich zugegangen bin ...«

Ja, um etwas wiedergutzumachen.

»Pia ...«

»E... es ist z... zu spät, Hawk«, sagte sie tränenerstickt.

»Die Katze ist aus dem Sack, und wir sind fertig miteinander. Unsere Affäre wäre sowieso über kurz oder lang vorbei gewesen, warum also nicht jetzt? Nur dass ich dieses Mal diejenige bin, die geht.«

Ehe Hawk antworten konnte, rief jemand seinen Namen, und sie und Hawk drehten sich um.

Michelene stand am Treppenabsatz.

Ohne abzuwarten, eilte Pia in die entgegengesetzte Richtung den Flur entlang und ließ Hawk einfach stehen.

Hastig schlüpfte sie ins Zimmer und schloss die Tür hinter sich ab. Dann lehnte sie sich gegen die Wand, dankbar, eine Zuflucht gefunden zu haben.

Als all das angefangen hatte, war Hawk darauf aus gewesen, etwas wiedergutzumachen. Niemals, erinnerte sie sich und musste schlucken, hatte er ihr Liebe oder ein Happy End versprochen.

Sie biss ich auf die Lippe, weil die so zitterte, ließ den Tränen aber jetzt freien Lauf.

Die einzige Frage war, wie sie mit einem gebrochenen Herzen weiterleben sollte, wenn das alles vorbei und sie von hier weggegangen war. Würde ihr das jemals gelingen?

8. Kapitel

Wie sich herausstellte, gelang es Pia schneller als erwartet, Hawks Anwesen zu verlassen. Nachdem sie sich wieder gefasst und die Tränen getrocknet hatte, packte sie ihre Sachen und bat einen von Hawks Chauffeuren, sie in das nahe gelegene Oxford zu bringen.

Sie wusste, dass Hawk den Abend über noch mit der Verlobungsfeier beschäftigt sein würde, ob es ihm nun gefiel oder nicht. In Oxford konnte sie sich ein Zimmer für die Nacht nehmen, sich um einen Flug zurück nach New York kümmern und ihre nächsten Schritte planen.

Während der Nacht in einem kleinen Gasthaus fiel ihr jedoch ein, dass der Earl und die Countess von Melton auf ihrem Anwesen in Gloucestershire waren. Also rief sie am Morgen Tamara an und mietete sich anschließend ein Auto, um nach Gantswood Hall zu fahren.

Als Pia gegen Mittag dort eintraf, umarmte Tamara sie lächelnd.

Schon vor ihrer Abreise hatte Pia ihrer Freundin von der Englandreise und Lucys Verlobungsfeier berichtet. Aber während des kurzen Telefonats am Morgen hatte Pia nichts darüber verlauten lassen, warum sie sich zu diesem spontanen Abstecher nach Gantswood Hall entschlossen hatte. Und wenn Tamara überrascht war von diesem Besuch, so ließ sie sich zumindest nichts anmerken.

Als sie sich jetzt voneinander lösten, versetzte Tamaras Anblick Pia einen kleinen Stich. Inzwischen sah man ihrer Freundin die Schwangerschaft an, und sie wirkte glücklich und entspannt.

Pia dagegen wusste, dass ihre eigene Situation im krassen Gegensatz dazu stand und ein Happy End für sie in weite Ferne gerückt war. Sie war traurig und deprimiert und hatte in der letzten Nacht schlecht geschlafen. Da half auch noch so viel Make-up nicht, um ihre Blässe und die Ringe unter den Augen zu kaschieren.

Tamara musterte sie eingehend. »Was ist passiert? Irgendwas stimmt doch nicht, oder?«

Pia öffnete den Mund. Warum sollte sie ihrer Freundin nicht die Wahrheit erzählen?

»G… gestern Abend war Lucy Carsdales Verlobungsfeier«, sagte sie ohne Einleitung.

»Und? Ist etwas schiefgelaufen? Oh, Pia.«

Zu ihrem Entsetzten merkte Pia, dass ihr die Tränen in die Augen schossen.

Besorgt schaute Tamara sie an und schloss sie noch einmal in die Arme.

»Es ist okay«, meinte Tamara tröstend und tätschelte Pias Rücken. »Ich hab in letzter Zeit auch immer nah am Wasser gebaut, das machen die Schwangerschaftshormone. Ich bin sicher, das, was geschehen ist, ist gar nicht so schlimm, wie es im Moment scheint.«

Pia schluckte und richtete sich auf. »Doch, schlimmer.«

Fürsorglich legte Tamara ihr einen Arm um die Schultern. »Komm erst mal mit ins Wohnzimmer. Dort können wir es uns gemütlich machen, und du erzählst mir alles.«

Auf dem Weg durchs Haus bat Tamara einen der Angestellten, dafür zu sorgen, dass Pias Gepäck ausgeladen und ein kleiner Snack ins Wohnzimmer gebracht wurde.

»So«, meinte Tamara aufmunternd, nachdem sie Pia ein Taschentuch gegeben und es sich mit ihr auf dem Sofa vor dem Kamin gemütlich gemacht hatte. »Ich bin überzeugt davon, dass es nichts ist, was du nicht schnell wieder vergessen kannst.«

Pia biss sich auf die Lippe. »Ich weiß nicht«, entgegnete sie. »Ich versuche seit drei Jahren, Hawk zu vergessen.«

Überrascht sah Tamara sie an. »Dann bist du gar nicht so aufgewühlt, weil auf der Verlobungsfeier etwas schiefgelaufen ist?«

»Oh doch, es ist definitiv etwas in die Hose gegangen. Ich habe herausgefunden, dass Hawk praktisch verlobt ist.«

»Ach, Pia.«

Es fiel Pia schwer, doch sie berichtete von den Ereignissen, die sich auf Silderly Park zugetragen hatten – angefangen von Michelenes unerwartetem Auftauchen bis hin zu den Vorkommnissen auf der Party.

Als sie geendet hatte, schaute sie Tamara flehentlich an.

»Wie konnte ich nur so dumm sein?«, fragte sie gequält. »Jetzt hat er mich erneut verletzt.«

»Du hast dich von seinem Charme verzaubern lassen …«

Pia seufzte. Warum sollte sie nicht die ganze ungeschönte Wahrheit beichten?

Sie hatte Tamara und Belinda bisher nichts von ihrer Beziehung zu Hawk erzählt, vermutlich weil sie wusste, dass ihre Freundinnen versucht hätten, es ihr auszureden.

»Es ist noch schlimmer«, gestand sie. »Ich habe mit ihm geschlafen.«

Tamara sah überrascht aus, sagte aber nichts.

»Nachdem ich das erste Mal mit ihm geschlafen hatte, ist er für drei Jahre verschwunden«, fuhr Pia fort. »Jetzt ist es wieder passiert, und ich muss feststellen, dass er so gut wie verlobt ist!«

»Oh, Pia«, sagte Tamara mitfühlend. »Ich hatte ja keine Ahnung, glaub mir. Wenn ich es gewusst hätte, dann hätte ich etwas gesagt.« Sie runzelte die Stirn. »Mich wundert, dass Sawyer gar nichts erwähnt hat. Er und Hawk sind doch befreundet. Er muss doch von dieser anstehenden Verlobung gewusst haben ...«

Pia zuckte mit den Schultern. »Vielleicht hatte Sawyer keine Ahnung, dass eine Warnung angebracht gewesen wäre. Ich meine, Hawk und ich hatten eine Vergangenheit, aber von unserer gegenwärtigen Beziehung wusste ja keiner etwas. Und jetzt haben wir definitiv keine Zukunft ...«

Diese Erkenntnis verursachte ihr körperlichen Schmerz. Hatte sie auf eine gemeinsame Zukunft mit Hawk gehofft? Tat es so weh, weil sie nicht gewollt hatte, dass ihre Beziehung endete? Oder weil sie auf so unangenehme Weise mit ihm Schluss machen musste? Weil es eine andere Frau gab?

Wenn sie ehrlich zu sich war, musste sie sich eingestehen, dass sie nie wirklich über Hawk hinweggekommen war. Und jetzt ... jetzt liebte sie ihn, während er eine andere Frau heiraten würde.

Ihr wurde ganz schlecht.

»Pia?«, fragte Tamara. »Alles in Ordnung?«

Pia konnte nur nicken, da ihre Kehle wie zugeschnürt war.

Tröstend streichelte Tamara ihr den Arm. »Ich weiß, dass es wehtut. Du brauchst Zeit.«

Pia nickte noch einmal und holte tief Luft.

»Ich war so naiv«, gestand sie ein, als sie wieder sprechen konnte. »Als Michelene ankam, habe ich gedacht, dass sie und Hawk früher wohl mal zusammen gewesen sind. Es kam mir gar nicht in den Sinn, dass ich mir Sorgen um die Zukunft machen müsste!«

»Ach komm, mach dir keine Gedanken. Ich sage Sawyer, er soll Hawk herausfordern«, erklärte Tamara. »Irgendwo hat Sawyer bestimmt noch ein paar alte Degen herumliegen, mit denen sie sich duellieren können ...«

Pia lachte schluchzend. »Ich weiß nicht. Hawk ist ziemlich gut in Form.«

Dankbar für Tamaras Verständnis, brachte sie ein gequältes Lächeln zustande. »Danke, dass du versuchst, mich aufzuheitern.«

»Ich weiß ja, was du gerade durchmachst, Pia, glaub mir. Vor ein paar Monaten ging es mir genauso.«

»Aber bei dir hat sich alles zum Guten gewendet. Sawyer vergöttert dich.«

»Damals hätte ich das nie für möglich gehalten. Es kommt ganz gewiss der Tag, an dem auch du wieder glücklich bist … das verspreche ich dir.«

Pia seufzte erneut. »Nicht in absehbarer Zukunft. Erst mal muss ich Lucys Hochzeit überstehen. Wie würde das aussehen, wenn ich in letzter Minute meinen Job hinschmeiße? Dann könnte ich meine Firma gleich dichtmachen.«

Tamara schnitt eine Grimasse. »Sag mal, wie heißt diese Michelene eigentlich mit Nachnamen? Vielleicht weiß Sawyer ja doch was über sie.«

»Ward-Fombley.«

»Ich habe schon von ihr gehört, allerdings habe ich kein Gesicht vor Augen.«

»Sie ist vornehm, elegant und attraktiv.«

»Du auch.«

»Du bist eine loyale Freundin.«

»Ich könnte schwören, dass ich den Namen schon mal in Verbindung mit irgendeiner Wohltätigkeitsveranstaltung hier in England gehört habe …«

»Das wundert mich nicht«, meinte Pia, auch wenn es schmerzte. »Sie kommt aus Hawks Kreisen. Wenn ich es richtig verstanden habe, war sie im Gespräch als nächste Duchess, ehe Hawks Bruder so plötzlich starb.«

»Pia, bist du sicher, dass Hawk sich nicht nur verantwortlich gefühlt hat? Wegen seines Bruders, meine ich?«

»Selbst wenn, ändert das nichts. Er hat sich wieder mal in der Kunst des Weglassens geübt, und ich kann nur vermuten, dass er sich seiner Verantwortung bewusst ist.«

Hawk hatte in den vergangenen drei Jahren eine Reihe von Verpflichtungen übernommen, und Pia war diejenige, die unter den Konsequenzen zu leiden hatte.

Sie dachte an den Blick von Hawks Mutter am vergangenen Abend. Ja, dachte Pia enttäuscht, Hawks Leben ist vorbestimmt, und unsere Wege werden sich wohl nur gelegentlich kreuzen, ohne ernste Gefühle oder Bindungen – jedenfalls nicht von seiner Seite aus.

»Ich muss zurückfliegen«, sagte Pia jetzt zu Tamara. »Wenn ich Glück habe, bekomme ich morgen noch einen Flug nach New York.«

Besorgt sah ihre Freundin sie an. »Pia, bitte, bleib noch ein bisschen länger. Du bist völlig durcheinander.«

Pia war dankbar für das Angebot, schüttelte aber den Kopf. »Danke, Tamara – für alles.« Sie setzte ein tapferes Lächeln auf. »Aber ich muss mich um geschäftliche Dinge kümmern.«

Im Augenblick, fügte sie im Stillen hinzu, muss ich vor allem eine möglichst große Distanz zwischen mir und Hawk schaffen.

Zurück in New York, würde sie nur noch überlegen müssen, wie sie Hawk bis zu Lucys Hochzeit aus dem Weg gehen konnte. Denn eins war sicher: Ihre Tage als Paar waren vorüber.

Hawk saß in seinem New Yorker Büro und nutzte einen der seltenen ruhigen Momente, um darüber nachzudenken, was für ein Durcheinander er angerichtet hatte.

Pia war ihm davongelaufen, und zweifellos rangierte er jetzt in ihrer Achtung noch weiter hinter dem Bösewicht aus dem Roman *Stolz und Vorurteil*.

Mrs Hollings hatte offenbar ihre Kristallkugel und ihre transatlantischen Kontakte zurate gezogen und einen weiteren Artikel veröffentlicht, der den Kern der Sache ziemlich gut traf. ›Könnte es sein, dass ein gewisser Duke zu seinen ausschweifenden und verwegenen Zeiten als Playboy zurückgefunden hat, bevor er mit einer geeigneten Dame aus gutem Hause zum Altar schreitet?«

Sein mühsam erarbeiteter guter Ruf als seriöser Finanzier drohte ruiniert zu werden.

Pia hatte all seine guten Vorsätze zunichtegemacht. Dabei hatte er geglaubt, geläutert zu sein. Offenbar hatte er sich gründlich getäuscht.

Sie glaubte, dass er sie betrogen hatte, und in gewisser Weise hatte sie recht, weil er tatsächlich nicht ganz offen gewesen war. Das hatte dazu geführt, dass Pia durch die unerwarteten Ereignisse auf Lucys Feier tief verletzt worden war.

Und dummerweise wusste Mrs Hollings all das.

Natürlich wäre es einfach für ihn, Pia aufzuspüren. Er kannte ihre Adresse, und sie plante immer noch Lucys Hochzeit – soweit er wusste.

Lucy schwieg sich, was das Thema Pia betraf, weitgehend aus. Seine Schwester schien intuitiv zu ahnen, was auf ihrer Verlobungsfeier geschehen war, und es war offensichtlich, dass sie sein Verhalten missbilligte, auch wenn sie ihn nicht direkt kritisiert hatte.

Aber andererseits, was sollte er Pia denn sagen, wenn er zu ihr gehen würde?

Er hätte ihr von Michelene erzählen sollen, um ihr zu erklären ... ja, was eigentlich? Bis Pia so plötzlich auf Belindas geplatzter Hochzeit im Juni wieder aufgetaucht war, hatten er und auch alle anderen angenommen, er würde eine Frau aus seinen Kreisen wählen. Das wäre der Weg des geringsten Widerstandes gewesen. Es war an der Zeit, dass er heiratete, und da er seinen Ruf als Topfinanzier gefestigt hatte, war eine Ehe der nächste und endgültige Schritt, dem Leben als Playboy Lebewohl zu sagen.

Doch wie ernst konnte ihm die Sache mit Michelene schon gewesen sein, wenn er so gut wie keinen Gedanken an sie verschwendet hatte, seit er wieder mit Pia zusammen gewesen war? Diese Frage stellte er sich jetzt. Die Idee, Michelene einen Antrag zu machen, war ihm niemals ernsthaft in den Sinn gekommen ...

Als das Telefon klingelte, beugte er sich vor und griff danach. »Ja?«

»Sawyer Langsford ist hier und möchte Sie sprechen.«

»Sagen Sie ihm, er soll hereinkommen.«

Nachdem er den Hörer wieder aufgelegt hatte, stand er auf, und im selben Moment kam Sawyer auch schon ins Büro.

Hawk war froh, seinen Freund zu sehen, obwohl er eine Ahnung davon hatte, wodurch sich Sawyer zu diesem Besuch genötigt sah.

»Wenn du gekommen bist, um mich zu kritisieren«, sagte er, »kann ich dir versichern, dass ich das schon selbst genügend tue.«

Sawyer lächelte trocken. »Tamara hat ein Duell im Morgengrauen vorgeschlagen, doch ich habe ihr erklärt, dass das heutzutage unter Aristokraten nicht mehr üblich ist.«

»Du meine Güte, zum Glück nicht«, murmelte Hawk, während er Sawyer die Hand schüttelte. »Ich glaube nicht, dass meine Mutter begeistert wäre, wenn der Titel samt Anwesen in die Hände eines entfernten Verwandten fallen würde.«

Sawyer grinste, setzte sich und meinte: »Dabei hatte ich den

Eindruck, dass du dein Möglichstes tust, einen Erben zu zeugen.«

Hawk war sich nicht sicher, ob Sawyer seine Liaison mit Pia meinte oder die Gerüchte über seine bevorstehende Verlobung mit Michelene. Wie auch immer, es war ohnehin nicht von Bedeutung.

»Damit kommen wir direkt zum Wesentlichen«, erklärte Hawk. »Das ist ja das, was mich in Bedrängnis gebracht hat. Sogar deine Mrs Hollings scheint ausgezeichnet informiert zu sein.«

Sawyer zuckte mit den Schultern. »Was soll ich sagen? Mrs Hollings' Artikel entziehen sich sogar meinem Einflussbereich.«

»Scheint so.«

»Sosehr ich es auch hasse, das Offensichtliche darzulegen«, fuhr Sawyer fort, »aber Mrs Hollings hat nur das wiedergegeben, was du selbst verbockt hast.«

Hawk seufzte. »Sehr zu meinem Bedauern.«

»Wie auch immer, ich bin hergekommen, um mich dafür zu entschuldigen, dass dein Name in der falschen Rubrik meiner Zeitung erschienen ist.«

»Danke. Auf jeden Fall besser als ein Duell im Morgengrauen.«

»Wohl wahr. Übrigens, ich habe dich gewarnt, was Pia angeht.«

»Ja, ich erinnere mich. Und leider habe ich nicht darauf gehört. Es sieht so aus, als wäre ich ein unverbesserlicher Casanova.«

In letzter Zeit hatte er sich immer öfter gefragt, welches Ziel er eigentlich verfolgt hatte. War er unaufrichtig gewesen? Und selbst wenn seine Intentionen gut gewesen waren, nutzte es ihm jetzt auch nichts, denn er hatte alles gründlich vermasselt.

Sawyer neigte den Kopf. »Du kannst dich noch immer ändern.«

»Ich dachte, das hätte ich bereits.«

»Du bist auf jeden Fall der Einzige, der die Sache wieder einrenken kann.«

»Und wie? Ich zermartere mir schon seit Tagen den Kopf, ohne eine Lösung zu finden.«

»Das wirst du schon noch«, meinte Sawyer zuversichtlich. »Vor ein paar Monaten war ich in einer ganz ähnlichen Lage und habe genauso über Tamara gedacht. Mit dem Unterschied, dass du als jüngerer Sohn unerwartet zu dem Titel gekommen bist, während Easterbridge und ich darauf vorbereitet wurden. Also hattest du weniger Zeit, dich daran zu gewöhnen. Was ich sagen will, ist, dass dieser Titel gewisse Verpflichtungen mit sich bringt, du dich davon aber nicht erdrücken lassen solltest. Denk mal darüber nach, was dich glücklich macht, und nicht daran, was du für deine Pflicht hältst.«

Hawk nickte, überrascht von Sawyers Verständnis.

Sawyers Mundwinkel zuckten. »Übrigens, Frauen stehen auf große Gesten.« Er blickte auf die Uhr. »So, und wenn du nichts anderes vorhast, lass uns zum Lunch gehen.«

Amüsiert und ungläubig schüttelte Hawk den Kopf. Er hatte genug von großen Gesten. Man konnte ja sehen, wohin ihn das gebracht hatte.

Trotzdem vermutete er, dass Sawyer recht hatte.

9. Kapitel

Pia hatte beschlossen, sich unsichtbar zu machen.

Sie war sich nicht sicher, wie und woher Mrs Hollings ihre Informationen bezog, aber die Autorin der Klatschspalte schien ihre Quellen an den unwahrscheinlichsten Stellen zu haben.

Manchmal fragte Pia sich, ob es Mrs Hollings gelungen war, Mr Darcy zu bestechen. Ihr Kater würde für ein paar Streicheleinheiten oder eine Handvoll Katzenleckerlis alles verraten.

Grübelnd ging sie den Broadway entlang und bemerkte dabei, dass es ein ungewöhnlich sonniger Dezembertag war, der so gar nicht zu ihrer Stimmung passte.

Aus Angst, Hawk in seinem Haus zu begegnen, hatte sie Lucy vorgeschlagen, sich im Theater zu treffen. Sie wollte ihm nicht gegenübertreten, ehe sie bereit dazu war, was vermutlich in diesem Leben nie mehr der Fall sein würde.

Trotzdem, auch wenn es keinen Sinn ergab, vermisste sie Hawk ganz schrecklich.

Er schien einen großen Bogen um sie zu machen – das war die einzige Erklärung, die sie dafür hatte, dass sie nichts mehr von ihm gehört hatte.

Im Grunde ärgerte es sie sogar, dass er nicht zu ihr gekommen war. Wenn sie ihm etwas bedeutete, wäre er dann nicht schon längst bei ihr aufgetaucht, um sich – mit welch fadenscheinigen Ausreden auch immer – bei ihr zu entschuldigen?

Pia seufzte. Trotz aller guten Vorsätze hatte sie noch immer ein viel zu weiches Herz und offenbar nichts dazugelernt.

Als sie im Drury Theater ankam, schob sie diese deprimierenden Gedanken beiseite und ließ sich den Weg zu Lucys Garderobe zeigen.

Hawks Schwester drehte sich auf ihrem Stuhl um, als Pia an die leicht geöffnete Tür klopfte.

»Pia!« Lucy stand auf und umarmte sie kurz. »Du kommst genau richtig.«

Auch wenn Pia sich mit Hawk gestritten hatte, mochte sie seine Schwester noch immer. Ihr Enthusiasmus war geradezu ansteckend. Und obwohl es ihr bei Klientinnen eher selten passierte, hatte Pia das Gefühl, dass Lucy so etwas wie eine Freundin geworden war.

»Es ist kaum jemand hier, weil es noch Stunden dauert, bevor sich der Vorhang hebt«, sagte Lucy. »Möchtest du etwas trinken?«

»Nein, danke. Im Moment nicht.«

Nachdem sie den Mantel ausgezogen hatte, schaute Pia sich in dem kleinen Zimmer um, das genauso aussah, wie man sich eine Theatergarderobe vorstellte.

Pia blickte wieder zu Lucy und lächelte. »Du bist eine der ruhigsten Bräute, mit der ich je gearbeitet habe.«

Lucy lachte. »Wahrscheinlich wäre ich viel nervöser, wenn ich nicht so viel arbeiten müsste. Aber ich bin es ja auch gewohnt, vor Menschen zu spielen, und wenn man es genau nimmt, ist eine Hochzeit doch auch nichts anderes als eine Vorstellung, oder?«

»In gewisser Weise … ja.«

»Übrigens, ich wollte mich noch mal bei dir bedanken, dass du auf meiner Verlobungsfeier in Silderly Park warst. Du warst so schnell weg, dass ich dich gar nicht mehr sprechen konnte.«

»Na ja …« Pia fiel es schwer, Lucy in die Augen zu sehen. »Ich danke dir für die Einladung.«

»Kann es sein, dass deine überstürzte Abreise etwas mit Hawk und Michelene zu tun hatte?«

Einen Moment lang war Pia überrascht von der direkten Frage und überlegte, ob sie Lucy richtig verstanden hatte.

»W... wie kommst du darauf?«, hakte sie nach und errötete, als sie sich überlegte, wie viele andere Gäste noch zu diesem Schluss gekommen waren.

Lucy lächelte verständnisvoll. »Wenn es um den eigenen Bruder geht und man selbst kurz davor ist, zu heiraten, bemerkt man solche Dinge.«

»Keine Sorge«, erklärte Pia bemüht tapfer. »Ich kann mich auf Michelenes und Hawks Hochzeitspläne einstellen.«

»Pia ...«

Sie bemühte sich darum, die Fassung zu bewahren. Es wäre zu peinlich, wenn sie in Gegenwart von Hawks Schwester in Tränen ausbrechen würde. Zumal die Gefahr bestand, dass Lucy es Hawk erzählte.

»Falls es dir hilft ... ich bin davon überzeugt, dass Hawk sich etwas aus dir macht. Sehr viel sogar«, bekräftigte Lucy, die Pias Nöte zu verstehen schien.

Wenn es tatsächlich so ist, dachte Pia, hätte er mir von Michelene erzählt. Und dann hätte er mich inzwischen angerufen oder wäre zu mir gekommen.

Lucy seufzte. »Ich glaube, Michelenes Auftauchen hat ihn genauso überrascht wie dich.«

Pia presste die Lippen aufeinander. »Sicher. Ich kann mir vorstellen, in was für eine Lage Michelene ihn versetzt hat. Auf einmal befanden sich seine Geliebte und seine künftige Braut unter einem Dach, nur dass es sich leider nicht um ein und dieselbe Frau handelte!«

Erschrocken legte sie die Hand auf den Mund, aus Angst, zu viel gesagt zu haben.

Lucy verzog das Gesicht. »Hawk hat manchmal eine erstaunliche Gabe, alles zu vermasseln.«

»Manchmal?«, fragte Pia sarkastisch. »Weißt du, dass er sich beim ersten Mal, als wir uns kennenlernten, einfach nur als James Fielding ausgegeben hat?«

»Also stimmen die Gerüchte«, murmelte Lucy, als würde sie mit sich selbst reden.

Pia hatte sich schon gefragt, was Lucy über ihre Beziehung zu Hawk wusste beziehungsweise vermutete. Jetzt hatte sie ihre Antwort.

»Ich habe Hawk noch nie so glücklich erlebt wie mit dir, Pia. Weißt du, dass er in den höchsten Tönen von dir geschwärmt hat, als er mir vorgeschlagen hat, dich als Hochzeitsplanerin zu engagieren?«, fuhr Lucy fort. »Man konnte es ihm ansehen, dass du keine flüchtige Bekannte warst. Ich habe sofort gemerkt, dass da noch mehr dahintersteckte.«

Pia errötete erneut. »E... er hat mir gesagt, er wollte etwas wiedergutmachen.«

»Und auch das hat er wieder vermasselt«, stellte Lucy fest.

Pia nickte. »Er hat Michelene nicht erwähnt. Aber ich hätte wissen müssen, dass da noch jemand wie sie im Hintergrund lauert. Schließlich erwartet man von ihm, dass er eine Frau aus der Oberschicht heiratet.«

»Na ja, Tatsache ist leider, dass Hawk ein Duke ist. Allerdings weiß ich nicht, was er empfindet. Vermutlich weiß er es selbst nicht, weil er sich nie gestattet hat, darüber nachzudenken. Manchmal glaube ich, dass er seit dem Tod von William und Vater auf Autopilot umgeschaltet hat. Seine Mission war es, das Anwesen zu sanieren.«

Gegen ihren Willen musste Pia lächeln. »Du bist ihm eine gute Anwältin.«

Lucy nickte. »Natürlich bin ich voreingenommen, da Hawk

mein Bruder ist. Aber ich könnte auch sagen, ich erwidere einen Gefallen.« Sie lächelte. »Schließlich hat Hawk mir eine wunderbare Hochzeitsplanerin verschafft, von der ich nicht mal wusste, dass ich sie brauche. Und jetzt versuche ich dich davon zu überzeugen, ihm seine Fehler zu vergeben – auch wenn es schon zum zweiten Mal ist.«

Pia kaute auf ihrer Unterlippe.

»Ich will damit nur sagen, gib ihm noch eine Chance.«

Während die unterschiedlichsten Gefühle in ihr stritten, überlegte Pia, ob sie eine bisher undenkbare Möglichkeit in Betracht ziehen sollte.

Sie liebte Hawk.

Konnte sie seine Geliebte bleiben, wohl wissend, dass ihre Beziehung nicht zu dem märchenhaften Happy End führen würde, von dem sie immer geträumt hatte?

»Ich überlege, ob ich nicht einfach weiter mit Hawk liiert bleiben soll, j… jedenfalls so lange, bis er offiziell mit Michelene verlobt ist«, erklärte Pia.

Ihre Bemerkung schlug ein wie eine Bombe, und einen Moment lang herrschte geschocktes Schweigen im Contadini, wo sie sich mit Tamara und Belinda zum Sonntags-Brunch getroffen hatte.

»*Was?*«

»*Was?*«, fragten Belinda und Tamara gleichzeitig und starrten Pia ungläubig an.

Tamara seufzte. »Oh, Pia.«

»Hast du den Verstand verloren?«, wollte Belinda wissen.

Pia wusste, dass Belinda sich nur deshalb so drastisch äußerte, weil sie hoffte, Pia von einer unbedachten Entscheidung abzuhalten. »Ich weiß, dass es für dich schwierig ist, das zu verstehen.«

»Eher unmöglich.«

»Belinda meint es nur gut«, warf Tamara ein.

»Andererseits«, fuhr Belinda fort, »ist es vielleicht doch keine so schlechte Idee, Pia. Aus einer Affäre kommst du relativ leicht heraus.«

Pia verstand, was Belinda meinte. Ironischerweise schaffte Belinda es nicht, ihre Ehe zu beenden, während es ihr, der Romantikerin, nicht gelang, den Weg zum Altar anzutreten …

»Ich wusste es«, meinte Belinda. »Als du gesagt hast, dass du deine schlechte Meinung über Hawk revidiert hast, wusste ich, dass Anlass zur Sorge besteht. Was hat er dir angetan?«

Er hat mein Innerstes nach außen gekehrt. Er weckt in mir den Wunsch, bei ihm zu sein, egal, was kommt.

»Ich bin glücklich, wenn ich bei ihm bin«, sagte sie schlicht.

Belinda verdrehte die Augen, und Tamara berührte ihren Arm, als wollte sie sie zurückhalten.

»So fängt es immer an«, erklärte Belinda. »Erst hat man Spaß miteinander, dann liegst du mit ihm im Bett und denkst, dass du ihm deinen Körper für immer schenkst, und dann …«

»Reden wir hier über Pias Probleme?«, fragte Tamara leicht tadelnd.

Belinda presste die Lippen aufeinander. »Entschuldigung, ja.«

Besorgt musterte Tamara Pia. »Hast du dir wirklich genau überlegt, was das bedeuten würde?«

Pia zögerte und nickte dann. »Ja.«

»Hast du das auch zu Ende gedacht, Pia? Du weißt doch, dass er ein Duke ist, der eher früher als später einen Erben in die Welt setzen muss. Das heißt, es bleibt dir nur noch eine kurze Zeit mit ihm. Und er hat dich schon zweimal getäuscht«, warnte Belinda.

Mindestens ein Dutzend Mal hatte Pia dasselbe gedacht und

sich mit der Entscheidung gequält. Sie hoffte, dass es noch eine ganze Zeit dauern würde, bevor Hawk sich offiziell verlobte. Er hatte ihr versichert, dass er nicht vorgehabt hatte, Michelene einen Antrag zu machen. Und einen Ring hatte er angeblich auch noch nicht. Konnte sie ihm Glauben schenken?

Es war ihr gelungen, Silderly Park mit einem letzten Rest von Würde zu verlassen. War sie jetzt wirklich bereit, ihre Selbstachtung über Bord zu werfen, indem sie in Hawks Bett zurückkehrte und sich auf eine Affäre einließ? Nach allem, was vorgefallen war?

All diese Überlegungen waren letztlich jedoch müßig, denn sie würde wohl niemals die Chance bekommen. Hawk hatte zwar behauptet, dass er noch nicht bereit sei, Michelene zu heiraten, aber er hatte auch nichts davon gesagt, dass er ein ernsthaftes Interesse an Pia hätte.

Seit sie ein kleines Mädchen gewesen war, hatte Pia sich nach einem Happy End gesehnt. Sollte sie sich jetzt mit weniger zufriedengeben? Vielleicht machte sie sich ja nur etwas vor, wenn sie glaubte, dass eine aussichtslose Affäre mit Hawk das Beste für sie wäre.

Tamara berührte ihre Hand. »Wenn du ihn liebst, warum willst du dich dann mit der Rolle als seine Geliebte zufriedengeben? Du wärst eine großartige Duchess. Schließlich weißt du, wie man tolle Feste organisiert und Gäste perfekt unterhält.«

Pia schluckte.

»Und du liebst zwei der wichtigsten Freizeitbeschäftigungen der Aristokraten – Angeln und Reiten«, fuhr Tamara fort. »Ich finde Angeln schrecklich langweilig, und was das Reiten angeht … na ja, das mache ich nur, wenn es unbedingt sein muss.«

Pia lächelte gequält, während ihr die Röte ins Gesicht schoss. Das Thema wollte sie lieber nicht vertiefen. Es weckte ganz andere Assoziationen …

Belinda schaute sie allzu wissend an. »Lass dich von Hawk nicht benutzen, selbst wenn eine Verbindung ohne Ehevertrag leichter erscheint. Ich kenne dich, Pia, und das bist nicht du.«

Nervös senkte Pia den Blick und spielte mit ihrer Serviette. Vom Verstand her wusste sie, dass Belinda recht hatte. Doch ihr Herz wollte nicht an morgen oder an die Konsequenzen denken. Es wollte nur Hawk.

Als sie wieder aufsah, schauten Belinda und Tamara sie besorgt und erwartungsvoll an.

Pia versuchte zu scherzen: »Mein Mr Darcy wartet zu Hause auf mich, der ist mir wenigstens treu ergeben.«

Belinda entspannte sich ein wenig, offenbar nahm sie diese Bemerkung als gutes Zeichen. »Braves Mädchen. Du lernst noch, wer die Guten sind.«

Schön wär's, dachte Pia. Wenn nur ihr Herz nicht so davon überzeugt wäre, dass ein gewisser böser Duke ihr Märchenprinz sein könnte.

10. Kapitel

Hawk schaute auf und stand von seinem Schreibtischstuhl auf. »Was für eine Überraschung, dich auf dieser Seite des Atlantiks zu sehen, Mutter.«

Es schien, als würden ihn im Moment alle im Büro besuchen. Alle außer Pia.

Seine Mutter bedachte ihn mit einem strengen Blick. »Ich dachte, es wäre nett, wenn wir zusammen Mittag essen könnten.«

Hawk schwante Böses. Seine Mutter war unangekündigt aufgetaucht – ein klares Zeichen dafür, dass ihr etwas Wichtiges auf der Seele brannte.

»Was ist dran an den Gerüchten, die ich über dich und Lucys Hochzeitsplanerin, Pia Lumley, gehört habe?«, fragte seine Mutter und enttäuschte ihn nicht, als sie direkt auf den Punkt kam. »Irgendeine schreckliche Frau hat geschrieben …«

»Mrs Hollings.«

»Wie bitte?«

»Mrs Jane Hollings schreibt eine Kolumne in einer Zeitung, die vom Earl of Melton herausgegeben wird.«

»Dann weiß ich nicht, warum der Earl dem nicht ein Ende gesetzt hat«, meinte sie missbilligend. »Er ist doch ein Freund von dir, oder nicht?«

»Sawyer glaubt an die Pressefreiheit«, erwiderte Hawk und kam um den Schreibtisch herum.

»Unsinn. Diese grässliche Frau ruiniert deinen guten Ruf. Es muss etwas getan werden.«

»Und was schlägst du vor?«

Seine Mutter hob die Augenbrauen und erwiderte hochmütig: »Ganz offensichtlich muss klargestellt werden, dass du keinerlei Interesse an Miss Lumley hast.«

»Habe ich das nicht?«

»Ganz sicher nicht. So wie es diese Mrs Hollings schreibt, klingt es fast so, als hättest du eine Liaison mit der Haushaltshilfe. Der Duke von Hawkshire schäkert nicht mit seinen Angestellten wie … wie …«

»Setz dich doch, Mutter«, forderte Hawk sie auf und zog einen Stuhl heraus. »Möchtest du etwas trinken?«

Er selbst könnte jetzt etwas Starkes gebrauchen.

»Du bist ziemlich stur, James. Ein schlichtes Dementi genügt sicherlich.«

»Und was soll ich dementieren?«

Seine Mutter warf ihm einen herrischen Blick zu, als sie sich setzte. »Dass du und Miss Lumley eine …«

»… Beziehung habt?«

Seine Mutter nickte.

»Na ja, das Problem ist, dass ich das nicht kann.«

Seine Mutter erstarrte und schloss dann kurz die Augen. »Du meine Güte«, seufzte sie resigniert. »Ich dachte, es wäre nur ein Gerücht, dass du dein Playboy-Gehabe wieder aufgenommen hättest, dabei stimmt es tatsächlich.«

Hawk zuckte mit den Schultern. Er hatte ihre Verachtung verdient. Er hatte mit Pia gespielt und sie verletzt. Wieder einmal.

»Du musst das Ganze sofort beenden. Ich möchte nicht, dass sich die Geschichte wiederholt. Mein Großvater war ein Schürzenjäger, der … na ja, lassen wir das.«

»Vielleicht lag es an seiner unglücklichen arrangierten Ehe, dass er sich anderweitig umgesehen hat. Was ich damit sagen will ... vielleicht solltest du mich lieber nicht in eine Verlobung mit Michelene drängen.«

»Es war mir nicht bewusst, dass ich dich zu irgendetwas dränge, James«, meinte seine Mutter pikiert.

Sie hatte die Angewohnheit, sich die Wahrheit so zurechtzubiegen, wie sie sie gerade brauchte.

»Mutter«, warf er bemüht liebevoll ein, »Michelene hat in gewisser Weise zu William gehört, aber William ist nicht mehr da.«

Seit Hawk aus Silderly Park zurückgekehrt war, hatte er viel nachgedacht. Auch Sawyers Besuch hatte ihn nachdenklich gestimmt. Eins war ihm dabei bewusst geworden: Er musste die Erwartungen, die bezüglich Michelene an ihn gestellt wurden, ein für alle Mal im Keim ersticken. Er liebte sie nicht – auch wenn sie eine noch so passende Ehefrau wäre –, und er würde sie auch nie lieben.

Seine Mutter schaute ihn an und hatte ausnahmsweise einmal keine sofortige Erwiderung parat. Beunruhigenderweise bekam sie feuchte Augen.

»Ich weiß, dass das schwer für dich ist«, meinte Hawk mitfühlend.

»William hat sich Michelene als Braut ausgesucht, weil sie die perfekte Wahl war«, erklärte seine Mutter. »Er hat getan, was von ihm erwartet wurde, weil er sich seiner Verantwortung bewusst war.«

»Genau, und daher frage ich mich, ob William sie wirklich geliebt hat«, erwiderte Hawk. »Ich glaube, William hat das Segeln und Fliegen so genossen, weil er sich in diesen kostbaren Momenten frei fühlen konnte. Wie auch immer, William ist von Anfang an auf seine Rolle als Duke vorbereitet worden – und ich nicht.«

Auf dem Gesicht seiner Mutter sah man den Schmerz, aber sie fing sich schnell wieder. »Sehr schön, aber was wissen wir über diese Frau, Pia Lumley? Woher kommt sie? Sie kennt sich mit unseren Sitten und Gebräuchen nicht aus und weiß nicht, was man von einer Duchess of Hawkshire erwartet.«

Im Stillen widersprach Hawk seiner Mutter, denn Pia war für die Rolle der Duchess allein schon dadurch bestens qualifiziert, weil sie wusste, wie sie ihn glücklich machen konnte.

»Sie kommt aus Pennsylvania«, erklärte er. »Sie weiß, wie man Gäste bewirtet, weil sie eine angesehene Hochzeitsplanerin der New Yorker High Society ist.«

Um Pia ins rechte Licht zu rücken, nannte er die Dinge, die für seine Mutter am wichtigsten waren.

Als sie schwieg, fuhr Hawk fort: »Sie reitet und angelt besser als die meisten Frauen aus meinem Bekanntenkreis«, erklärte er. »Außerdem ist sie nett und intelligent und auf erfrischende Weise natürlich.«

»Nun«, antwortete seine Mutter, »wenn sie so viele gute Eigenschaften in sich vereint, James, dann frage ich mich, was sie mit dir will?«

In Hawks Lachen mischte sich ein Schuss Selbstironie. »Das frage ich mich auch.«

Ich liebe Pia, aber ich habe sie gar nicht verdient.

Indem er Pia gegenüber seiner Mutter so vehement verteidigt hatte, war ihm eine wichtige Erkenntnis gekommen.

Er liebte Pia.

Plötzlich schien alles so einfach und klar zu sein.

»Nun, James, offenbar habe ich einiges falsch eingeschätzt.«

»Mach dir nichts draus, Mutter. Es ist nichts, was sich nicht wieder einrenken lässt.«

Das hoffte er jedenfalls.

Als Erstes musste er die Sache mit Michelene klären.

Und anschließend musste er Pia finden.

Hoffentlich war es nicht schon zu spät …

Pia fürchtete, dass Lucys Hochzeit sich zu einem der schlimmsten Tage in ihrem Leben entwickeln würde, denn voraussichtlich würden Michelene und Hawk dort als Paar auftauchen, wenn sie nicht sogar ihre Verlobung verkündeten.

Wen sonst sollte Hawk zur Hochzeit seiner Schwester einladen, wenn nicht seine zukünftige Braut?

Eins war jedenfalls sicher: Er würde nicht sie, Pia, begleiten. Sie musste arbeiten, und dass Hawk ihr noch einmal helfend zur Seite stehen würde, war kaum anzunehmen.

Doch im Laufe des Tages kristallisierte sich heraus, dass Michelene nicht auftauchen würde – Hawk war allein zur Hochzeit gekommen.

Trotzdem bemühte Pia sich, der Tatsache nicht allzu viel Bedeutung beizumessen, sondern sich mit Arbeit abzulenken.

Zum Glück ließ Hawk sie in Ruhe. Sie wusste auch nicht, wie sie hätte reagieren sollen, wenn er sie angesprochen hätte.

Stattdessen unterhielt er sich auf dem Empfang mit den Gästen und ging in seiner Rolle als Duke auf.

Pia fragte sich, ob er sie inzwischen wirklich nur noch als Angestellte betrachtete. Der Gedanke tat weh.

Trotzdem nahm sie seinen Anblick, wann immer möglich, in sich auf und speicherte ihn in ihrem Gedächtnis ab – für die Zeit, wenn sie ihn nicht mehr sehen würde.

Er war so verdammt attraktiv, dass es ihr jedes Mal, wenn sie ihn sah, fast den Atem verschlug.

Als der Abend sich dem Ende zuneigte, war Pia so erschöpft, dass sie beinahe froh darüber war – es war mühsam, vor Hawk und allen anderen den Anschein von Fröhlichkeit zu vermitteln.

Sie war gerade aus dem Saal getreten, als sie gerufen wurde.
»Pia.«

Langsam drehte sie sich um. Hawks tiefe Stimme jagte ihr

einen wohligen Schauer über den Rücken. Noch immer makellos angezogen in seinem dunkelblauen Anzug mit der silbergrauen Krawatte, kam Hawk auf sie zu.

Pia schaute auf die Uhr und hätte fast gelacht, wenn ihr nicht so elend zumute gewesen wäre. Es war fast Mitternacht am Silvesterabend.

Zu schade, aber Cinderella durfte noch nicht verschwinden. Auch wenn sie in dem hellblauen, schulterfreien Ballkleid ihrer Rolle entsprechend gekleidet war, musste sie erstens noch arbeiten, und zweitens stand für sie keine Kutsche bereit.

Doch sie hatte das Gefühl, dass sie jetzt nicht mit Hawk reden konnte.

Sie musste weg ...

»I... ich wollte gerade ...«

Er hob eine Augenbraue. »... gehen?«

Zum Teufel mit ihm. Wieso sah er so gelassen aus, während sie so aufgelöst war? Es war alles seine Schuld!

»Ich wollte einen Moment zur Ruhe kommen«, erwiderte sie. »Und mein Make-up auffrischen.«

Nie fand man eine Damentoilette, wenn man sie brauchte. Es war der einzige Ort, an den Hawk ihr mit Sicherheit nicht folgen würde.

»Warum?« Eingehend musterte er sie. »Du siehst perfekt aus.«

Abgesehen von der Tatsache, dass ihr Herz in Tausend Stücke zerbrochen war.

Sie seufzte. »Das machen Frauen nun mal, Hawk. Sie machen sich frisch. Pudern sich die Nase ... erneuern den Lippenstift ...«

»Warum? Möchtest du gleich geküsst werden?«

Schweigend starrte sie ihn an. Wie konnte er nur so herzlos sein?

»Warum willst du jetzt verschwinden? Es ist doch fast Mitternacht.«

Genau das war das Problem. Sie wollte nicht, dass alle mitbekamen, dass sie niemanden hatte, den sie küssen konnte – nicht einmal einen Frosch. Okay, sie konnte sich damit herausreden, dass sie hier ihren Job machte, aber trotzdem … Mit Hawk im Saal – der genau wusste, wie es um sie bestellt war – war die Situation kaum auszuhalten.

»Ist es nicht üblich, zu Silvester mit Luftschlangen zu werfen und auf Tröten zu blasen? Warum willst du deine Frisur richten, wenn sie sowieso gleich wieder durcheinandergebracht wird?« Er kam noch näher, und Pia bemerkte erst jetzt, dass er etwas in der Hand hielt. »Ich habe dir übrigens ein paar Sachen mitgebracht.«

»Wie nett, dass du an mich gedacht hast«, erwiderte sie und fragte sich, warum sie solch eine absurde Unterhaltung führten.

Sie hatte nicht die Absicht, mit Luftschlangen zu werfen oder jemanden zu küssen.

»Ich fand das auch ziemlich rücksichtsvoll«, sagte Hawk lächelnd.

Pia dagegen fand es schade, dass kein Tablett mit Horsd'œuvres in der Nähe war.

Andererseits, noch einen Skandal auf einer von ihr organisierten Hochzeit konnte sie sich leider nicht leisten.

Hawk griff in die Tasche, die er in der Hand hielt, und zog ein mit Juwelen besetztes Diadem heraus.

Ungläubig starrte sie auf das Diadem mit den großen Diamanten und hatte das Gefühl, als hätte sich ihr Verstand gerade verabschiedet.

Hawk schaute sie zärtlich und nachdenklich an.

Fassungs- und regungslos ließ sie zu, dass er ihr die Tiara auf den Kopf setzte.

Es war das erste Mal, dass Pia jemals ein echtes Diadem trug – sonst trug sie so etwas nur in ihren Träumen.

»So«, murmelte Hawk und trat einen Schritt zurück. »Ich wusste nicht, welche Farbe du heute tragen würdest, also habe ich mich für das Sicherste entschieden. Die Carsdale-Diamanten.«

Pia rang nach Atem, während ihr Gehirn ihr noch immer den Dienst verweigerte. »G ... gute Wahl.«

»Es ist die Tiara, die traditionell von den Carsdale-Bräuten getragen wird«, erklärte Hawk bedeutungsvoll. »Meine Mutter hat sie an ihrem Hochzeitstag aufgehabt.«

Pias Herz klopfte immer stärker.

Spielte Hawk mit ihr? Wenn dies nur ein geschickter Schachzug sein sollte, um sie wieder in sein Bett zu locken, obwohl er vorhatte, Michelene zu heiraten ...

»Warum gibst du sie mir?«

»Was glaubst du wohl?«, fragte er leise und schaute ihr in die Augen. »Ein neues Jahr steht bevor ... ein neuer Anfang ... hoffe ich jedenfalls.«

»Ich ... ich brauche keine Tiara, um das n... neue Jahr einzuläuten.«

Hawk berührte ihr Kinn und strich mit dem Daumen über ihre Lippen.

»Ich weiß«, sagte er zärtlich. »Die Frage ist, brauchst du einen Duke, der schwer verliebt ist? Er ist zusammen mit einem großen Haus zu haben, das dringend jemanden benötigt, der große und langweilige Partys veranstalten kann.«

Pia traten Tränen in die Augen.

Leise räusperte Hawk sich. »Du hast dich mal mit dem einfachen James Fielding eingelassen, und das war das größte Geschenk, das mir je jemand gemacht hat.«

Langsam legte sich der Schock, und Pia schöpfte zaghaft

...ung, als Hawk vor ihr niederkniete. Er zog einen Ring aus der Tasche und griff gleichzeitig nach Pias Hand.

Pia schaute Hawk an und begann zu zittern, weil sie ihr Glück kaum fassen konnte.

Hawk lächelte zu ihr auf. »Der gehört zur Tiara.«

Trotz Hawks Versuch, ungezwungen zu klingen, konnte Pia kaum noch atmen.

Im nächsten Moment wurde Hawk jedoch wieder ernst. »Pia, ich liebe dich von ganzem Herzen. Erweist du mir die Ehre und heiratest mich? Bitte?«

Ihr erster Heiratsantrag.

Genau so hatte sie es sich immer erträumt.

Und doch ...

»W... was ist mit Michelene?«

Hawks Mundwinkel zuckten. »Normalerweise erwartet ein Mann auf seinen Heiratsantrag eine Antwort, keine Gegenfrage.«

»Normalerweise erwartet die Frau auch nicht, dass der Mann eigentlich einer anderen einen Antrag machen will.«

»Eins zu null für dich, aber es gibt keine andere«, erwiderte er. »Michelene hat sich entschieden, heute nicht herzukommen, als klar wurde, dass sie sich keine Hoffnung mehr darauf machen kann, Duchess zu werden.«

»Oh, Hawk.« Pias Stimme zitterte. »Ich ... ich l... liebe dich.« Sie sah, dass Hawk zu strahlen begann. »Und ich möchte dich heiraten. Aber ...«

»Kein Aber.« Hawk schob den Ring auf ihren Finger, kam wieder hoch und schloss Pia in die Arme. Mit einem Kuss erstickte er ihren Protest.

Als er den Kopf hob, schluckte Pia.

»Ich bin nicht als Duchess geeignet.«

»Da bin ich anderer Meinung«, erwiderte er zärtlich. »Wo

sonst sollte eine Märchenheldin denn wohnen, wenn nicht in einem Palast?«

»Oh, Hawk«, sagte sie erneut. »Ich habe ein Märchen erlebt. Nicht weil du mir einen Antrag gemacht hast, sondern weil es ein Charaktertest war. Nachdem ich die Sache mit Michelene herausgefunden hatte, habe ich mir ernsthaft überlegt, ob ich die Affäre mit dir nicht einfach weiterführen soll, bis du offiziell verlobt bist. Aber dann wurde mir klar, dass ich das nicht konnte. Ich liebe dich viel zu sehr, und ich möchte alles von dir.«

Zärtlich schaute er sie an. »Ich gehöre ganz dir. Mein Herz hast du schon lange gestohlen.«

»Deine Mutter wird nicht gerade begeistert sein.«

»Meine Mutter möchte, dass ich glücklich bin«, widersprach er. »So wie sie und mein Vater es waren.«

»Ich bin nicht unbedingt das, was man geeignetes Duchess-Material nennen könnte.«

Er schüttelte den Kopf. »Vom Charakter her bist du es allemal, auch wenn du aus bescheideneren Verhältnissen stammst.«

»Aber du bist inzwischen so verantwortungsbewusst geworden, wenn es um deinen Titel geht«, protestierte sie.

Hawk lächelte. »Dann wird es wohl Zeit, dass ich – genau wie Lucy – mal rebelliere. Immerhin hat meine Mutter seit heute schon einen amerikanischen Schwiegersohn.«

»Wie schaffst du es nur, alle guten Gründe, warum wir nicht heiraten sollten, zu widerlegen?«

»Das kommt daher, dass es keine guten Gründe gibt.« Hawk streichelte ihre Wange. »Pia, liebst du mich?«

Sie nickte. »Ja.«

»Und ich liebe dich. Das ist alles, was zählt.«

Hawk schloss sie in die Arme, und ihre Lippen fanden sich zu einem innigen Kuss.

Als sie sich schließlich atemlos wieder voneinander lösten, hob Hawk ihre Hand. »Dieser Ring ist ein Familienerbstück. Ich wollte den Antrag nicht ohne einen Ring machen, aber wenn er dir nicht gefällt, können wir einen anderen aussuchen.«

Pia schüttelte den Kopf. »Nein, der Ring ist wunderschön.«

»Wir haben eine zweite Chance bekommen.«

Sie strahlte ihn an und meinte: »Darüber bin ich sehr froh.«

Hawk grinste. »Weißt du, welcher Klingelton ertönt, wenn du bei mir anrufst? ›Unforgettable‹.«

»Ehrlich? Dann war ich ja erfolgreich. Ich wollte, dass du mich nie vergisst. Es war einer der Gründe, warum ich …« Sie errötete.

»Was?«

»Na ja, das war einer der Gründe, warum ich wieder mit dir geschlafen habe«, sagte sie hastig. »Ich wollte, dass du dich diesmal nach mehr sehnst.«

»Du warst schon beim ersten Mal unvergesslich.«

»Und doch bist du gegangen.«

Er nickte. »Zu meinem großen Bedauern. Aber nicht, weil mir unsere gemeinsame Nacht so wenig bedeutet hat«, erklärte er, »sondern weil sie mir zu viel bedeutet hat.«

»Ach Hawk. Wir haben so viel Zeit verloren. Ich wollte dich hassen …«

»Aber stattdessen hast du doch auf mich gewartet, oder, Pia?«, murmelte er zärtlich.

Sie nickte und verspürte ein sinnliches Kribbeln, als sie auf einmal die Glut in seinen Augen entdeckte.

»Und dafür bin ich sehr dankbar«, sagte Hawk noch, bevor er erneut den Kopf senkte, um noch einmal ihren Mund zu erobern.

Pia schmiegte sich an ihn und erwiderte den Kuss voller Leidenschaft.

»Das können wir hier nicht machen«, hauchte sie schließlich atemlos. »Das gibt wieder einen Skandal.«

»Macht nichts«, flüsterte er frech.

Denn er war ihr böser Duke.

Epilog

»Du siehst hinreißend aus. Ich kann die Hochzeitsnacht kaum erwarten.«

Pia drehte sich um, und ihr Herz setzte einen kurzen Moment aus, als sie Hawk im Türrahmen des Ankleidezimmers stehen sah.

Er trug einen eleganten Cutaway, in dem seine maskuline Statur perfekt zur Geltung kam. Auch Pia konnte die Hochzeitsnacht kaum erwarten.

»Du solltest nicht hier sein«, schalt sie ihn, obwohl sie sich insgeheim darüber freute. »Es bringt Unglück, die Braut zu sehen …«

Sie hatte sich für ein Hochzeitskleid entschieden, das mit Spitze besetzt war und eine lange Schleppe hatte. Es war ein Kleid wie aus einem Märchen, mit einem schmalen Oberteil und einem weit schwingenden Rock.

Es war ein Kleid für eine Prinzessin – oder eine Duchess.

Hawk lächelte übermütig. »Du denkst vielleicht anders darüber, wenn du erfährst, was ich für dich habe.«

Sie betrachtete ihn leicht misstrauisch. »W… was soll das sein?«, fragte sie und spürte das Gewicht der Tiara, die den Schleier festhielt. »Ist es nicht üblich, den Ring während der Trauung zu überreichen?«

In gut einer Stunde würden sie und Hawk in der Kapelle hier auf Silderly Park getraut werden.

»Als Erstes verlange ich einen Kuss«, forderte Hawk und beugte sich zu ihr.

Pia schmiegte sich an ihn, als sie den warmen Druck seiner Lippen auf ihrem Mund spürte.

Als Hawk sich wieder aufrichtete, lächelte Pia verträumt. »W... wenn das ein Hinweis auf das ist, was du mir geben willst, dann muss ich dich leider enttäuschen. Wir haben dafür keine Zeit mehr – und es wäre doch schade, mein schönes Hochzeitskleid zu ruinieren.«

Hawk lachte leise und küsste sie auf die Nasenspitze. »Das kommt später.«

Erwartungsvoll erschauerte Pia, als sie das Versprechen hörte. »Ja, jetzt müssen wir erst mal diese große Vorstellung hinter uns bringen.«

Nach der Trauung würde es einen Empfang für mehrere Hundert Gäste geben. Und in einigen Wochen, nach ihren Flitterwochen am Mittelmeer, war ein weiterer Empfang in New York geplant, für all diejenigen, die an diesem Tag nicht teilnehmen konnten.

»Danach«, scherzte Hawk, als könnte er ihre Gedanken lesen, »wirst du wahrscheinlich von zukünftigen Bräuten und Gastgeberinnen überrollt werden, die deine Dienste in Anspruch nehmen wollen.«

»Du kannst sicher sein, dass du immer oberste Priorität genießen wirst«, neckte Pia ihn.

»Sehr schön. Der Grund, warum ich dich überfallen habe, ist der hier.« Er streckte die Hand aus und öffnete die Schublade der Kommode. »Die habe ich heute Morgen schon hier deponiert«, sagte er und zog eine Samtschachtel heraus. »Ich wollte, dass dein bezauberndes Outfit noch den letzten Schliff bekommt.«

»Oh, Hawk, nein«, protestierte Pia. »Du hast mir doch schon so viel gegeben.«

»Stimmt«, meinte er augenzwinkernd. »Allein mein Herz ...«

Sie lachte.

»Wie auch immer«, fuhr er etwas ernster fort, während er die Schmuckschatulle öffnete. »Ich hoffe, du magst diese Ohrringe leiden.«

Pia schnappte nach Luft, als sie das Paar funkelnder Diamanten in Tropfenform sah.

»Sie wurden für meine Ururgroßmutter mütterlicherseits angefertigt und ihr an ihrem Hochzeitstag geschenkt«, erklärte Hawk und schaute ihr in die Augen. »Die Ehe währte einundsechzig Jahre.«

»Oh, Hawk, was für eine wunderbare Geschichte. Hoffen wir, dass es ein gutes Omen ist.«

Natürlich würde sie die schlichten Diamantstecker, die sie sich von Tamara geliehen hatte, durch Hawks Geschenk ersetzen.

Hawk grinste verschmitzt. »Dank mir nicht zu früh. Meine Ururgroßmutter hatte auch acht Kinder.«

»Oh!«

Er lachte über ihren erschrockenen Gesichtsausdruck und gab ihr noch einen kleinen Kuss, bevor er leise sagte: »Keine Angst, ich bin auf jeden Fall bereit, mich auch um Mr Darcy zu kümmern.«

»Hawk?«, ertönte Lucys Stimme vom Flur her.

»Wenn sie dich hier findet«, sagte Pia leise, »schimpft sie dich aus.«

Hawk küsste sie noch einmal. »Wir sehen uns vorm Altar.«

Pia war so glücklich, dass sie das Gefühl hatte, ihr Herz würde überquellen.

Gemeinsam mit Hawk würde sie ihr ganz eigenes Märchen erleben.

– ENDE –

Lucy Ellis

Sag einfach nur Ti Amo!

Roman

Aus dem Englischen von
Anike Pahl

1. Kapitel

Gianluca Benedetti musterte interessiert das auffallend geschmacklose Outfit und anschließend die Frau, die es trug: eine schlecht sitzende Anzughose und einen unförmigen Blazer. Dabei hätte sie durchaus Potenzial. Vorausgesetzt, sie ließ den albernen Hut weg, öffnete ihr Haar, und das Ganze natürlich ohne diese seltsamen Klamotten. Die körperlichen Anlagen waren vorhanden, um mühelos umwerfend auszusehen. Sie war groß, hatte lange, schlanke Beine – jedenfalls soweit er das von hier aus beurteilen konnte – und strahlte eine faszinierende Lebhaftigkeit aus, die sie ganz offensichtlich gerade zu unterdrücken versuchte.

Just in diesem Augenblick wollte sie nämlich wütend mit dem Fuß aufstampfen, hielt jedoch mitten in der Bewegung inne. Sein Blick fiel auf ihre Schuhe: halbhohe schwarze Leder-Peeptoes mit einer bauschigen knallroten Zierblume. Sie wirkten viel zu feminin für eine derart resolute Dame …

»Geben Sie mir mein Geld zurück!«, verlangte sie in klarem Ton. Man konnte kaum überhören, wie wütend sie war. Gianluca erkannte einen australischen Akzent, was gut zu ihrem selbstbewussten Auftreten passte.

Der andere Mann musterte sie von oben bis unten, während die übrigen Passanten einen Bogen um die schöne Brünette machten, die den Kioskverkäufer erwartungsvoll anstarrte. Auf Gianluca wirkte sie wie eine tickende Zeitbombe.

Nach kurzem Zögern landete der rechte Fuß jetzt doch mit einem Knall auf dem Bürgersteig.

»Ich werde nirgendwo hingehen, solange Sie mir mein Geld nicht wiedergeben. Ihre Firma hatte dafür achtundvierzig Stunden Zeit. Auf Ihrer Website heißt es wörtlich, dass Erstattungen sogar innerhalb von *vierundzwanzig* Stunden möglich seien.«

Gianluca schloss die Übersicht der europäischen Märkte auf seinem Smartphone und schob das Handy zurück in seine Tasche. Dann verließ er die Kaffeebar, die hier in Rom zu seinen Stammlokalen zählte, um der Fremden zu Hilfe zu eilen. Sich als Retter in der Not anzubieten, hatte er der Erziehung seiner sizilianischen Großmutter zu verdanken, bei der er als Kind häufig in den Ferien gewesen war.

»*Signora*, kann ich Ihnen vielleicht in irgendeiner Weise behilflich sein?«

Sie drehte sich kaum zu ihm um. »Ich bin keine *signora*, sondern eine *signorina*! Und nein, Sie können mir nicht behilflich sein. Ich komme hervorragend allein zurecht. Verschwinden Sie, und machen Sie Ihre Geschäfte mit anderen Touristen.«

Er trat einen Schritt näher und atmete den Duft von ihrem leichten, blumigen Parfum ein. Es mutete viel zu verspielt an, um zu einem Dragoner wie dieser Person zu passen. Genau wie diese Schuhe!

»Meine Geschäfte?«

»Gigolo. Begleiter. Callboy. Was auch immer! Gehen Sie weg, ich habe keinen Bedarf!«

Gianluca erstarrte. Dieser Drachen hielt ihn für eine männliche Prostituierte? Fassungslos sah er sie an. Dabei hatte sie sich nicht einmal die Mühe gemacht, ihn richtig anzusehen. Frechheit!

»Also, *signorina*«, begann er und legte dabei besondere Betonung auf das zweite Wort. »Dann sollten Sie sich besser darauf besinnen, dass Sie auch wirklich eine Dame sind!«

»Wie bitte?« Sie fuhr herum, und Gianluca vergaß augenblicklich, was er eigentlich hatte sagen wollen.

Die unvorteilhafte Kleidung, ihr Tonfall ... er hatte diese Frau für wesentlich älter gehalten – und für weniger attraktiv. Ihre cremefarbene Haut war makellos, die schmalen Augenbrauen elegant geschwungen, aber am auffälligsten war ihr weicher Schmollmund. Die roten Lippen erinnerten ihn an süße, reife Erdbeeren. Allerdings wurde ihr Gesicht zu einem großen Teil von einer hässlichen, weiß umrandeten Sonnenbrille verdeckt, die ihr Gianluca liebend gern abgenommen hätte.

»Du?«, rief sie überrascht.

Er zog die Augenbrauen hoch. »Kennen wir uns?«

Eine derartige Situation wäre ihm nicht neu. Schließlich war er vor einigen Jahren in Italien erfolgreicher Profi-Fußballspieler gewesen und konnte zudem auf berühmte, adelige Vorfahren verweisen. Er bemühte sich, möglichst unbeeindruckt zu klingen, um diese Frau nicht unnötig zu ermutigen.

Sie wich einen Schritt zurück. »Nein«, antwortete sie und sah sich gehetzt um, als würde sie nach einem geeigneten Fluchtweg suchen.

Jeder Muskel in seinem Körper spannte sich an. Gianluca stellte verwundert fest, dass er sich unbewusst darauf vorbereitete, ihr spontan nachzujagen. *Madre di Dio,* was hatte das zu bedeuten?

An ihrem zarten Hals konnte er sehen, wie ihr Puls raste. Sie wirkte fast panisch, und während er sie betrachtete, merkte er, wie sich die Atmosphäre zwischen ihnen sexuell auflud. Dieses Phänomen kam völlig unerwartet und war so stark, dass es Gianluca buchstäblich den Boden unter den Füßen wegzog ...

Zögernd machte er einen Schritt auf sie zu, und die brünette Schönheit hob erwartungsvoll ihren Kopf. *Was* genau erwartete sie von ihm? Er wusste es nicht … Überhaupt, das führte doch alles zu nichts!

Es lag ihm nicht, mit einer wildfremden Frau mitten auf der Straße anzubandeln. Ebenso wenig war es seine Art, seiner Libido zu folgen, wenn er doch im Grunde überhaupt keine Zeit dafür hatte. Schließlich wartete am anderen Ende der Stadt ein wichtiger Geschäftstermin auf ihn.

»In diesem Fall … Genießen Sie Ihren Aufenthalt in Rom, *signorina*!«

Nach wenigen Schritten drehte er sich noch mal zu ihr um. Sie stand vor dem Kiosk – in diesem schrecklichen Blazer und der viel zu großen Hose. Aber dann fielen ihm plötzlich noch andere Dinge an ihr auf: vor allem die pinkfarbenen Wangen und der traurige Ausdruck auf ihrem Gesicht. Sie hatte offensichtlich geweint, und das berührte ihn.

Normalerweise ließen ihn verheulte Damen kalt, denn er wusste einfach zu viel über weibliche Manipulationsversuche. Immerhin hatte er damit aufwachsen müssen … seine Mutter und seine Schwestern waren Meisterinnen ihres Fachs gewesen. Tränen waren die natürlichste Waffe einer Frau, um ihren Willen durchzusetzen. Immer wieder erstaunte es ihn, wie schnell eine Entschuldigung oder ein Versprechen diese Flut der Trauer zum Versiegen brachten.

Aber der Kummer *dieser* Frau ging ihm ans Herz. Anstatt seiner Wege zu ziehen, kehrte er zum Kiosk zurück und sah sich das Schild darüber an: *Fenice Tours*. Das bedeutete, er wurde von einem Tochterunternehmen des Tourismuskonzerns betrieben, mit dem *Benedetti International* Geschäfte machte.

Schweigend zog Gianluca sein Handy aus der Tasche. Nachdem er eine Nummer gewählt und ein paar Worte mit seinem Gesprächspartner gewechselt hatte, teilte er dem Mann im Kiosk mit, dass ihm exakt sechzig Sekunden blieben, um der

Dame ihr Geld zu erstatten. Andernfalls würde dieser Kiosk sofort geschlossen werden.

Gianluca reichte ihm sein Telefon weiter. Der Verkäufer nahm es skeptisch entgegen und musste kurz darauf eine lautstarke Schimpftirade seines Chefs über sich ergehen lassen.

»*Mi scusi*«, stammelte der Mann und sah dabei in Gianlucas Richtung. »Es handelt sich bloß um ein Missverständnis.«

Gianluca zuckte die Achseln. »Entschuldigen Sie sich nicht bei mir, sondern bei der Dame!«

»*Si, si, scusi, signorina. Mi dispiace.* Es tut mir leid.«

Mit regungsloser Miene nahm sie das Geld entgegen und machte sich nicht einmal die Mühe, es nachzuzählen. Selbst ihre billige Aktentasche erweckte den Eindruck, als wollte die Frau sich damit bewusst abwerten.

»*Grazie*«, presste sie widerwillig hervor.

Damit blieb kein Grund mehr, noch länger hier herumzustehen. Gianluca ging ein paar Schritte und öffnete dann die Fahrertür seines *Lamborghini Jota*. Dann warf er einen letzten Blick zurück.

Die Fremde war ihm gefolgt und beobachtete ihn nun mit einer Mischung aus Neugier und Abwehr … und etwas anderem.

Er zögerte. Lange genug, um sie zu ermuntern, weiter auf ihn zuzugehen.

»Entschuldigung«, rief sie, und der scharfe Ton entsprach ihrem sperrigen Auftreten.

Heimlich bewunderte er ihre schönen Gesichtszüge.

»Ich bin nur neugierig«, fuhr sie fort und betrachtete ihn eindringlich. »Hätten Sie diesen Stand wirklich schließen lassen können?«

Wo hatte er diesen forschenden Gesichtsausdruck schon einmal gesehen?

Sein höfliches Lächeln blieb kühl und distanziert. »*Signorina ...*«, antwortete er, »... wir befinden uns hier in Rom. Und ich bin ein Benedetti. Da ist alles möglich.«

Erst als er kurz darauf seinen Wagen durch den morgendlichen Berufsverkehr lenkte, wurde ihm klar, dass sie weder beeindruckt noch geschmeichelt gewesen war. Stattdessen hatte sie wütend gewirkt, und diese Tatsache brachte ihn dazu, wider besseren Wissens umzukehren.

Noch immer schockiert stand Ava auf dem Bürgersteig und beobachtete, wie der Sportwagen um die nächste Ecke bog. Benedetti. Auf diese Weise hatte es nicht geschehen sollen ...

Über die Jahre hatte es schon eine ganze Reihe falscher Alarme gegeben: hier eine tiefe Stimme, dort mal ein italienischer Akzent oder ein paar breite Schultern in der Menschenmenge. Jedes Mal waren Avas Sinne erwacht, und sie hatte sich innerlich auf ein Wiedersehen mit ihm vorbereitet – bisher immer vergeblich.

Die Wirklichkeit dieser heutigen Begegnung war absolut erdrückend, trotzdem wanderten Avas Gedanken weiter in die Vergangenheit: *Eine braungebrannte Hand drehte am schwarzen Gummigriff, und der Motor einer PS-starken Ducati heulte auf. Ava schlang ihre Arme fest um die schmale Hüfte des Fahrers, während sie gemeinsam von der Hochzeitsfeier flohen, auf die sie beide keine Lust hatten. Was folgte, war eine heiße Sommernacht, die Ava bis heute lebhaft in Erinnerung behalten hatte.*

Ratlos blieb sie auf dem Bürgersteig stehen und versuchte, die sündigen Bilder wieder aus ihrem Kopf zu verdrängen.

Damals hatte sie sich in den frühen Morgenstunden unter freiem Himmel mit diesem jungen, unersättlichen Römer vergnügt, der sich in Liebesdingen bestens auskannte. Eine Stunde später hatten sie dieses Abenteuer in einem Bett wiederholt, das einst sogar für einen König gebaut worden war – in einem richtigen Palast, mitten in dieser wunderbaren Stadt.

Ava hatte dieses Erlebnis nie vergessen können. Ihr aufregender Italiener hatte ihr damals stundenlang in gebrochenem Englisch Dinge ins Ohr geflüstert und ihr das Gefühl gegeben, die begehrenswerteste Frau der Welt zu sein.

Früh morgens war sie sang- und klanglos verschwunden und hatte – ähnlich wie Cinderella im Märchen – in der Eile ihre Schuhe zurückgelassen. Sie hatte einer eventuell unangenehmen Begegnung nach dem Aufwachen aus dem Weg gehen wollen. Barfuß und mit gerafften Röcken war sie zum Taxistand geeilt und einfach abgehauen. Ohne einen einzigen Blick zurück, denn sonst wäre sie vielleicht noch einmal schwach geworden …

Es sollte sich niemals wiederholen. Eine einmalige Sache. Ava war zurück nach Sydney geflogen, um ihre Karriere weiter voranzutreiben, und hatte im Grunde nicht damit gerechnet, ihn jemals wiederzusehen. Ein Irrtum, wie sich jetzt herausstellte …

Energisch riss sie sich zusammen. Kein motorradfahrender, supersexy Fußballspieler durfte ihren persönlichen Plänen im Weg stehen. Bis zum jetzigen Zeitpunkt hatte sie ihr Leben hervorragend im Griff, und das sollte sich auch nicht ändern.

Vielleicht *zu* sehr im Griff? meldete sich ihr Unterbewusstsein. Müsste sie nicht momentan an unerträglichem Liebeskummer leiden?

Den meisten Frauen in ihrer Situation würde es bestimmt so ergehen. Ausgerechnet an einem Abend den Laufpass zu bekommen, an dem man eigentlich mit dem ersehnten Heiratsantrag seines Lebensgefährten gerechnet hatte … Und nun reiste sie ganz allein durch diese große Stadt und das wunderbare

Italien. Das würde manche Frauen ziemlich aus dem Konzept bringen.

Zum Glück war Ava aus härterem Holz geschnitzt. Entschlossen setzte sie ihren Weg zur Spanischen Treppe fort, um von dort aus eine Stadtrundfahrt anzutreten.

Das hellblaue Brautjungfernkleid aus jener Nacht ruhte noch heute in der hintersten Ecke von Avas Schrank. Sie hatte es all die Jahre über behalten. Und jetzt war sie hier in Rom ...

Hatte das etwas zu bedeuten? Damals war alles, was sie je über sich zu wissen geglaubt hatte, von diesem beeindruckenden Römer auf den Kopf gestellt worden. Und nun hatte das Schicksal sie erneut zusammengeführt.

Aber nein, sie würde auf keinen Fall das nächstbeste Telefonbuch durchblättern, um die Adresse des *Palazzo Benedetti* herauszufinden. Daran durfte sie nicht einmal denken! Es war sowieso ein Fehler gewesen, überhaupt nach Rom zu reisen. Je früher sie morgen in ihren Mietwagen stieg und gen Norden fuhr, desto besser.

Doch zuerst ... Verwundert blickte Ava sich um. Unbemerkt war sie bis zu einer Piazza weitergelaufen, die sie nicht kannte. Wo, um alles in der Welt, befand sie sich eigentlich?

»Das ist doch verrückt«, murmelte Gianluca, der bei laufendem Motor in seinem Wagen saß. Er war ihr gefolgt. Hatte einfach mitten auf der Straße gewendet und nach der Frau mit den auffallend verzierten Schuhen Ausschau gehalten.

Himmel, was tat er hier eigentlich? Immerhin war er Gianluca Benedetti, und der stieg keinen unbekannten australischen Ladys nach! Jedenfalls nicht dieser Sorte Lady: einer Frau in Männerhosen und Seidenhemd, die offenbar keinen Sinn für ihre eigene Weiblichkeit hatte.

Sie war nicht sein Typ, und trotzdem war er jetzt hier. Er

beobachtete, wie sie mit einem Stadtplan in der Hand über das Kopfsteinpflaster spazierte und sich zu orientieren versuchte. Da klingelte sein Telefon.

»Wo steckst du?« Gemmas Stimme klang gehetzt, aber wie sollte er seiner Privatsekretärin erklären, was er gerade tat?

Er konnte wohl kaum zugeben, dass er eine fremde Touristin quer durch Rom verfolgte. »Im Verkehr fest«, log er und sah auf die Uhr. Er war tatsächlich sehr spät dran. Verflucht!

»Was soll ich den Kunden erzählen?«

»Halte sie ein bisschen hin, ich bin gleich da!«

Entschlossen stieg er aus dem Auto und fragte sich gleichzeitig, weshalb er sein Leben unbedingt verkomplizieren musste. Die Frau hatte ihre Sonnenbrille ins Haar geschoben, legte gerade den Kopf in den Nacken, um das Schild über ihr an der Hauswand entziffern zu können, und stolperte dabei rückwärts gegen Gianluca.

»Oh, ich bitte um Entschuldigung«, sagte sie höflich und drehte sich zu ihm um.

Sprachlos starrte er ihr in die Augen. Trug sie etwa farbige Kontaktlinsen? Nein, angesichts ihres Aufzugs würde sie sich diese Mühe sicherlich nicht machen. Es musste ihre echte Augenfarbe sein. Ein ganz außergewöhnliches Tiefseegrün, das im Licht ständig die Schattierung änderte. Oder bei einem Stimmungswechsel. Daran erinnerte er sich nämlich schlagartig, obwohl dieser Teil seines Gedächtnisses jahrelang verschüttet gewesen war.

Diese Augen, dieser Mund und dieser wunderschöne weiche Körper. Sie hatte ihn ohne ein Wort des Abschieds verlassen – dabei hatte er sie nie wieder gehen lassen wollen.

»Du bist es!« Sie nahm ihm die Worte aus dem Mund. Dann taumelte sie und hielt sich instinktiv an seinem Arm fest.

Ironie des Schicksals, wie er fand. Schließlich hatte sie nach ihrer letzten Begegnung gar nicht schnell genug das Weite suchen können, und nun diese unerwartete Nähe. Damals hatte sie in der Eile sogar ihre Schuhe bei ihm liegengelassen.

In ihm erwachte ein starker Widerwillen. Was hatte sie hier in Rom zu suchen? Wieso kehrte sie ausgerechnet jetzt in sein Leben zurück? Er kniff die Augen zusammen.

»Verfolgst du mich etwa?«, wollte sie wissen.

»*Si.*« Wozu sollte er das Offensichtliche leugnen? Und ihr überraschter Gesichtsausdruck war wirklich unbezahlbar!

»Sie scheinen sich verlaufen zu haben, *signorina*«, sagte er und betonte dabei jede Silbe seiner höflichen Anrede. Ihre unübersehbare Hilflosigkeit war eine Genugtuung für ihn. »Und da wir einander nun schon kennen, erlauben Sie mir sicher, Ihnen behilflich zu sein, oder?«

Unsicher zupfte sie ihre Seidenbluse zurecht und drückte den Rücken durch. Da Ava glaubte, er wüsste nicht, wen er da vor sich hatte, änderte sie ihre Taktik.

»Ist es etwa Ihre Art, Frauen nachzulaufen und sich ihnen aufzudrängen?«, fragte sie scharf.

»Normalerweise überlasse ich das weibliche Geschlecht grundsätzlich achtlos seinem Schicksal«, scherzte er. »Nur bei Ihnen mache ich heute eine Ausnahme.«

»Sehe ich aus, als hätte ich es nötig?«

»Sie wirken tatsächlich ziemlich verloren.«

Ava schob die Lippen vor und warf einen Blick auf den Stadtplan in ihren Händen.

Wieder ermahnte Gianluca sich, es gut sein zu lassen und endlich zu seinem Termin zu fahren. Was zwischen ihnen einmal gewesen war, spielte heute keine Rolle mehr. Vor sieben Jahren hatte das anders ausgesehen …

In diesem Aufzug war sie eigentlich niemand, nach dem er sich ein zweites Mal umdrehen würde, um ganz ehrlich zu sein.

Andererseits hatte er gerade eben seinen Wagen gewendet, war ihr gefolgt und konnte seinen Blick jetzt nicht mehr von ihr lösen. Schon merkwürdig.

»Es ist ohnehin zu spät«, murmelte sie kaum hörbar. »Ich habe den Anfang der Tour schon verpasst.«

Stumm wartete er ab, während sie Löcher in ihren Stadtplan starrte.

»Eigentlich sollten wir uns an der Spanischen Treppe treffen«, fuhr sie fort, ohne hochzusehen.

»Verstehe.« Obwohl er in Wirklichkeit überhaupt nichts mehr verstand. »Die Spanische Treppe befindet sich in dieser Richtung.« Er streckte einen Arm aus. »Links herum und dann die zweite rechts.«

Mit zitternden Händen setzte sie sich ihre hässliche weiße Sonnenbrille auf. Zweifellos ein Versuch, sich zu maskieren, denn vor die Sonne hatten sich längst dicke Wolken geschoben. Es störte Gianluca, dass diese Schönheit sich vor ihm verstecken wollte. Und sie verhielt sich dabei nicht einmal subtil – genau wie vor sieben Jahren. Am liebsten hätte er ihr dieses Ungetüm von Brille ganz weggenommen.

»Vermutlich sollte ich mich jetzt bei Ihnen bedanken«, murmelte sie trocken und fühlte sich hinter den dunklen Gläsern offenbar etwas sicherer als vorher.

»Das ist völlig unnötig«, versicherte er ihr und bemerkte fasziniert, wie sie ihre schönen vollen Lippen mit der Zungenspitze befeuchtete.

Entschlossen zückte er eine seiner Visitenkarten und drückte sie ihr in die Hand. Ihre Haut fühlte sich warm und zart an.

Doch sein australischer Wildfang wich zurück und funkelte Gianluca an, so als hätte er sie unsittlich berührt. Ob sie, wie er, insgeheim an früher dachte?

»Falls Sie Ihre Meinung ändern, ich bin heute Abend gegen

elf Uhr in *Ricos Bar*«, erklärte er und fragte sich gleichzeitig, weshalb er sie überhaupt einladen wollte. »Dort findet eine private Feier statt, und ich werde Ihren Namen auf die Gästeliste setzen lassen. Viel Spaß bei der Stadtführung.«

»Sie kennen meinen Namen doch gar nicht«, rief sie ihm nach, und es klang beinahe wie ein Vorwurf.

Das hatte er übersehen. Er knirschte mit den Zähnen, doch sein Stolz ließ es nicht zu, dass er jetzt nachfragte.

Sie war einfach nur irgendeine Gespielin in irgendeiner Nacht gewesen. Lüge! Diese Nacht hatte sich in Gianlucas Seele gebrannt, und nun stand die besagte Frau direkt vor ihm. Kein Wunder, wenn er dabei Atemnot und feuchte Hände bekam!

Andererseits durfte er niemals vergessen, dass er ein Benedetti war! In dieser sagenumwobenen Stadt war das schließlich auch unmöglich. Seine Vorfahren hatten immerhin römische Legionen angeführt, diversen Päpsten Gelder geliehen und im Laufe der Jahrhunderte ganze Kriege finanziert. In der Vergangenheit war mithilfe seiner Familie so viel Blut vergossen worden, dass man damit ein ganzes Meer tiefrot färben könnte.

»Wie wäre es, wenn ich dich einfach als *Cinderella* anmelde?«, schlug er vor und dachte dabei an ihr überraschendes Verschwinden von damals.

Sie zog sich die Sonnenbrille hinunter und richtete ihre giftgrünen Augen auf ihn.

Gianluca verspürte echte Bewunderung für diese Frau. Sie versprach, ihm eine ebenbürtige Gegnerin zu sein. Das konnte spaßig werden.

Aber, halt! Hier ging es nicht um Rache. So ein Mann war er nicht. Ihm lag eher das zivilisierte, ehrenhafte und ritterliche Verhalten dem weiblichen Geschlecht gegenüber ... Wahrscheinlich war er einfach nur neugierig und wollte endlich einen Schlussstrich unter ein bestimmtes Kapitel seines Lebens ziehen. Immerhin war es das erste und einzige Mal gewesen, dass ihn jemand hatte abblitzen lassen!

Er stieg in seinen Sportwagen und startete den Motor. Dabei fiel ihm auf, dass seine Fingerknöchel weiß hervortraten, weil er das Lenkrad zu fest umklammerte. Sein Temperament drohte plötzlich überzukochen, und das passte überhaupt nicht zu seiner nüchternen, adeligen Natur ... Nein, das hatte er dem sizilianischen Blut seiner Mutter zu verdanken.

Da kam noch einiges auf ihn zu.

2. Kapitel

Ava zwang sich dazu, die Begegnung mit Gianluca Benedetti aus ihrem Kopf zu verdrängen, während sie dem angegebenen Weg folgte. Und obwohl die Spanische Treppe dicht bevölkert war, fand sie irgendwann ihre Touristengruppe und schloss sich ihr an. Aber die Gedanken an den geheimnisvollen Italiener wollten einfach nicht ruhen.

Er war ihr gefolgt.

Natürlich folgt er mir, dachte sie. Das gehört zu seinem üblichen Verhaltensmuster. Er steht eben auf Frauen. Und wenn ihm eine gefällt, nimmt er sie sich.

Wollte er *sie*?

Ava versuchte, sich auf die Erklärungen des Stadtführers zu konzentrieren, aber leider konnte sie bloß daran denken, dass ihr anfänglicher Stolz sie allmählich verließ. Sie wollte heute Abend in diesen Club gehen, sie wollte *ihn* wiedersehen.

Überwältigt schloss sie die Augen und rang um Fassung. Sie war absolut keine Frau für eine Nacht, und mehr würde es mit einem wie diesem Benedetti nie werden. Eine einzige Nacht – nicht mehr als ein paar Stunden unverbindlichen Spaß für ihn.

Dir hat es doch auch gefallen, erinnerte sie eine innere Stimme. Und heute hat er dich wiedergesehen, und er will dich! Was hast du zu verlieren? Du bist Single, und dies ist Rom!

Irgendwann nahm sie ihre Umgebung wieder wahr. Unterhalb der lebhaften Menschenmenge auf der Spanischen Treppe schob sich unaufhörlich der laute Verkehr durch die Stadt. Ein

Bild wie aus einem Hollywoodfilm über das bunte Leben in Italien.

Bella Italia, wo Wunder geschehen konnten. Wo jungen Mädchen magische Dinge wiederfuhren, nachdem sie ihre Münzen in den Wunsch-Brunnen geworfen hatten. Aber Avas Fantasien hatten sie schon damals auf eine falsche Fährte geführt, und das sollte ihr niemals wieder passieren.

Die Emotionen überfielen sie ohne Vorwarnung, schnürten ihr den Hals zu und trieben ihr die Tränen in die Augen. Sie hatte heute Morgen schon geweint, obwohl ihr das sehr selten passierte. Nicht einmal vor drei Tagen, als Bernard ihr am Flughafen in Sydney telefonisch den Laufpass gegeben hatte – eine Stunde vor dem Abflug nach Rom.

Es würde also den ersehnten romantischen Heiratsantrag am Trevi-Brunnen definitiv nicht geben. Doch bevor ihr die innere Erleichterung darüber richtig klar geworden war, hatte er schon hinzugefügt, er hätte eine andere Frau kennengelernt. Und mit ihr würde er endlich wahre Leidenschaft teilen können.

Das war ein geschmackloser Tiefschlag gewesen, selbst für Bernard. Er war generell kein sensibler Typ, aber bis zu jenem Tag hatte Ava geglaubt, ihr fades Sexleben wäre zumindest zur Hälfte seine Schuld gewesen.

Offenbar nicht. Offenbar lag es allein an ihr.

»Leidenschaft?«, hatte sie in ihr Telefon geschrien. »Die hätten wir haben können. Und zwar in Rom!«

Seit diesem Gespräch war bereits etwas Zeit vergangen: der lange Flug, die Taxifahrt vom Flughafen zu ihrem historischen Hotel in der Innenstadt, zwei Tage Essen vom Roomservice und zahlreiche Folgen einer italienischen Soap, deren Verlauf sie mit wachsendem Interesse verfolgte. Ganz langsam wurde Ava bewusst, dass sie sich das Reiseziel Rom aus tiefromantischen Gründen ausgesucht hatte, die rein gar nichts mit Bernard zu tun hatten.

In ihrem Innern schien der Wunsch zu schlummern, einen Wendepunkt in ihrem Leben herbeizuführen. Wie er wünschte auch sie sich Romantik und Leidenschaft. Nur leider war das aussichtslos. Derartige Phänomene gehörten auf die Leinwand und nicht in das echte Leben. Jedenfalls nicht in *ihr* Leben.

Schon früh hatte sie das Scheitern der elterlichen Ehe beobachtet und dabei gelernt, dass eine Frau nur überleben konnte, wenn sie finanziell unabhängig war. Ihre psychisch kranke Mutter hatte nach der Scheidung immense Schwierigkeiten gehabt, sich und ihre Tochter mit einer schmalen Rente durchzubringen.

Aus diesem Grund hatte Ava hart gearbeitet, um dahin zu kommen, wo sie jetzt war. Das bedeutete: null Privatleben. Aus Naivität hatte sie dann vor sieben Jahren diese Dummheit bei der Hochzeit ihres Bruders begangen. Und später die nächste Dummheit, als sie sich einzureden versucht hatte, einen Mann heiraten zu wollen, den sie gar nicht liebte.

Nein, Bernard war nicht der richtige Partner für sie. Aber ein supersexy ehemaliger Profifußballer, dem die Frauen scharenweise nachliefen, war es eben auch nicht.

In ihrer Faust hielt sie noch die Karte umklammert, die er ihr gegeben hatte. Seit einer geschlagenen halben Stunde! Ava hielt sie hoch und entzifferte den Namen, darunter mehrere Kontaktdaten. Die Erinnerung traf sie wie ein scharfes Messer zwischen die Rippen. Hatte sie seine Telefonnummern nicht schon früher einmal gewählt? Keine von ihnen hatte sie zu ihm geführt.

Kopfschüttelnd entfernte sie sich von ihrer Gruppe und machte sich auf den Rückweg zum Hotel. Der Tag war sowieso dahin, und alles nur wegen *ihm*. Es lag nicht an Bernard. Was hatte sie sich überhaupt dabei gedacht, ganze zwei Jahre an diesen dämlichen Kerl zu verschwenden? Sie hatte sich sogar einen hinreißenden Heiratsantrag in Italien ausgemalt! Hatte die Flüge gebucht, das Hotel ausgesucht, den Ausflug in die Toskana geplant …

Und das alles für einen Mann, den sie gar nicht liebte? Ausgerechnet in dieser verwunschenen Stadt voller Erinnerungen?

Ihr Herz klopfte wie wild, denn die Antwort auf diesen Wahnsinn hielt sie in ihren klammen Händen.

Was tat sie hier in Rom?

Das war die große Frage, und Gianluca malte sich alle möglichen Szenarien dazu aus.

Direkt hinter ihm war die Party schon in vollem Gange. Es war eine Willkommensfeier für seinen Cousin Marco und dessen Braut. Doch Gianluca war nicht gerade in Stimmung, sondern beobachtete vom Balkon aus ununterbrochen die kleine Piazza vor der Bar auf der Suche nach der aufregenden Brünetten, die sich kleidete, als wollte sie von keinem Mann bemerkt werden.

Den ganzen Tag über hatte er sie nicht mehr aus dem Kopf bekommen. Sie war nicht länger das junge Ding, das sich mit ihm zusammen übermütig ins Gras geworfen hatte, sondern wirkte eher wie eine frustrierte alte Jungfer. Sie erweckte den Eindruck, als hätte sie vergessen, was es bedeutete, eine echte Frau zu sein.

Wie schwer wäre es wohl, sie wieder an ihre Weiblichkeit zu erinnern? Was für eine reizvolle Herausforderung! Gianluca lächelte in sich hinein. Gemessen an der sexuellen Anziehungskraft, die zwischen ihnen herrschte, war es vermutlich spielend leicht. Und Wut konnte auch ein starkes Aphrodisiakum sein.

Sein Lächeln erstarb. Gianlucas Eltern hatten eine Beziehung mit dieser Dynamik geführt: ein stetiger Kampf zwischen sizilianischem Temperament und aristokratischer Überheblichkeit. Das böse Ende war vorprogrammiert gewesen.

Dennoch war Gianluca heute hier und feierte eine frisch geschlossene Ehe. Ironischerweise. Und die Ankunft eines Babys. All die Dinge, die andere Leute offenbar glücklich machten … solange man nicht den Nachnamen Benedetti trug.

Es war ein deprimierender Gedanke, den er schnell wieder verwarf. Im Grunde konnte er sich über sein Leben kaum beschweren. Er war jung, fit und überaus erfolgreich. Die Frauen lagen ihm reihenweise zu Füßen. Und Männer bemühten sich, ihm möglichst aus dem Weg zu gehen, weil er eine starke Autorität ausstrahlte. Oder ihm nachzueifern. Was er in die Hand nahm, wurde fast immer zu Gold. Da sollte es doch leichtfallen, die eigene Vergangenheit hinter sich zu lassen. Man konnte seine Erfahrungen dazu nutzen, sich selbst eine erträgliche Zukunft zu gestalten.

Seufzend wandte sich Gianluca von der Piazza ab und überquerte die Außenterrasse des Clubs, um sich endlich der Feier zu widmen.

Von der gegenüberliegenden Straßenseite aus beobachtete Ava die Frauen, die durchweg in einem Hauch von Nichts in den Club strömten. Die Bar schien ziemlich angesagt zu sein. Entschlossen drückte Ava dem Taxifahrer Geld in die Hand, atmete tief durch und stieg dann aus dem Wagen. Und sofort spürte sie den kühlen Nachtwind an ihren fast nackten Beinen.

Wenigstens trug sie eine dünne Strumpfhose, und ihr burgunderrotes Cocktailkleid hatte halblange Arme. Sie war demnach angemessen gekleidet – nicht zu luftig und nicht zu gewagt. Völlig akzeptabel. Trotzdem fühlte sie sich entblößt. Der

Stoff des Kleids schmiegte sich bei jedem Schritt um ihre schlanken Oberschenkel, und die hohen Absätze ihrer Pumps klackten laut auf dem Asphalt.

Aber niemand lachte sie aus oder zeigte mit dem Finger auf sie.

Je näher sie der gläsernen Eingangstür kam, desto mehr wuchs ihre Aufregung. Das pulsierende Neonlicht im Inneren verlieh dem Ort eine futuristische, magische Atmosphäre. Und mit ihrer neuen Frisur, ihrem Outfit und ihren Schuhen passte Ava perfekt hierher. Der Aufzug war nicht übertrieben, auch wenn es ihr so vorkam.

Schon immer hatte sie ernsthafte Schwierigkeiten damit gehabt, sich in der Öffentlichkeit sexy zu präsentieren. Normalerweise vermied sie es auszugehen oder sich bei irgendwelchen gesellschaftlichen Ereignissen blicken zu lassen. Aber heute Abend ging es nicht anders ... Nein, es ging nicht anders.

Der Türsteher begrüßte sie freundlich auf Italienisch, und schon befand sich Ava im Foyer des Clubs. Geduldig blieb sie in der Schlange stehen und fuhr sich zum etwa hundertsten Mal mit den Fingern durch die Haare.

Am Nachmittag war sie spontan zum Friseur gegangen und hatte sich ihren langen brünetten Zopf abschneiden lassen. Jetzt wippten die frisch getönten Haarsträhnen modern und locker um ihre Schultern und verliehen Ava einen gewissen Pepp. Sie fühlte sich genauso schick wie eine waschechte Römerin, und sie war wild entschlossen, ihr Schicksal ab heute in die eigenen Hände zu nehmen.

Auch das Cocktailkleid hatte sie sich neu gekauft, aber sie redete sich ein, dass all das rein gar nichts mit der provokanten Bemerkung dieses unverschämten Benedettis zu tun hatte. Als hätte sie wirklich vergessen, dass sie eine *Dame* war!

In dem überfüllten Raum konnte sie ihn nirgendwo entdecken. Sollte sie hier auf ihn warten? Oder danach fragen, an welchem Tisch er saß? Unsicher sah sie sich um, und zu allem Überfluss war sie noch von zahllosen leicht bekleideten Schönheiten umgeben, mit denen sie unmöglich mithalten konnte.

Ihr Blick folgte einer umwerfenden Blondine, die auf mörderisch hohen Absätzen vorbeistolzierte und alle Blicke auf sich zog. Vielleicht hatte Ava den Effekt ihrer eigenen Typveränderung leicht überschätzt? Ihre Unsicherheit wurde allmählich unerträglich.

Am Ende einer Bar führte eine Treppe ins Obergeschoss, wo die eigentliche Party stattfand, und die große Blondine steuerte direkt darauf zu. Sollte Ava auch einfach hinaufgehen und nach ihrem Date fragen?

Nun, eigentlich war er ja nicht ihr Date. Seine Einladung konnte ganz allgemein gedeutet werden: *Komm einfach vorbei, wenn du magst! Amüsiere dich!*

Nichts Besonderes. Er hatte ja nicht gesagt: *Ich finde dich unheimlich anziehend und würde zu gern den Abend mit dir verbringen.* Es war möglich, dass sie diese Verabredung völlig missinterpretiert hatte.

Genau, Ava! meldete sich ihre innere Stimme. Du hast ihn gründlich missverstanden!

In diesem Moment fiel ihr eine dunkelhaarige Frau in einem aufregenden Kleid auf, die ein Stück weiter im Raum stand. Ihre Augen waren dunkel geschminkt, und der tiefrote Lippenstift verlieh ihrem Schmollmund etwas Dramatisches. Sie sah umwerfend aus.

Wieder fuhr Ava sich unsicher durchs Haar, und die schockierende Erkenntnis traf sie wie in Schlag: Diese Frau, die ihr entgegenstarrte, war sie selbst!

Ava stand vor einer verspiegelten Wand, die den Barbereich optisch verdoppelte. Mit neugewonnener Zuversicht und einem siegessicheren Lächeln auf den Lippen erklomm sie die Stufen der breiten Treppe.

Marco reichte ihm ein frisches Bier. »Auf die Zukunft!«

Es war Gianlucas erste Begegnung mit seinem Cousin seit dessen Hochzeit vor ein paar Wochen. In ihren frühen Zwanzigern hatten sie noch gemeinsam Profifußball gespielt. Marco war nach einer Verletzung aus dem Sport ausgeschieden. Gianluca hatte dagegen seinen Vertrag auf dem Gipfel seiner Karriere und seines Ruhms aufgelöst, um den Militärdienst abzuleisten, der traditionell von einem männlichen Benedetti erwartet wurde.

Noch heute profitierte er von diesen Erfahrungen und vor allem von der sportlichen Unsterblichkeit. Fußball war in seinem Land so etwas wie eine Religion, und er hatte ganze zwei Jahre lang als nationales Idol fungiert – Roms beliebtester Sohn. Das ließ man ihn nicht mehr vergessen.

»Auf *deine* Zukunft«, verbesserte er seinen Cousin und blickte sich suchend nach der Braut um.

Tatsächlich befand sie sich ganz in der Nähe inmitten ihrer Freundinnen und war … unübersehbar schwanger. Sie entdeckte die Männer und kam auf sie zu.

»Gerade haben wir auf den zukünftigen Benedetti-Erben angestoßen«, verkündete Gianluca und küsste sie zur Begrüßung auf beide Wangen.

»Das wäre dann dein Sohn, nicht meiner«, widersprach Marco.

»Bei mir wird es keine Kinder geben, mein Freund. Also trinken wir!«

»Valentina behauptet aber das Gegenteil.«

»Du wirst dich irgendwann verlieben, Gianluca«, schaltete Valentina Trigoni – genannt Tina – sich ein und schmiegte sich in den Arm ihres Ehemanns. Dabei reichte sie ihm kaum bis zur Schulter. »Und ehe du dich versiehst, hast du sechs Söhne und sechs Töchter. Ich verlasse mich darauf, denn ich habe keine Lust, meine eigenen Kinder dem Benedetti-Vermächtnis zu opfern!«

»Das hört man gern«, antwortete Gianluca trocken und hob eine Augenbraue.

»Aber solange du dich mit weiblichen Hohlköpfen verabredest, wird das nichts mit der großen Liebe«, fuhr Tina unbeirrt fort.

Damit hatte sie nicht ganz unrecht, musste Gianluca zugeben. Andererseits suchte er schließlich keine Frau zum Heiraten.

»Du hast dich mit meiner Mutter unterhalten«, schlussfolgerte er.

»Gute Güte, nein! So mutig bin ich nicht. Weißt du eigentlich, dass sie davon ausgeht, eine zwanzigjährige Jungfrau würde ihr irgendwann die ersehnten Enkel schenken? Ich habe gehört, wie sie mit deinen Schwestern darüber sprach.«

Marco schnaubte. »Kennt deine Mutter dich eigentlich?«, fragte er seinen Cousin ironisch.

Ehrlich gesagt, wusste Gianluca es nicht. Kannte seine Mutter ihn? Wohl kaum, und genau das war sein Problem. Die Benedettis setzten ihre Jungs früh vor die Tür, damit sie vom Leben erzogen wurden – vom Internat, vom Militär und von der unerbittlichen Außenwelt.

Nein, seine Mutter hatte im Grunde keine Ahnung, wer er wirklich war.

»Dann such du mir doch eine Frau, Tina«, schlug er vor. »Eine freundliche, bodenständige und vor allem unberührte Sizilianerin. In dem Fall werde ich gehorsam der alt überlieferten Tradition folgen und mit ihr eine Familie gründen.«

»Dir eine Ehefrau zu besorgen, würde Tausenden von Frauen das Herz brechen«, brummte Marco und schwenkte sein Bier im Glas.

Doch Valentinas Interesse war geweckt. »Ich kenn mich da nicht gut aus: Gibt es heutzutage überhaupt noch Jungfrauen in den Zwanzigern?«

Wie aus dem Nichts tauchten in Gianlucas Vorstellung ein Paar ungewöhnliche, smaragdgrüne Augen auf. Damals hatte es definitiv unschuldige Mädels in den Zwanzigern gegeben …

»Im Ernst, Gianluca. Ich weiß nicht, ob ich dich einer Freundin von mir vorstellen sollte. Immerhin meinst du es nie ernst mit deinen Bekanntschaften.«

»Ihre Freundinnen stehen allerdings schon Schlange«, verriet Marco grinsend. »Ich bin echt froh, nicht so sehr im Geld zu schwimmen wie du.«

»Genau. Denn sonst hätte ich dich nur deswegen geheiratet«, stimmte Valentina lachend zu. »Aber du hast mich allein mit deinem Charme überzeugt. Obendrein glaube ich nicht, dass die Frauenwelt ausschließlich hinter Gianlucas Geld her ist, *caro*.«

Eine Weile lauschte Gianluca dem Geplänkel zwischen Marco und seiner Tina, und ihm wurde allmählich klar, was er versäumte. Mit jemandem alt zu werden, Kinder und Enkelkinder zu bekommen und irgendwann auf ein erfülltes Leben zurückzublicken.

Er selbst würde in vierzig Jahren als reicher Mann in einem leeren Palast sitzen. Dann dachte er an seine Eltern, an ihre ewigen Streitereien und daran, wie sie ihr hohles Dasein im Palazzo Benedetti zelebriert hatten. Wenn die Öffentlichkeit wüsste, wie viele Generationen unglücklicher Frauen schon durch diese trostlosen Flure geirrt waren …

Gianlucas Mutter war ein heißblütiges Mädchen aus den Bergen von Ragusa gewesen. Sie hatte in die soziale Oberschicht eingeheiratet und fortan in Rom das Leben einer echten *principessa* geführt. Und sie hatte ihre Rolle als Ehefrau und Mutter recht gut gespielt, solange sie nicht mit einem ihrer zahlreichen Lover oder mit ihren geliebten gesellschaftlichen Verpflichtungen beschäftigt war.

Ihre wahre Loyalität galt allein ihrer Familie im Süden, den Trigonis. Marcos Vater war ihr Bruder. Früher war sie oft für längere Zeit zu ihrer Familie geflüchtet, wenn ihr in Rom alles zu viel geworden war. Gianluca erinnerte sich noch an jeden einzelnen ihrer Fluchtversuche. Beim ersten Mal war er gerade drei Jahre alt gewesen und hatte eine volle Woche lang geweint. Und mit zehn hatte er sogar mehrfach versucht, seine Mutter in Ragusa anzurufen, doch sie hatte sich geweigert, mit ihm zu telefonieren.

Inzwischen war Gianluca davon überzeugt, dass jede Frau einen Teil ihrer Seele verlor, sobald sie die Hochzeitstiara der Benedettis auf ihr Haupt setzte. Zumindest mit dieser Tradition würde er brechen – komme, was wolle.

Er stürzte sein Bier hinunter, ohne es zu genießen. Da er sowieso nicht vorhatte, sesshaft zu werden und eine Familie zu gründen, waren all diese Spekulationen völlig überflüssig. Nach zwei Jahren im aktiven Militärdienst hatte Gianluca begriffen, dass das echte Leben hier und jetzt stattfand, nicht in irgendeiner fernen Zukunft. Und im Augenblick gefiel ihm die Abwechslung in Bezug auf Frauen. Seine Mutter zeigte sich deswegen zwar irritiert und seine Großmutter zutiefst enttäuscht, aber gleichzeitig wurde von einem Benedetti auch erwartet, den kühnen Frauenhelden zu geben.

Und Gianluca hatte sich den Ruf hart erarbeitet, ein unberechenbarer Junggeselle ohne ersthafte Heiratsabsichten zu sein. Das gefiel ihm.

In diesem Moment trat eine Frau auf die Terrasse, die sofort seine Aufmerksamkeit erregte. Sie war kurvig mit ellenlangen Beinen und platinblonden Haaren.

»Genau meine Kragenweite«, murmelte Gianluca, und Tina schüttelte missbilligend den Kopf.

»Schnelle Autos und heiße Frauen – ohne jeden tieferen Sinn. Aus genau diesem Grund stelle ich dir keine meiner Freundinnen vor.«

Ungerührt bewegte er sich auf die Blondine zu, die ihre Bambi-Augen auf ihn richtete und mit den dunkel getuschten Wimpern klimperte.

»Tanz doch mal mit mir, Gianluca«, bat sie und machte einen Schmollmund.

»Ich habe eine bessere Idee.« Er drängte sich an ihr vorbei zur Tür. »Lass uns zur Bar gehen ...« Ihm wollte ihr Name einfach nicht mehr einfallen.

»Donatella«, half sie ihm mit schneidender Stimme aus und vergaß für eine Sekunde das aufgesetzte Klein-Mädchen-Gehabe.

»Donatella, *si*.« Ihr Tonfall ließ vermuten, dass er ihren Namen nicht zum ersten Mal an diesem Abend vergaß. Gianluca war das egal. Diese Frau hatte es sowieso nur auf seinen Promistatus abgesehen.

Seufzend nahm er sich vor, diese Blondine so bald wie möglich abzuschütteln. Sie war ihm einfach zu anstrengend, deswegen sah er schnell auf seinem Smartphone nach, wie sich die Asienmärkte über Nacht entwickelten.

Außerdem brauchte er sich auf diese Weise nicht länger den Kopf über das Gespräch mit Marco und Tina zu zerbrechen. Oder über die Begegnung mit dem seltsam gekleideten australischen Drachen von heute Nachmittag. Die wusste ja gar nicht, was ihr entging, ganz im Gegensatz zu ... Verflixt, ihm wollte der Name seiner blonden Gefährtin schon wieder nicht einfallen.

Gianluca gab auf und peilte die Bar an.

Ava flüsterte der Hostess hinter dem Pult den verabredeten Namen zu und erntete dafür bloß einen verständnislosen Blick.

»*Scusi, signorina?*«

Verlegen räusperte Ava sich. »Ich glaube, ich stehe als *Cinderella* auf der Gästeliste.«

Ihr Mund wurde trocken, und die Haut kribbelte überall. Das Paar hinter ihr fand die ganze Situation wahrscheinlich urkomisch. Mit geschlossenen Augen bemühte sie sich um Haltung, aber das Gefühl, öffentlich gedemütigt zu werden, verschwand einfach nicht. »Ich bin auf persönliche Einladung von Signor Benedetti hier.«

Nachdem sie es ausgesprochen hatte, wurde dieser Umstand erst richtig real für Ava. Sie hatte sich tatsächlich aufwendig gestylt, zur Stärkung ein großes Glas Weißwein hinuntergespült und war hierhergekommen – weil Gianluca es so gewollt hatte.

»*Ah, si.*«

Plötzlich schien die Hostess nicht mehr darüber verwundert zu sein, dass jemand mit dem Namen einer Märchenfigur angemeldet worden war. Sie machte einen Haken auf ihrer Liste. Vermutlich gehörte das zum Standardprogramm seiner allgemein bekannten Verführungstaktiken. Diese Vorstellung machte Ava krank!

Ratlos schob sie sich durch die Menge und blieb abrupt stehen, als sie Gianluca Benedetti erblickte. Er thronte wie ein König auf einem breiten, glänzenden Ledersessel, und das in Gesellschaft der umwerfenden Blondine, die vor Ava die Treppe hinaufgegangen war. *Natürlich!*

Mit den hohen Wangenknochen, dem kantigen Kinn und den sinnlichen Lippen sah er aus wie eines von Michelangelos Meisterwerken – männliche Schönheit in Reinkultur. Die Natur hatte es gut mit Gianluca gemeint, und Ava wünschte sich insgeheim, dabei sein zu dürfen, wenn diese Schönheit mit den Jahren verging.

Dies ist also wirklich keine Verabredung im herkömmlichen Sinne, dachte sie enttäuscht. Mit diesem blonden Vamp konnte sie ohnehin nicht konkurrieren. Betrübt ließ Ava den Hochzeitsempfang ihres Bruders Revue passieren ...

Damals war sie eine sehr unsichere junge Frau gewesen, die nicht in die glamouröse internationale Gästeschar dieser Feier gepasst hatte. Vom Rand aus hatte sie beobachtet, wie Gianluca Benedetti – italienischer Fußballstar und womöglich der begehrteste Junggeselle Europas – wild gestikulierend mit einem anderen Mann über Sport philosophiert hatte. Er war von zwei aufreizenden Partyschönheiten angehimmelt worden, die eine blond und die andere brünett. Allerdings hatte er den beiden kaum Aufmerksamkeit geschenkt.

Ava wäre so gern wie sie gewesen. Nur für eine einzige Nacht sexy sein, sich nicht um die Konsequenzen des eigenen Handelns kümmern, sondern einfach leben und frei sein. Nur ein einziges Mal in sündiger Aufmachung mit dem heißesten Typen des Abends flirten!

Sie hatte sich gefühlt, als wäre sie vom Blitz getroffen worden. Dabei war es bloß die felsenfeste Erkenntnis gewesen, dass sie für ein paar Stunden alle Konventionen und vor allem ihre eigene Schüchternheit über Bord werfen wollte. Dieser Tsunami von Wagemut trug sie durch die ganze Nacht. Sie hatte die Vorsicht verdrängt, die von frühester Kindheit an ihr Leben bestimmte, seit sie viel zu früh für sich selbst hatte sorgen müssen. Konsequenzen waren ihr egal gewesen, in jenen verwegenen Stunden hatte es für Ava ausschließlich diesen aufregenden jungen Mann gegeben.

Und heute war dies Gefühl erneut in ihr geweckt worden. Als hätte sie nichts aus der Vergangenheit gelernt ...

Bevor sie ihren nächsten Schritt planen konnte, stand Gianluca plötzlich auf, streckte sich und kam auf sie zu. Ihr erster Impuls war, die Flucht zu ergreifen. *Aber Halt!* Sie war kein unerfahrenes Mädchen mehr, sie konnte mit dieser Situation umgehen.

Schultern zurück und Bauch einziehen! ermahnte sie sich und strich ihr Kleid glatt. Dann überlegte sie fieberhaft, wie sie ihn begrüßen sollte.

Ich bin zwar hergekommen, bereue es aber jetzt schon. Du bist ein Aufreißer, ein Schuft und ein Weiberheld. Und ich wünschte, ich wäre dir niemals begegnet.

Er war nur noch einen Meter von ihr entfernt, als ihr bewusst wurde, dass er sie gar nicht bemerkt hatte. Sein Blick glitt über sie und den Rest der gesichtslosen Menge hinweg. Es schien, als hätte er vollkommen vergessen, dass er sie zu dieser Feier eingeladen hatte.

Sie hatte heute nicht einmal genug Eindruck auf ihn gemacht, als dass er ihr Gesicht wiedererkennen würde! In ihrem Magen rumorte es.

Regungslos sah sie dabei zu, wie er in Richtung Treppe verschwand. Als Ava sich durch die anwesenden Gäste drängelte, um ihm zu folgen, trat ihr jemand versehentlich auf den Fuß. Dabei verlor sie einen ihrer Pumps. Hastig zog sie sich ihren Schuh wieder an, kämpfte sich dann nach unten zum Eingang durch und blickte sich suchend um. Wo war Gianluca?

Da! Er überquerte gerade die *piazza* vor der Bar.

Ava vergaß alle Bedenken und lief ihm nach, so schnell sie konnte. Ihren perfekt sitzenden Leinenmantel ließ sie an der Garderobe des Clubs zurück.

3. Kapitel

Gianluca hörte hinter sich eilige Schritte auf dem Kopfsteinpflaster. Er drehte sich um und starrte Ava wortlos an.

Sie hatte ihn fast erreicht, und augenblicklich vergaß er seinen festen Vorsatz, sich vom Leben nicht mehr überraschen zu lassen, denn ihre Erscheinung haute ihn regelrecht um. Sein Mund wurde trocken, und sein Körper reagierte auf diesen unerwarteten Anblick von makelloser Weiblichkeit eindeutig erregt!

Ihre äußerliche Veränderung war geradezu atemberaubend. Das hatte sie hundertprozentig viel Zeit und Energie gekostet, und er hätte gern geglaubt, dass diese Verwandlung allein für ihn geschehen war.

Die weite Hose und das Hemd von vorhin hatten nicht erahnen lassen, was für aufregende Formen sich darunter verbargen. Seine Königin der Nacht sah aus wie eine fleischgewordene Männerfantasie. Sie ähnelte gar der grandiosen Gina Lollobrigida.

Von ihr hatte er früher ein Poster an der Wand hängen gehabt – in seinem Jugendzimmer in der Villa seiner Großeltern, außerhalb von Positano. Es waren jedes Mal schöne Stunden und Tage gewesen, wenn er der Militärakademie und seinen gleichgültigen Eltern entkommen war. Dieses wunderbare Haus, seine liebevollen Großeltern und … eben auch Gina.

Als das bezaubernde Lollobrigida-Double direkt vor ihm stand, spiegelte sich das Licht der Straßenlaternen in ihren grünen Augen. Es befriedigte ihn zutiefst, dass sie ihm ganz offensichtlich nachgelaufen war. Und er war gespannt darauf zu hören, was sie ihm zu sagen hatte.

Doch dann fielen ihm die Paparazzi auf, die sich ihnen ebenfalls näherten. Spontan machte er einen Schritt auf seine Cinderella zu und packte sie um die Taille. Natürlich redete er sich ein, dass es leider keinen anderen Ausweg als diesen gab, um der Pressemeute zu entkommen.

»Scusi signora«, murmelte er, bevor er sie entschlossen auf den Mund küsste. Eine Hand schob er dabei in ihren Nacken, und mit der anderen hielt er ihre Hüften fest, während sie sich energisch zu befreien versuchte.

Ihm war nicht ganz klar, mit was für einer Frau er es hier eigentlich zu tun hatte. Ihr Feuer und ihre Leidenschaft erregten ihn, auch wenn sie sich im Augenblick noch vehement gegen ihn wehrte. Ihre Figur war aufregend weiblich, und sie duftete herrlich nach Jasmin. Wieder und wieder küsste er ihre vollen Lippen, bevor er sich schweren Herzens endgültig von ihr löste. Aber heute Nachmittag hatte sie noch wie jemand gewirkt, der keine männliche Aufmerksamkeit auf sich ziehen wollte. Schon merkwürdig ...

Ratlos sah er in ihre klaren grünen Augen und hätte seine Cinderella zu gern wieder in die Arme gezogen. Er war ziemlich erregt und fand, dass sie rein körperlich perfekt zueinander passten. Die meisten Frauen reichten ihm selbst auf High Heels nicht einmal bis zur Schulter, doch diese Schönheit hier begegnete ihm praktisch auf Augenhöhe.

Wieso war sie in diesem verführerischen Aufzug in die Bar gekommen? Gehörte sie zu der Sorte Frau, die sich gern auf eine Verabredung ohne ernsthafte Hintergedanken einließ? Wie kam es, dass sie in sein Leben zurückgekehrt war und gleichzeitig vorgab, ihn nicht zu kennen? Was hatte sie vor?

Gianluca sah zu den Paparazzi hinüber. »*Scusi signora*«, sagte er noch einmal zu ihr. »*Mi volevi dire nulla di male.*«

Nein, er wollte ihr keinen Schaden zufügen. Er hatte ganz andere Absichten …

Überwältigt von diesem Überfall versuchte Ava, erst einmal einen klaren Gedanken zu fassen. Dabei klammerte sie sich instinktiv an Gianluca fest, obwohl es wohl klüger gewesen wäre, schnellstens auf Abstand zu gehen.

Falls sich zwischen ihnen tatsächlich etwas entwickeln sollte, konnte das nur böse enden.

Wehre den Anfängen! dachte sie im Stillen. Noch konnte sie auf Nimmerwiedersehen verschwinden. Er würde bestimmt keine Fragen stellen, denn schließlich hatte er sie nicht einmal wiedererkannt.

Allerdings machte ihr der alte Zauber, der zwischen ihnen prickelte, einen Strich durch die Rechnung. In der besagten Nacht damals hatte sie irgendetwas dazu gebracht, alle Vorsicht über Bord zu werfen. Und jetzt wusste sie wieder, was es gewesen war.

Es war das *gewisse Etwas*, eine ganz bestimmte Ausstrahlung, die von Gianluca ausging und die Ava willenlos machte. Sein Charisma, seine tiefe Stimme, der leichte italienische Akzent – sie konnte es nicht genau benennen, aber gleichzeitig konnte sie sich gegen den unberechenbaren Effekt auch nicht wehren. Alles, was er von sich gab, weckte ihre Lust und ihre Erregung. Niemand hatte sie je auf die Art berührt oder geküsst, wie er es tat. Es war pure Magie.

»*Signora?*«

Ihre Lider flatterten. Gianluca sah ihr tief in die Augen, und sie spürte regelrecht, wie ihre Beine unter ihr wegknickten. Er lähmte sie allein durch seinen intensiven Blick.

»*Signorina*«, verbesserte sie ihn mit erstickter Stimme. »Sie erinnern sich? Ich bin unverheiratet.«

Er richtete sich ein Stück weiter auf und zögerte, ehe er weitersprach. »Können Sie in diesen Schuhen rennen?«

»Wie bitte?« Mit einer solchen Frage hatte sie wirklich nicht gerechnet.

Doch er wartete keine Antwort ab, sondern zog Ava hinter sich her – quer über den Platz.

Sicher, vielleicht sollte sie jetzt protestieren oder zumindest diese merkwürdige Aktion hinterfragen. Doch Ava fühlte sich seltsam beschwingt und kühn. Deshalb ließ sie sich widerstandslos von Gianluca entführen und begann, dieses Abenteuer sogar zu genießen.

Ganz kurz dachte sie daran, dass sich der Trevi-Brunnen in unmittelbarer Nähe zu ihnen befand. In einem anderen Leben hätte sie jetzt dort mit Bernard gestanden. Wie in einem Hollywoodfilm hätte er ihr einen Ring an den Finger stecken und ihr ewige Liebe schwören sollen. Wie war sie bloß auf einen solch abstrusen Gedanken gekommen? Diese ganze Szene kam ihr plötzlich falsch vor.

Während sie weiterliefen, warf Ava einen kurzen Blick auf Gianlucas Profil. Sein kantiges Kinn zeugte von Männlichkeit und Entschlossenheit. Dieser Playboy nahm sich im Leben das, was er wollte.

Automatisch beschleunigte sie ihr Tempo.

»Sie sind heute Abend wirklich hergekommen«, bemerkte er atemlos und bog mit ihr um die nächste Ecke ab, wo eine schwarze Limousine mit laufendem Motor auf sie beide wartete. »Das dort ist mein Wagen. An schönen Tagen wie diesen gehe ich zwar gern zu Fuß, aber heute ist das wegen der Presse leider unmöglich, *signorina*.« Er hielt ihr die Autotür auf. »Ich bringe Sie gern überall hin, wenn Sie möchten.«

Ava fühlte sich in der Zeit zurückversetzt. Sie stand plötzlich wieder unglücklich und verunsichert in ihrem hellblauen Brautjungfernkleid am Taxistand – den großen *palazzo* im Rücken. Und da war dieser junge Wahnsinnstyp mit der fünfhundert Pfund schweren, röhrenden Ducati, der sie spontan in eine unglaubliche Nacht entführte …

Unschlüssig blieb Ava stehen. Sie hatte schon öfter in einer Luxuslimousine gesessen, das brachte ihr Beruf mit sich. Aber dieses Exemplar schien ganz besonders extravagant zu sein.

Letztendlich stieg sie ein und hielt den Atem an, als Gianluca sich direkt neben sie gleiten ließ. Im Innenraum des Wagens spürte sie seine Präsenz wesentlich deutlicher als draußen unter freiem Himmel. Zu allem Überfluss hatte sie ja ihren Mantel zurückgelassen und fühlte sich deswegen halb nackt. Ständig rutschte ihr das Kleid über die Knie hoch, ganz gleich, wie oft sie daran zupfte.

»Dieser kleine Zwischenfall tut mir leid«, begann Gianluca und klang dabei ausgesprochen höflich, fast distanziert. Kaum zu glauben, dass er sie gerade eben noch leidenschaftlich geküsst und anschließend in sein Auto bugsiert hatte.

»Wenn Sie mir den Namen Ihres Hotels verraten, lasse ich Sie dort absetzen«, fuhr er fort.

Gianluca wollte sie loswerden? Ava war entsetzt und zutiefst enttäuscht.

»Oder …«, sprach er nach einer kurzen Pause weiter, »… wir suchen uns zuerst ein ruhiges Plätzchen, bestellen uns einen Drink, und Sie erzählen mir, was Sie überhaupt nach Rom verschlagen hat?«

Er hatte *zuerst* gesagt. Was hatte er denn *danach* vor? Ihr wurde schwindelig beim Gedanken daran, was heute noch alles geschehen konnte. War sein Vorschlag als eindeutiger Annäherungsversuch zu verstehen? Würde er später noch mit ihr ins Hotel gehen, ihr dort die Kleider vom Leib reißen und ...?

Bisher hatte sie Bernards Vorwürfe, ihr würde es an sexueller Hingabe fehlen, für bare Münze genommen und sich tatsächlich für frigide gehalten. Aber inzwischen war sie da nicht mehr so sicher. Immerhin konnte sie sich aufgrund eines einzigen Wortes in eine erotische Fantasie hineinsteigern: *zuerst*.

»Ich weiß nicht«, begann sie und brach unschlüssig ab. Sonst hätte sie ihm gestanden, dass sie nicht *wusste*, wie man sich auf ein solches Abenteuer einließ.

»Ein Drink in irgendeiner Bar. Wie zwei zivilisierte Leute.« Sein Tonfall klang denkbar harmlos. »Deshalb sind Sie doch hergekommen? Um mit mir ein bisschen zu feiern?«

Das Verlangen floss süß wie Honig durch sie hindurch, und Ava seufzte. Es war kaum zu glauben, dass ausgerechnet ihr so etwas passierte. Noch nie hatte sie Lust auf Sex ganz ohne Vorwarnung überfallen – ohne dass sie sich mühsam dafür in Stimmung bringen musste. Dieser Italiener verfügte wahrlich über Zauberkräfte!

»Ich werde nicht mit Ihnen schlafen.«

Amüsiert sah er sie an. »Darum habe ich auch nicht gebeten, oder?«

Ava wurde rot und hätte sich am liebsten die Zunge abgebissen. »Das wollte ich nur klarstellen«, murmelte sie und presste dann die Lippen aufeinander.

Grinsend beugte er sich nach vorn und gab dem Fahrer Anweisungen, wo er sie hinbringen sollte. »Sind Sie hungrig?«, fragte er Ava.

Sie schüttelte den Kopf. Ganz sicher würde sie in seiner Gegenwart jetzt keinen Bissen hinunterbekommen. Diese ganze Situation – zusammen mit ihm in diesem Luxusauto zu sitzen – fühlte sich unwirklich und bizarr an.

Das tat eine vernünftige Frau einfach nicht! Und trotz des extravaganten Cocktailkleids und der frechen Frisur war Ava in Bezug auf zwischenmenschliche Beziehungen das gleiche konservative und reservierte Mädchen wie eh und je. Üblicherweise besann sie sich eher auf ihren Verstand als auf ihren Körper.

Gianluca war da schon ein anderes Kaliber, und auf wundersame Weise ließ sie sich von seinem Wagemut anstecken.

»Dass ich aus der Bar verschwunden bin, tut mir leid«, sagte er aufrichtig. »Ich hatte unsere Verabredung zwar nicht vergessen … aber irgendwie war ich ziemlich durcheinander.«

»Ach? Ja, ich habe gesehen, wer Sie durcheinandergebracht hat«, antwortete sie spitz. »Die blonde Frau, die ihre Klamotten zu Hause vergessen hat.«

»Ah, Donatella, *si*.«

Missmutig stellte Ava fest, dass er diesen Vorwurf nicht einmal abzustreiten versuchte. Sie knirschte mit den Zähnen. Auch gut, er war ihr schließlich keine Rechenschaft schuldig. Dies war kein Date, demzufolge schuldete er ihr auch nichts. Trotzdem hätte sie ihm am liebsten eine Ohrfeige verpasst!

Was erwarte ich eigentlich? überlegte sie. Dass er sich an mich erinnert und mir gesteht, wie toll er mich damals fand? Dass er schwört, meine Nachrichten hätten ihn nie erreicht?

»Da gibt es etwas, das ich noch gestehen muss«, begann sie stockend.

»*Si?*«

»Wir sind uns heute nicht zum ersten Mal über den Weg gelaufen.«

»Tatsächlich?«

»Komme ich dir … Ihnen nicht bekannt vor?«

Er hob kurz die Schultern und schien nicht im Mindesten neugierig zu sein. »Ich begegne einer Menge Menschen. Vergeben Sie mir, wenn ich mir nicht jedes Gesicht merken kann. Trotzdem können wir gern beim Du bleiben.«

Seine Worte klangen höflich, der Tonfall unterkühlt. Und die Wahrheit dahinter verletzte Ava zutiefst.

Ich erinnere mich nicht an dich oder daran, dass wir zusammen im Gras gelegen haben. Du in meinen Armen. Was du mir an jenem Tag alles anvertraut hast, hat mir nicht das Geringste bedeutet.

»Du hast wirklich keine Ahnung?«, hakte sie nach.

»Sicherlich wirst du mich gleich aufklären.«

Ava wusste, wie albern sie sich verhielt. Es war lange her, und niemand konnte erwarten, dass er ihr gemeinsames Intermezzo ebenso lebhaft in Erinnerung behalten hatte wie sie. Erst jetzt wurde ihr richtig bewusst, wie sehr sie diese fixe Idee verfolgte. Das musste unbedingt aufhören, wenn sie sich nicht völlig blamieren wollte!

Sie starrte durch das Autofenster in die Dunkelheit. Wieso war sie bloß hier eingestiegen? Wie kam sie aus dieser Nummer wieder heraus?

»Ich warte«, drängte er, und sie drehte sich ihm zu.

»Ist nicht so wichtig«, entgegnete sie steif. »Vergessen wir es einfach!«

Fragend hob er die Hände. »Verstehe ich das richtig? Du rennst mir atemlos quer über einen Platz hinterher, sprichst mich jetzt auf eine frühere Verbindung zwischen uns an, und plötzlich ist alles egal?«

Er klang ungeduldig und herrisch. Wo war der sensible, fürsorgliche Junge geblieben, den sie vor sieben Jahren kennengelernt hatte? Auch wenn sie nur eine Nacht miteinander verbracht hatten, waren ihre Gespräche offen und intensiv gewesen. Sie hatte ihm ihre Seele offenbart und geglaubt, ihm wäre diese Begegnung genauso wichtig gewesen wie ihr. Was war inzwischen mit ihm geschehen? Wann hatte er sich in einen überheblichen, misstrauischen Zyniker verwandelt? Und wie viel von dem sensiblen, verwegenen Biker steckte noch in ihm?

»Ich bin dir nicht hinterhergerannt«, widersprach sie hölzern. »Das klingt ja, als wäre ich eine Stalkerin. Und das entspricht keinesfalls den Tatsachen.«

»Komm, streite jetzt nicht alles ab! Du bist heute Abend mit einer gewissen Absicht in die Bar gekommen, und dann noch in diesem Aufzug.« Sein Blick glitt an ihr herunter.

Leider konnte er nicht ahnen, dass sie ihr aufregendes Kleid ausschließlich der energischen Empfehlung einer eifrigen Verkäuferin zu verdanken hatte. Wäre es nach Ava gegangen, säße sie wohl in einem weiten Hosenanzug in dieser Limousine. An ihr war nun wirklich keine *femme fatale* verloren gegangen! Beim Anziehen ihrer Strumpfhose hatte sie sich so ungeschickt angestellt, dass die ersten zwei Exemplare gleich zerrissen waren. Wohlweislich hatte sie mehrere Packungen gekauft ...

»Und dann noch aufgrund einer Spontaneinladung auf der Straße, die jede vernünftige Frau mit gesundem Menschenverstand einfach ignoriert hätte«, schloss er.

Ava wusste gar nicht mehr, wo sie hingucken sollte. Natürlich hatte sie diese Verabredung viel zu ernst genommen, aber das laut auszusprechen, war ihr abgrundtief peinlich. Und dann noch dieser Kuss ... Sie hatte zu wenig Erfahrung mit Männern – kein Wunder, wenn sie sich heute gründlich lächerlich machte.

Darum war sie auch mit Bernard zusammengeblieben. Um dem ganzen Dating-Wahnsinn auszuweichen. Was hätte sie schon da draußen als Single zu suchen gehabt? Da wären die Katastrophen vorprogrammiert gewesen. Damals hier in Rom hatte sie sich schließlich auch nicht gerade mit Ruhm bekleckert.

Jetzt zählte nur eines: so schnell wie möglich raus aus diesem Wagen! Sie wollte allein sein und die ganze Sache in Ruhe überdenken. »Spontan oder nicht, immerhin hast du mich zu dieser Feier eingeladen.«

Gelassen zückte er sein Handy und bewegte den Daumen über das Touchpad. Ihre kleine Diskussion schien ihn nicht zu interessieren, Ava dagegen fühlte sich immer unwohler.

»Hast du die Paparazzi auf uns angesetzt?«, erkundigte er sich, ohne dabei aufzuschauen.

Das war echt die Höhe! Sie stieß einen entrüsteten Laut aus, der ihn endlich aufblicken ließ. Gut so, jetzt schenkte er ihr wenigstens seine Aufmerksamkeit! Außerdem hatte sie die Nase voll davon, um den heißen Brei herumzureden.

»Weißt du, was du bist?«, fuhr sie ihn an. »Ein Trampel und ein unerträglich eingebildeter Playboy. Und die Art, wie du mit mir redest, ist unmöglich.«

»Findest du?« Ungerührt widmete er sich wieder seinem Telefon.

»Ja, finde ich! Kaum zu glauben, wie viele Stunden ich damit beschäftigt war, mich für diesen Abend fertigzumachen«, beschwerte sie sich. »Und allmählich frage ich mich: wofür dieser ganze Aufwand?«

»Um mich zu beeindrucken«, sagte er, als wäre das offensichtlich.

Vor Empörung blieb ihr fast der Atem weg. »Dein Riesenego ist erstaunlich.« Aber ihr Temperament war es auch. »Jetzt leg gefälligst das Handy beiseite und hör mir zu!«

Ganz langsam richtete er seinen Blick auf sie, und Ava wünschte sich, er hätte es nicht getan. Seine dunklen Augen waren regelrecht hypnotisch, doch davon wollte sie sich keinesfalls einschüchtern lassen.

»Ich gehöre nicht zu den Frauen, die sich in irgendeiner Bar an dich heranschmeißen«, stellte sie klar. »Du solltest ein paar grundsätzliche Fakten meines Lebens kennen. Vergangenen Monat wurde ich unter die fünfzig erfolgreichsten Geschäftsfrauen Australiens gewählt. Das hat in deiner Welt vielleicht keine große Bedeutung, *Prinz* Benedetti, aber es sagt eine Menge über mich und meine Ambitionen aus. Ich bin kein Mäuschen, das sich einen wohlhabenden oder berühmten Mann angeln will. Und ich habe ganz sicher nicht den blassesten Schimmer, wie oder warum man zu einem Paparazzo Kontakt aufnimmt.«

»Aus welchem Grund genau gewährst du mir diesen persönlichen Einblick in dein Leben?«

Seine ironische Frage nahm ihr buchstäblich den Wind aus den Segeln. Die wunderbare und aufregende Erinnerung an früher zerfiel vor Avas innerem Auge zu Staub. Und dafür konnte sie Gianluca nicht einmal verantwortlich machen. Auch wenn er ihr heute die rosarote Brille vom Kopf riss ... vor sieben Jahren hatte *sie* ganz allein entschieden, langfristig ein Leben ohne Sex, Lust und Leidenschaft zu führen.

Eine ernüchternde Erkenntnis – wirklich *ernüchternd*, auch wenn ihr der Wein, den sie heute Abend auf leeren Magen getrunken hatte, ziemlich zu Kopf gestiegen war. Ihr wurde schwindelig und gleichzeitig übel.

»Na gut«, brummte er. »Sag mir die Adresse von deinem Hotel, dann fahren wir dich dorthin.«

Ohne ihm eine Antwort darauf zu geben, griff Ava nach ihrer Tasche und wartete, bis der Wagen angehalten hatte. Dann öffnete sie die Tür. »Wozu diese Umstände?«, fragte sie kühl. »Beim letzten Mal hat es dich auch nicht gekümmert, wie ich nach Hause gekommen bin.«

Das war sachlich nicht ganz korrekt und obendrein unfair von ihr, aber Ava konnte nicht anders. Ihre Geduld war am

Ende, und sie brauchte nun einmal einen wirkungsvollen Abschiedssatz, der Gianluca in die Schranken weisen sollte. Nur leider ruinierte sie ihren würdevollen Abgang, indem sie beim Aussteigen strauchelte und zu Boden stürzte.

Auf Händen und Knien stemmte sie sich langsam wieder hoch. Konnte dieser Abend noch schlimmer werden? Sie wankte leicht und zog sich daraufhin die hochhackigen Pumps aus. Warum nicht einfach ohne Schuhe weitergehen? Wäre schließlich nicht die erste Strumpfhose, die heute zerschlissen wurde!

Nach wenigen Schritten hörte sie ihn hinter sich rufen.

»*Evie!*«

Wer sollte das denn sein? Sie drehte sich nicht um, sondern lief zügig weiter. Ach, wieso musste alles so vertrackt und verfahren sein? Andere Frauen verabredeten sich doch auch und verlebten dann eine unbeschwerte Zeit! Sie amüsierten sich, flirteten, knutschten herum und wurden von Männern umschwärmt. Andere Frauen kamen nach Rom und erlebten aufregende Abenteuer. Sicherlich stolperte keine von ihnen nachts allein auf Strümpfen zu ihrem Hotel zurück.

Blind wühlte sie in ihrer Tasche nach der Karte des Hotels, die man ihr beim Einchecken gegeben hatte. Sobald sie die gefunden hatte, musste sie bloß noch irgendwen nach dem Weg fragen …

Sie keuchte, als sie plötzlich gegen eine steinerne Bank stieß, die ihr auf wundersame Weise in die Quere gekommen war. Gleichzeitig schloss sich eine kräftige Männerhand um ihren Ellenbogen, und sie spürte einen starken Arm um ihre Schultern.

»*Dio*, du bist ja betrunken«, hörte sie Gianluca sagen.

Das war kein Vorwurf, eher eine Feststellung. Ava wollte ihm eine scharfe Erwiderung an den Kopf werfen im Sinne von:

Natürlich bin ich betrunken. Sonst würde ich wohl kaum meine Zeit mit dir verschwenden!

Doch sie war gar nicht mehr dazu in der Lage. Ihre Kraft hatte sie verlassen – zu wenig Essen, zu viel Wein und vor allem zu viel Aufregung. Schweigend sah sie zu ihm hoch.

»Ich bringe dich in dein Hotel«, verkündete er mit fester Stimme.

»Wohin darf ich Sie bringen?«

Der Fahrer Bruno sah seinen Chef über das Dach der Limousine hinweg gelassen an, als wäre es für ihn an der Tagesordnung, beschwipste Damen durch die Nacht zu chauffieren.

Gianluca rang mit sich. Ein vernünftiger Mann würde herausfinden, wo dieses widerspenstige Frauenzimmer abgestiegen war, und würde dann das einzig Richtige tun. Aber durfte er sich als vernünftigen Mann bezeichnen? Immerhin war er gerade aus seinem Auto gesprungen, um ihr durch die Nacht zu folgen, obwohl er sie einfach ihres Weges ziehen lassen könnte. In dieser Stadt fand man schließlich an jeder Straßenecke ein Taxi, aber in ihrem Zustand …

Seit er heute spontan seinen Lamborghini auf der Hauptstraße gewendet hatte, war es bei Gianluca mit der Vernunft nicht mehr weit her gewesen. Höchste Zeit also, dass er sich wieder auf sein vielgerühmtes Urteilsvermögen besann und damit aufhörte, nur seinen Impulsen zu folgen.

Er beugte sich zu Ava in die Limousine, um herauszufinden, wie ihr Hotel denn nun hieß. Dabei stellte er überrascht fest, dass sie fest eingeschlafen war. Als er vorsichtig gegen ihre Schulter stieß, sackte ihr Kopf nach vorn. Offenbar hatte sie den Alkohol nicht gut vertragen. *Bene!*

In der rechten Hand hielt sie noch ein paar Euroscheine und eine Visitenkarte umklammert. Vorsichtig öffnete er ihre

Finger. Das *Excelsior*. Nettes Hotel und gar nicht weit von hier.

So behutsam er konnte, schob er die schlafende Fremde in eine bequemere Position. Dann betrachtete er ihr hübsches Gesicht. Zum ersten Mal an diesem Tag war jegliche Anspannung daraus verschwunden, und sie sah bildschön aus. Gar nicht wie eine Frau, die durch Bars zog, Männern nachlief und zu viel trank. Eher wie ein unschuldiges Mädel, auf das man gut aufpassen sollte.

Gianluca hatte jetzt schon Mitleid mit dem armen Kerl, der sich diese Aufgabe eines Tages aufhalsen würde!

Ihm fiel auf, dass ihre Strumpfhose an den Knien zerrissen war. Und in dem kurzen Kleid hatte sie bestimmt ziemlich gefroren. Entschlossen streifte er seinen Mantel ab und legte ihn über sie. Ganz kurz öffneten sich ihre tiefgrünen Augen, doch die Lider fielen wieder zu, ehe sie ihn fokussiert hatte.

Er lächelte. »*Casa mia*«, sagte er zu Bruno. Nach Hause.

4. Kapitel

»Aufwachen, Dornröschen.«

Eine tiefe Männerstimme riss sie aus ihren Träumen. Aus wunderbaren Träumen. Gerade hatte Ava Gianlucas markantes Gesicht ganz dicht vor Augen gehabt. So dicht, dass sie den dunklen Ring um seine goldbraune Iris erkennen konnte. Dass sie den Duft seiner Haut mit jedem einzelnen Atemzug in sich aufnahm. Alles war so sinnlich, so warm und so … real.

Er küsste sie, und sie erwiderte diesen Kuss. Mit Hingabe, ehe alles vorbei war. Ehe sie erwachte.

Gianluca schob seine Finger in ihr Haar und flüsterte ihr Liebkosungen ins Ohr. Ihr Bewusstsein erwachte, und sie stellte erschrocken fest, dass sie gar nicht mehr schlief.

»Du bist es!«

»Natürlich bin ich es, *bella*. Was hast du denn gedacht, wen du hier küsst?«

Energisch schob sie ihn von sich fort. »Weg von mir, du Ungeheuer!«

Sie spürte immer noch seinen heißen Kuss auf ihren Lippen. Und erst jetzt fiel ihr auf, dass sie obenherum nackt war. Das durfte doch nicht wahr sein! Hektisch fühlte sie mit einer Hand unter die Decke. Gott sei Dank! Wenigstens trug sie ihre Strumpfhose noch. Im Hinterkopf regte sich die Erinnerung daran, wie sie ihr Kleid selbst abgestreift und in die Ecke geschleudert hatte. Daran war niemand anders als sie beteiligt gewesen, dessen war sie sich ziemlich sicher. Wenigstens etwas!

»Runter vom Bett!«, befahl sie mit fester Stimme.

»Bewusstlos hast du mir besser gefallen«, brummte er. Mit einer geschmeidigen Bewegung sprang er auf und ging zur Tür.

Ava setzte sich auf und klemmte sich die Bettdecke fest unter die Arme. Ihre Augen wurden größer, als sie zu sehen glaubte, dass sich eine deutliche Wölbung in seiner Hose abzeichnete.

Sofort überfiel sie ein stechender Kopfschmerz, und sie verzog das Gesicht.

»Wo willst du hin?«, wollte sie wissen.

»Ein neuer Tag ist angebrochen, Ava. Zieh dich besser an!«

Damit verschwand er durch die Tür und ließ Ava allein.

Fünf geschlagene Minuten lang starrte sie die Klinke an, bevor sie sich von Kopf bis Fuß in die Bettdecke wickelte und mit kleinen Schritten auf die Badezimmertür zusteuerte. Ein Teil von ihr wünschte sich, Gianluca würde zurückkehren und beenden, was er begonnen hatte.

Sie schlug sich mit der flachen Hand gegen die schmerzende Stirn. Was war bloß in sie gefahren? Ihre Hormone trieben Kapriolen mit ihr, und das durfte sie nicht einfach zulassen!

Die einsetzende Migräne verstärkte sich schlagartig, als Ava über seinen letzten Kommentar nachdachte. *Ein neuer Tag ist angebrochen, Ava.*

Er wusste also Bescheid!

Gianluca brauchte dringend eine kalte Dusche. Er zog sich aus und stellte sich mit geschlossenen Augen unter den eisigen Massagestrahl.

Ava Lord. Nicht *Evie*, sondern Ava. Vor sieben Jahren hatte er sich einen falschen Namen gemerkt. Das konnte schon mal passieren, wenn man nur eine einzige Nacht miteinander verbrachte. Ihren richtigen Namen hatte er demnach nie gekannt. Vermutlich hatte er sich damals schlicht verhört, und Ava war es entgangen, sonst hätte sie ihn bestimmt verbessert.

An diesem Punkt stutzte er. War ihre Begegnung damals derart anonym für sie gewesen, dass sie keinen Wert auf echte Identitäten gelegt hatte? Und wieso störte ihn diese Vermutung? Warum ballte er noch heute die Hände zu Fäusten, wenn er an jenen Morgen dachte, als er mutterseelenallein aufgewacht war?

Damals mit zweiundzwanzig Jahren und auf dem Höhepunkt seiner Fußballkarriere … Die Presse hatte ihn geliebt, und begeisterte Mädchen waren reihenweise an Regenrinnen hochgeklettert, um in sein Hotelzimmer einzudringen. Und mehr als einmal hatte er sich bei seinen zahlreichen Affären die Finger verbrannt.

Zu dem Zeitpunkt, als Ava seinen Weg gekreuzt hatte, war er ausgebrannt und in Bezug auf Frauen auch recht abgebrüht gewesen. Aber mit ihr hatte er eine ganz besondere Erfahrung gemacht. Schon damals hatte sie einen starken Willen und viel Durchsetzungsvermögen besessen. Hatte ihm sogar ständig Anweisungen gegeben, wohin er fahren sollte, und er hatte sich einen Spaß daraus gemacht, sich absichtlich zu verirren.

Dieser Scherz war dazu gedacht gewesen, sie zu verärgern oder zu verunsichern. Stattdessen hatte er damit ihre Neugier auf die Stadt geweckt. Sie hatten gemeinsam das Forum Romanum besichtigt, und Ava hatte absolut alles über dessen Geschichte erfahren wollen. Plötzlich und unerwartet hatte er mit Roms eindrucksvollen Sehenswürdigkeiten um Avas Aufmerksamkeit konkurrieren müssen.

Sie hatte Gianluca praktisch dazu gezwungen, sie bei Laune zu halten. Normalerweise lief das bei seinen Dates genau umgekehrt. Und als sie irgendwann in dem Park auf dem Palatin-Hügel gelandet waren, hatte Ava Gianlucas Herz bereits erobert.

Gemeinsam hatten sie es sich auf einer Wiese bequem gemacht, hatten stundenlang geredet, und zum ersten Mal hatte es ihm nichts ausgemacht, jemand anderem wirklich zuzuhören. Er hatte diesem besonderen Mädchen eine Menge anvertraut und sie geküsst, nachdem sie zu weinen begonnen hatte. Ihre Tränen hatten sich echt angefühlt. Sie hatte sich in seine Arme geschmiegt, und es war wunderbar gewesen. Hals über Kopf war er ihr verfallen, ohne Rücksicht auf die Konsequenzen.

Doch dann war sie einfach so, ohne ein Wort des Abschieds, aus seinem Leben verschwunden. Am selben Morgen, an dem der Anruf gekommen war, der Gianlucas gesamtes Leben für immer verändern sollte ...

Und heute? War es ein Wink des Schicksals, dass er erst vor ein paar Stunden ein interessantes Gespräch mit seiner Cousine Alessia geführt hatte, die ihm mitteilte, dass ihre Schwägerin gerade in Rom sei? Er möge sie bitte am Wochenende zum Familientreffen mitbringen.

»Ihr Name ist Ava Lord, und sie wohnt im *Excelsior*. Josh versucht schon die ganze Zeit, sie zu erreichen, aber offenbar ist ihr Handy abgeschaltet.«

Anschließend hatte sich noch seine Mutter bei ihm gemeldet. »Du musst dieses Mädchen unbedingt persönlich abholen, Gianluca. Alessia erzählte mir, sie will nichts mit uns zu tun zu haben. Wir scheinen sie auf Alessias Hochzeit damals nicht gerade nett behandelt zu haben, und das will ich wieder in Ordnung bringen.«

Er schaltete die Dusche ab und schüttelte sich das Wasser aus den Haaren. Ava Lord. Nun war alles klar. Er hatte mit Alessias Schwägerin geschlafen!

Eilig rasierte er sich und zog sich an. Dabei fluchte er unaufhörlich. Vorhin hatte er Ava wecken wollen, um reinen Tisch zu machen. Und das war ein Fehler gewesen. Er hatte schlicht vergessen, wie verführerisch ihre Kurven waren, die sich durch die dünne Bettdecke abzeichneten.

Seine Konzentration hatte ihn augenblicklich verlassen, und stattdessen war seine Libido erwacht. *Madre di Dio!* Wie sollte er mit ihr eine ernsthafte Unterhaltung führen, solange er so unbeschreiblich scharf auf sie war?

Also hatte er sich zu ihr auf die Bettkante gesetzt und ihr einen Morgengruß zugeraunt. Sie duftete nach warmem Honig und Vanille, und er hatte nicht anders gekonnt, als sie zu küssen. Sie machte ihn willenlos mit ihrem unschuldigen Sexappeal.

Zuerst hatte sie seinen spontanen Kuss noch erwidert, aber dann war die Stimmung gekippt. Und zwar rasant. Er hatte den Schock in ihren Augen gesehen – und den vorwurfsvollen Blick. Als hätte sie gar nicht gemerkt, wen sie da eigentlich küsste. Offensichtlich hatte sie im Halbschlaf unbewusst auf ihn reagiert. Er hätte auch ein x-beliebiger Mann sein können …

Dio, war er etwa eifersüchtig? Dabei sollte er lieber ganz die Finger von ihr lassen. Immerhin war sie Alessias Schwägerin. Praktisch die einzige Frau in Rom, mit der er definitiv nicht noch mal im Bett landen durfte!

Er klopfte höflich, bevor er ihr Zimmer betrat. Ava saß im Schneidersitz auf dem Bett und war zu Gianlucas Leidwesen attraktiver als jemals zuvor. Und unter der dünnen Decke, die sie um sich gewickelt hatte, war sie splitternackt.

»Santa Maria«, keuchte er. »Wirst du wohl so viel Anstand besitzen, dich endlich anzuziehen?«

Ihre smaragdgrünen Augen wurden schmal, und sie steckte sich die Ecken der Decke unter den Armen fest.

Bene. Schließlich wollte er, dass sie sich vor ihm verbarg. Allerdings hatte er bis zu diesem Zeitpunkt nicht gewusst, wie umwerfend sexy eine nackte, wohlgeformte Frau unter einem schlichten Stück Stoff aussehen konnte. Wie eine schaumgeborene Venus …

»Mehr hast du mir nicht zu sagen?«, fuhr sie ihn an.

Energisch riss er seinen Blick von ihren verhüllten Brüsten los und ordnete seine Gedanken. Er würde wohl eine weitere kalte Dusche benötigen, und Ava musste sich schleunigst etwas anziehen!

Gianluca verschränkte die Arme. »Ich habe dir sogar eine ganze Menge zu sagen, Signorina Lord«, begann er mit strenger Stimme. »Weiß dein Bruder eigentlich, dass du hier bist?«

Sie blinzelte irritiert. »Mein Bruder?«

»*Si.*«

»Weshalb interessierst du dich plötzlich für meinen Bruder?«

»Lass es mich anders ausdrücken. Umgekehrt würde es *ihn* wahrscheinlich interessieren, dass ich seiner Schwester vor sieben Jahren in einem öffentlichen Park die Unschuld geraubt habe.«

Der Ausdruck auf ihrem Gesicht war gleichermaßen entsetzt und verständnislos. Offenbar waren ihr die Zusammenhänge immer noch nicht ganz klar.

»Ich bin das Oberhaupt der Benedetti-Familie«, erklärte er geduldig. »Und du bist sozusagen eine angeheiratete Verwandte von mir. Solange du dich in dieser Stadt aufhältst, trage ich die Verantwortung für dich.«

Das war eine logische Begründung für seine weiteren Pläne, und Gianluca wartete ab, wie sie darauf reagierte. Vermutlich war sie sogar erleichtert, dass sich jemand ihrer annahm.

Doch Ava schüttelte bloß den Kopf. »Du machst Witze, oder?«

»Ich mache äußerst selten Witze«, entgegnete er steif.

»In dem Fall möchte ich dich darum bitten, dich aus meinen Privatangelegenheiten herauszuhalten. Du bist ganz sicher nicht verantwortlich für mich, ebenso wenig wie mein Bruder es ist.«

»Tatsache ist, ich habe auch ihm gegenüber eine gewisse Verpflichtung einzuhalten«, erläuterte Gianluca unbeirrt. »Immerhin bin ich sein Arbeitgeber.«

»Blödsinn! Josh besitzt einen Weinberg bei Ragusa auf Sizilien.«

»Genau. Auf meinem Grund und Boden.«

Ava runzelte die Stirn. Das entsprach nicht ganz dem Bild, das ihr Bruder während der wenigen Telefonate mit ihr vermittelt hatte. In ihrer Vorstellung war er ein erfolgreicher, selbstständiger Winzer. Erst vor ein paar Tagen hatte er die Ernte vorgeschoben, um zu begründen, weshalb er sie nicht in Rom treffen konnte.

»Mir gefällt das genauso wenig wie dir«, versicherte Gianluca ihr. »Zu allem Überfluss hat mich meine Mutter heute Morgen deinetwegen angerufen. Mit ihr habe ich sonst kaum etwas zu tun.«

»Na, wenigstens bringe ich auf diese Weise Mutter und Sohn zusammen«, konterte sie trocken. »Gern geschehen.«

Er ignorierte ihren Sarkasmus. »Laut den Frauen meiner Familie – mit denen ich generell so wenig Kontakt wie möglich pflege – weigerst du dich, deinen Bruder zu besuchen, weil sie dich auf irgendeine Weise verärgert haben.«

Sein zweifelnder Tonfall ließ sie aufhorchen. Offensichtlich konnte er sich nicht vorstellen, dass seine illustre Familie durch kränkendes Verhalten auffiel. Avas Temperament erwachte zu neuem Leben.

»Was haben deine Leute jetzt mit der ganzen Sache zu tun?«

»Sie haben wohl ein schlechtes Gewissen, weil du damals auf der Hochzeit deines Bruders so unglücklich warst?« Er ließ es zwar wie eine Frage klingen, erwartete jedoch augenscheinlich keine Antwort darauf, denn sein Gesichtsausdruck wirkte zutiefst gelangweilt.

Fast hätte sie ihm an den Kopf geworfen, dass allein *er* für ihre miese Stimmung an jenem Tag verantwortlich gewesen war!

»Das geht sie nichts an«, murmelte Ava und biss sich auf die Zunge, um sich nicht zu verplappern.

»Wie dem auch sei«, seufzte er und machte eine gleichgültige Handbewegung. »Ihr könnt das unter euch klären. Ich werde dich jedenfalls heute Nachmittag nach Sizilien bringen.« Zögernd begutachtete er den schwarzen Spitzen-BH, der vor ihm auf dem Boden lag, und Ava hielt die Luft an. »Sobald du angezogen bist, reden wir weiter«, sagte er gepresst.

Wie bitte? Keine schlüpfrigen Andeutungen? Keine anzügliche Bemerkung? Interessiert es ihn denn gar nicht, dass ich praktisch nackt bin?

Ava war tatsächlich enttäuscht, obwohl dieser Gedanke absolut unangebracht war. Selbst schuld, sie hätte sich eben früher anziehen sollen. Dann wäre ihr die Erkenntnis erspart geblieben, dass Gianluca sich nicht zu ihr hingezogen fühlte.

»Hast du gehört?«, fragte er nun etwas lauter. »Mach dich fertig, dann unterhalten wir uns in Ruhe darüber.«

»Okay, gleich.« Doch sie machte keine Anstalten, vom Bett aufzustehen. »Was hast du deiner Mutter eigentlich über mich erzählt?«

»Meiner Mutter?« Er rieb sich den Nacken und präsentierte Ava dabei unfreiwillig seinen beeindruckenden Bizeps.

»Ja, der Frau, die dich zur Welt gebracht hat«, setzte sie ungeduldig nach. Wieso produzierte er sich vor ihr? Sollte sie seinen muskulösen Traumkörper anschmachten? Wollte er sie damit etwa demütigen?

»Weshalb willst du ausgerechnet jetzt über sie sprechen?«

Von wollen konnte keine Rede sein! Vor sieben Jahren hatte Maria Benedetti – *La Principessa* – mit einer unerträglichen Arroganz auf Ava und ihre Familie herabgeschaut. Als wären die Lords nicht gut genug für die heiligen, hochwohlgeborenen Benedettis.

Würde die Dame von der heiklen Situation zwischen ihrem Erstgeborenen und Ava wissen, könnte sie auf der Stelle der Schlag treffen!

Hätte ich doch bloß Josh nicht angerufen, ärgerte Ava sich. Aber nach ihrer Landung in Rom war sie verzweifelt gewesen und hatte unbedingt eine vertraute Stimme hören wollen. Und jetzt mischte seine Frau sich in alles ein ...

»Los, du sollst dich anziehen«, drängte Gianluca.

»Erst will ich wissen, was ihr besprochen habt.« Ihre Stimme wurde lauter, weil sich die Panik nicht länger unterdrücken ließ.

»Unser kleines Intermezzo werde ich natürlich nicht erwähnen, falls du dir *darüber* Sorgen machst«, beruhigte er sie.

»Hier und heute gab es ja wohl kein Intermezzo? Es sei denn, du hast dich an mich herangemacht, während ich ohne Bewusstsein war.«

Es folgte ein elektrisierender Moment der Stille.

»Also, ich will dich nicht beschuldigen oder so«, fügte sie schnell hinzu.

Ihr wurde unwohl, weil das unerträgliche Schweigen andauerte. »Schon gut, vergiss es! War bloß ein Scherz.«

»Was du andeutest, ist nicht geschehen, das kann ich dir versichern«, murmelte er.

»Ich sagte doch, ich habe das nicht wirklich ernst gemeint.«

»Du liegst aber immerhin splitternackt in meinem Bett«, fuhr er fort. »Das könnte für unsere Familien schon ein kleines Problem sein.«

»Das könnte in der Tat einen falschen Eindruck erwecken«, überlegte sie laut und steckte sich noch einmal die Decke unter den Armen fest.

Wie gebannt sah er ihr dabei zu. »Allerdings. War das gestern eigentlich ein gewöhnlicher Freitagabend für dich?«, erkundigte er sich.

Ganz im Gegenteil, dachte sie. Normalerweise machte sie Überstunden, nachdem ihre Kollegen längst gegangen waren, und setzte sich gegen Mitternacht mit einem Gläschen Weißwein allein vor den Fernseher. Doch Ava würde eher sterben, als das offen zuzugeben.

»Nein. Ich würde sagen, ich war angetrunken und hatte Liebeskummer«, gestand sie, um wenigstens halbwegs bei der Wahrheit zu bleiben.

»Angetrunken stimmt. Aber auch wenn ich es schmeichelhaft finde, nehme ich dir nicht ab, dass dein Herz noch für mich schlägt.« Er räusperte sich. »Und falls dem doch so sein sollte, musst du das unbedingt hinter dir lassen.«

Für einen Sekundenbruchteil machte sein Ego Ava sprachlos. »Nicht deinetwegen, du Idiot! Ich hatte Liebeskummer wegen meines Freunds.«

Seine Miene erstarrte. »Ich lasse mich nicht gern beleidigen.«

Das Blut schoss ihr in die Wangen, und sie merkte, dass sie viel zu leicht zu durchschauen war. »Entschuldige, aber du hast mich provoziert.«

»Wo ist denn dieser Freund?«, fragte er und zog die Augenbrauen hoch.

»Geht dich nichts an.«

»Und er hat nichts dagegen, dass du nachts allein in Bars rumhängst?« Gianluca ließ sich nicht abwimmeln. »Und dich betrinkst?«

»Ich hänge nicht in Bars herum und trinke auch keinen über den Durst!«, widersprach sie heftig. »Und außerdem: Ich bin eine erwachsene Frau und treffe meine eigenen Entscheidungen.«

»Demnach hält er sich nicht in Italien auf?«

»Wer?«

»Dein Freund«, sagte er mit Betonung auf dem zweiten Wort. Es klang, als würde er ihr die Geschichte mit diesem Lebensgefährten nicht ganz abkaufen.

Hoch erhobenen Hauptes raffte Ava die Decke um sich und stand vom Bett auf, um ihre Handtasche zu holen. Sie kramte ihr Handy hervor und fuhr hektisch mit dem Daumen über das Display.

»Was soll das jetzt?«, fragte er und seufzte, was ihr Temperament nur noch weiter anheizte.

»Hier, sieh dir das an!«

Triumphierend hielt sie das Telefon hoch und präsentierte ihm eine Aufnahme von Bernards freundlichem Gesicht. An jenem Tag hatte er mit Ava in einem Hafenrestaurant in Sydney gesessen und war ausgesprochen gut gelaunt gewesen. Sie mochte das Bild, weil es all das ausdrückte, was sie sich – meistens vergeblich – von Bernard erhofft hatte: Vertrauenswürdigkeit, Zuneigung und Verlässlichkeit.

»Mein Freund«, verkündete sie theatralisch ... wie ein Zauberer, der gerade ein Kaninchen aus dem Zylinder zog.

Scheinbar gleichgültig musterte Gianluca das Foto. »Du könntest es besser treffen.«

»Wie bitte?«

»Na, er liebt dich nicht. Sonst würde er dich wohl kaum allein hier in Rom herumirren lassen. Wärst du die Frau an meiner Seite, würdest du dich ganz sicher nicht so benehmen wie gestern Nacht.«

Insgeheim fragte sie sich, auf was genau man sich als *Frau an seiner Seite* gefasst machen musste. Er klang wie ein Macho der alten Schule. »Was soll das denn bedeuten? Bist du etwa ein Kontrollfreak? Außerdem weißt du nicht das Geringste über mich und meine Beziehung zu Bernard.«

»Bernard?«, wiederholte er spöttisch, und das amüsierte Funkeln in seinen Augen gab ihr den Rest.

»Ja, Bernard.« Zu allem Überfluss kamen ihr schon wieder die Tränen. Sie konnte es nicht ertragen, dass er sich auch noch über sie lustig machte. Als würde sie sich nicht genug für die erbärmlichen Gründe schämen, die sie an dieser fruchtlosen Beziehung hatte festhalten lassen. »Zu deiner Information: Wir wollten uns in Rom verloben, haben uns aber kurz vorher getrennt. Hast du überhaupt Erfahrungen mit echten, ernst gemeinten Beziehungen? Du benutzt Frauen doch nur und wirfst sie dann weg.«

»*Cosa?*«

»Du hast mich schon verstanden! Du bist ein ... Weiberheld!«

»Mein Englisch ist nicht besonders gut«, erwiderte er. »Aber ist dies Schimpfwort nicht ein bisschen altmodisch?«

Mit dieser Bemerkung hatte er sie kalt erwischt, und ihre Wut verpuffte – einfach so. Er nahm sowieso nichts, was sie von sich gab, besonders ernst. Da konnte sie sich bloß lächerlich machen. Schweigend ließ Ava ihr Handy zurück in die Handtasche gleiten und suchte auf dem Fußboden nach ihren Schuhen.

»Ich muss los«, sagte sie tonlos. »Vergiss einfach alles, was passiert ist!«

Gianluca antwortete nicht, und als sie hochsah, bemerkte sie auch den Grund dafür. Er hatte sein eigenes Telefon gezückt und tippte darauf herum. Ziemlich unhöflich!

Desillusioniert und auch ein wenig selbstmitleidig ging Ava auf die Knie und suchte unter dem Bett weiter, aber ihre Schuhe waren weit und breit nicht zu finden. Zu spät merkte sie, dass sie Gianluca ihr Hinterteil praktisch entgegenstreckte. Andererseits ... was machte das jetzt noch aus? Benedetti war ständig von umwerfenden Frauen umgeben, und sie war sowieso nicht sein Typ.

»Ava?«

»Was ist?«, zischte sie und hob den Kopf.

Er starrte tatsächlich ihren Po an. Beinahe hätte sie sich am Bettrahmen gestoßen, so hastig richtete sie sich auf.

»*Bella*, was machst du da eigentlich?«

Bildete sie sich das ein, oder war seine Stimme eine Nuance tiefer geworden? Und warum nannte er sie eine *Schönheit*?

»Meine Schuhe sind weg.«

»Was du nicht sagst! Komm mal her!« Er reichte ihr seine kräftige, gebräunte Hand.

Sie zögerte, und er verzog ungeduldig das Gesicht.

»Jetzt mach schon, *cara*! Ich muss dir etwas zeigen.«

Die meisten jungen Damen beeilten sich wahrscheinlich, um seinen Aufforderungen nachzukommen. Bei Ava hatte sein strenger Tonfall eher den gegenteiligen Effekt.

Gianluca hielt ihr das Handy entgegen. Es war eines dieser modernen Hightech-Modelle, die Ava nur aus der Werbung kannte.

Fast hätte sie das schmale, leichte Gerät fallenlassen, als ihr das Foto auf dem Display auffiel.

Ein Mann und eine Frau standen eng umschlungen auf einem relativ schlecht beleuchteten Bürgersteig. Auf den ersten Blick eine romantische Szene, allerdings wusste Ava genau, um wen es sich hier handelte.

»Es ist viel zu weit weg«, sagte sie wie zu sich selbst und klang dabei regelrecht hoffnungsvoll. »Man kann die Gesichter nicht richtig erkennen.«

Stumm scrollte Gianluca weiter zum nächsten Bild. Es zeigte sein makelloses, höchst fotogenes Antlitz und leider auch das von Ava ...

Der Ausdruck darauf kam ihr völlig fremd vor. Sie wirkte, als wäre sie einer Ohnmacht nahe, was vermutlich auch der Fall gewesen war. In Gianlucas Armen hatte sie sich für wenige Sekunden vollkommen gehen lassen, ohne einen Gedanken an Raum oder Zeit zu verschwenden. Bernards Vorwurf, ihr fehle es an Leidenschaft, hatte sie schwer verunsichert. Dabei war er bloß nicht der richtige Mann gewesen!

Dieses Foto zeigte eine Frau, die sich von ihrer Leidenschaft regelrecht mitreißen ließ.

»Bin ich das?«, flüsterte sie erstaunt und berührte den kleinen Bildschirm mit einer Fingerspitze.

»Willkommen in meiner Welt«, knurrte Gianluca und strich sich die Haare aus der Stirn. »Man ist praktisch öffentliches Eigentum.«

Neugierig wählte sie die restlichen Aufnahmen an. Zwei von ihnen zeigten ihre Gesichter ganz deutlich. »Meine Güte, sehe ich dick aus.«

»Das ist deine einzige Sorge?«, beschwerte er sich fassungslos.

»Du hast gut reden. Du trägst ja auch keine reflektierende Kunstfaser und wurdest aus einem unmöglichen Winkel fotografiert.«

Kopfschüttelnd nahm er ihr das Handy ab. »Du siehst toll aus. Aber darum geht es hier gar nicht.«

Ich sehe toll aus? ging es Ava durch den Kopf. Sie unterdrückte ein Lächeln.

Und er hatte sogar recht! Gestern Abend hatte sie in der Tat besser ausgesehen als in all den Jahren zuvor. Heute Morgen war von diesem Look allerdings nicht mehr viel übrig – nicht mit zerzaustem Haar und verschmiertem Make-up.

»Du musst sofort aus Rom abreisen. Außerdem muss ich genau wissen, wo du dich aufhältst.«

Weil sie sich noch immer darüber ärgerte, dass ihr etwas zu rundlicher Po in der Presse zu sehen war – gerade weil Gianluca sich normalerweise eher auf den superschlanken Typ Frau einließ –, dauerte es einen Moment, ehe sie die Bedeutung seiner Worte verinnerlichte.

»Rom verlassen?«, wiederholte sie lahm. »Ich soll die Stadt verlassen? Wieso das denn?«

»Weil man noch mehr Fotos von dir machen wird. Sie graben alle Informationen über dich aus. Du bist für sie eine neue Story mit kurzer Lebensdauer.«

»Was? Ich verstehe das alles nicht. Welche Informationen?«

»Dein Name, deine Herkunft, wer du bist und was du machst. Für mich ist das Routine, Alltag seit einer Ewigkeit, aber für dich wohl nicht, *si*? Deshalb versteckst du dich lieber eine Weile in Ragusa, bis die Sache hier an Brisanz verliert.«

»Vergiss es!«

»Damit schützen wir schließlich auch meine zukünftige Ehefrau«, fuhr er leise fort und starrte auf das Telefon in seinen Händen.

Ava hätte fast der Schlag getroffen. Sie schluckte und wusste nicht, was sie darauf antworten sollte.

Gianluca sah auf und besaß zumindest den Anstand, vor Unbehagen das Gesicht zu verziehen, bevor er grinste. »Das war ein Scherz, Ava«, beruhigte er sie. »*Non e importante.*«

Doch so leicht ließ sie sich nicht beschwichtigen. Die Ereignisse der letzten Tage hatten sie ein wenig aus dem Gleichgewicht gebracht, und sie war nicht länger Herrin ihrer Emotionen.

»Du willst heiraten und baggerst mich trotzdem an?«, warf sie ihm vor.

»Na ja.« Er machte eine beschwichtigende Geste und ließ das Handy in seiner Tasche verschwinden. »Eigentlich bin noch gar nicht richtig verlobt.«

»Erbsenzählerei!«, brauste sie auf. »Oh, du traust dich echt was! Was mich betrifft, kannst du das ganz schnell vergessen!« Wutentbrannt suchte sie ihre Sachen zusammen und schleuderte dabei alles andere, was ihr in die Finger geriet, quer durchs Zimmer.

Seine Stimme wurde deutlich lauter. »Ich war nicht derjenige, der gestern angefangen hat, von Sex zu sprechen«, erinnerte er sie.

Sie hielt mitten in der Bewegung inne. »Wie bitte?«

»Hör mal«, fuhr er etwas versöhnlicher fort. »Mir ist klar, dass dir jemand das Herz gebrochen hat. Aber das ist doch kein Grund, deinen Ärger an mir auszulassen.«

In diesem Augenblick hätte sie ihn umbringen können. Und wäre sie kräftig genug gewesen, hätte sie ihm zumindest einen Stuhl an den Kopf geworfen. Wie konnte er sich ihr gegenüber derart im Ton vergreifen? Lag es an seiner angeborenen, grenzenlosen Arroganz oder daran, dass er in den vergangenen sieben Jahren zu viele Frauen durch die Betten gejagt hatte?

Ava selbst war nur mit drei Männern zusammen gewesen, mehr nicht. Er dagegen würde wahrscheinlich irgendwann die tausendste Dame auf seiner Liste mit einer Flasche Champagner und einem Verlobungsring für ihre Dienste belohnen! Und da wagte er es, *ihre* Moral infrage zu stellen?

»Ich werde nirgendwo hingehen, mein Freund.« Sie verschränkte die Arme. »Dies ist allein dein Problem. Du hast es dir auch selbst zuzuschreiben. Immerhin hast du mich einfach geküsst.«

»Vorher hast du mich aber quer über den Platz verfolgt. Für mich ein eindeutiges Signal, außerdem hast du damit schon die Aufmerksamkeit der Reporter erregt. Ich konnte gar nicht anders, als eine kleine Performance abzuliefern, die uns ja eigentlich nur schützen sollte.«

Großartig! Er hatte sie also nur in seine Arme geschlossen, weil ihm nichts anderes übrig geblieben war?

»Und dank dieser Sache stehen wir nun auf den Titelblättern der örtlichen Gazetten«, beklagte er sich. »Meine PR-Berater springen schon im Dreieck, vor allem wegen deiner Verwandtschaft zu mir. Allein deshalb wirst du wie jedes vollwertige Mitglied der Benedettis das kommende Wochenende auf Sizilien verbringen.«

»Was soll der ganze Blödsinn denn? Wir sind nicht blutsverwandt, und ich habe auch nicht freiwillig in deine Familie eingeheiratet!«

»Trotzdem kommst du mit nach Ragusa.«

»Das werde ich nicht tun! Ich habe eine Toskana-Tour gebucht.« Eine romantische Rundreise, die sie jetzt ganz allein antreten musste.

Er lachte. Er besaß tatsächlich die Frechheit, lauthals zu lachen!

Instinktiv, ohne nachzudenken, reagierte Ava und holte zu einer Ohrfeige aus. Er fing ihren Arm mühelos ab, und dabei kam die dünne Bettdecke ins Rutschen. Ava gelang es nicht mehr, rechtzeitig nach dem Stoff zu greifen, deshalb presste sie ihre Brüste schnell gegen seinen Oberkörper. Auf diese Weise verhinderte sie wenigstens, dass sie nackt und ungeschützt vor ihm stand.

Und Gianluca versuchte krampfhaft, sich nicht anmerken zu lassen, wie sehr ihn der plötzliche Körperkontakt erregte. Er stellte sich vor, wie ihre Burstwarzen hart wurden, und schloss kurz die Augen, um wieder zu Verstand zu kommen.

Wie ist diese Situation so schnell außer Kontrolle geraten? fragte sich Ava erschrocken. Sie konnte selbst kaum glauben, dass sie auf Gianluca losgegangen war. Was sie viel schlimmer fand: Dieses ganze Drama törnte sie ziemlich an. Und ihn überraschenderweise auch! Oh, ja, sie spürte seine Erregung ganz deutlich an ihrem Bauch!

»Lass mich los!«, verlangte sie und sah ihm dabei extra nicht in die Augen. Sie traute weder ihm noch sich selbst. Deshalb starrte sie auf seinen tief gebräunten Hals, den sie zu gern sanft berührt hätte, als Gianluca seinen Griff plötzlich lockerte.

So gut es ging, raffte Ava die Bettdecke wieder zusammen, doch um ihre Würde war es längst geschehen. »Du kannst mich nicht zwingen, irgendwohin zu fahren.«

Schweigend wartete sie ab. Eigentlich müsste sie innerlich triumphieren, weil sie sich von ihm nicht einfach herumkommandieren ließ, doch stattdessen hatte sie Angst. Denn es konnte sein, dass sie sich nach dem heutigen Tag niemals wiedersahen.

»Wie willst du überhaupt erklären, weshalb du ein Mitglied deiner hochgeschätzten Familie geküsst hast?«, erkundigte sie sich.

»Ich werde es als harmlosen, freundschaftlichen Kuss deklarieren, der durch ein ungünstiges Foto von der Presse aufgebauscht worden ist.« Seine kühle Gleichgültigkeit war bemerkenswert. »Wir beide waren mit Freunden essen, und ich wollte dich anschließend nach Hause zum *palazzo* bringen.«

Ava war beeindruckt, wie geschickt er sich aus einer solchen Affäre zu ziehen wusste.

»Es macht doch Sinn, dass du bei mir wohnst. Und heute geht es eben gen Süden, wo wir anlässlich des Geburtstags meiner Mutter am kommenden Wochenende mit der Familie feiern werden.«

Sie schluckte. Noch eine Zusammenkunft mit dem Benedetti-Clan? Eine weitere Gelegenheit, sich wie das fünfte Rad am Wagen zu fühlen. Das brauchte sie nun wirklich nicht.

»Wird deine Verlobte in spe auch dort sein?«

Genervt legte er den Kopf schief. »Es gibt überhaupt keine Verlobte.« Er räusperte sich umständlich. »In Ragusa werden ziemlich viele Leute sein, die sich über diese speziellen Fotos wundern könnten. Aber keiner, der mich kennt, wird den Spekulationen der Presse großen Glauben schenken.«

»Diese Sache stört dich gewaltig, oder?« Mit Unbehagen dachte sie an die große Blonde von letzter Nacht, die kaum einen Fetzen Stoff am Leib getragen hatte. Gianluca hätte genauso gut sagen können, dass es ihm peinlich wäre, wenn er mit ihr – Ava – ernsthaft in Verbindung gebracht werden würde.

Mit beiden Händen fuhr er sich durch sein dichtes Haar. »*Dio!* In meiner Familie ist es Tradition, dass der älteste Sohn heiratet und einen Erben für die nächste Generation präsentiert. Aus diesem Grund bringe ich niemals, absolut niemals, eine Frau mit nach Ragusa. Deshalb wird die Tatsache, dass wir dort zusammen auftauchen, in jedem Fall für allgemeines Aufsehen sorgen.«

»Keine Sorge«, entgegnete sie mit steinerner Miene. »Deine Mutter hasst mich und wird meinen ersten Drink vermutlich sofort mit Strychnin versetzen.«

Es folgte bedrückendes Schweigen.

»Außerdem werde ich sowieso nicht mitkommen. Und wenn ich nicht da bin, gibt es auch kein Problem, richtig?«

Avas Stimme klang gereizt, was nach dieser fürchterlichen Woche kein Wunder war. Schließlich hatte sie nicht nur eine, sondern gleich zwei unmissverständliche Abfuhren von Männern bekommen. Und beide Kerle dachten in erster Linie nur an sich, ohne dabei auf ihre Gefühle Rücksicht zu nehmen. Das war zutiefst frustrierend.

Gestern Abend hatte sie einen lebhaften Eindruck davon bekommen, mit welcher Sorte Frau sich Gianluca Benedetti für gewöhnlich amüsierte. Im Grunde sollte sie froh darüber sein, noch rechtzeitig erkannt zu haben, was von einem Playboy wie ihm zu erwarten war.

Für ihn war sie nichts weiter als ein vergangener Fehltritt, der ihn seinen guten Ruf kosten konnte. Leider war Ava schon früh zu der Erkenntnis gelangt, dass Männer zuallererst ihre eigenen Interessen verfolgten. Bestes Beispiel dafür war ihr Vater. Er hatte nach der Scheidung häufig die Besuchstermine mit seiner Tochter abgesagt und war dann irgendwann gar nicht mehr aufgetaucht.

Diese Lektionen musste sie unbedingt im Gedächtnis behalten, um weitere Dummheiten zu verhindern. So wie die von letzter Nacht, als sie Gianluca geküsst hatte … oder heute Morgen, als sie ihn wieder geküsst hatte.

Ehrlich, diese Knutscherei musste augenblicklich aufhören!

Eine Tatsache überraschte sie aber doch: Gianlucas Verhalten heute Morgen traf sie wesentlich härter als das Beziehungsende mit Bernard. Da konnte doch etwas nicht stimmen, denn schließlich bedeutete ihr dieser Italiener nichts. Oder?

5. Kapitel

Gianluca stand am offenen Fenster und beobachtete, wie Ava in ein Taxi stieg. Wieder einmal war sie einfach abgehauen, obwohl zwischen ihnen dringender Gesprächsbedarf herrschte.

Nur wenige Menschen trauten sich, seine Wünsche derart zu missachten. Irgendwie bewunderte er Ava für ihre Entschlossenheit.

Sie hatte sogar seinen Mantel gestohlen, in dem sie winzig aussah, und war ohne ihre Schuhe aus dem *palazzo* geflohen. In dieser Aufmachung zurück in ihr Hotel zu fahren ... dafür bedurfte es Mut. Wahrscheinlich hatte sie vor sieben Jahren am *Morgen danach* ganz ähnlich ausgesehen ... während er ahnungslos oben in seinem Bett geschlummert hatte.

Missmutig rief er sich in Erinnerung, wie er aufgewacht war und neben sich getastet hatte. Nach jemandem, der nicht mehr dort gewesen war. Nachdem ihm klar geworden war, dass sie tatsächlich das Weite gesucht hatte – ohne ihren Namen, ihre Adresse oder eine Nachricht zu hinterlassen –, war etwas Seltsames passiert.

Normalerweise war er in dem Alter erleichtert gewesen, wenn sich eine nächtliche Bekanntschaft sang- und klanglos in die Sphäre verabschiedet hatte, aus der sie gekommen war. Aber bei dieser speziellen Frau war in ihm ein besitzergreifender Instinkt erwacht, von dem Gianluca nicht gewusst hatte, dass er ihn besaß.

Wild entschlossen war er aus dem Bett gesprungen und hatte sich hastig angezogen, um dieses fremde Mädchen irgendwie ausfindig zu machen. Und dann dieser Anruf ...

Man hatte seinen Vater ins Krankenhaus gebracht. Gianluca war sofort hingefahren, und als er sich endlich wieder seiner Suche nach der unbekannten Schönheit hatte widmen können, war ihm außer ihren Schuhen nichts geblieben.

Diese Schuhe! Rote, aufwendig gearbeitete Riemchensandaletten. Ja, irgendwie hatten die schwarzroten Pumps gestern Nachmittag eine leise Erinnerung in ihm geweckt. Aber nicht die Frau, die sie trug. Die hatte sich erfolgreich unter Klamotten versteckt, die sich keine echte Italienerin kaufen würde! Komplett ohne Stilempfinden oder auch nur dem geringsten Interesse an der eigenen Weiblichkeit. Kein Mann hätte einen zweiten Blick an dieses Outfit verschwendet.

Aber er hatte es trotzdem getan. Und dieser Umstand ließ ihn befürchten, dass hier noch ganz andere Kräfte im Spiel waren. Emotionen, die ihm gefährlich werden konnten.

Dabei verließ er sich für gewöhnlich auf seinen kühlen und rationalen Instinkt, mit dessen Hilfe er eine der weltweit erfolgreichsten Privatfirmen aufgebaut hatte. Die Traditionen seiner Familie waren tief in ihm verankert. Allem voran die Prämisse, dass ein Benedetti grundsätzlich seine Gefühle nicht zeigte.

Die Pflicht kam grundsätzlich vor dem persönlichen Interesse oder den eigenen Bedürfnissen, und es gehörte sich obendrein, seinen Dienst am Vaterland abzuleisten. Andererseits lebten in Gianluca die Gepflogenheiten der sizilianischen Familie seiner Mutter weiter – allesamt Bergbewohner, Banditen oder Priester. Dort bedeutete es noch etwas, wenn man einer Frau die Jungfräulichkeit nahm.

Auch deshalb ließ Gianluca die Erinnerung an jene Nacht mit Ava nicht mehr los. Er hatte den primitiven männlichen Instinkt, Ava als sein Eigentum zu betrachten, in die hinterste Ecke seines Bewusstseins verdrängt. Sonst hätte er sie vermutlich vom Fleck weg geheiratet.

Er räusperte sich ein paarmal, aber das Kratzen im Hals wollte einfach nicht verschwinden. Zum Glück waren diese alten Zeiten vorbei, und obendrein zählte er sich zu Roms begehrtesten Junggesellen. Obwohl Ava überhaupt nicht zu realisieren schien, was für ein guter Fang er war. Ständig lief sie vor ihm davon.

Ein knurrender Laut drang aus seiner Kehle, während er beobachtete, wie das Taxi mit ihr davonbrauste.

Keine Frau hatte jemals derart überstürzt sein Bett und sein Haus verlassen. Sie konnte es offensichtlich kaum erwarten, von ihm wegzukommen!

Seine primitiven männlichen Instinkte erwachten allmählich wieder zu neuem Leben. Ava durfte ihn erst verlassen, wenn er es ihr erlaubte. Zum Teufel mit der Emanzipation!

Ava saß auf der Rückbank im Taxi und kramte ihr Smartphone aus der Tasche. Es konnte ja nicht schaden, ein bisschen mehr über Gianluca herauszufinden. Sie war nicht neugierig, nein, sondern wollte nur auf mögliche weitere Begegnungen mit ihm besser vorbereitet sein.

Zügig ging sie die Einträge im Internet durch, die sein Leben umschrieben, und fragte sich, welchen Stellenwert seine Fußballkarriere eigentlich hatte. Sie schien im Laufe der Jahre von zahllosen Projekten, Unternehmensübernahmen, Börsengängen und weiteren wirtschaftlichen Erfolgen überlagert worden zu sein. Er war ganz offensichtlich ein kluger und scharfsinniger Stratege, der seine Geschäfte fest im Griff hatte. Dabei hatte Ava ihn als erfolgsverwöhnten Berufssohn und Profifußballer betrachtet.

Aber gut, sich krampfhaft auf seine Kapital-Unternehmen zu konzentrieren, war fast genauso unsympathisch. Er war ein Benedetti, und denen lag das Geldverdienen eben im Blut. Die

Familie hatte seit jeher eigene Banken besessen. *Benedetti-International* war allerdings eine relativ neue Finanz-Gruppe, doch schon jetzt dominierte sie den Markt. Demnach machte er wohl alles richtig ...

Immer noch überrascht von ihren Recherchen klickte sie die Fotogalerie an, und auf ihrem Display erschienen verschiedene Bilder aus seinem Leben: Gianluca Benedetti auf Filmpremieren, bei Partys, beim FIFA World Cup, beim Polomatch in Bahrain und als Gast auf einer königlichen Hochzeit. Auf fast jedem Foto hielt er eine andere bildschöne Frau in seinem Arm.

Eine bestimmte Vorliebe schien er nicht zu haben, weder in Bezug auf Größe oder Haarfarbe noch in Bezug auf den Kleidungsstil oder die Figur. Offenbar liebte er die Abwechslung.

Ava presste die Lippen zusammen. Ernst hatte er es mit keiner von ihnen gemeint ... nicht, dass es wichtig gewesen wäre! Wenn er irgendwann so weit war und sich der ganzen romantischen Verlobungsmaschinerie stellte, dann sicherlich nur aus einem einzigen Grund: weil er auch in dieser Hinsicht der Beste sein wollte. Und ein erfolgreicher Unternehmer produzierte eben auch einen Erben für sein Imperium.

Die Auserwählte würde das volle Programm bekommen. Wahrscheinlich entführte er eines Tages eine hochwohlgeborene Erbin auf die Bahamas, präsentierte ihr einen unverschämt großen Diamanten und ging zu klassischer Streichmusik vor ihr auf die Knie.

Wie auch immer ...

Energisch schaltete Ava ihr Handy aus und ließ es wieder in der Tasche verschwinden. Jedenfalls würde ihn keine noch so hübsche Braut daran hindern können, hinter dem nächstbesten Rock herzujagen. Keine von ihnen konnte sich in einer Beziehung mit Gianluca jemals sicher fühlen.

Andererseits war Ava selbst in ihrer langweiligen, unspektakulären Beziehung zu Bernard von ihrem Partner betrogen worden. Von dem braven, zuverlässigen Bernard!

Im Grunde hatte sie ihn sich bloß ausgesucht, um der Erwartungshaltung ihrer Mitmenschen zu entsprechen. Ohne einen Lebensgefährten an seiner Seite war man eben in den Augen der australischen Gesellschaft nicht vollständig. Man stellte nur die Hälfte eines potenziellen Paars dar. Und alle anderen Paare gaben erst Ruhe, wenn man kein Single mehr war. Wenn man nicht mehr auffällig, sonderbar oder anders war.

Und Ava hatte in ihrem Leben oft genug das Gefühl erlebt, eine Außenseiterin zu sein. Sie hätte alles dafür getan, sich gesellschaftlich anzupassen. Ein Partner war eben in jeder Hinsicht wichtig. Schließlich konnte man auf Veranstaltungen nicht allein auftauchen – das erregte zu viel Aufmerksamkeit. Negative Aufmerksamkeit.

Mit neunundzwanzig Jahren hatte sie Bernard kennengelernt und es als riesige Erleichterung empfunden, endlich den allgemeinen Ansprüchen gerecht zu werden. Anstatt ständig mit unterschiedlichen Freunden Einladungen wahrzunehmen – oder noch schlimmer, ganz allein –, hatte sie plötzlich Bernard gehabt. Freunde, Verwandte und Bekannte begannen, sich seinen Namen zu merken.

Sie waren gemeinsam zu immer mehr Veranstaltungen eingeladen worden. Man hatte sie als überzeugendes Liebespaar betrachtet, und mit der Zeit waren sie das auch geworden. Es hatte beiden genutzt, offiziell und persönlich. Und auch wenn der anfängliche Funke niemals ein richtiges Feuer entfachen konnte, hatten sie gleichzeitig eine Freundschaft entwickelt, auf die sich jederzeit zurückgreifen ließ. Zumindest bis zu seinem fatalen Anruf …

Ava hatte von Anfang an gewusst, dass es ihr nicht ultimativ das Herz brechen würde, wenn sie sich irgendwann trennten. Vielleicht war diese Reise nach Rom mit all ihren Konsequenzen längst überfällig gewesen. Bernard hatte einen Anstoß gebraucht, um den unausweichlichen Schritt gehen zu können.

Ihr Intimleben hatte zu dem Zeitpunkt schon seit sechs Monaten auf Eis gelegen, und jetzt kannte sie auch den Grund dafür. Er war längst in eine andere Frau verliebt gewesen. In eine mit mehr Leidenschaft und Feuer! Und Ava war das gar nicht aufgefallen, was ihr im Nachhinein ziemlich zu denken gab. Bernard hatte ihr vorgeworfen, zu leidenschaftslos zu sein, und möglicherweise hatte er recht damit.

Trotzdem wünschte sie sich zumindest etwas Romantik im Leben. Deswegen hatte sie auch aus den Augen verloren, dass ihre Beziehung zu Bernard in erster Linie einen praktischen Zweck verfolgt hatte. Und echte Romantik ließ sich nicht nachträglich mit einer spontanen Italienreise erzwingen.

Versehentlich hatte sie sich in eine Partnerschaft verstiegen, die sie eigentlich gar nicht führte. Ein Heiratsantrag am Trevi-Brunnen. Eine Rundreise durch die Toskana. Eventuell hätte man sich ja dort spontan in eine alte Villa verliebt und sie zusammen Sommer für Sommer restauriert …

Im Geiste hatte sie sich durch einen verwilderten Garten spazieren sehen. Barfuß in einem schneeweißen Baumwollkleid. Und später wäre sie vielleicht in einen alten Holztrog gestiegen, das Kleid in den Händen gerafft, um Trauben zu stampfen … Immer wieder hatte sie die Klischees durchgespielt, die ihr jahrelang von Büchern und Filmen über *bella Italia* vorgeführt worden waren. Und Bernard?

Er hatte sie nie gern in einem Kleid gesehen. Mit ihren runden Hüften würden ihr Hosen weitaus besser stehen, hatte er immer behauptet. Und weil er der Meinung gewesen war, sie sähe mit einem tiefen Ausschnitt aus wie ein Barmädchen, hatte sie – ihm zuliebe – die Blusen grundsätzlich bis zum Hals zugeknöpft.

Außerdem wäre Bernard mit seiner ausgeprägten Stauballergie nie dazu in der Lage gewesen, irgendwo ein altes Haus zu renovieren. Ebenso wenig hätte man mit ihm in einen Trog steigen und Trauben stampfen können. Ava fiel keine einzige Gelegenheit ein, bei der er außerhalb des Bettes einmal Socken und Schuhe ausgezogen hätte. Nein, er hatte selbst *im* Bett noch Socken getragen ...

Diese deprimierenden Gedanken zogen sie derart runter, dass Ava sich zusammenreißen musste, um nicht loszuheulen. Doch dann drängten sich ihr Bilder von Gianluca Benedetti auf: von seiner olivfarbenen, makellosen Haut und seinen schönen, schlanken Füßen, die unter der schneeweißen Bettdecke vorgelugt hatten.

Nein, nein, nein!

Eilig kurbelte sie das Seitenfenster hinunter und sog tief die kühle Luft ein, die ihr Gesicht streifte. Sie dachte an das, was ihr Versager von einem Vater seiner kleinen Tochter bei den seltenen gemeinsamen Treffen gepredigt hatte: *Reiß dich zusammen und stell keine dummen Fragen, dann bekommst du auch keine dummen Antworten.* Dabei hatte sie damals bloß wissen wollen, warum er nicht mehr bei ihr leben wollte und ob es ihre Schuld sei.

Gequält schloss sie die Augen. Nie wieder dumme Fragen stellen! nahm sie sich vor. Und je eher sie Abstand zu *seiner Hoheit* gewann, desto besser!

Zurück in der Hotelsuite gönnte sich Ava eine ausgiebige Dusche und machte sich anschließend daran, ihre Sachen zu packen. Ein Blick auf die Uhr erinnerte sie daran, dass sie spätestens in einer guten halben Stunde auschecken musste, und dabei trug sie noch ihren Bademantel. Jetzt war höchste Eile angesagt!

Ich tue das Richtige, sagte sie sich immer wieder. Aber weshalb fühlte es sich dann falsch an? Ihr Bruder Josh wollte sie doch gar nicht wirklich sehen. Er brauchte sie nicht. Das hatte er ihr schon vor sieben Jahren unmissverständlich klargemacht. Seitdem rief sie ihn nicht einmal mehr zu den Geburtstagen an, sondern schickte lediglich eine Karte.

Vor genau sieben Jahren hatte sie ihm nämlich mitgeteilt, er würde einen großen Fehler machen, indem er viel zu jung heiratete. Er solle lieber sein Leben genießen. Seine Antwort damals war ein harter Schlag für Ava gewesen.

Er hätte Australien im Alter von achtzehn Jahren nur den Rücken gekehrt, um ihrem strengen Einfluss zu entgehen. Und er denke gar nicht daran, ausgerechnet von ihr einen Rat anzunehmen. Außerdem wüsste sie nicht das Geringste über wahre Liebe, weil sie sich um nichts anderes als um den Stand ihres Bankkontos kümmere. Und falls sie jemals einen Mann finden sollte, der es länger bei ihr aushielt, wäre ihr Geld der alleinige Grund dafür. Am Ende würde sie reich, verbittert und einsam sein ...

Mit einem energischen Ruck schloss sie den Reißverschluss ihres Koffers, als es plötzlich an der Tür klopfte. Der Zimmerservice brachte ihr vermutlich ein spätes Frühstück.

»Es ist offen«, rief sie laut und schluckte die schmerzhaften Erinnerungen hinunter.

»Du solltest vorsichtiger sein, *bella*. Dies ist keine sichere Stadt für eine alleinstehende Frau.«

Gianluca betrat das Schlafzimmer, bevor Ava ihm die Tür vor der Nase zuschlagen konnte.

»Ich sehe, du packst? Und du musst dich auch noch anziehen«, fügte er mit einem kleinen Lächeln hinzu, und Ava stieß einen entrüsteten Laut aus. »Wie viel Gepäck hast du eigentlich? Im Jota ist nämlich nicht besonders viel Stauraum.«

»Ich fahre mit dir nirgendwohin«, protestierte sie, als sie endlich ihre Stimme wiedergefunden hatte. Obwohl sie wütend war, genoss sie den maskulinen Anblick, den er bot. In dem lässigen Hemd und dem sportlichen Sakko machte er wirklich eine traumhafte Figur.

Automatisch sprang ein Teil von ihr auf Gianluca an und weckte ihre Libido. Ganz gleich, was zwischen ihnen vorgefallen war, er schaffte es trotzdem mühelos, sie zu erregen. Und als sie abwehrend die Arme verschränkte, merkte sie, wie empfindlich ihre Brüste waren. Ein untrügliches Zeichen dafür, dass sie sich nach Nähe und Zärtlichkeit sehnte.

Ava schluckte.

»Na, komm!« Spielerisch hielt er ihr Kinn zwischen Daumen und Zeigefinger fest. »Mach kein Theater mehr, Ava! Wir müssen gleich los.«

Mit einer ungeduldigen Bewegung befreite sie sich aus seinem Griff. »Ich meine es ernst, Benedetti. Du kannst allein zu deiner Familie fahren. Mein Wagen kommt gleich, und ich werde meine Tour durch die Toskana antreten.«

»Am Montag.«

»Wie bitte?«

»Ich werde dich persönlich hinfliegen. Gleich am Montag. Aber zuerst musst du noch deine familiären Pflichten erfüllen, *si*?«

»Es ist deine Familie, nicht meine.« In ihrem Brustkorb schmerzte es heftig, während Ava die Bedeutung ihrer eigenen Worte noch einmal durch den Kopf ging. Sie hatte die Benedettis persönlich kennengelernt. Und sie hatte noch genau in Erinnerung, wie herablassend sie von ihnen behandelt worden war.

»Das kann man sehen, wie man will«, murmelte Gianluca und strich ihr eine Haarsträhne aus dem Gesicht, so als hätte er jedes Recht, sie zu berühren.

Sie versuchte, ihm auszuweichen, doch hinter ihr stand das breite Bett im Weg.

»Dein Bruder steckt mit seinem Weingut in finanziellen Schwierigkeiten.«

Überrascht horchte sie auf. »Wovon redest du da?«

»Es kann gut sein, dass seine Ehe aufgrund dieser Situation auf der Kippe steht.«

Sie runzelte die Stirn und ließ es zu, dass er ihr weiter durchs Haar strich – sie genoss es sogar!

»Dein Besuch ist vielleicht genau der Impuls, den die beiden in diesem Moment brauchen.«

»Seine Ehe steht auf dem Spiel?« Sie konnte es kaum fassen.

Er griff nach ihrem Koffer, und in Avas Kopf überschlugen sich die Gedanken. *Ich habe es ihm gesagt. Ich habe ihn gewarnt. Und ich hatte recht. Aber Josh braucht mich jetzt.*

Unbewusst berührte sie ihr Haar dort, wo gerade eben noch Gianlucas Hand gewesen war. Und mit einem Mal erschien ihr der Trip durch die Toskana völlig unwichtig.

»Wieso sollte ich dir das einfach glauben?«, fragte sie zaghaft und wusste gleichzeitig, dass er sie nicht belog.

Achselzuckend wandte er sich zur Tür. »Beeil dich mit dem Anziehen! In zehn Minuten brechen wir auf.«

Gianluca wartete draußen vor dem gleichen flachen Sportwagen, mit dem ihn Ava schon am Tag zuvor gesehen hatte. Ein hochgewachsener, lässiger Italiener und ein schnittiger Lamborghini – wie auf dem Titelbild eines Hochglanzmagazins.

Resigniert stöhnte sie auf und schwang sich ihre Handtasche über die Schulter. Es war schwer, dieses Prachtexemplar von einem Mann nicht ständig anzustarren. Doch er durfte auf keinen Fall merken, wie viel Eindruck er auf sie machte, sonst würde er diese verheerende Wirkung ganz sicher gegen sie verwenden.

»Dann wollen wir es mal hinter uns bringen«, seufzte sie gedehnt.

Er starrte sie stumm an, und als sich das Schweigen in die Länge zog, wurde Ava allmählich unsicher.

»Was guckst du so komisch?«, fragte sie und zupfte an ihrem strengen Pferdeschwanz herum.

»Warum bist du wie ein Mann angezogen?«

Zuerst glaubte sie, sich verhört zu haben. »Wie ein *was*?«

Ein Mann? Offenbar hatte sie doch richtig verstanden, denn sein seltsamer Blick sprach Bände. Dieses Gespräch wurde ihr unangenehm, und Ava bekam das Gefühl, nicht mehr in ihren eigenen Körper zu passen. Er fand wirklich, dass sie wie ein Mann aussah?

Gianlucas Miene regte sich nicht, und Ava wünschte, der Boden würde sich unter ihr auftun und sie verschlingen.

Nein, erinnerte sie sich. Er hatte nur gesagt, sie würde sich *kleiden* wie ein Mann. Und das war schließlich nicht dasselbe.

»Könnte es sein, dass du inzwischen zum anderen Ufer gewechselt bist und jetzt auf Frauen stehst?«

In jeder anderen Lage hätte Ava sich sofort dafür ausgesprochen, dass sie die menschliche Sexualität in all ihren Farben und Facetten respektierte und unterstützte. Aber sie stand hier vor dem männlichsten Italiener, den man sich vorstellen konnte, und wurde der Unweiblichkeit bezichtigt. Das war eine Ausnahmesituation.

Schlimmer noch: Dieser Italiener hatte sie erst heute Morgen heiß geküsst! Angesichts der Tatsache, dass sich ihre Lippen nach einer Wiederholung sehnten, war dieser letzte Kommentar wie eine schallende Ohrfeige für sie.

Mit wenigen Worten hatte er ihr Selbstbewusstsein, das sie sich jahrelang mühsam aufgebaut hatte, zerstört und dahinter das junge, verletzliche Mädchen von früher enttarnt. Seit ihrer Kindheit hatte Ava das Gefühl, in ihrem jeweiligen Umfeld mehr oder weniger überflüssig zu sein. Es hatte lange gedauert, bis sie sich selbst einen Platz in dieser Welt erkämpft hatte. Gianluca war dagegen in ein perfektes Gefüge aus angesehenen und erfolgreichen Menschen hineingeboren worden. Er hatte sich niemals Gedanken um seine gesellschaftliche Bedeutung machen müssen!

»Richtig«, zischte sie und reckte ihr Kinn vor. »Genau das bin ich. Eine überzeugte und kompromisslose Lesbe, die mit testosterontriefenden Männern nichts anfangen kann. Können wir dann jetzt fahren? Je eher wir starten, desto schneller können wir wieder unserer eigenen Wege ziehen.«

Er zog die Augenbrauen hoch und wollte ihr die Beifahrertür öffnen.

»Das kann ich allein«, blaffte sie und war im nächsten Moment schon eingestiegen.

Von außen drückte er sanft die Tür ins Schloss.

»Das hätte ich auch noch allein hinbekommen«, sagte sie zu ihm, nachdem er hinter dem Steuer saß. Missmutig verstaute sie ihre Handtasche im Fußraum und schnallte sich an.

Doch Gianluca machte keinerlei Anstalten, den Motor zu starten.

»Ich dachte, wir hätten es eilig?«, erkundigte sie sich spitz.

Mit einem Mal fühlte sie sich in ihrer hochgeschlossenen weißen Bluse und der langen schwarzen Anzughose reichlich unwohl. Dabei waren die Sachen äußerst vorteilhaft geschnitten, wie sie fand. Sie machten einen flachen Bauch und kaschierten Hüfte und Po. Zu Hause hatte Ava zwölf Paar dieser Hosen im Schrank liegen. Als Frau mit ziemlich weiblichen Formen musste man sich eben geschickt stylen.

Davon hatte Gianluca ja keine Ahnung! Er sah wie ein römischer Gott aus, und ihm stand alles, was er anzog, hervorragend. Natürlich sollte es ihr herzlich egal sein, worin er hervorragend aussah … Warum fuhren sie nicht endlich los?

»Was ist?« Sie setzte sich aufrecht hin. »Warum fährst du nicht los?«

»Ich habe dich beleidigt«, stellte er fest.

»Ach, sei nicht albern«, wehrte Ava hastig ab.

»Ich bin es schlicht nicht gewohnt, Frauen in Hosen zu sehen.« Seine Worte waren vorsichtig gewählt, als würde er nicht noch einmal ins Fettnäpfchen treten wollen. »Trotzdem hätte ich nicht andeuten dürfen, dass es dir an Weiblichkeit fehlt. Nur weil du einen ungewöhnlichen Kleidungsstil hast.«

Ava schluckte. »Jetzt versuch doch nicht, dich herauszureden. Ich weiß, dass du mich beleidigen wolltest. Aber das prallt an mir ab«, informierte sie ihn steif und zwang sich, ihm in die Augen zu sehen. »Was ich dir gleich erzählen werde, könnte ein Schock für dich sein, aber einer muss dir ja mal die Wahrheit sagen. Offenbar hat sich das bisher keine Frau getraut.«

»Damit könntest du recht haben.«

»Ich dagegen fürchte mich nicht vor offenen Worten, sondern spreche lieber klar aus, was ich denke.«

»Na, dann, nur zu!«, ermutigte er sie und klang dabei fast nett.

Davon ließ sie sich aber nicht täuschen. Seine Freundlichkeit war bestimmt vorgespielt, um Ava vorübergehend in Sicherheit zu wiegen. Und gleich würde er ihr etwas richtig Verletzendes an den Kopf werfen.

»Die Wahrheit ist, du hast nichts weiter vorzuweisen als ein attraktives Gesicht und jede Menge Geld. Und deine herrische Art beeindruckt die Frauen zusätzlich, deshalb kannst du dir ihnen gegenüber auch alles Mögliche erlauben. Mich lässt das allerdings kalt, und damit kommst du nicht klar.«

»Meinst du?« Er grinste breit.

Sie kreuzte die Arme vor der Brust und sah aus dem Seitenfenster. »Ja, das meine ich.« Dabei klang sie selbst für ihre eigenen Ohren wenig überzeugend.

Gianluca parkte sein Auto direkt vor dem eindrucksvollen Eingangsportal und stieg aus, während Ava unschlüssig sitzenblieb. Erst nach kurzem Zögern folgte sie ihm.

»Wieso hast du mich wieder hergebracht?«, wollte sie wissen.

»Es ist mein Zuhause.«

»Das weiß ich selbst.« Genervt stieg sie hinter ihm die Stufen hinauf. Drinnen in der marmorgefliesten Eingangshalle sah sie gerade noch, wie Gianluca die breite, geschwungene Treppe hinaufeilte. »Benedetti!«

Keine Antwort.

»Ich verlange, dass du auf der Stelle mit mir redest!« Ihre wütenden Worte hallten von den hohen Wänden wider.

Oben am Treppenabsatz blieb er stehen, drehte sich zu ihr um und hob beschwichtigend die Hände. »Müssen wir jedes Mal Theater haben, ehe du das Offensichtliche akzeptierst?«

Ihr erster Impuls war, ihm zu versichern, dass sie nicht der Typ für *Theater* war. Nein, sie machte niemals Theater! Im Gegenteil, sie war eine ruhige, ausgeglichene und rational denkende Frau, die selten ihre Stimme erhob. Und im Augenblick schrie sie bloß herum, weil er es auch tat.

Mit großen Schritten jagte sie ihm nach und wunderte sich, weshalb er überhaupt ins Obergeschoss wollte. Dort befanden sich doch bloß die Schlafzimmer …

»Was ist denn bitte so offensichtlich?«, fragte sie. »Dies hier ist wohl kaum der Flughafen, aber genau da müssen wir hin.«

»Nein, dies ist – wie schon gesagt – mein Zuhause.«

Sie kniff die Augen zusammen. »Und wie sollen wir von hier aus nach Ragusa kommen?«

Er blieb abrupt stehen, und Ava stieß von hinten gegen ihn – gegen seinen breiten, harten Rücken. Erschrocken schnappte sie nach Luft und zwang sich, nicht automatisch die Arme um ihn zu schlingen.

Seine Hand schoss nach hinten, um Ava zu stützen, aber die wehrte jede Hilfe ab.

»Mit dem Helikopter«, erklärte er knapp.

Ein Helikopter?

Oben auf dem Dach blieb sie überrascht stehen und starrte die rotierenden Blätter des Hubschraubers an. Um keinen Preis der Welt konnte sie da einsteigen. Wer hatte überhaupt einen eigenen Hubschrauberlandeplatz auf dem Dach? Dies war kein Haus, dies war ein Palast!

Am frühen Morgen hatte sie ihre Umgebung kaum wahrgenommen, schon gar nicht während ihrer überstürzten Flucht. Aber in den letzten Minuten war sie aus dem Staunen kaum herausgekommen. Dieses Gebäude, im Zentrum von Rom gelegen, war eine wahre Pracht. Und hier auf dem Dach, wo die Rotorblätter einen Windkanal verursachten, der ihr den Pferdeschwanz zerzauste, war der Ausblick über die Stadt besonders atemberaubend.

»Ich kann da nicht einsteigen«, rief sie Gianluca zu, der ihr ein Handzeichen gab, ihm zu folgen.

»Zu spät, *dolcezza*.« Sein Tonfall ließ keinen Widerspruch zu. »Du wirst in Ragusa gebraucht, und dies ist der schnellste Weg dorthin.«

Ragusa. Genau. Sie musste ihrem Bruder beistehen. Aber es störte sie, dass Gianluca klang, als würde er die ganze Angelegenheit schnell hinter sich bringen wollen. Als wären sie und ihr Bruder nur eine Last für ihn.

Ergeben ließ sie sich von ihm in den Helikopter helfen und auf ihrem Sitz anschnallen. Dabei redete sie sich ununterbrochen ein, dass jedes Jahr Tausende von Leuten sicher mit einem Hubschrauber von A nach B gebracht wurden. Niemand stürzte ab – nein, meistens passierte nichts. Meistens.

Er beugte sich über sie. »Ava, du hast doch nicht etwa Flugangst?«

Sie schüttelte heftig den Kopf und hätte ihn beinahe angefleht, bloß nicht mehr von ihrer Seite zu weichen.

»Leidest du unter Reiseübelkeit?«

»Nein«, stieß sie hervor.

Prüfend blickte er ihr in die Augen und strich ihr dann sanft über das Haar. »*Bene.*«

Hilfe, wenn er sich so umgänglich und einfühlsam verhält, werde ich meine Abwehr kaum noch aufrechterhalten können! fuhr es ihr durch den Kopf. Verstand er denn nicht, wie schwierig das Ganze für sie war? Ein unerwartetes Wiedersehen nach sieben Jahren, die Nacht im *palazzo* – nachdem sie wenige Tage zuvor ihren Verlobten verloren hatte – und anschließend zur leidigen Verwandtschaft fliegen müssen? Wer konnte so viele Veränderungen problemlos ertragen?

Wusste er denn nicht, dass sie sich an ihrer Wut festhalten musste, um nicht durchzudrehen? Am liebsten hätte sie es ihm erklärt, aber dazu kam es nicht mehr, weil sich Gianluca in diesem Moment einen Helm aufsetzte.

»Das ist nicht dein Ernst?«, rief sie entgeistert und wollte ihm den Helm impulsiv vom Kopf reißen.

»Hey!« Er wich zurück. »Ich bin nicht ganz unfähig. Immerhin fahre ich auch Motorrad.«

Der Pilot neben ihr bekam einen regelrechten Lachanfall und sagte etwas auf Italienisch, bevor er ausstieg. Sie verstand nicht, was die Männer redeten, aber es war ganz bestimmt nicht sonderlich schmeichelhaft.

»Du willst dieses Ding allein fliegen?«

»Einmal im Leben sollte das jeder Mann versuchen, *cara*«, gab er belustigt zurück.

Obwohl sie panische Angst hatte, fühlte sie sich neben Gianluca sicher – auch wenn sie sich das nicht gern eingestand. Sie wollte diesen Flug mit ihm nicht genießen ... sie wollte es wirklich nicht. Und dennoch ...

Unter ihnen breitete sich Rom in all seiner Pracht aus. Und neben ihr saß der Spross einer berühmten italienischen Familie, die die Geschichte dieser Stadt entscheidend geprägt hatte. Es war ein erhebender Augenblick, egal, wie man es drehte und wendete. All das passierte ihr, der gewöhnlichen Ava Lord ... der noch nie im Leben etwas Aufregendes widerfahren war, das sie nicht persönlich geplant, organisiert und durchgeführt hätte.

»Macht Spaß, oder?«

Mit glänzenden Augen sah er sie an, und Ava konnte nur stumm nicken. Sie fühlte sich wie ein kleines Mädchen in der Achterbahn und konnte ihre Aufregung und Begeisterung kaum verbergen.

Er bemerkte ihren angestrengten Gesichtsausdruck und lachte.

Um irgendetwas zu sagen, fragte sie: »Wo hast du das gelernt?«

»*Marina Militare.*«

»Du warst bei der Marine?«

»*Si.*«

»Aber ...« Sie brach ab. Was hatte sie ihm eigentlich sagen wollen? Dass sie sich während der letzten Jahre ausgemalt hatte, was aus ihrem großen Schwarm geworden war, und dass sie dabei an keinen Militärdienst gedacht hatte? Lächerlich! Und peinlich! Warum fand sie nicht die richtigen Worte?

»War das vor oder nach deiner grandiosen Fußballkarriere?«, erkundigte sie sich unbeholfen.

»Ich habe praktisch nur fünf Minuten meines Lebens Fußball gespielt, *cara*. Kaum der Rede wert.«

»Für mich warst du ...« Ja, was war er eigentlich für sie gewesen? Wollte sie ihm tatsächlich gestehen, was ihr in den vergangenen sieben Jahren in Bezug auf ihn durch den Kopf gegangen war?

»Ach, *si*, ich erinnere mich an deine blühende Fantasie«, murmelte er und lächelte. Dann griff er nach ihrer Hand und rieb mit seinem warmen Daumen über ihre zarten Finger. »Was war ich denn nun für dich, Ava?«

»Nichts!«, schoss es aus ihr heraus. Alles! Er hatte sie damals verzaubert und sie dadurch vor wenigen Tagen unbewusst zurück nach Rom geführt ... »Und ich habe keine blühende Fantasie.« Was wusste er schon von ihr? Das alles war lange her. Sie hatte damals noch nicht geahnt, dass im Leben fast nichts so kam, wie man es sich wünschte.

Als Kind war sie irgendwann dazu übergegangen, ausschließlich an die Realität der Gegenwart zu glauben, sodass die Leute begannen, sie als humorlos und langweilig zu bezeichnen. Vergessen waren alle Kleinmädchenträume. Immer die Neue an der Schule zu sein, die keinen Witz verstand und keinen Anschluss fand, die sich Tag für Tag mit ihren altmodischen Klamotten zum Gespött der Kinder machte ... das war zermürbend gewesen.

Nach einer Weile war auch das an ihr abgeprallt. Ava hatte viel zu viel mit ihren Nebenjobs zu tun gehabt und damit, Josh an die Hausaufgaben zu schicken und für ein Dach über dem Kopf zu sorgen. Ihr war kaum Zeit für die Ängste und Sorgen eines normalen Teenagers geblieben.

Sie zog ihre Hand zurück, und Gianluca gab sie widerstandslos frei.

»Wie lange warst du in der Marine?«, wollte sie wissen.

»Zwei Jahre. Ich bin drei Afghanistan-Einsätze mit meinem Apache geflogen.«

»Du warst in einem Kriegsgebiet?«

»*Sì*, bei der Rettungseinheit.«

Ihre eigenen trüben Erinnerungen waren mit einem Schlag vergessen. Weshalb hatte sie darüber nichts im Internet gelesen?

»Wieso hast du …?«

»Wieso ich mich gemeldet habe? Ich liebe das Fliegen«, erklärte er schlicht. »Und ich liebe Herausforderungen. Die Marine ist bestens ausgestattet, und ich wollte diese ganzen technischen Möglichkeiten unbedingt austesten.«

»Das ist der unsinnigste Grund für einen freiwilligen Militärdienst, den ich jemals gehört habe!«

»Es gibt weitaus schlimmere Gründe«, konterte er grinsend. »Außerdem wusste ich es eben nicht besser. Schließlich war ich ja nur ein naiver Profifußballer.«

»Ich kann mir kaum vorstellen, dass du jemals naiv warst«, gab sie zurück. »Sonst hättest du mit deinen knapp über dreißig Jahren nicht so viel im Leben erreicht!«

»Ich hatte einfach unverschämt großes Glück.«

Ava wich seinem Seitenblick aus. »Am Ende bist du aber in das Unternehmen deines Vaters eingestiegen?«

»Deine Neugier ist richtig schmeichelhaft«, freute er sich

und lachte, als sie rot wurde. »Nein, ich bin nirgendwo eingestiegen. Als ich meinen Militärdienst beendet hatte, existierte die Privatbank meiner Familie nicht mehr.«

»Aber du hattest doch genügend Beziehungen und Rücklagen?«, mutmaßte sie.

»Zu dem Zeitpunkt habe ich nicht mehr besessen als einen alten Maserati, den ich allerdings gleich verkaufen musste. Das Geld habe ich in die Schiffbaufirma eines Freundes investiert und mich von dort aus hochgearbeitet. Hauptsächlich mit Risikogeschäften. Den meisten Leuten fehlt der Mumm für derartige Deals.«

Für Ava nichts Neues, denn sie war eine von ihnen. »Aber du hattest den Mumm«, schloss sie trocken.

»Was glaubst du wohl?«

Ihr Bild von ihm setzte sich wie ein Mosaik zusammen. Für einen Mann, der auf den Aktienmärkten dieser Welt sein Geld verdiente, war er viel zu groß und maskulin. Broker waren in ihrer Vorstellung schmale, blasse Strebertypen. Aber die Fußballerkarriere und die Kriegserfahrungen gehörten ebenfalls zu Gianlucas bewegtem Leben. Er war eben kein Bürohengst, dem man das Leben als Berufssohn einer einflussreichen Familie auf dem Silbertablett serviert hatte.

Ein paar Minuten lang wusste Ava nicht, was sie dazu sagen sollte. »Da warst du ziemlich beschäftigt«, brachte sie schließlich hervor.

Er lachte wieder.

»Was findest du daran lustig?«

»Deinen Gesichtsausdruck. Es wird anscheinend schwerer für dich, *cara*.«

»Was meinst du?«

»Es wird schwerer für dich, Gründe zu finden, mich nicht zu mögen.«

»Ich habe niemals behauptet, dich nicht zu mögen«, verteidigte sie sich und schwieg dann.

»Vielleicht sollten wir mal etwas zusammen machen?«, schlug er nach einer Weile vor.

»Etwas zusammen machen?«, wiederholte sie verständnislos.

Amüsiert zwinkerte er ihr zu, und ihre Wangen wurden tiefrot. »*Si*. Du bist ganz offensichtlich außergewöhnlich talentiert.«

»Findest du?« Das klang für ihren Geschmack alles viel zu zweideutig!

»Die *Lord Trust Company*, die du vor vier Jahren gegründet hast, genießt einen hervorragenden Ruf. Du hast ein paar sehr loyale Kunden.«

Ihr Herz machte einen Satz. Er sprach also von ihren beruflichen Erfolgen! »Du hast Erkundigungen über mich eingeholt?«

»Ich bin ständig auf der Suche nach neuen Firmen für mein Portfolio. Falls du an einer Zusammenarbeit interessiert sein solltest?«

Zum ersten Mal seit Jahren war ihr das Geschäft vollkommen egal. Wie gebannt starrte sie auf Gianlucas Hände und stellte sich vor, wie er ihre helle, weiche Haut berührte ... wie er sie streichelte und wie sie, Ava, sich ihm erwartungsvoll und willig entgegenbog. War sie wirklich einmal dieses Mädchen gewesen, das so etwas Verwegenes wagte? Kaum zu glauben.

»Ava?«

Verwirrt sah sie ihn an und blinzelte. »Wann hast du mich gegoogelt?«

»Heute Morgen beim Kaffeetrinken.«

»Lustiger Zufall. Ich habe das Gleiche mit dir getan.« Wieder war sie von seinen schönen Lippen beeindruckt, versuchte jedoch, nicht dorthin zu starren.

»Was hast du über mich herausgefunden?«, wollte er wissen.

»Genug. Aber scheinbar nicht alles ...«

»*Benedetti International* ist ein ziemlich weit gespanntes Unternehmen, *cara*. Selbst mir fällt es schwer, dabei alles im Auge zu behalten.«

Das bezweifelte sie. Gianluca Benedetti überließ nichts dem Zufall. Er wusste zu jeder Zeit ganz genau, was er wollte und wie er es bekam. Es wäre schön dumm von ihr, diesen Umstand aus den Augen zu verlieren.

Was sie am meisten irritierte, war die Tatsache, dass sie ihren geliebten Beruf vorübergehend völlig aus dem Kopf verdrängt hatte – dabei war er doch ihr ganzer Lebensinhalt. Stattdessen hatte sie sich nur mit Gianlucas Privatleben beschäftigt, obwohl es sie nicht das Geringste anging. Irgendwie unheimlich!

Unter ihnen ging das Bergland allmählich in den traumhaft schönen Küstenabschnitt von Süditalien über. Ava drehte sich auf ihrem Sitz hin und her, um ja nichts von der einmaligen Aussicht zu verpassen. Das war allemal besser, als sich den Kopf darüber zu zerbrechen, weshalb sich Gianluca ununterbrochen in ihre Gedanken schlich.

Sie hatte auf Postkarten schon Bilder der berühmten Amalfiküste gesehen, hätte aber niemals geahnt, dass diese Gegend so atemberaubend schön war.

»Es ist toll, *si*?« Lächelnd betrachtete er Ava von der Seite.

»Ja, unbeschreiblich. Ich wünschte ...« Nervös erwiderte sie seinen Blick.

»Was, *cara*? Was wünschst du dir?«

Viel zu viele Dinge, und alle prasselten gerade gleichzeitig auf sie ein. Sie wollte wieder das Mädchen sein, das sie vor langer Zeit für eine einzige Nacht gewesen war. Ein offenes Wesen, das ihre intimsten Gefühle mit einem Mann teilte ... zum ersten

Mal in ihrem jungen Leben. Anstatt permanent auf der Hut zu sein und sich gegen mögliche Angriffe von außen zu wappnen, wollte sie vor Selbstsicherheit und Vertrauen strotzen.

Die Vergangenheit hatte ihr jede Menge harte Lektionen beschert. Daraus hatte sie zwangsläufig gelernt und einige wichtige Schlussfolgerungen gezogen. Zum Beispiel durfte man niemals zeigen, wie verletzlich man wirklich war. Und man durfte von anderen Menschen absolut nichts erwarten. Schon gar nicht, dass sie ihre Versprechen einhielten. An diese Regeln hielt sie sich auch beruflich und war damit bisher immer gut gefahren.

Deswegen war sie auch vor sieben Jahren still und leise aus Gianlucas Bett geflüchtet. Obwohl sie sich heute wünschte, sie hätte damals eine andere Entscheidung getroffen. Vielleicht hätte – entgegen allen Erwartungen – aus dieser einen Nacht etwas Großes werden können.

Und dieser verhasste Familienausflug könnte in ihrer Fantasie ebenso gut eine romantische Abenteuertour zu zweit sein ... gleich zu Beginn einer leidenschaftlichen Beziehung, in der noch alles möglich war und sich jede Hoffnung erfüllen konnte.

Gianluca wäre in dieser Wunschvorstellung kein Playboy, dem die Frauen scharenweise hinterherliefen, sondern ein zuverlässiger Partner. Und sie selbst wäre keine verklemmte Frau, die sich krampfhaft darum bemühte, im Leben stets auf Nummer sicher zu gehen.

Es war albern, hemmungslos vor sich hinzuträumen, aber Ava konnte nicht anders.

Und sie erschrak fast zu Tode, als Gianluca ihr plötzlich seine Hand aufs Bein legte und ihr zurief: »Halt dich fest!« Danach schwenkte er mit dem Helikopter wieder Richtung Festland.

Zuerst glaubte sie, er wolle ihr einen besseren Ausblick über die Klippen verschaffen. Aber dann sanken sie allmählich nach unten, vorbei an den ersten Bergspitzen.

Avas Herz hämmerte wie wild, und ihr wurde schlecht vor Aufregung. Direkt unter ihnen befand sich zwischen hohen Pinien eine Landebahn. Erst jetzt wurde ihr klar, dass sich zumindest einer ihrer Träume erfüllte. Sie würde endlich die Amalfiküste persönlich kennenlernen.

6. Kapitel

Der Motor fuhr herunter, und die Rotorblätter hörten endlich auf, sich zu drehen. Gianluca nahm den Helm ab und löste seinen Gurt, dann fuhr er sich mit gespreizten Fingern durchs Haar.

»Was soll das?«, fragte Ava. »Wieso sind wir wieder hier?«

»Ich hätte heute einen Termin in Rom gehabt, habe ihn aber spontan nach Positano verlegt«, erklärte er knapp.

Sie sah dabei zu, wie er aus dem Helikopter sprang und sich die Beine vertrat. Sofort versuchte sie hektisch, sich abzuschnallen, wobei sie sich allerdings hoffnungslos verhedderte.

»Das hatten wir aber so nicht abgemacht«, beschwerte sie sich halbherzig, als Gianluca an ihrer Seite auftauchte, um sie vom Gurt zu befreien.

»Entspann dich, *cara*!«

Wie soll ich mich entspannen? fragte sie sich. Sollte sie ignorieren, dass sie praktisch gekidnappt wurde, oder meinte er, sie solle stillhalten, damit er die Schnallen lösen konnte?

»Das Schlimmste hast du jetzt überstanden.«

Noch so ein kryptischer Kommentar von ihm. Aber dann wurde Ava klar, wovon Gianluca sprach. Er hatte ihre Höhenangst gemeint. Wie rücksichtsvoll!

Zögernd ergriff sie seine ausgestreckte Hand und wollte aussteigen, stolperte jedoch schon auf der ersten Stufe. Gianluca fing sie auf, und für wenige Sekunden waren sie eng aneinandergepresst. Ava dachte an das letzte Mal, als sie einander so nahe gewesen waren, und ihre Knie begannen zu zittern.

»Das Hotel hier in der Nähe gehört einem Freund von mir«, sagte er mit heiserer Stimme, und sein Mund befand sich dicht an ihrem Ohr. Sie bekam eine Gänsehaut. »Wir erholen uns dort ein bisschen, genießen das Ambiente, und du erzählst mir mehr von dir.«

Wie stellte er sich das vor? Eigentlich wollten sie doch ihren Bruder und dessen Frau besuchen und sich am Wochenende mit dem gesamten Familienclan treffen!

Als seine Hände über ihre Hüften glitten, versteifte sich Ava.

»Sieben Jahre sind eine lange Zeit«, fuhr er fort. »Wir haben vieles nachzuholen.«

Ava konnte ihr eigenes Herz pochen hören. Passierte das gerade wirklich? Schlug Gianluca ihr vor, eine kleine private Auszeit zu nehmen? Was genau hatte das zu bedeuten?

Ihr entfuhr ein erschreckter Laut, als er mit seiner warmen Hand unter ihre Bluse glitt und ihren nackten Rücken streichelte. Dabei näherten sich seine Fingerspitzen immer wieder ihren empfindsamen Brüsten, deren Spitzen sich erwartungsvoll aufrichteten.

»Hör auf damit!«, zischte sie, obwohl sie heimlich nach dem Gegenteil verlangte.

Vielleicht wäre sie sogar schwach geworden, wenn sich ihnen nicht in diesem Moment zwei Männer genähert hätten. Sie tauchten aus dem abgegrenzten Gelände auf, neben dem Gianluca gelandet war.

Er ließ Ava los und ging auf die beiden zu, als wäre gerade eben nichts Besonderes geschehen. Sie dagegen hatte ernsthafte Schwierigkeiten, ihre Fassung zu wahren. Wie versteinert starrte sie ihn an, während er auf Italienisch Anweisungen gab, wohin das Gepäck zu bringen sei.

»Meine Güte«, murmelte sie vor sich hin und stopfte sich

hastig die Bluse zurück in den Hosenbund. Sie führte sich auf wie ein Teenager! Wo war ihr Anstand geblieben?

Mit verschränkten Armen wartete sie ab, bis Gianluca sich ihr wieder zuwandte. »Was soll das hier werden, Benedetti?«

»Schön zu sehen, dass der Flug dir deinen Schneid nicht abgekauft hat, *cara*«, erwiderte er belustigt. »Aber wenn du dich das nächste Mal in meine Arme wirfst, warne mich bitte vor. Dann sorge ich dafür, dass wir ganz unter uns sind.«

Aus dem Augenwinkel beobachtete sie die beiden Männer dabei, wie sie die Koffer aus dem Hubschrauber hoben.

»Ich habe mich nicht in deine Arme geworfen«, protestierte sie mit unterdrückter Stimme und folgte Gianluca, der bereits auf dem Weg zu einem angrenzenden Park war, der offenbar zum Flugplatz gehörte. »Ich denke, wir wollen so schnell wie möglich nach Ragusa fliegen?«

»Auf diese Weise ist es doch für alle Beteiligten praktischer«, erklärte er und warf einen kurzen Blick über die Schulter. »Ich kann meinen Termin wahrnehmen, du genießt ein bisschen Freizeit, und wir beide können einander Gesellschaft leisten.«

»Aber mein Bruder …« Sie konnte mit seinen großen Schritten kaum mithalten.

»Wie wichtig kann er dir sein? Noch vor vierundzwanzig Stunden hast du nicht einmal auf seine Anrufe reagiert«, unterbrach Gianluca ihren Einwand.

»Woher weißt du das?«

»Das tut nichts zur Sache. Viel wichtiger ist: Ich freue mich, dir vorübergehend Unterschlupf gewähren zu können.«

»Unterschlupf?« Avas Geduld wurde auf eine harte Probe gestellt. Er wollte Gesellschaft haben? Die konnte er sich woanders suchen!

Gemeinsam durchquerten sie die perfekt angelegten Grünflächen, doch weit und breit war kein Hotel in Sicht.

Sobald Ava ihr Gepäck wieder in den eigenen Händen hielt, würde sie alles daransetzen, von hier zu verschwinden. Allein! Völlig egal, was *seine Hoheit* davon hielt!

Ihr Blick fiel auf seinen Po, der in der lässigen blauen Jeans besonders knackig aussah.

»Keine Ahnung, was dich dazu veranlasst hat, mich hierher zu verschleppen«, rief sie Gianluca zu.

»Du solltest deine lebhafte Fantasie bremsen, *cara*. Für mich geht es hier in erster Linie um einen Geschäftstermin.«

»Ach, und das rechtfertigt alles? Was ist mit *meinen* Terminen? Die spielen natürlich keine Rolle.«

»Du hast doch Urlaub.« Er war stehengeblieben und hatte sich zu ihr umgedreht.

»Ganz genau, dies sind meine Ferien.« Sein schöner Mund sah verlockend aus, doch Ava blieb trotzdem stur. »Du benimmst dich wie ein Neandertaler. Seit wir uns wiederbegegnet sind, setzt du dich regelmäßig über meine Wünsche hinweg. Und du machst dich über meine Kleidung lustig. Als müsste jede Frau sich in der Absicht anziehen, damit einem Mann zu gefallen.«

»Es ist ziemlich deutlich, dass du anders darüber denkst«, warf er trocken ein, doch Ava ignorierte die Bemerkung.

»Wahrscheinlich wirst du dauernd von lüsternen, berechnenden Frauen belagert, aber ich bin keine von ihnen. Auch wenn dich das zu enttäuschen scheint.«

»Na, ja. Wir hätten deutlich weniger Schwierigkeiten, wenn du eine von ihnen wärst.«

Ava war nicht sicher, ob sie das als Kompliment oder als Beleidigung verstehen sollte. In jedem Fall war spätestens jetzt klar, was für eine Sorte Frau er bevorzugte.

»Du kannst einem echt leidtun«, bemerkte sie spitz. »Nie zu wissen, ob sich die Damen wirklich für dich oder nur für dein Bankkonto interessieren …«

Er zuckte gleichgültig die Achseln und setzte seinen Weg durch den Park fort.

»Und du führst das Leben eines Playboys. Mir hältst du Vorträge über Moral, dabei bist du derjenige, der andere Menschen wie Spielzeug behandelt. Dieses Frauenbild ist allerdings schon in den Siebzigern abgeschafft worden, als Sean Connery vom James Bond-Thron gestoßen wurde.«

»Connery hat den Bond noch mal in den achtziger Jahren gespielt«, verbesserte er sie und steuerte auf ein Tor zu, das in eine alte Mauer eingelassen war. »Aber rede nur weiter. Ich würde gern mehr darüber hören, was du von mir hältst.«

Er fand das anscheinend amüsant, doch Ava kochte innerlich vor Wut. »Nein, du willst permanent Honig um den Bart geschmiert bekommen. Wie alle Männer!«

»Alle Männer? Da greifst du wohl auf einen beachtlichen Erfahrungsschatz zurück, was?«

Ihr blieb die Luft weg.

»Erzähl doch mal von deinen zahlreichen Eroberungen!«

»Du bist wohl sehr stolz auf dich, oder?«, keuchte sie, und ihre Stimme zitterte. »Meinst du, es macht dich zu einem ganzen Kerl, mit Hunderten von Frauen zu schlafen? Weit gefehlt! Das macht dich einfach nur billig!«

Endlich verschwand das spöttische Lächeln aus seinem Gesicht, und ein Muskel an seinem Kinn begann zu zucken.

»Ja, richtig, es macht dich billig«, wiederholte sie und ballte die Hände zu Fäusten. »Du nimmst doch jede, die für dich den Rock hochzieht und dir ein bisschen zuzwinkert!«

Mit zwei schnellen Schritten war er bei ihr, und Ava musste sich zusammenreißen, um nicht zurückzuweichen.

»Gestern Nacht hast *du* beides getan, wenn ich mich recht erinnere«, stieß er hervor. »Und trotzdem habe ich die Finger von dir gelassen.«

Seine Worte verletzten sie schlimmer, als ein Messer es getan hätte.

»Da habe ich ja noch mal Glück gehabt.« Sie atmete tief durch und sog dabei seinen angenehm männlichen Duft ein. »Allerdings habe ich mich nicht an dich herangemacht.«

»Wenn du es sagst …«

»Auch wenn ich gestern angetrunken war, daran würde ich mich noch erinnern.«

»Jedenfalls habe ich mich wie ein Gentleman verhalten«, schloss er voller Überzeugung. »Ich habe dich nicht ausgenutzt, und trotzdem hackst du auf mir herum. Solche Widersprüche sollten Frauen wie du lieber mit ihrem Therapeuten besprechen, anstatt Unschuldige anzugreifen.«

»Frauen wie ich?«

»Ja. Hyperempfindlich, überfordert und sexuell unbefriedigt.«

Sollte sie ihm eine schallende Ohrfeige verpassen, oder steckte vielleicht sogar ein Funken Wahrheit in seinen derben Worten?

Playboy. Weiberheld. Lebemann. Wo hatte sie das bloß her? Gianluca war schleierhaft, weshalb Ava derart hartnäckig an diesen Vorurteilen festhielt.

Nach ihrem Streit hatte er sie allein zurückgelassen und sich auf die Suche nach dem Schuppen gemacht, in dem sein Freund die Leihmotorräder des Hotels untergestellt hatte, das sich weiter unten an der Küste befand. Eine Fahrt auf einer Ducati würde Ava schon auf andere Gedanken bringen!

Als ob er jedem Rock nachjagen würde! Sein Vater hatte ihm damals das Gleiche vorgeworfen. Und er, Gianluca, hatte gekontert: Er unterschrieb die Vertragsverlängerung seines Fußballvereins, verweigerte den Militärdienst und hätte wohl jede

Frau in Rom in sein Schlafzimmer geholt, wenn ... wenn nicht plötzlich alles anders gekommen wäre.

Diese schrecklichen Schuldgefühle wurde Gianluca nicht mehr los. Hätte er seinen Vater vor dem tödlichen Infarkt bewahren können? Hatte er durch sein Verhalten den Zusammenbruch provoziert?

Er nahm sich einen Moment, um seine Gefühle wieder unter Kontrolle zu bringen. Wenigstens war die Wut auf Ava inzwischen verraucht, und sein Beschützerinstinkt meldete sich zurück. Im Hubschrauber, als sie so blass und panisch und trotzdem von der Aussicht fasziniert gewesen war, hatte sie ihm wahnsinnig leidgetan. Mit Höhenangst war nicht zu spaßen, und der Gentleman in ihm hatte augenblicklich nach einer Möglichkeit gesucht, Ava von ihren Qualen zu erlösen.

Jetzt musste er sie nur noch den Berg hinunterbringen. Der idyllische Panoramapfad entlang der Klippen kam dabei natürlich nicht infrage, eine Motorradtour durchs Hinterland schon eher.

Jemand wie Ava war ihm sein Lebtag noch nicht untergekommen. Irgendwie törnte es ihn sogar an, wenn sie miteinander stritten, obwohl er es bisher immer vermieden hatte, sich verbal mit einer Frau zu messen. Zu oft hatte er beobachten müssen, wie sich seine Eltern gegenseitig zerfleischt hatten. Ein Streit artete doch immer irgendwann aus, wurde schmutzig und emotional, und am Ende bekam der Mann niemals recht. Jedenfalls hatte Gianluca das bisher so gesehen ...

Außerdem forderte ihn sowieso keine Frau heraus. Sie schmollte höchstens mal oder gab ein paar alberne Drohungen von sich, doch meistens verhielt sie sich, wie er es von ihr erwartete: umgänglich, unterhaltsam und hübsch anzusehen.

In den vergangenen zwei Tagen war er allerdings provoziert, mehrfach beleidigt und sogar fast tätlich angegriffen worden.

Und all das wurde unpassenderweise von einer sexuellen Lust überlagert, wie er sie nie zuvor empfunden hatte. Ein ungewöhnlicher Zustand, den er bestimmt nicht mehr lange aushielt.

Allein wie Ava sich anzog – ihre Garderobe war das Gegenteil von weiblich und sexy. Trotzdem konnte er kaum noch an etwas anderes denken als daran, sie in seine Arme zu ziehen und zu küssen. Zum Glück ahnte sie nicht, was für eine Wirkung sie auf ihn hatte!

Erschöpft und verschwitzt stand Ava vor der Wasserpumpe im Garten und fragte sich, wo Gianluca blieb. Wahrscheinlich saß er längst unten an der Hotelbar und ließ es sich mit einem kühlen Drink gutgehen. Und womöglich hatte er auch schon die eine oder andere attraktive Dame kennengelernt ...

Hoffentlich hat er wenigstens einen seiner Lakaien losgeschickt, um mich zu holen! dachte Ava missmutig. *Wie soll er seiner geschätzten Familie sonst erklären, wo er mich verloren hat?*

Im Geiste sah sie eine Frau wie Donatella vor sich. *Oh, Gianluca, du bist echt umwerfend! Alles an dir ist toll, lass mich das bisschen Stoff ablegen, das ich noch am Körper trage ...*

Sie knirschte mit den Zähnen. Aber was nutzte es, sich den Kopf darüber zu zerbrechen, mit wem er sich gerade amüsierte? Es war ein anstrengender Tag gewesen, und sie konnte eine Erfrischung gebrauchen. Also zog sie ihre Bluse aus, die ihr schon am Körper klebte, und füllte den kleinen Eimer unter der Pumpe mit Wasser.

Es war herrlich, sich endlich abkühlen zu können. Ava genoss ihre Katzenwäsche in vollen Zügen. Am liebsten hätte sie auch ihre Hose ausgezogen, aber das würde warten müssen, bis sie mehr Privatsphäre hatte.

Sobald sie zurück in Sydney war, wollte sie jedenfalls ihren Stapel an *Männerhosen* eigenhändig verbrennen! Und nach einer ausgiebigen Einkaufstour würde sie sich mit neuem Eifer auf die lokale Männerwelt stürzen. Mal sehen, wer anschließend frustriert und unbefriedigt war!

Gianluca traute seinen Augen kaum. Halb nackt stand Ava vor ihm an der Pumpe und ließ sich das Wasser über den Oberkörper laufen. Ihre Haut glitzerte und funkelte in der Sonne, als wäre sie nicht von dieser Welt.

Automatisch suchte er die Gegend nach einem möglichen Spanner ab, bevor er mit entschlossenen Schritten auf Ava zuging. Das Motorrad hatte er weiter hinten auf dem Weg geparkt.

Zweifellos konnte sie ihn näher kommen hören, sie drehte sich jedoch nicht zu ihm um. Auch gut! Mit einer ungeduldigen Handbewegung stoppte er den Wasserfluss.

»Hey!«

Gianluca warf ihr die Bluse zu. »Zieh dich wieder an!«

Endlich wandte sie sich ihm zu, und er konnte nichts anderes tun, als gebannt auf ihre vollen Brüste zu starren. Sie trug einen schlichten weißen Baumwoll-BH ... aber Gianluca hatte noch nie in seinem Leben etwas Erotischeres gesehen.

Er bekam zwar mit, dass Ava zu ihm sprach, doch ihre Worte gingen in einem ohrenbetäubenden Testosteronrausch unter. In dieser Sekunde hätte er buchstäblich alles gesagt und getan, damit dieser Augenblick ewig anhielt.

Unterhalb ihrer Brüste zeichnete sich eine schmale Taille ab. Die Hüften waren sehr wohlgerundet, und der geöffnete Knopf ihrer fürchterlichen Hose gab den Blick auf einen sanften, weichen Bauch frei. Wie die meisten Männer hatte Gianluca bei einer Frau nichts für flache, brettharte Muskeln übrig.

Seine Hände zitterten, als er sich vorstellte, wie er Avas aufregende Formen berührte ...

»Reiß dich zusammen, Benedetti!« Ihr Kommandoton machte seinen sinnlichen Fantasien ein Ende.

Trotzdem entging ihm nicht, wie sich die rosafarbenen Brustwarzen durch die nasse, halb durchsichtige Baumwolle abzeichneten.

»Zieh endlich deine Bluse wieder an!«, knurrte er. »*Dio!*«

Wie ein Reh im Scheinwerferlicht blieb sie starr stehen und rührte sich erst, als er die Arme ausstreckte, um ihr höchstpersönlich beim Anziehen zu helfen. Ava wich regelrecht vor ihm zurück, und Gianluca erschrak vor seiner eigenen impulsiven Reaktion – denn er hätte sie um ein Haar gepackt und festgehalten. In ihrer Nähe benahm er sich wirklich wie ein Höhlenmensch!

Was machte es schon, wenn sie in Unterwäsche vor ihm stand? In der Vergangenheit hatte er haufenweise unbekleideter Frauen gesehen, und meistens hatte es ihn relativ kaltgelassen. Mit Ava war das leider wesentlich komplizierter.

Er hätte sie nicht mit hierherbringen dürfen. Sein ursprünglicher Plan war gewesen, sie in Ragusa abzuliefern und selbst anschließend zu seinem Termin zu fliegen. Aber dann hatte er Ava plötzlich unbedingt bei sich haben wollen ...

Nachdenklich betrachtete er die kleinen gekringelten Löckchen in ihrem Nacken, und mit einem Mal überfiel ihn ein warmes, zärtliches Gefühl.

»Die Leute hier sind ziemlich konservativ«, versuchte er mit heiserer Stimme zu erklären. »Dies ist nicht dein Bondi Beach, wo man freizügig zeigen kann, was man hat. Wo praktisch jeder oben ohne herumläuft. In einem italienischen Bergdorf sollte man sich etwas respektvoller benehmen.«

Damit brachte er Ava im Handumdrehen wieder auf die Palme. »Du sprichst von Respekt?« Ungeduldig fummelte sie an den kleinen Knöpfen ihrer Bluse herum. »Wie wäre es, wenn du mal damit anfängst, *mir* ein wenig Respekt zu erweisen? Überhaupt ist doch dieser ganze Schlamassel allein auf deinem Mist gewachsen! Du wolltest ja unbedingt zu einer kleinen Besichtigungstour hier landen und ...«

Sie drehte sich zu ihm und stutzte, weil er direkt hinter ihr stand. Und er hatte einen seltsam zufriedenen Ausdruck auf dem Gesicht. Das verhieß nichts Gutes!

Ava schrie auf, als er sie ohne Vorwarnung hochhob und über seine Schulter warf. Er ignorierte ihren Protest und ließ sie erst runter, nachdem sie den Weg erreicht hatten, auf dem die Ducati abgestellt war.

»Was ist das denn?«

»Damit werden wir den Berg hinunter gen Küste fahren«, antwortete er und schwang sich auf die Maschine.

»Nein, Benedetti, tut mir leid. Aber ich werde auf keinen Fall ...«

»Ava, steig auf!«, unterbrach er sie streng.

Bedingungslos gehorchte sie, was vermutlich an ihrer Erschöpfung lag. Schließlich kostete es Kraft, sich ständig mit Gianluca auseinanderzusetzen.

Es war ein unglaublich sinnliches Gefühl, seinen kraftvollen Körper zwischen ihren Schenkeln zu spüren. Und als sie losfuhren, schlang Ava instinktiv die Arme fest um seine Taille. Sie verschmolzen zu einer Einheit, aber trotzdem war es mühsam, die Unebenheiten des Geländes auf dem Motorradsitz auszugleichen.

»Erinnere mich daran, dass ich beim nächsten Mal den Bus nehme«, rief sie ihm zu.

»Du würdest keine fünf Minuten darin sitzen. Sobald du deiner scharfen Zunge freien Lauf lässt, setzt der Fahrer dich nämlich am Straßenrand aus.«

Der Weg wurde zunehmend steiniger, und die Ducati kam gefährlich ins Holpern. »Das war nicht gerade deine beste Idee«, beschwerte sich Ava und stöhnte auf, als ihr Po besonders hart auf den Sitz knallte. »Das machst du doch mit Absicht.«

»Manchmal hat einfach das Schicksal seine Hände im Spiel«, gab er lachend zurück.

Nach wenigen Minuten sollte sich herausstellen, wie recht er damit hatte. Der Motor heulte nämlich ein letztes Mal laut auf, bevor er plötzlich ausging. Gianluca bremste sanft ab und hielt an. Er versuchte, wieder zu starten – zwecklos.

»Und was jetzt?«, fragte Ava nervös. »Schiebst du das Ding in die nächste Schlucht und lässt mich danach auch noch verschwinden?«

Es konnte doch wohl nicht sein, dass sie mitten im Nirgendwo festsaßen! Frustriert sah sie hoch und wunderte sich über seinen merkwürdigen Blick. Sie waren von der Maschine abgestiegen, und Gianluca kam einen Schritt auf Ava zu.

»Wir müssen das zwischen uns ein für alle Mal klären«, murmelte er leise.

»Wie bitte?«

»Wie drücken es die Australier aus? Wir sollten es treiben wie die Kaninchen, bis der Reiz des Neuen verfliegt?«

Ava schnappte nach Luft. »Wir sollten ... *was*?«

»Gibt es diese Redewendung bei euch nicht?«

Es war kaum zu fassen, aber scheinbar meinte er diesen Vorschlag vollkommen ernst. Irritiert schüttelte sie den Kopf. »Nein, die gibt es nicht.«

Er lächelte, und ihr wurde mit einem Mal ganz leicht ums Herz. Sein Humor war wirklich ansteckend, und Ava verkniff sich ein Lachen.

»Das werden wir ganz bestimmt nicht tun«, sagte sie mit fester Stimme.

Doch so einfach ließ Gianluca sich nicht abweisen. Behutsam schob er eine Hand in ihren Nacken und strich mit dem Daumen über ihre zarte Haut. »Du erinnerst mich an einen kleinen Igel, der sich mit seinen Stacheln vor der Außenwelt schützen will. Aber irgendwo mittendrin hast auch du ein samtweiches, kleines Bäuchlein.«

Sie wusste nicht, was sie darauf antworten sollte. Weshalb bediente er sich neuerdings an Vergleichen aus der Tierwelt?

»Wovor läufst du davon? Wer oder was bedroht dich, Ava?« Während er sprach, zog er sie etwas näher zu sich.

Ihr Herz hämmerte wie wild. Sie wollte sich an ihn lehnen und ihm anvertrauen, wie sehr sie das unerwartete Wiedersehen durcheinanderbrachte. Am liebsten würde sie ihm auch gestehen, dass sie vor sieben Jahren eventuell einen furchtbaren Fehler gemacht hatte. Doch sie brachte kein Wort heraus.

Er sah ihr tief in die Augen. »Du findest mich anziehend, *si*? Dafür musst du dich nicht schämen.«

Sein unüberwindbares Ego brachte sie auf den Boden der Tatsachen zurück. Widerwillig schob sie seine Hand beiseite. »Oh, ja, alle Frauen sind natürlich hingerissen von dir! Es scheint dich richtig zu wurmen, dass ich absolut immun gegen dich bin, oder?«

»Immun? Wir hätten keinerlei Probleme miteinander, wenn du es wärst. Dann würdest du nämlich nicht dauernd versuchen, meine Aufmerksamkeit zu erregen.«

»Deine Aufmerksamkeit erregen?«, wiederholte sie ungläubig. »Das mache ich doch gar nicht!« Um ihre Lüge zu tarnen, sah sie zu Boden. »Deine Arroganz ist unerträglich.«

»Ich erinnere mich gut an unser erstes Treffen, da war es ganz genauso.«

»Darüber will ich nicht reden.«

»Kann ich mir vorstellen.«

»Ich war jung und dumm und habe es nicht besser gewusst. Das hast du schamlos ausgenutzt.«

»Immerhin warst du älter als ich«, stellte er klar.

»Ich kann nicht fassen, dass du mir jetzt mit unserem Altersunterschied kommst. Es handelt sich bloß um ein Jahr!«

Gelassen winkte er ab und kramte aus dem Rucksack, der auf dem Gepäckträger angeschnallt war, eine Flasche Wasser hervor. Er reichte sie Ava.

»Was soll ich damit?«, fragte sie.

»Vielleicht kühlt dich das etwas ab. Leider habe ich keinen Eimer Wasser zur Hand, den ich dir über den Kopf gießen könnte.«

»Ich bin nicht diejenige, die hier von Kaninchen angefangen hat«, murmelte sie und trank ein paar Schlucke. Ihre Kehle fühlte sich staubtrocken an.

Nachdem sie ihm die Flasche wiedergegeben hatte, setzte er sie an den Mund, ohne vorher den Rand abzuwischen. Irgendwie fand sie das sexy. Und intim. Ach, es war einfach unfair! Er konnte machen, was er wollte, sie war trotz allem scharf auf ihn.

»Ich hätte nie mit dir geschlafen, wenn ich damals bei Verstand gewesen wäre.« Es klang, als würde sie mit sich selbst sprechen.

Das ironische Lächeln verschwand aus seinem Gesicht. »*Cosa?*«

Jetzt gab es kein Zurück mehr. »Du hast mich gehört. Ich war aufgebracht und konnte nicht mehr klar denken, als wir uns damals über den Weg gelaufen sind.«

»Das sehe ich aber ganz anders, Signorina Lord. Du hast dich mir regelrecht an den Hals geworfen.«

Sie schnitt eine Grimasse.

»So war es gestern Abend, und so war es auch vor sieben

Jahren«, fügte er hinzu. »Das scheint dein normales Verhaltensmuster zu sein, *tesoro*. Demnach sollte ich mich wohl kaum geschmeichelt fühlen.«

Ehe sie sich eine passende Antwort zurechtlegen konnte, gelang es Gianluca, den Motor wieder zu starten. Den gesamten Weg bis zum Fuße des Bergs wechselten sie kein Wort mehr miteinander. Was gab es da auch noch weiter zu besprechen?

7. Kapitel

Innen war das Luxushotel ganz anders gestaltet, als Ava es erwartet hatte. Es war dezent, gemütlich und bot einen wunderbaren Blick über die Bucht von Positano. Dabei hatte sie mit einem riesigen, unpersönlichen Palast gerechnet!

Als Gianluca die Lobby durchquerte – mit hochgekrempelten Ärmeln und staubigen Schuhen –, wirkte er immer noch wie ein männliches Model, das gerade für einen Werbespot vor der Kamera stand. Wie machte er das nur?

Ava dagegen sah aus, als hätte er sie hinter seinem Motorrad hergeschleift. Und sie verzog angewidert das Gesicht, weil Gianluca einer Gruppe kichernder Frauen galant die Zwischentür aufhielt. Dabei hatten sie doch wohl allesamt zwei gesunde Hände, oder etwa nicht? Eine von ihnen blieb sogar kurz stehen und flüsterte Gianluca ein paar Worte ins Ohr. Und ihm schien dieser kleine Flirt auch noch zu gefallen. *Mistkerl!*

Egal, sie brauchte solche Faxen nicht. Entschlossen ging sie auf den Empfangstresen zu und holte ihren Ausweis aus der Tasche.

»Sie hat bereits ein Zimmer, Pietro«, sagte eine tiefe Stimme hinter ihr.

Das könnte Gianluca so passen! »Ich schlafe allein, also misch dich da gefälligst nicht ein!«, zischte sie über die Schulter.

Beide Männer schwiegen, und Ava wurde bewusst, wie unmöglich sie sich aufführte. Und alles nur, weil sie … weil sie rasend eifersüchtig war. Und weil sie schon den ganzen Tag über die Kratzbürste gespielt hatte.

»Tut mir leid«, sagte sie in versöhnlichem Ton, der allerdings für ihre Ohren viel zu steif und unbeholfen klang. »Das war sehr unhöflich von mir. Ich …«

»Es war ein harter Tag, Ava, und ich habe noch einiges zu erledigen«, unterbrach Gianluca sie in diesem Moment. »Morgen früh lasse ich dir einen Wagen kommen, der dich zurück nach Rom oder auch in Richtung Ragusa bringen wird. Was immer du willst.«

Was immer sie *wollte*? Sie wollte ihren Kopf an seine breite Schulter lehnen und sich für ihr unmögliches Benehmen entschuldigen! Für all die gemeinen Dinge, die sie ihm heute an den Kopf geworfen hatte. Er sollte ihr Gesicht in seine warmen Hände nehmen und keinen Blick mehr für andere Frauen übrig haben.

Aber das würde nicht geschehen, und Ava starb innerlich fast vor Selbstmitleid. Dabei hatte sie sich alles selbst zuzuschreiben.

Im Lift beschäftigte sich Gianluca mit seinem Handy, und ihr fehlte der Mut, die erdrückende Stille zu beenden. Um sich abzulenken, musterte sie kritisch ihr Spiegelbild und musste ihm insgesamt recht geben. Ihre Kleidung war tatsächlich nicht gerade vorteilhaft. Wieso hatte sie das bisher anders gesehen? Es musste an Bernards Einfluss gelegen haben.

Oben im Flur zog Gianluca den Kartenschlüssel durch das Schloss einer Tür und ließ Ava zuerst eintreten.

Nachdem sie ihn mit rassigen Sportwagen und in einem Hightech-Helikopter erlebt hatte, war sie auf ein ebenso stylisches Hotelzimmer gefasst. Doch stattdessen wirkte der Raum, als wäre der Inneneinrichter von Grimms Märchen inspiriert gewesen: verträumt, romantisch und kuschelig. Der Wohnbereich war durch einen verschnörkelten Rundbogen vom

Schlafbereich getrennt, und überall entdeckte Ava Kissen und Decken mit fein geblümtem Patchworkmuster in zarten Pastellfarben. Die weiß gestrichenen antiken Möbel vervollständigten das Bild eines perfekten Mädchentraums.

»Dies ist mein Zimmer?«, hauchte sie beeindruckt und schluckte. Fieberhaft überlegte sie, wie sie ein neutrales Gespräch beginnen könnte. Er hatte ja erwähnt, dieses Hotel würde einem Freund von ihm gehören. Sie räusperte sich. »Ich muss darauf bestehen, selbst zu bezahlen.«

Bevor sie weiterreden konnte, fiel die Tür ins Schloss, und Ava war allein.

Einen Augenblick stand sie wie angewurzelt da. Diese Geste war für sie wie ein Schlag ins Gesicht. Mit den Frauen in der Lobby hatte Gianluca unbeschwert geflirtet, aber ihr schlug er die Tür vor der Nase zu. Das war mehr als deutlich!

Im Badezimmer streifte sie sich die Hose ab und schleuderte sie achtlos in die Ecke. Dies Kleidungsstück kostete zwar ein Vermögen, aber Ava konnte den Anblick nicht länger ertragen. Seit heute symbolisierten diese Anzughosen für sie ein Leben ohne Spaß und Erotik.

Die heiße Dusche tat unendlich gut, und Ava seifte sich bereits zum zweiten Mal mit einem cremigen Vanillegel ein, um sich vom Duft betören zu lassen. Leider brachte sie auch das nicht auf andere Gedanken.

Sie vermisste Gianlucas Nähe. Während der holperigen Fahrt auf dem Motorrad waren er und sie zu dieser perfekten Einheit geworden. Zu einem harmonischen Ganzen, das zusammengehörte – am liebsten für immer. Jedenfalls hatte sich das kurzfristig so angefühlt. Und dann diese festen Bauchmuskeln unter ihren Fingerspitzen …

Tief in ihrem Inneren erwachte ein Verlangen, das ihr fast körperliche Schmerzen zufügte.

Und er hält mich für eine frigide, frustrierte Karrierefrau! dachte sie unglücklich.

Dieser Mann verabredete sich regelmäßig mit bildschönen Models und Schauspielerinnen, besuchte die angesagtesten Partys weltweit und wurde von jedermann begehrt. Sie dagegen ging beim Sex im Kopf die To-do-Liste des nächsten Tages durch und musste bei jedem öffentlichen Auftritt ihren Bauch einziehen.

Es lagen Welten zwischen ihnen.

Sie stellte sich vor, wie es gewesen wäre, wenn sie mit Bernard oben auf dem Berg festgesessen hätte. In dem Fall hätte *sie* den gemeinsamen Abstieg organisieren müssen, so viel stand fest. Bernard war schon immer schlecht darin gewesen, die Initiative zu ergreifen.

Ihr Koffer hatte bereits im Zimmer gestanden, als Gianluca sie hier abgeliefert hatte. Dankbar für diesen Service schlüpfte Ava in ihre hellblaue Pyjamahose, zog ein weißes T-Shirt über, rieb sich die Hände mit Creme ein und legte sich auf das breite, bequeme Bett.

Nun kreisten ihre Gedanken erst recht unaufhörlich. Das Verhältnis zu Gianluca hatte sie heute gründlich zerrüttet. Blieb die Frage, ob sie in der Lage war, es wieder zu kitten?

Gianluca lauschte den Ausführungen seines Anwalts mit schwindendem Interesse. Ihm gegenüber saß der russische Oligarch, mit dem er in Zukunft Geschäfte machen wollte, und füllte eifrig die Gläser am Tisch.

Ava, Ava, Ava. Die meisten Frauen wären doch dankbar, wenn man sie an die italienische Riviera entführte. Und wenn sie ein paar unbeschwerte Tage an seiner Seite verbringen durften. Gianluca seufzte.

Er war allgemein für seine Großzügigkeit bekannt, aber das

wusste sie natürlich nicht zu schätzen. Wie auch? Sie verdiente ihr eigenes Geld und ließ sich nicht von Shoppingtouren oder teuren Restaurants beeindrucken.

Stattdessen hatte sie eine scharfe Zunge, war blitzgescheit und besaß jede Menge Ehrgeiz. Ihr fehlte allerdings das Gespür für die Rolle einer richtigen Frau ... Sie brauchte keine Unterstützung im Leben, keine Sicherheit und kein Verwöhnprogramm.

Nein, sie zwang Gianluca praktisch dazu, sie zu behandeln, als wäre sie auch ein Mann. Wie sollte das funktionieren? Wäre ihm ein anderer Kerl heute so aggressiv gegenübergetreten wie Ava, er hätte längst mit gebrochener Nase am Boden gelegen! Aber sie lag stattdessen in einem weichen Luxusbett.

Basta! Das Thema war erledigt. Er konnte mit den Pressefotos leben, die von ihnen in der Öffentlichkeit kursierten. Schließlich war er es nicht anders gewohnt. Demnach gab es keinen Grund mehr, sich noch einmal mit Ava zu treffen. Hier in Positano gab es genug andere Frauen, die sich darum rissen, von ihm beachtet zu werden.

Nachdenklich nippte er an seinem Wodka und betrachtete seinen russischen Geschäftspartner, der sich zufrieden auf seinem Stuhl zurücklehnte.

»Komm heute Abend mit mir auf meine Yacht, Gianluca«, schlug der Russe vor. »Wir können beim Dinner noch mal in Ruhe über unsere Pläne sprechen.«

Die Pläne. Dinner und Drinks. Und ganz sicher auch jede Menge schöne Frauen. Der Oligarch war berühmt und berüchtigt für seine ausschweifenden Partys. Doch Gianlucas Gedanken wanderten zurück zu der spröden Australierin, die ihn mit ausgestrecktem Zeigefinger über die Errungenschaften der Emanzipation belehrt hatte.

Er würde nirgendwohin mitfahren. Was er wollte, war nämlich nur einen Katzensprung weit entfernt.

Verschlafen richtete sich Ava im Bett auf. Eigentlich hatte sie sich nur ein wenig ausruhen wollen, aber dann hatten sie die Kräfte einfach verlassen. Sie rieb sich die Augen.

Erst jetzt bemerkte sie den Mantel, der quer über dem Fußende lag, und die Schlüssel auf dem Nachttisch. Und hörte auch das Rauschen aus dem Badezimmer. Jemand stand unter der Dusche!

Mit einem Satz sprang sie aus dem Bett und versuchte, sich mit bloßen Fingern die zerzausten Haare zu richten. *Er* war also zurückgekehrt. Sie war gar nicht auf den Gedanken gekommen, dass sie sich ein Zimmer teilen würden. Typisch für ihn, im Alleingang eine solche Entscheidung zu treffen. Dabei hatte sie sich doch klar genug ausgedrückt.

Allerdings war sie inzwischen anderer Meinung ... Sie freute sich sogar, dass er zurückgekommen war.

Nervös biss sie sich auf die Unterlippe und lächelte.

Ruhe bewahren, Ava! ermahnte sie sich. Was denkt er über dich? Dass du eine frustrierte, unbefriedigte Emanze bist? Nun, da könntest du ihn doch eines Besseren belehren?

Es gab nur leider ein kleines Problem. Sie kannte sich auf diesem Gebiet – unverbindlicher Sex – nicht wirklich gut aus. Dafür hatte er genug Erfahrung, es könnte also durchaus Spaß machen mit ihm.

Immerhin befand sie sich an einem der schönsten Orte dieser Erde, und das mit einem unbeschreiblich erotischen Mann. Beim letzten Mal war es doch auch fantastisch gewesen! Und würde sich jemals eine perfektere Gelegenheit bieten?

Gianluca Benedetti machte sich nichts aus ernsthaften Beziehungen. Es wäre einfach nur ein One-Night-Stand, bei dem man seiner Lust freien Lauf lassen durfte. Ohne Zurückhaltung, ohne Hintergedanken. Was für eine verlockende Vorstellung!

Ava nahm all ihren Mut zusammen und näherte sich der Badezimmertür. Zuerst presste sie nur ihr Ohr dagegen und lauschte. Sang er etwa unter der Dusche? Es hörte sich fast so an.

In ihrer Magengegend kribbelte es vor Aufregung. Wenn er vor sich hinsang, war er bestimmt nicht mehr sauer auf sie. Was sprach dagegen, einfach ins Badezimmer zu stürmen und ihm zu sagen, was sie auf dem Herzen hatte?

Ich entschuldige mich für mein unmögliches Benehmen! Mir war bis jetzt nicht klar, was ich eigentlich will, aber nun weiß ich es. Ich will dich, und zwar so sehr, dass ich tot umfalle, wenn du mir einen Korb gibst.

Mehr als Nein sagen konnte er nicht. Wahrscheinlich würde er sie einigermaßen höflich hinauswerfen, was trotzdem peinlich wäre. Würde er? In der beschlagenen Duschkabine könnte sie ihn ohnehin nicht richtig sehen. Außerdem waren Männer in diesem Punkt weitaus unempfindlicher als Frauen.

Endlich wagte sie den Schritt nach vorn und bemerkte als Erstes, dass die Duschkabine nicht so sichtgeschützt war, wie sie vermutet hatte. Sie konnte Gianlucas nackten Körper deutlich erkennen, und er raubte ihr den Atem. Breite Schultern, ein überraschend muskulöser Rücken und ein hinreißend knackiger Po.

Dieser Italiener besaß mehr Sex-Appeal, als gut für ihn war.

Noch könnte sie wieder ins Bett gehen, ohne dass er sie bemerkte. Aber es gelang ihr nicht, den Blick von ihm abzuwenden. Sie war einunddreißig Jahre alt und hatte schon häufiger nackte Männer unter der Dusche gesehen. Na schön, nicht mehr als zwei. Aber dieser Moment war trotzdem etwas ganz Besonderes, und sie wollte nicht, dass er endete.

Gianluca drehte sich mit geschlossenen Augen zu ihr um und ließ sich das Wasser übers Haar laufen.

Ava stockte der Atem. Dieser Mann war ausgesprochen gut ausgestattet, weit entfernt vom Durchschnitt.

Die Lider hoben sich, und sein Blick traf sie mitten ins Herz. Wie erstarrt blieb sie stehen und beobachtete fasziniert, wie sich seine Erregung zeigte.

Warum findet er mich sogar im Schlabberlook attraktiv? schoss es ihr durch den Kopf.

Es war ihr ein Rätsel, und gleichzeitig lösten sich ihre Hemmungen in Luft auf. Na und? Sie hatte eben keine Streichholzbeine und keine schmalen Hüften, das war nicht zu ändern. Ihn schien es nicht zu stören – ganz im Gegenteil.

Er knurrte etwas auf Italienisch, und Ava hielt die Luft an, als er aus der Dusche stieg. Als wäre es das Selbstverständlichste auf der Welt, nahm er sie bei der Hand und zog sie mit sich unter den warmen Wasserstrahl. Sein kräftiger Unterarm stützte ihren Kopf, während er sie küsste, und Ava vergaß für einen Sekundenbruchteil alles um sich herum. Seine Zunge fand ihren Weg in Avas Mund, und seine Bartstoppeln kratzten an ihrem Kinn.

Ihre Knie wurden weich, und sie klammerte sich an Gianlucas kräftige Schultern. Nur er konnte auf diese Weise küssen. Es war wie ein Feuerwerk, wie ein Orkan, der die Realität beiseitefegte.

Mühelos zog er ihr das Shirt über den Kopf und warf es auf den Boden. Die Pyjamahose folgte wenige Sekunden später, und dann presste sich seine Männlichkeit fordernd gegen ihren weichen Bauch.

Ava schob ihre Finger in sein nasses Haar und küsste ihn so wild, wie sie noch nie zuvor einen Mann geküsst hatte.

»Nimmst du die Pille?«, fragte er keuchend.

Sie nickte und dachte gleichzeitig daran, mit wie vielen Frauen er vor ihr zusammengewesen war. Außer Bernard war da nur Patrick gewesen, der allerdings immer ein Kondom benutzt hatte. Gianluca dagegen hatte vermutlich Bekanntschaft mit unzähligen Damen gemacht ...

»Ich bestehe trotzdem darauf, dass du uns schützt«, gab sie zurück.

Er nickte und schaltete das Wasser ab. »In dem Fall muss ich dich für einen Moment allein lassen.«

Es war kaum zu glauben, dass ein notorischer Schürzenjäger wie er nicht auf ein kleines erotisches Abenteuer vorbereitet war. Aber Gianluca zog sich tatsächlich seine Jeans und einen Sweater an, nachdem er sich notdürftig abgetrocknet hatte.

»Willst du jetzt etwa ...«

»Warte einfach kurz hier, ja?«

Wenige Sekunden später hörte sie die Tür zuschlagen. Ava brauchte eine Weile, um sich zu sammeln und selbst aus der Dusche zu steigen. Was war hier gerade passiert? Wartete sie jetzt tatsächlich darauf, dass er mit Kondomen zurückkam? Und was würde der Morgen bringen?

Um jeden Preis wollte sie Gianluca heute in sich spüren. Aber damit riskierte sie, dass sie diesen Wagemut später eventuell bereute. Sie dachte an jene Nacht zurück, als sie ihm ihre Seele offenbart hatte. Das war für sie ein riesiger Schritt gewesen, den sie trotz allem nicht bereute. Vielleicht hatte gerade das dieses erste Mal so außergewöhnlich gemacht.

Der Sex mit Patrick oder Bernard war dagegen eher enttäuschend gewesen. Gianluca und sein ungebändigtes Testosteron hatten sie für die Männerwelt offenbar verdorben. Aber jetzt war sie wieder mit ihm zusammen ...

Als er in den Raum stürmte, saß sie in einem weißen Bademantel auf dem Bett und hielt die Luft an.

»Hast du eine offene Apotheke gefunden?«, erkundigte sie sich mit erstickter Stimme und kam sich bei dieser Frage reichlich blöd vor.

Er nickte und warf vier Pappschachteln auf den Nachttisch. »Ich war eben in Eile«, rechtfertigte er sich, ehe sie etwas dazu sagen konnte.

Ihr gefiel, dass er diesen Abend nicht kaltblütig geplant hatte. Es war sogar irgendwie charmant, wie eifrig er sich um sie bemühte. Lachend warf sie sich in die weichen Kissen, während er seine Kleider abstreifte und sich dann neben Ava legte.

Ungeschickt zerrte er an ihrem Bademantelgürtel und seufzte erleichtert, nachdem er ihre nackten Brüste vor sich sah. »Magst du das?«, fragte er heiser und strich mit dem Zeigefinger über eine aufgerichtete Spitze.

Sie zitterte. »Ja …« Trotzdem wollte sie nicht, dass er sich zurückhielt. Nein, er sollte seiner Leidenschaft freien Lauf lassen, und sie wollte dasselbe tun.

Zärtlich küsste er ihre sensible Brustwarze und sah Ava dabei immer wieder in die Augen. Als hätte er tatsächlich Angst, ihr wehzutun.

»Du bist perfekt«, flüsterte er und zog ihr den Bademantel ganz aus. Immer wieder ließ er seine Hände über ihre fraulichen Kurven gleiten, und ganz allmählich näherte er sich dabei dem Zentrum ihrer Weiblichkeit. Es war betörend, es war verwegen und gleichzeitig wahnsinnig verheißungsvoll.

Ava konnte kaum erwarten, dass er endlich einen Schritt weiter ging. Sie berührte seine Männlichkeit und war erstaunt, wie glatt und warm sie sich anfühlte.

Gianluca stieß einen heiseren Laut aus. Seine Finger wagten sich weiter vor, glitten in sie und lösten eine Kettenreaktion in Avas Innerem aus.

Ihr war es unmöglich, noch einen klaren Gedanken zu fassen. Dabei hatte sie Gianluca eigentlich beichten wollen, dass sie gewisse Schwierigkeiten damit hatte, sich richtig gehen zu lassen. Sie wollte ihn bitten, sich etwas Zeit mit ihr zu nehmen, damit sie diese Erfahrung auch auskosten konnte. Doch das war überraschenderweise überflüssig. Er wusste scheinbar ganz genau, wodurch sich ihre Urinstinkte wecken ließen.

»Luca«, schluchzte sie überwältigt, bevor sie ins Bodenlose stürzte. Ihr Körper zuckte, und all die aufgestaute Leidenschaft, die in ihr geschlummert hatte, entlud sich mit voller Gewalt.

Seine Augen glitzerten, während er sie dabei beobachtete, wie sie ins Hier und Jetzt zurückfand. Dann schob er sich auf sie.

»Luca«, stöhnte sie noch einmal, bevor er endlich zu ihr kam und ihren Höhepunkt auffing, um ihn zu verdoppeln – zu verdreifachen.

Sie verlor restlos die Kontrolle und ließ sich treiben, bis auch die letzte Anspannung ihren Körper verlassen hatte. Es war ein Zustand unendlicher Leichtigkeit – für Ava völlig neu. Sie hob ihr Becken an, nahm ihn noch tiefer in sich auf und genoss das Gefühl, mit ihm eins zu werden.

Es war, als würde sie durch ihn neu geboren werden. Ava fühlte sich stärker und unbesiegbarer als jemals zuvor. Dieser Mann war ihr Lebenselixier, und sie brauchte ihn, wenn sie in diesem wiedererweckten Zustand weiterleben wollte.

Sein Herz schlug nah bei ihrem, während er sein Gesicht an ihren Hals presste.

»Meine wunderschöne Ava«, keuchte er und wurde von seinem eigenen Höhepunkt davongetragen.

Sprachlos vor Rührung und Erschöpfung hielt sie ihn umschlungen.

Meine Ava.

Ja, genau das war sie.

8. Kapitel

Und was nun?

Diese Frage plagte Ava, seit Gianluca sie allein im Bett zurückgelassen hatte. Sie sah ihm nach, während er im Bad verschwand. Sein muskulöser Körper war wirklich eine Pracht! Und er gehörte allein ihr. Zumindest empfand sie es so ... für heute Nacht.

Die leere Matratze kam ihr plötzlich riesig vor. Instinktiv zog sie die zerwühlte Decke über ihren nackten Körper und versuchte, den Wunsch zu unterdrücken, in Gianlucas starken Armen einzuschlafen. Vielleicht wollte er diese Nähe ja gar nicht? Aber sie hatte sich seit Jahren nicht mehr so entspannt und vollkommen gefühlt, und einen multiplen Orgasmus hatte sie noch nie gehabt.

War es allein das? Machte diese Erfahrung aus ihr gleichzeitig eine entspannte Frau und ein emotionales Nervenbündel? Oder war sie vielleicht nur verrückt geworden?

Keine Panik! ermahnte sie sich. Ich brauche lediglich etwas Zeit, um das Erlebte zu verarbeiten.

Wenige Minuten später lag Gianluca endlich neben ihr, hielt sie fest im Arm und flüsterte ihr auf Italienisch Zärtlichkeiten ins Ohr.

»Du hast mich beim Sex Luca genannt«, seufzte er. »Ab sofort sollst du mich immer Luca nennen!« Er drückte ihr einen leichten Kuss aufs Ohrläppchen.

»Ist das ein Befehl?« Sie lächelte. »Sobald du eine Frau in dein Bett gelockt hast, muss sie dich bei einem bestimmten Namen nennen?«

Ihr Scherz verfehlte seine Wirkung, denn Gianluca verzog das Gesicht. Sie klang wohl zu bestimmend, zu aggressiv. Warum schaffte sie es nicht, bei diesem besonderen Mann den richtigen Ton zu treffen? Ava spürte regelrecht, wie er sich an ihrer Seite verkrampfte.

Dann stützte er sich abrupt auf einen Ellenbogen und blickte sie ernst an. »Weshalb tust du das?«

Sie hatte seinen Stolz verletzt, das war ihr augenblicklich klar. Dabei hatte sie ihn überhaupt nicht provozieren wollen. »Ich mache doch gar nichts.«

»Du sprichst von anderen Frauen, während wir zusammen im Bett liegen. Das klingt schon wieder, als wäre ich irgendein gedankenloser Aufreißer.«

»Das wollte ich damit nicht sagen. Wir sollten aber trotzdem ehrlich zueinander sein. Du verhältst dich nämlich, als würde ich dir etwas bedeuten. Dabei kennen wir uns kaum.« Sie schluckte. »Was ist zum Beispiel mit Donatella?«

Zuerst wusste er gar nicht, von wem sie sprach. Die ganze Diskussion machte für ihn überhaupt keinen Sinn, aber Ava sah das anscheinend anders.

»Ava, ich hatte nie etwas mit ihr. Sie ist einfach nur ein irgendein Fan von mir.«

»Ein Fan?«

»Ja. Sie gehört zu den Frauen, die sich gern an berühmte Männer hängen.«

»Mit so etwas kenne ich mich nicht aus«, bemerkte sie spitz.

»Ich will einfach nicht dauernd belagert werden, und da habe ich eben das kleinste Übel gewählt. Solange Donatella bei mir war, hat sie alle anderen vertrieben.«

Darüber dachte Ava eine Weile nach. Auf ihrem Gesicht zeichneten sich die unterschiedlichsten Gefühle ab.

»Du musst mich für eine Vollidiotin halten«, schimpfte sie schließlich und sprang aus dem Bett.

Dabei versuchte sie, sich in die Bettdecke zu hüllen, aber das ließ er nicht zu. Blitzschnell griff er nach dem dünnen Stoff, und eine Sekunde später stand Ava splitternackt vor ihm. Automatisch versuchte sie, ihre Brüste und ihre Scham mit den Händen zu bedecken.

»*Cara* ...«, begann er und streckte eine Hand nach ihr aus.

»Hör mit dem Süßholzgeraspel auf!«

Man sah ihm an, dass er sich ein Grinsen verkneifen musste.

»Für wie dumm hältst du mich eigentlich? Diese Frau sah umwerfend aus, und sie hatte praktisch nichts an! Erzähl mir nicht, sie wär bloß dein Alibi gewesen!«

»Sie hat mir in einer speziellen Situation einen Dienst erwiesen«, versuchte er zu erklären.

»Das Gleiche könntest du ja heute auch von mir behaupten, oder?«

Gianluca warf den Kopf in den Nacken und lachte.

»Was findest du daran lustig?«, wollte sie wissen.

»Ava, wenn du jetzt nicht mit mir lachst, werde ich dich auf der Stelle erwürgen.«

»Das verstehe ich nicht«, sagte sie gepresst.

»Ist mir klar, *cara*.«

Verständnislos starrte sie ihn an ... diesen grandiosen, gut gebauten Mann, der nackt vor ihr im Bett lag. Und ihr wurde – wie vorhin unten in der Lobby – bewusst, dass sie ihre Gefühle nicht mehr im Griff hatte.

»Bitte entschuldige«, murmelte sie. »Ich hätte dich nicht angreifen dürfen.«

Aber Gianluca hörte ihr nicht mehr zu. Er war abgelenkt, und das konnte ihm wohl niemand verdenken. Ava in all ihrer nackten Schönheit … und sie fühlte sich in seinen Armen unbeschreiblich gut an.

Vielleicht war es ein Fehler gewesen, sie hier in ihrem Hotelzimmer zu überraschen, aber jetzt war es zu spät für Reue.

»Würdest du mir eine wichtige Frage beantworten?« Seine Miene war ernst.

»Ich habe kaum eine andere Wahl«, entgegnete sie zögernd.

Das brachte ihn schon wieder zum Lächeln. »Ava, du hast immer eine Wahl. Tu bitte nicht schon wieder so, als hätte ich dich irgendwie ausgenutzt. Wir wissen beide, dass du von Anfang an scharf darauf warst, mit mir im Bett zu landen. Ironischerweise hast du gestern noch geglaubt, ich wäre ein Gigolo, der Sex zu seiner Profession gemacht hat. Falls du mich in dieser Rolle sehen willst, spiele ich sie gern für dich, *cara*. Wenn wir miteinander ins Bett gehen, werde ich immer der für dich sein, den du haben willst. Aber einen Gefallen musst du mir tun: Gib nicht vor, dies alles würde dir nichts bedeuten!«

»Wieso sollte es mir etwas bedeuten?«, fragte sie halbherzig.

»Mein kleiner Igel«, sagte er sanft und zog sie an der Hand zurück ins Bett. »Ständig rollst du dich zusammen und zeigst mir deine Stacheln.« Er legte eine Hand auf ihren Bauch. »Zum Glück hast du diese kleine, weiche Stelle, die du nicht vor mir verbergen kannst.« Er spürte, wie sie die Muskeln unter seinen Fingern anspannte.

Zärtlichkeit und Leidenschaft – diese Mischung war für Ava einfach unwiderstehlich. »Ich bin kein Igel«, murmelte sie und ließ zu, dass er mit seinen Lippen ihren Mund verschloss.

Erst nach mehreren Minuten hob er den Kopf. »Eine wichtige Frage hast du mir noch nicht beantwortet.«

»Schieß los!«, seufzte sie.

»Wieso bist du gestern in die Bar gekommen?«

»Ich wollte einfach sehen, wie du dich verändert hast.« Sie

machte eine Pause. »Und ich wollte Zeit mit dir verbringen.«

Das schien ihn nicht zu überraschen. »Gut. Und weshalb, glaubst du, habe ich dich hierhergebracht?«

Konnte mit einem komplizierten Mann wie ihm am Ende alles furchtbar leicht sein? Begehrte er sie mit Leib *und* Seele? Wieder einmal schaffte es der berüchtigte Gianluca Benedetti, ihre Vorurteile auszuhebeln. Ihr fehlte schlicht die Energie, daran festzuhalten. Offenbar gab es zwischen ihnen eine Anziehungskraft, der sie sich beide beugen mussten.

Anstelle einer Antwort küsste sie ihn auf den Mund und gab ihm zu verstehen, dass sie wieder bereit für ihn war.

Und das ließ er sich nicht zweimal sagen!

Am nächsten Tag standen Ava und Gianluca gegen Mittag vor dem Hotel auf der Straße.

Wie üblich sah er großartig aus: frisch geduscht, rasiert und in lässiger Freizeitkleidung. Hand in Hand gingen sie ausgerechnet an den jungen Frauen vorbei, denen Gianluca am Tag zuvor die Tür aufgehalten hatte.

Avas Eifersucht war zwar verflogen, dennoch schenkte sie den Damen ein selbstzufriedenes Lächeln, das sogar etwas überheblich ausfiel.

Als sie dann vor ihrem Wagen standen, warf Ava einen Blick auf ihr Ebenbild, das sich in der Scheibe spiegelte. Spätestens jetzt stand für sie zweifellos fest, dass es höchste Zeit für eine komplett neue Garderobe war!

Heute Morgen hatte Gianluca zwar kein Wort über ihre Hose verloren, und sie hatte sich bewusst für die femininste kurzärmelige Bluse entschieden, die sie besaß. Trotzdem drückte dieses Outfit bei Weitem nicht aus, wie Ava sich fühlte. Es kam ihr vor, als würde sie in einer fremden Haut stecken, die sie so schnell wie möglich abstreifen wollte.

Das würde mir zu Hause kein Mensch glauben, überlegte sie wenige Minuten später. Da brauste sie doch tatsächlich mit ihrem Liebhaber in einem rassigen Sportwagen die Amalfiküste entlang! Unfassbar!

Erdrückende Routine, Überstunden und der ewige Drang, auf Nummer sicher zu gehen – all das hatte ihr Leben in Sydney bestimmt und war nun vergessen. Ein Gefühl wie im freien Fall, voller Adrenalin, im Rausch der Geschwindigkeit … und mit der Angst im Hinterkopf, hart auf dem Boden der Realität aufzuschlagen.

Trotzdem fühlte sie sich in Gianlucas Gegenwart völlig sicher. Liebevoll betrachtete sie ihn von der Seite und dachte darüber nach, wie unrecht sie ihm getan hatte. Er war kein kopfloser Draufgänger, der sich nur zum Spaß mit Frauen schmückte. Nein, es steckte viel mehr in ihm.

»Wenn du mich noch länger so ansiehst, kommen wir nicht weit, *tesoro*«, murmelte er verheißungsvoll.

Sein Verlangen tat ihr gut. »Wo wollen wir denn eigentlich hin?«, fragte sie mit einem Lächeln.

»Ich dachte, wir fahren ein bisschen die Küste entlang. Wie ganz normale Touristen. Es gibt da ein paar schöne Ecken, die ich dir gern zeigen möchte.«

»Eine tolle Idee, aber …« Wie sollte sie ihm erklären, dass sie sich unbedingt vorher neu einkleiden musste?

»Was gibt es, *cara*?«

»Gönnst du mir zuerst noch eine Stunde für mich allein?«

Neugierig zog er beide Augenbrauen hoch. »Und du läufst auch nicht weg?«

»Natürlich nicht. Warum sollte ich das tun?«

»Fragen darf man doch mal«, gab er grinsend zurück.

Entspannt ließ sich Ava in ihren Sitz zurücksinken und genoss die Kabbeleien mit Gianluca. Einen fröhlichen, unbeschwerten Umgang miteinander war sie nach der Zweckbeziehung zu Bernard nicht gewohnt. Aber es gefiel ihr ausgesprochen gut.

»Wo soll ich dich absetzen?«

Sie hatte keine Ahnung von den Geschäften in dieser Gegend. »Ach, lass mich einfach da vorn raus«, schlug sie vor und nahm ihre Handtasche. »In einer Stunde stehe ich wieder hier am Straßenrand.«

Ohne ihr Verhalten zu hinterfragen, ließ er sie aussteigen und verabschiedete sich mit einem Luftkuss von ihr.

An den ersten Schaufenstern, die alle ein ähnliches Angebot zu haben schienen, ging Ava achtlos vorbei. Doch dann entdeckte sie plötzlich genau das, wonach sie suchte. Ein blassblaues Seidenkleid mit mehreren Lagen zarten Chiffons, verziert mit Stickblümchen und kleinen Perlen.

Als Mädchen war sie in Jeans und T-Shirt aufgewachsen. Nicht, weil sie es gewollt hatte, sondern weil ihre völlig überforderte Mutter weder Geld noch Zeit dafür hatte aufwenden können, ihre Tochter hübsch zurechtzumachen.

Von einem Kleid wie diesem hier hatte Ava ein Leben lang geträumt. Aber wenn sie etwas in der Art an einer anderen Frau gesehen hatte, war ihr das immer zu romantisch und aufreizend vorgekommen – sie hatte sich eben nie getraut, selbst so etwas zu tragen.

Begeistert betrat sie den kleinen Laden und kaufte sich dort zusätzlich noch neue Unterwäsche, mehrere Oberteile, zwei Caprihosen und ihren ersten schicken Rock.

Genau eine Stunde später winkte sie Gianluca zu, der seinen Sportwagen direkt neben ihr zum Stehen brachte.

»Eine Shoppingtour, das hätte ich mir ja denken können«, rief er lachend durchs offene Fenster.

»Ja, ich weiß, es ist ein Klischee.«

Überrascht erstarrte sie, als er ihr beim Einsteigen einen herzhaften Begrüßungskuss auf den Mund gab. »Oh. Wie nett.« Etwas Passenderes fiel ihr auf die Schnelle nicht ein.

»Du siehst umwerfend aus.« Und damit meinte er nicht nur ihr neues Outfit, das plötzlich aus einer weißen Caprihose und einem figurbetonten Top bestand.

»Danke. Ich wollte mir nur ein paar neue Sachen besorgen, die besser zu einem Ausflug an die Küste passen.« *Gute Ausrede!*

»Ich habe nachgedacht«, wechselte er das Thema. »Wäre ich rechtzeitig zu meinem Termin gehetzt, hätten wir uns in Rom niemals wiedergesehen. Und dann hätte ich all dies verpasst.« Er streckte die Hand aus und streichelte ihre Wange.

»Aber du hast doch in den vergangenen Jahren gar keinen Gedanken mehr an mich verschwendet?« Ava kämpfte mit den Tränen.

»Wieso weinst du, *tesoro*?«, erkundigte er sich bestürzt.

»Ich weiß nicht …« Ihr Herz drohte in ihrer Brust zu zerspringen. Zu viele Emotionen tobten gleichzeitig in ihr und ließen keinen klaren Gedanken mehr zu. Gianlucas Umsicht und Zärtlichkeit, ihr neues Körpergefühl, dieses wunderbare Süditalien … all das verzauberte Ava, und sie fand sich in dieser Magie nicht zurecht.

Am schönsten war aber die Tatsache, dass endlich mal jemand anderes das Steuer übernahm – im wahrsten Sinne des Wortes. Sie musste nicht länger stark und unabhängig sein, sondern durfte diese kostbare Zeit mit Gianluca in vollen Zügen genießen.

»Wo fahren wir jetzt hin?«, wollte sie wissen und schluckte ihre Tränen hinunter.

Er küsste sie auf die Stirn und lächelte. »Es wird dir gefallen, versprochen!«

9. Kapitel

»Nein, das kann ich nicht annehmen. Die ist viel zu teuer, Gianluca.«

»Ganz im Gegenteil. Sie ist perfekt für dich.« Er legte Ava die zarte Kette mit den funkelnden pinkfarbenen Saphiren um den Hals.

Der Juwelier hielt sich dezent im Hintergrund seines Verkaufsraums auf.

Trotzdem fühlte Ava sich beobachtet, bis Gianluca sie mit seinem breiten Oberkörper regelrecht abschirmte und sich näher zu ihr beugte.

»Lass mich dich verwöhnen, *tesoro*!« Sein intensiver Blick ruhte auf ihr und verlieh seinen Worten eine besondere Tiefe.

»Aber dafür musst du mir doch keine kostspieligen Dinge kaufen«, protestierte sie. »Ich habe selbst genug Geld.«

Seine Mundwinkel zuckten. »Es geht nicht um den materiellen, sondern um den emotionalen Wert einer Sache. Aber wenn du dich dabei nicht wohlfühlst, musst du sie nicht annehmen.«

Sie wollte diese Kette unheimlich gern besitzen. Nicht nur weil sie unbeschreiblich hübsch war. Nein, vor allem, weil Gianluca sie ausgesucht hatte. Und er drängte ihr das Schmuckstück nicht auf, stattdessen ließ er ihr ihren Willen, auch wenn es ihn enttäuschte. Das beeindruckte Ava in dieser Situation am meisten, denn früher hätte sie ihm diese Form der Zurückhaltung nicht zugetraut.

»Nein«, sagte sie und hakte sich bei ihm ein. Es war wunderbar, von einem liebevollen Mann beschenkt zu werden ... »Ich meine, ja! Ja, ich möchte gern von dir verwöhnt werden. Wenn du es auch willst. Und ich liebe diese Kette.«

Damit lieferte sie ihm den unabhängigen Teil ihrer Persönlichkeit aus, an dem sie aus Selbstschutz so hartnäckig festgehalten hatte. Aber Gianluca schien die Bedeutung dieser Geste gar nicht wahrzunehmen.

Er verstaute das Schmuckstück vorsichtig in der dafür vorgesehenen Schatulle und nickte dem Juwelier kurz zu, der sich daraufhin wieder näherte. Gleichzeitig erschienen zwei weitere Mitarbeiter und nahmen Gianluca das lederne Etui ab.

Nachdem sie das Geschäft verlassen hatten, bummelten Ava und Gianluca über den belebten Bürgersteig.

»Weshalb hast du die Kette dort gelassen?«, erkundigte sie sich verwundert.

»Sie wird ins Hotel geliefert. Du willst diese Kostbarkeit doch bestimmt nicht den ganzen Tag in der Handtasche mit dir herumtragen?«

Sein leicht ironischer Tonfall war nachvollziehbar. Wieso wusste sie solche Dinge nicht? Zugegeben, er war der erste Mann, von dem sie Juwelen bekam. Selbst den Verlobungsring, der sich in den Tiefen ihres Reisekoffers befand, hatte sie sich selbst gekauft, um auf Bernards vermeintlichen Antrag bestmöglich vorbereitet zu sein. Wie erbärmlich! Daran hatte sie gar nicht mehr gedacht.

Mit dieser Person, die auf solch bizarre Art und Weise das eigene Leben zu kontrollieren versuchte, hatte sie nicht mehr viel gemeinsam.

»Du bist wirklich richtig süß«, sagte Gianluca und legte seinen Arm um sie.

Die alte Ava hatte es verabscheut, in der Öffentlichkeit Zärtlichkeiten auszutauschen. Sie hatte alles abgelehnt, was unnötig

Aufmerksamkeit erregte. Aber mit diesem aufregenden Italiener an ihrer Seite war das anders. Plötzlich sah sie um sich herum nur noch verliebte Pärchen durch die Gegend spazieren. Ob jung oder alt, die Menschen wirkten beneidenswert glücklich, und Ava schloss sich ihnen insgeheim an. Ja, Gianluca machte sie richtig glücklich.

»Du auch«, flüsterte sie und legte ihren Kopf an seine Schulter.

»Ich und süß?« Mit gespielter Entrüstung sah er sie an.

»Absolut, das warst du schon immer.« Mit dem Handrücken strich sie über seine breite Brust. »Ich erinnere mich noch daran, wie wir uns kennengelernt haben. Da warst du erst dreiundzwanzig und doch unheimlich verständnisvoll, sensibel und nett. Gleichzeitig spürte man deine innere Stärke und fühlte sich sehr sicher bei dir.«

»*Tesoro*«, unterbrach er sie streng. »Beschreibe einen italienischen Mann nie als *nett*. Das passt einfach nicht zu uns!«

»Trotzdem ist es wahr.« Ihr kam es vor, als würde ihr ein Stein vom Herzen fallen. Es tat gut, sich nach all den Jahren mit ihm auszusprechen.

»Falls es dir wichtig ist, gebe ich mich mit diesem zweifelhaften Kompliment zufrieden«, scherzte er und drückte ihre Schultern. »Erzähl mal, was gefällt dir noch an mir?«

»Ich mag dich eben«, gestand sie und zuckte die Achseln. So einfach war das, einem Mann seine Zuneigung zu zeigen. Das hätte Ava vor wenigen Tagen nie und nimmer für möglich gehalten.

Sie verließen Positano über die geschwungene Küstenstraße. In einem idyllischen Restaurant am Meer tranken sie köstlichen Limoncello und gönnten sich Venusmuscheln mit Knoblauchbaguette und Salat.

Während des Essens fragte Gianluca Ava buchstäblich Löcher in den Bauch. Was war ihr erster Job gewesen? Aushilfe in einem Friseursalon. Ihre Lieblingsfarbe? Blau. Ihr Lieblingslied? Jedes einzelne von Billie Holliday.

Es dauerte eine ganze Weile, bis sie ihn ihrerseits ausfragen konnte. Zum Beispiel wollte sie wissen, wo er zur Schule gegangen war. Antwort: Man hatte ihn mit acht Jahren auf die Militärakademie geschickt.

»Mit acht?«, wiederholte sie fassungslos und erinnerte sich an ein früheres Gespräch mit ihm.

»Das ist ganz normal in meiner Familie, *cara*. Seit fünf Generationen werden alle Benedetti-Männer zur selben Akademie geschickt.«

»Das nennst du normal?«

»Na ja, bisher jedenfalls. Da ich keine Kinder haben werde, breche ich automatisch mit dieser Tradition. Und meine Schwestern haben sich ebenfalls nicht an diesen Brauch gehalten.«

»Ach, nein?« Ihr war ganz flau bei dem Gedanken, ein Kind in diesem Alter auf ein strenges Internat zu schicken. Und er wollte niemals Vater werden ... »Du hast also mehrere Schwestern?«

»Zwei. Dazu vier Neffen und zwei Nichten.« Etwas verlegen zupfte er sich den Kragen seines Poloshirts zurecht. Ihn beschlich das ungute Gefühl, sich auf recht dünnem Eis zu bewegen. Avas nächste Frage bestätigte seinen Verdacht.

»Und du magst keine Kinder?«

»Im Gegenteil, ich liebe Kinder.«

Ava musterte ihn mit ihren tiefseegrünen Augen, und er wappnete sich innerlich gegen die Tirade, die er für gewöhnlich bei diesem Thema von einer Frau zu hören bekam.

»Hm«, seufzte sie.

Mehr sagte sie dazu nicht. Dann sah sie aufs Wasser hinaus, und ihr Haar fiel ihr vors Gesicht.

Nur *Hm*? Gianluca verstand die Welt nicht mehr. Was hatte das zu bedeuten? Weshalb musste er sich nicht erklären? Es war eine lange, ermüdende Geschichte. Und – *dio* – er hatte sie so oft erzählt, dass er sie selbst nicht mehr hören konnte! Aber vielleicht sollte Ava sie trotzdem erfahren, damit sie ihn besser verstand? Dann machte sie sich wenigstens keine falschen Hoffnungen …

»Dieser Ort ist magisch. Ich kann gut verstehen, warum die Leute hierherkommen«, murmelte Ava und strahlte ihn an. »Vielleicht können wir morgen mal aufs Wasser raus?«

Eigentlich hatte er einen Termin mit drei verschiedenen Investoren.

»Es sei denn, du hast etwas anderes geplant?«

Ihr Blick war voller Hoffnung, wie konnte er da ablehnen?

»Alles, was du möchtest, Ava *mia*.«

Am nächsten Tag erkundschafteten sie mit einem Motorboot die Inselgruppe *Li Galli*. Und einen Tag später machten sie einen Ausflug in die Berge der *Monti Lattari*. Leichter Regen fiel, und sie rannten Hand in Hand über eine Blumenwiese, um Schutz in einer alten Kirche zu suchen.

Innen war das Licht zwar ziemlich gedämpft, aber Gianluca schien seinen Blick trotzdem nicht mehr von Ava losreißen zu können. Ihre schulterlangen nussbraunen Haare waren von der Sonne leicht aufgehellt, und auf ihrer Nasenspitze zeichneten sich Sommersprossen ab. Die Tage am Meer taten ihr sichtlich gut. Gemeinsam standen sie am Fenster, hatten die Arme umeinander gelegt, und Gianluca stützte sein Kinn auf ihren Kopf. Sie duftete herrlich nach Vanille und Rosen. Seine Ava.

»Siehst du den Hügel dahinten?«, fragte sie und zeigte geradeaus. »Er sieht aus wie ein Hasenkopf. Und da ... der Wald. Der hat eine Stiefelform, genau wie ganz Italien.«

»*Si*, ich sehe es.«

»Hey! Das habe ich bloß erfunden, um zu sehen, ob du mir überhaupt zuhörst«, entrüstete sie sich und gab ihm einen Klaps auf die Brust.

Er grinste. »Schau mal, ist das etwa ein Fuchs?«

Am Horizont huschte ein Stück rotes Fell vorbei – es war tatsächlich ein Fuchs.

Gianluca kannte diese Gegend wie seine Westentasche, weil er früher oft mit seinen Großeltern hier gewesen war. Aber alles mit Avas Augen zu betrachten, fühlte sich für ihn neu und aufregend an.

Wieso stand er eigentlich hier in einer kleinen Dorfkirche und unterhielt sich über Wildtiere, wenn am Fuß der Berge eine komfortable Hotelsuite auf sie beide wartete? Schließlich war er kein Reiseführer. Sie sollten zurück zum Auto gehen, trotz des Regens, und schnellstens nach Positano zurückfahren.

Im Hotel könnten sie sich der nassen Kleider entledigen und ... Morgen früh war schließlich der Tag, an dem sie spätestens auf die Familie treffen mussten. Auch wenn er sich bis jetzt innerlich geweigert hatte, darüber nachzudenken.

Ava drehte sich in seinen Armen und sah zu ihm auf. »Ich habe noch nie einen Fuchs in freier Wildbahn gesehen.«

Typisch für ein Großstadtmädchen! »Es sind sehr scheue Tiere«, hörte er sich sagen und verwarf den Plan, sie schnellstmöglich ins Bett zu locken. »Sie bemerken jede hektische Bewegung in ihrer Umgebung sofort und ergreifen dann die Flucht.«

Mit geschlossenen Augen senkte er den Kopf und küsste

Ava, um nicht darüber nachdenken zu müssen, was in den nächsten Tagen auf sie beide wartete.

In Positano parkten sie vor dem Hotel und stiegen aus dem Wagen. Gianluca fiel auf, wie italienisch Ava inzwischen wirkte. Sie trug ein fliederfarbenes Sommerkleid und hatte sogar die oberen zwei Knöpfe offen gelassen. Bei jedem Schritt fiel das Kleid locker um ihre schlanken Oberschenkel, und er war sichtlich nicht der einzige Mann, dem das auffiel. Ava sah glücklich, bodenständig und hinreißend sexy aus. Und Gianluca war regelrecht eifersüchtig auf jeden, der sich an diesem erfrischenden Anblick erfreute.

Seit sie zurück in sein Leben gekommen war, wurde ihm zunehmend bewusst, dass er sie all die Jahre über nie vergessen hatte. Und den Anblick, wie sie in der vergangenen Nacht über ihm gekniet hatte – mit nichts weiter am Körper als ihrer neuen, kostbaren Kette um den Hals –, würde er niemals wieder aus dem Kopf bekommen.

Ihm war nicht entgangen, wie sehr sie mit sich gerungen hatte, bevor sie sein Geschenk akzeptieren konnte. Es gab zig Gründe, weshalb eine Frau Juwelen ablehnte, die ihr angeboten wurden. Avas Zögern hatte Gianluca nicht überrascht. Aber es war offensichtlich, dass ihr diese Kette viel bedeutete.

Und genau darauf hatte er doch abgezielt, oder etwa nicht?

Unschlüssig blieb er stehen. Schließlich war es kein symbolträchtiger Ring, sondern lediglich ein Zeichen seiner Wertschätzung. Er durfte Ava doch wohl wissen lassen, was sie ihm bedeutete? Damit ging er noch lange keine Verpflichtung ein. Er hegte eben gewisse Gefühle ihr gegenüber. Schon seit Jahren …

Das war nicht ungewöhnlich für ihn. Falsch! Es *war* ungewöhnlich. *Sie* war ungewöhnlich! Und auch seine Gefühle für sie. Um ehrlich zu sein, hatte er nie etwas Vergleichbares erlebt.

Er beobachtete, wie sie sich zu einem kleinen Schoßhündchen hinunterbeugte und es hinter den Ohren kraulte. Dabei unterhielt sie sich mit der Besitzerin, die gerade das Luxushotel verlassen wollte.

Was Ava wohl von seinem neuesten Plan hielt? Eventuell bestand sie ja auch darauf, diese lächerliche Reise nach Ragusa fortzusetzen, die er für sich längst abgehakt hatte?

Als sie sich aufrichtete und nach ihm umsah, machte sein Herz einen Sprung. Das konnte nur eines bedeuten: Er war einfach glücklich, mit ihr zusammen zu sein. Dank ihr fühlte er sich wie neugeboren.

»Ava.«

Lachend kam sie auf ihn zu. »Stell dir vor, diese Dame dort züchtet diese süßen Hunde sogar und …«

Er umfasste ihr Gesicht mit beiden Händen. »Komm mit mir zurück nach Rom!«

Ihr Mund öffnete sich und schloss sich wieder, ohne dass ein Laut über ihre Lippen kam. Und ihre Augen wurden immer größer.

»Kein Familientreffen in Ragusa. Keine verkrampften Begegnungen und Gespräche. Nur du und ich. Bitte sag Ja, *cara*!«

Sie zögerte nicht länger mit ihrer Antwort.

»Ja, liebend gern.«

Gemeinsam flogen sie mit einem kleinen Jet von Neapel aus nach Rom zurück.

Im Morgengrauen lenkte Gianluca seinen geliebten Lamborghini durch die Straßen und fühlte sich dabei wie der König der Welt. Er wollte Ava nicht mit den Mitgliedern seiner Familie teilen, er wollte keine neugierigen Fragen beantworten, und vor allem wollte er Ava nicht zumuten, sich mit ihrem Bruder auseinanderzusetzen.

Zumindest hatte er veranlasst, dass seiner Mutter als Entschuldigung sechzig rote Rosen geliefert wurden, und Ava hatte endlich Josh angerufen, um ihm kurz ihre Situation zu erklären.

»Er hat mich gebeten, bei dir ein gutes Wort für ihn einzulegen«, hatte sie Gianluca anschließend erzählt und sich ganz offensichtlich über diese Bitte amüsiert.

»Hast du ihm etwa gesagt, dass wir zusammen sind?«

Ihr Gesichtsausdruck war schlagartig wie versteinert gewesen. »Mir war nicht klar, dass das ein Geheimnis bleiben sollte.«

Nein, es war kein richtiges Geheimnis. Andererseits hatte er sich als Prominenter nun einmal an Diskretion gewöhnt. Aber sie führten ja auch gar keine richtige Beziehung miteinander. Und es gab nichts, wofür man sich schämen müsste.

Außerdem hatte er nicht vor, Ava im *palazzo* zu verstecken. Noch gab es überhaupt keinen Plan, was sie in Rom anstellen würden. Er wollte ihr die Stadt zeigen, sie auch ein paar seiner Freunde und Bekannten vorstellen. Als seine …

Verstohlen warf er ihr einen Seitenblick zu. Sie spielte mit ihrem Handy herum und checkte offenbar ein paar E-Mails.

Gianluca räusperte sich. »Ava …«

Sie fluchte plötzlich.

»*Cara?*«

»Halt an!«

Doch er reagierte nicht gleich.

»Bitte, Benedetti!«

Das wirkte. Nachdem er am Straßenrand gehalten und den Motor abgeschaltet hatte, sprang sie aus dem Auto. Verwirrt stieg er aus und starrte sie über das Dach hinweg an, während sie eine Hand in die Hüfte stemmte und mit der anderen in der Luft herumfuchtelte.

»Rate mal, wer uns in den Klatschspalten gesehen hat? Im Internet. Na, rate!«

Ihr Temperament war ihm nicht fremd, nur die letzten Male hatte er ausschließlich im Schlafzimmer damit seine Erfahrungen gemacht! Der jetzige Ausbruch hatte allerdings offensichtlich nichts mit Erotik zu tun.

»Weiß nicht. Der Papst?«

»Meine Privatsekretärin! Weißt du, was das bedeutet? Jeder im Büro wird sich das Maul über mich und den geheimnisvollen italienischen Prinzen zerreißen! Als wäre ich Mary Donaldson oder so.«

»*Cosa?*«

Wütend hielt sie ihm das Handy hin. »Mary Donaldson aus Tasmanien. Sie hat den Kronprinzen von Dänemark geheiratet. Riesenhochzeit? Er hat Rotz und Wasser geheult? Klingelt da was? Australien war unglaublich stolz auf sie!« Fassungslos schüttelte sie den Kopf. »Du solltest mehr Zeitung lesen!«

Gianluca hätte ihr mitteilen können, dass er höchstpersönlich auf dieser Hochzeit gewesen war, aber im Augenblick gab es wichtigere Dinge zu besprechen. »Ist dir peinlich, wenn deine Angestellten erfahren, dass du ein Privatleben hast?«

»Hier geht es doch nicht um mein Privatleben. Das Ganze macht einfach einen schlechten Eindruck.«

Schweigend wartete er ab, bis ihre Verärgerung allmählich verflog. Allerdings dauerte es eine ganze Weile, bis sie ihre Lippen nicht mehr ganz so fest aufeinanderpresste. Und irgendwie machte es Gianluca Spaß, zu beobachten, welche starken Gefühle er in ihr auslösen konnte.

»Du musst das wieder in Ordnung bringen«, zischte sie schließlich.

»Wie soll ich das in Ordnung bringen?«

»Na, indem du eine Presseerklärung abgibst oder so. Erfinde eine Geschichte darüber, wie diese Fotos entstanden sind!«

Kopfschüttelnd stieg er wieder in seinen Wagen und startete den Motor. Ava blieb gerade noch Zeit, auf den Beifahrersitz zu springen und sich anzuschnallen, bevor Gianluca losbrauste.

»Was wollen wir hier?«

Selbst für Avas eigene Ohren klang ihre Stimme unerträglich schrill. Aber die Nachricht ihrer Sekretärin hatte sie wirklich zutiefst erschüttert. Dieses Wissen, dass alle Welt über einen redete, machte sie wahnsinnig. Das Internet war schließlich gnadenlos und vergaß nie etwas! Nichts ließ sich mehr rückgängig machen.

Ava wusste selbst nicht, weshalb sie das derart aus der Bahn warf. Zuerst hatte sich alles furchtbar romantisch angefühlt, und nun waren die Dinge außer Kontrolle geraten. Noch nie hatte sie zugelassen, dass ihr Leben wegen eines Mannes in Unruhe gebracht wurde. Da ließ sie sich ein einziges Mal treiben, und was passierte? Sie wurde zum Gespött der Leute!

Sie konnte sich lebhaft vorstellen, was man sich über sie erzählte. Zum Beispiel, dass sie die letzte in einer endlos langen Reihe von Eroberungen war ... Ein erniedrigender Gedanke!

Wohin sollte das überhaupt alles führen? Nein, sie musste endlich Vernunft annehmen.

Dies war die Stimme, die sie auch in der Vergangenheit gelenkt hatte. Schon als kleines Mädchen hatte sie schließlich die Verantwortung für ihre kranke Mutter und ihren kleinen Bruder übernehmen müssen.

Gianluca hielt ihr die Autotür auf und reichte ihr die Hand.

»Benedetti, ich kann nicht weitermachen wie bisher, ohne dass wir ...«

Schweigend zog er sie hinter sich her durch den Eingang eines eleganten Cafés, und Ava merkte, wie sich die Augen aller Anwesenden auf sie richteten.

»Gianluca, *darling*!«

Dieser Zuruf kam gleich von mehreren weiblichen Gästen. Am liebsten wäre Ava im Boden versunken.

»Wo bist du gewesen, mein Freund?«

Ein Mann kam auf sie zu, aber Gianluca bedachte ihn nur im Vorbeigehen mit einem knappen Nicken. Entschlossen schob er Ava auf einen freien Tisch in der Mitte zu, der reserviert zu sein schien, und zog einen Stuhl für sie heran.

»Setz dich, Ava!«

Erstaunt über seinen harschen Tonfall, gehorchte sie und sah sich dann vorsichtig um. »Alle starren uns an«, flüsterte sie. »Ist dieser Tisch überhaupt für dich reserviert? Was machen wir hier?«

Nebenan fiel ihr ein berühmter Filmproduzent auf, und sie bemühte sich um einen möglichst neutralen Gesichtsausdruck. Hier waren ganz offensichtlich Menschen versammelt, die gesehen werden wollten. Eine illustre Gesellschaft.

Spontan ergriff Gianluca Avas Hände und beugte sich zu ihr. Um sie herum wurde etwas lauter getuschelt, und Ava fühlte sich dabei extrem unwohl.

»Was soll das?«, zischte sie.

Sein Lächeln war überraschend warm. »Wenn ich dich jetzt küsse, bedeutet das, wir sind offiziell ein Paar. Jeder wird über uns reden, die gesamte Upperclass von Rom. Du wirst das Mädchen sein, das Prinz Benedettis Herz erobert hat. Also denk gut nach, ehe du mir antwortest! Wir können hier auch nur zusammen einen Drink nehmen, einen Happen essen, und nichts ändert sich. Verstehst du das?«

Sie nickte stumm und schüttelte gleich darauf den Kopf. Anscheinend begriff sie nicht wirklich, worauf er hinauswollte.

»Aber ich würde dich liebend gern küssen, Ava *mia*, wenn du mich lässt.«

Das verstand sie sofort, und allmählich machte auch der Rest seiner Worte Sinn. Sie lächelte und fuhr sich mit der Zungenspitze über die Lippen. Eher unabsichtlich, aber Gianluca reichte das als Zeichen.

Er schob eine Hand in ihren Nacken und presste seine Lippen für einen festen, heißen Kuss auf ihren Mund. An den Tischen rechts und links wurde sogar leise applaudiert, und das allgemeine Getuschel nahm zu.

»Jetzt bist du mein«, sagte er lachend, ohne die Lippen von ihren zu lösen.

Und dann zeigte er ihr sein Rom. Er stellte sie seinen Freunden, seinen Bekannten und seinen Geschäftspartnern vor, und er führte sie in sein Leben ein.

Was hatte das alles bloß zu bedeuten? Die Ungewissheit machte Ava verrückt. Ständig befürchtete sie, an der nächsten Ecke könnte eine riesige Enttäuschung lauern und ihr das Herz zerreißen.

Jetzt stand sie zur Anprobe im Atelier eines berühmten römischen Designers. Er fertigte eine trägerlose mitternachtsblaue Abendrobe für sie an, die inzwischen fast perfekt saß. Allerdings konnte Ava sich kaum einen Event vorstellen, der diesem Kunstwerk gerecht werden würde.

Gianluca wollte sie auf einen Ball mitnehmen, eine Charity-Veranstaltung für die Brustkrebshilfe und eines der gesellschaftlichen Highlights in diesem Jahr. Es wurden internationale Gäste erwartet, und festliche Abendgarderobe war Pflicht.

Diese ganze letzte Woche mit ihm war märchenhaft gewesen und hatte Ava in jeder Hinsicht inspiriert. Selbst wenn alles in naher Zukunft ein jähes Ende nehmen sollte, würde sie diese

Erinnerungen auf ewig in ihrem Herzen bewahren. Denn genau dies musste Liebe sein – echte, wahre Liebe. Und zwar die wilde, romantische Sorte, die leider selten von Dauer war.

Für Luca war das Ende mit Sicherheit schon absehbar, und Ava akzeptierte das ... wohl oder übel.

10. Kapitel

Am anderen Ende der Stadt saß Gianluca in den eleganten Büros von Benedetti-International und *regierte von dort aus die Welt*, wie Ava es immer scherzhaft ausdrückte.

Gelangweilt lauschte er den Ausführungen seines Anwalts am Telefon und starrte währenddessen aus dem Fenster auf den belebten Platz vor dem Gebäude hinunter.

Überall sah er Pärchen Arm in Arm herumspazieren. Alte Menschen, junge Menschen ... Alle schienen glücklich und zufrieden zu sein. Selbst die Tauben saßen zu zweit auf dem Sims vor seinem Büro. Das konnte doch kein Zufall sein! Hatte er denn keinen Blick mehr für etwas anderes?

Bis zur vorletzten Generation waren die Ehen in seiner Familie noch arrangiert worden. Inzwischen hatte sich viel geändert. Auch sein Vater hatte seine Braut nach freiem Willen ausgewählt. Das bildhübsche sizilianische Model Maria Trigoni, die einen einzigen schauspielerischen Erfolg in einem mittelmäßigen Film zu verzeichnen hatte.

Treue hatte in der Beziehung seiner Eltern keine große Rolle gespielt. Die Prioritäten waren anders verteilt gewesen. Prinz Ludovico hatte eine schöne Partnerin an seiner Seite gewollt, und Maria war scharf auf seinen Adelstitel gewesen.

Auch Gianluca hatte sich inzwischen daran gewöhnt, dass die Damenwelt es häufig allein auf seinen Titel abgesehen hatte. Ihnen gefiel es, vor ihrem eigenen Namen das Wörtchen *principessa* zu sehen. Sie kannten den *palazzo* im Zentrum von Rom, das Haus am Regent's Park in London, das Apartment in

Manhattan ... und schon begannen sie, im Geiste Stoffservietten mit ihrem neuen Monogramm besticken zu lassen – selbstverständlich in freudiger Erwartung eines hochoffiziellen Heiratsantrags.

Sein ganzes Leben lang hatte Gianluca geglaubt, sich seine potenzielle Ehefrau in diesen Kreisen suchen zu müssen. Da wäre die Zukunft nämlich vorprogrammiert gewesen und hätte irgendwann in einem ähnlichen Fiasko geendet wie bei seinen Eltern. Keine besonders ermutigenden Aussichten.

Bis jetzt.

In Positano hatten er und Ava viel über ihre jeweilige Arbeit gesprochen. Über die Deals, mit denen er zu tun hatte, und über die Zahlen, von denen sie so viel verstand. Ava hatte von den Schwierigkeiten erzählt, die sie mit einigen ihrer Klienten hatte. Zum Beispiel mit einem Minenbesitzer, der darauf bestanden hatte, im Fitnessstudio beim Spinning über die neuesten Hedgefonds zu diskutieren. Das Ganze natürlich im Rahmen eines kleinen sportlichen Wettkampfes.

»Sehe ich etwa wie eine professionelle Radfahrerin aus?«, hatte sie sich ereifert.

»Nein, Ava, du siehst aus wie eine Göttin!«

Und jetzt verbrachten sie in Rom so viel Zeit miteinander wie möglich, und ihre Gespräche gewannen von Mal zu Mal an Tiefgang. Letzte Nacht hatte er ihr im Bett gestanden, dass er schon als Kind vom Fliegen fasziniert gewesen war. Sein Großvater hatte ihn sofort unterstützt, sein Vater hatte für diese Passion dagegen nichts übrig gehabt. Über all diese privaten Dinge hatte Gianluca sich mit Ava ausgetauscht. Er konnte es kaum glauben!

»Du hast bestimmt auch für deinen Erfolg kämpfen müssen, Ava *mia*?«

»Sicher. Arbeiterklasse, Schule mit fünfzehn verlassen.« Ihr

Kinn war ein Stück vorgerückt, und genau diese Bissigkeit liebte er an ihr. »Ich habe einen ziemlich steinigen Weg hinter mir.«

Er hatte sie geküsst und anschließend besonders zärtlich geliebt, damit sie die Schatten der Vergangenheit wieder vergaß. Sie hatte ihm viel von ihrem Kummer anvertraut: von all den Nebenjobs während des Studiums erzählt, von der harten Arbeit als Brokerin in einem Angestelltenverhältnis und von der langfristigen Kundenakquise, bis sie endlich ihre eigene Firma gründen konnte.

Und Gianluca hatte ihr daraufhin sein größtes Geheimnis verraten. Nämlich dass er ein Haus in der Karibik besaß, von dem praktisch niemand etwas wusste, damit er sich von Zeit zu Zeit unbemerkt dorthin zurückziehen konnte.

Und sofort hatte er den Drang verspürt, ihr diesen Ort einmal zu zeigen. Vor allem, nachdem sie gestanden hatte, sie wäre seit einer Ewigkeit nicht mehr im Urlaub gewesen. Rom hatte für sie etwas ganz Besonderes sein sollen …

»Um ehrlich zu sein, ist das hier mein erster Urlaub überhaupt.«

Er war fassungslos gewesen. »Das gibt es doch nicht!«

»Na ja, ich war auch bei Joshs Hochzeit. Und es gab natürlich jede Menge Geschäftsreisen. Aber ganz allein mal weg von allem – noch nie.«

Ihm war bei diesem Gedanken ganz flau geworden, und dieses unangenehme Gefühl im Magen quälte ihn bis heute.

»Wenn wir jetzt einen Schritt nach vorn wagen, haben wir die Investoren überzeugt«, schloss sein Anwalt gerade und zwang Gianluca dazu, sich auf die Arbeit zu konzentrieren.

»Dann machen Sie diesen Schritt, und lassen Sie mich wissen, wenn wir damit Erfolg hatten!«

Damit wandte sich Gianluca von den glücklichen Pärchen auf der *piazza* ab. Er wollte Ava mit in die Karibik nehmen. Sie hatte es verdient, und er konnte sich nichts Schöneres vorstellen, als mit ihr dort zu sein.

Aber vorher gab es noch etwas anderes, das er organisieren musste …

Den restlichen Tag nahm Gianluca sich frei, um Ava zu einem Picknick auf den Palatin-Hügel zu entführen. Und am späten Nachmittag erkundeten sie zusammen die Ruinen römischer Paläste.

Die ganze Zeit über war Ava seltsam still. Vielleicht erinnerte sie diese Umgebung an ihren gemeinsamen Ausflug vor sieben Jahren. Wann immer er daran dachte, wie er an jenem Morgen neben einem leeren Kopfkissen aufgewacht war, wurde er wieder zornig. Dabei wollte er gar nicht mehr wütend auf Ava sein!

Schon gar nicht heute.

»Als meine Großeltern noch nicht verheiratet waren, sind sie oft hierhergekommen«, sagte er. »Meine Großmutter war Archäologin und liebte diesen Ort.« Er zögerte kurz. »Die beiden haben aus Liebe geheiratet.«

»Macht das in euren Kreisen einen Unterschied?«, fragte Ava und erklomm einen kleinen Felsen.

»Nun, bei einer arrangierten Ehe geht es natürlich viel gesitteter und offizieller zu. Aber die modernen Zeiten haben in den meisten Familien einen Umschwung herbeigeführt.« Er räusperte sich.

»Josh scheint in deiner Familie dennoch einen kleinen Skandal ausgelöst zu haben.«

Sie schnitt ein empfindliches Thema an, das er an diesem Nachmittag lieber vermieden hätte. »Dein Bruder? Tja, ich will nicht lügen. Die allgemeine Freude war nicht gerade groß, zugegeben. Aber das hatte nichts mit seiner Herkunft zu tun, sondern mit der Angst davor, dass er eventuell nicht für Alessia sorgen könnte.«

»Für sie sorgen?« Ava lachte kurz auf. »Wir befinden uns im einundzwanzigsten Jahrhundert, Benedetti. Oder ist dir das entgangen?« Mit einer Hand schlug sie sich gegen die Stirn. »Ach, das habe ich ganz vergessen. Du lebst ja noch in einer Höhle.«

»In einem Palast«, brummte er mit finsterer Miene. »Aber du bist nahe dran.«

Irgendwann würde Ava es einfach akzeptieren müssen, dass seine Ansichten bezüglich einer Partnerschaft vielleicht etwas altmodisch waren. Die Männer in ihrem Leben – ihr kleiner Bruder eingeschlossen – hatten sich nicht gerade darum bemüht, ihr das Gefühl zu geben, umsorgt zu sein. Kein Wunder, dass sie sich auf niemand anders verlassen wollte als auf sich selbst.

Aber jetzt war sie seine Frau, und ihr Leben würde ab sofort weniger anstrengend sein. *Seine Frau? Wo dachte er hin?*

»Sieh dich um, Ava! Hier haben schon vor Tausenden von Jahren Menschen gelebt, und bei ihnen allen wurde der Wert eines Mannes an seiner Fähigkeit gemessen, seine Familie zu beschützen.«

Sie blieb stehen, drehte sich aber nicht zu ihm um. »Eine Frau beschützt ihre Familie genauso.«

»Sicherlich, das liegt in ihrer Natur.« Jetzt hatte er sie eingeholt. »Du hast, zum Beispiel, immer für deinen Bruder gesorgt. Aber irgendwann musste er doch mal auf eigenen Beinen stehen, Ava.«

»Woher willst du wissen, was ich getan habe?«

»Das hast du mir damals selbst erzählt, weißt du nicht mehr? Und du hast auch genau beschrieben, wie schlecht es um die Gesundheit deiner Mutter stand. Wie viel Angst du um sie hattest. Ich weiß noch, wie ich mich gefragt habe, weshalb dich niemand unterstützte.«

Sie wurde blass.

»Und ich hatte keine Ahnung, dass du die Schwester des Bräutigams bist. Sonst hätte ich Josh eigenhändig an seine Pflichten erinnert, das kannst du mir glauben!«

»Wie meinst du das?«

»Ein Mann sollte Verantwortung für seine Mutter und seine Schwester übernehmen.«

»Niemand muss das für mich tun, Benedetti.«

Er hatte vollstes Verständnis für ihren Widerstand. Sie wäre nicht seine Ava, wenn sie nicht bis aufs Blut um die Anerkennung ihrer Unabhängigkeit kämpfen würde.

»Ich verstehe schon«, fuhr sie fort. »Du kannst meinen Bruder nicht leiden, weil er deiner hochherrschaftlichen Familie nicht ebenbürtig ist. Da habe ich Neuigkeiten für dich: Ich selbst war auch nicht gerade begeistert von dieser Eheschließung. Und ich habe versucht, sie ihm auszureden, weil ich sie für einen Riesenfehler hielt. Alessia war für eine Entscheidung dieser Tragweite noch viel zu jung, genau wie er. Obendrein wusste ich ja, wie deine Familie darüber dachte. Allein deine Mutter …« Sie brach verlegen ab.

»Meine Mutter hat sich ziemlich deutlich zu Wort gemeldet, ich weiß. Wahrscheinlich war sie nicht gerade nett zu dir.«

Ava blickte zu Boden. »Ich möchte nichts Schlechtes über deine Mutter sagen.«

»Dann erlaube *mir*, ein paar Dinge klarzustellen. Sie ist eine manipulative Person, bei der sich alles um sie selbst dreht. Außerdem kann sie höchst emotional werden und schreckt auch nicht vor Erpressung zurück, um ihren Willen durchzusetzen. Meine Schwestern geraten leider ganz nach ihr, deshalb wundert es mich auch kaum, dass die Frauen meiner Familie dir die Hölle heiß gemacht haben.«

»Sie haben mich nicht gerade willkommen geheißen.« Was

für eine maßlose Untertreibung! »Darum wollte ich damals auch weg von der Feier und raus aus eurem Haus.«

»In welchem Hotel hast du dich einquartiert?«

»Im *Excelsior*«, sagte sie leise.

Dasselbe Hotel, damals wie heute! Und er war vor sieben Jahren morgens auf dem Weg ins Krankenhaus auch noch daran vorbeigefahren … Gianluca konnte es kaum glauben.

»Ich war den ganzen nächsten Tag dort und habe gehofft … du würdest dich melden«, fügte sie kleinlaut hinzu.

»Aber wie denn?«, fragte er etwas zu laut. »Wie hätte ich wissen sollen, wo du bist? Du hast keine Nummer hinterlassen. Aber immerhin wusstest du, wer *ich* war. Niemand hat dich daran gehindert, mich anzurufen.«

Betroffen rang sie die Hände. »Ich weiß.«

»Das reicht mir aber nicht!« Am liebsten hätte er irgendetwas mit seinen bloßen Händen zertrümmert. Ohne Vorwarnung war die Verzweiflung in ihm hochgekocht und drohte nun, ihm seine Selbstbeherrschung zu rauben.

»Das ist mir doch auch klar.« Ava schlang die Arme um sich, schien jedoch keine Angst vor seinem Wutausbruch zu haben. Sie reckte ihr Kinn vor. »Aber was wäre dann passiert? Hättest du dich in mich verliebt? Hätten wir dann den Rest unseres Lebens miteinander verbracht? Es war bloß eine einzige Nacht, Luca, und von denen gab es doch viele in deinem Leben. Für mich war da aber nur diese eine! Eine einzige! Und die wollte ich unbeschadet und unbefleckt im Gedächtnis behalten.«

»Unbefleckt?«, wiederholte er mit wütender Stimme. »Was soll das denn heißen? Du hattest Sex mit einem fremden Kerl, und dann willst du ihn anschließend nicht näher kennenlernen? Was soll daran *unbeschadet* sein?«

Seine harten Worte ließen sie zusammenzucken. »Ach, so etwas hast du dir natürlich nie geleistet, was? Du hattest noch nie Sex mit einer Frau, die du danach nicht wiedertreffen wolltest?«

»Natürlich hatte ich das! Aber bei dir war es etwas völlig anderes!«

Zum ersten Mal hatte er laut ausgesprochen, was er empfand, und die Wucht dieser Erkenntnis ließ ihn verstummen. Schweigend beobachtete er, wie Ava zum Wagen zurückkehrte, und er ließ sich etwas Zeit, ehe er ihr folgte.

»Ich kann nicht fassen, wie dreist du mich belügst«, fuhr sie ihn an, nachdem er sie eingeholt hatte.

Gianluca zitterte vor Wut. »Ich lüge nicht, ich habe dich nicht hintergangen und mir auch sonst nichts zuschulden kommen lassen!« Sein ausgestreckter Zeigefinger deutete direkt auf sie. »Und lauf nie wieder vor mir davon!«

»So spricht der große Prinz Benedetti, Herrscher über …«

»Ich habe begriffen, wofür du mich hältst«, fuhr er dazwischen. Er packte sie am Ellenbogen und zwang sie, ihn anzusehen. Ihr Vanilleduft hüllte ihn ein und besänftigte ihn etwas.

Trotzdem machte sie ihn mit ihren Anschuldigungen wahnsinnig. Er begehrte diese Frau – und nicht nur in sexueller Hinsicht. Daran gab es keinen Zweifel mehr. Und diese Tatsache machte ihn nervös. Es war höchste Zeit, die Karten auf den Tisch zu legen.

»Komm, wir sollten hier besser verschwinden«, brummte er und schlug mit der flachen Hand aufs Autodach. Der Gedanke, Ava damals verloren zu haben, weil er seiner eigenen Familie hatte entsprechen wollen, war erschütternd.

Auf dem Rückweg wechselten sie kein Wort miteinander, und im Hotel verschwand Ava sofort im Badezimmer, um zu duschen.

Sie fühlte sich, als wäre sie in tausend Stücke zerfallen. Ihr altes Leben war verlorengegangen, und das neue funktionierte einfach nicht. Vor allem tat ihr weh, was Gianluca vorhin gesagt hatte. *Bei dir war es etwas völlig anderes!*

Dieses Geständnis führte ihr vor Augen, was sie vor sieben Jahren hätte haben können. Aber sie hatte es verloren – aus Angst, dass es sich vielleicht in ihren Händen zu Staub verwandeln könnte. Eine tragische Ironie des Schicksals!

»Ava.«

Gianluca stand nackt vor der Duschkabine, und sie bewunderte fasziniert seinen Körper. Er war ihr schon oft in die Dusche gefolgt, aber heute fühlte es sich anders an als sonst.

Sie war ihm schutzlos ausgeliefert – vor allem, was ihre emotionale Stabilität betraf. Und als er zu ihr unter den Wasserstrahl trat, musste sie die aufsteigenden Tränen unterdrücken. Sex konnte diese verfahrene Situation auch nicht mehr retten. Andererseits war er ein Mann, der seine erotisierende Wirkung auf Frauen kannte, also was erwartete sie eigentlich von ihm? Weibliches Einfühlungsvermögen? Das wäre wohl reichlich naiv!

Behutsam begann er, sie mit Duschgel einzuseifen, und ganz allmählich entspannte sie sich unter seinen Berührungen. Sie hatte sich selbst niemals für eine hochgradig empfindsame, sexuelle Person gehalten, aber offensichtlich war sie es! Denn in diesen Sekunden spürte sie förmlich, wie sich alle Zweifel und Ängste aus ihrem Verstand verabschiedeten und Platz für das wohlige Verlangen machten, an das sie sich in den vergangenen Tagen so bereitwillig gewöhnt hatte. Auch wenn das alles nur eine Illusion war ...

»Gianluca ...«, seufzte sie und drängte sich gegen ihn.

Er küsste sie, und sie ließ ihre Hände über seinen nassen, muskulösen Körper gleiten.

»Die letzten Wochen haben uns beide ziemlich durcheinandergebracht«, raunte er und strich mit seinen Lippen über ihre

Schulter und dann weiter nach unten über ihre aufgerichteten Brüste. »Aber das hier ... das hier funktioniert zwischen uns.«

Es gab vieles zu klären, doch für den Moment musste genügen, was sie einander geben konnten: körperliche Nähe.

Stunden später lagen sie im diffusen Licht der Nachttischlampe auf dem Bett, und durch das geöffnete Fenster wehte die laue Nachtluft ins Zimmer.

»Damals – in unserer ersten Nacht – ist mir eine Menge durch den Kopf gegangen«, murmelte Gianluca leise.

Er spürte, wie sie sich in seinem Arm bewegte, doch sie sagte keinen Ton.

»Mein Vater und ich hatten uns am Vortag fürchterlich gestritten. Aber zu jener Zeit schien mir diese Auseinandersetzung nicht allzu wichtig.«

»Worüber habt ihr gestritten?«, wollte sie wissen.

»Ich wollte mich vor meinen Verpflichtungen drücken.«

»Was für Verpflichtungen?«

»Sieh dich doch mal um, Ava. Ich bin ein Benedetti. Deshalb lastet von Geburt an eine schwere Verantwortung auf mir.«

Ihr Blick glitt über die Einrichtung des riesigen Schlafzimmers, über den offenen Kamin, die Fresken an der Wand und die teuren Teppiche. Gianluca fragte sich, ob ihr die Last, die auf seinen Schultern ruhte, überhaupt bewusst war. Ratlos rieb er sich das unrasierte Kinn.

»Erzähl mir von deiner Fußballkarriere. Das muss alles ziemlich glamourös gewesen sein.«

»Manchmal. Aber meistens ging es nur um Training und darum, fit zu bleiben.«

»Und die Partys und die ganzen Mädels ...?«

»Nun, teilweise war es schon eine wilde Zeit.« Weshalb sollte er das verschweigen? »Mir ging es allerdings hauptsächlich um meine persönliche Freiheit, die ich erst nach meinem Abschied vom Profisport wiederbekommen habe. Du kannst dir nicht vorstellen, wie befreiend das nach all den Jahren voller Druck und Erwartungshaltung war.«

Ava schnaubte leise. »Doch, ich glaube schon. Aber erzähl ruhig weiter!«

»Wie gesagt, am Tag vor Alessias Hochzeit kam es zwischen meinem Vater und mir zum Showdown. Ich meinte zu ihm, der Fußball wäre meine große Chance und dass ich ihn nicht aufgeben würde. Er wollte aber, dass ich ihn zu Meetings mit der Agostini-Bankgruppe begleite. Für mich war es höchste Zeit, mich gegen ihn durchzusetzen. Also sagte ich zu ihm, sie alle seien für mich nichts weiter als professionell organisierte Verbrecher. Daraufhin hat er mir eine Ohrfeige gegeben. Und ich habe ihm Dinge an den Kopf geworfen, die ich nie wieder zurücknehmen kann. Dass ich ihn hasse und ihn für schwach halte. Und dass mein Lebensziel sei, niemals zu werden wie er.«

Er richtete sich im Bett auf, und seine Schultern sackten gleichzeitig nach unten.

»Ich sollte mit ihm nach Neapel zum Meeting kommen. Aber ich habe ihn nur ausgelacht und bin stattdessen zur Hochzeit meiner Cousine gefahren.«

»Unsere Nacht«, überlegte Ava laut.

»Ganz genau, unsere Nacht.« Er hielt kurz den Atem an. »Mein Vater erlitt eine heftige Herzattacke. Tödlich. Dabei war er erst dreiundfünfzig Jahre alt.«

»Das tut mir unendlich leid.«

»Ich konnte meine Worte, wie gesagt, nie zurücknehmen. Und mein Vater hatte sich offensichtlich über mehr als zwanzig Jahre hinweg in ein Netz aus Lügen und Korruption verstrickt. Die gesamte Bankengruppe kollabierte, zwei seiner

Geschäftspartner wurden sogar verhaftet, und ein Großteil unseres Vermögens musste zur Schuldentilgung herangezogen werden.«

»Daraufhin hast du dich dann doch zum Wehrdienst gemeldet?«, schloss sie tonlos.

»Zu Ehren meiner Familie und – vor allem – zu Ehren meines Vaters. Er hat es sich gewünscht. Mir ist klar, wie schwer nachvollziehbar das ist, und ich begreife es selbst manchmal nicht. Aber unser Name sollte eben nicht weiter in den Schmutz gezogen werden. Militärdienst, kompromisslose Integrität – das alles machte die Katastrophe, die meinen Vater ereilt hatte, ein bisschen weniger desolat. Und ich wollte den Namen Benedetti sozusagen reinwaschen.«

»Und dabei hat dir die Zeit in der Armee geholfen?«

»Genau.«

»Deshalb habe ich dich auch nicht erreichen können.« Ihr wurde einiges klar. »Ich habe nämlich versucht, dich anzurufen, sogar im Büro. Aber wahrscheinlich hat dich meine Nachricht nie erreicht.«

Gianluca erstarrte. »Die Presse war nach dem Skandal wie wild hinter meiner Familie her, und alle unsere Nummern wurden geändert. Du hast mir eine Nachricht hinterlassen, *cara*?«

»Meinen Namen und eine Nummer.«

Schweigen.

Ava fasste sich ein Herz. »Darum hast du mich also nicht gesucht? Ich bin ja auch davon ausgegangen, dass du weißt, wie ich heiße.«

»Und ich habe in jener Nacht deinen Namen falsch verstanden …«

»Entschuldige mich kurz«, sagte sie und stand auf, um sich einen Bademantel überzuziehen.

»Wo willst du hin?«
»Ich brauche einen Drink.«

Gianlucas Bar war gut bestückt, doch Ava entschied sich ohne Umschweife für einen Sherry.

Er hatte ihren Namen nicht gewusst, aber sie war diejenige, die wirklich alles falsch gemacht hatte! Allein die Annahme, jene Nacht wäre nur für sie selbst etwas Besonderes gewesen … sie hatte ihn und seine eigenen Bedürfnisse völlig aus dem Blick verloren.

Das Leben hatte sie gründlich gelehrt, ihre Gefühle für sich zu behalten. Ihr Vater hatte sie früh im Stich gelassen. Die Krankheit ihrer Mutter war grausam gewesen, und sie und Josh waren oft bei Nachbarn untergekommen, wenn sich der Alltag nicht mehr bewältigen ließ. Die ganze Zeit über hatte Ava den Versprechungen ihrer Mutter geglaubt, dass der Vater zu seinen Kindern zurückkehren würde – was nie geschah.

Daraufhin hatte Ava alles darangesetzt, dem Teufelskreis der Armut zu entfliehen, in den sie die Krankheit ihrer Mutter gestürzt hatte. Mit Erfolg. Aber ihr eiserner Selbstschutz hatte sich in privater Hinsicht nicht ausgezahlt.

Josh war außer Landes geflohen, um ihr zu entkommen. Und sie hatte zwei Jahre ihres Lebens mit einem Mann verschwendet, den sie niemals geliebt hatte. Jetzt bot sich ihr plötzlich die Gelegenheit, etwas Außergewöhnliches zu erleben – und sie zerstörte es durch ihre alberne Angst.

Sie wollte weglaufen, obwohl sie sich der Realität stellen sollte. Wie feige!

Der Sherry schwappte über den Rand ihres Glases.

»Ava?«

Gianlucas tiefe Stimme riss sie aus ihren Gedanken, und um ein Haar hätte sie ihren Drink fallenlassen.

»Tut mir leid«, flüsterte sie.

»Der Sherry hilft dir jetzt auch nicht.« Er nahm ihr das Glas aus der Hand, stellte es auf der Anrichte ab und nahm Ava in den Arm.

»Ich muss mich bei dir entschuldigen«, schluchzte sie an seiner Brust.

»Wofür denn, *tesoro*?«

»Was glaubst du wohl? Für einfach alles, was du meinetwegen durchmachen musstest.«

»Das ist das Leben. Diese Erfahrungen stärken uns und lassen uns die Gegenwart schätzen, meinst du nicht? Das Wichtigste ist, dass wir uns nach sieben Jahren wiedergefunden haben.«

Wenigstens bleibt uns der Sex, dachte Ava unglücklich. Vielleicht hatten sie früher einmal die Chance auf wahre Liebe gehabt. Aber sie hatte diese Gelegenheit aus purer Angst mit Füßen getreten, ohne zu wissen, wie nah sie dem Glück gewesen war.

Ständig war sie in Schlachten gezogen und hatte die meisten davon auch gewonnen. Aber bei diesem speziellen Kampf wusste sie nicht, wie sie sich verhalten sollte. Und es schien, als hätte sie ihn ohnehin schon verloren …

11. Kapitel

Der Ballsaal war mit Hunderten von Kerzen hell erleuchtet, und etwa vierhundert Gäste waren sichtlich stolz darauf, heute hier sein zu dürfen.

Avas Herz klopfte wie wild. Sie hatte heute Hilfe dabei gebraucht, ihr aufwendiges Designerkleid anzuziehen. Ein Friseur und ein Visagist waren extra engagiert worden, um ihr zu einem sensationellen Aussehen zu verhelfen.

»Genieße es, Ava!«, raunte Gianluca ihr zu und drehte sie in seinen Armen. »Du bist die schönste Frau des Abends. Sieh dich mal um! Du wirst voller Bewunderung angestarrt, und zwar nicht nur von den Männern.«

Leider spiegelte seine Stimme auch die Anspannung wider, die Ava selbst empfand, und das nahm seinem Kompliment die Wirkung. Dabei wusste sie genau, wie spektakulär ihr Auftritt war. Allein die teuren Juwelen, die sie trug, erregten allgemein Aufmerksamkeit. Der Schmuck stammte von Gianlucas Großmutter, und er hatte Ava lange überreden müssen, bevor sie die Stücke angelegt hatte.

Als ihr Blick auf Maria Benedetti fiel, deren Gesicht plötzlich inmitten der Gästeschar auftauchte, kam sich Ava trotzdem vor, als hätte sie ihn gestohlen. Genauso wie diese Zeit gestohlen war, die sie und Gianluca miteinander verbrachten …

»Du hast mit keinem Wort erwähnt, dass deine Familie auch hier sein würde«, sagte Ava zu ihm.

»Ich wusste es auch nicht.«

Sein Gesicht wirkte verzerrt, und er schien genauso erschrocken zu sein wie sie. Sie seinen Freunden vorzustellen, war eine Sache … bei seiner Familie sah das aber offensichtlich ganz anders aus.

Ein Blick in sein versteinertes Gesicht genügte, und Ava begriff, weshalb er nicht mit ihr nach Ragusa geflogen war. Seine Motive waren nicht romantischer, sondern rein pragmatischer Natur gewesen. Er wollte ihre Liaison verheimlichen – immerhin war er ein Benedetti und besaß einen Jet, einen Palast und einen Titel! Da wollte er seiner Familie nicht erklären müssen, weshalb er sich ausgerechnet auf Ava einließ.

Irgendwann würde sie ihn aus genau diesem Grund verlieren, das stand für sie fest. Eine Fernbeziehung hatte sowieso selten eine reelle Chance, oder? Erst recht unter diesen Umständen!

Sobald sie nach Sydney zurückkehrte, würden sie wahrscheinlich noch eine Weile höflichen Umgang miteinander pflegen. Vielleicht besuchten sie sich auch mal gegenseitig. Gleichzeitig würden andere Frauen seinen Weg kreuzen, und wie lange gab sich Gianluca wohl mit einem leeren Bett zufrieden? Bestimmt nicht allzu lange!

Ava hatte sich vorgenommen, diese Tatsache einfach zu akzeptieren. Es gab Sex, und es gab emotionale Verwicklungen. Es musste doch möglich sein, beides voneinander zu trennen? Früher einmal hätte Gianluca ihr eventuell eine echte Beziehung angeboten, aber diese Chance war definitiv vertan.

Daher blieb ihr nur, den Abend zu genießen und zu tanzen, als ginge es um ihr Leben. Sie wollte diesen Moment voll auskosten und verdrängen, dass alles irgendwann zu Ende ging.

Es war allerdings schwer, die Tränen zurückzuhalten, wenn der Mann – den man aufrichtig liebte – alles daransetzte, einen nicht der eigenen Familie vorzustellen. Vor vier Wochen war er dieser Schmach elegant aus dem Weg gegangen. Aber jetzt zwangen ihn die Umstände zu einer Konfrontation, ob er wollte oder nicht.

Und in diesem außergewöhnlichen Kleid hatte Ava zu allem Überfluss das Gefühl, nicht sie selbst zu sein.

»Meine Mutter wird regelmäßig zu diesem Event eingeladen«, erklärte Gianluca tonlos. »Aber heute nimmt sie diese Einladung zum ersten Mal wahr.«

Willenlos ließ sich Ava von ihm durch den Saal führen und versuchte, sich auf die Instruktionen zu konzentrieren, die er ihr ins Ohr flüsterte. Als müsste man ihr vorschreiben, wie sie sich zu verhalten hatte! Schließlich war sie keine Idiotin, und sie wusste sich außerdem auf jedem Parkett dieser Welt zu bewegen.

Maria Benedetti machte einen überraschten Eindruck, als ihr Sohn ihr plötzlich einen Kuss auf die Wange drückte. Ava bemerkte sofort, wie steif und unbeholfen die beiden miteinander umgingen. Und dann wurde sie von der *principessa* neugierig beäugt.

Gianluca stellte die beiden einander vor.

»Ava, du siehst deinem Bruder verblüffend ähnlich«, gurrte sie. »Du bist also die junge Dame, die meinem Sohn den Kopf verdreht hat?«

Mit diesem offenen Empfang hatte Ava nicht gerechnet.

»Und sie trägt schon unseren Schmuck, Gianluca?«, fügte Maria süffisant hinzu.

»Er steht Ava ausgesprochen gut«, antwortete er knapp.

Die ältere Dame zuckte leicht die Achseln. »Schön, dass die Juwelen endlich aus der Versenkung aufgetaucht sind.«

Die beiden tauschten noch ein paar Höflichkeiten aus, denen Ava keine große Beachtung schenkte.

Irgendwann richtete Gianlucas Mutter wieder das Wort an

sie. »Du siehst aus, als würdest du dich heute köstlich amüsieren, Ava.«

»In der Tat«, log sie.

»Wollen wir morgen nicht zusammen zu Mittag essen? Ich würde gern hören, wie dir Rom gefällt.«

Ava runzelte die Stirn. Es war nicht zu überhören, dass Maria Benedetti ihr ein Friedensangebot machte.

»Ja, ich würde mich freuen«, murmelte Ava und dachte an ihr Flugticket, das auf Freitag terminiert war. Und sie dachte an den Mann neben ihr, der sie nie gefragt hatte, ob sie noch länger bleiben könne.

Mühsam zwang sie sich zu einem Lächeln und entdeckte plötzlich ihren Bruder in der Menge.

»Ava?« Er hob die Hand zum Gruß und kam auf sie zu – dünner und blasser, als sie ihn in Erinnerung hatte. Hektisch zerrte er an seiner Krawatte herum. »Ach, ich kann mit diesen Dingern nicht umgehen. Alessia hat sie mir noch im Auto gebunden, und jetzt sieh dir dieses Fiasko an!« Er war sichtlich nervös und sah ihr nicht direkt in die Augen.

Ihr erster Impuls war, den Schlips für ihn zu richten, aber dann erinnerte sie sich daran, dass er nicht länger ihr hilfloser kleiner Bruder war – sondern ein erwachsener Mann. Und genau so sollte sie ihn auch behandeln.

Ohne zu überlegen, schlang sie ihre Arme um seinen Hals. Etwas verlegen erwiderte er diese Umarmung.

»Schon okay, Schwesterherz«, flüsterte er in ihr Ohr. »Ich hol dich gleich hier raus, wenn du willst.«

Überrascht sah sie ihn an und wollte ihm automatisch versichern, dass er sie nicht zu retten brauchte. Stattdessen umarmte sie ihn ein zweites Mal. Es war schön, ihn endlich wiederzusehen. Und es war schön, ihm diese Wiedersehensfreude offen zeigen zu können.

Das Eis ist gebrochen, dachte sie bewegt. Bis zu diesem Augenblick war ihr nicht klar gewesen, wie sehr sie das gestörte Verhältnis zu ihrem Bruder beschäftigt hatte.

Ich werde mein Leben nicht reich, verbittert und einsam verbringen! nahm sie sich vor. Mein Bruder wird mich ganz sicher immer lieben!

»Dein Kleid ist atemberaubend«, sagte Josh lachend. »Du bist unglaublich hübsch. Wie eine Prinzessin. Gianluca, sie sieht doch wohl wie eine Prinzessin aus? Wieso hältst du sie unter Verschluss? Da müssen wir erst alle nach Rom kommen, um euch zusammen zu erleben.«

Die schwangere Alessia gesellte sich zu ihnen, und mit ihr weitere Familienmitglieder. Unter anderem Marco und seine Ehefrau Valentina, die Ava sehr sympathisch fand.

»Mir fehlt der Champagner«, jammerte Tina und hakte sich bei Ava ein.

»Er schmeckt gar nicht«, log Ava und lächelte.

Spielerisch stieß ihr Tina den Ellenbogen in die Seite. »Den Drachen hast du auch schon getroffen? Wie ist es gelaufen?«

»Sie war ausgesprochen freundlich zu mir.«

»Ehrlich? Wie merkwürdig. Normalerweise benimmt sie sich Frauen gegenüber eher skrupellos. Wahrscheinlich war es ein echter Schock für sie, Gianlucas neue Freundin kennenzulernen.«

Zuerst wollte Ava abstreiten, seine Freundin zu sein. Aber Tina plapperte bereits fröhlich weiter.

»Dreh dich nicht um, Ava! Gianluca verschlingt dich mit seinen Blicken, ich schwöre es dir! Deshalb mache ich es auch kurz: Ich will dir nur sagen, ich habe ihn noch nie so glücklich gesehen. Und das soll etwas heißen!«

»Glücklich?«

Bevor Ava genauer nachfragen konnte, war Gianluca schon

an ihrer Seite und zog sie mit sich. »Du könntest bestimmt ein bisschen frische Luft vertragen, oder?«

Tina zwinkerte ihr gutgelaunt zu und entfernte sich.

Draußen legte er Ava sein Jackett um die Schultern. »Ich will nicht, dass du frierst. Außerdem müssen wir uns dringend unterhalten. Da gibt es etwas, das ich loswerden möchte.«

»Bitte lass uns von hier verschwinden, bevor die Situation mit deiner Familie noch unangenehmer wird«, murmelte Ava unglücklich.

Gianluca verstand die Welt nicht mehr. Dabei wollte er Ava doch endlich gestehen, was sie ihm bedeutete. Dass sie ihn zum Lachen brachte, dass sie ihn erregte und dass sie seinem Leben endlich einen Sinn gab.

Er liebte sie, aber wie sollte eine echte Beziehung zwischen ihnen überhaupt funktionieren? Die Benedetti-Männer liebten ihre Frauen normalerweise nicht. Sein Großvater war eine rühmliche Ausnahme gewesen …

Unbeholfen zog er einen Ring aus der Tasche. »Diesen Ring hat mein Großvater meiner Großmutter damals an den Finger gesteckt. Sie hat ihn erst am Tag ihres Todes abgenommen, um ihn meiner ältesten Schwester zu überreichen.« Er griff nach ihrer Hand und hielt sie fest, obwohl Ava sich halbherzig dagegen wehrte. »Sie wollte ihn nicht. Aber ich würde mich geehrt fühlen, wenn du meine Frau wirst.« Ungeschickt versuchte er, ihr den Ring überzustreifen.

»Er passt nicht«, sagte Ava leise.

»Wir können ihn ändern lassen.« Gianluca ärgerte sich über ihre abweisende Reaktion. Weshalb tat sie so, als hätte er sich etwas Unverzeihliches geleistet?

Sie zerrte an ihrem Finger. »Ich will das nicht! Nimm ihn zurück!«

»Gianluca, was macht ihr denn hier draußen? Da sind Leute

um den halben Erdball gereist, um dich zu treffen, und du versteckst dich. Wir haben heute Abend ein Ehrenamt zu erfüllen und ... Oh, ich störe euch wohl? Das konnte ich ja nicht ahnen.«

Gerade wollte er seiner Gastgeberin eine gepfefferte Antwort entgegenschleudern, da kam Ava ihm zuvor.

»Schon gut«, zischte sie. Dann raffte sie ihr Kleid und eilte zurück in den Ballsaal.

»Ich brauche deine Hilfe«, raunte Ava Alessia zu. »Ich kann nicht mit ihm nach Hause gehen, aber ich muss irgendwohin ...«

»Beruhige dich!« Alessia streichelte ihr über den Arm. »Natürlich kannst du bei uns bleiben. Wir wohnen in einem Hotel, nur zwei Straßen von hier.«

»Was ist los, Ava?«, fragte Josh besorgt.

Früher hätte sie einfach irgendeinen Witz gemacht, um ihm nicht die Wahrheit sagen zu müssen. Aber die Verhältnisse hatten sich geändert. Es gab keinen Grund mehr, ihren kleinen Bruder vor der Realität zu beschützen.

Ava stand buchstäblich mit dem Rücken zur Wand und fühlte sich einsamer als je zuvor. »Du hattest immer recht, Joshy«, keuchte sie. »Es ist meine Bestimmung, allein zu sein.«

Hastig lief sie auf den Ausgang zu und dachte nur noch daran, dass sie während ihrer Flucht keinen ihrer teuren Manolo Blahniks verlieren durfte. Das wäre doch zu viel des Klischees!

Gianluca suchte Ava überall.

Er hatte in seinem Leben schon viele Fehler begangen, aber das hier war eine ausgewachsene Katastrophe. Hatte er ihr tatsächlich diesen alten Ring aufgedrängt? Was für ein unverzeihlicher Fehler! Er war so ein Vollidiot!

Dabei liebte er sie doch und wünschte sich eine gemeinsame Zukunft mit ihr. Aber wollte sie das auch? Was empfand sie für ihn, und vor allem ... Wo steckte sie denn nur?

»Benedetti!«

Der Akzent kam ihm bekannt vor, nur leider sprach ihn der Falsche von den Lord-Geschwistern an.

»Hast du Ava gesehen?«, fragte er Josh ohne Umschweife.

Der junge Australier holte aus und wollte Gianluca einen rechten Haken verpassen, den dieser mühelos abwehrte.

»*Dio*, was hast du für ein Problem, Josh?«

»Du bist mein Problem, Benedetti. Du und die Art, wie du meine Schwester behandelst.«

Gianluca erstarrte.

»Ja, richtig. Ich fordere dich hiermit heraus! Irgendein Loser gibt ihr den Laufpass, und schon bist du zur Stelle. Und dann hast du nichts Besseres zu tun, als sie zu verletzen? Auch wenn sie superschlau ist, fehlt es ihr an Instinkt, sobald ein Mann ins Spiel kommt.«

»*Si.* Da sind wir einer Meinung.«

Der jüngere Mann runzelte die Stirn.

»Ich will deine Schwester heiraten«, fuhr Gianluca ungeduldig fort. »Weil ich sie liebe. Reicht dir das?« Er wandte sich an Valentina. »Wo ist sie?«

»Vermutlich in dem Hotel, in dem wir abgestiegen sind.« Stockend gab sie ihm die Adresse.

Doch Gianluca kam plötzlich ein besserer Gedanke.

Die Bar im *Excelsior* war nur schwach beleuchtet, aber Gianluca entdeckte Ava auf Anhieb.

»Ava, *mia*! Was machst du hier?«

Sie wandte ihm ihr blasses Gesicht zu. »Ich warte auf jemanden.«

Er fühlte sich in der Zeit zurückversetzt. »Jetzt bin ich hier. Dieses Mal bin ich dir gefolgt. Und ich möchte, dass du mir vergibst, Ava. Ich hätte damals Himmel und Hölle in Bewegung setzen sollen, um dich zu finden.«

Ihre Unterlippe zitterte. »Und ich hätte nicht weglaufen dürfen.«

Seufzend nahm er ihre Hand. »Ich habe einen Traum. Ich möchte, dass mein Palast in einem neuen Glanz erstrahlt. Gemeinsam mit dir will ich ihn umgestalten, damit er uns und unseren Kindern ein Heim ist.«

»Aber du willst doch gar keine Kinder«, widersprach sie zaghaft.

»Mit dir wünschte ich mir eine Familie.« Dann fiel er vor ihr auf die Knie. »Liebste, süßeste Ava, würdest du den Rest deines Lebens mit mir verbringen? Es gibt nichts, was ich mir sehnlicher wünsche.«

Sie schwankte, bevor sie sich ebenfalls vor ihn hinkniete und sich an seine Schultern klammerte. »Oh, ja. Tausendmal ja.« Sie küsste ihn. »Willst du wirklich Kinder mit mir?«

Er nickte. »Und ob. Ich liebe dich«, flüsterte er. »Und zwar vom ersten Moment an, als ich dich in dieser Kathedrale gesehen habe. Das weiß ich inzwischen. Du hast dieses blaue Seidenkleid getragen, und in deinen Haaren steckten Blumen. Ich habe dich die ganze Zeit über verfolgt … bis auf die Tanzfläche.«

»Stimmt. Du wolltest unbedingt mit mir tanzen, obwohl ich es gar nicht konnte.«

»Dass du es nicht konntest, hat man nicht gemerkt. Nur dass du permanent versucht hast, beim Tanzen Abstand zwischen uns zu halten.«

»Ich kannte dich ja überhaupt nicht.«

»Du wusstest genug über mich.« Lächelnd küsste er sie auf den Mund.

»Heute weiß ich, dass ich zurück nach Rom gekommen bin, um dich wiederzufinden«, gab sie zu. »Auch wenn mir das anfangs noch nicht ganz klar war.«

Es vergingen einige Minuten, ehe er sich an den Stein erinnerte, der in seiner Tasche ruhte. Ein tiefgrüner Saphir, der im Licht wie Feuer leuchtete. Er hatte ihn schon vor Tagen gekauft, aber nie den richtigen Moment gefunden, ihn Ava zu schenken.

»Ich werde ihn in einen Ring fassen lassen«, versprach er und drückte ihr den Edelstein in die Hand. »Er wird einzigartig werden, genau wie die Liebe zwischen uns.«

Überwältigt sah sie ihn an und lächelte. »Das wäre wunderbar.«

Als sie wenig später draußen auf der Straße standen, schienen ihnen die funkelnden Sterne vom Nachthimmel aus zuzulächeln. Jedenfalls fühlte es sich für Ava so an. Gianluca hatte ihr sein Jackett umgehängt und hielt ihre Hand fest in seiner.

»Weißt du was?«, sagte er plötzlich. »Wir sollten uns eine kleine Kirche suchen und sofort heiraten. Sicher, da gibt es noch jede Menge Papierkram zu erledigen, und wahrscheinlich schläft der Priester jetzt schon tief und fest. Aber irgendwie sollte es sich doch mal auszahlen, ein Benedetti zu sein. Und schließlich sind wir hier in Rom. Da ist alles möglich.«

Ava lächelte. »Ja, das halte ich für eine gute Idee.« Dies war Rom, und hier sollte doch wohl tatsächlich alles möglich sein? Immerhin wurden hier auch die geheimsten Träume wahr …

– ENDE –

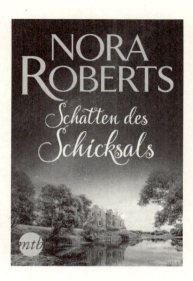

Nora Roberts
Schatten des Schicksals
€ 10,99, Taschenbuch
ISBN 978-3-74570-079-4

Hochzeit im Herbst

Shane MacKade hält beharrlich an seinem Single-Leben fest. Bis die junge Wissenschaftlerin Rebecca Knight in sein Leben tritt. Mit ihr wird jeder Tag zu einer neuen Herausforderung. Denn Shane findet sie ausgesprochen reizvoll, aber wenn er ihr das zu verstehen gibt oder sogar mit ihr flirten will, nimmt sie ihn nicht ernst. Stattdessen sagt Rebecca ihm auf den Kopf zu, dass sie nicht die Absicht hat, eine seiner vielen Exfreundinnen zu werden.

Ruheloses Herz

Der Rennpferdtrainer Brian Donnelly ist legendär für seine sanften Hände, mit denen er seinen Beruf ausübt. Die Tiere und seine Freiheit bedeuten ihm alles. Auf Royal Meadows soll er nun die aussichtsreichsten Pferde eines vermögenden Züchters trainieren. Kaum dort angekommen, verliebt er sich in Keeley, die Tochter seines Arbeitgebers. Aber sie leben in verschiedenen Welten, und nach dem Abschlussrennen muss Brian weiterziehen …

www.mira-taschenbuch.de

Nora Roberts
Frühling der Liebe
€ 10,99, Taschenbuch
ISBN 978-3-74570-061-9

Nora Roberts – So nah am Paradies

Ihr geliebtes Gestüt schreibt nur noch rote Zahlen. Um es zu retten, beschließt Alana, eine Biografie über ihren verstorbenen Mann, einen berühmten Rennfahrer, schreiben zu lassen. Doch die Interviews mit dem faszinierenden Journalisten Dorian verlaufen anders als geplant ...

Carolyn Greene – 100 Männer sollst du küssen

Küsse mindestens einhundert Männer – erst dann weißt du, wer der Richtige ist. Diesen Tipp ihrer Großmutter befolgt Reporterin Julie. Sie testet auch den attraktiven Detektiv Hunter – und will fortan nur noch von ihm geküsst werden. Aber was, wenn er erfährt, dass er Teil eines Experiments war?

Nancy Lavo – Rivalen um Maddie

Ihre Highschool-Reunion steht an, und die schüchterne Maddie braucht dringend einen repräsentativen Begleiter. Und plötzlich bemüht sich nicht nur ihr gut aussehender Kollege Colton, sondern auch der charmante Fotograf Dan um sie. Doch nur einer meint es ernst mit Maddie ...

www.mira-taschenbuch.de